JN106702

Original
ASTROMODA®
I. 理想の感覚
NagaYahRa

Mandalay
Amarapura · Sagar
Pan Pet· Loikaw
Hta Nee La Leh
· Chiang Mai

· Bangkok

Penang ·   · Pahang
Kuala Lumpur · Malacca

文芸社

★アストロモーダ・サロン
占星術・ホロスコープを用い、クライアントに最適なファッションをコーディ
ネイトするオートクチュール・サロン。タイ・チェンマイに店を構え、マヤ、
クララそしてシータが共同で運営する

◎登場人物

シータ（♀）	アストロモーダ・サロンのコーディネーター。マヤとクララがそれぞれ長い旅に出たため一人で店を守る
マヤ（♀）	クララとともにアストロモーダ・サロンを経営するが、二人の共通の親友であるシータに店をまかせ恋人を追ってチベットに旅立つ
クララ（♀）	アストロモーダ・サロンの共同経営者。商談でバルセロナに向かうが、行方不明の恋人が見つかったとの情報をうけ急遽ポルトガルに
ジョジョ（♂）	アストロモーダ・サロンに生地を卸す業者
ヴァレンティナ（♀）	アストロモーダ・サロンのクライアント。シータは彼女のことを親友だと思っているが……
アルフォンソ（♂）	ヴァレンティナの恋人。妄想癖あり
トマーシュ（♂）	クララの恋人だがメーガンとも関係をもつ
クライシー（♂）	ギャング団のボス。ヴァレンティナと手を組むことに
メーガン（♀）	アストロモーダ・サロンのクライアント。トマーシュの恋人、すなわちクララの恋敵
アインホア（♀）	闘牛士の恋人がいたが他の女性と結婚してしまう。クララと出会い行動をともにするが……
ウルピ・クントゥル（♀）	友人二人とマチュピチュにある「アクリャワシ」というサロンを経営する。結婚していたが夫を殺してしまう
アリシア・アマル（♀）	アクリャワシの経営者の一人
マヌエラ・ウトゥルンク（♀）	アクリャワシの経営者の一人
インカルコ（♂）	ウルピ・クントゥルが殺した夫の弟。彼女に復讐を企てる
ピグエラオ（♂）	インカルコの友人、カテキルの双子の兄
カテキル（♂）	インカルコの友人、ピグエラオの双子の弟でシータの恋人？
リョケ（ナヤラーク）（♀）	チャカナ（アンデスの十字星）の三つの世界すべてに同時に住んでいるという女性魔術師

ORIGINAL ASTROMODA®

理想の感覚

NAGAYAHRA

Charles Frederick Worth   Hussein Chalayan
Alexander McQueen   Paul Poiret   Mary Qua
Réard   Jacques Esterel   Vivienne Westwood
Rahmine André Tjærandsen   Christian Lou
Margiela   Riccardo Tisci   Clare Waig

Issey Miyake   Henriette a Mariano Fortunyo
a Rolf Snoeren   André Courrèges   Pierre Car
Hishinuma   Gianni Versace   Claude Montana
Jimmy Choo   Madeleine Vionnet   J. Meej
Sawannagate   Bispo do Rosário   Keisuke Ka
Rudi Gernreich

私はこの本を、人生の苦悩から独創的なものを生み出すすべての人に捧げます。
　　一見すると、ロザリオやマックイーン、スキャパレリが生きた運命にしか見えないかもしれません。しかし、彼らの人生をよく知ることで見えてくることがあります。それは、この本に登場するような、「自分らしさ」を装う魅力的なアーティスト達は、錬金術で言うならば、凝固の刺すような痛みや恍惚とした痛み、人生の蒸留器の中で自分自身の魂を蒸留することによる痛みの中で創造していたと言えるのではないでしょうか。彼らはこの苦しみに立ち向かい乗り越え、人々が不死の感触を感じることができるものを創りあげました。

　　私はこの本を彼らだけでなく、生物学的なものを永遠のものに変えるという同じ錬金術を習得したすべての人に捧げます。

ナガヤーラ　フィリピン，2020

アイコン

 占星術

 アストロモーダ

 ファッション小物

 コレクション

 デザイナー

 デザインの具現化

 アンデス地方のシャーマニズムとインカの世界

 冒険 / 旅

 人物 / 小説の登場人物 / 出来事 / 伝説

 バーチャル・リアリティー

 概念の説明 / 参照

 興味深い話

もくじ

第1部
理想の感覚

第1章　みずがめ座の人生の意義　　13

第2章　ファッションの魂の公案　　31

第3章　ブルードレスの丈の魔術　　51

第4章　アセンダントと愛の美神たち　　71

第5章　上座部仏教の僧衣の力　　93

第6章　ディオールの花の革命　　107

第7章　裸の抵抗、服を着た抵抗　　123

第8章　躍る太陽の奇跡　　149

第9章　うお座のスティレット・オーガズム　　167

第10章　イブ＆アダムの皮衣を脱ぎ捨てろ　　183

第11章　騎士の甲冑の苦悩　　213

第12章　手と太ももの鏡　　233

第13章　色彩の愛　　259

第14章　白と青のベルナデッタ　　281

第15章　完全性へのシルク＆メタル・ロード　　311

第16章　ズボンとスカートを穿いたゴルフとテニスのエチュード　337

第17章　尋ねよ、さらば見いだきん…それを　　357

第18章　わびの秘密、さびの目覚め　　389

第2部

ドレス・アップ！──あなたが、運命の暗闇にいる時は

第19章 マスターの腕の中と、フェティッシュ・モードの抱擁　413

第20章 乳房と希望のカテドラル　437

第21章 女巡礼者の折れた爪　453

第22章 コリーダ・クンダリーニ　459

第23章 鳩のエクスタシー　475

第24章 チョコレートの惑星　487

第25章 復讐の間奏曲　513

第26章 マレーシアの虎とアンデスのコンドルの茶　517

第27章 仮面の謎　Ⅰ──マレーシア　533

第28章 仮面の謎　Ⅱ──ミャンマー　553

第29章 枯れていくハスの花の悩み　571

第30章 幽霊列車　597

* Dress up

第1部
理想の感覚

みずがめ座の人生の意義
ファッションの魂の公案
ブルードレスの丈の魔術
アセンダントと愛の美神たち
上座部仏教の僧衣の力
ディオールの花の革命
裸の抵抗、服を着た抵抗
躍る太陽の奇跡
うお座の
スティレット・オーガズム
イブ＆アダムの
皮衣を脱ぎ捨てろ
騎士の甲冑の苦悩
手と太ももの鏡
色彩の愛
白と青のベルナデッタ
完全性へのシルク＆メタル・ロード
ズボンとスカートを穿いた
ゴルフとテニスのエチュード
尋ねよ、さらば見いだSん…それを
わびの秘密、さびの目覚め

第1章
みずがめ座の人生の意義

「誰かの前で恐いとか、恥ずかしいとか、尊敬しすぎて萎縮してしまったら、その人が裸だと思えばいいのよ」親友のマヤは発ち際に私にそう言った。二人でオープンした『アストロモーダ・サロン』を引き継ぐ私の緊張をほぐそうとしたのだ。そう、たった一人で引き継ぐ私の。

　だから私は今、ひたすらマヤに言われたことを実践している。朝から晩まで頭の中でお客を裸にして、その人の意見や習慣、思い込みやセンスにとらわれずに、私のビジョンとアストロモーダのデザインを実現しようと躍起になっている。でも、いくら頭の中が裸んぼだらけになっても、現実はうまくいかない。皆が私とは違うものを要求してくる。縫い子はもっと時間を、生地問屋はもっとお金を、お客はもっと違う色やスタイルがほしいと言う。

　皆の要求にノックアウトされっぱなしで、結局従ってしまうのだ。ノックアウトされたボクサーの視界には星が散るが、私の目に映るのはお客の裸のイメージで、脳震盪を起こしたような頭の中で、その裸体に合わせて般若心経[*1]の*「色即是空、空即是色…」*という一節が繰り返し響いている。裸の身体こそがこの「空」であり、肌をなでる空気であり、また形であり、強固な実体であり、充足でもあるのだ。

　このような洞察を重ね、宇宙の充足に包まれた空っぽの空間である裸体のシンメトリーやアシンメトリー、プロポーションを眺めるうち、私はそれらが図形から成り立っていることを発見した。

　男性の多く、また一部の女性も、両肩と両ももを結ぶ線が長方形を連想させる。このタイプの人々は、その裸体の空間が、たちまち異なる色の二つの正方形となって見えてくる。

　やがてその二つの正方形は一つになり、色を黄色に変える。正方形

 ＊1　般若心経は最高の智慧の成就を説くものである。

あるいは立方体は、股間にある第1チャクラの象徴であるからして、その人は今、生殖器周辺と関わりのあるさそり座を通じて、人生で最も重要な闘いに挑んでいる最中なのだと予測できる。ここは毎度やっかいな部位なのだが、さそり座の影響が強い長方形タイプの男性クライアントのうちの一人もそのよい例である。その客は、私がアストロモーダの基本について解説すると、意気込んで話をはさんだ。

「そうなんです、シータさん！**人は裸で生まれるのに、社会が制服だの色々な服でもって、その自然な装いを自分のイメージに変えようとするのです**…葬式という名の、最後のハレの日にだって好きにさせてはくれない、最高に野暮ったいかしこまった服に黒い靴を履かされて、ボサボサの髪の毛が社会風土を乱すとでもいうように、頭までご丁寧にとかしつけられるんですからね！」

「風土」という言葉が強く聞こえて、彼のホロスコープを調べていた私は顔を上げた。客は裸で立ちはだかり、私に身体のおひつじ座の部位すなわち頭で、正確に言えば口で、彼のさそり座の部位からてんびん座の部位まで勃起しているものを、再び下垂するポジションまで戻してほしいと身ぶりで求めていた。私はあっけにとられてその顔を見つめ、どこをどうしたら私のアストロモーダ思想がそんな気にさせたのかさっぱり理解できない思いで、この客に限っては裸の姿を想像しなくてもよかったのに、と考えていた…

　私がその気にならないと見ると、せめてふたご座の部位、つまるところ手のひらで慰めてはくれないか、と聞いてきた。

大バカ者。

「デートで夕食をご一緒に、なんてのはもう流行らないのかしら？」
私はこのバカげた状況にこう答えて、客のほうを見なくてすむように、
机の上の書類を重ねた。

彼はどもりながら言った。「ああ、デートね…思いつきませんでし
た。30も年上のあなたなら、喜んでくれると思って。」これにどう答
えろと？　無言である。客はあわててその長方形の身体に服をまとい、
去った。

騒々しいタイの大都市でのビジネスは、ネパールの自然の静けさで
瞑想を重ねた時期と対照的に、他者の意見や利益との衝突のるつぼに
あって、自分の考え、自分の利益をもつ自由を自ら守らなければなら
ない、そんな人の集団と融合することが、人生の意義であるという信
念をもつようになっていた。おお、愛するデブガートよ、なんと懐か
しいことか…

そして今、自分の小心さを克服し、願いを言葉にして叶えるために、
私はまた別の人物を想像の中で裸にしている。スパフィットというほ
れぼれとするような美しいタイ名をもつ若い彼女は、私の店に生地を
納入する業者で、通称をペギーという。仕事以外ではとても感じのよ
い娘だが、値段の交渉になると途端に容赦がないのだった。私は彼女
のイスに座り、彼女は価格表のファイルを厳しい目をしてめくってい
く。私は想像の中で、両肩と腰とを結ぶ線が洋ナシを想起させる彼女
の身体を裸にしていく。その裸体の空虚に思いを馳せ、私はその胴の
下部に横たわる小さな三日月と、その上に浮遊する水のしずくを描く。

ペギーに限らず、この形の人を見ると、私にはその人の人生の闘い
が、てんびん座の領域すなわちショーツの上のほうで、またもしロー
ライズのショーツであれば、そのすぐ上、つまり第2チャクラがある
あたりで繰り広げられていることが分かる。

ペギーは夜な夜な、チェンマイのあるクラブで昔の曲をやるロック
バンドを従えて歌っていた。何度も誘われたが、私はうるさいのが苦
手だ。デブガートでは自然の圧倒的な「静けさ」があったので、この
不眠不休の町が昼夜問わず発する音とノイズに、いまだに慣れること
ができない。

それでもついに、私の大親友で、アストロモーダ・サロンのパート
ナーであるブラジル人のクララに説き伏せられて、生地屋のコンサー

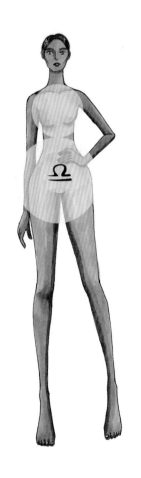

トに行くことになった。

「ビジネスの大事なことはすべて、バーかテニスのコートか、ゴルフ場で決まるものよ。行けば生地をまけてくれるから、見ていらっしゃい」クララはスカイプで、何日もかけて私を説得した。

「そんなにいいなら来なさいよ…私は瞑想していたから、真夜中のコンサートには向いていないし、それにもう年だし。」

「シータったら、バルセロナが軌道に乗るまでは離れられないって知っているくせに。」

「いつになったら軌道に乗るの？もうとっくに戻っているはずだったのに。マヤはまだチベットで例の彼氏を探しているし、山から下りて電波がある時しか連絡も取れない。私はここでてんやわんやなのよ、あなたが必要なの。」

　クララ、私のソウルメイト、私の宝、彼女こそが、私たち三人組にアストロモーダの秘密を教えた本人なのだ。インド旅行中に、なにかと物議をかもすタントラ教の信者で占星術師の彼に出会い、その彼が…

　クララが私の主張に屈するはずがなかった。その言葉どおり、彼女は自分のミッションを遂行しているのだ。バルセロナにはあのサッカーのスーパースター、ロナル…ロニル…いや名前なんてどうでもいいけれど、それを取り巻くブラジル人のコミュニティーがあって、その助力を得て私たちのアストロモーダ・サロンを全世界に広めたいと考えている。私の意見、私の意思、私の自由はまたもや他者の利益に屈することになり、私は結局、暗く薄汚い飲み屋に行く破目になったのだった。すさまじいドラムとギターの騒音で、重たい灰皿すら少しずつ移動して、何度もテーブルの中央に戻さなければならないほどだ。

そうしなければ灰皿はいつか落ちて割れ、踊っているつもりの酔っ払いが踏んでケガをするかもしれない。

　ペギーの歌声は汚水だめのようなこの店に爽やかな風を吹き込んでいたが、希望のない"Train of Consequences"に続く、うなるような"Nothing Else Matters"、おろおろと果てしなく繰り返される"Where do we go"以外のレパートリーがあれば文句のつけようがない。いや構うものか、生地をまけてもらえさえすればよいのだ、3杯目と4杯目のビールの合間に私はつぶやいた。それから起こったことはもうぼんやりとしか思い出せず、唯一かすかに覚えているのは、汗まみれの身体にもまれて踊っていた時に、ハンサムな若者にキスされたことだけである。その邪魔をしたのは少し年のいった外国人で、私を小突き、俺の恋人を誘惑するなどけしからん、と喧嘩を売られたのだった。

　もうだいぶ酔いが覚めた私はベッドに横たわり、ペギーが汚れたドレスを脱がせてくれている。
「フフッ…近寄りがたいオクサマだと思っていたんだけど、思い切り遊べばあなたも素敵なひとなんですね」ペギーは私に薄いシーツをかけながら、今夜私がお目にかけた一幕を称えた。「値引きをご希望でしたら、誰に数量割引を適用するかはこの人が決めているんですよ。」
　そう言って私の鼻先で名刺を振ったので、私は頬に風を感じた。ペギーはもっともらしい仕草で、ナイトテーブルの水の入ったグラスの下に名刺を差し入れた。そして私の額に口づけした。やれやれ…どうやら本当にいいところを見せてしまったらしい。
「もう行かなくちゃ、チャンチャイのスローダンスが30分に終わって、次が私だから。」昼はシビアな生地問屋、夜はロックスターのペギーは、開いたドアから出て行きざまに振り向き、拳を握ったボクサーのポーズで足を蹴り上げた。「今度、男の子のことで男と喧嘩になったら、相手のタマに力いっぱいお見舞いしなくちゃダメです。男は髪の毛を引っ張っても意味がない、特に今夜のあなたの恋敵のような短髪の場合は。本当ですよ、エヘヘ、その辺は詳しいですから。」
「きっとそうするわ、ペギー」そうささやいて、ドアが閉まるよりも先に私は眠っていた。

　朝になると、どういういきさつで名刺を手にすることになったかは忘れることにして、私はグラスの底の跡がついた、少しインクのにじんだその紙切れに名のある、謎の値引き決定者の元へと向かった。その想像上の裸体が逆三角形であると見るやいなや、二日酔いからくる頭痛に苦しみ、顔をかき傷だらけにした私の努力がまったくの無駄に終わったことが分かった。

「おやおや、マダム、スクーターで転倒したんじゃないでしょうね」勝ち誇ったようなほほ笑みを浮かべて握手を求め、「アムリットパル・ダワルです、『ジョジョ』と呼んでください。」私はやや気乗りしない笑顔で応えた。

「シータ・ガルバです」私は力を見せつけるように、ごつい指輪をはめた手でしっかりと相手の手を握った。「転倒なんてまさか、飼っているネコにひっかかれたんですよ。」

「ああ、ネコ好きのご婦人でしたか。同じような方を知っています…」

　それから20分ほどもくだらない話ばかりして、私を自分より下に、ビジネスにおいて不利なポジションに位置づけようとしている。両肩と上ももの内側を結ぶ空間が逆三角形を形づくる、この「ボス」は。

　その身振り手振りを見るうち、逆三角形は赤色を帯び、私のイメージの中で時おり角を上にして逆さになり、このタイプの身体がもつ頑固な闘志を想起させた。人生の様々な困難がしし座、身体の部位でいえばみぞおち一帯と共鳴するタイプである。

「マダム、ご要望にはすべてお応えしますが、まずは大量発注が必要です」この「ロード・オブ・ディスカウント」は言った。インドはパンジャーブの出身だというこの値引き王は、続けて自社製品の最高品質と、値引き方針について講義を始めた。

「つまるところ、親愛なるマダム・シータ、『価格＝品質＝数量』の三つのうち、実際に手に入るのは二つだけなのです。良い価格と良い品質、良い品質と良い数量、あるいは良い価格と良い数量。最後のケースだと、品質はどうしても落ちます。」

　私を見る目は友好的ではあったが、「俺の言うことは断じて正しい」を匂わせるスタイルだ。

「『アストロモーダ・サロン』は今、良質の生地を少量購入しておら

れますが、良い価格と良い品質をご希望であれば、貴店にとっては好都合で、財政的にもリスクの少ない少量注文をあきらめるしかないでしょうね…」彼の話と計算は果てしなく続く。

　私は目だけで、あたりに置かれている美しく光沢のある、色鮮やかな巻き布を愛でた。ターコイズブルーのベルベット、ふむ、これは面白い、虹の色がすべて揃ったタイシルクも…ツイードを眺めている私に気づいたジョジョは、笑って茶をすすめた。

　スパイスとミルクの入った甘ったるい茶で機嫌を直して、今度は私がしゃべる番だった。「アストロモーダ」に注ぐ愛について、人間の運命について、衣装や帽子で、あるいはマンネリ化したスタイルを変えることでその運命を変えたいと願う欲求について、ユニークな衣装の力で、運命を美しく、深みがあり、魅力的なものに変えることについて…感情は人に伝播するエネルギーであるからにして、ボスの態度もやわらいだ。

　彼は「お見せしたいものがあります」と言って、いたずらっぽくウィンクする。

　呼ばれてやってきた女性に、彼は小声でなにか指示をした。「分かりました、ジョジョ、いやダワルさん」そのアシスタントは言うと赤面して、布地や色々な服飾用品が置かれた、客も入れるスペースのほうへ戻っていった。

「お茶をもう一杯いかがですか？」

　私がうなずくと、ジョジョは青い装飾のついた薄い陶器のカップに茶をついだ。

　「人々は、ファッションとは形やライン、色、模様、素材のことだと思っているのですよ、シータさん。あの才能あふれるファッション王、バレンシアガでさえそれを確信していて、彼の詩的で情熱に満ちた文章を読んで、私もあやうくそれを信じるところでした。

　『ファッションデザイナーは、デザインを形づくる時には建築家に、形を生み出す時には彫刻家に、色と模様を選ぶ時には絵描きに、それらすべてを一つの調和した総体に融合させる時には音楽家に、そして芸術的なオリジナルの作品と、下品な俗悪品とを隔てる境界の均衡を見いだす時には哲学者になるのだ。』」

　ジョジョは朗々と暗唱してから、悟りを得た人のほほ笑みを浮かべてこう言った。「でもファッションの心髄、基本のエッセンスは別のところにあるのです。」

　「それはどこでしょう？」

「動きですよ、シータさん、人間の動き、生のリズムの動き
です。あなたもきっと同じ考えでしょう。」
「そうかしら？」私はささやいて、「アストロモーダ・サ
ロン」に割引が適用されるかもしれないという希望がま
た頭をもたげるのを感じながら、茶をすすり、励ます
ようにほほ笑んだ。
「最初にそのことに気づいたのはシャルル・フレデ
リック・ウォルトで、1858年に初めて動かないマ
ネキンの代わりに、生きたモデルを使いました。
まず妻のマリー・ヴェルネが彼のドレスを着て
歩いてみせ、服を動きの中で見せれば客の印象
に残るということを見て取ると、人類の歴史
で初めて、プロのモデルを採用したので
す。」
　ジョジョが話しながら茶がなみなみと
入ったカップを振り回したので、あた
りにある高価な布地にかからないかと
心配になってきた。
「ウォルトは天才でした。ファッ
ション業界全体がその存在の恩恵
を受けています。服に製造者の
ロゴと名前を縫い入れたのも、
彼が最初だったことはご存じ
ですか？」
　私は首を振り、その人の
ことは知らないと答えた。
「空のポケットと、大き
な夢をもってパリに
やってきたイギリス
人で、やがて世界中
にその名をとどろ

かせた人です。彼は…」

「ダワルさん、始めてもいいですか？」アシスタントの女性がさえぎった。

「どうぞどうぞ」その号令で、私たちのいる保管庫にコーヒーテーブルが入ってきた。いや、テーブルの形をしたスカートをはいた、きれいな女の子だ。私たちの周りを歩く彼女を見ながら、ジョジョが私に聞いた。

「何に見えますか？」

「スカートをテーブルに変えようとする絶望的なあがきですか？　それともテーブルをスカートに変えようとする？」

「まさかそんな…いやいやいや、少しは創造力をもってくださいよ、マダム！　デザイナーのチャラヤンはテーブルにインスピレーションを得て、それをスカートで表現しようとしたのです。もう一度ご覧なさい。何が見えますか？」

「ファッションデザインにおいてテーブルを表現しようとする試みですか？」

「それじゃ、シータさん、私の言ったことを復唱しているだけじゃありませんか。もっと深く、本質に迫っていかなくてはダメです。故国からの追放を身をもって体験したデザイナーが、家具にインスピレーションを得た "Afterwords" というコレクションで、『引っ越すより、家もろとも焼けたほうがまし

📷 シャルル・フレデリック・ウォルト　サテンのドレス

だ』という古いことわざを体現しているのです。故国を追われた人には身につまされることわざですね。次の作品にいってみましょう。」

ジョジョが手を振った。生地の積まれた棚の間を闊歩していたテーブルは動きを止め、今度は巨大な円錐が保管室に入ってきた。

「円錐にインスピレーションを得たデザイナーが、この変わった服を作ったのですね。」私はすばやい反応でアピールする。

「やれやれ」ジョジョがため息をついた。「チャラヤンのようなデザイナーは、単に図形を採り入れるだけでは満足することのない芸術家です。"Panoramic" というコレクションのこの円錐は、都市建築と人間の衣服との結びつきを象徴したものなんです。」[2]

「建物が服に変換されているということですか？」

「基本的にはそうですが、いちばん大事なことがまだ抜けています。」ジョジョはドアの方に振り向き、手を振った。歩く円錐はテーブルの格好をした女の子の隣で止まり、それからしばらく何も起こらなかった。「おーい！」ジョジョが声を上げると三人目が保管庫に入ってきたが、

---

[2] フセイン・チャラヤンは1970年8月12日にキプロスで生まれたトルコ人デザイナー。都市空間の建築のモチーフをファッションと結びつけた複数のコレクションを生み出した。代表的なものにPanoramic 1998年秋／冬、Lands Without 1997年春／夏、Before Minus Now 2000年春／夏がある。本書で主に触れたAfterwardsは2000年、後に記述のあるEchoform は1999年のコレクション。

フセイン・チャラヤン　Afterwords Collection（2000年）より "Coffee Table Skirt"

これが今まででいちばん突拍子もない代物だった。美しい女の子が、プラスチックのような奇妙な素材でできたクリーム色のドレスを着ている。この素材はラミネートガラスだと後に知った。

　左胸の、ジッパーが目立つポケットからモデルの頬のあたりまで、飛行機の翼が突き出ている。それはまるでブックスタンドのようで、歩きながら本が読めそうな体裁だった。へそのあたり、アストロモーダでいえばおとめ座が支配するあたりに、車にガソリンを入れる時に開ける蓋の航空機版とでもいうような、変てこなフラップがある。モデルがそのフラップを開けると、へその左側とお腹の一部、そして下腹のほうまで続く細いラインがあらわになった。

　近未来的なドレスのスカートの前側、昔の奥さんたちがエプロンをつけていたあたりには開閉式のコックピットがあって、離陸のために開くとモデルの局部の真上に、市場の屋台の屋根のように屹立するのだ。後ろは襟

📷 フセイン・チャラヤン　Panoramic Collection（1998年）より "Cone Dress"

の代わりに飛行機の座席背もたれの上部がついているのも見逃せない。ひと眠りする時のためだろうか。

　アストロモーダでいうみずがめ座の要素をすべて含んでいるが、残念なことに実用不可能なこの「作品」を、どう評価すればよいものか分からなかった。

「あら、飛行機」結局口から出たのはそれだった。

「ええっ？　あなた、おいくつですか？」

　そんなこと、私だって知りたい。48歳じゃないかという人もいるし、マヤは絶対25歳ぐらいだと言うし、私自身は心は若く肉体は老いている気がする。自分が何歳だか知らないが、ジョジョは私の年齢が知りたいのではなくて、小さな子供でもこの服を見て飛行機だと分かるということを言いたいのだ。いずれにしても、ジョジョのような男にとっては私は年がいきすぎている。彼だってもう若くないとはいえ。年のいった男性の成功者は、同年代か、年上の女性と長年連れ添っているのが常だ。新しいパートナーを探す場合はうんと年下がターゲットだ。私はクララのように、それが性的要素のためだとは思っていない。彼らは、すでに時があっという間に過ぎることを知っているので、そのスピードを落としてくれるパートナーを探しているのである。というのも…

「このドレスは、"Echoform" というコレクションの数点を組み合わせたものです。チャラヤンの名は百年経っても語り継がれるだろうゆえんとなるコレクションです。おっしゃるように、自動車と航空機からのインスピレーションは一目瞭然ですが、この三つ目の作品は、私がこれまでお見せしたものすべてをもって、あなたに言わんとしていることを理解するヒントに、カギになるものを示しています。」

「なるほど」私はつぶやいて、テーブルのようなスカートと、円錐形の建物と、離陸する飛行機のドレスに共通するものは何だろうかと考えた。テーブルも建物も飛行機も、人間社会の進化の産物だが、私たちの当初のテーマ、ファッションの基本エッセンスとしての「動き」と実際にどう関連しているかは見当もつかない。飛行機は技術の進歩で飛べるようになったが、浮遊するテーブルや上昇する建物は、おとぎ話の中か、何かの魔法でしかありえない話だ…ああ、急に頭がくらくらしてきた、夜は値引きのために酔いつぶれて喧嘩し、今はといえばこの詩人デザイナーが何を言わんとしたのか、二日酔いの頭をひねる始末だ…

フセイン・チャラヤン　Panoramic Collection（1998年）より "Cone Dress"
Echoform Collection（1999年）より "Airplane Dress"
Afterwords Collection（2000年）より "Coffee Table Skirt"

「降参します。」

「おやおやシータさん！　あなたは賢い女性だ、もう少し洞察できるでしょう。」

　私は肩をすくめた。これで生地の割引への努力も水の泡だ。

「すでに何千年もの昔、哲学者テオプラストスは、真に実在する唯一のものは動きであることを突き止めていました。それは私たちが感じる動きだけでなく、銀河系や太陽系、光、地球といったものの動きのように、五感で感じることのできない動きも含まれます。アインシュタインは彼の理論を証明し、光の速さにおいて時間と空間は実際に存在しなくなることを実証しました…」ジョジョは、自分の言葉が私の頭の中で、正しく共鳴したかを探るかのように、私をじっと見つめた。

「そこには、光の速さで飛ぶ人がもはや感じない動きだけがあります。飛んでいる飛行機の乗客が、自分が移動しているものすごいスピードを感じないのと同じです。自分が年老いていくことを知りながらも、我々が『ステレオタイプ』と呼ぶ日々の行為のリズム、感情とか、エネルギーの振動と呼ぶ、気分の反復のリズム、そして自らの人生のストーリーをたどる旅を構成する、思い出と計画によって立つ思考の集まりとしてしか認識することのできない動き、人の生はそのような動きなのです。ファッションの機能とは、このような個人の時空を旅する動きをとらえて、周囲に対して表現することなのです。」

　この言葉で、私は目が覚めた。

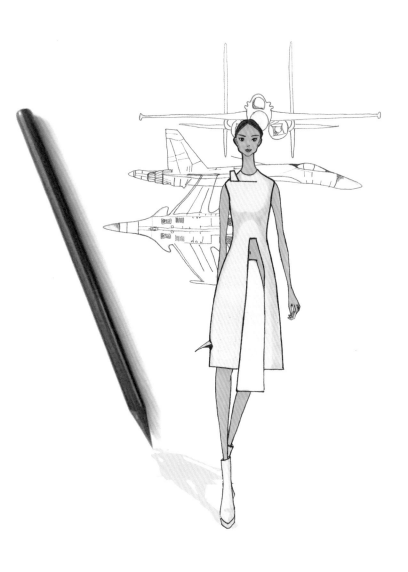

フセイン・チャラヤン　Echoform Collection（1999年）より　"Airplane Dress"

第2章
ファッションの魂の公案

「ジョジョさん、なぜこんなことをするんですか？」私は私をもてなす主人にそう尋ねながら、目の前で汗だくになって円錐ドレスから抜け出そうとしている女の子を眺めていた。もう一人も飛行機のミニドレスを脱ごうとしているところで、スカートのテーブルに至ってはもうとっくにドアの向こうに消えていた。

「どういう意味でしょう？」

「なぜ、こんな奇妙な服を選ぶんです？」

ジョジョが厳しい視線を投げかけたので、あわてて言いなおした。「興味深い、独特のデザインですが、実用的ではなく、従って売れませんよね。」

「私たちは時代のトレンドに遅れないように、世界中のファッションショーをチェックしているのです。私の同業者の中には、世界のニューモデルにならって服を作っている者もたくさんいます…」ジョジョはそこで、デリケートなテーマに触れるべきか思案するように、言葉を飲み込んだ。

　何が言いたいかは分かっている。アルマーニやヴァレンチノのスーツのコピーを格安で縫ってくれるバングラデシュ人の仕立屋が、こぞって店を構えている通りを知っている。ファッション雑誌の写真を持っていけば、数日の間に正確なコピーが出来上がる。でもテーブルの形をしたスカートを作って、利益になる仕立屋がいるとは思えない…

「…まあ、そういうことです…でも私は」ジョジョが続けた。「ええ、私は服飾史において興味深い衣服のリメイク品を収集しているのです。これは趣味なんですが、元は恋人に影響されて始めたものです…結局ふられてしまいましたがね。お見せしたいものがあります。」ジョジョはドアの奥に消え、私は下着姿の女の子に、円錐形のドレスを運ぶのを手伝おうかと申し出た。なんと完璧なスタイルをしていることか。かなり背が高く、スリーサイズは理想の90-60-90に違いない。キュッと締まったウエストが、長方形の身体をした人々とは違うし、

肩と胸、腰とももの幅が揃っているところは洋ナシや三角形タイプの体形とも違う。その裸に近い身体を瞑想の目で見ると、同じ大きさの二つの円がウエストのところで接しており、やがてそれが一つになって、この感じの良い娘が胸すなわちかに座の部位、第4チャクラのある部分で自らの存在を生きていることが分かる。ああ、なんて美しい娘なのだろう、ドアから出て行った彼女を見て私は思った。私もかつては、あのくらいきれいだったのかしら。

「子供を産むまでは、私たち皆きれいなのよ」いつだったか、似たような話の流れでクララに慰められたことがある。

「子供を産むとお腹の周りが広がって、二つの円でできていた完璧な体形から、洋ナシ型かアルファベットのOのような楕円形になるの。それは日々の務めや生活の心配事を、身体でいうと首のあたり、つまり第5チャクラとつながっているおうし座でこなしていくためなのよ…」

　でも私には子供がいない。それとも…いる？

「さあ、持ってきました」私の存在に関わる母性の緊張を、巨大な靴を頭にのせたジョジョがさえぎった。

「私に心の傷跡と、ファッションの革新的作品の収集熱を残して去った昔の恋人は、謎かけを愛していました」ジョジョはばかでかい婦人用パンプスを頭にのせたまま、思い出にふけった。「毎朝私に謎かけを出して、夜までに私が納得のいく答えを言わないと、禁欲を強いられました。彼女と愛し合うことは、あらゆる理想的感覚の究極のエクスタシーでしたから、私は一日中、謎かけのことばかり考えていました。一度など、答えを出そうと頭を絞るあまり、目の前でレジの中身を盗まれても気づかなかったことさえあります。私の人生で最も素晴らしい時代でした。」

「そうでしょうね。で、あなたが頭にのせているその靴も、謎かけと関係があるんですね？」

「そうなんです！　犬も人間と同様、魂の不死の本質をもつか、という謎かけの答えが2週間もの間さっぱり分からず、終わりのない禁欲生活にもう耐えられないと思っていたところを、靴に助けられたのです。私は彼女と愛し合いたい欲望ではちきれそうになっていて、今にも自分がタマ発作か、ペニス卒中かなにかで倒れるのではという気がしていました、お分かりでしょうか。」

「分かります、この謎かけは…難しいですね。」

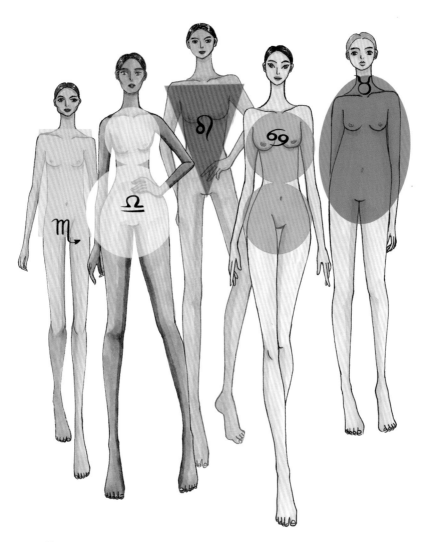

シルエットのタイプは、身体のかに座からさそり座までの部位のプロポーションによって決まる。

「でしょう？　私の恋人は日本人でしたから、伝統的な公案をもとにした謎かけをたくさん出してきました。それがいちばん難しかったのです！　はいと言ってもダメ、いいえと言ってもダメ、もう絶望的です。そしてついに私は、デザイナーのスキャパレリが、1937年冬のコレクションとしてシュールレアリスム画家のダリと共作したこの『シュー・ハット』に出会ったのです。スキャパレリはご存じでしょう？」

「ええ！　エルザ・スキャパレリは、ココ・シャネルとジャンヌ・ランヴァンと共に、20世紀前半のパリファッション界の三美神と呼ばれていました」私はアストロモーダの教科書から得た知識を誇らしげに述べた。ジョジョは特に感銘を受けたようにも見えず、「そのとおり」とだけ言って、犬も人間と同様、魂の不死の本質をもつか、もたないかという謎かけについての話を続けた。

「彼女が夜、答えが分かったかと聞いてきたので、私は答えるかわりに彼女のパンプスをその頭にのせました。それから私たちは、朝まで愛し合いました…そう、彼女も2週間の禁欲生活はこたえたようです」ジョジョ氏は思い浮かべていたらしい思い出のイメージに向かって微笑し、私に機械的に帽子を差し出した。

「この帽子をかぶったまま、一度も脱がずに歩いてナイト・バザールを抜け、目抜き通りを通ってあなたのサロンまで行きつけたら、次回の納入分は7パーセント割り引きますよ。」

　これは挑戦だった！　ホテル『プーコム・イン』に隣接するジョジョの倉庫から、ナイト・バザールと呼ばれる市場までは徒歩でも遠くはないが、どこも人があふれている。そこからは店がひしめきあう混雑した長い通りと、さらにもう一つの賑わう通りを抜けて、町でいちばん人気の待ち合わせスポット、ターペー門のすぐ手前でひっそりとしたチェンマイカオ通りに折れることはできる。しかし大勢に注目される恥は逃れても、ここで会う少ない人々は私が無関心ではいられない隣人や知人なので、ますます困ったことになる。でもビジネスはビジネスだ、とりわけ駆け出しのうちは、どんな値引きもありがたい。私はジョジョがかぶっていたのと同じやり方で、帽子を頭にのせた。私の頭のてっぺんからはヒールが天に向かって屹立し、後頭部は女性のかかとが入る部分で覆われ、パンプスの内側のアーチが左耳の上で目立たないしわを作り、つま先の部分は何か幻覚で見るような帽子のつばのように、私の額から突き出ていた。

エルザ・スキャパレリ　1937年秋／冬コレクションより "Shoe Hat"

うお座

おひつじ座

みずがめ座

おうし座

ふたご座

かに座

しし座

おとめ座

てんびん座

ホロスコープと黄道十二宮の円におけるダヌラアーサナ

ジョジョは満足そうにほほ笑み、軽くお辞儀しながらドアを開けて私を送り出した。

子供らは声を上げて笑い、観光客は「いいぞ！」と親指を立てて写真を撮り、男たちははやし立て、女たちは呆れたように首を振り、年寄りは良き時代の、古き良き仏教国タイの道徳が、外国人の退廃的習慣で破壊されたことに眉をしかめる。そして私はといえば、おひつじ座のゾーンすなわち頭が、靴が属するうお座の独占的優位に支配されることの、アストロモーダ的矛盾について考えることで、自分がどのくらい恥ずかしいかを考えないようにしていた。

身体のやわらかい人なら、ヨガのダヌラアーサナ（弓）のポーズで、うつ伏せから胸と頭をうんと反らせて、上げた両足の裏で頭に触れることができる。その時にできる身体の円は、完璧なアストロモーダのホロスコープであり、そこでは第1の星座おひつじ座と、最後の星座うお座が、隣り合って互いに作用している。歩行時には、足裏と頭は通常、身体の北極と南極、つまりおひつじ座（頭）で始まりうお座（足の裏）で終わる黄道帯の始点と終点であるからして、このラインは、戻すことのできない時間によって人生が線状に流れていく様を思い起こさせる。しかし星座の円は、自然や社会が果てしなく繰り返すサイクルを表しており、繰り返すのはファッションもまた然りである。クララは私に、**土星が27年前にいた星座にまた入ってくると、ファッションはレトロスタイルに戻る、**と教えてくれた…

やぎ座

いて座

さそり座

「わ、象だ」ジョジョの布地屋とナイト・バザールの大体中間まで来た時、道路わきの小さな公園に象がいるのを見て、私は驚いて独りごとを言った。象は絵を前にしている。象がその鼻で見事な色鮮やかな図形を描く様子を見ようと、感心して取り囲む人々の輪に私も加わる。ここでは誰も、私の奇抜な帽子に関心を払う人がいないことにほっとして、私は立ち、象を眺める。象とその絵は、公衆の注目を一身に集め、髪の長い二本足のマネージャーが観客に絵を買うよう勧めている。

　象は芸術家だ。円を描くように筆を振り回し、エレガントな仕草で色を選び、それを思案しながら紙にのせていく様は、まるで人間のようだ。その絵には、セザンヌのリンゴのような対象の明確さはなく、どちらかといえばカンディンスキーの抽象画を思い起こさせるが、飛ぶように売れていることは確かだ。長い鼻をもつ四本足の芸術家が描いた作品を、壁に飾りたくない人などいるだろうか。

　象は、まともな象のように振る舞っていないからといって、恥じることはしない。私だって、頭に靴をのせているという自分の視覚的アイデンティティーに誇りをもってよいのだ、という考えが浮かんだ。従順に、自己の存在のイニシアチブを外的世界に刻み付けるべきなのだ、と。私は象に、生きる術についてのレッスンを与えてくれたことに対し感謝して、活力に満ちエネルギッシュに（平静と平和はもはや退屈である）ナイト・バザールの衆人の目という斬首台に頭を横たえた。実際に多くの視線が私に注がれ、市場の奥にあるクライミングウォールでは、下で補助する者が私に気をとられるあまり補助を怠り、野心あふれるクライマーが足を踏み外して痛い着地をするアクシデントもあった。象のレッスンの後では私も恥じるどころか、むしろ注目されることを大いに楽しんでいた。感情と気分は魔法のようだ。象の絵描きに会う前は、同じ状況で死ぬほど恥ずかしかったのに、今はセレブのような気分で、ナイト・バザールからターペー門への道程、最後の三分の一に至っては、靴の形をした帽子が、まるで生まれた時から自分のアイデンティティーの一部であったかのように感じていた。

　笑う人々に時々手を振り、それ以外の時間は、パリファッション界の三美神のうち二人が世に出る契機となった、帽子とおひつじ座の部位である頭について考えを巡らせた。ココ・シャネルも、それより16歳年長のジャンヌ・ランヴァンも、その目覚ましいキャリアのスタートは、つつましい帽子の店だった。やぎ座のランヴァンは1889年に、しし座のシャネルは1910年に、それぞれの店を開いている。

二人のキャリアも私生活も、私が「ラスプーチンの魂」と呼んでいる
香水が世に出されてから、ぴったりと重なることになる。『シャネル
N°5』誕生に技術面で貢献した科学者を、ココ・シャネルに紹介した
のは、シャネルの愛人で、ロシア皇帝一族の伝説の「怪僧」といわれ
たラスプーチンの暗殺に関わったとして、国外追放されたロシアの大

ココ・シャネルの香水 "N°5"（1921 年）

公であった。ココ・シャネルはスピリチュアルに縁の深い人物だった。世界で初めての近代的香水とされる、初の香水N°5を発表したのは、1921年5月5日のことである[*3]。

　ココ・シャネルは、その香りの創造者である調香師エルネスト・ボーに、こう語っている。*「私の新製品は、一年の5番目の月の5番目の日に発表します。そして他の21のサンプルを差し置いて選ばれた私たちの香りには、最初につけた番号どおり『5』という名前をつけましょう。そうすれば、私たちに幸運を運んでくるはずです！」*

　一方ジャンヌ・ランヴァンはカトリックの信仰が深く、その香水も伝統的価値に対する感覚を表現している。音楽用語にちなんで"Arpège"（アルページュ）と名づけられた香水は、ピアノでエチュードを奏でるジャンヌの娘にインスピレーションを得て作られた。香水瓶を飾るのは、親しい友人のポール・イリーブが考案した、踊る母娘のロゴである。その4年後このイリーブが、ジャンヌの最大のライバルであるココ・シャネルの愛人となるのである。イリーブとシャネルが出会ったのはハリウッドで、映画衣装の仕事で親しくなった。出会いから2年経ち、ココ・シャネルはそろそろ腰を落ち着け所帯を持つ時だと考え始めた。しかし、その決心をする前に、ポール・イリーブはテニスのラケットを握ったまま、彼女の腕の中で突如息絶えてしまう…

　公開ファッションショーと考えごとのおかげで、お腹がすいた。かくして、パリ三美神の残る一人スキャパレリの奇妙な帽子は、『J.J.ビストロ』で注目を浴びることになる。フレッシュバジル入りの美味しいサラダを買った私は、ターペー門へと続くにぎやかな通りを眺めながら、奇抜な装飾を施した頭の中で、ファッション界の驚異の三美神について、また思いを巡らせるのであった。

　スキャパレリは三美神の中でただ一人、おひつじ座すなわち帽子からスタートしていない。借りた金で1926年に開いたつつましいブティックはセーターの専門店だったが、それもただのセーターではな

---

*3　アストロモーダにおいては、香りや香水はおうし座（首、うなじ）と関係があり、おうし座はN°5が発売された5月を支配する星座ということもあり、幸運な決定であったと言える。

かった。キュビズムや未来主義、シュールレアリスムの芸術家との長年の親交が、1927年のコレクション「ディスプレイNo.1」で形となり、マックス・エルンストのフロッタージュを想起させる視覚効果や、タイを首に巻いているようなデザインをニットに織り込んだトロンプ・ルイユ*4が用いられた。卓越した時の芸術家たちとの密な親交を、このパリの三人目の美神はその才能と巧みに結びつけ、たちまちファッション界の頂点へと上り詰めた。当時のファッション雑誌は、初のセーターコレクション発表以来、パリ、ニューヨークをはじめ各地で活躍するイタリアの星、エルザ・スキャパレリの記事であふれている。1934年には女性デザイナーとして初めて、Time誌の大見出しに特集が載り、500名の従業員をもってしても、年間1万着の注文が

─────────

*4　トロンプ・ルイユ（Trompe l'oeil）─ 三次元の物体であるかのように見せる技術を指す、ファッションや芸術で用いられるフランス語の用語

ジャンヌ・ランヴァンの香水 "Arpège"（1927年）

41

捌ききれないほどであった。1936年にはショッキング・ピンクのコレクションを世に出し、同時に初の香水"Shocking"を発表した。香水の瓶は、得意客だった女優メイ・ウエストの胸像をかたどったものである。そして1937年、画家のダリと共作したパンプス型のユニークな帽子『シュー・ハット』が誕生し、その翌年には"Zodiac Collection"が発表された。このコレクションによってエルザ・スキャパレリは、ファッションショーが単なる新作の紹介にとどまらず、そのコレクションが語る特定のテーマ（サーカス、星、…）についてのストーリーであると考えた初めてのデザイナーとして記憶されることになる。Zodiac（十二星座）のコレクションのおかげで、友人たちから「スキャップ」と呼ばれていた彼女は、アストロモーダのスクリプトにおいて重要人物とされている。クララはこのコレクションから、早速数点の作品をスクリプトに入れた。

📷 エルザ・スキャパレリの香水"Shocking"（1936年）

　例えば、十二星座すべてと天の川が金糸で刺繍された有名なラピスブルーのブレザー。アグリッパやアストロモーダに基づく星座の身体配置とは必ずしも一致していないが、スキャップは占星術と天文学の知識があり、クララは彼女がただ効果を狙ったのではなく、未だに謎のままである何らかの鍵をもとに、スピリチュアルな意図をもって星座を配置したのだと確信している。一方でクララは、Zodiacコレクションが誕生した1938年の、惑星とおおぐま座の位置関係について念入りに調べた。スキャップが小さな女の子だった時、火星のスジを発見した有名な天文学者で伯父のジョヴァンニから、「北斗七星」というあだ名をつけられたからだった。スキャップの身体には、この星座とまったく同じ並び方のほくろがあったからだ。他にもZodiacコレクションには魔術的な作品として、二つの占星術の記号が留め金になっている幅広のベルトがある。木星と火星のシンボルがあしらわれた留め金は、クララにとってスキャップが込めた占星術のメッセージを解き明かすための、もう一つのヒントとなっている。

📷 エルザ・スキャパレリ　織り込まれた模様 "Trompe l'oeil"（1927年）

エルザ・スキャパレリ　Zodiac Collection（1938年）より "Zodiac Jacket"
1937年秋／冬コレクションより "Shoe Hat"
Zodiac Collection（1938年）より占星術の記号をあしらったベルト
織り込まれたモチーフ Trompe l'oeil のある服
Display No. 1 コレクション（1927年）

　しかしクララが最も時間をかけて研究したのが、襟もラペルもない
ラピスブルーのジャケットであることは言うまでもない。天の川の星
を表す点、流れ星、いくつかの大きな星、大きな三日月、リングのあ
る土星と、その他の太陽系惑星がちりばめられたジャケットである。
2013年におよそ20万ドルで落札された、高価な仕立てのこの見事な
作品を特徴づけるのは12の長方形で、前開きの部分をはさんだペア
となって身体の中心を首元まで通り、そこから首回りへと続いている。
それぞれの長方形に、星座が一つ、金の糸で刺繍されている…そして
そのすべてがある順番で並んでいるのだが、その秘密を解き明かそう
とするクララは、夜も眠れないほどだった。

　ジャケットの下部、股の右側にまず♑やぎ座と反対側に♈おひつ
じ座、へそのあたりにはやぎ座に続いて♎てんびん座、対する左側
には♉おうし座、お腹から胸にかけておうし座に♊ふたご座が続く
のは納得がいくが、右側は下からやぎ座、てんびん座ときたのに続い
て♓うお座が登場し、その上、普通のブレザーならラペルがある場
所に♒みずがめ座がきて、左側でその対となるのは♍おとめ座だ。
エルザ・スキャパレリはおとめ座の生まれで、そのファッションは
（おとめのように）無垢と評されることが多い。しかしながら、彼女
の伝記と星座を見る限り、そのキャリアが星のような高みに達したの
は水の星座である♋かに座、♏さそり座のおかげであることが分か
る。
　生やリビドー、モチベーション、タントラ的エネルギーであるクン
ダリーニ、エロティシズムといったものの中枢は人間の股、すなわち
さそり座の部位にあって、スキャップはごく若いうちから、自らの内
にあるこの素晴らしいエネルギーを認識していた。ローマの名家の娘
が、官能詩集『アレトゥーサ』を書く。おお、これは一大事。両親は
21歳のスキャップをスイスの修道院に閉じ込めることで、スキャン
ダラスな詩集の火消しを図った。スキャップはしかし、ここに長くは
留まらない。シスターに丈の長い「入浴用シャツ」を着て入浴するよ
う強いられたことへの反抗もあって、ガンジーのごときハンストを決
行する。シスターたちもついにお手上げし、門を開錠した。スキャッ
プはロンドンへ向かい、使用人と乳母たちに囲まれて育った金持ちの
家の娘は、この町で自ら使用人、乳母として生計を立てることになっ
た。

　夜は遊び歩きたいスキャップ。若いから、遊ぶ気満々である。着ていく服さえあったら。困った挙げ句裁縫を覚え、自作のドレスはダンスホールで好評を博し、やがてそれが世界を席巻することになるのだった。でも今はまだ、その時ではない。今は恋の時、スピリチュアルと神智学の香りをまとった哲学の講義でその人に出会った。その若きスイス人は、就労許可なしに霊の呼び起こしと占いを行っていたかどで国外追放され、スキャップは1914年に彼を追ってニューヨークへ渡る。

　二人はここで水晶玉を使って未来を占い、死者の霊を呼び起こした。働く若い妻となったスキャップは、やがて身ごもった。しかし愛と肉体の結びつき、心の調和とスピリチュアルなカルマは、日常のストレスに抑圧されて機能しなくなっていき、やがてスキャップは自らの支えを、夫であるウィリアム・デ・ウェント・デ・ケルロル伯爵ではなく、高名なフランスのキュビズム画家ピカビアの姓を離婚後も名乗る雇い主に見いだすようになった。その女性ガビは、スキャップをマン・レイやスタイケン、スティーグリッツ、デュシャンといった近代的芸術家と引き合わせた。スキャップに支えてくれる人と、社交のつながり、ファッションブティックでの仕事があったことは幸いであった。というのも、1920年にゴーゴーという愛称の娘を出産するやいなや、夫が蒸発してしまったのだ。おまけに娘も重病にかかってしまう。その命を救えるのは、スイスのサナトリウムだけだという。どこにそんなお金があるというのか？　そんな時のために友人がいるのである。友人たちの支援により、スキャップと娘はニューヨークを後にした。そのニューヨークで2001年9月11日、娘のゴーゴーは、テロリストが「ツイン」にもろとも突っ込んだ飛行機の一つに乗っていて、命を落とした…

　「シータ、僕について来て、見せたいものがあるんだ」アストロモーダ・サロンが半分を借りている家の大家が、ドアの中から声をかけて、私を物思いから引き離した。大都市というランウェイを歩いた私のファッションショーは、私の勝利に終わった。家に着いたのだ。

　二人で歩道から道の反対側にある仏教寺院に足を踏み入れる前に、大家が私の靴風帽子に目をやり、不服そうに言った。

　「頭にのせているその奇妙な代物は何だね？　寺院に行くんだぞ…」

　中庭から、私を連れて行こうとしているところがもう見える。二人の変わった男たちが、一人はジーンズにアメリカの旗がプリントされたTシャツ、もう一人はスウェットパンツにどこかの共産主義国のばかでかい赤旗の絵柄のTシャツといういで立ちで、本堂の入り口につながる曲がり角で巨大な石を切り出しており、そのキュビズム的な面の数々が、やがて座っている人間の身体の形となることを示している。

　大家は二人の男たちに私を紹介した。二人とも、ちょうど手に持っていた工具を私に向かって振り、くわえたばこの向こうから「サワディー・クラップ」の挨拶が聞こえた。それからは私に見向きもしなかった。

　ねえ、せめてもの礼儀として、その…靴を頭から脱いでくれないかい？」耐えかねた大家が言い、あとは硬い石から完璧な人間の身体がだんだんと浮かび出てくる様子を観察できるように、私を独りにしてくれた。

　匠たちは私がいても構わないようだったが、話す気はまったくないらしい。彼らを、炎を凝視するトラタク集中法のような、困難な手作業から注意を逸らせる外界の唯一の物はタバコで、それも炎がタバコに火をつけるのに必要となる一瞬だけのことであった。

　ヒントがなくても、ブッダを彫っているのだということは分かる。マヤが出発前に説明したところでは、タイの仏教は、私がネパールで非常に深く影響を受けたチベット仏教と異なり、ゴータマ・シッダールタ王子のみを唯一の仏として敬うそうだ。この王子は自らのニルヴァーナをもって、他の人々にも道を示したが、ブッダの道は瞑想を基としているのだから、まだ加工されていない石の下部は結跏趺坐の交差した足になると想像がつく。半

開きの口にタバコをくわえた二人の男が、寺院の敷地で高名な聖人で苦行者である仏の像を切り出す様子は、美しく奇妙な見ものである。寺院の建物からオレンジ色の僧衣をまとった僧が現れて、私に寺院の院長であると名乗った。

　院長が石を切り出す騒音のすき間から、シッダールタ仏の像がこの正堂の主祭壇に置かれることを説明するあいだ、二人の石工はまたタバコを一本吸い終え、工具を仏の肩の部分へと向けた…このような眺めを前にすると、瞑想状態に入ることもたやすく、周りでは雷がうなり、木づちがノミの柄を打つリズミカルな音が響いていても、すんなりと静けさに浸ることができた…素晴らしい。再び目を開けると、石の身体の、ちょうどワイシャツの襟と肩の境目、エルザ・スキャパレリのラピスブルーのジャケットで、首の右側の♐いて座と対をなす♌しし座がある場所が、もうすっかり平らに削られているのが分かる。そして今、ノミと手動フライス盤が、"Zodiac Jacket"で、スキャップの金星とアセンダントがある♏さそり座と♋かに座の部位、すなわち首の後ろ側で動き回り、石を人間の身体に切り出している。

第3章
ブルードレスの丈の魔術

　三十路に入るやいなやシワの最初の兆候を見せ始めた白い肌の奥からキラキラと光る青緑の目と、パチパチと瞬くまつ毛に促されて、厚いくちびるが情熱的にすばやく動く。驚くほど豊かなウェーブした髪が、カールした細い束になってあっちこっち飛び回る。アストロモーダのカウンセリングに夢中になったヴァレンティナは、自分が話す側になるやいなや、マッサージ師としてだけでなく、有名な国際機関で講師を務めるタイマッサージの観点から見た、人間の身体の様々な法則について、次から次へと話を続けた。

「手を挙げると、そう、こんなふうに上にね、するとエネルギーが、鍼治療でいう陰の経路をすべて通って下から上に流れて、ヨガでいうこれらの月の、つまり女性のエネルギーの経路の中心は、ちょうどあなたがかに座の部位と呼ぶところ、つまり胸にあるんです。ここは大多数の陰の経路の終点、もしくは始点となるところです。おもしろいと思いませんか？　とりわけかに座が胸と同様、月と女性性、母性を支配していることを考えると？」この気性の激しい女性はかに座について情熱的に語る。というのも、彼女のアセンダントがかに座にあるからだ。

　アセンダントとは経度ゼロ度のことで、占星術ではこれをもとに個人の特徴を測る。ほとんどの人は、太陽が示す特徴よりも、アセンダントが示す特徴をより多く備えているといえる…でもそれについては、これからヴァレンティナと一緒に買い物に出かけてから触れることにする。今私が言いたいのはスタイルの限界についてである。というのも、たとえそれがアストロモーダの観点からふさわしいとしても、ご婦人に例えばスモーキングを着せることは、伝統的には不可能だからである。どんな女性でも、そのスタイルにはアストロモーダのデザインが侵してはならない限界がある。それが私がジョジョ氏の「帽子靴」で受けたような、同意にもとづく精神のレッスンである場合は別だが。

　そう、私たちはこれから、ヴァレンティナのワードローブにプラス

する、新しい服を買いに行くのだ。それが彼女の人生に大小いずれの革命をもたらすかは、最終的にどんな服を選ぶかにかかっている。女性が服を買う時には絶対に独りで、または男性の付き添いで行くべきだ、というのも女性は意識するしないにかかわらず、他の女性の魅力に嫉妬するので、密かに似合うものをやめさせたり、似合わないものを勧めたりする傾向があるからだ、というエルザ・スキャパレリの戒めに反して、私たちは一緒に買い物に行く。スキャップの戒めを破ると、帰宅して包みを開けると「欲しかった」ものは全部買ったのに、あなたが実際に欲していたエネルギーがないものばかりで、「空っぽ」だった、という羽目になる。また「空」の話になってしまった。

　私はといえば、それがそんなに悪いことだとは思えない。一緒に買い物する女性たちが、同じ男性を狙っているのだとしたらダメだけれども。どちらにしても、私はヴァレンティナに同行しなくてはならない。クララが取り組んでいるアストロモーダのコレクションはまだ製作途上で、多くの女性は占星術カウンセリングを受けたあと、アストロモーダ的観点から勧められることを応用するため、直接お店で実践的なアドバイスがほしいと依頼してくる。ふむふむ、ヴァレンティナのように目と肌の色が明るく、髪の色が暗いタイプには、従来のスタイリストは鮮やかな色をはっきりとしたコントラストで組み合わせるよう勧めるだろう…私が頭の中でショッピングの基礎スケッチを作り上げるあいだ、ヴァレンティナは自分が恋人を追ってイタリアからオーストラリアに移住し、バイロンベイのビーチだかどこかで素晴らしい生活の場を見つけたのだが、結局恋人のサーファーにふられてしまった話までしてきた。

　あとは騒々しい通りを歩きながら、単なるマッサージとしてよりも受動的なヨガの訓練だととらえているというタイマッサージと、アストロモーダとの類似点について、自説を語りつくした。上げた腕を指でなぞりながら、立って腕を上げた状態では、すべての陽の経路は上から下に流れ、その中心はアストロモーダでいうおひつじ座の部位、すなわち顔と頭全体にある、と言う。語り終わるやいなや、私たちはちょうどそばに停まったモーター三輪車に乗り込み、ダンスパーティに向かう二人の王女のように「御者」に道を委ねた。

　「何を選ぶかによって、何者になるかが決まります」私は自分が話すチャンスをつかもうと試みる。モーターの音が私の声をかき消すが、

ショッピングモールのエアポートプラザまでは遠いので、私はあきらめない。「あなたがベジタリアンフードとコーヒーが好きで、青い服を好んで身につけることは、あなたが何を食べて飲んで着ているかということだけでなく、あなたがどんな人間で、誰に出会って、あなたの人生がどんな方向に進んでいくのかを意味しているのです。」

「誰に出会うかですって？」ヴァレンティナが興味津々に聞き返す。これまで男性運の悪かった彼女にとって、パートナーは深刻なテーマだ。

「もうお気づきだと思いますが、ベジタリアンレストランはステーキハウスとは異なる人の集団を引き寄せますし、本屋と酒屋、劇場とサッカーの試合は違う種類の人々を引き寄せます。特定の集団に属している私たちも、自らの選択によって新しい知己を手に入れ、その中に色々な機会や損失、新しい方向性や迷いによって、私たちの未来を共に形づくっていく人々が現れるのです。」

「私はベジタリアンレストランには食べるために行っています。ちなみにターペー門のすぐ向こうに、小さいけれどすごく美味しいところが一軒ありますよ、公園を突っ切るあの通りです」聞こえているかどうかと私を見やってヴァレンティナが続ける。「左側です。本当に美味だし、安いんです。でも決して出会いを求めて通っているわけではないし、読書は好きだけれど、図書館で男漁りもしません。だからあなたの言う、自分の選択で自分が何者かを決めて、それによって自分の未来をも決めるという理論が正しいかどうか、ちょっと分かりません。」

トゥクトゥクと呼ばれるモーター三輪は、ショッピングモールの巨大なビルの前で急ブレーキをかけ、私が状況を理解するより早く、クライアントにJaspalという店に連れてこられ、美しいラピスブルーのミニドレスを見せられた。

「昼も夜も、このドレスのことが頭から離れないんですけど、私が着ると筋骨隆々として見えないか、その…マッサージ師とか、水泳の選手みたいに見えないか心配なんです。」

彼女がマッサージ師なのは本当のことだ、と指摘するが、私が言い終わらないうちにもうそのドレスを試着していた。

「どうかしら、アストロモーダ的に大胆になるべきかしら？」どうやらやかましいトゥクトゥクに乗っているあいだに、くだけた口をきくようになっていたらしい。

まるで自分の姿を映しながら、このドレスを着てベッドインする最初のナイスガイを魔法のように引き寄せる魅惑のダンスを踊ってでも

いるように、ヴァレンティナが鏡の前で身をくねらせ、くるくると
回っている間、私は彼女が実地でのアストロモーダカウンセリングを
依頼したのは、単にこのセクシーな青い誘惑ツールを買うのに背中を
押してほしかったからなのだ、という事実を頭の中で処理していた。
言い訳はファッションにおいても可能である。私にだって、絵を描く
象のマネージャーが、奇抜な帽子をかぶっているせいで絡んでくる
人々には、「これをかぶって町を歩けるかどうか、主人と賭けをして
いるんですよ。1万バーツは1万バーツですからね。」と言ってあっさ
りとかわすようにと助言してくれたではないか。

　彼の象が私の感情を変え、私の恥じる気持ちを自己顕示欲に変えて
くれたおかげで、マネージャーから教わった言葉は結局使わなかった
が、こういう言い訳には確かに効果があると思う。おかしな服や、何
らかの理由でふさわしくない服を着ることでお金が儲かるとか、賭け
に勝つとか、先週から有名セレブが着ているのと同じだとか言えば、
批評したり、嘲笑したりする輩は私の「靴」をとやかく言うのをやめ
るだろう。

「だからファッションの周期というものがあるのよ、それもトレン
ディな人々や若者だけの話ではなくて、誰にでもある。もちろん、
その時流行しているものに反するような、独自のファッショントレン
ドをもつ年齢別、社会層別の集団はあるけれども」アストロモーダの
スクリプトを前に、時代の気分がいかに人の集団や社会において、
ファッションの周期として表れるかについて、クララはそう私に説明
した。占星術的にはそれは惑星の通過と、何年もあるいは何世代もの
間、同じ星座に位置し続けるような動きの遅い惑星と関係があるとさ
れている[5]。

　というわけでヴァレンティナは今私に、自分一人では買う勇気のな
いドレスを買うために、「私じゃないわ、アストロモーダ・サロンの
せいよ」という言い訳を、弁解を求めているのだ。私は大胆なライン

---

*5　社会学的には「町はコンクリートのジャングルではなく、人間の動物園で
ある」と言った、あるダーウィン主義者のチンパンジーの研究を根拠としてい
ると言われる。デスモンド・モリスは「人間という名の生物」をテーマとした興味深
い本を多く記した。本書で扱われるアストロモーダのテーマに最も近い本は『マン
ウォッチング─人間の行動学』（Manwatching）で、その中で著者は、1926年に経済
学者ジョージ・テイラーが発表した理論、「従来の女性のスカートの長さは、その国の
経済状況を表す」という理論を支持した。この理論は20世紀において、ラルフ・ロッ
トネム、ロバート・プレックター他の人々によって展開されている。

や素材、色の組み合わせにまったく抵抗はない。とりわけホロス
コープの第1ハウスが強い人々や、とにかく周りと差をつけるために、
あるいは自分のスタイルを目障りだと思う人々と意見が衝突するこ
とで生じる緊張を楽しむために、盲目的に自分の道をつらぬく
傾向のあるおひつじ座の緊張した星座配置をもつ人々の
場合は、そのような大胆さもよしとしよう。でもこ
のブルーのドレスは、アストロモーダ的観点か
ら言ってヴァレンティナにはまったくふさ
わしくなかった。

　しかし、そのことをどう告げれば
よいのだろう？　彼女は催眠術に
かかったようになって、ひざ丈
よりはるかに短い、美しいブ
ルーのドレスしか目に入って
いないようだった。襟ぐり
は胸の位置よりもっと深く、
細い肩紐の間で乳房が盛
り上がって、まるで目に
見えないコルセットで
ツーサイズ大きくなった
ようだ。

　デザイナーもあっぱれ
としか言いようがない。
店が立ち並ぶプロムナー
ドを歩く男たちの群れは、
まるで食べてやろうとでも
いうような目つきで、ウィン
ドウ越しにヴァレンティナを見
ている。凝視しすぎてけつまず
いたのもいたし、向こうから来る
歩行者とぶつかったのも二人、一人
は妻から平手打ちをくらっていた。その
女は盛大に発散しているようで、このろく
でなし、デブ、老いぼれと罵る声が皆に聞こえ
てきたが、だからといって他の男に目移りするとい

「何を選ぶかによって，何者になるか，
そしてどんな運命をたどるかが決まります。」

うわけではないようだった。

「ずい分こっぴどくやってるわね」ヴァレンティナが笑う。

　嫉妬した女の剣幕で、ヴァレンティナは我に返った。そこで白い
キャンバス地のパンツと、襟あきのごく浅い紫のブラウス、低いプ
ラットフォームシューズを勧め、ブルーのミニドレスを試着するため
に選んだハイヒールから履き替えてくれるよう願う。

「これを着ろって言うの?!　だってこんなの…」ヴァレンティナは眉
を吊り上げて私の目を見、出かかったひどい言葉を引っ込めて「…退
屈じゃない。」と言った。

「退屈なのはいいことなのよ!　あなたのいつものセンスに合ったも
のを勧めたとしたら、それは私がちゃんと自分の仕事をしていないと
いうことになるもの。あなたの今までのホロスコープと人生を変える
には、今まであなたが好きだったような恰好はさせられないの」と少
し大げさで誇張した言い方をした。スクリプトの、『**今までと同じこ
とをしていたら、今までと同じものしか得られない。**』という私のお
気に入りの一節が、頭の中で鳴り響いていたからだ。

　ヴァレンティナの瞳孔は狭窄しており、これはショッピングによっ
て、脳が体内に分泌するセロトニンその他の「幸福」ホルモンの値が
上昇していることを示すため、彼女が再びブルーのドレスのトランス
状態に陥ったことが分かった。

　こういうことは初めてではない。二人の男が仏像を切り出している
寺院を横目に見ながら、アストロモーダ・サロンでホロスコープを片
手にカウンセリングを受けているあいだは、宇宙のミニチュアモデル
としての自分の身体について、また十二星座や、体内に「刻印され
て」いるネイタルホロスコープについても、真剣に耳を傾けている女
たちも、店できれいなスカートやブラウスやドレスを前にすると冷静
さを失い、まるで私などそこにいないかのように、本能的に今までと
同じセンスで選ぼうとするのだ。

　ショッピングは、瞑想テクニックの一つに加えられるべきだ。単な
る瞑想やヨガのアーサナよりもずっと速く強く、精神を意識の変化し
た状態にもってくることができるからだ。

　ブルーのドレスととびきりヒールの高いサンダルのショッピングサ
マーディ（三昧）にはまっているヴァレンティナが、さらに自分の好
みに合い、私が賛成できない服を選んでいるあいだ、私はどうやった

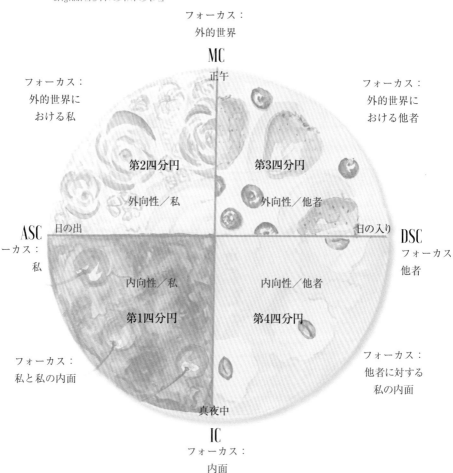

フォーカス：
外的世界

MC
正午

フォーカス：
外的世界に
おける私

フォーカス：
外的世界に
おける他者

第2四分円

第3四分円

外向性／私

外向性／他者

ASC
日の出

DSC

フォーカス：
私

日の入り

フォーカス
他者

内向性／私

内向性／他者

第1四分円

第4四分円

フォーカス：
私と私の内面

フォーカス：
他者に対する
私の内面

真夜中

IC
フォーカス：
内面

📷 ホロスコープの四分円

　ら彼女を救えるかと考えていた。

　なぜ私がヴァレンティナのセレクトに賛成できないか、また賛成してはならないか、その理由はホロスコープの円の内側、二本の基本軸がなす十字の内側の、四分円にあるのだった。横軸はいわゆるアセンダントとディセンダントとを結ぶのに対し、縦軸はラテン語の略語であるICとMCとを結んでいる。ICはナディル、すなわち天底で、MCはゼニス、すなわち天頂である。円形のチーズやケーキを、この二つの軸で二回カットすると、大きさがほぼ同じのピースが四切れできる。

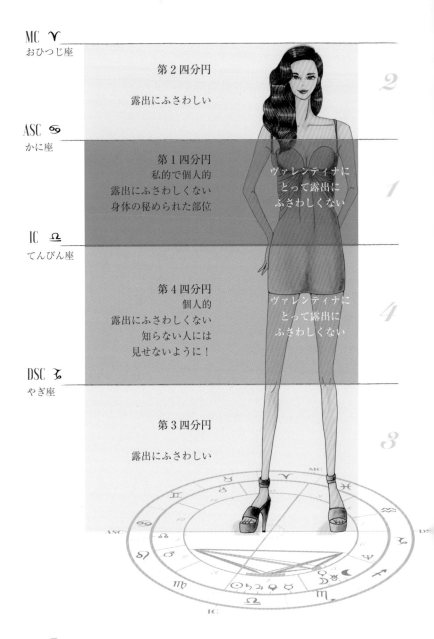

MC ♈
おひつじ座

第2四分円

露出にふさわしい

ASC ♋
かに座

第1四分円
私的で個人的
露出にふさわしくない
身体の秘められた部位

ヴァレンティナに
とって露出に
ふさわしくない

IC ♎
てんびん座

第4四分円
個人的
露出にふさわしくない
知らない人には
見せないように！

ヴァレンティナに
とって露出に
ふさわしくない

DSC ♑
やぎ座

第3四分円

露出にふさわしい

2

1

4

3

ヴァレンティナのホロスコープに基づく、四つの四分円の身体上の配置

これが四分円で、これのせいでヴァレンティナの大きな襟開きと、ももの真ん中丈のブルーのミニドレスにうんと言うことができないのだ。そんなことをすれば、解決したくてアストロモーダ・サロンにやってきた諸々のトラブルが、彼女の人生で続いてしまうことになるからだ。

ホロスコープでアセンダントとICの間にある第1四分円は、非常に私的で個人的な領域である。この四分円は自分自身の表れで、多くの場合私たちはこの自己の真実を、仮面や、人生において他人のために演じている役割の陰に隠している。たとえば私がカトマンズで体験したように、友人その他の人々とバスに揺られて、生まれて初めてのバンジージャンプに向かうところだとする。あなたは恐怖で顔面蒼白なのだが、友達には楽しみだと言い、初対面の「ジャンパーたち」の前ではまるで橋からの宙返りが生きがいだというように振る舞う。とにかく、ひたすら自分の第1四分円の真実を隠そうとするのだ。

そこで考えてみてほしい。この私的な四分円が胸とへその下の間、すなわちかに座のアセンダントとてんびん座のICの間にあるヴァレンティナが、このセンシティブで、秘密ですらある身体の部位を巨大な襟ぐりで露出してしまうのだ。さらに太ももをあらわにすることによって、てんびん座のICと、やぎ座すなわちひざにあるディセンダントの間に位置する第4四分円をも、露出してしまうことになる。

この第4四分円は、第1四分円ほど他人への露出にデリケートではないが、第4四分円の他人との共有が望ましいのは、私たちが慣れ親しんでいる人々や環境の場合に限られる。つまり自分の家や仲間うち、親しんだ仕事場、親しい友人やパートナーといる環境でなら、ヴァレンティナはひざから下腹までの部位も好きなだけ露出することができるが、このブルーのミニドレスを着て知らない男性を誘惑することはやめたほうがいい、ともかくも彼女のホロスコープに反しているのだから、危険なのだ。そして彼女が今、ブルーのミニドレスからあらわにしている太ももは第4四分円に位置していて、この第4四分円は私のバンジージャンプに向かうバスの例でいえば、友人にだけは自分がどれほど怖いか、本当はどんな気持ちなのかを打ち明けるが、初対面の「ジャンパーたち」の前では引き続き、完璧な「決死の跳躍」を追い求めることに人生をかけてきたヒーローを演じる、ということなのである。簡潔に言えば、知らない人の前では「露出しない」ということ

だ。

第1四分円の個性の内面的出現を理由とする露出は、その動機が自己顕示癖であっても、私たちを取り巻く世界のマクロコスモスにおける内面的願望や価値、目的、特質の世界の衝突の必要性によるものであっても、あるいは共有欲、どこかに属したい、立ち向かいたいと思う願望に動機づけられたものであっても、それを促すのは第2四分円である。すなわち、ホロスコープケーキのアセンダントとMCとの間を切り取ったピースで、ヴァレンティナの場合はふたご座（肩と手）とおうし座（首とうなじ）、おひつじ座（頭と髪の毛）がそれに当たる。

この第2四分円と共に、露出に適しているのは第3四分円、つまりMCとディセンダントの間を切り取ったピースである。占星術師によれば、この四分円において私たちは、あたかも自分の意識がつかさどるのとは別の身体や心、意志の中で溶融することを欲するかのように、外向的に他者と結びついたり、交わったりすることを強く望んでいるという。ヴァレンティナの場合は、この第3四分円の露出に関係するのはうお座（足首から足裏まで）、みずがめ座（ふくらはぎ）とやぎ座（ひざ）である…

もう支払いを済ませてブルーのミニドレスを着ているヴァレンティナを見ながら私は、彼女のこれまでのトラブルが明日も明後日もしあさっても、このドレスを着古して捨てる日まで続く様子を想像していた。その後も恐らく、習慣とセンスに基づいて同じようなドレスを買って、選んだものによって人は自分が何者であるか、どんな運命を担っていくのかを決める、という真実を証明するのだろう。

「素晴らしいカウンセリングをありがとう」私の精神のタイムトラベルを、ヴァレンティナの感激した声がさえぎった。「本当に助かったわ。アストロモーダって最高よ。」

彼女のホロスコープに従って服を選ばせてくれていたなら、絶対に今、こんなふうに興奮して礼を言うことはなかっただろう。時が過ぎて、自分の人生の恋愛面、キャリア面で変化があり、やや神経過敏なところがなくなって、気分が軽くなってきたのを感じて初めて、私に感謝したかもしれない。クライアントがこんなに有頂天で、まだ店にいるうちに礼を言うのは、その選択でこれまで生きてきたやり方を再確認するために、自らのセンスと習慣に基づいて自分で選んだものを

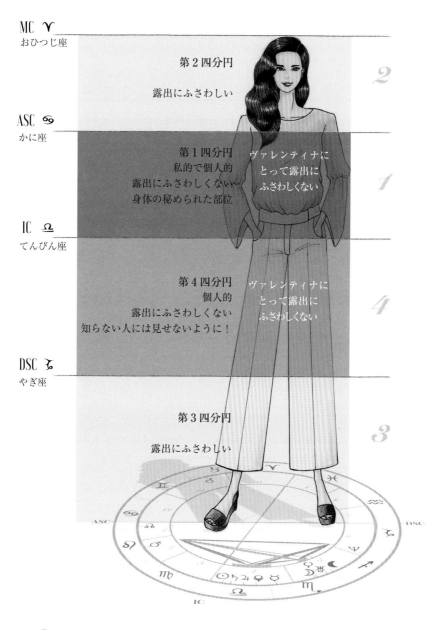

MC ♈
おひつじ座

第2四分円

露出にふさわしい

ASC ♋
かに座

第1四分円
私的で個人的
露出にふさわしくない
身体の秘められた部位

ヴァレンティナに
とって露出に
ふさわしくない

IC ♎
てんびん座

第4四分円
個人的
露出にふさわしくない
知らない人には見せないように！

ヴァレンティナに
とって露出に
ふさわしくない

DSC ♑
やぎ座

第3四分円

露出にふさわしい

2

1

4

3

📷 ホロスコープに基づく四つの四分円のヴァレンティナの身体上の配置

買った時だけである。

　ショッピングモールの1階に下りる階段までたどり着かないうちに、もう知らない男たちがランチに誘ってきた。

「ほら、新しいドレスの効き目を見てよ！」

　そう、でもあなたは男を寄ってこさせるのには苦労したことがないけれど、一度寝てしまってからその男をつなぎとめておくことができない。そう言いたくて舌がうずくが、我慢した。わざわざ機嫌を損なうこともあるまい。

「また別の機会に」私はランチの誘いを断り、ヴァレンティナと別れた。去っていく彼女はその肉体によだれを垂らす男たちにエスコートされ、男たちの目からは「入れて抜いて入れて抜いて」というペニスのお経が聞こえるようだった。

　私はコーヒーを買って静かな一角に腰を下ろし、メールを開いて、敬愛するマヤのチベットからの便りを読むことにした。今日の私のカウンセリングは、マヤには褒めてもらえないだろう。今日のような経験で、サロンでホロスコープの教えに目覚めた境地を、そのまま店に持っていき、それを維持する術を、クライアントが自らを苦しめ、また永遠の痛みをもたらすラピスブルーのドレスを買う破目にならないように、必死で避けようとしている悪習慣の催眠術にかからせない術を、いつか会得できるようにと願う…

　チベット、それは祈る僧たちの魂を探求する眼差し、風の音、寒さ、それから外国人の動きを注視する軍の監視。それが私には好都合だった。ある厳格な将校にウォッカを一瓶進呈して一緒に飲み干し、「クローブの魔法」（何のことかわかるでしょ（^^)）をかけてから、カイラス山に向かった外国人についての情報を引き出したの。そしたらなんと！　パソコンの写真によれば、それは私の愛するエンキドゥだったのよ！

　それで今、タントラ教信者にとってはシヴァ神の化身であり、チベット人にとっては宇宙の曼荼羅の中心である須弥山に向かって、道なき道をとぼとぼと進んでいるところ。例の将校は別れがたそうに、「5月の満月の日に着かないことを祈るんだな、その日はブッダが生まれて、死んで、涅槃の境地に達した日だからいちばん混雑するんだ」とアドバイスをくれて、それから私に手を振り続けて、ついに今

生のお別れとなった。どこかでばったり会わない限りはね。

　チベット人たちからは、カイラス山について聞いていた。外国人が山の周りを一周しようと思うと3日かかり、山の中の完全に霊的なゾーンまで登ろうと思ったら、山の周りを十三周しなくてはならない。午年だったら、一周を十三周と数えることができるのだけれども…ああ、寒い寒い、こちらの人がするように、強い酒をくいっと空けて温まったほうがいいみたい…

　私も温かいコーヒーを飲んで、麺を注文し、マヤのメールに目を戻し、世界でいちばん近しい人への慕情に身を任せた。マヤは私の命の恩人、私の家族、私のふるさとだ。

　…戻ってきたわ。頭がくらくらする。ここの酒のせいだと思う？　はずれよ、愛するシータ、私は標高の高さに酔っているの！　どこへ行っても4千メートル以上あるから、飲んでいなくても朝から晩まで「へべれけ」よ。それが本物の高山病になってしまいさえしなければ、なかなか快感よ。最初の数日は最悪で、寝ることも食べることもできず、頭は痛いし、耳鳴りはするし、何をおいても最悪だったのは車の中！　はるか遠い、到達困難なカイラス山まではジープに揺られて5日かかり、標高の高さで身体が不快でたまらなくなってくるの。はっきり言って、なぜ皆ここに来たがるのか分からない。山としてはきれいだからでしょうが、すぐそばにあるエベレストを始めとするネパールの堂々たる巨山に比べれば、わずか6714メートルの小娘だし、登山も禁止されている。そう、山の周りを回ることはできるけれど、頂上に上がってはいけないの。何かを連想させない？　フフ、私は高校で身につけた恋のストラテジーを連想する。あ、ごめん…忘れてた。まだ何も

思い出せないの？　それとも、何か変化があった？　シータ、記憶は
戻ってきた？　そうなら素晴らしいことだけれど。とにかく、私のこ
とは忘れていないんだからよかった、マヤを忘れるなんて不可能だか
らね！（^^）

　で、のろのろ旅の話に戻るわね。高地をガタガタと進み、険しい山
道を上る私たちのジープが、最後の川を渡って到着すると、山の周り
を回る60キロのトレッキングに皆出発した。私はここまで来るのに
力をすべて出し切ってしまって、トレッキングをする余力がなかった
の。私は、愛する人が山から下りてくるまでとにかく待とう、と決め
た。それが道理にかなっているし、ロマンチックだとも思ったの。そ
したら、次の日になって、どこかの外国人が、その描写を聞く限りで
は外国人のようでもあるし雪男のようでもあるけれど、トレッキング
ルートのいちばん高い地点に留まって、聖なる山でも最も聖なる場所
の神秘の流れの中で、瞑想に身を捧げることを決心した、という噂が
流れてきた。いや、確かに、これは間違いなく私の美しい狂った人、
エンキドゥのことだ。私はここで永遠に待ちたくなかったので、彼に
会いに行くことにした。案内してくれたのはチベットの老女で、歩く
あいだずっとマニ車を回し続けていた。手袋なしで。時間が経つごと
に、老女の手が凍えないことにますます驚いた。雪はどんどん増えて
くるし、大変大変。私は考えごとをする暇もなかった、マニ車を回す
おばあさんは私よりずっと年寄りなのに、ずっと足が速いのだもの！
全然追いつかなかった。時々雪に埋もれた石に腰を下ろしては、笑い
ながら私を待っていてくれたからよかったけれど。外で寝なくて済む
のも幸いだった、巡礼者は巡礼ルート沿いにある寺院で夜を越すこと
ができる。五つ星ホテルではないけれど、少なくとも朝また目が覚
めるから。外で寝たら白雪姫になってしまうわ。

　ディラブク寺院では朝、ラマから伝統的な朝ごはんツァンパが配ら
れた。これは炒った大麦の粉を、塩味のバター茶、そう、驚くような
味のお茶に混ぜたもの。それを生地にして、指でボールのようにこね
て食べるの。ラマは、これ以上先へ行くなと気をそぐような助言もく
れたわ。

　この先は暴風と雪がひどいし、尾根のドルマ・ラという鞍部を越え
るのは命がけだと言う。鞍部だって、噂によれば私の愛する人が瞑想
している場所は、5670メートルの高さにあるのだから。

　チベットの老女は天候など構わず、先に進んだ。私は連れて行きた

がらず、明日になれば日が差して安全になるから、それまで待つように言った。

　老女が暴風雪の向こうに消えるやいなや、左耳の上に傷跡があるとても優しいラマが私の世話をした。若い時、プージャー（供養）で居眠りしてしまったのかしら。私に様々な仏の姿や、その「家族」の善良な神々、怒る神々を見せてくれた。シッダールタ仏ただ一人を仏と崇める上座部仏教国タイでは許されない話だけれど (^^)

　山々の静けさには圧倒される。人を高揚させ、力づけ、鎮める静けさ。でも退屈でもある。とりわけ、高山の頂きに登る機会を失った今となっては。ラマは私に、聖なる場所から採った小さな玉をくれた。これを飲み込むと、すべての病を治すまでは体内に留まるというの。そしてこの玉は、高山病からくる私の身体の弱いところをたちまちすべて治してくれた。その日退屈をまぎらわせてくれたのは一人の巡礼者だけ、私は彼を「這いずり男」と呼んでいて、昨日道中危うく踏んづけてしまうところだったのだけれど、今日の午後ついに寺院まで這ってたどり着いたというわけ。這いずり男の動きをどう説明したらいいかしら。山の周りのルートを、まるで自分の寝そべった身体で測ろうとでもしているようなのだけれど、もちろん信仰の面ではより評価される行為ね。それもそのはず、2、3日かかる道を、3、4週間かけて行くんだから。立った姿勢で祈り、それから目の前の冷たい石や湿った土、雪やなにかの上に腹ばいになって、控えめな動きで手を頭の後ろに上げ、次に頭か手があった場所に立ち上がって、また祈りを捧げ、腹ばいになり、それをカイラス山の全周60キロぐるっと「這いずり回り」きるまで、延々と繰り返すの。

　翌日の朝は太陽の光で目覚め、寺院の朝食ツァンパが私の身体に力を注いでくれた。私は解けだした雪を踏んで、愛する人のもとへと巡礼の最高地点を目指した。でもいくら探しても、ドルマ・ラの山道に外国人の姿など見つからない。何時間も経ってから、外国人のガイドをしているあるチベット人が、カイラス山のふもとを回る巡礼道の最も聖なる場所の、神秘の流れで瞑想するためにここに留まった唯一の人間は、自動車事故で亡くなり火葬されたフランス人男性で、彼の弟が日本人の恋人と一緒に、事故の10年前に兄弟でカイラス山へ行った思い出に、兄の遺灰をここに持ってきたのだと教えてくれた。それから私に、ドルマ・ラの山道を通じて私をカルマの次の生へと導くターラ菩薩に念じるようにと助言し、自分のグループを引き連れて

去って行った。私は、宇宙や時間、事故で命を失った若者に想いを馳せてしばし瞑想し、愛する人を求めて次の生へと出発した。

　あなたの方はどう？

　あなたも恋人を見つけるといいと思うんだけど、どうかしら？　二人、いや五人くらいいた方がいいわね、あなたを独り占めしすぎる人がいないように。真剣なお付き合いをするには、あなたはまだデリケートすぎると思うの。五人いて、一人週1回ずつデートしたら、気分も晴れ晴れするわよ (^^)

　Looooooooove マヤより

第4章
アセンダントと愛の美神たち

　ココ・シャネルが奇跡的成功を収めた時代、ゼロから社交界のオリンポス、ファッション界のエベレストにまで上り詰めた時、この類まれなる女性は5冊の神秘的な書籍をよりどころとしていた。そのうち1冊は医師で占星術師だったアグリッパの著作であった。

　ココ・シャネルは、その驚異的なキャリアの初めに生み出したデザインで、アグリッパの星座と身体の部位を結びつける理論を応用したのだろうか？

　それは分からない。シャネルは自分のスピリチュアルな活動を細心の注意を払って隠しており、そのことは彼女と、「ボーイ」という愛称の人生最大の恋人との間の秘密だった。

　アグリッパの教えを確かに実践したとして知られるのが、17世紀の著名な占星術師ウィリアム・リリーだ。例えばある秋の日、彼のもとに英国議会の議員たちが尿の入った瓶を持ってきて、ホロスコープを振りながら、同僚のジョン・ピム氏が重い病から回復するかどうかを教えろと迫った。
「紳士方、ご覧のとおり、皆さんの同僚が病に倒れた時のホロスコープのアセンダントはかに座にあるので、これはよいしるしです。息が苦しいというお話でしたね。それは今日のうちによくなります。かに座が身体でいうと胸に対応することは、どんな占星術師でも知っていることですからね。」リリーはこうして、アグリッパの「アストロ医学」を引用することで、同僚であり友人である男が今夜を越せないのではと恐れる議員たちを安堵させたのであった。

　アストロモーダはアグリッパの星座＝身体の解剖学に基づいており、その理論をフルに応用している。人生における傾向や個人的な性向をファッションを通じて洗練することで、人間とその活動の急成長を可

能にし、危機と弱点の領域が調和し治癒するよう努めるのだ。

Jeanne Lanvin

Coco Chanel

Elsa Schiaarellii

ホロスコープの円にある12の星座には、数ある性質のうちのいくつかが当てはめられており、誰もがそれぞれの星座の性質を少しずつもっていることが明らかである。アグリッパによる12星座の身体の部位における配置を見ると、どの部位でどの性質、特長が「燃え上がる」傾向があるかが分かる。

「個人のホロスコープでは、星座の円は絵画の額縁でしかない。というのも、人を他人とは違う存在にし、その才能と弱点の固有の刻印を与えるのは、星座と同じく12あるハウスだからである。」

各ハウスの位置と大きさは、その人が生まれた時間と場所から計算される。そこから分かるのは、人は星座のように天とつながっているのではなく、日々生活している地とつながっているのだということである。12のハウスそれぞれに、図中に簡潔にまとめた日々の生活の具体的な領域が当てはめられているのは、そのためである。あなたの第1ハウスは、あなたが生まれた場所と時間によって、どの星座で始まるかが決まることがお分かりいただけると思う。

例えばパリファッション界の三美神の一人目、ジャンヌ・ランヴァンは、第1ハウスがてんびん座で始まっているので、その個性や行動スタイル、装いのスタイルはてんびん座の性質（パートナーとの関係

📷 パリモード界の三美神

を重視する）に支配され、アストロモーダ的にはてんびん座のシンボル♎の部位で分かるように、腰と下腹が関連している。

　三美神の二人目のココ・シャネルは、第1ハウスがいて座で始まっているので、このハウスの性質（彼女の個性の表れ、外見）は、いて座の広い知識と探求心、遠隔地の異国情緒に支配されることになる。これらすべてが彼女の身体と衣服においては、アストロモーダの観点からいて座と結びついている太ももに現れるのである。

　三番目の美神、エルザ "スキャップ" スキャパレリは、第1ハウスがかに座で始まっており、この星座は乳房とその上の胸部と結びついているため、尻から尾てい骨の最下部まで露出するアレキサンダー・マックイーンの超ローライズパンツが、第1ハウスがてんびん座にあるジャンヌ・ランヴァンにアストロモーダの観点から影響を与え、その自己理解と自己表現にも影響を及ぼしたのに対し、スキャップの場合はてんびん座に対応する身体の部位を露出しても、第1ハウスには何の影響も与えないことになる。スキャップの第1ハウスは、深い襟ぐりやプッシュアップブラジャーで遊ぶことのできる部位にあるからだ。その代わり、マックイーンの超ローライズパンツを穿くと、てんびん座にある第4ハウス（プライベート、家族）に関連する人生の領域に作用することになる。

　もちろんこれは、マックイーンの尻をあらわにするパンツが現代に登場したと想定した場合の話である。このパンツが実際にファッショントレンドだった時代には、女性がズボンを穿いただけでも目立ったし、男性向けだったこのパンツを女性が

📷 アレキサンダー・マックイーン「超ローライズパンツ」(1996年)

73

⊙ が、やぎ座

12月22日〜1月20日
仕事や義務に生きる、野心、
キャリア、実務、伝統

⊙ が、みずがめ座

1月21日〜2月20日
人によって生きる、自由と進歩の
共有、平和と快適を愛する

⊙ が、うお座

2月21日〜3月20日
共感に生きる、無意識、神、
絶対的存在、夢、直感、
現実からの「トリップ」

⊙ が、おひつじ座

3月21日〜4月20日
生命力、のびのびとした活力、
行動力、勇気

⊙ が、おうし座

4月21日〜5月21日
実利主義、確実な有形物を
求める

⊙ が、ふたご座

5月22日〜6月21日
共有を重んじる、好奇心旺盛、
社交的、柔軟性

⊙ が、いて座

11月23日～12月21日
理想を求める、探求心がある、
旅、視野を広げる

⊙ が、さそり座

10月24日～11月22日
再生と人生の深淵の本質を求め
る、意識と潜在意識の拮抗

⊙ が、てんびん座

9月23日～10月23日
パートナーシップ、洗練された
雰囲気、対称性、バランスを
求める

⊙ が、おとめ座

8月23日～9月22日
他者を導く、メンター性、
きめ細かい、規則正しいリズム、
完璧主義

⊙ が、しし座

7月23日～8月22日
スター性、盛んなエゴ、スタイル、
威風堂々、自信

⊙ が、かに座

6月22日～7月22日
快適なゾーンをつくり出す、
協力的な環境、ルーツ、家庭

📷 身体のホロスコープのアストロモーダ的中枢

「陽」の極をもつ星座

おひつじ座

1

メークアップ、髪型、メガネ、帽子、短いピアス

ふたご座

3

袖、腕時計、肩ひも、手袋、ネイルケア、指輪、ブレスレット

しし座

5

ウエストより上の切り替え部分、またはハイウエスト、服をよりフィットさせるための幅詰め、一般的にプリントが施される部位のひとつ

てんびん座

7

腰、ウエストの下での服のカットまたは形状づくり、腰ベルト、大多数のショーツのゴム、前または横のジッパー、Tシャツやワイシャツの裾

いて座

9

パンツの脚のカット、ミニスカートや丈が短めのスカート、ドレス、ハーフパンツの裾

みずがめ座

11

脚の快適さや見た目を向上させるものすべて、4分の3丈パンツやスカートの裾、ロングブーツの縁

「陰」の極をもつ星座

おうし座

2 襟、タートルネック、マフラー、スカーフ、ネックレス、長いピアス

かに座

4 襟ぐり、ラペル、ブラジャー、前開き部分、一般的にバッジやピン、ブローチ、ロゴを着ける部位

おとめ座

6 ウエスト部およびへそ周りの切り替えまたはカット、ベルト、パンツやスカートの留め部、一般的に胴のいちばん細い部位で、締めたり固定したりすることで強調するのにふさわしい場所（着物の帯の場所）

さそり座

8 股、下着、衣服と性器の接触、パンツの脚の接合部

やぎ座

10 膝、膝あて、トップスやスカート、ハーフパンツの裾、パンツとロングドレスの下部への形状移行部

うお座

12 靴、足裏の装飾、ペディキュア

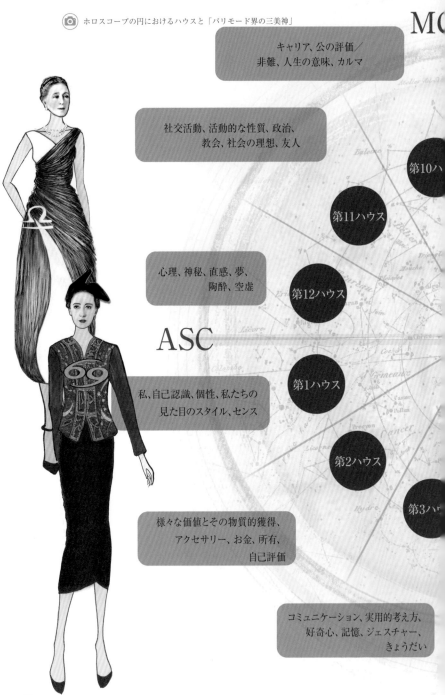

MO

キャリア、公の評価/
非難、人生の意味、カルマ

社交活動、活動的な性質、政治、
教会、社会の理想、友人

第10ハ

第11ハウス

心理、神秘、直感、夢、
陶酔、空虚

第12ハウス

ASC

第1ハウス

私、自己認識、個性、私たちの
見た目のスタイル、センス

第2ハウス

様々な価値とその物質的獲得、
アクセサリー、お金、所有、
自己評価

第3ハ

コミュニケーション、実用的考え方、
好奇心、記憶、ジェスチャー、
きょうだい

高次元の知と意識、高い教育、国外旅行、異国情緒、権利、スピリチュアルな理想

ジャンヌ・ランヴァン、アセンダント：てんびん座
エルザ・スキャパレリ、アセンダント：かに座
ココ・シャネル、アセンダント：いて座

危機、破壊、損失、変化、「新しい始まり」、絶頂、新しい次元の出現、極端なもの

第9ハウス

第8ハウス

第7ハウス

パートナーとの関係、私たちを形づくる人間関係、結婚、妥協

DSC

第6ハウス

生活、体調や栄養状態を含む肉体の健康状態、日課、型にはまった慣習

第5ハウス

享楽、楽しむこと、創造性、自己表現、異性の誘惑、ロマンチック、子供

第4ハウス

プライベート、DNAまたはカルマに基づく出自、ふるさと、思い出、縁

IC

「個人のホロスコープでは、星座の円は絵画の額縁でしかない。というのも、人を他人とは違う存在にし、その才能と弱点の固有の刻印を与えるのは、星座と同じく12あるハウスだからである。」

穿いて尻をあらわにしていたとしたら、最初に遭遇した警官に連行されていただろう。ズボン姿の女性に世間の目が慣れたのは、ヒトラーが戦争を始めてからのことで、身体の中央部分の露出についてはそのもっと後のことである。1965年に、当時世界で最も稼いでいたモデルのジーン・シュリンプトンが、あるスポーツイベントにひざ上数センチのつつましいミニスカートで現れると、それが世界中でニュースになった。憤慨したご婦人たちは彼女にストッキングを勧めたが、それはつまり、ミニスカートそのものが一番の問題ではないことを意味していた。ミニスカートであらわになった身体の部位が裸であったことが問題なのであって、それはスキャンダルだった。

　三美神の中で、このようなミニスカートが第1ハウスを大きく揺さぶりそうなのはココ・シャネルだ。彼女の第1ハウスは、太ももと結びついているいて座にあるからで、1925年にシャネルが発表した、ジャズを好み伝統的価値観に反抗するフラッパースタイルのドレスが発端となって、女性が人前でもひざをあらわにするようになったのは決して偶然ではあるまい。シャネルやランヴァンを始めとするトレンディな女性デザイナーたちは、1926年から1928年にかけてスカートとドレスの丈を人類の歴史で最も短くし、ミニスカートになるまであと少しという様

ココ・シャネル「フラッパードレス」（1925年）

ミニドレスを着たジーン・シュリンプトン（1965年）

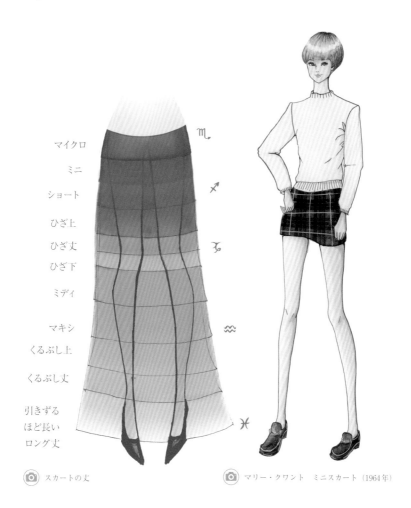

マイクロ
ミニ
ショート
ひざ上
ひざ丈
ひざ下
ミディ
マキシ
くるぶし上
くるぶし丈
引きずる
ほど長い
ロング丈

 スカートの丈

📷 マリー・クワント　ミニスカート（1964年）

相だったが、結局やぎ座のゾーン*⁶ からいて座のゾーンまでその境界を持ち上げる者は出現せず、それどころか続く時代には女性のスカート丈は伸び始め、ひざ下のみずがめ座の領域にまで達するほどであった。人類が再び弛緩し、最初のミニスカートが出現するまでは、それからおよそ40年もの月日を待たなければならなかった。

　1964年にマリー・クワントがロンドンで経営するブティック『バザール』で初のミニスカートを発売した時、シャネルもスキャップも

＊6　ひざを完全に曲げた状態で、ひざに帽子のようにかぶさっている粥の椀を覆うことのできるものすべて。

まだ存命していたが、すでに熟年となっていた二人がそれを身に着けたかどうかは分からない。恐らく着なかっただろう。三人目の美神ジャンヌ・ランヴァンについては、確かにミニスカートを着ることはなかった。やぎ座の勤勉さ[*7]で56年間裁縫とデザインに明け暮れた挙げ句、1947年に天に召されたからだ。

　そして私がこのレッスンの冒頭で触れた議員のピム氏も、やはり天に召された。いや、占星術師のリリーは間違ってはいなかった。彼がかに座のアセンダントをもとに呼吸が楽になると予言した患者は、本当にその日のうちに回復した。「しかし喜ぶのはまだ早い」ホロスコープを凝視したまま、占星術師リリーは、同僚のピムの回復のお告げを聞いて歓声をあげる議員たちに、そう警告した。「これを見ると、『死の家』でもある第8ハウスで、8日後に月とその他の惑星のよくない通過が起こることが分かります。つまり、患者は8日後に死ぬ、ということです。」当時の記録によれば1643年12月8日に、実際にその通りになった。

　私はスクリプトを閉じた。タイの日中の暑さの中での勉強は疲れる。ジョジョに帽子を返しに行ったほうがいい、と考える。約束は果たされ、次の納入分ではペギーは布地の値段を自動的に7パーセント引いた。でも昨日はまた正規の値段を払わされた。それにお腹もすいた。通りを渡って、あの二人の匠が石をどこまでブッダに変えたかも見に行きたい。何でもいい、とにかく家に閉じこもって、本の上で居眠りしなくていいならば。でもクララ

[*7]　ランヴァンは1月1日生まれ。

に、毎日アストロモーダのスクリプトを90分勉強して、「ファッショ
ン（モード）と占星術（アストロロジー）という二つの崇高な学問の
秘密を、より深く極める」よう努めると約束してしまった。クララは
何としてでも、学問をおろそかにして星占いのシンボルをただ服に張
り付けるようなことは避けたいのである。

　しかし今日は勉強するのが本当に疲れる。1分1分がのろのろと過
ぎていく。時間は不思議だ。楽しいことをしている時はいつも時間が
速く過ぎ、それが嫌なことになると途端にその流れが遅くなる。まる
で時間が時計ではなく、精神の状態で決まるかのようだ。

　ヴァレンティナのホロスコープを手に取ってみる。彼女はてんびん
座の生まれだ。ヴァレンティナと同じ日に生まれた子供は皆、太陽の
位置は同じだが、アセンダントすなわち第1ハウスの始まりはそれぞ
れ違い、従ってホロスコープの各ハウスも、いつ何時に母胎を離れた
かによって異なる。

　**4分ごとにアセンダントは時計回りにホロスコープを1度進み、2時
間ごとに今の星座を離れて次の星座へと移る。**ヴァレンティナが2時
間早く生まれていたら、彼女のアセンダントはかに座ではなくふたご
座にあって、私の助言にもかかわらず購入したあのブルーのミニドレ
スは、アストロモーダの観点から見てまったく逆の意味をもったであ
ろう。すなわちあのドレスは「薬」となり、ヴァレンティナのアセン
ダントの星座（ふたご座）と、ディセンダントの星座（いて座）の部
位を露出していただろう。ディセンダントは、第7ハウスの始点とか、
頂点とか呼ばれ、常にアセンダントの正反対に位置する、ホロスコー
プの特殊でデリケートな場所である。私たちの親密な人間関係に関連
しているのだから、それもそのはずだ。結婚して初めて性交渉をもつ
のが普通だった時代には、ディセンダントと第7ハウスは夫、妻と呼
ばれていた。

　クララはこの二つを「ファム・ファタール」「オム・ファタール」
と呼んでいて、運命の女、運命の男という意味でこの言葉を使ってい
る。「オム・ファタール」として、雇われの縫い子だった一人の若い
女のベッドとハートそして人生をも揺さぶったアーサー・"ボーイ"・
カペルも、この呼び名にふさわしい男だろう。ココ・シャネルとボー
イが与えられた時間は、1908年に出会ってから1919年のクリスマス
にアーサー・"ボーイ"・カペルが自動車事故で亡くなるまでの12年
にも満たない年月だったが。シャネルの人生と作品、心の中に彼の存

「いい靴を履いた女性は決して醜くならない」
ココ・シャネル

ココ・シャネル「フラッパードレス」（1925年）
「チャーミングなシュミーズドレス」（1916年）
「リトルブラックドレス」（1926年）と「バイカラーシューズ」（1957年）

在は永遠に刻まれ、シャネルは1971年に亡くなるまで、ボーイからの贈り物を大事にしていた。その中には、アグリッパの理論の他にもインドのウパニシャッド哲学や仏教の瞑想、輪廻転生に関する教えを記した神秘の日記もあった。シャネルはボーイについて、人生最大の恋人だったと語っていた。

「死んだ恋人が二人、人生最大の恋人が一人、共に老いることを決めた二人目の婚約者と、その間に子孫を望みすぎた英国一の金持ちとの婚約解消、これがすべて、彼女がファッション界のキャリアの頂点にあった15年間のうちに起こったことだなんて…よっぽどディセンダントの星座配置が込み入っていたんだわ*8」私は独り言をつぶやいた。ココ・シャネルのディセンダントがふたご座だったと知っているので、私は彼女のホロスコープだけでなく、ふたご座に属する身体の部位、すなわち彼女の肩、腕、手のひら、そしてもちろん袖にも思いを馳せ、瞑想した。私の心には、占星術師リリーがホロスコープを見た時に、その持ち主の未来のイメージが浮かび上がったのと同じ切迫性をもって、アストロモーダの基本的な問いが浮かんで消えなかった。

「シャネルには、自らの作品が手と肩にアストロモーダの観点から作用することによって、この恋愛関係の致命的な運命を変えたり、影響を与えたりすることができただろう

---

*8　第7ハウスも同様―「ホロスコープの円におけるハウス」の図を参照。

ココ・シャネル「チャーミングなシュミーズドレス」(1916年)

か？」また独りで声に出してみる。すると今、言葉の一つ一つが、何か謎の魔法を秘めているように感じる。

　シャネルがそのMCと、てんびん座すなわち「ズボンの明らかに低いウエスト」をめぐって前述した身体の部位がある第10ハウスに関連して、夢のようなキャリアの上昇を享受するのと同時期に、ディセンダントすなわち恋愛関係の領域、手と肩のゾーンで、彼女は人生に痛めつけられていた。シャネルは自ら女性のファッションスタイルを変革し、常に自分でデザインした服を着ていた。彼女のデザインが、アストロモーダ的に見て骨盤の部位（てんびん座）を調和させ強化し、手（ふたご座）の調和を奪ったのだろうか？

「彼女は自分のファッションの犠牲になったのよ！」アストロモーダの観点から言うと、今日に至るまで称賛される、女性のファッションをシンプルな機能主義デザインに簡素化したシャネルの功績は、彼女のふたご座にある第7ハウスを犠牲にした可能性があることに気づいて、私は叫んだ。1908年、25歳の時にシャネルは「ボーイ」に出会った。二人は共に楽しい時間を過ごすだけでなく、今日なら「ニューエイジ」の判を押されそうなスピリチュアルな学問を精力的に学んだ。出会って2年ののち、ボーイの助力でシャネルは帽子を扱う初めての自分の店をオープンする。その3年後には、パリに「ほど近い」ビーチに、品ぞろえを広げた二つ目のブティックを共にオープンする。そのさらに2年後にはスペイン国境に近い大西洋沿岸に、今度はあらゆる物を取り揃えた本格的ファッションメゾンとなる、三番目のブティックを開いた。

　その数か月後、アメリカとフランスの新聞社がシャネルを見いだして、ターニングポイントが訪れた。1916年、ハーパーズ・バザー誌にシャネル独特のシンプルで実用的な「チャーミングなシュミーズドレス」、愛らしい、身体になじむドレスが掲載され、彼女は注文を捌くために300人の従業員を抱えるスターとなった。そしてこれはキャリア上昇の、ほんの序の口だったのである。

　想像がつくことではあるが、シャネルの革命的で実用的なデザインは、誰もが称賛し評価したわけではなかった。

「野戦病院の看護婦の服を仕立て直しただけじゃないの」ちょうどドイツとの戦争が繰り広げられていた時代、前線から離れた安全地帯から、ポツポツと批判の声が聞こえてくるようだった。

「みじめな贅沢だ」弾丸が飛び交い、毒ガスがシューシューと音を立て、爆弾が炸裂し、銃剣での攻撃が行われる中、塹壕から新しいスタイルをそう評価したのはポール・ポワレだった。戦前のファッション界に君臨したポワレは、戦争が勃発すると店を閉め、国を守るために出征していったが、その間にライバルのデザイナーたちや、あらゆる装飾性を排除した新しいトレンドに完全に置いていかれてしまった。戦後、ポワレがパリのメゾン*9を再開して悟ったことは、実用的目的主義の時代には生き残るチャンスがなく、倒産するということだけだった。ポワレが次の世界大戦後の、ディオールの「花の」ファッションショー『コロール（花冠）』を目にすることなく世を去ったことが惜しまれる。エレガントな装飾性がファッションに回帰したと絶賛したに違いない。女に再び装飾品のような従属する役割を与えようとしている、とディオールを非難したフェミニストたちとは逆に…

　いや、シャネルのデザインに話を戻そう。自ら生み出し身に着けた、身体のプロポーションに合わせた服が、アストロモーダ的に見てどのようにホロスコープに影響を与え、それによってココ・シャネルの人生にも影響を及ぼしたのだろうか？

　キャリア面の影響は驚異的だった。1916年にはすでに、ボーイがシャネルのビジネスに投資した金を全額返済している。1921年には、女性の本質を表す香りを探し求めて、伝統的な花の香りを完全に排除

---

*9　ファッション界のピカソと称されたポール・ポワレは初め、ファッション界のマネ、第1章で触れたCh. F. ウォルトが創立したメゾンに勤めた。1903年には自分のブティックを開き、主流だったバストとヒップを人工的に強調するS字型のスタイルから、女性を解放し始める。彼は世界中から得たインスピレーションをファッションに応用した。「ハーレムパンツ」、極東のキモノ、ロシアの戦士のシャツを模したチュニック、古代ギリシャのキトン、鮮やかで生き生きとしたエキゾチックな色彩など。コルセットのような不自然なものから女性の身体を解放する彼の試みには、依然として様々な限界があり、その様子をソニア・ドローリーがうまく言い得ている。
「衣服は、その目的である活動に完全に適応しなければならない。歩行に適応せず、従ってスカートに歩行を適応させることを女性に強いるようなスカートは、まったく意味がない。」
ポワレは自ら述べたように、取り組み半ばに留まった。「私は女性のバストを解放したが、その両脚は縛りつけ、それによってウエストを解放することに成功した。」
機能主義的ファッション革命に追いつこうとあがいた10年ののち、1929年にポワレはついに自らの名高いメゾンを閉める。エルザ・スキャパレリも彼のメゾンで研鑽を積んでおり、彼女はポワレが1944年に死去するまで彼に金銭的援助を行った。スキャップのもとではユベール・ド・ジヴァンシーが、さらにジヴァンシーのメゾンでは、この章で超ローライズについて触れたアレキサンダー・マックイーンが修行を積むことになる。

『私は女性のバストを解放したが、その両脚
は縛りつけ、それによってウエストを解放す
ることに成功した。』
ポール・ポワレ

した香水 N°5 によって成功と富を何倍にも膨
らませた。またダリやストラビンスキー、
ピカソといった芸術家たちを支援した。芸
術的衣装や映画の衣装を製作し、1926 年に
は伝説の『リトル・ブラック・ドレス』を
発表した。ふくらはぎの真ん中までの丈
の黒いタイトなドレスは、ヴォーグ誌に
「センスを持ったモダンな女性の服」＊10 と
評された。

　シャネルが富と名声、世界中での成功
に恵まれた時代は、その後ヒトラーの
戦争が勃発し、メゾンの一時閉鎖に追
い込まれるまでの 10 年間にも続いた。

　すなわち、1916 年から 1928 年まで
のシャネルの服のスタイルとデザイ
ンは、てんびん座（腰と下腹の部位
まで下げたウエスト）にプラスに作
用したと考えられる。前出のように、
ココ・シャネルの MC と呼ばれる第
10 ハウスの頂点はてんびん座に
あった。アストロモーダの観点か
ら見て同様にプラスの影響が明ら
かなのは、首とうなじに関係する
第 2 ハウス（お金、宝石、財
産）である。

＊10　最初のリトルブラックド
レス "LBD" は、腕にぴったり
沿うデザインの長袖で、アクセサリー
としてパールのネックレスが付属して
いた。

ポール・ポワレ　イブニングドレス（1910 年）

反対に、マイナスの影響が見られるのは、頭と家庭をつかさどるおひつじ座の第4ハウスすなわちICである。第2ハウスが表す不動産はたくさん所有していたシャネルだったが、真の家庭はついに築くことがなく、ホテル・リッツに泊まることが多かった。そしてそのホテルのお気に入りのスイートルームからも、パリを占領したヒトラーの兵士たちに追い出されてしまうのだ。

「いい靴を履いた女性は決して醜くならない」と言ったシャネルは、うお座すなわち靴が全体的な印象に与える大きな影響をはっきりと自覚していた。その印象とは、私たちが立っている時、動いている時、水たまりを飛び越える時、脚を組む時、つまるところいつの時も、私たちの個性を形づくるものである。しかしシャネルのホロスコープで靴を表すうお座と関係のあるハウスは、きょうだいに関連しており、この領域でも大きな幸運には恵まれなかった…シャネル自身も好んで履いた、かの有名な『バイカラーシューズ』を見てみよう。爪先は黒で、それ以外はベージュがコントラストをなすお決まりのパターンだ…うーん、クララ、あなたなら彼女にどんな靴を勧める？　シャネルの第3ハウス、人間関係面で不安定な、人生とホロスコープの領域を癒そうと思ったら？

弟たちを金銭面では援助していたが、直接のつきあいはなかった。姉

ココ・シャネル「リトルブラックドレス」（1926年）と「バイカラーシューズ」（1957年）

は早くに自殺しており、妹も「罪のボレロ」のリズムにのっ
て愛人を追い夫から逃れたアルゼンチンで、愛人に捨てられ、
傷心のまま右も左もわからない大陸でどう生きていけばよ
いかに絶望した挙げ句、1919年に自ら命を絶った[11]。三人
姉妹でただ一人残されたココ・シャネルは打ちひしがれた。

　追い打ちをかけるように、生涯最大の恋人、ボーイが事
故で死亡する。輪廻転生を信じていた二人だったが、
シャネルは闇の底に突き落とされる。そこから少しずつ
彼女を引き上げたのは、ボーイの助言だった。

「いつも自分の直感に従い，自分を裏切らなければ，
星々の高みまで昇ることができる。」

　名声のおかげで、この闇から抜け出すことはでき
たが、ディセンダントすなわち人間関係を表す第7
ハウスの不幸は、その後の年月も続くことになる。

　彼女の機能主義的な服が、ふたご座にプラスの
影響を与えなかったことは確かだ。そしてアスト
ロモーダの観点からは、自作のドレスの代わり
に、ポール・ポワレの過剰な装飾を施した伝統
的なドレスを着ていたら、シャネルの人間関
係もより幸運に恵まれたのではないか、とい
う問いが残る。せめて袖の部分だけでも、
そんなドレスを着ていたら。

　＊11　公式にはスペインかぜで死んだとされ
ていたが、ココ・シャネルはそれが真実でな
いと知っていた。

ポール・ポワレ　袖に装飾が施されたドレス

91

第5章
上座部仏教の僧衣の力

「俺の家族はレオンという町に近い、山あいの小さな村の出だ、聞いたことがあるかい？　この地方はかなり貧しいところだ。スペイン北部のこの地域は、ピレネー半島で唯一のキリスト教の王国があったところで、他はみんなイスラム教徒に支配されていたから、その時代の名残なんだろうな…」

「そこからサンティアゴ・デ・コンポステーラへの巡礼ルートが出ている？」ヴァレンティナはアルフォンソにそう尋ねながら、新しいブルーのミニドレスを着て1分後に射止めた恋人の裸の身体をなでた。たった数日前のことなのにもうぞっこんになっていて、幸福感で頭がくらくらするほどだった。

アルフォンソはほほ笑んでうなずいた。

「親父は俺や兄弟たちが村で一生を台無しにするのを嫌がって、こう言った。『お前たちはもう大人で、ここにいても大きなことは起きない。お前たちがビジネスを始めるための金を貯めておいた。レオンかマドリードに出て、三つの永遠のビジネスのうち一つを始めると約束するなら、この金をやろう。』俺たちはもちろん喜んで、早速永遠のビジネスとは何なのか、取引所か、貴金属店か、旅行会社かとたたみかけた…すると親父が言うには、『いやいやまさか、はずれもいいところだよ。人間の営みで、絶対になくならないのは三つしかない。死ぬこと、食べること、排泄することだ。戦時中でも経済危機でも、この三つだけは絶対に止まらない。さあ、誰がパブをやる？』いちばん上の兄がすぐさま飛びついた。中の兄は葬儀社を選び、俺には公衆トイレが残った…それで俺は脱出した、便所には興味がないから。」

美しいスペイン人の男の話に魅せられたヴァレンティナは、笑った。「まるで中世のお話みたい、いちばん上の息子が軍隊へ、中の息子は僧侶になるために教会へ、いちばん下の息子は商売か、幸せを探しに遠い国へと旅するの…」ヴァレンティナはそう言って、自分の話につなげた。

「もう何年もの間、『どうすれば自分は幸せになれるか？』という問

『もう何年もの間、『どうすれば自分は
幸せになれるか？』という問いの答えを
探しているの。』

Milan　　Venice

Compostela　　　　　　　　　　　　　　Florence

　　　　　　Leon

　　　　　　　　　　　Barcelona

　　　　Madrid　　　　　　　　　　　○Rome

　　　　　　　　　　　　　　　　　　　　・Naples

94

　　　　Granada

いの答えを探しているの。19の時に、それが男性との同棲や結婚生活ではないことを認めざるをえなかった。20になると、それがすっかり変わってしまった私の故郷、フィレンツェでもないことがわかったわ…フランス人でいっぱいの博物館のようになってしまって。こんなに大きな人の波を受け入れるには小さすぎる町なの、フランスだけじゃなく、ありとあらゆる国の人が来るわ、ドイツからも、他の国からも。もう私の故郷という感じがしないの。」

「ああ、ドイツ人ね」公衆トイレの話で膀胱が刺激されたアルフォンソが、起き上がりながらオウム返しする。かなり酔っているので、急に動いた弾みでベッドの横の床に丸まっていたジーンズにつまずいた。

「床にもらしちまった」自慢げにわめくと、ヴァレンティナは弾けたように笑い出した。幸せだった。まさにこんな恋愛を求めていた。たくさんのセックスとたくさんのおしゃべり、たくさんのエネルギーと笑いと開けっぴろげさとポジティブな波動。

「で、本当にイタリアが恋しくならない？　俺はスペインが恋しい」裸のアルフォンソが、裸のヴァレンティナの隣にまた横たわりながら打ち明けた。

「故郷で何が起きているかなんて、まったく興味がないわ。同じことばっかり。イタリア中が首相とサッカーと、コーヒーの値段とマフィアに文句ばかり言って、100年後に家に電話したら、今とそっくり同じ文句を聞かされるような気がするわ。政治家に、サッカーに、値上げにマフィア。だから家には電話しないの。それにあの入れ知恵…知らない人を信じるな！　マラリアに気をつけろ！　果物を皮ごと食べるな！　真の信仰を捨てるな！　コンドームを忘れるな、男は信用できないから…」

「母親は皆ああだこうだ言うものさ、うちのおふくろなんてすごいぞ…」

「旅のアドバイスをする割には、自分はトスカーナから一歩も出たことがないのよ。イタリアに電話するたびに、石器時代に戻ったような気になるわ。」

「今日はコンドームは気にしなかったね、お母さんが知ったら卒倒するだろうな、ハハ。」

「ピルを飲んでるけど、ママはそんなこと聞くのもごめんという感じなの。保守的なカトリック信者にとって避妊用ピルは罪悪なのよ。コンドームは実用的理由から許容するらしいわ、私が混血児を連れて

帰ってくるのが怖いのよ、ハハ。」

「きみはもうタイに何年もいて、自分が仏教徒だと感じるかい？」

「たぶんキリスト教徒のままだと思うけど。マッサージの仕事では
チャクラや身体の経路を扱うけれど、だからといってタントラやヨガ
を信奉しているわけじゃない。そう、携帯電話を持った仏教僧を眺め
ながらの瞑想には真顔が保てないわ、何ともいえない光景よ…」

　アルフォンソはタントラという言葉を聞いて、ヴァレンティナの下
腹部を愛撫し始め、やがてその手は湿った陰部へと向かった。

「そこはさそり座の部位よ。」

「なんだって？」

「アストロモーダのコンサルティングに通っているの。私たちが出
会った時、私が着ていたブルーのドレスは、あなたに出会えるように
と先生が選んでくれたものなの。」

「占星術には興味があるけど、アストロと服だって？　初めて聞いた
よ。俺も予約しておいてくれる？」その指がさそり座の奥に入り込ん
だ瞬間、アルフォンソがそう尋ねた。

「あっ、わかったわ」ヴァレンティナが息を漏らす。

　いつの間にか探偵物語に変わってしまったカウンセリングの途中で、
クライアントが緊急を要する場合だけかけることのできる電話が鳴っ
た。

「すみませんが、この電話は出なくてはならないんです」私はそう言
いながら、誰からの電話か見当がついていたので、廊下に出た。

　ヴァレンティナはあのブルーのミニドレスをやめたほうがいいとよ
うやく分かったのだ。電話してきた理由がピンときた。しかし彼女が
話し始めてすぐ、まだ分かっていないことが分かった。幸せに満ちた
声。彼女は私に礼を言い、新しい彼氏のカウンセリングの予約を申
し出た。

「そうですか、で、お二人はブラジルで知り合ったのですね？」私は
またソファに腰を下ろし、探偵のような質問でコンサルティングを再
開した。

　孤独な35歳のカナダ人美女は首を振って、何か言った。私は彼女
の言葉が理解できなかった。言いながら、またすすり上げ、泣き出し
たからだ。

　彼女は結婚を目前に控えていた。ずっと夢見てきた男はあまりにも非の打ちどころがなく、独身生活もこれでおしまいとラスベガスのどこかでどんちゃん騒ぎをする代わりに、ポルトガルに巡礼の旅に出ることにした。神のもとへと巡礼することで、旅と決別し、これからの20年は良き父親として家庭に根づき、妻と計画している二人か三人の子供の面倒を見るためだった。男、女の組み合わせなら二人、女二人、男二人が生まれれば三人の子供の。ところが、その有名なポルトガルの巡礼の地で、彼の目の前に処女マリアが現れたのである。で、結婚式はお流れになった。

「僕はここで、死ぬまで祈ることにした。愛しいきみのためにも、きみの魂が神の王国で救済されるよう祈るよ…」

　彼は彼女の答えを待った。彼女は何も答えず、今と同じにただ泣いて嗚咽するだけだった。そこで彼は祈った。

「めでたし聖寵充ち満てるマリア、主御身とともにまします。御身は女のうちにて祝せられ、御胎内の御子イエズスも宿せられ給う…」

　彼女は祈りの途中で電話を切った。胎内に宿すという語句を聞いて、あまりの苦しみに彼女の中で何かが壊れた。何週もの間、ただ泣き、食べた。何を見ても彼を思い出し、いつも、どこにいても彼の不在を思った。自分が太ったことに気づいた。顔も、悲しみにくれた悲惨な状態でむくんでいる。

「これではダメだわ！」彼女は思った。アパートを解約し、仕事も辞めてタイに飛んだ。レオナルド・ディカプリオの映画で観たような、普通の人生から転落した者たちに、再び生を与える伝説のビーチがあるのではないかという希望を抱いて[12]。

　タイ南部の美しいビーチには出会ったが、ピピ島の月のように穏やかなビーチも、クラビという町に近い登山者に人気のマッチョなビーチも、観光客であふれるサムイ島の白い砂浜も、年がら年中お祭り騒ぎのパンガン島のビーチも、彼女の心から流れ出る涙を止めることはなかった…そこでまた荷をまとめ、ここ北部にやって来たのだ。私は紙ナプキンを差し出し、彼女の悲しみにうなだれた頭を見る。彼女の恋愛関係をつかさどる第7ハウスはおひつじ座にあるので、アストロモーダ的に頭部を「診察」することは、最初のステップとしてふさわしい。

 ＊12　ダニー・ボイル監督の映画『ザ・ビーチ』

　不運にも、女性の間では辛い別れがあると髪型をいじることが多いようだ。彼女もまずブロンドヘアーに染め、1週間後にはそれが栗色になり、またすぐに赤毛に染め変えた。それから長かった髪をボブに切り、それでも傷ついた心が慰められないと、髪の色を赤に変えた。その時すでに、語るところによると、タイ南部のビーチにいたらしい。そして北部に来たあとはもう試すバリエーションも少なく——坊主にした。

「心の平静を得るために、寺院に入ったのです」満月の夜のビーチパーティで、踊っていたどこかのヒッピー女に勧められたと言う。

　非の打ちどころのない丸い月が穏やかな海面に向かって輝き、何千もあるかと思われる踊る身体を照らす中、その女の声が聞こえた。

「心をリラックスさせる方法を教えてくれるのよ。私たちが普段するように、心配事や痛み、眠気や疲れのせいでリラックスできないなんていう言い訳はなしで。寺院では、それはすべてサムサーラだ、心が自由に瞑想することをひたすら妨げる幻想、まぼろしだと教わるのよ…」 ヒッピー女はそこで黙って、頭を上げ、目を閉じて、月の輝きを吸い込もうとでもするように深呼吸した。

「いい、メーガン、1分でもいいから、考えることと感情にひたることをやめると、あなたの心は痛みや心配事、悲しみを永遠に手離して、地獄から抜け出しニルヴァーナへと向かうのよ…」

「地獄？」

「この世界は、それに私たちの心を支配させてしまえば、いつでも地獄になるのよ」踊るヒッピー女は、私の前で嗚咽をやめないクライアント、メーガンにそう説いた。それで朝が来ると、メーガンはチェンマイ行きのバスに乗り、寺院を目指した。旅行者向けの10日間あるいは1か月の滞在コースがある寺院は町中にあって、私もよく知っており、アストロモーダのクライアントにも体験した人が数人いる。だがメーガンは踊るヒッピー女から、町はずれの森の中にある、もっと厳格な寺院を勧められていた。メーガンは最初、床みがきや歩道の掃除、庭仕事をさせられるのではと心配した。実際はさせられなかった。やがてそれを残念だと思うようになった。というのも、単調な寺院の生活は退屈で、心の傷を感じる時間があまりにも多くあったからだ。

「寺院の日課は、いちばんの楽しみが瞑想だと感じられるようにできているの」メーガンが話す。「とりやめになった結婚式のことを考えなくて済むように、せめて仏教についての本を読ませてほしいと頼ん

だの。そうしたら、本を読むこともここでは禁止されているって。だから本もダメ、書くこともダメ、テレビも、電話も、音楽を聴くことも、会話も、何かを所有することもダメ。食事すら楽しめないの、だって最初の週は断食、次の週はまずい食事で、その次の週は食べられたものじゃなかったわ…出されるものが変わったわけではなくて、まずい米に激辛のルーがかかっていて、その中に木片のようなものと、地元の人が野菜だという腐ったような根っこが浮いているんだけど…私の方が変わってきたの。私の身体が、最後に食べた美味しい食事から遠ざかれば遠ざかるほど、寺院の不味い飯がますます不味く思えてきて、4週目になるとそれが最高潮に達して、四六時中気持ちが悪かった。前回食べたご飯で気持ちが悪いのか、今目の前で、僧侶が群がるハエもろとも塗りの椀についている、これから食べるご飯で吐き気がするのか、もう全然分からなくなっていた。ここを出たい、寺院は恐ろしい場所だと思った。ここには普通の人間が快適だと思うものが何もなくて、夢の中ですら逃げることができないの。ベッドは板の上に、古いボロボロの小さな毛布がかかっているだけで、身体の下に二枚敷いても、上から二枚かけても足りないから、何もかけないで寝るか、むきだしの板の上に寝るかどちらかだった。身体の両側が痛いし、蒸し暑いし、奇妙な人たちのいびきと寝息で眠れないまま、4時になったら起きる…すぐに寝不足でおかしくなるから、昼間は耳に吹き込む風や小さな鐘の音、『オーム』の呪文が本当に聞こえているのか、それとも幻聴か、瞬間睡眠の夢なのか、分からなくなってくるの。今すぐにでも寺院から逃げ出したいけれど、行くところがなかった。自殺以外の方法でこの耐えがたい苦悶から抜け出すには、これしかないのかもしれない。それで結局寺院に残って、僧侶たちの心の平安を吸収し、私を救ってくれそうな知恵はないかと探した。1日に1回、寺院の瞑想の師匠との面談があった。

『*ヴィパッサナー瞑想の基本は、自分の身体や考え、呼吸、痛み、ストレス、弛緩その他、今この瞬間に体内で起こっている感覚を意識することです。*

それらを観察し、意識し、かつ評価しない、反応しない、判定しない…体内で起きている考えや感覚を無関心に見つめ続けると、無関心に意識することによって、その感覚や考えが消えます。ヴィパッサナー瞑想を通じて、体内のあらゆるものを意識的に見いだすことで、とらえられたそれらは消えるのです』私が文句を言わない隙を見はか

「1分でもいいから、考えることと感情にひたることをやめると、あなたの心は痛みや心配事、悲しみを永遠に手離して、地獄から抜け出しニルヴァーナへと向かうのよ…」

らって師匠がそう教える。でも私は他の滞在者と同様、眠れない、食事のせいで吐き気がする、共用の風呂場と便所の数が足りない、頭がキリキリ痛む、低血圧と暑さで貧血になっている、瞑想のせいで背中が痛い、足がしびれる、蚊に刺される、そして何より体内で起きているプロセスの瞑想による気づきは、ささいなことなら効用があるが、私がこの寺院にやってきた理由である悩みにはかすりもしない、とひたすら苦情を言い、嘆いたの。私が何を言っても、師匠はいつも『気づきなさい。』と答えるだけだった。

悟りを開いた師匠かもしれないけれど、女心が全然わかっていないわ、私は部屋を後にしながらそうつぶやいて、次の日もまた寺院の決まった日課を一から繰り返した。日課はどんどん厳しくなっていった。最初の日は座って瞑想を15分、歩きながら瞑想を15分、座って瞑想を15分を繰り返して6時間瞑想した。2日目は…」

「歩きながら瞑想？」私はメーガンの話をさえぎった。デブガートのサドゥーたちがやっているのを見たことがないので、上座部仏教の信者たちが瞑想しながら歩くことに興味をひかれたのだ。

「そう、歩くの、大体は小さな庭のようなスペー

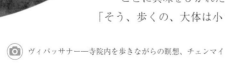

ヴィパッサナー──寺院内を歩きながらの瞑想、チェンマイ

スで、行ったり来たりするのよ。ルールは簡単、『できるだけゆっく
り動き、一歩踏み出す時に、関節や筋肉の一つ一つの動きを意識する
こと。』一歩一歩は恐ろしくゆっくりで、ひざを曲げて上がっている
脚が地面に着くまでしばらくかかるのだけど、それは動きと動きの終
わりを感じて意識するためなの。その動きは一歩が終わる瞬間に消え
るけれども、それと同じで瞑想中にも私たちが意識している思考や感
情が消える、あるいは消えるはずだというの。

『**すでに終わった一歩にあなたが執着しないのと同じに、これから来
る感覚や思考にも、また去っていく感覚や思考にも、執着しないよう
に。**』寺院の師匠は私たちの肉体が行う一歩一歩の不安定さと、幸福
な感覚、不幸な感覚にかかわらず、感覚の不安定さを比較してそう説
いた。その頃はもう日に12時間も瞑想するようになっていた。勤務
時間が8時間であることを考えると、ものすごく長い時間だわね。

　最初の週は、慣れるために毎日1時間ずつ瞑想の時間が増えていっ
て、8日目には座って1時間、歩きながら1時間の繰り返しで12時間
ぶっ通し、3週目にはそれが14時間に増えて、ここまでくるともう拷
問よ。朝4時のお勤めから始まって、6時と11時の朝食と昼食の時間
にはお勤めを中断するのだけれど、12時以降はもう食べてはいけな
いの。睡眠時間はどんなに頑張っても4時間しかとれない。とにかく
無理な日課だった。でも私には合っていたようで、苦しむためのエネ
ルギーがなくなったの。どうやら一見分からないやり方で、私は進歩
したみたいだった。寺院に長くいればいるほど、新人たちが目障りに
なってきた。うわべだけのおバカさんたちが、不器用な振る舞いで私
たちのデリケートな日課を妨害しているように思えてきたの。

『それはあなたが進歩したからです、数週間前にはあなたも彼らと同
じでしたよ』最後の面談で、寺院の師匠が私に言った。妥協を許さな
い寺院での、私の26日間の浄化のための滞在は終わって、私は拷問
所の門から強く、落ち着きをもち、満足して、ある意味生き返ったよ
うな感じで外に出た。でも、寺院に閉じこもってやっていたことを、
日常で完全に実践することができるかしら？　できないわ。だから私
はここに来たの。何週間かすると、また抑うつ感が戻ってきたわ…」

　もはや女へと成長し、満たされない愛から頭を剃った娘はすすりあ
げたが、やがて深く息を吸い込み、ゆっくりと吐き出して、今の話を
聞いて何と言うだろうか、と私を見た。

　私は探偵の忍耐強さをもって、もう一度彼女に尋ねた。

「メーガン、その元彼と知り合ったのはカナダ？」
「違うわ、インドで運命の出会いをしたのよ。」

　これだ。わかっていた。その信心深い色男は、クララの元彼に違いない！　私は難題を解決したシャーロック・ホームズのように心の中で歓声をあげ、カウンセリングが終わるとすぐスペインにいるクララに電話をかけた。クララには二度も驚かされた。まず、元彼のもとに処女マリアが現れた場所をすぐに言い当てた。ポルトガルのファティマは、ブラジルでは非常によく知られているらしい。そして二つ目は、クララがタイへの帰国を延期し、すぐに反対の方角へと出発したことだ。

「体内で起き
ている考えや感覚を無関心
に見つめ続けると、無関心に意識
することによって、その感覚や考えが
消えます。ヴィパッサナー瞑想を通じ
て、体内のあらゆるものを意識的に
見いだすことで、とらえられたそ
れらは消えるのです。」

「1分でもい
いから、考えることと感
情にひたることをやめると、
あなたの心は痛みや心配事、悲
しみを永遠に手離して、地獄か
ら抜け出しニルヴァーナへ
と向かうのよ…」

第6章
ディオールの花の革命

　帽子を返しに来た。外回りで大忙しのジョジョを待つあいだ、帽子の女王、ジャンヌ・ランヴァンのアストロモーダ・ホロスコープを調べる。ランヴァンはあらゆる面で、天才的なデザイナーだった。彼女の帽子の素晴らしいことといったら！　あれほどの人気を博したのもうなずける。私の身体のおひつじ座の部分を、ケーキの上のサクランボのように飾ってくれるであろう帽子たち…ランヴァンのアストロモーダ・ホロスコープで、社会的受容を示す第11ハウスを見るうち、そのキャリアの終末期、すなわち1930年代に、彼女があれほど熱心にハイウエストの、ベルトを高く締めたドレスを広めようとしたわけが分かるような気がした。それはまるで、社会の注目の波を再び高めようとでもするようであった。というのも、ランヴァンの第11ハウスは乳房の下、すなわち注目と称賛を求めるしし座の部位にあったからである。ふむふむ、プリンセスラインのドレスはどうやら、社会に受け入れられる時を待たなければならなかったようである。クリストバル・バレンシアガがエンパイア・スタイルのドレスを発表し、胸の下まで持ち上げたウエストを世界的にヒットさせたのは、1959年になってからのことであった。

　アストロモーダ・ホロスコープにおける身体の垂直ラインから、今度は水平ラインと斜めのラインに移る。これはファティマに発つクララが、次に連絡する時までの宿題として私に課した内容だ。

　「身体における各星座の境界を示す水平ラインは重要である…しかし、そのコーディネートが独自のものになるかどうかは、垂直ラインと斜めのラインにかかっている。」

　アストロモーダ・スクリプトより

ジャンヌ・ランヴァンの帽子

火星が ♋

アセンダントが ♎　ASC

月、土星が ♏

金星が ♐

水星が ♐

太陽が ♑

木星が ♒

ORIGINAL
Astromoda Salon
DESIGN ©

陽　　　　　　　　　　　　　陰
右半身　　　　　　　　　　　左半身
星座の+極　　　　　　　　　星座の−極

♈ ♊ ♌ ♎ ♐ ♒　　　　　♉ ♋ ♍ ♏ ♑ ♓

LAN 1
ジャンス・ランヴァンのアストロモーダ・ホロスコープのボディ▲規則的な配置
アストロモーダ・サロン©のデザインによるランヴァンのためのドレス

「身体における各星座の境界を示す水平ライ
ンは重要よ。何より、それぞれの衣服の長
さやスカートの裾、襟ぐりの深さ、腰回
りを露出するか隠すか、ウエストがどの
高さに来るかといったことが水平ライ
ンで決まるから。でも、そのコー
ディネートが独自のものになるかど
うかは、垂直ラインと斜めのライン
にかかっているわ。」クララはそう
言って、バルセロナを発った夜行
列車でひと休みするために電話を
切った。出資者を探すためバルセ
ロナに向かったクララだったが、
サッカーのスーパースターにコカ
イン疑惑が浮上し、所属するクラ
ブから追い出されようとしている
という「機密」情報を知って、計
画が暗礁に乗り上げたところだっ
た。奇跡のサッカー選手は今や別
件で忙しく、星占いのファッショ
ンのプロジェクトへの出資などとい
うものにかまけている時間はない、
というわけだ。それでクララは迷わ
ず、はるか昔に暗礁に乗り上げた自

クリストバル・バレンシアガの
エンパイアライン

分の恋を救出すべく、ポルトガルへと向かったのである…
「ありがとう。まだ戻りませんか？」ジョジョの布地の王国の玄関
ホールでコーヒーと、人気のお菓子カノム・ドークジョーク*13を出
してくれた女性に聞いた。ジョジョはまだ戻らない。そこで、出さ
れたクッキーとスクリプトにとりかかることにした。

- 太陽、月および水星、金星、火星、木星、土星の各惑星のシン
  ボルは、それがどの星座に位置するかによって、アストロモー
  ダ・ホロスコープのボディ*14の右側または左側に直接配置する。

---

 *13 蓮の花の形をしたタイの伝統的クッキー。

 *14 実践経験を積むにつれて、ホロスコープのその他の要素を身体に描き入

109

- ☉太陽、☽月、☿水星、♀金星、♂火星、♃木星、♄土星あるい
  はASC（アセンダント）が、プラスの（陽の）極をもつ♈おひ
  つじ座、♊ふたご座、♌しし座、♎てんびん座、♐いて座、♒み
  ずがめ座のいずれかにある場合は、アストロモーダ・ホロスコー
  プのボディの右側に星座のシンボルを描き入れる。ジャンヌ・ラン
  ヴァンの♃木星がみずがめ座に、♀金星と☿水星がいて座に、
  アセンダントがてんびん座にあるのがその例である＊15。

- ☉太陽、☽月、☿水星、♀金星、♂火星、♃木星、♄土星あるい
  はASC（アセンダント）が、マイナスの（陰の）極をもつ♉お
  うし座、♋かに座、♍おとめ座、♏さそり座、♑やぎ座、♓うお
  座のいずれかにある場合は、アストロモーダ・ホロスコープのボ
  ディの左側に星座のシンボルを描き入れる。ジャンヌ・ランヴァ
  ンの☉太陽がやぎ座に、☽月と♄土星がさそり座に、♂火星がか
  に座にあるのがその例である＊16。

- この方法で太陽、月と五つの惑星のシンボルをアストロモーダ・
  ホロスコープのボディに配置すると、垂直のライン、斜めのライ
  ンおよび曲線が浮かび上がる。これらをクライアントが身に着け
  る衣服に置き換えることが必要である。

　ジャンヌ・ランヴァンの例を見ると、そのラインはジグザグを描い
ているのが特徴的で、まず胴の左側の垂直ラインから始まり、斜めの
ラインで右腰へと移り、股へと下がりながら左側に戻り、再び斜めの
ラインで右ももへと移って、また左ひざへと戻り、そこでラインが再
び右側へと移って、ふくらはぎ、足首と来て終わっている。

　これを見ると、アストロモーダの観点からランヴァンにふさわしい
のは、模様の切り替えやポケットのプリーツ、また飾りや様々なディ
テール、要素を身体の片側だけに、アシンメトリーに配置することで
あると分かる。片方の裾だけを意図的に「擦り切れさせた」ジーンズ、
長さをアシンメトリーにしたデザインのスカート—片足側を短く、も

れることも可能だが、必須ではない。ジャンヌ・ランヴァンの例ではアストロモーダ・
ホロスコープのボディに、その他の要素としてアセンダントが追加された。
　＊15　一般的にプラスの（陽の）極は、率直さ、活動性、外向性、ポジティブ
な楽観性と、宇宙の中心は自我であるという思想、自分自身を奮い立たせ、率
先して責任を負う能力と結びつけられる。
　＊16　一般的にマイナスの（陰の）極は、受動性、落ち着き、受容、期待、ま
どろっこしさ、言い逃れ、内向性、ネガティブな悲観性、他人が何をしている
か、何を着ているかを常にチェックすることで安心を得る必要と結びつけられる。

110

う片足側を長くしたラインなど、アスト
ロモーダ・ホロスコープの必要に応じ
た選択がふさわしい。

　装飾的要素に関しては、アップ
リケから、服の表面と内側の花飾
りや穴、フェイクポケットや
フェイクファスナーにいたるま
で、服のラインよりもさらに多
くのバリエーションが可能であ
る。惑星のシンボルが配置され
た身体の部分、またジャンヌ・
ランヴァンの右ももと、ショー
ツの左側にあたる部分のように、
とりわけ複数の惑星が集まって
いる部位にはそれが適している。

　ジャンヌ・ランヴァンは自らの作
品を、画家のフラ・アンジェリコが
用いたような青色と、海すなわち真珠
やサンゴ、小さな貝で飾ることを好んだ。
彼女はよく、それらをエジプトの砂浜で自
ら拾い、砂に打ち寄せる波の音を聴きながら、
衣服の意味について思いを巡らせた。

ランヴァンの身体に
描き入れたライン

「どの社会においても、衣服の役割には普遍的なものと限定的なも
のの二つがある。衣服は何よりも人々の日々の実際的ニーズを満た
すものであるが、同時に個人の視覚的アイデンティティーを提供し、
各人に個性を与え、その人のアイデンティティー、性、社会的属性、
職業、地位を視覚的に表現するものである。」

ジャンヌ・ランヴァン

ランヴァン・ブルー

ORIGINAL
Astromoda Salon
DESIGN ©

アストロモーダ・サロン©のデザインにおける
アシンメトリー要素の例
ジャンヌ・ランヴァンの帽子

「お手洗いを使わせていただけますか？」私は売り子に尋ね、アスト
ロモーダのスクリプトの、この章の最難関にとりかかる前に休憩する
ことにした。クララがジャンヌ・ランヴァンのホロスコープを選んだ
のは、それが珍しく異色であるだけでなく、多くの場合においてまっ
たく不可能であった時代に、男の助力なしにビジネスと母親業を、なん
と、シングルマザーとして両立させたデザイナーであり女性である
ランヴァンを尊敬しているからだけではなかった。そのネイタルの惑
星が、アストロモーダ・ホロスコープに規則的なリズムで置換されて
いることも、彼女を例として選んだ理由なのだった。

　ランヴァンのネイタルには、アストロモーダの観点から見て重要な
惑星に関して、ネガティブなアスペクトがないのである。

　でもここからはまったく趣が変わる。ランヴァンとは逆に、ネイタ
ルホロスコープが不調和なアスペクトだらけで、アストロモーダ・ホ
ロスコープのボディへの置換が不規則な、とある男性デザイナーにつ
いて勉強を始める前に、身体をほぐしておかなければならない。もし
かしたら、それまでにジョジョが戻ってきて、今日はややこしい勉強
をしなくて済むようになるかもしれないではないか…うちの『アスト
ロモーダ・サロン』が仕入れる生地の値段をまけてもらうこと、それ
が今の私の最優先事項だ。

「どうぞどうぞ」売り子が笑顔で言った。タイの人々が、まるでこの
世界が地上の天国であるとでもいうように、いつもニコニコしている
様子は驚異的である。ネパールでは、人々は祭日に楽しむ時にしか笑
うことがない。慌ただしい日常には、とりわけ都市部では、皆キニー
ネをレモンで流し込んだような顔をしている。

「待つ必要はありませんよ。私が代わりに帽子を返しておきますか
ら。」手洗いから戻った私に売り子が申し出て、足に履くのではなく
頭にかぶる黒い靴に手を伸ばした。

「Khorb khun na ka…喜んで待たせてもらうわ」生地代を7パーセン
ト割り引いてもらうためにね、そう頭の中で付け足して、私はまたソ
ファに身体を沈め、スクリプトに没頭した。

- 図DI 1のアストロモーダ・ホロスコープのボディには、ピカソ
  を始めとする近代芸術の巨匠の作品を展示するギャラリーでその
  キャリアをスタートさせた、デザイナーのクリスチャン・ディ

「ちなみに、ディオールはスカートの丈を長くした
ことで世間を騒がせた初の、そして歴史的に見て恐
らく唯一のデザイナーだった。」

第6ハウスに ♈ ♃
木星が ♈

ディセンダントが ♉

第8ハウスに ♊
冥王星が ♊

♀

♆ 海王星が ♋
第9ハウスが ♋
月が ♋

MCが ♌

☊ ラフが ♏
第11ハウスが ♏

第12ハウスに ♎

火星が ♏
アセンダントが ♏

第2ハウスに ♐

♅ 天王星、水星が ♑
第3ハウスが ♑

太陽が ♒
ICが ♒
土星が ♒

金星が ♓
第5ハウスが ♓
☾ ブラックムーンが ♓

DI 1
クリスチャン・ディオールのアストロモーダ・ホロスコープのボディ
▲規則的な配置*

115

オールのネイタルホロスコープが規則的に置き換えられている様子が示されている。*17 もっとも、このような規則的な置き換えが可能なのは、先ほどのジャンヌ・ランヴァンのように、ディオールのホロスコープのすべてのアスペクト*18 が調和のとれたものである場合に限る。しかしこの巨匠デザイナーのホロスコープは、そのまったく逆だったのであった。

　ディオールは、1937年に師匠のロベール・ピゲのアトリエで製作された "Café Anglais" などの作品で、すでに戦前から革命的才能を発揮していた。エレガンスの秘訣がシンプルなデザインにあることをピゲから学ぶと、あとは自らの名を冠したディオールブランドのもとで、女性の服装において誰も予期しなかった革命の口火を切った。

　ちなみに、ディオールはスカートの丈を長くしたことで世間を騒がせた初の、そして歴史的に見て恐らく唯一のデザイナーだった。占星術師が彼のアストロモーダ・ホロスコープのボディを見れば、その理由は明らかである。様々な時代の同業者たちが、スカートの丈を短くし、脚を露出させたことで世論に痛めつけられていたのに対し、ディオールはその逆に、スカートの裾を「道徳的」かつ顕著に、地面に向かって引き下げたことに対して批判を受けたのである。

　アセンダントと火星がさそり座すなわち股間に、太陽と土星がみずがめ座すなわちふくらはぎにある。ディオールはこのふくらはぎを禁欲的どころか、絶対的なエロティシズムをもって覆う服をデザインしたのだが、そのために早くもディオールの名で発表された戦後初のコレクション "La Ligne Corolle 1947" は女性の「ニュールック」と呼ばれることになる。

「私は戦中の、女性をボクサーの容貌をした兵隊に変えてしまった均一ファッションに終止符を打ちたかったのだ。私にとって、女性とは花である。それを表したのがこのコレクションで、女性のウエストが茎、広いスカートがコローラ＝花びらの輪となり、その輪は同時にマンダラとヤントラの縁をも表している。」

---

*17　規則的な配置とは、ネイタルホロスコープのアスペクトを考慮せず、惑星のみの配置。不規則的な配置とは、ネイタルホロスコープのアスペクトによって惑星を置き換えた配置。

*18　アスペクトとは、ホロスコープの円における二つの惑星またはその他の「点」どうしの間の角度による関係のことである。アスペクトによって、運命や個性、人生に様々な影響が生まれる。

「ネイタルホロスコープの日常的現実を表している
のは図DI 2にあるアストロモーダ・ホロスコープの
ボディである。」
アストロモーダ・スクリプトより

木星が ♈

月が ♋

火星が ♏
アセンダントが ♏　ASC

水星が ♑

太陽が ♒

土星が ♒

金星が ♓

クリスチャン・ディオールの出生時ホロスコープ[19]の置き換えを完成させるため、彼のネガティブで不調和なアスペクト[20]の概要を書き出してみる。

- クリスチャン・ディオールのアセンダントは火星とコンジャンクションの関係にあるが、このパワフルな組み合わせが、最も不調和なアスペクトである□スクエアをなす太陽と月に、両側から攻撃されている。

- 前述の占星術師らによって、ディオールが満月の夜に、もっと言えば満月の4時間前に生まれたことが分かっている。つまり、太陽と月の関係も、☌オポジションと呼ばれる不調和なアスペクトである[21]。

- クリスチャン・ディオールのホロスコープにおいては、月と木星とのスクエアも不調和なアスペクトの一つである。プログラムによっては、木星と太陽とをスクエアで結ぶものもある（オーブは8度[22]）。

☿水星、♄土星、♀金星はどのネガティブなアスペクトにも攻撃を受けていないので、アストロモーダ・ホロスコープのボディにおいてはネイタルホロスコープからの規則的な置き換えに基づいて描き入れた方の側に留まる。これらの惑星を図DI 2に書き写す。

同時に、♊ふたご座にある第8ハウスと♇冥王星、♉おうし座にあ

 ＊19　ネイタルホロスコープ、ネイタル。

 ＊20　アストロモーダ・ホロスコープのボディに配置した天体、ここに挙げたケースでは太陽、月、水星、金星、火星、木星、土星、アセンダントのアスペクトのみ扱う。ボディの外側のアスペクトについては、以降のステップでは意味をもたない。

 ＊21　不調和なアスペクトは、オポジション（ホロスコープの円にある二つの天体が180度の角度で向かいあう）もスクエア（90度のアスペクト）も、ホロスコープ作成のプログラムでは赤線で強調されることが多い。そのため、経験豊富な占星術師でなくとも、少し訓練を積めば容易に見つけることができる。

 ＊22　オーブはアスペクトに関する事柄の中でも、最も厄介なものである。ホロスコープの天体が互いに180度、90度といった角度のアスペクトに完全に一致することはほとんどない。それゆえ許容範囲が設けられるが、それは占星術師やプログラムによって異なる。従って、あるプログラムが太陽と木星の実際の位置関係が82度であっても、それをスクエアすなわち90度のアスペクトであると認めるのに対し、別のプログラムはこのように大きな許容範囲（オーブ）を認めず、この二つの惑星の位置関係をスクエアとはみなさないという状況が生まれる。初めのうちはホロスコープの学習に使用しているプログラムの判断に従い、自分でできると判断したらオーブの正確な数値に取り組むことを勧める。

るディセンダントを始めとする、外的な記述やシンボルをすべて、ク
リスチャン・ディオールのアストロモーダ・ホロスコープのボディ完
成図に書き写すべきなのだが、私はそれをやらない。それは、

a) クリスチャン・ディオールのボディにおける、アストロモー
ダの垂直ラインと斜めのライン、曲線をより明確に概観でき
るようにするため、また、

b) 練習したい読者のために、図DI 1から書き写すか、ディ
オールのネイタルホロスコープから直接書き写すかして、こ
れらの外的データを手本なしで書き入れることができるよう
にするためである。

- 反対に、♂火星、ASC（アセンダント）、☉太陽、☽月、♃木星
はきわめて不調和なアスペクトのいずれかによる攻撃を受けてい
るため、反対側に移すことになる*23。

　五つの主なアスペクト、すなわち前述の四つとコンジャンクション
＝0度がマスターできているならば、惑星を不規則側、すなわちそれ
が位置する星座の極とは反対側に移動させる前に、必ずその他のポ
ジティブなアスペクトが、ネガティブなアスペクトのパワーを上回っ
ていないかを確認しなければならない。もしそうならば、その惑星は
オポジションやスクエアであったとしても、規則的な側に留まること
になる。

「アストロモーダにおいては、このような引き分けの場合には火星と
金星、水星と木星、月と土星、太陽とアセンダントの関係が決定力を
もつ。すなわち、どっちつかずの引き分けとなった場合は、これらの
天体のアスペクトに従う。」スクリプトにはそうある。オーケー、で
はいってみよう。

　アストロモーダ・ホロスコープのボディに配置したシンボルの天体
のアスペクトのみを見ていく。ふむふむ、アスペクトをネガティブと
ポジティブに分けるのは実用的ではあるけれど、人生全体を総観する
には少々誤解を招く恐れがある。クリスチャン・ディオールのホロス

---

*23　クリスチャン・ディオールの場合、従来のホロスコープをアストロモー
ダ・ホロスコープのボディに置き換える際、この五つの天体については不規則
になることが明白である。それはセクスタイル＝60°やトライン＝120°のようなポジ
ティブなアスペクトが、彼の場合そのスクエアやオポジションの攻撃性に対して劣勢
であるからである。しかしこのように明白でない場合も多い。

「花は、女性の次に神聖な
創造物である。」
クリスチャン・ディオール

120

コープでは、ちょうど今出てきたスクエアとオポジションがその卓越性の源だったはずだから、彼の場合はこれらを超ポジティブなアスペクトとみなすことができる。しかしスクエアから傑作を生みだすことが、まるで終わることのないお産のように、魂も心も身体も痛めつけることは確かだ。そこで、日常の生という観点からは、これらのアスペクトは緊張をもたらし、あるいは内面から緊張を呼び起こすため、ネガティブで不調和だと言える。

　クリスチャン・ディオールのアストロモーダ・ホロスコープの二つのボディが、これほどまでに強く訴えてくる緊張。図DI 1は、人生のきわめて特別な時点における彼の人物像をとらえている。これらの時点には、ネガティブなアスペクトの緊張が、何らかの外的[24]または内的な[25]「出来事」によって中断されたり、ポジティブなものに変換されたりしているのだ。そこでは月の特質が心臓の部位に、木星の特質が、芸術的素質をつかさどる右脳に表れている…

　しかしながら、ネイタルホロスコープの日常的現実を表しているのは図DI 2にあるアストロモーダ・ホロスコープのボディで、これからこれをもとに、ファッションの要素を強調するための、身体の垂直／斜めのライン／曲線を探していくのである。

 ＊24　惑星の位置、創造的作品の完成など

 ＊25　オーガズム、ロマンチックなひととき、創造性の経過など

第7章
裸の抵抗、服を着た抵抗

「ホモ・サピエンスが自分の裸体を隠すことにしたとき、それに使ったのはゴボウの葉や鳥の羽根、草や動物の革、つまり自然の素材でした。ファッションにおける自然素材の時代は、1966年に終わりを告げました。パコ・ラバンヌは、ファッションにおいてはもはやすべてが発明しつくされ、デザイナーが新地平を開拓できる唯一の境界は新しい素材である、と宣言したのです。そこで彼はプラスチックのミニスカートを考案し、初のオートクチュール・コレクションを『12の現代素材による着られないドレス』※26と名づけました。」生地の保管庫で、次のファッションショーを始めるにあたってジョジョが私に語った。

「しかし、プラスチックのミニスカートを製作するためには、ビリヤードが発明される必要がありました…」
「あのビリヤードですか?」洋服と、バーで無駄に場所をとる退屈なゲームがどのように関連しているのか、考えても見当がつかなかった。ジョジョは、これまでにプラスチックのミニスカートの話をした人々が、皆同じような反応をすることに慣れているという表情をしていた。
「そうです、インドで退屈していた英国の兵士たちが考案したビリヤードなしには、パコ・ラバンヌは終わったも同然、そして経済的理由から第2回ファッションショーのためのコレクション『ニヒリズム』※27をビニール袋から作らなければならなかったマックイーンも、おそらくその輝くようなキャリアを手にすることはできなかったでしょう。」私のホストであり「割引王」であるジョジョが、博学ぶってそう講義する。
「1869年に、ハイアットという男がビリヤードの球に使われていた象牙の代わりになるものを探していたとき、初めてプラスチックを発

 ※26 12 Unwearable Dresses in Contemporary Materials

 ※27 "Nihilism" 1994年春／夏コレクション

見し、やがてそれがビニール袋やプラスチックのミニスカートに使われるようになったのです…」

　私はうなずきながらも黙っていた。今日の訪問で、前回のようにまた生地代を割り引いてもらえるのだろうか、もしそうだとしたら、何を代償に求められるだろうか、と考える。

　「…突拍子もないことに思えるでしょうが、私が言いたいのは、衣服が文明の産物であるということです。これはヘーゲルの言葉ですが、彼は哲学者であってデザイナーではありませんでした。『ファッションは自然の産物ではない。人が作るものであるから、文明の一部である。』」ジョジョが大きな音で2回手をたたいた。床まである黒いドレスに身を包み、ブルカで頭を覆った人物、おそらく女性が、倉庫に入ってきた。生地の棚の間を通って、まるでランウェイを歩くモデルのように私たちの周りを回る。

　「これはチャラヤンのコレクション "Between" [28] の一作品をパラフレーズしたものですが、文化、文明が自然を完全に支配している様子が表れています。私たちがフォーマルな服装をするとき、隠すのはそもそも何でしょうか?」ジョジョは尋ねて、すぐに言い加えた。「頭の先から足の先まで、という意味ではありません。私たちは自らの性格とライフスタイルに応じて、それぞれ異なるフォーマルウェアをもっています。ヒッピーがビザの延長を申請しに大使館に行くときは、自分がフォーマルな服装をしていないことを意識しつつ、洗濯した長いジーンズに襟のあるシャツを着ますが、エグゼクティブ・ディレクターは同じ目的のために、ヴァレンチノの背広を選び

＊28　"Between" 1998年
春／夏コレクション

フセイン・チャラヤン
"Between" コレクション（1998年）

124

ます。あなたのワードローブで一番フォーマルな、きちんと
した服はどんな服ですか、そしてその文化・文明の産物で、
あなたが隠しているものは何ですか？」

　ジョジョは私の答えを待たずに、また手をたたいた。
カラフルで布地の小さい、挑発的な水着を着た女の子が
倉庫に入ってきた。水着以外、何も身に着けていな
かった。その見事な身体は、頭の先から足の先まで
服に覆われた女性の横で、生と魅力、喜びに輝いて
見えた。

「1946年夏にルイ・レアールが発表した作品で
す。アメリカがちょうど、太平洋における核実
験の一環としてビキニ環礁を水爆で破壊した
ばかりで、デザイナーはそのセクシーなツー
ピースの水着が女性の腹部を露出すること
で、文化・文明を完全に破壊すると考え
たため、水着を『ビキニ』と名づけまし
た。その直感は正しく、ビキニを着た
最初の娘たちがビーチを歩くやいな
や、フランスだけでなく、女性のあ
りのままの身体を解放することに
関して、このような進歩を受け
入れるまでに世論が成熟してい
なかったすべての地域で、ビ
キニ禁止令が発せられるよ
うになりました。」

　裸同然のモデルが体
じゅうをすっぽり覆っ
たモデルと、棚の間の
「ランウェイ」ですれ
違うたびにぶつ
かっている横で、
ジョジョがまた
手をたたき、T

ルイ・レアールのビキニ（1946年）

シャツと、短いがつつましい、太ももの真ん中くらいの丈のスカートを穿いた女の子が現れた。

「これはバーバラ・マリー・クワントの作品で、彼女は1964年にロンドンのメゾンから、ひざ上丈のスカートを全世界に広めました。彼女は従来の『ビキニ』であるこのスカートを、愛好した車の名をとって『ミニ』と名づけたのですが、この『ミニ』を発明したのは、裸体に眉をひそめるすべての人々の前に、短いスカートを穿いてくり出したすべての女性である、と主張しています。」

それは考えさせられる光景だった。頭の先から足の先までを覆った女性と、股と胸に布きれを着けた裸体、そしてその間に立つミニスカートと半そでTシャツの娘。ジョジョが何を言わんとしているか、私は分かるような気がした。

「そう、そうです」ジョジョは私の心を読んででもいるように、嬉しそうにうなずいた。

「マリー・クワントが言ったように、ミニスカートは一種の反抗なのです。何に対する反抗か、もうお分かりですね？」

「私の理解が正しければ、身体を覆うものが文明ですから、ミニスカートは社会に対する、自然のありのままの姿の反抗ですね？」

「基本的には正解です」ジョジョは満足げに言った。

「もとは建築技師だった、ファッションのエンジニアと呼ばれたアンドレ・クレージュもそう言っています。」ジョジョは楽しそうに微笑んだ。「彼は自分のアトリエを『ラボ』と呼び、まるで飛行機を組み立てるように、服をデザインしました。出来上がった服は、その手法に見合ったものでした——飛行機の窓のような穴のあるドレス、卓上ランプの形をし

Mini Samadhi

📷 マリー・クワントのミニスカート（1964年）

126

た帽子、宇宙飛行士が着るようなカバーオール、革命的だったゴー
ゴー・ブーツ。とにかく超エキセントリックな、『狂った』天才でし
た。彼は女性が男性と同じくらいズボンを穿くことを、強く推奨して
いました。

『ラボ』では女性のスーツに最もふさわしいズボンを探求しましたが、
その方法はエンジニア的手順によるものでした。その手順を用いれば、
クレージュの最大の難題が解決できるはずでした。彼の考えでは、最
大の難題は美しさや装飾性ではなく、『トレ・シック*29』な見た目と、
服の機能的実用性との間の調和を見いだすことだったのです。そこで、
それを着れば女性が完全に解放され、なおかつヒップの格好がよく、
脚が長いと感じられるようなスーツの『プロジェクト』に取り組みま
した。長いこと様々なラインを試行錯誤した結果、ミニスカートこそ
理想の解決策であることを発見したのです！ フランスの友人たちに
よれば、ロンドンに3年先駆けてのことでした。

これによって、『宇宙時代』のファッションを探求するエンジニア
だったこのデザイナーは、集団文化の閉塞からありのままの個性を解
放する理想の方法が、裸体の露出であることを突き止めたのです。す
でに1930年にはフリューゲルが、人類が戦争や憎しみ、暴力、飢え、
病などのない完璧な社会を創りあげたあかつきには、すべての人々が
服を脱ぎ捨て、裸で歩くようになるだろう、と予言していました
…」*30

「アハハ、楽園のアダムとイブのようにですか？」私は裸の人々がひ
しめきあう町の日常を想像して笑ったが、その間にジョジョがミニス
カートの女の子に何か言い、彼女は倉庫から店へと通じるドアの向こ
うへと消えた。残ったのは頭の先から足の先まで覆われた文明と、ビ
キニを着た裸同然のありのままの自然だけで、二人とも棚に寄りかか
ってなにやら話している。その会話が、今この瞬間にこれ以上はあ
りえないと思われる二人の服装のコントラストを、さらに大きく見せ
ている。するとドアが開いて、私は自分がどれほど勘違いしていたか
を見せつけられた。

カナリヤイエローのロングドレスを着た青年が入ってきて、ビキニ

*29 とてもシックで、エレガントであること。

*30 ジョン・カール・フリューゲル、イギリスの研究者・心理学者。その著
書 "The Psychology of Clothes" からの引用。

の女の子と、頭の先から足の先まで覆われた人物と一緒に、棚の間を歩き始めたのだ。

「おや、シータさん、どうしましたか？」ジョジョが私をからかうように言った。「私のセレクションにびっくりしているのが、目に表れていますよ…しかし、あなたはきれいな目をしていらっしゃる。」

　私は自分の目が、鮮やかな黄色のドレスをまとった筋肉質の男の身体にくぎづけになっていることに気づいた。

「ご覧のように、これは裸体ではないですが、裸の身体よりも大きな衝撃を与えますね。だから、『ミニスカートやビキニで露出した裸の腹部は、人類が人工的に造り上げた文明に対する、ありのままの私たちの反抗である』というあなたの答えを、私は完全な正答とみなすことができないのです。体制に反抗するためには、露出する必要はありません。ルイザ・カペティージョという名前を聞いたことがありますか？　彼女は1919年に、男の服装つまりズボンを身に着けるという反抗を行った廉で逮捕されています。それからもう一人の元エンジニアだったデザイナー、ジャック・エステルは、1970年にこのドレスを男性モデルに着せてオートクチュールのショーを開催し、衝撃を与えました。」＊31

　私は感銘を受けた。「私を絶対に見過ごさないで、そして私から徹

＊31　今日『ユニセックス』の別称をもつコレクションは、ある雑誌に、社会の基準に男性の服装を身に着けることを強制されているという男性の服装倒錯者の苦情が掲載されたことにインスピレーションを得て生まれた。デザイナーのエステルルは、この題材をもとにコレクションを"Alice '71 in Wonderland"、すなわち『71年版不思議の国のアリス』と名づけ、その不思議の国では男も女も身に着けるものを自由に選べるとした。コレクション全体が、両性の服装の統一をテーマとしている。「我々は肉体の崩壊を目の当たりにしている。今日の女性は昔より筋肉質で、男性はよりソフトで、男らしさを失っている。私のコレクションは、男性と女性の差異がゆっくりと消失していくこの変質の有様を、ファッションを通じて表現するものである。男性が女性のような服を着るべきだとは言わないが、選択する自由は与えられるべきである。」デザイナーはこのように語った。一方で彼は、当時超売れっ子だったブリジット・バルドーのロマンチックなウェディングドレスで名を馳せ、コレクション"Playtime 1"のドレスに見られるポップアートの幻想によるモチーフは、のちに著名なデザイナーとなるジャン＝ポール・ゴルチエに直接の影響を与え、その他多くの同業者にも間接的な影響を与えた。例えばスコットランド調の1966年のコレクション"Mironton"は、アレキサンダー・マックイーンの5番目のコレクションの土台となり、このコレクションによって1995年にマックイーンは決定的な名声への切符を手にすることができた。また"False Brother"と名づけられたエステルの黒い光沢のあるビニール製のパンツとブレザーのセットは、パンクの反抗者ヴィヴィアン・ウェストウッドを始めとする、以後の世代の反抗するデザイナーたちの手本ででもあるかのようであった。

底的に印象を受けて」と訴えかける色の鮮やかさが、ドレスのデザ
インとモデルの身体の組み合わせと相まって、私を圧倒した。
「ファッションにおける反抗が、必ずしも裸体と結びついている必
要がないことを証明するために、分かりやすい例をもう一つお見せ
しましょう。」ジョジョはそう言って、2回手をたたいた。すると女
の子が現れたが、それが先ほどミニスカートを穿いていた愛らしい
娘であることがかろうじて分かった。今度は恐ろしい不良女の姿を
していて、町で会ったらおそらく避けて通るに違いなかった。
　ミニスカート、革のジャケット、黒いラテックスと革の組み合
わせに、穴のあいたストッキングと古い魚とりの網からできた
Ｔシャツを合わせたファッションは、その不快さにもかかわら
ず悪くはなかった。首と手首にはスタッズが付いた革製の犬
の首輪を着け、ジャケットにも身体の周りにも、すき間と
いうすき間からはスチールや安全ピン、カミソリ、チェー
ンが飛び出している。そのすべてを支えるのは細いヒー
ルの靴で、ヒールは見たこともないほど長いクギのよ
うだった。そしてその髪の毛といったら…今にも足を
ひねりそう、カラフルなオーガンジーの反物をし
まった棚の端でターンしながらふらつくモデルを
見て私は思った。

**「男性が女性のような服を着るべきだとは言
わないが、選択する自由は与えられるべきで
ある。」**

　ジャック・エステレル

　黄色いドレスをまとった筋肉質の青
年、ビキニ姿の女の子、ブルカと黒
いドレスの女性、スチールに埋め尽
くされた挑発的な反抗少女の奇怪
な眺めを前にして、私は言葉を失
い、息をすることも忘れた。

ジャック・エステレル　黄色いドレスを着た男
"Alice '71 in Wonderland" コレクション（1970年）

「これは初期のヴィヴィアン・ウェストウッドの作品で、1970年代に『セックス・ピストルズ』のマネージャーと共に、イギリスの社会的関係に反抗する最初のファッションブティックを開いた時期のものです。」

「『セックス・ピストルズ』？」

「そうです、ご存じありませんか？今このファッションを見てあなたが視覚的に受けているのと同じ感情を呼び起こす音楽を演奏していた、パンクグループです。"Let it rock and sex"＊32 をモットーにしていました。」

「それを着る人がいるんですか？」

「今はもう着る人もいなくなって、ヴィヴィアン・ウェストウッドのブランドは反社会的パンクファッションの代わりに、ファッションを通じて原子力エネルギーを始めとする環境破壊要素に抵抗するようになりましたが、昔は何千という若者が、こういう恰好をして歩いていたのですよ。」

「この髪の毛は…」

「これはパンクファッションの冠、スパイキーヘアです。普通はもっとカラフルでツンツン尖っていますが、今回は急いで作りました。メインのテーマから逸れないように強調しておきたいのですが、この服を見ると、反抗に裸体は必要ないということが分かります。」ジョジョは言って、黄色いドレスの男とスチールに埋め尽くされた美少女に、出て行くように指示した。少女はものすごく細長いヒールの靴を脱いで、裸足

＊32　ブティックの名称は "Let It Rock" から "Too Fast to Live, Too Young to Die" へ、さらに "SEX" へと変わった。

で倉庫を出た。「Good idea...」閉まったドアの向こうで笑う声が聞こえる。自分たちの格好を笑っているのか、それとも突如与えられた役目を果たす様子を笑っているのか分からない。きっとその両方だろう。

「フリューゲルはフロイトの[*33]教えをもとに、人間の裸体の自然性に関する理論を作り上げました。子供はみな自らの裸体をもって、そのナルシシズム的自己愛を周囲に向けて顕示します。フリューゲルが本能―エスと呼んだ人間のこの性質は、自我を通じて現れるものですが、その子供が育つ文化の基準に応じた服装を子供にさせることで、徐々に文明化され隠されていきます。身体のありのままの自然さを隠す理由はいくつかあります。子供が寒くないように、ふさわしい見た目であるように、などです。衣服はすなわちファッションの二つの超自我、つまり何が社会的に正しく、何が正しくないかの認識と、受け入れられ気に入られ、手本となる理想の人格でありたいという強い願いのいずれとも関連しています。誰のワードローブにも、社会のあらゆる『人工的な』ルールをまとった超自我を脱ぎ捨てるための、非常に刺激的で挑発的な服と、ありのままの自然の姿を否定し隠し、社会とそれが持つ文化のあらゆるルールにへつらうフォーマルな服が共存するのです…」

同意と関心のしるしに、私は親指を立てた。

「あなたはこのワードローブの二つの極を目の前に並べて掛けるか、マネキンに着せるかして、ヨガの行者たちがヤントラに向かって瞑想するのと同じやり方で、服に向かって瞑想するべきです。そうすれば、自分が何者であるかを知ることができるかもしれません…」

「人とそのワードローブに対する画期的な視点です！」私が拍手すると、ジョジョは軽くお辞儀をして続けた。

「一方には、裸のあなたがこの世界に持って生まれた自然の本能があり、もう一方にはあなたが育ち、今生きている社会の文化によるあなたのこれまでの文明化の度合いがあります。ワードローブの二つの極

[*33] フロイトの最も持続的で最も重要な思想は、人間の心理（個性）には複数の側面があるというものだった。彼の個性論（1923年）によれば、心理は三つの部分 ― エス、自我、超自我 ― からなり、私たちの人生の様々な段階で発展していく。フロイトの心理モデルにおいては、エスは原始的で本能的な心の部分であり、性的および動物的な衝動、隠された記憶を含み、超自我は道徳的良心としての機能を持ち、自我はエスの欲求と超自我の自制との間を行き来する現実的な部分である。この原則は以下のキーワードで示すことができる：エス＝本能、自我＝現実、超自我＝モラル。

に集中する訓練がなぜ重要かと言うと、この二つの極があなたの内面に、多くの場合互いに反発しながら存在することを理解するためだからです。あなたはこの二極を緊張のうちに感じ、生きている限り常に、不確実な決定と行為のうちに体験しています。しかしワードローブにあるそれらの二極の発現とは違って、あなたはそれを脱ぎ捨てることができません。」

　非常に興味深く、内容の濃いジョジョの言葉を頭の中で整理していると、倉庫にまた別の女性が入ってきた。頭部はブルカで覆われているが…、その黒いドレスは床まで届く長さではない。へそのすぐ上でカットされており、下は…下は丸裸だった！　ネパールで「ヨーニ」と呼んでいた、両太ももの間の、女性を男性とは異なるものにしているその部分は、毛を剃られていた。

　私は探るように、そして当然少し赤面しながらジョジョを見たが、これほどの行き過ぎが必要かと尋ねる前に彼は言った。

「これもフセイン・チャラヤンの1998年のショー "Between" の作品です。素晴らしいでしょう？　これにショーツを穿かせて、ブルカと短くカットしたドレスの代わりに、髪と顔を覆う鎧兜と、アラブの女性たちの顔とアラビア語のロゴをあしらった甲冑を用いた、これほど刺激の強くないバージョンを、アレキサンダー・マックイーンが2000年に初のアメリカでのショーで発表しています。」

「私にはいささか布地が足りないように思われます。」私はそう反論して、これを着て家まで帰れと言われないことを願った。絶対に無理だ。そんなことになったら、割引などもうどうでもよい。

「いやいや、あなたがこれを着て家に帰るなんてことはありませんよ、アハハ。絵描きの象のところにたどり着く前に、逮捕されてしまうでしょうよ。」

　この男は私の心を読んでいる。彼の前で考えることには気をつけなくては。

「どうです、あなたの思っていたことを言い当てたでしょう？」

　私はうなずきながら、目の前のばかげた見せ物を眺める自分の目が、どこを見ても最後は決まって3番目のモデルの割り上げたヨーニで止まることに気づいた。

「私にはテレパシーは使えません。これは我々の古き友フリューゲルが指摘した、はるか昔に発見された自然な反応です。」ジョジョは言って、タバコに火をつけた。この匂いは…クローブだろうか？

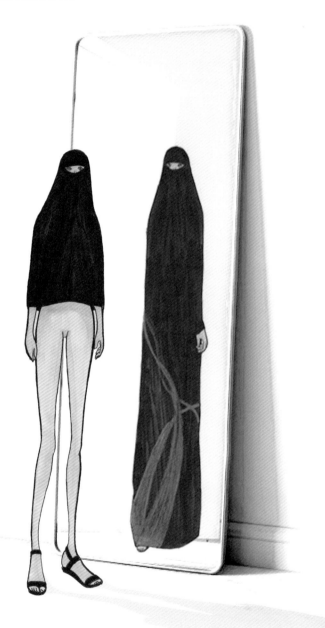

フセイン・チャラヤン "Between" コレクション (1998年)

「フリューゲルは、裸体をさらす原初の自然な傾向を自己顕示癖と結びつけましたが、文明によって洗練されてもフォーマルでつつましい服装に屈しなかった極度の自己顕示者ですら、今日裸で往来を走り回ることはできないことを知っていました。そして本能—エス、すなわち虐げられていない自我、自然の裸体を、エキセントリックで挑発的、自己顕示的な衣服の装飾と部位に関連づけていました。」

「つまりフリューゲルによれば、鋲とチェーンと安全ピンのついた革とラテックスのドレスの少女は『裸同然』というわけですか？」

「おそらくそういうことです。」ジョジョは優しげな手の動きで答え、考え深そうにゆっくりと1メートルほど煙を吐き出して、ビキニの娘と、頭は服に覆われヨーニは丸出しの女性に、出て行くように指示した。

　私はほっとした。もうかなり限界だった。でも三人の販売員、倉庫係、いや経理係か、ジョジョの所でいつも勤務時間に何をしているのか知らないが、彼女らがもうすぐ戻ってくる。彼女たちは少なくとも服を着ている、そう思うやいなや、正方形と長方形が規則正しく、明らかに入念な精度で配置されたドレスに目を奪われた。ドレスそのものの形状は、頭と腕を通す穴をあけた袋を連想させる。

「これはパンクファッションのクギとは違った意味での、装飾としての裸体の一例です。すべての水平ラインは自然を、つまりエス、本能と、腹、太もも、頭、性器などの裸体の自己顕示性を示しています。その程度は文化によって異なります。」

　私は垂直と水平の線に、線以上のものを見いだそうと、カラフルな正方形と長方形を眺め、ジョジョ氏の心地よい声に耳を傾けた。

「ピエト・モンドリアンは初め、どこにでもいる画家のように、この世界の風景や人物を筆でとらえていました。その後パリで、ファッション界のピカソと呼ばれるポール・ポワレが名声を極めていた時期に、形ある世界の五感で認識される対象を超えたところにある、スピリチュアルな天体の世界の新しい次元を研究し始めました。まずキャンバスにスピリチュアルな絵を描こうとしましたが、じきに、対象のスピリチュアルな本質を描くためには新しい方法が必要だということを悟りました。その探求は、1914年から1915年にかけて製作された"Pier and Ocean"、そして1917年の"Composition with Color Planes"と"Composition with Lines"でその頂点を極めました。『コンポジション』が完成した時、モンドリアンは喜びに満ちて友人宛てに『つ

いにやったぞ』と書き送っています＊34。そしてそれは本当のことでした。**私たち自身をも含めて、私たちを取り巻くものはすべて、水平と垂直のラインに配置することができますが、この二つのラインは永遠に対抗する関係にあり、その様子は文明においてちょうど『性的にデリケートである』とみなされる身体の各部位を露出したり、覆い隠したりすることに似ています。**しかしこの二つの要素を均衡のとれた状態に置くことに成功すると、それが衣服、絵画、人生、我々の内面のいずれにおいてであっても、私たちは別次元の世界、宇宙の本質であるエネルギーの源に触れることができるのです。

　モンドリアンは、水平のラインが、海面や地平線に広がる畑のように、この緊張状態においては自然を表すのに対し、垂直のラインは家や立っている人間のように、文明を表すことに気づきました。私たちの今日のテーマに置き換えると、ヘムやミニスカートの裾、そのウエストの見返し＊35、Tシャツの裾や襟ぐり＊36は、自然の力に支配されている、すなわち裸体、本能―エス、自我と、衣服のエキセントリックな要素に関連しており、私たちが持って生まれた裸の自己顕示癖にとってかわるものと言えます。

　またパンツやスカートのジッパー、ワイシャツで留めたり外したりするボタンの列は、パンツのセンタープレスやサイドの縫い目、ストライプやネクタイと同様、文化や文明に支配されており、時代の倫理とその人の地位、職業に社会的にふさわしい、つつましい服装と、それが超自我の良心が抱く恥によるものであっても、また周囲の気分を害することへの恐れ、すなわち理想の『私』の超自我が抱く恐れによるものであっても、倫理が許容する範囲からかけ離れた身体の露出と関連しています。」

　ジョジョの長い解説が私にはありがたかった。というのも、3組のドレスとモンドリアンの絵を見れば見るほど、それらに圧倒されていったからだ。最初はただの布地のサンプルとしか思っていなかったのにだ。

　いちばん気に入ったのは、片方の肩が白、もう一方の肩が青で、そ

＊34　詳細は本書筆者の『魂のマンダラ（Mandaly Duše）』（Astrofocus® kurz）を参照。

＊35　（パンツまたはスカートの）ウエストの見返しは、パンツまたはスカートのウエストの縁に縫い付けられたベルトで、服をウエスト部分で補強し、保持するためのものである。

＊36　深い、ほとんど垂直の襟ぐりは除く。

こから下がっていくとすべての白い長方形と正方形が、胸と腹の上の方、アストロモーダ的に言えばかに座からおとめ座にかけての部位にある赤い正方形一つと共に、ドレスの裾周りからひざ上までの黄色い線で終わっているドレスだった。さっきブルカを着けていた女の子のひざらしい、というのも、その顔に見覚えがなかったからだ。

　これらすべての色が、くっきりとした黒い線で区切られており、素っ気ないほどに図形的であるのに、どこかチャーミングで、ヤントラとマンダラの神秘を感じさせた。ネパールで聞いたように、見る者が存在の別次元に、見えない世界に入り込むことができるようにと作られた、ヤントラとマンダラのような。

　「ということは、このドレスをデザインしたのは画家なんですか？」モデルの女の子の一人が、脚を変にもじもじさせているのに気づいて私は尋ねた。小用に行きたいのに、誰かもしくは何かのせいで行けない時の私と同じだ。だから、ドレスの姿をした絵画の静かな凝視をさえぎる質問をして、女の子の苦痛を終わらせてやりたかった。

　「いやいや、まさか。これを作ったのは巨匠イヴ・サンローランで、ごく若い時に別の巨匠のアシスタントを務めていて…」

　かわいそうな娘、ジョジョ氏がまた次の講義を背景から始めようとしているのを見て、私は思った。これはとんでもない助けをしたものだ。

イヴ・サンローラン　カクテルドレス "Mondrian" コレクションより（1965年）

「…1947年にクリスチャン・ディオールが、美とエレガンスをファッションに取り戻した時、ディオールにはもう9年の命しか残されていませんでした。それから、彼は自分が生み出した『ニュールック』の開発に熱心に取り組みました。ディオールの『ニュールック』は、彼がおばあさんかひいおばあさんの屋根裏で古い女物を見つけて、その非実用的な要素を復活させた『オールドルック』だ、という批判にも負けずに。"La Ligne Tulipe"[37]や"La Ligne A"[38]といったコレクションを次々に成功させ、クリスチャン・ディオールは一躍世界的な名声を手にしました。ですから1957年10月、彼がイタリア旅行中に突如この世を去ると、ファッション界は太陽が隠れた日食のような状態に陥りました。皆が一体これからどうなるのだろうと問い、そこに彼の死の真相に関する憶測もぽつぽつと紛れ込むようになりました…」ジョジョはドレスを着た少女たちを見つめ、その卓越したデザインに改めて感服したとでもいうように、感嘆の意をこめてうなずき、また続けた。

「ファッションは進化し、止まることがありません。おそらく、すべての者に灰色の制服を強いる独裁体制を除いては。ある者はディオールが友人たちとカードに興じたあとに心臓発作で死んだと言い、またある者はのどに魚の骨が刺さって死んだと言い、またセックスの最中だったという者もいる中で、逝去した巨匠の21歳になる助手は、世界ブランドであるディオールの旗を掲げ、次のシーズンに向けて仕事を進めていました。イヴ・サンローランは、女性の体形を引き立てるクリスチャン・ディオールのAラインを、今日でもファッションの重要な要素となっている形態に完成させた"La Ligne Trapéze"[39]のコレクションをもって、まるで奇跡のように世界中を魅惑したのです。」

　神々しいまでの静寂が立ちこめ、そこに感傷的になったジョジョが良い香りのする煙を吐いている。

「その7年後、若き才能あるデザイナーは独立し、これらの方向性を決める時が訪れました。そこで子供の頃クリスマスに母からもらった

---

*37　チューリップ・ライン、1953年春／夏。

*38　Aライン、1955年春／夏。

*39　トラピーズ・ライン、1958年春／夏。

イヴ・サンローラン　カクテルドレス "Mondrian" コレクションより（1965年）

モンドリアンの画集*40を思い出し、この画家の『コンポジションC（No.Ⅲ）』*41を始めとするコンポジションを、ドレスという三次元の形態に置き換えることに着手しました。そしてこれがまた成功を博し、イヴ・サンローランのブランドに星に届くほど高い名声をもたらす契機となったのです。1965年に発表された元のアイディアは今日ありとあらゆる複製品が出回り、モンドリアンの絵画から生まれたドレスのセットの現物が世界的に有名な博物館に展示されている一方で、1920年のコンポジションNo.Ⅰを始めとするモンドリアンの五つの絵画は、そのオリジナルがデザイナーの自宅の壁に飾られていました…」そこでジョジョは押し黙った。

「私が何を言おうとしているか、分かりますか？」ジョジョは私にウィンクしたが、私はと言えば、「あたしここでおもらししちゃうわ」のコンポジションをなして身をよじらせるモデルにウィンクをしたところだった。

「分かります、とにかく裕福だったんですよね。女の子たちにトイレに行かせてあげるわけにはいきませんか？」

「もちろんです！　ご婦人方、本日のショーお疲れ様でした。今日はもうこれでお開きです。」

　女の子は私に向かって感謝のほほ笑みを投げ、それから一目散に駆けていった。残りの二人はゆっくりとドアに向かったので、そのドレスがあれほどの名声を博したにしては、何と単純なラインであったことか、改めて気づくことができた。

「でも私には、このドレスがアルファベットの"A"の形をしているようには思えません。どちらかといえば米袋を連想させます。」

「親愛なるシータさん、お見事です。あなたにはファッションを見る目がある。あなたの『アストロモーダ・サロン』はどんどん成長することでしょう。」ジョジョは誰もが気づくようなことで感心する。

「コーヒーかお茶、コーラはいかがですか？」

　私は茶を頼み、ジョジョは黄色いドレスを着ていた、今はもうただのジーンズとTシャツに着替えた男の子に持ってこさせた。

＊40　ミシェル・スーフォール "Piet Mondrian Sa vie" son œuvre, 1956。

＊41　赤、黄、青を用いた『コンポジションC（No.III）』をピート・モンドリアンが描いたのは1935年のことである。イヴ・サンローランはこの絵をはじめとするモンドリアンの作品に着想を得て、1965年の『モンドリアン・コレクション』を発表した。

「クリスチャン・ディオールは女性の『ニュールック』のトレンドによって、世界中に90-60-90の美の理想を広めました。今日まで続くその理想では、砂時計型のシルエットが最高であるとされましたが、それはファッションモデルや若くてほっそりした女の子、マリリン・モンローには可能でも、大多数の普通の女性を苦しめる理想でした。のちになってディオールが、Aラインをもってこの現状を改善しようと試みましたが、若きデザイナーのユベール・ド・ジヴァンシーは徹底した対策として、砂時計とは真逆のシルエットを作り上げ、1957年秋に『サック』ラインを発表して、理想の体型から達成が困難な-60-の部分、すなわちウエストを除外しました。そしてモンドリアンのドレスでお分かりのように、ジヴァンシーのアイディアは受け入れられたのです。ところで、ビジネスの話題に移りますが、あなたは私の美しい瞳に会いたくてここに通ってきているのではないでしょう？」

「そんなことはありませんよ、あなたに会いに、ここに来るのが好きなんです。」私は割引王に笑いかけた。

「さあどうかな。私が生地屋の店主でなかったら、シータさん、あなたのような素晴らしい女性が自分の時間を割いて、ファッションが好きで自分の話も好きな、年のいった男の博学ぶったおしゃべりを聴くわけはないと思いますね。」

「そんなことはありません、私は…」

「シータさん、この世界の現実に意見を述べる必要はありませんよ。あなたは花で、私たちミツバチは、そばに行くために努力しなければならない、それだけのことです。前回のように割り引いて差し上げますが、その代わりにまたやっていただきたいことがあります。」

「そうですか？」私は予期していなかったとでも言うように尋ねた。今度は何だろうか、私は好奇心にかられた。また靴の形をした帽子ということはないだろう、同じ要求を繰り返すには、この紳士は洗練されすぎている…そして私はその物を見た。

　最高に美味な茶の最後の一口を飲み込むと、私は『12の着られないドレス』のコレクションの一つ、パコ・ラバンヌがココ・シャネルから「金属工と鍛冶屋と金属細工職人が一緒くたになった人」と呼ばれるいわれとなった、金属板でできた傑作に体をすべりこませた。

　長方形の小さな金属板の列が、自分の身体の上で小さな針金の輪でつながれて、肩紐のあるミニドレスを形成している様子を調べている

と、デザイナーたちがこんなふうに互いをからかうのは日常茶飯事だ、とジョジョが言った。

「今日ここでお話ししたデザイナーについては、アレキサンダー・マックイーンがロンドンで自分の最初の店を、ヴィヴィアン・ウェストウッドの店のすぐ隣に開いた時のことに触れておきましょう。我らが元パンクロッカーのヴィヴィアンは、マックイーンについて、才能がないことを測るための目安としてしか使い道がない、と言ってのけたのです[42]！　アハハ、その数年後のマックイーンをご覧なさい、世界で最も伝説的なデザイナーの一人になっていましたよ。」

　私はその言葉を聴きながら、自分の乳首の上にある曲がったアルミの板が、その少し下で針金の輪の列で次のアルミ板のベルトとつながっている様子を眺めていた。肩紐と、長方形のアルミ板でできたミニドレスの下側はエレガントだったが、胸の周りで銀色に輝くコルセットをなす2枚のプレートは、映画『トゥルーナイト』に出てくる騎士の甲冑のように見えた。

　女騎士の格好をして町を突っ切るなんて、またもや大きな挑戦だが、頭に乗った靴ほどの騒ぎをこの金属製の傑作が呼び起こすことはないだろう。

「じゃあ私は行きます、ジョジョさん。」

「待ってください、シータさん、それで全部ではないですよ。」

「全部ではないって？」

「アハハ、絶大な人気を誇ったドレスで町を歩くだけで、値引きして差し上げるなんてことはできませんよ[43]！　今あなたがお召しになっているドレスは水の要素を象徴していますが、もう一つ対になる作品として、火を象徴する金のドレスがあることをご存じですか？」

「知りませんでした、ジョジョさん。」火と聞いても、私は少し背筋がぞくっとした。「で、これにまだ何を着ればいいんです？」

「着る、というのは正しい表現ではないかもしれません。1964年7月、次のシーズンに向けたショーの開催中のジャック・エステレルの話ですが、両性の服装の統一に関連して登場したあのデザイナーです…覚えていらっしゃいますか？」

　私はうなずいて、念のために付け加えた。「もちろん、黄色のドレ

 ＊42　"He is only usefulness is as a measure of zero talent."

 ＊43　ドレスは現在、京都服飾文化研究財団が所有している。

スの男性ですね。」

　ジョジョ氏は神秘的にほほ笑んで、私の今日の課題の秘密をさらに明かした。

「…エステレルは『女性の顔立ちを強調する魔法』として、ショーの前にトップモデルたちの頭を剃り上げるという、興味深いコンセプトを発案しました。」

「いやです、ジョジョさん！　髪の毛はだめです！」

「本当ですか？　エステレルによれば、女性は自分の髪の毛に縛られているそうですよ。」

「関係ありません、私は丸刈りはごめんです、『アストロモーダ・サロン』に生地をただで入れてくださるとしても！」

「そうおっしゃるんじゃないかと思っていました。では他のオプションを提示しましょう。」ジョジョは楽し気に、私の恐怖でゆがんだ顔に向かってウィンクした。

「これは女性を完全に解放したいという、エステレルの近代的な願望とは反対の極とも言えるものですが、あなたの性格においては垂直ラインの超自我が強いことを考慮すると、つつましく身体を隠す伝統的な方法への配慮に関してはおそらく貞操帯を超える、このエキゾチックなファッション小物は、あなたに合うはずです。」

　これで決まった。見渡す限りの目がこれでもかというほど注視する中で、ホテル『プーコム・イン』の一帯を離れて、絵を描く象の横を通り過ぎる。前回はあんなに助けてくれた象だったが、今日は黒い被り物で脅かさないよう、足を止めずに進む。ごったがえす『ナイト・バザール』では人々が私の姿を見て大騒ぎになるが、ブルカに覆われた私は匿名の存在なので、まったく相手にしない。銀行強盗や、覆面をした忍者の気持ちが今なら分かる。顔が隠れていれば、他人がどう思おうとどうでもよい。だから私は騒ぐ人々も意に介さず、ポルトガルにいるクララにメールを書くのを楽しみにしていた。アストロモーダ的には、身体の露出した部分は衣服の派手な装飾や水平のラインと同じで、これはすべて私たちが持って生まれた本能―エス、自我―アハンカーラ[44]と、私たちがいかに他者が畏敬すべき素晴らしい宇宙の中心であるかを世界に自己顕示的に誇示する傾向と関連している、そう書き送るのが待ち遠しい。

　＊44　自我意識を表すヴェーダ哲学の用語。

パコ・ラバンヌ 『12の着られないドレス』コレクション（1966年）より、金属のドレス

『J.J.ビストロ』を過ぎ目的の通りに曲がって初めて、自分の脈が速くなっているのに気づいた。そこで一刻も早く『アストロモーダ・サロン』に入ろうと、歩調も速めた。明日は新しい靴を買って、騎士の甲冑と頭巾を身に着けた化け物が私だったと、誰かに気づかれないようにしなくては。

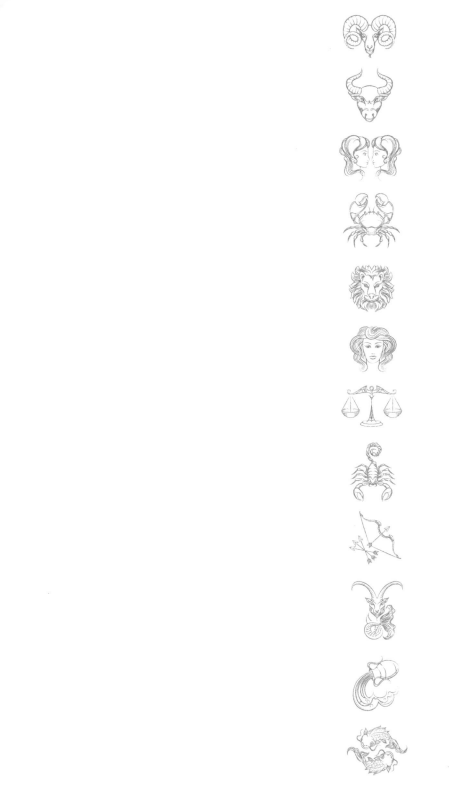

第8章
躍る太陽の奇跡

　うちのデザイナーの一人、リーラをつかまえると早速、私がジョジョから受けたインスピレーションを丸ごとスケッチにしてもらい、クララに送った。Tシャツはおとめ座の部位が緑の水平ラインで隠れる長さにし、その緑がお腹の真ん中あたりにある幅広のベルトを連想させるようにした。こうすれば、クライアントのステフォニーのホロスコープでおとめ座にある惑星とハウスのように、おとめ座を調和した均衡状態に置くことができる。この均衡は、モンドリアンがその幾何学的な絵画をもって到達しようとしたものである。*お腹をしっかりした布地で覆うことで文明化された超自我に配慮し、一方で海面と海底を想起させるこの帯の水平ラインによって、自然の力と我々の本能―エス、そして自我を満たすエスの願望を表したデザインになっている。*

　もっともこれは、若いオーストラリア人リーラのデザインの才能を借りて、しし座の部位にうねる大波をつくり出すための土台でしかない。お腹の中央部と乳房との間にある2本の水平ラインが、伸縮性のあるオーガンジーの透けるベールに隠された裸体を通して、私たちの中にある自然をあらわにしている。Tシャツの中央で拮抗しながら上部と下部をつなぐ4本の垂直ラインは、踊り回るリーラの身体の上で、巨大な波から滑り落ちる直前のサーファーのように見えた。この4本の細い線を用いて、行儀のよい文明的な人間の、規律正しい洗練の象徴としての垂直ラインの可能性を、クララに示したかったのだ。でもクララはあまり興味を示さず、この教えはすでにアストロモーダに基本的には含まれているもので、私が言う水平ラインの裸体にあたる陰の星座♉、♋、♍、♏、♑、♓と、垂直ラインと社会的にふさわしい服装にあたる陽の星座♈、♊、♌、♎、♐、♒に星座を分けることについての言及がある、とだけ返答してきた。それにすぐ続けて、ポルトガルのファティマからの頼んでもいない情報とメロドラマを山ほど送りつけてきた。結婚式を目前にして彼女を捨てて神のもとへ、正確

に言えば南インドの使徒トマス修道院に走り、そこでカナダ人の娘と恋に落ちるも結婚式直前に聖母マリアのためにその娘も捨て、捨てられた彼女は今私のアストロモーダのクライアントになっている。

そんな元婚約者を探すのは、感情的に生やさしいことではないだろう。セ・ラ・ヴィ（人生なんて、そんなものだ）。

でも私は今、自分の仕事で手一杯だ。リーラに新しいデザインを実現化させるのは至難の業だった。というのも、彼女ときたらパーティで飲んでいるか、コカインをやっているか、新しいまったく初対面の男と、どこだか分からない場所の知らない部屋にいるかのどれかだったから。それでも私はもう一人の若いデザイナー、ローズマリーと仕事をするよりも、リーラとタッグを組む方が好きだった。リーラと反対に、ローズマリーはいつも家にいて、ジアゼパムを過剰摂取しながら、その可憐なブロンドの頭にのんびりと浮かんだアイディアを、片っ端からニヒルな見方で分析している。一方のリーラは学があるだけでなく、相当程度の芸術的魅力と、ファッション業界での実務経験を備えていた。

寺院の中庭で、石をブッダに変えている二人の石工を眺めると、いつも心が落ち着く。でも今日はどうしたと言うのだ？！　赤い星と、毛沢東だかの偉大な共産主義者が描かれたTシャツの男が、仏像の方から振り返って、暑さでひび割れた

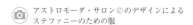

アストロモーダ・サロン©のデザインによるステファニーのための服

唇からタバコを抜き取り、私に話しかけたではないか！　もう何週間も毎日ここに通ってきているが、私の存在に気づいたことをはっきりと示したのは、これでやっと2回目だ。

　1回目はもうずっと前のことで、エルヴィス・プレスリーとアメリカの国旗のTシャツを着たもう一人のほうが、私に"Song – kraan nii pay len náam thii nay?"と言った。私はタイ語が分からなかったので、"Khorb khun na ka"と礼だけ言って、あとは黙って阿呆のようにほほ笑んでいた。男は驚いたように私の目を見て、仕事に戻ったが、私が彼の言いたかったことを知ったのは翌日になってからだった。そしてそれはもう手遅れだった。というのも、通りで走るジープの上から、ゲラゲラ笑う男が何の警告もなしに、いきなり頭から樽いっぱいの冷水を浴びせてきたのだ。ノートパソコンと携帯電話、カメラ、そして意気揚々と抱えていた新作用の高価な布地が犠牲になった。マスカラが溶けて化粧もはがれ、正真正銘の鬼ばばになった私は、ジョジョの「割引度胸試しファッションロード」を歩いてでもいるような気持ちで家に帰った。が、これはほんの始まりだったのだ。他の車からもホースで水をかけられ、家々からはバケツを持った人々が駆け出してきて、その中身を私の頭にバシャッとお見舞いし、少年たちは水鉄砲で水をかけ、中には私の顔にペーストのよう

なものを塗ろうとしてきた者もいた。私は自分が怒ればよいのか、
怒鳴ればよいのか、それとも途方に暮れて泣けばよいのか分からず、
小さな子供が二人駆けてきて、私のずぶぬれの身体に向けて小さな
水鉄砲を発射し始めると、私はゲラゲラ笑いだした。私のあきらめ
が地元の人々の心をつかんだようで、仲間に加えてくれた。私はバ
ケツを持って通りを走り回り、笑っている見も知らぬ人々に水を浴
びせた。タイで太陽暦の新年と夏が始まる4月13日は、毎年このよ
うな騒ぎなのだった。**水の祭り「ソンクラーン」、すなわち人々が悪
いカルマを洗い流し合い、祝福をもたらす「占星術的期間」を、私
は文字どおり目一杯楽しんでいる。**あの時石工は私に、ソンクラー
ンはどこで過ごすのかと聞いたのだった。彼の言葉が理解できてい
れば、電子機器をダメにすることも、最初の水攻撃でショックを受
けることもなかっただろうに…この経験に懲りて、二人目の石工が
今日私に何を伝えたかったのか、訳してもらうことにした。「おい、
あんた、メガネをかけるか後ろに下がるかどっちかしろ、今日はか
けらが飛ぶぞ。」左翼の石工の意味深なメッセージをお隣さんに訳し
てもらい、私は茶を淹れ、パソコンを開いてクララのポルトガル製
メロドラマを読むために、その場を去った。

　彼はすぐに見つかったわ。ファティマのバシリカ教
会*45 の前にある白の広場で。私がかすかに震える声
で「こんにちは」と言うと、彼は私を見た。まる
で私に会ったことが、至極当然のことだとで
もいうように。ポルトガルで会ったことが、
よ！…
「ようやく、僕の人生に起こったことが
意味を持って、僕を正しい道に導いて
いると感じているんだ！　よく来た
ね、クララ！『マリアは去るべきです、
女は永遠性にふさわしくない存在で
すから。』と聖ペトロはキリストに
言ったけれど、それにキリストはこ

*45　毎年2回、5月13日と10月13
日にはこの広場に100万人の巡礼者がひ
しめく。

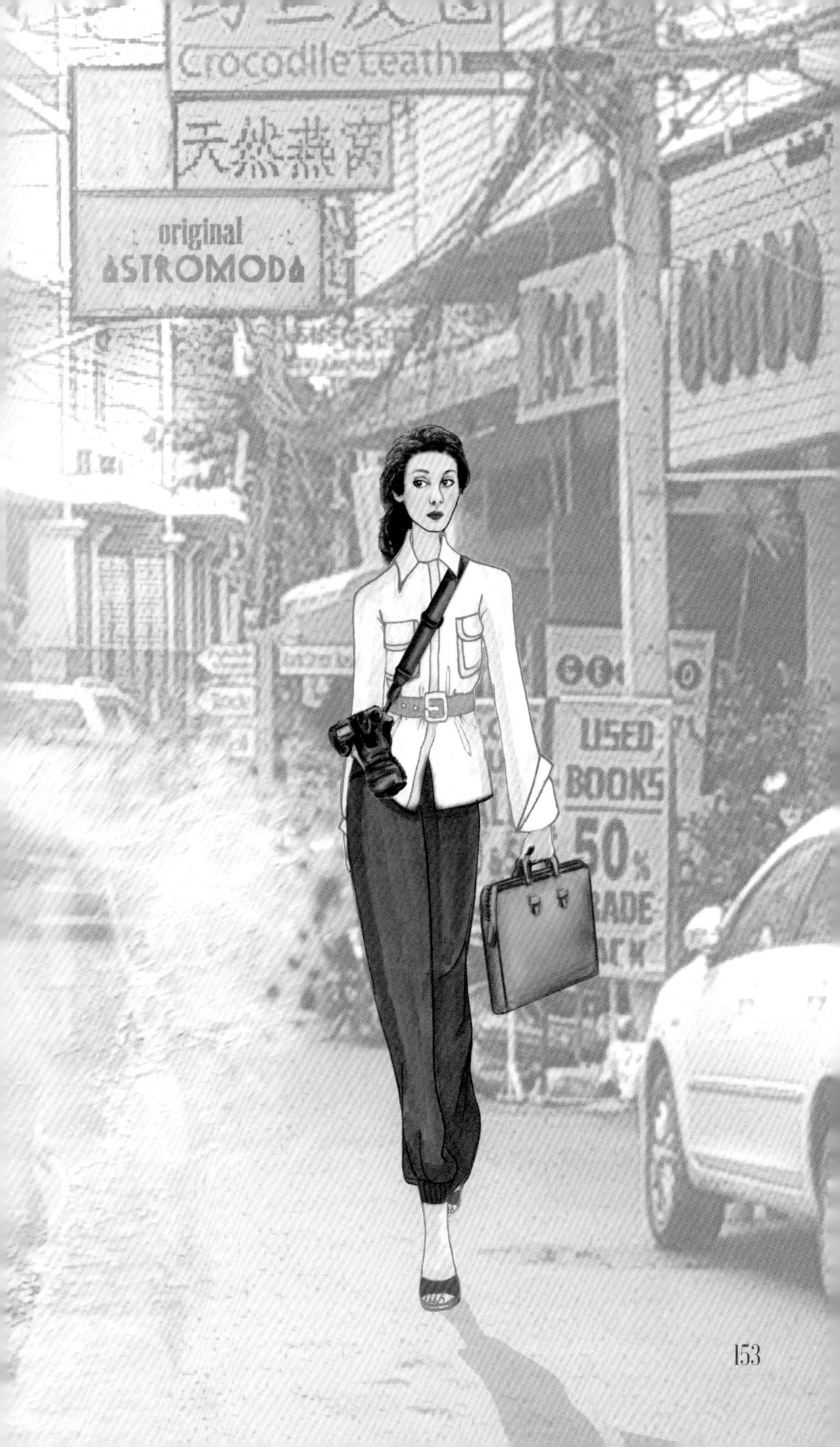
Crocodile teeth
original
ASTROMODA
USED
BOOKS
50%

う答えた。『お前は間違っている。女は男になって、神の王国に入る
のだ。私が自らマリアを導こう、彼女が命ある光となるように。』」

　彼は私の肩に手を置いて、まるで洗礼でもするように、私を見つめ
た。私は言葉もなく彼を見る。

「今のは聖トマスの福音書だよ。」そう私に説明した。私が、キリス
トがいつ誰に言った言葉なのか知りたそうな顔をしていたのだとした
ら、これはまずい…

「ええと。」

「僕が言いたいのは、きみが命ある光になり、神の王国に入ることが
できるように、僕がきみを導く、ということだよ。」

　私は黙っている。驚きのあまり黙り込んでいる。若き日々に私が心
酔した彼が、どれほどイカれてしまったか、信じることができない。
私の沈黙に、彼は動揺する。

「僕に導かれるのがいやだったら修道会に入ってもいいんだよ。ここ
ファティマには、色々な会派の代表が50以上もあるから。」

　*これで分かった！　信じられる？　自分の子供の理想の父親になる
と思い続けてきた彼を探して、地球の裏側からはるばるやってきたと
いうのに、彼ときたら私を修道院に入れようとしている。名前まで、
崇拝する聖トマスにちなんでトマーシュに変えたと言う。私は頭を
振った。想像してもみてよ、彼ったら広場の真ん中でひざまずいて、
石畳に額をつけたのよ、アハハ、あれには参ったわ。*

「おお神よ、私はあなたを信じ、敬い、願い、愛します。あなたを信
じず、敬わず、願わず、愛さないすべての者をお許しください…」

　彼のパフォーマンス・アートに人々がどう反応しているか、私はあ
たりを見回した。時おりこちらを振り返る人もいたが、それ以外はほ
ぼ無関心のようだ。とびきり心が広いか、それとも似たような信仰の
表明に慣れているか、どちらかだ。立ち去ったほうがいい、私の脳細
胞の一部が私にささやく、ただでさえ男なんて面倒な存在なのに、こ
いつときたら…いやまったく。でもヤクをやったり、ギャンブル中毒
だったりするよりはマシだわ、石畳に額をつけている彼に、長い年月
を経て理想の男の姿を見た私の一部が反論する。そして私は再び、彼
なしの人生など想像することができなくなり、彼が「神よ、神よ！」
と叫びながら頭で広場を拭き掃除していることも気にならなくなって
いた。

「今のはフランシスコとジャシンタ、ルシアに平和の天使が教えた祈

りなんだ。」起き上がって、そのほこりで汚れた額を拭いてあげよう
とする私の手をよけて一歩下がりながら、彼が言った。

「ああ、その人たち、あなたのお友達なの？」挙がった名前の中に今
の恋人の名がないかどうか、気づかれないように探った。

「友達だって？」彼は本気かという目で私を見て続けた。「僕の太陽
であり、許しであり、家族である人たちだよ。僕は自分の毛穴の一つ
一つを、彼らへの愛が通り抜けていくのを感じるんだ…」

「ああそう、ねえ、私、これから用事があるから。」私はすばやくそ
の言葉をさえぎって、かつて私の最愛の人、理想の男の見本だった、
狂った一夫多妻主義者の元から立ち去るべく背を向けた。

「…ヨハネ・パウロ２世が彼らを列福してからは＊46、世界中の何百と
いう人々が僕と同様、全霊を傾けて彼らを愛するようになった。特に
ポルトガルとブラジル、モザンビーク、アンゴラでね。」

　その称賛の文脈から、彼が肉体の愛、性的な、身体で感じる愛のこ
とを言っているのではなく、宗教的な愛を指していることが分かると、
私はまた彼に向き直った。確認のために尋ねてみた。

「ねえトム、そのフランシスコとジャシンタとルシアは、今どこにい
るの？」

　黙っている。

「私たちも彼らのところに行くべきじゃないかしら？」私は彼をけし
かけた。

「行くべきだ」彼は言って歩き出した。私もそれを追う。ファティマ
の教会の一翼に位置する礼拝堂まで来て彼は足を止め、フランシスコ
と書かれた墓の前で＊47ひざまずくと、両手を組んで声を出して祈り
始めた。

「父と子と聖霊の三位の神よ、あなたに祈り、イエス・キリストの聖
体と血、魂、その神性をささげます…」

「今のはフランシスコとジャシンタ、ルシアに祈りの天使が啓示した
祈りで、ここがフランシスコが眠る場所だ。」そう言って墓を指した。

＊46　ローマ法王ヨハネ・パウロ２世が2000年５月13日列福したのは、フラ
ンシスコとジャシンタのみだった。ルシアは当時、まだ存命だったからだ。ル
シアの列福手続きが開始されたのは2008年のことで、彼女の死からすでに３年が経っ
ていた。教会法によると列聖には候補者の死後５年以上が経過していることが求めら
れるため、例外措置として法王ベネディクト16世によって列福された。フランシスコ
とジャシンタについては、2017年に法王フランシスコによって列聖されている。

＊47　フランシスコ・デ・ジェズス・マルト（1908.6.11-1919.4.4）

　100年も前に死んだこの10歳の男の子が、ミ・アモールにとってなぜそんなに重要なのだろう？

　ファティマのバシリカ教会の宗教的な敷地内と、周囲の自然に散在する礼拝堂を一緒に回りながら、私はフランシスコの人生について耳を傾けた。トマーシュは嬉しそうだ。この話が私の最初のレッスンであり、私の女性性が命ある光へと変わるための最初の一歩だと思っている。やれやれ。

　「で、その村の三人の子供の話は、7歳だったジャシンタ＊48が、羊を追いながら9歳の兄フランシスコ、10歳の従姉ルシアと遊んでいた1917年5月13日までさかのぼる。

　人生で最も重要な出来事が、こんなに幼い時に起こってしまう人がいるなんて、不思議な気がするよ…。

　その時、二発の稲妻と雷鳴がとどろいて、みずみずしい草を食んでいた羊たちと、それを追いながら石や枝、葉を使って小人の家を作って遊んでいた子供たちは驚いた。嵐をよけて身を隠した彼らの前に、女が現れた。そのローブからは白い光が輝き出していて太陽のようだったと、子供たちが語っている。その女性は美しく、年は若く、こう言ったそうだ。『子らよ、恐れるな、私はお前たちに危害を与える者ではない。私は天国からやってきた。ちょうどひと月後の6月13日にまたここに来たら、秘密を教えよう。』」

　私の信心深いトマーシュのような人々は、天国から来たこの女性が、初めて現れた時から自分はロザリオの聖マリア、イエス・キリストの母だと名乗り、人類を救うために神から遣わされ、世界の平和のために毎日ロザリオの祈りをささげるよう指示した＊49、と語っているらしいけれど、その夜色々な国から来た人たちとビールを飲みながら、ファティマで行われた大規模なUFOの調査について教えてもらったわ。人名と宗教的なディテールは、子供たちの元に天国から来た女性が現れた話に、大人が後から付け加えてでっちあげたことだと言うの。つまるところこれは宇宙人の女で、当時の田舎の人たちの脳みそが理解できるように、都合のいいように話を変えたのよ。2杯目のビールを飲みながら彼らは、はるか昔に宇宙人が、自分たちの手下にするた

─────────────────────

＊48　ジャシンタ・デ・ジェズス・マルト（1910.3.5-1920.2.20）

＊49　第一次世界大戦の時期だった。

めに、「類人猿」を遺伝子的に改良して人類を生み出した、その宇宙
人のことを、人類は神とか半神とか、悪魔とか名づけたのだ、と教え
てくれた。3杯目が来ると、天国から来たご婦人が、なぜいつも13日
に子供たちの前に現れたのかを説明してくれた。13日は、科学技術
的にも天文学的にも、地上に降り立つのに理想的な日だったからだ。
漁師が知っているように、月に一度、太陽と月の位置によって特異な
満ち潮あるいは引き潮が起こり、それは魚が一番よく獲れる、あるい
は一番獲れない日である。そして天国から来た女の出現が5月13日か
ら10月13日までに限定されていることも、天文学的にこの時期、太
陽と地球との位置関係や何かが、宇宙人たちにとって最適だったこと
を示す。話してくれた彼らは見事なほどにイカれていて、私はすぐに
でも4杯目を頼んで宇宙人の秘密を聞き出したかったが、トマーシュ
の元へ行かなくてはならなかった…彼の新しい名前にはまだ慣れ
ないわ。私は彼のためにここにいるのであって、ファティマの出現に
ついての彼の物語はもっとずっと…「副次的」って書きたかったのだ
けれど、それじゃ正しい言葉じゃないわね、ね、分かるでしょ、シー
タ？

「そして、天国から来た女が言ったとおりになった。1917年6月13
日、女は同じ場所で、子供たちと再会した。でもそれはあまり楽しい
再会にはならなかった。ルシアが、自分たちも天国に行くのかと尋ね
ると、天国から来た女性はその白いローブの縁から星のような輝きを
見せて答えた。『もちろん、フランシスコとジャシンタは天の王国に
間もなく足を踏み入れるでしょう。』それは真実となった。二人の子
供はこの再会から3年経たずして、世界的にスペインかぜが大流行し
た時期に亡くなった。一番年上のルシアには、そのまったく逆のお告
げがあった。『お前は地球上でまだとても長いこと生きて、私からの
知らせを世界に広めるのです。だから読み書きを覚えなさい、ルシア
よ。』

　その予言も再び成就され、ルシアは2005年まで生きて、98歳の誕
生日を目前にして亡くなった[50]。彼女はまず読み書きを覚え、14歳の
時から死ぬまで様々な修道院に暮らし、天国から来た女性の出現につ
いての本を書き、その知らせを世界中に情熱をもって広めたおかげで、

---

[50]　ルシア・デ・ジェズス・ローサ・ドス・サントス（1907.3.28-
2005.2.13）

157

original ASTROMODA®

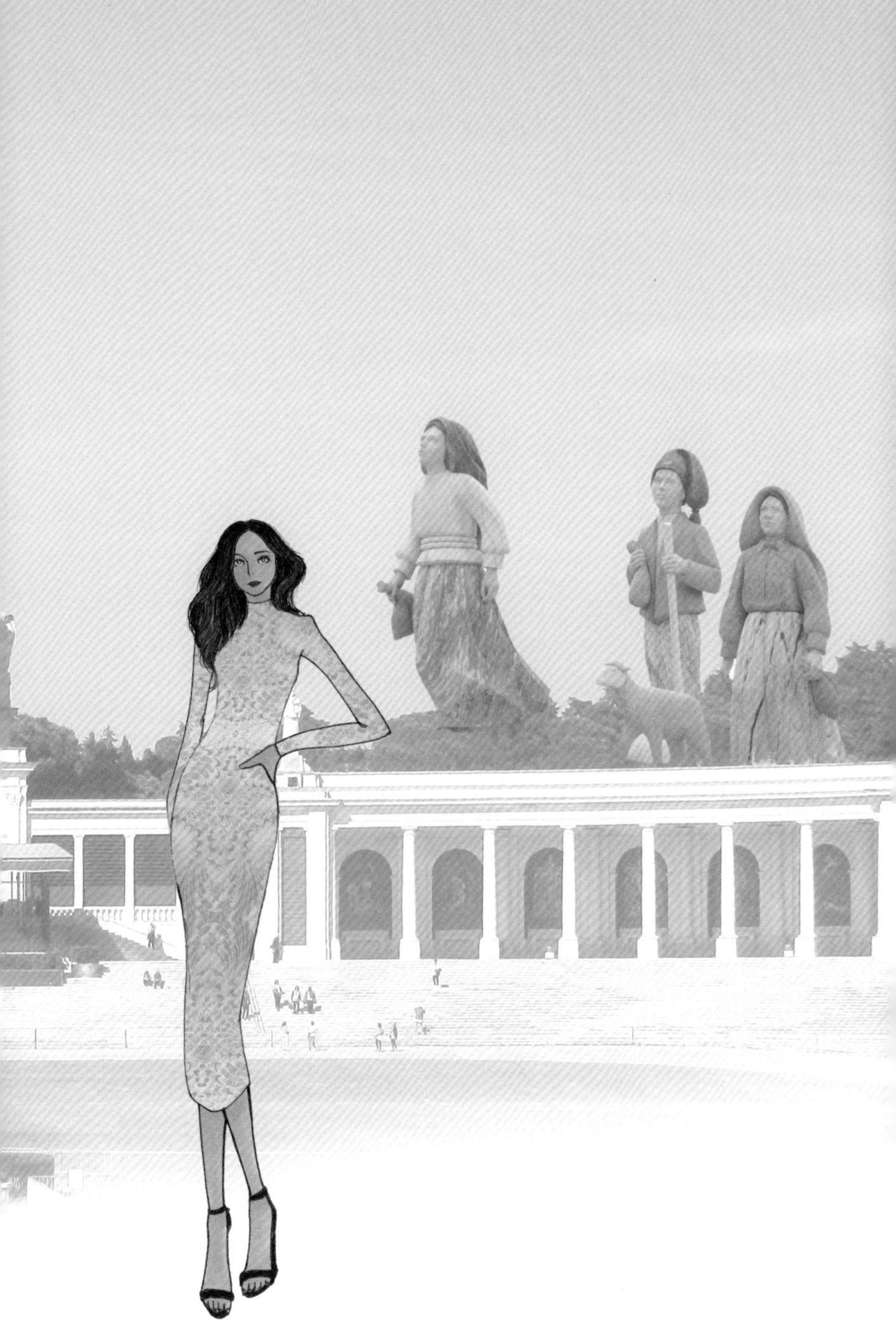

数人の法王と世界の何百万もの人々の心をとらえたんだ。とりわけ三つの秘密のお告げについては方々で話題になり、その中で共産主義ブロックの崩壊や、失敗に終わった1981年のローマ法王襲撃、地球温暖化による世界の滅亡も予言されていたとされている。

『大海が大陸を飲み込み、人々はまたたく間に数百万単位で死んでいくだろう…』とね。」

恐ろしい話でしょう？　興味深いと思ったのは、ルシアがその長い長い生涯の間、数回しかファティマに戻っていないことだった。14歳で町を出てから初めて帰ったのが1946年、次は60歳になった1967年、それからヨハネ・パウロ2世の法王時代に3回。ヨハネ・パウロ2世はファティマのマリアが自分を救ったと公言した。襲撃後に法王の身体から外科医たちが除去した銃弾は、私が今トムといつも歩く通りの、聖母マリア像の冠の中に配置されているの。

「1917年7月13日には3回目の聖母出現を見ようと、五千人の群衆が子供たちに続いた。やじ馬に信心深い者たち、反抗者、扇動者、色々な人々が集まって、聖母マリアの出現のうわさに夢中になるあまり、声をそろえて『信じないなら、見に行こう』と連呼した。

何千もの人々のうち、聖母を見たのはこの三人の子供だけで、あとの者はポルトガル中を熱狂させたこの子供たちが、木の下でおかしな恍惚状態になり、見えない何者かと話している奇妙なお芝居を観ただけだった。その目に見えない者に、子供たちの動くくちびるが、何かのおとぎ話に出てくる想像の人物に話すように語りかけているようだった。

子供たちは窮地に追い込まれた…

そこでこの3回目の出現の時、人々が神を敬い、冒瀆をやめるよう、さもなければこの世界戦争に続いて第二の、もっと血にまみれた戦争が起こるだろうと聖母マリアが告げると、ルシアは天国から来た女に、彼女の言葉がまやかしでないことをあの大勢の大人たちに証明するような奇跡を起こしてくれるよう頼んだ…」

ここで私は1年以上の時を経て初めて、私の最愛の人の手を握った。トマーシュは身を硬くしたけれど、振り払うことはせず、そのまま自分が聖人のように畏敬している三人の子供たちについて話を続けた。

160

いや、二人の子供と一人の90歳の老女について。不思議でしょ、シータ？　フランシスコとジャシンタは幼くして死んだので、永遠に子供のままだけれど、その従姉のルシアは人の一生を最大限に生きたから、永遠に老女として敬われることになるわけ。

「『よろしい、では子供たち、私たちが最後に会う10月13日に、その場にいるすべての者が目にする奇跡を起こそう。』天から来た女性はそう約束して去った。次は1917年8月13日に現れるはずだった。しかし再会は果たされなかった。政府が介入したからだ。1910年以降、ポルトガルの体制は非常に無神論者的で、何十という教会と会派が反教会の迫害を受け、完全に破壊されたところも多かったのに、今どこかの子供たちが、新しい宗教熱を呼び起こそうとしているだって？冗談じゃない、当局はそう申し合わせて子供たちを捕らえ、数日間にわたって収監し、警察官による厳しい尋問が行われた。
『大鍋の中で、油がグツグツと沸いているのが見えるか？　誰の差し金なのか、あの女が何を言っているのか話さないと、お前をあの鍋で煮るぞ。』警察官は隔離された7歳のジャシンタを脅し、9歳のフランシスコを別の部屋に連れて行くと、大鍋を見せ、『お前の妹はこれで煮てしまったが、お前は俺たちが聞きたいことを話せば助けてやる。』と怒鳴った。」

残酷でしょ？　でもそんなことをしても無駄だったの。最後に聖母マリアが出現してから2か月経たずに体制が崩壊して、宗教を推奨する政府がそれに取って代わっただけじゃなく、聖母が出現するはずだった日が過ぎたので安心しきって子供たちを釈放したら、8月19日に家の裏にある丘で、天国から来た女が子供たちの前にやっぱり姿を現したのよ。

トマーシュは私を、聖母が代わりの期日に現れた静かな場所に連れて行った。オリーブの木々の間を歩いた、心地よい20分間は意義あるものだった。初めて私はロマンチックな場所で彼を抱きしめ、軽いくちづけをしたのだ。彼の目には男らしい光がきらめいた。彼がまだトマーシュという名前ではなかった時、そういうきらめきで場を明るくしたものだった。昔の彼に戻りつつある、と思う。本人は何事もなかったように、非情な警察のせいで6日遅れて、いつもより1キロ

メートル南の場所で聖母が4回目の出現を果たしたことについて語ってはいるが…私はキスのこと、そして彼の目にまたたいた昔なじみの輝きのことばかり考えていたので、8月19日の出現の話では、今回のような変更があったせいで、10月13日の奇跡は予定していたよりも小さなものになる、という聖母の愚痴だけが記憶に残った。あの宇宙人専門家たちは、ほど近いテンプル騎士団の城トマールに発つ前に、聖母のこの言葉が、ファティマの出現の科学技術的本質を証明するものだ、と私に説明してくれた。

「彼女がもし霊だったら気にかけないはずなんだが、科学技術には独自のルールがあるから、6日遅れての地球到着で不都合な物理的条件が発生し、彼女はそれに燃料使用量を上げることで対抗したが、そのせいで10月13日の宇宙船出航時の最後の見せ場で、燃料が不足することになったんだ。」

　最後から2番目の、5回目の聖母出現はいつもと同じ場所と時間に起きた。残念だけど、臆病なキスができる雰囲気ではなかったから、トマーシュに話をさせておく。ファティマでは毎月13日に終日ミサと、何万ものろうそくの炎に照らされる夜の行進が行われ、聖母マリアが子供たちに、人々がもっと祈り、罪深き者たちの犠牲になることを勧めるようにと告げた。「あまりにも多くの魂が地獄に落ちているが、もし彼らのために誰かが祈っていれば、そうならなかったかもしれない場合が多いのだから…」

「だから僕は毎日、自分が直接知るすべての人々のために祈るんだ。きみのためにも、クララ、毎日毎日祈っているんだよ。」その時、私は心が温かくなるのを感じた…次の瞬間、それは彼が付け加えた言葉の冷たさにかき消されたのだけれど。「それから世界のすべての命ある者のためにも祈っている。」

　だめ、だめ、だめ、アセンダントとディセンダントのラインを通じた男女の愛は、他の者と共有することを望まない、それが地獄に落ちる悪人とであっても、世界のすべての命ある者という匿名の人々とであっても。あなたを独り占めしたい。あなたと私と、私たちの子供だけ。言いたくてうずうずするが、彼が他人の子供のことを話しているので黙っている。

「1917年9月13日には三万人のやじ馬が子供たちを取り巻くが、彼

162

らには何も見えなかった！　今『出現の礼拝堂』があるあたりに立つ
子供たちが、目に見えない何者か、あるいは想像の人物と話している
だけだった。そしてその翌月には、その場にいる者すべてが目にする
ことになる奇跡が起こる約束だった。兵士たちが銃剣を構え、警察が
バリケードを築いたにもかかわらず、10月17日に七万人の巡礼者と
やじ馬、扇動者たちが押しかけた時の混乱が想像できるかい。でも今
度は子供たちも空に向かって話すだけでなく、人々に奇跡を約束して
いた。しかしその奇跡は起こらなかった。

『いかさまだ！』連呼する人々の声がどんどん大きくなった。去る者
もあれば、だまされた挙げ句に、足首まで泥や水たまりに浸かるはめ
になった、と怒る者もあった。

『待ってください。マリア様はいつも、正午ぴったりに現れるので
す。』うなる群衆に向かって、子供たちが叫んだ。

　そしてそれは起こった。雲が分かれ、太陽が躍り始めたのを、皆が
見た。これは1951年に『太陽の奇跡』という真実の奇跡として、教
会に承認されている。『皆』と言ったけれど、何も見えなかった者が
数人、奇妙な蜃気楼のようなものしか見えなかった者も数人いた。そ
れでも18キロメートル四方の大多数の人々が、太陽が空を行ったり
来たり、あっちこっちジグザグに動き回りながら、スーフィーの回旋
舞踊のようにクルクルと旋回する様子を目にしている。それだけでな
く、躍る太陽はその色も変え、金色だったかと思えば銀色になり、満
月のように真珠の光を発し、あらゆる物、あらゆる人々を照らし、そ
れからまた青い光になったが、それは目をくらませるような光ではな
く、聖堂の窓から差し込む光線のようだった。それから空に躍り、揺
れ、旋回する青い光の太陽は緑色の光に変わり、それから黄色、そし
て血のような赤色へと変わる…やがてあたりが紫色の輝きに包まれた
後、太陽は空から地に落ちた。

『世界の終わりだああ！』見物者たちは叫び、泣く者もいればわめ
く者もいた。また死におののいてひざまずき神に懺悔する者もいたし、
落ちていく太陽に恐怖のあまり硬直したり、気を失ったりする者も多
かった。太陽は地上の木々の間にあって、子供たちはこうべを垂れて
聖母と語り合っている。そして火の玉がまた地面を離れ始めると、大
風が巻き起こった。奇妙なことに風で木々は動かず、ただ空気が非常
に熱くなって、太陽がありとあらゆる虹色の輝きの中で空に戻った時、
正気に返り始めた人々は、太陽がまるで時計のように躍っていた10

分か15分の間に、自分たちの服も、泥も水たまりも、すっかり乾い
ているのに気づいた…」

　トマーシュは美しい輝くような表情で私を見た。

「素晴らしいだろう、ね、クララ？　僕が自ら…きみを命ある光に変
えることを許してくれるかい、それとも修道会に入るほうがいいか
い？」

　私は彼の太ももをなでた。

「ええ、私を命ある光に変えて、トマーシュ、でもここではなく、私
と一緒にバルセロナに来て。」

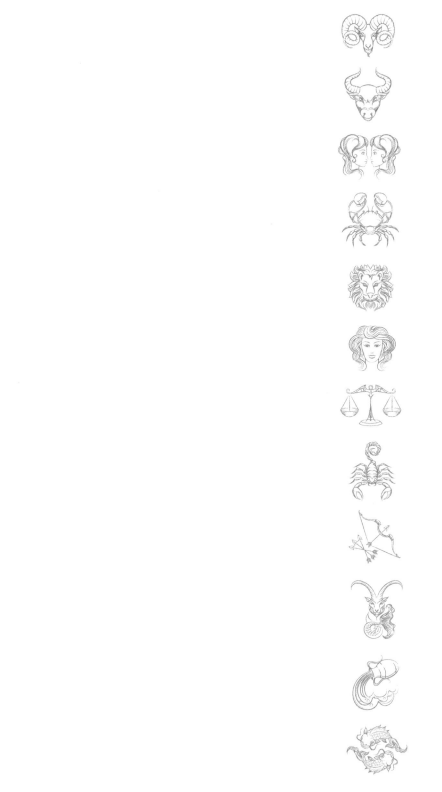

第9章
うお座のスティレット・オーガズム

カルメンは複雑な女性で、そのホロスコープも込み入っていて、それをアストロモーダ・ホロスコープのボディに移し替えると、脚の下部にあまりにも強い特徴があるので、タイの大方の外国人女性が朝から晩まで履いているビーチサンダルでは不十分だった。裸足などもってのほかだ。ここのような大都市では若い外国人女性、特にオーストラリアやインドから来た女の子たちが、裸足で歩いていることがある。

そういった人々や、前の章でも触れた「私は裸足が大好き、それに私の足の裏はとてもきれい」と公言した、かの有名な美しい裸足娘ブリジット・バルドーのような人たちもいるが、カルメンには質の良い靴で、うお座の部位すなわち足の裏と足首のあたりに渦巻く混沌とした感情を、整えてあげなくてはならない。靴は、私がアストロモーダでやや苦手としている分野だった。というのも、とりわけ水の祭りソンクラーンが終わって、雨季が来るまで続くだろうと地元の人々が予想する気絶しそうな夏の暑さが始まった今、チェンマイではサンダルやビーチサンダルで歩く人ばかりだからだ。

私の苦手に追い打ちをかけるように、カルメンには他にもアストロモーダの特殊要素、タトゥーがあって、それをある時は隠したがり、またある時は見せたがった。そこで腹部に彫られた巨大な赤いバラを見せたり隠したりできるように、私たちは身体に巻き付けるタイプのドレスをデザインした。そのベースは特殊なボディで、透ける素材がてんびん座の部位すなわち下腹から、乳房も含めたかに座の部位までをあらわにしている。

「彼女は旅人だから、服が下着も兼ねていることをきっと評価してくれるわ。」リーラがすっかり見えている乳房をそう言って弁護する。確かにカルメンはかに座の生まれだから、私も「なんとなく挑発的に見せる」とは言ったが、「なんとなく」というのは決して裸にするという意味で言ったのではなくて、若干透ける布で軽く覆う、というような意味だったのだ。

「これじゃあ乳首が見えているわ!」

「そこが肝心なのよ！『かに座にある太陽が、彼女の生まれ持った本質、エスの深部まで輝くような、挑発的なもの』にしたいと言ったのはあなたでしょう。」

「リーラ、これじゃ風紀係の警察官どころか、ウッドストックのコンサートでも捕まってしまうわよ。」

「下にブラジャーを着ければいいじゃない。」リーラは私をやり込めて、それ以上ポリネシアの伝統スタイル風のバストデザインについて議論しようとしなかった。リーラはいつもこうだ。頭が痛くなることもしばしばだ。若く、厚かましく、奔放なのに加えてオーストラリア人だ。それはつまり、タイのオージー[51]でもう何度か経験済みのように、他の国出身の人々なら神経がもたないような状況でも、リーラはリラックスして達観しているということだ。私は何よりもそれが一番頭にくる。不幸なことに、リーラは頭にくるほど才能があり、給料の高望みをしない。彼女が唯一関心のある帳簿は、次の、数日間にわたることも多いパーティで「ラブ」を手に入れることだけだった。それで私たちは、性格的に対照的な面が多いにもかかわらず、一緒に仕事を続けているのだった。

　それに、崇拝する恋人という収穫をともなって間もなくバルセロナに戻るはずのクララにボディの写真を送ったところ、クララは感激した。

「ほらね、水平ラインも垂直ラインもない、流れるような曲線とジグザグ模様。見事だわ。」クララがスカイプで言って、ジョジョを通じて画家モンドリアンが私に吹き込んだ垂直と水平の魔法と心理学に、私がこだわっていることを揶揄した。

「ねえ、シータ、絵画なら確かにあなたが言うとおりだけれど、ファッションは絵画とは違うのよ。例えばセーターの水平の縞は、それがエスとありのままの自然さを表に出すものかどうかにかかわらず、視覚的に体型を小さく幅広くするから、平均的な身長と体重の女性を小太りに見せる。一方でモンドリアンの理論によれば、洗練された超自我を表に現すはずの垂直の縞は、体型を細く、長く見せるから、女性に恋の戯れと、自分のありのままの姿をセックスによって表現する可能性をより多く提供するの。」

 ＊51　オーストラリア人の俗称

「それはモンドリアンの理論じゃないわ、うちの生地業者のジョジョが言ってたの。」

「ほらね。リーラに聞けばよかったのよ、彼女は才能があるから知っているでしょう。もうずっと昔にチャールズ・ジェームズも発見しているわ。水平や垂直のまっすぐなラインは服を退屈にするから、彼はドレスのまっすぐなジッパーもらせん形のジッパーに替えて、胸から腰までを長いウェーブで結ぶようにしたのよ。

　丸みを帯びた曲線と波形のラインは服にも、そして女性にも、高貴な美しさを与え、神秘的な柔らかさを持たせる。ジェームズがどうしても直線を使わざるを得なかった時には、いつも非対称と斜めのラインを心がけたわ。それで『タクシー』ドレス＊52 が生まれたというわけなの。このドレスはキモノのように、対角線で非対称の留め方をするデザインになっていて、アストロモーダのスクリプトであなたも知っている、エルザ・スキャパレリの巻きドレスにも似ているわ。」

「分からないわ、そのジェームズっていう人も知らない、聞いたことがないわ。」

「ハニー、私の大事な人、彼のことは知っているべきだわ。チャールズ・ジェームズは、超芸術的なドレスの創作にあまりにお金がかかったものだから、1958年にはニューヨークの自分のメゾンを閉めることを余儀なくされて、そのためにやや忘れられた存在だけれど

＊52 『タクシー・ドレス』─1929年に発表された作品で、身体をキモノのように覆い、プラスチックの留め具を用いることで、女性がタクシーの後部座席でも簡単かつ快適に身体をすべりこませることができるようになっている。

エルザ・スキャパレリ 「ラップ・ドレス」（1930年代）

「チャールズ・ジェームズのドレスは、私に
ニュールックのトレンドを生み出すためのイ
ンスピレーションを与えた詩だ！」
クリスチャン・ディオール

チャールズ・ジェームズ
らせん形のジッパーのあるドレス（1950年代）

チャールズ・ジェームズ 「タクシー・ドレス」(1930年代)

エルザ・スキャパレリ 「ラップ・ドレス」(1930年代)

「チャールズ・ジェームズは、この
惑星で最高のデザイナーだ。」
クリストバル・バレンシアガ

も、ディオールはジェームズのドレスが、彼にニュールックのトレンドを生み出すためのインスピレーションを与えた詩だと言っているのよ！　それからバレンシアガも、彼がこの惑星で最高のデザイナーだと宣言している。だから、少しは注目に値する人物だと思うわ。インターネットで彼の作品を見れば分かるわよ。」

　クララのレクチャーはそれで終わりだったが、私が言葉を発する前にまた言った。

　　「ジェームズのドレスにあなたもたちまち恋に落ちる、賭けてもいいわ。あと、あなたたちのボディに簡単にコメントしたいけど、もう行かなくちゃならないから。もうすぐミサが始まるの。トマーシュは一度も欠かさずミサに出ていて、私を命ある光に変える使命がある今となっては…」

　　「何ですって？」

　　「いいの、またいつか説明するわ。私が言いたかったのは、ボディ中央の透ける部分に使ったジグザグのパターンは傑作だ、ということだけ。**洋服のジグザグラインは個性を秘密と濃密な感情、エロティックな魅力で覆うのよ。**カルメンは感激して、彼女のかに座にある太陽も最高の美しさで輝くわ！　ああ、もう本当に行かなくちゃ、鐘が鳴ってる、ミサが始まるわ。じゃあね、キスを送るわ。」

　　　カルメンはそれほど

感激しなかったようだ。

「これを着て人前に出るっていうの？！　下着だけで歩くよりもっと裸じゃないの。」

「そんなことないですよ、似合うブラジャーを着けたり、軽いスカートを穿いたりすれば。称賛者の目にどのくらい身体を晒したいかは、その都度あなたが自分で決められるんです。」

「そう、あるいは潜在的暴行者の目にね」、カルメンはどのような結末も可能かを付け加え、その自嘲的なコメントにすぐ続けて生々しい体験を語った。

「私が自分と、自分の人生について真実を知るために、世界を旅してもう4年になります。新しい場所を見たり、新しい経験をしたり、新しい人々に出会ったり。素晴らしい放浪の旅は、ベトナムに来て頓挫しました。地元の人々が、私にひどい態度で接したんです。粗暴で、不作法で、理由もなく不愉快な人たちだった。私にベトナムに行くようにと熱心に勧めた旅行者たちの話はまったく違っていて、いかに友好的で温かい人々かと聞かされていたから、私はさっぱり理解できなかった。彼らの勧めを聞いたことも、私がベトナム行きを決めた理由の一つだったんです。だから私はがっかりしたし、悲しかった。

　ある時公園で一人の女性が、私に念入りに隠したタトゥーの端っこを見せて、この国では入れ墨をしているのは犯罪者とギャングだけだから、あなたも肩に彫ったルーン文字を隠すべきだと教えてくれて、ようやく私は理解しました。ルーン文字で彫った愛しい"Carpe Diem"のタトゥーにはとても誇りを持っていたけれど」と肩にある文字を何気なくなでて、「私はすぐにタトゥーを隠すことにしました。そうしたら、まるで魔法の杖を一振りしたように、人々は私に好意的な態度で接するようになり、この素晴らしい国を知るために温かい手を差し伸べてくれるようになったんです。」

「いい話ですね。」私はハッピーエンドに微笑んだ。

「シータさん、このタトゥーは、私がこのアストロモーダ・サロンに来た理由なんです。このタトゥーは私の人生を変えました。それ以来、私は身に着けるものが私たち自身を、そしてそれによって私たちの運命をも変えると信じているんです。」

　私は同意と関心を示すようにうなずき、カルメンはまた語り始めた。

「これは私の初めてのタトゥーでした。最初は今お腹にしているような、大きな赤いバラの花がよかったんですけど」とＴシャツを少し

持ち上げて、リーラの「着ていても着ていないような」デザインの下にはっきりと見えることになるものを意識させた。「彫り師に反対されて、結局『その日を摘め』という意味の"Carpe Diem"をルーン文字で入れることにしました。すると、インクが皮膚に染み込むと同時に、私は神秘的な覚醒を感じ、"Carpe Diem"のタトゥーが私の人生で唯一、私が自分自身であるという感覚を与えてくれたという気がしたんです。

　説明するのが難しいことなんですが。私は悪くない人生を送ってきましたから。いい人生だと思っていましたが、肌の中でインクが乾いていくにつれて、その人生に対してだんだん批判的な思いが湧いてきました。そして無意識に、肩に"Carpe Diem"のタトゥーを得て、人生が根元から瞬く間に変わったことを嬉しく思ったのです。」

　話を聞きながら、私はカルメンのホロスコープを見ている。タトゥーはアストロモーダ的に見て、彼女の第8ハウスを変えた。このハウスは私たち自身、それからとりわけ私たちの人生に対するコントロールを超越するような、運命性や反抗、儀式に関係するところである。

　カルメンはハンドバッグから、山の牧草地に放牧されている牛の絵葉書を取り出した。

「この黒い牛たちが見えますか？　黒い点みたいに見えるでしょう？」

　アストロモーダのカウンセリングではクライアントの話を聞くことを重視するので、私は励ますようにうなずく。

「この牛は、タトゥーを入れる前の私と、友人たちです。普通の人生では群れの引力が働いていて、その引力が、私たちが自分の運命の宇宙へと続く、人生の軌道に向かって旅立つことを許さないのです。」

「群れの引力？」その独創的な用語を私は気に入った。カルメンはいつも、面白い言葉遣いをする。

「黒い点々は、動かずに一生同じ場所で草を食んでいて、動き出すことで白い点に変わる牛があると、黒い点の群れがそれを囲んで、白い点が出て行けないように、動けないようにし、それによってその牛をまた黒い点に変えるのです。」

　私は話を聞きながら、黒い牛たちの写真を念入りに見る。

「黒い点たちは、人生の意味を探し求めようと旅立つ白い点を失うことで、彼らの人生のステレオタイプの現状にも疑いが生じることを恐

「ヒールのエロティシズムは、シンデレラに
始まり高級娼婦や踊り子に至るまで、高い
ヒールを履いた女性の足の形から生まれるも
のである。なぜならその形は、女
性の足がオーガズムの時にと
る形と同じだからである。」
クリスチャン・ルブタン

📷 アストロモーダ・サロン©のデザインによる服を着たカルメンと、彼女のホロスコープ

れています。とりわけ、」とカルメンは人差し指を突き上げた。「白い
点が旅で成功を収めた場合には。この群れの引力のせいで、私はそれ
までいくら変わろうとしても、変われませんでした。でも "Carpe
Diem" のタトゥーが、すべてを変えてくれたのです！　私は今、満
たされて幸せです。無駄な活動も、いさかいも、社会的義務も、怯え
る黒い点の群れの階級争いも、私には一切ありません。私がなぜ旅を
続けているかというと、またどこかの群れにはまってしまうことが怖
いからでもあります。そして同じ理由から、男性との真剣な交際も避
けています。だから私はあなたにその後押しをしてほしくて、ここに
やってきたというわけです。」

　そう、第9ハウスから第8ハウスにかけての部分は、カルメンの太
陽が位置するところでもあるが、非常にダイナミックなアスペクトの
エネルギーがぎっしり詰まって活力となっているようだ。群れの引力
から離れる旅に彼女がこれほど熱中するのも無理はない。

　カルメンはその絵葉書—呪物を、ひどく入念にハンドバッグにし
まった。

「デザインしていただいた服は、家では何も隠さずに素肌の上にその
まま、外では洒落たブラジャーとスカートを着けて、風紀を重んじる
リンチ集団に遭遇した時のためにジャケットも持っていくことにしま
す。それで、次に靴のことですが。前回、私がホロスコープによれば
ビーチサンダルを履くべきではないとおっしゃっていましたね。」

　カルメンは、南・東南アジアを回る「ヒッピー風」の旅の途中で、
『アストロモーダ・サロン』に立ち寄ることがある、ぼさぼさの髪で
ガムを噛んでいる、だぶだぶのハーフパンツと履きつぶしたビーチサ
ンダルの女の子たちと同じではなかった。それでも、カルメンがビー
チサンダルかスポーツサンダル以外の物を履いているのを見たことが
なかったので、私が自分のデザインのよりどころにした、カルメンの
月を地の塵から立ち上がらせるような高いヒールに彼女がどう反応す
るだろうかと怖じ気づく。

「自分の」デザインなんて、大げさな言い方だ。すでに述べたように、
アストロモーダ・ホロスコープのボディではうお座が私の一番苦手と
するところで、あとはおひつじ座も苦手だが、それはその部位の性質
そのもののせいで、頭部を扱うことが美容師からメークアップ・アー
ティストに至るまで、いくつかの難しい専門をまとめて扱うことだか
らだ。だからカルメンのホロスコープにふさわしい靴のデザインにつ

いては、またもや隣人のサルヴァトーレが犬の散歩中に快く助言をくれた。

　サルヴァトーレは20年間ディオールブランドの靴のデザインを手がけ、その後パリの中心部に自分の高級靴店を持っていたから、知識がある。すでに年金生活者で、店は売り、妻の出身地であるアジアに移住してきた。家の掃除をしなくて済むというのが主な理由だと言う。「フランスで掃除婦に月1000ユーロ払うくらいならと、自分で掃除をしていた。でもそれで背中が痛くなった。だから移住してきたんだ。」

　近所の瀟洒な邸宅に住む、どんな人物なのか知らないし知りたくもないありふれた男として挨拶していたサルヴァトーレに、ある日道で、足に完璧なオーガズムがありますねと言われて、私は心をつかまれた。最初は私のチャールストン・スタイルの、足首にベルトのある爪先のとがったハイヒールに興奮しているのかと思ったが、そのうち私の足裏の形のことを言っているらしいことが分かった。

「私の言葉じゃなくて、クリスチャン・ルブタン*53 が言ったことなんですよ。**ヒールのエロティシズムは、シンデレラに始まり高級娼婦や踊り子に至るまで、高いヒールを履いた女性の足の形から生まれるものである、なぜならその形は、女性の足がオーガズムの時にとる形と同じだからである、**と。だから今日のあなたは、本当に素晴らしいエクスタシーを感じていることになりますね。」サルヴァトーレは最初の宣告を繰り返すと、私の靴を、ほとんど催眠術にかかったように見つめた。

「これは職業病です、女性の身体への性的憧れを、その人が身に着けている物にフェティシズム的に転換しているわけではありませんよ。」彼は私が立ち去るより前にそう弁明し、私たちの隣人としての「こんにちは」は友情に変わった。

　別の日にはもうエスプレッソのカップを片手に、話を続けた。**「靴は気分や感覚、ジェスチャーや動きさえも変えるものです。人々は未だに靴を過小評価していますが、実際には自分自身と自分の未来に対する投資として、靴以上のものはありません。」**私はこれを聞くと、彼にアストロモーダのことを話し、インスピレーションを授けてくれ

＊53　フランスのファッションデザイナーで、高いヒールと赤い裏地の高級靴で世界的に知られる。

るよう頼んだ。

　今私は、提案の一つをカルメンに紹介している。バージョンは三つ
ある。
　　A)　彼女のホロスコープから見て理想的な、うお座の部位のみを
　　　　高くし、補強し、覆う靴
　　B)　理想のバリエーションに比べて、うお座の部位をよりしっか
　　　　りと締めつけ、またその上端がうお座とみずがめ座の境目に
　　　　かかりすぎないように（そうなると緊張が深まるばかりであ
　　　　る）、必要以上に丈を長くした、雨天・荒天用の靴
　　C)　サンダル風にオープンで、うお座の部位をラフに固定するだ
　　　　けの作りを、みずがめ座の部位のかなりしっかりとしたベル
　　　　トが補う、暑い日用のライトパンプス

「Dios mío、どうしてこんなに高いヒールの靴ばかりなの！」私がデ
ザインを見せると、カルメンは叫んで頭を振った。
　そこで私たちは、まずテバスの貴族階級の人々が、遺体に添えて

理想の靴

暑い日用

雨天用

📷　カルメンのためにアストロモーダの観点からデザインした靴

178

ヒールの高いスティレット＊⁵⁴という靴を埋葬していた3000年前の墓
について、次に古代エジプトから話を移し、古代ギリシャの劇作家エ
スキロが、観客からよく見えるように、演者たちに10センチや20セ
ンチの厚底の靴を履かせていたことについて、長々と語り合った…
「『骨延長法』について、どう思いますか？」カルメンは劇場から今
度は病院に話を移し、外科手術で足の骨を折り、それがまたくっつく
時に、進んで身体を痛めた患者の身長が手術前より5センチ伸びるよ
うに、骨を固定するやり方について尋ねた。
「私はどちらかといえば自然派ですから。」私は問いのボールを中立
ゾーンに投げ返した。中国の病院で、トップモデルのキャリアに必要
な身長がほしくて、そのやり方で数回にわたって骨を折らせたロシア
の少女のドキュメンタリーを思い返すと未だに気分が悪くなるので、
ハイヒールの靴に話を戻す。厳密には、つま先の高い靴と言うべきか。
中東からルネサンス期のヨーロッパに伝わった有名な「チョピン」と
いう靴には、高いヒールが二つあって、一つはつま先部分の下に、も
う一つは真ん中の土ふまずに付いていた。クリスチャン・ディオール
がスペシャリストのロジェ・ヴィヴィエと共に、女性のニュールック
のために考案した近代的パンプスの萌芽の話になると、私はハイヒー
ルにつなげてカルメンの第4ハウスについて触れた。第4ハウスは彼
女がこれほどまでに見いだすことを欲している個性の根源と、これほ
どまでに避け続けている家庭と定住の伝統をつかさどるエリアだ。
「あなたの第4ハウスはうお座にありますが、うお座はちょうど足首

＊54　つま先のとがったピンヒールの靴

オーバーシューズ「チョピン」　　オープントゥの靴「チャールストン」

から下をつかさどる星座です。そしてカルマと感情、感覚、意識下の天体である月が、あなたのホロスコープではうお座にあって、その月を強力なスクエアとオポジションが攻撃しているので、私はやむを得ず、容易に履けないこの靴を選んだのです。」

　カルメン女史は、履くことを勧められた靴の案を軽蔑するように眺め、それから提案した。

「かっちりして足にいい矯正靴を履くのではいけませんか？」

第10章
イブ&アダムの皮衣を脱ぎ捨てろ

　お腹はすいていないので、アストロモーダのカウンセリングの合間にホロスコープを研究する。いつもだったら、次の女性クライアントのネイタルホロスコープの謎にどっぷりつかるところだが、今待っているのは…男性だった。そして「万物の王」の服飾については、クララのアストロモーダ・スクリプトには簡潔にしか触れられていない。「ゲイか、生粋のファッションモデル、あるいはエキセントリックなアーティストでない限り、実用における男性の衣服には三つのファッションラインしか存在しない。」

A）スーツ　*Suit*

B）スポーツウェア　*Sportswear*

C）ジーンズとTシャツ、場合によってはジャケット、ワイシャツ、
　　トレーナー、セーターなど…

Jeans with a T-shirt

　このメンズファッションの三葉からのいかなる逸脱も、他のオスの目には風変わり、女々しい、等に映る。ゆえに、男性の実用的なアストロモーダは女性に比べて困難である。

A) *Suit*

　高価な、プロの仕立屋によるオーダーメイドで
あれば、スーツが最もふさわしい。特定の色を勧めることはできる
が、一般的な男性向けの色彩のバリエーションはそれほど多様では
ない。

　黒いスーツ、チャコールグレー、紺色のスーツは定番で無難だ。

　その際、黒いスーツは月、太陽、アセンダントのいずれかが♈お
ひつじ座、♌しし座、♐いて座の火の星座のどれかにある男性に最
も向いている。

　紺色のスーツは、アセンダント、月、太陽のいずれかが水の星座
である♋かに座、♏さそり座、♓うお座のいずれかにある男性にふ
さわしい。

　明るめのチャコールグレーや茶色、ベージュ、砂色のスーツは、
アストロモーダ的に見て太陽、月、アセンダントのいずれかが地の
星座である♉おうし座、♍おとめ座、♑やぎ座のいずれかにある男
性に向いている。

　明るめの青や緑がかった色、白色のスーツは、アセンダント、太
陽、月のいずれかが風の星座、すなわち♊ふたご座、♎てんびん座、
♒みずがめ座のいずれかにある男性にふさわしい。洒落てはいるが、
これらの色はいずれも日常的な着用には向かない。それが可能なら
「火」タイプの男性に赤いスーツを勧めることもできるはずだが、実
際に着こなせる男性はわずかだ。

　スーツに合わせるワイシャツについては、色も模様ももっと多彩
だが、それでも比較的限られている。つまりアストロモーダが介入
できる余地はあまりないということ。そしてネクタイは、局所的に
大きく作用する要素である――**天体が♉お
うし座、♋かに座、♌しし座にある場合、
ネクタイはホロスコー
プを変える力をもつ。**

「高価な、プロの仕立屋によるオーダーメイドで
あれば、スーツが最もふさわしい。」

星座におけるアセンダントと太陽、月の配置に基づく男性用スーツの色

おうし座：
おうし座に惑星の強力なステリウムが見られる場合、ネクタイは視線を下に向かわせることで、溜まった圧力を解放する働きがある。おうし座にある惑星を強めるには、ネクタイの支配的な結び目の他にも蝶ネクタイやバンドカラー、立て襟など、首回りを強調するものを用いるとよい。

かに座：
かに座が弱まっている時、ネクタイは盾となってこの部位を守ることでかに座を癒すことができる。その場合、どちらかといえばおとなしい色とシンプルな柄、あるいは無地のものを選ぶ。かに座にある星座を強めるには、ネクタイピンを使うのが有効である。具体的には強めたい惑星に当てはまる金属の色のもの、あるいはその惑星を連想させるシンボルをあしらったものを用いる。

original ASTROMODA®

「天体がおうし座、かに座、しし座にある場合、
ネクタイはホロスコープを変える力をもつ。」

しし座：
しし座を強めるには、特にネクタイの下側に注意し、この部分全体の色や柄をくっきりし
たものにする。ブレザーのボタンをラフに外すと、最もよく目立つ。

187

ルイ・レアールのビキニ（1946年）　　　　　男性のサーファー風ファッション

B) *Sportswear*

　スポーツファッションは、理論上はアストロ
モーダにより大きな介入の余地を与える。普通
は男性に赤い靴下や赤いワイシャツを着せるこ
とが不可能でも、ボストン・レッドソックス
やリバプールFCのユニフォームとなれば、
男たちはまるで赤ずきんにでもなったよう
に、赤い衣装に進んで身を包む。ナイキや
アディダス、プーマといったスポーツ
ファッションのメーカーが今日これほ
どの成功を収めているのも偶然ではな
い。

　それでも、男性向けスポーツウェ
アが、理論的にはアストロモーダ
的にホロスコープを変える力があ
るが、実際はその余地はスポー
ツチームのカラーと、ファンが
崇拝する選手が何を着ている
かによって制限されている
ことが、あなたにもすぐに
分かるはず…あるいは友
人たちが何を着こなして
いるかによって。ス
ポーツファンに、ライ
バルチームのユニ
フォームを連想さ
せる色の服を着せ
ることも、おそ
らく不可能だろ
う。

🄫 ひいきのサッカーチームのロゴをあしらった、チームカラーのTシャツとリュックサック

C) Jeans with a T-shirt

　そこでようやくジーンズとTシャツ、場合によってはもっと暖かい衣服の組み合わせが登場する。

　女性のファッションが、舞踏会やダンスパーティ、ファッションショーなどでの数世紀にわたる小競り合いと衝突を経て発展してきたのに対し、今日のメンズファッションは、農作業と工場、軍隊で生まれた。

　農業—例えばカウボーイのズボン。今日最も有名なのは、1873年にリーヴァイ・ストラウスがそのプロトタイプに特許を取得したブルージーンズ501である。

　イギリス植民地の軍隊では、社会的に許容された初の男性向けハーフパンツ、いわゆるバミューダパンツが生まれた。あなたとマヤがネパールが好きなことは知っているから触れておくけど、バミューダパンツの元はネパールにあるの。グルカ族の兵士たちが、1880年頃カーキのハーフパンツを穿いていて、グルカ兵は英国軍に雇われていたから、バミューダパンツにハイソックスを履くという彼らのアイディア

📷 カーキ色の男性用ハーフパンツ

が、第一次世界大戦の頃に英国軍の熱帯地域
向けの軍服として採用されたのよ。戦後
バミューダパンツは、「育ちのいい」
男たちも普通に穿くようになった。
もちろん、女性がこれを穿くこ
とは依然としてタブーだった。
エルザ・スキャパレリが
ウィンブルドンで二度決勝
戦まで残ったリリ・デ・ア
ルバレスに、1931年のトー
ナメントのために女性向け
ハーフパンツの前身（白い
キュロットスカート）を製
作すると、メディアはテニ
スについて報道する代わり
に、女性のスカートの「中央
の縫い目」について議論する始
末だった。
メンズファッションのその他
の重要な要素もまた、軍隊で生
まれた。米国がスペインから
キューバとフィリピンを奪取し
た1898年の戦争で、アメリカ軍
は軍服のワイシャツの下に着る実
用的な「下着」を導入した。
"T-shirt"はその後建設現場や工
場で生き延びた挙げ句、このタイ
プの白くて首の詰まったシャツ
をジーンズに合わせて、マーロ
ン・ブランドが『欲望という
名の電車』で身に着け、以後

191

100年間の男性ファッションはそこで決まった。4年後の1955年、もう一人の映画スター、ジェームズ・ディーンが『理由なき反抗』で白いTシャツとジーンズ、革のジャンパーを反抗する若者たちの絶対的ファッションに仕立て上げ、数十年ののちにはもっと年長の男たちも同じような格好をするようになった。

　アストロモーダの観点からはジーンズのタイプとTシャツの色で変化をつけることができるが、ここでも可能性は比較的限られている。典型的な男性は、「ラッパズボン」がはるか昔に誰も着なくなった流行遅れだとされる時代に、ラッパのように裾の広がったズボンを穿いて町に出る勇気はない。

　それでも私の提唱するアストロモーダは、このジャンルではスーツやスポーツウェアと比べれば、まだ介入の余地がある。ジーンズについては女性の部で書いたような介入が、ホロスコープを考慮した穴やその他の特徴も含めて可能だ。ただしすべては控えめでなければならない。注目されることを好まない男性が、ファッションショーの作品をフォローするエキセントリックなアーティストのような身なりになってしまったら、仲間うちで立つ瀬がなくなるからだ。

　セーター、トレーナー、ワイシャツ、ジャケット、ベルト、野球帽、靴である程度の変化をつけることができるし、Tシャツも今は様々な色やプリントのバリエーションがある。初回のカウンセリングで、現代そして過去に最も人気のあったプリントのデザインを男性に見せて、この中に過去に着ていたものがあるかと聞くとよい。それによってその男性のスタイルがすばやく理解できる。

　いちばん人気の高いプリントTシャツの例として、次のようなものを挙げておく。

　"I♥…ナニナニ"のプリントは、初め"I♥New York"としてデザイナーのミルトン・グレイザーが1976年に考案したものだ。

　これに対する男性の「センス」診断カタログには、以下のようなプリントのあるTシャツを挙げておきたい。

- Harley-Davidson Motorcycles
- AC/DC または Metallica

それから次のようなタイプのTシャツ：

- カンフーのポーズをとる筋骨隆々の男
- ダイヤモンド型フレームのスーパーマンのSマーク

それから以下のようなスポーティーな絵柄：

original ASTROMODA®

- Nike – Just Do It.
- Adidas
- QuickSilver

また以下のようなより中毒性の高い絵柄：

- Jack Danielsのロゴ
- FCUK、フレンチコネクション

さらに以下のような内的状態を象徴する表現：

- 有名な黄色の『スマイリーフェイス』
- ローリングストーンズのベロ・マーク
- 中央に三日月をほどこした"Night life"
- 「駐停車禁止」の標識から顔を出すゴーストバスターズのオバケ
- 白い円から黄色いフラッシュがはみ出しているフラッシュTシャツ

それからプリントTシャツの伝説的デザインを形づくる個人的思想：

- 緑・黄・赤のラスタカラーを配したボブ・マーリーの肖像
- ベレー帽を被った革命家チェ・ゲバラの肖像
- パンクのアナーキー「A」マーク
- スキンヘッドの迷彩アーミーTシャツ
- "Give Peace a Chance"の文字をともなうことが多い平和のシンボル☮

- かつて定番だった、虹色の渦巻き「タイダイ」ヒッピー風Tシャツ
- それからおまけに、日本生まれのピンクと白のハローキティのネコちゃん

アハハ、ハローキティを政治的立場の項目に入れたら、絶対受けるわね！

それから次のような、プリントTシャツの謎に満ちた自然派ヒット商品も忘れてはならないわ。

- 『フォレスト・ガンプ』風の泥はねスマイリーフェイス
- "Commonwealth" の文字の円からはみ出す、牙をむく黒ヒョウ
- もしくは手形の絵柄の、温度で色が変わるTシャツ。1980年代末にGenerra Hypercolor社がこのTシャツで何千万も稼いだほどのヒットだった

アストロモーダの新参クライアントがこれらのTシャツ（あるいはそれに酷似したもの）のいずれかを着ていたことが分かれば、その男性のセンスの位置づけがはっきりするだけでなく、クライアントのホロスコープと自己の存在にかかわる、現時点のニーズに見合ったTシャツの絵柄を作成するための、惑星や黄道その他のシンボルのデザイン様式を見つけるのに役立つ。

つまり、初回のカウンセリングでアルフォンソにTシャツの「デ

「この中で、あなたが過去に着た
ことのあるTシャツはどれ？」

ザイン」を見せて、どれを着たことがあるかを言ってもらわない限り
は、下地のデザインを始めても意味がないということだ。彼が定番で
ない、独特の要素とデザインをどのくらい着こなすことができるか、
率直に言って分からないし、ホロスコープを見てもはっきりとは予測
できないからだ。ヴァレンティナは彼を称賛するばかりで、彼が人生
の詩人とベッドルームのカサノヴァと男の中の男が理想の形で一緒に
なった人で、おまけにユーモアと自虐のセンスを備えていると言う。
一人の男としてはまことに稀有な性質の組み合わせだ…でも、もしそ
れが本当だったとしても、服装に関しては、気に入りの古いジーンズ
に、伸びきった3枚の黒いTシャツをとっかえひっかえ着るだけのス
タイルかもしれない。まあ、見てのお楽しみだ。

　私はアルフォンソを待つ間、エルザ・「スキャップ」・スキャパレリ
のホロスコープをアストロモーダ・ホロスコープのボディに楽しみな
がら書き写していた。まずは規則的な配置（SCH 1）。ふむふむ、
これを見れば、クリスチャン・ディオールと同様、ネイタルホロスコー
プの不調和なアスペクトが多いから、惑星が不規則に配置されたアス
トロモーダ・ホロスコープのボディが必要になることが分かる（SCH
2）。

　スキャップは好きだ。そのファッションの天才的能力も、ただで与
えられたものではなかった…そこですぐに私はアストロモーダ・ホロ
スコープのボディに、彼女のネイタルホロスコープのあらゆるネガ
ティブなアスペクトを解決し、調和させるような「癒しの」服を着せ
る。私のデザインはもちろん、彼女が生きた時代には実現不可能だっ
ただろう。赤毛に染めた髪や、目立つ赤い口紅、パンク調のジッパー
などはスキャップも同意したかもしれないが、スキーウェアとライ
ダーウェア、ダイビングのネオプレンを視覚的に組み合わせたジャ
ケットとパンツは近代的な人工繊維からできていて、これはヒールの
高いトレッキング・登山靴のエレガントなバージョンと同様、2000
年以降にようやくエクストリームスポーツから町のファッションに下
りてきたものだ。なぜ、エレガントなドレスの女王に、ライダーやス
キーヤー、登山者のような服を着せようとするのか？

　1954年にメゾンを閉めることになって、スキャップは非常に心を
痛めた[55]。これは当時の新しいトレンドに追いつくことができなかっ

---

　[55]　スキャップのブランドはのちに復活したが、それはもはや彼女自身の歴
史ではなかった。

「大多数の天体が心臓と太ももの間、すなわち
感覚的落胆や性愛、感情的体験によって最も
『憔悴する』身体の部位にある。」

MCが ♈

第11ハウスが ♉

♆ ♀ 海王星、冥王星が ♊
☊ ラフが ♊
第12ハウスが ♊
☽ 月 ☋、ケイロンが ♌
☾ ブラックムーンが ♌
第2ハウスが ♌

アセンダントが ♋

土星が ♍
第3ハウスが ♍
太陽が ♍

ICが ♎
水星が ♎
♅ 天王星が ♎

金星が ♏
第5ハウスが ♏

火星が ♐
第6ハウスが ♐

ディセンダントが ♑

木星が ♒
第8ハウスが ♒

第9ハウスが ♓

SCH 1
エルザ・スキャパレリのアストロモーダ・ホロスコープのボディ
▲ 規則的な配置

199

たからだ、という説が有力だ。そうかもしれない。1954年にココ・シャネルが再び自分のメゾンを開いた時も、同じことに悩まされたから。フランスの各紙は、シャネルがファッション界に復活するきっかけとなったコレクションに、批判の嵐を浴びせた。だがスキャップと違って、シャネルには友人やパートナーたちの支えがあったし、マリリン・モンローが寝る時はネグリジェの代わりにChanel N°5の香りをまとうのだと公言すると、国外のみならず、元々批判的だったフランスでも大喝采を受けたのだった。

危機に瀕したスキャップには、シャネルにあったような支えがなかった。彼女に著名で影響力のある友人と崇拝者が何人いて、それが誰だったのかを考慮すると、すがるべき頼みの綱すらないこの凋落は、スキャップの「カルマ」、あるいはそのホロスコープの運命の要素と関連しているに違いない。彼女のホロスコープでは、大多数の天体が心臓と太ももの間、すなわち感覚的落胆や性愛、感情的体験によって最も「憔悴する」身体の部位にある。

タイ式マッサージのヨガの秘密について手ほどきを受けるのと引きかえに私がアストロモーダを教えているヴァレンティナなら、まさにこういった身体の部位で、私たちは完全に使いきるまでエネルギーを消耗するか、もしくは過度の緊張の中で、そのエネルギーを身体と感覚、リンパ系の再生を妨げる不健康な障壁としてブロック単位で集積するかのどちらかで、それがやがて二次的に、私たちの意志と生の喜びに影響を及ぼすのだ、と言うだろう。

ヴァレンティナならこの状態を、右太ももの内側、スキャップの火星がある場所を手のひらで押し、それから左側の股関節と恥骨をつなぐライン、スキャップの金星がある部位を長く1回押して、さらに腹の深部のとびきりのマッサージでスキャップの水星と太陽、土星を整えるのに対して、私はエネルギーが失われるすべてのゾーンを残らず「スキー用／バイク用ジャンプスーツ」でかっちりと固めた。

私が今言わんとしていることは、言葉で表すのが容易ではないのだが、心理学的、社会学的には程度の差こそあれ、誰もが経験していることである。

あなたが細部まで綿密にパーティの準備をしたのに、誰も一言も感謝を口にせず、朝になると片付けを手伝わなくて済むように、さっさといなくなってしまう。ある種の悲しく燃え尽きた空虚さが、パー

「エルザ・スキャパレリは、内的エネルギーと
穏やかな存在のゆったりとした快適さを生み出
すアーティストである。」
ココ・シャネル

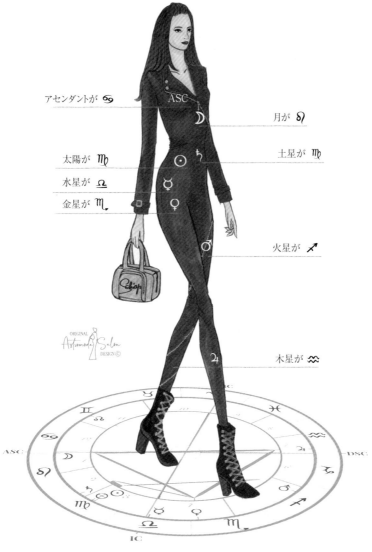

アセンダントが ♋ ASC

月が ♌

太陽が ♍

土星が ♍

水星が ♎

金星が ♏

火星が ♐

木星が ♒

SCH 2
エルザ・スキャパレリのアストロモーダ・ホロスコープのボディ
▓ 不規則な配置

201

ティで疲れた身体の自然な二日酔いと合わさった状態、これが私の言うエネルギーの減少である。そしてその状態が何年も続くと、人生にもそれが現れてくるようになる。

　スキャップのコンジャンクション、すなわちアセンダントと月のデュエットは、金星（□スクエア）と木星（☌オポジション）とのネガティブなアスペクトにある。そしてこの強力な三角形こそが、彼女に深みのある魅力を与え、それが芸術家たちを惹きつけ、その中の一人ダリが彼女をデザイナーに仕立て上げ、ココ・シャネルをして内的エネルギーと穏やかな存在のゆったりとした快適さを生み出すアーティストと言わしめたのだが、この三角形はまた、すべての「関係者」をアストロモーダ・ホロスコープのボディの反対側に追いやる要素でもあった。

　スクエアの関係にある火星と太陽も同様に反対側に移る一方で、土星と水星は元の側に留まる。これでスキャップのネイタルホロスコープの最終変換（SCH 2）が、スキャップの身体にその人生の大半において反映された形で完成した＊56。そこで、彼女のホロスコープにふさわしい服をより詳細に把握するために、占星術のシンボルを、私たちの人生における価値や原則、物体、色、形に置き換えてみる。例えば以下のようなキーワードを用いる＊57。

　　ASC（物事に対する）ふるまい

　☽　感情

　☉　使命

　♄　運命

　☿　創造性

　♀　スタイル

　♂　行動力

　♃　旅

＊56　これに対しSCH 1（規則的な配置によるアストロモーダ・ホロスコープのボディ）では、「瞬間のエクスタシー」（喜び、幸せなどのポジティブなもの）がネガティブなアスペクトのエネルギーの緊張を抑えつけるような、例外的な瞬間にのみ現れている。

＊57　これはコピーをお勧めするような凡例ではなく、スキャップのアストロモーダ・ホロスコープのボディにおいて惑星のシンボルの代わりに用いる、ランダムに選ばれたキーワードである。錬金術師が惑星と結びつけたように、金属を代わりに用いてもよいし、色でもよいだろう。

「アストロモーダ・ホロスコープのボディでこれらの言葉を注視して、ディテールとラインの最初のインスピレーションが降りてくるのを待つ。」

（物事に対する）
ふるまい

ASC

感情

使命

運命

創造性

スタイル

動力

旅

木

パール

赤いルビー　　　ブルーサファイア

エメラルド

ダイヤモンド

赤珊瑚

イエローサファイア

☊ ♅ ブラックヘソナイト　　　☋ ♆ キャッツアイ

SCH 4
惑星に対応する（インドの体系に基づく）9宝石のシンボルを配した、スキャップのアストロモーダ・ホロスコープのボディ　■不規則な配置

アルミニウム、木
ASC

銀
鉛

金
水銀
銅

鉄

スズ

ORIGINAL
Astromoda Salon
DESIGN ©

SCH 5
金属その他の素材による、錬金術師の惑星シンボルを配したスキャップのアストロモー
ダ・ホロスコープのボディ　■不規則な配置

「アストロモーダ・ホロスコープのボディでこれらの言葉を注視して、ディテールとラインの最初のインスピレーションが降りてくるのを待つ。」浮かんだアイディアを片っ端から書き留めていくと、このようになる。ふさわしいのは旅（♃）を完全に露出するミニスカート、これはスキャップも1926年頃のひざ丈スカートで達成していたが、部分的に動力（♂）も露出するスカートは彼女の時代には社会的に不可能であった。ふるまい（ASC）と感情（☽）、運命（♄）をジッパーで結ぶアシンメトリーな留め方がふさわしいが、これはセンセーショナルならせん状ジッパーの先駆者だったスキャップも使っている。あるいは中央で感情（☽）と運命（♄）、ふるまい（ASC）と使命（☉）を直線で分ける留め方がよりよいだろう。

　SCH 1、SCH 2、SCH 4とSCH 5の各図を用いて作成する、スキャップのホロスコープにふさわしいデザインでは、私が提案するネオプレン風のジャケットのジッパーは、しし座の部位を通ってのみ下げることができる。つまりふるまい（ASC）と感情（☽）が分離されることになるのだが、同時にホロスコープのすべての要素が、分離することが不可能な、かっちりと固められたおとめ座の部位の結合、すなわち運命（♄）と使命（☉）を通じて互いに常に接触していることになる。

　創造性（☿）とスタイル（♀）、動力（♂）は、性愛と再生、タントラに関連する部位にある。ちょうどこの部位は、スキャップと共に有名なロブスターのドレスをデザインしていたサルヴァドール・ダリがロブスターを配した所で、ダリはロブスターが正しい位置にいる、すなわちその尾がヴァギナの入り口にある今この時に、ロブスターにマヨネーズをかけるべきだ、と言った。名高いシュールレアリスムの画家が何を言いたかったのかは分からない。思いつくのは三つだ。ポロックの絵のように、赤いロブスターのあるドレスに白い斑点をつけたかった。ドレス、あるいはスキャップをマヨネーズで汚したかった。または、仕事中にスキャップの身体に、自分の身体の白いインクで文字を書きたかった。

　いずれにしても、私のデザインでは、この「デリケートな」ゾーンがほとんど貞操帯と言ってもいいようなもので固定されている。

　これから、ボディの要素をただ一つのラインまたは曲線で結んで、ホロスコープの基本リズムを形成する私のお気に入りの作業にとりか

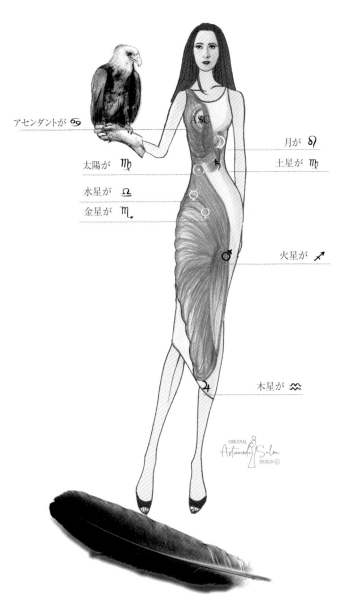

アセンダントが ♋

ASC

太陽が ♍

水星が ♎

金星が ♏

月が ♌

土星が ♍

火星が ♐

木星が ♒

SCH 6
スキャップのアストロモーダ・ホロスコープのボディにおける、「不規則な変換」に基づ
く惑星の配置ライン。ドレスの模様は翼を広げた鳥の形

かるはずだった。スキャップのケースでは、結ばれた曲線が飛んでいる鳥を連想させ、胸の右側にアセンダント、左のすねに♃木星がある…が、もう私が飛んでいってドアを開けなくては。誰かがガラス張りのドアを、まるで割ろうとでもするように叩いている。アルフォンソだとしたら、ヴァレンティナの理想の男の最初の弱点を、彼が『アストロモーダ・サロン』に足を踏み入れるより前に見破ったことになる。彼は呼び鈴が使えない。

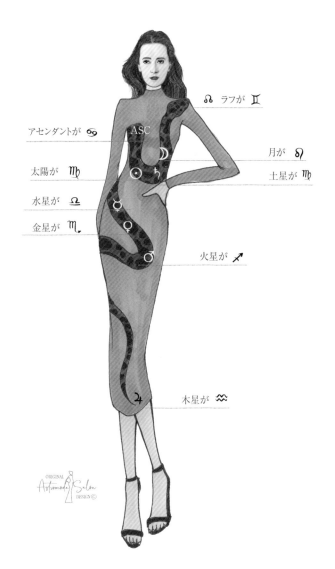

ラフが ☊ ♊

アセンダントが ♋ ASC

月が ♌

太陽が ♍

土星が ♏

水星が ♎

金星が ♏

火星が ♐

木星が ♒

ORIGINAL
Astromoda Salon
DESIGN ©

SCH 7
不規則な配置に基づきスキャップのアストロモーダ・ホロスコープのボディに配置された
惑星のライン

「ロブスターが正しい位置にいる、
すなわちその尾がヴァギナの入り
口にある今この時に、ロブスター
にマヨネーズをかけるべきだ。」
サルヴァドール・ダリ

エルザ・スキャパレリ "The Lobster Dress"（1937年）

210

第11章
騎士の甲冑の苦悩

　ヴァレンティナの恋人とのカウンセリングは、出だしからうまくいかなかった。私がドアにたどり着く前に、叩く音は止んだ。ロックを外し、ドアを開けると、通りには誰もいなかった。タイの夏の午後の、暑い静寂があるだけだった。その代わりに、通りの反対側にある寺院から、けたたましい叫び声が響いた。

　「¡Santiago y cierra, España!＊58 それ、突撃だ！」スペイン語だということは分かる。まさか、アルフォンソか？　寺院の門の向こうに、顔立ちの整った外国人が木を叩いているのが見える——枝ぼうきで。そう、これがアルフォンソだった。やれやれ、面倒なことになった。私は寺院の中庭の前まで行き、奇妙な剣士のほうきでいたぶられるどころか、今度はスペイン語のレッスンまで受ける破目になった木のところで足を止めた。

　「…El que lee mucho y anda mucho, ve mucho y sabe mucho…」＊59
　「アルフォンソさん？」私は大声で呼んだ。

　アルフォンソはビクッと身を震わせ、振りかざしたほうきをゆっくりと下ろすと、振り向いた。

　私の肩越しにあらぬ方向を見ている。私に常軌を逸したところを見られたので恥ずかしいのだろう。彼が何か言うのを待った。沈黙。さて、少し心ここにあらずという感じだから、これ以上待つのはやめよう。もしかしたら一晩中ヴァレンティナにベッドで消耗させられて、疲れと睡眠不足から脳みそが働いていないのかもしれない。

　「シータ・ガルバです、よろしく」私は彼に手を差し出した。

　アルフォンソは、仏像を切り出す石工たちが仕事のあとの掃除に使う枝ぼうきを左手に持ち替えると、私の手のひらを握った。

　「初めまして。私はドン・キホーテです。」
　「ああ、そうですか。」私は彼のジョークにほほ笑んだ。「ヴァレン

＊58　スペインのキリスト教軍が、自国のパトロンである聖ヤコブに呼びかける、攻撃の雄たけび。
＊59　「読書と旅を多くたしなむ者は、多くのものを見、多くを知る…」

ティナから、あなたは魂の詩人だと聞いています。素敵なほうきです
ね。」おふざけムードを維持しようと努める。初回のカウンセリング
を始める時には、互いに打ち解けるために、恥ずかしさの氷を溶かす
ものであれば何でも役に立つ。

「ほうきだって？」と彼が言ったので、私はもう一度、もっとふざけ
た感じで彼が握っているほうきを指さした。

「私の剣のことですか？」

「剣？」アルフォンソのこの答えに、私は少し動揺した。冗談を言っ
ているのかどうか、探るように彼を見る。どうやら冗談ではないらし
い。

「で、一体何に使う剣なんですか？」私はプロらしさを失わないよう
に尋ねる。

　アルフォンソはほうきをぐるぐる振り回し、通りや寺院の中庭、そ
の周辺にあるありとあらゆる木のこずえを指した。

「30か40の巨人に包囲されていますが、心配ありませんよ、シータ
さん、私が残らず退治しますから。私はなんたって、騎士なんですか
ら！」そう言って握りこぶしで胸を叩く。彼のジェスチャーも声も、
まるで劇場にでもいるようで、仏像を作る男たちがいないことにホッ
とする。どうやらゆっくり昼飯でも食べているようだ。

「でもアルフォンソさん、これはみんな木ですよ。」

「いや巨人です！　木なんかじゃありません！　確かにぼろぼろに砕
けているかもしれませんが、決して折れることはなく、最後には必ず、
水面に浮かび上がる油のように、浮き上がってくるのです！　これは
巨人たちです、怒ったように足を動かしているのが見えないんです
か？」

　あとはもう私など無視して、叫んだ。「おい、そこの巨人ども、
Santiago y cierra, España、万歳！」そしてほうきで別の木を、滅茶
苦茶に叩き始めた。ふむふむ、これはどうしたことか、ヴァレンティ
ナはブルーのドレスで、ハンサムな精神病者をゲットしたようだ。

　私は慎重に、後ろから彼のベルトをつかんだ。

「アルフォンソ、これは巨人ではなくて、木の枝が風に揺れているの
ですよ。行きましょう、カウンセリングの時間です、ヴァレンティナ
がとても気にかけていますよ。」

「ヴァレンティナ、」彼は私の言葉を繰り返すと、身を硬くした。

「サンチョ、きみはどう思う、ヴァレンティナの希望に従うべきか、

巨人どもとの闘いに決着をつけるべきか？」彼はもう一人の何者かに
尋ねた。念のため、寺院の庭を見渡す。これはえらいことになった…
「ドン・キホーテさん、巨人って誰のことですか、あれはただの風車
ですよ、ドゥルチャのところへ行きなさい。あなたは彼女を愛してい
て、希望はいつも愛とともに生まれるものなんですから。」＊60 アル
フォンソはそう自分自身に答え、私は彼の分裂した人格の三つ目の部
分を利用して、サンチョの言葉につなげた。

「ほら、風車と闘っても無駄ですから、行きましょう。」

　私は彼を脇にかかえ、ゆっくりと中庭をあとにした。石工たちが来
たらすべて元通りになっているように、そして周りの人々に寺院で盗
みをはたらいたと思われないように、枝ぼうきを取ろうと試みる。す
ると彼は身体をビクッとさせ、一喝した。

「私の剣から手を離せ！　あれが風車だと思っているんなら…」彼は
周りの木々を指さしたが、その目はタイのどの寺院にもある伝統装飾、
巨大な金の竜をとらえている。ふん！　彼の目はそう言って、狂った
眼差しで竜を射抜く。それからまた素早く私に向き直り、言いかけた
罵りを続けた。「…お前は冒険のことも、人生と運命についても何も
分かっていないということだ。あれは風車なんかじゃない！！！」

　そのようね、と私は心の中でつぶやいて、ヴァレンティナの精神病
の恋人を寺院から連れ出す作業を続けた。彼はといえば竜のほうを凝
視しながら、運命というものを理解してないお前に、どうやって占星
術などできようか、と悪態をついている。おお良かった、ここの現実
にようやく気づいたようだ。

　門のところで「石工たち」に出くわす。

「sawadee kha」私は挨拶した。彼らは答えず、疑わしそうな目つき
でアルフォンソが握ったほうきを見ている。危ないところだった。む
やみにスキャンダルを起こすことなんてできないし、タイには決して
許されない悪行が二つあって、一つは王を侮辱すること、もう一つは
仏教を侮辱することなのだった。アルフォンソは牢屋行き、私は『ア
ストロモーダ・サロン』を閉めることになるのがおちだ。ポルトガル
にいるクララと、チベットにいるマヤに、私たちの大がかりなプロ
ジェクトがブルーのドレスのせいでご破算になったなんて、書けるわ

＊60　この章では、ミゲル・デ・セルヴァンテスの有名な小説『才智あふれる
騎士ドン・キホーテ・デ・ラ・マンチャ』（原題：orig. El ingenioso hidalgo
Don Quijote de la Mancha）の中の文言のパラフレーズが出現する。

けがない。そのドレスを私の抵抗にもかかわらず買ったのがアストロ
モーダのクライアントで、そのことで彼女は自分のホロスコープのあ
らゆる弱点をさらに際立たせ、人生に完璧な気狂いを呼び込んで、そ
の男が今、テーブルの向こうで盗んだ枝ぼうきと戯れ、それが剣だと
言っている…プロらしく振る舞え、私は自分をそう励まして、コー
ヒーが運ばれてくるとアルフォンソのホロスコープと、有名な「プリ
ントTシャツ」のカタログをテーブルに広げた。

「この中の、どのTシャツを着たことがありますか？」私が尋ねる
と、アルフォンソは上の空でTシャツの写真を眺め、やがて判決を
下すように、これ見よがしにカタログを閉じた。

「どれも着たことがない。バットマンのTシャツと、それから『コ
カ・コーラ』を着ていた。」

「素晴らしい。」私は彼が的確な回答をしたことをほめた。

「ねえ、ドゥルチャ…」と、私の楽観的な考えは奇妙な呼びかけです
ぐにかき消された[61]。でも悲観的にはなるまい、名前が覚えられない
だけかもしれない。自分の娘の名で私を呼んだ女性もいたし、2時間
かける3回のカウンセリングの間、私を「ベイベ」としか呼ばなかっ
た男性もいた。「ドゥルチャ」は「ベイベ」よりずっといいではない
か…おおいやだ…素晴らしいね、ベイベ。俺は青が似合うぜ、ベイベ。
俺の言うことは正しいだろう、ベイベ。で、その土星が、ベイベ、そ
の金のハウスを通過するんだろう、ベイベ。でも第3ハウスに移ると、
ベイベ、借金してた奴らがその金を返しに来るんだろ、ベイベ、よ
かったぜ、ベイベ…

「…私は自由の身として生まれたから、自由であり続けなければなら
ない、だから孤独を選んだのだ、でもその孤独をいつも女に奪われ
る。」そう語るのはアルフォンソか、あるいはドン・キホーテか、そ
れとももう一人の人物[62]か。三人のうち誰かは分からないが、少な
くとも一人はヴァレンティナとの情熱的な関係に辟易している。

「私が一番自由を感じるのは自然の中、田園、山々、木々の間にいる
時だ…そこには、私の孤独を奪わない唯一の仲間たちがいるのだ…」

　そう、木々との関係は私も見たわ、そう心中でつぶやいて、彼に語
らせておくことにした。どうせ、良いカウンセリングでは話を聞くこ

---

[61]　ドゥルネシア・デル・トボーソはドン・キホーテの思い慕う娘で、彼の
「騎士」としての英雄的行為はすべて彼女に捧げられている。

[62]　サンチョ・パンサ

とがメインでなければならないのだから。

「…自然の中にある小川や大きな川、湖の水面(みなも)は私の鏡、私の顔立ちや私の思考の深部、そして私がこの鉄の世界に持って生まれた使命を映し出す。私は水面に映る自分の姿を眺め、鉄の世界を金の世界に変えなければならないと悟るのだ。」

　ヴァレンティナの言うことはやっぱり嘘じゃなかった、彼は詩人だわ！　ディセンダントの水面に映るアセンダントの関係をこんなにも詩的に表現するなんて、大したものだ。しかし、アルフォンソの内面は現実を処理することができていないようだ。現実世界では、アルフォンソの魅力や思考、使命は湖の静かな水面を映し出すものではない。現実世界で見えるものを、彼の都合のいいように解釈できるのは、自分の意見を持った生身のパートナーである、自立したヴァレンティナなのだ。今も、自分の顔を水面ではなく恋人の目に映る姿として見ているかのように、そして自分の人間としての不完全さを恐れ、怯えて震えてでもいるように、またスペイン語でブツブツ言い始めた。

「Esa es natural condición de mujeres, desdeñar a quien las quiere y amar a quien las aborrece」 [63]

「コーヒーを召し上がってくださいな？」アルフォンソの精神が完全に崩壊してしまうのを防ごうと努める。と同時に、間違った呼び方で彼の現在の自己の逆鱗に触れないよう、名前で呼ぶことは避ける。

「ああ。」彼は反応して、まるで火傷しそうに熱いとでもいうように、ぬるいコーヒーをすすった。

「何か悩み事があるのなら、私に教えてくだされば、ホロスコープで問題の解決方法を見つけるお手伝いをしますよ。」私はそう誘いかけた。

　これは効いた。ある女性への愛について、私に打ち明け始めたのだ。その女性は、彼の人生に意義を与えるような冒険に、彼があこがれているのではないかと言ってくるという。彼は、大きなことを成し遂げて、どれだけ彼女を愛しているかを証明したいのだと言う。

「私は、自分の純粋な、何者にも侵されていない自由を守って初めて、真実の愛で彼女を愛することができるのです。身体は彼女から離れて、木々と山々、川という仲間たちのところへ戻るのですが、それは…そこでは心が、ある願望から別の願望へ、愛から憎しみへとさまようこ

*63 「愛してくれる男はバカにし、憎む男は愛する、それが女の性質というものだ。」

original ASTROMODA®

「この中の，どのTシャツを
着たことがありますか？」

とがないからなのです…そして、純粋で何者にも侵されていない心で
どんなに彼女を激しく愛しているかについては、彼女に書き送るつも
りでいます。」

　私はあの実際的で実利的で、欲望に突き動かされているヴァレン
ティナを想像して心の中で吹き出し、彼の前ではせき込んだ。コー
ヒーの滴がテーブルに飛んだ。

「あなたは本当にロマンチストですね！　普通の女性なら、非の打ち
どころのない騎士からの手紙ではなくて、一緒に住んでくれる男が必
要でしょう。完璧でなくても構わないんです、いや完璧な人などいな
いでしょう、でも一緒にいなければ意味がないんです。」

「でも彼女への愛のおかげで、この世界で大きな仕事を成し遂げるこ
とができるのです…」

「そう、そしてそのことを手紙に書くのですね。最高の恋愛関係です
ね、彼女が苦しい時に、あなたの手と抱擁の代わりに手紙に記された
情熱の炎で温まることができるなんて…」

　きっと支配的な女性が好きなのだろう、ヴァレンティナと付き合う
くらいだから驚くに値しない。私の強い口調に、アルフォンソはすっ
かり目が覚めたようだ。それまでぽーっとして上の空だった、かすみ
目のような視線が、興奮してエネルギッシュな、魅惑的とも言えるほ
どのレントゲンに変わり、私の顔に突き刺さった。

「また会えることは分かっていたよ、ドゥルチャ…あなたたちのグラ
ナダのテテリアは一時も忘れることがなかった…」

「え？」

「私が分からないのかい？　ほら、ドン・キホーテだよ、あなたたち
の喫茶店にジャズとキューバ音楽を聴きに通っていた。バニラとシナ
モン、カルダモン風味のソマリアの茶に、きみが媚薬を入れて、私は
その恋の秘薬のお礼に、きみに心を捧げた…」

　私の顔に催眠術にかかったようになっているアルフォンソは立ち上
がった。まずい成り行きだ。

「僕はとても幸せだ、やっと欲望の嵐を鎮めることができるのだから。
こっちへおいで、僕の苦しみ、僕の愛しい人よ…」

　最後の言葉を言いながら、彼は座っている私のところまで来て、腰
をかがめ、私を抱きしめ、口づけし、胸をもみ始めた。

　私は彼を力いっぱい突き飛ばし、怒鳴った。

「この色男、いい加減にしなさい！」彼はよろめくが、それでもまだ

決意に満ちた表情のまま続ける。「僕の最高の恋人…」そしてまた
ゆっくりと、私の方に身をかがめた。

「やめなさい、この愚か者！　ヴァレンティナがあんたをここに寄こ
したのはカウンセリングのためで、私にお触りするためじゃないの
よ！」

「誰だって？」

「ヴァレンティナ、あんたの彼女よ！」

「ドゥルチャ、私はきみ以外の人を愛することなどできない。他の女
性に触れるなんて、絶対にありえないよ。私たちの愛は、私にとって
はこの世界でいちばん神聖な事柄なんだ。きみは私の天国を照らすラ
ンプだよ。」と、離れたところから私の頭をなでる。さあ、堪忍袋の
緒が切れた。

「ヘイ、そこのランプ野郎、あんたが気狂いだろうが何だろうが知っ
たこっちゃないけど、今すぐその三人の人格からアルフォンソに戻る
か、ここから出て行け。」

「え…？」彼は驚いた声で聞き返すと、ようやく私に触れるのをやめ
た。

「私は騎士ドン・キホーテ、宮廷生活の人工的な快適さにあぐらをか
く暮らしを軽蔑し、自らの人生を放浪し、あらゆる敵と困難に立ち向
かうため…私だけの、独自の存在の道を見いだす最大の責任に立ち向
かうために、旅に出たのだ。」アルフォンソは独り言のように唱える
と、私の方に向かって付け加えた。

「ほらね、ドゥルチャ、私だよ。」

「いい加減に目を覚ましなさい、あなたはアルフォンソよ。」もう一
度だけ、もはや興味本位で試してみる。

「アルフォンソだなんて、そんな名前気に入らないな…」

「あなたは騎士で、独自の生き方をしようとするその大胆さゆえにセ
ヴィリアの大聖堂の塔にまで追いやられ、そこで40メートルの銅で
できた巨人の女ジラルダを倒してものにし、それがあなたの愛する
ドゥルチャで、あなたへの燃えるようなあこがれを示そうとあなたを
からかっているのよ。」

　そして事は起きた。複数あるアイデンティティーのうちの一つに触
発されて、アルフォンソはズボンの前を開け、私が反応できるより早
く、ズボンをひざまで下げたボクサーブリーフ姿で私の前に立ちはだ
かった。

「服を着なさい、今すぐ、このブタ野郎！」私は怒鳴ってイスから飛び起き、隣の部屋に駆け込んで鍵をかけ、ヴァレンティナに電話した。もちろんつながらない。そこで床に座り込んでドアにもたれ、ドア越しに気狂いの独り言じみた会話に耳を澄ました。

「…僕が騎士だって？　いや、違うよ、お前はサンチョ・パンサだ、だからドゥルチャに相手にされなかったんだ、彼女は決してドン・キホーテ以外の男には唇を許さないから。僕は誰なんだ？　お前はサンチョだ。サンチョって誰だ？　ほら、白衣の悪い魔法使いたちに閉じ込められた鉄格子の宮殿から、騎士ドン・キホーテを助け出した男だよ…」

「もしもし、ヴァレンティナ？　困ったことになったわ…」

　もう一方の会話ではヴァレンティナが、私の言うことは大げさだ、アルフォンソは詩の女神に傾倒しているだけで、芸術家の創造的なブレインストーミングだと思えばいい、じきにひとりでに終わるから、と説明する。

「もしやりすぎなら、『かわいいウサギちゃん、馬鹿なこと言わないで』とでも言えば聞くわよ。」ヴァレンティナは鷹揚にアドバイスし、取るに足らないことだと言うように電話を切った。

　隣の部屋からは何も聞こえない。私はコンサルティング・ルームに戻った。ウサギちゃんは跡形もない。私はほっとしてイスに腰かけると、冷めきったコーヒーを飲み干した。それから、アルフォンソと一緒に枝ぼうきも消えていることに気づいた。

「あのバカ、また寺院に行ったんじゃないかしら。」私はひらめき、イスから飛び起きて、我々の『アストロモーダ・サロン』の存在を脅かすような一大事を食い止めようと走った。

　手遅れだった。かわいいウサギちゃんのアルフォンソは、ズボンを下ろしたまま、いや今となっては通りを走って渡ったせいで足首までズボンが下りた状態で、寺院の境内に入ってしまっていた。作りかけの仏像の下に座っているが、石が少しずつ人間の肉体に変わっていく様子に魅せられて、来る日も来る日も眺めている私のように、石工たちの作業を見ているのではなかった。彼は地面を向いて、ほこりと小石とタバコの吸い殻をいじっている。石工たちはボクサーブリーフ姿の男に、彼らの世界に侵入する私に払うのと同じ注意を払っている——つまり完全に無視していた。男女差別主義者ではないらしい。私の脳裏にそれが浮かんだ。石工たちは私が女だから愛想よく接しない、

という古い考えが消えて、彼らはただ自分たちのやることに集中し
ているのだ、という新しいテーゼにとって代わった。

　私はアルフォンソの横に腰を下ろし、試してみる。

「かわいいウサギちゃん、馬鹿なことしないで、ズボンを穿きなさ
いよ！　ここは寺院よ。」

　石仕事のほこりと塵から目を上げず、まるで砂場
の子供のようにそれをいじりながら、彼は私の言
葉にうなずいた。

「うん、うん、服は大事だからね…」

　私は胸につかえていた大きな石が落ちたよ
うに、ほっとした。ヴァレンティナは正し
かった。アルフォンソの声も答えも、普通
に聞こえた。

「…服は結果を決める。白いユニ
フォームのチームには絶対賭けるな、
黒のユニフォームのチームにプレー
で圧倒され、青のユニフォームの
チームには策略で負かされ、赤
いユニフォームのチームにはパ
ワーとタフさでこてんぱんに
されるのさ…」

　落ちた大きな石が私の胸
に舞い戻ってきて、アル
フォンソは自分で自分
の世界を創り、今いる
ぶざまな現実に何の
関係もない無意味
なたわごとを吐い
ているだけだ、
と気づいて苦
しくなった。

「赤いユニフォームからは肉体のパワーがほとばしって、対戦相手を意識下でおののかせるんだ。オランダがうちに負けたのも無理はないよ。奴らのオレンジのユニフォームは、自国のサポーターとの連帯にはいいかもしれないけど、赤いチームとの戦いでは勝ち目なしだね。オレー、オレー、オレー…」

　アルフォンソのはやし声に、今度はアメリカの国旗のプリントTシャツの石工も反応せざるを得なかった。半裸のアルフォンソを眺め、吸いかけのタバコの煙をゆっくりと吸いこみ、それから地べたに座っているアルフォンソのひざの上にそのタバコを投げると、ブッダの仕事に戻っていった。

「オランダが試合全体で一度だけ放ったシュートを、スペインのキーパーが止めたんだ。オレー、オレー、オレー…」アルフォンソがべらべらとしゃべる。焼けて穴のあいたボクサーブリーフからまだ燃えている吸い殻をゆっくりとつまみ上げ、手に持っている。

　伸びきった古いジーンズとTシャツを着て、芸術的器用さで石を寺院の祭壇用仏像に変えていく二人の男たちのコントラストに、私はいつも魅了されてきた。しかし、ズボンを足首まで下げたクレイジーなアルフォンソが現れたことで、それがフィッツジェラルドの言う**「同じ瞬間に、二つの相反する真理を心に置く」**ような強いコントラストになったのである[64]。

　三つのまったく異なる人生のシーンが、同時にコントラストをなしたことで、私は奇妙な悟りを得て、モンドリアンの絵を配したイヴ・サンローランのドレスのショーの時、ジョジョがモンドリアンのファッションに関する考察を引用することで、私に言わんとしていたことが突然理解できた。ほこりだらけの唇にくわえタバコで作業する石工たちと、徐々に浮き上がってくるブッダのシルエット、そしてズボンを脱いで土ぼこりにまみれているサッカーの専門家…この奇怪な光景に合わせて、私は頭の中で、まるでブルースギターのようにモンドリアンの言葉を響かせた。

「例えば自然な形の拒絶や、色彩の不自然な強度、人工的な色彩をもった衣服によるファッションは、近代芸術で起きているのと同じような方法で、自然を変容させる。かつて芸術家たちは、自然の美しさを忠実にキャンバスに写し出していたが、抽象画その他の近代芸術の

 ＊64　F.スコット・フィッツジェラルドの作品中の言葉を言い換えたもの

ジャンルにとっては、このように自然の組織と構造の複製を行う余地
がない。なぜなら、近代的芸術家は、こういった自然の形態の美の
エッセンスをつかみ、新しいより高次元の作品へと昇華させるからで
ある。近代の建築家やファッションデザイナーも同様である。」

　より高次元の精神が高揚した気分で、私は再び、アルフォンソの苦
境の解決にとりかかった。
「ウサギちゃん、馬鹿なまねはおよしなさいよ。」
　彼はサッカーについてまくしたてるのをやめると、私の目を見つめ
て、詩的な声で言った。
「ほら、あの大理石の噴水が、色とりどりに輝いているのが見え
る？」
　今ちょうど火花やほこりをまき散らしている、製作途中の仏像のこ
とを言っているらしかった。私がうなずくと、彼は両手でほこりと石
の破片、小石、吸い殻が混ざったものをすくって、感激したように私
に見せた。
「これは魔法の噴水から降ってきた、真珠と貝殻とカタツムリの殻だ
よ。分かる？」
　私はうなずき、彼は深いため息をついて、地面に落としたその汚い
混合物をいたわるようにいじくり始めた。
「かわいそうなおチビちゃんたち、ちっちゃなカタツムリちゃんたち、
あなたたちのあとにこんなにたくさんの殻が残って、あなたたちは今
天国にいて、残された殻たちがここにある…」
　どう答えればいいのだろう？　せめてこれが、本当に殻だったなら
…事の成り行きは思わしくなく、さらに悪化しそうだ。オレンジ色の
法衣を着た人物がこちらに近づいてくる。
「寺院の神聖を汚す行為はやめていただくよう、お願いできます
か？」
「院長、私はぜひともそうしたいのですが、…」
「仏の道を歩む者であることを示すために、オレンジ色の法衣を着て
いる身としては、シータさん、あなたがこれほど愚かで次元の低いこ
とをするとは思っていませんでした。どういうことか、説明していた
だけますか？」
「あなたも騎士なんですか？」アルフォンソが口をはさんだ。まぼろ
しのカタツムリの殻と戯れるのをやめ、ほうきを固く握りしめた。

「私は長いタイトスカートで女性の脚を縛るの
と引き換えに、女性のウエストを解放した。」

ポール・ポワレ

アストロモーダ・サロン©のデザインによるキモノ

ポール・ポワレ　イブニングドレス（1910年）

「違うわ、ウサギちゃん、この方は騎士ではなくて、お坊さんよ。」

「ああ、お坊さんか、彼らは長生きするんだよ、ドゥルチャ。」それから私が今日まであれほどうまく付き合ってきた院長を、吟味するように眺めると、大声で言った。

「私の名前を覚えておくがいい、僧侶よ、私はたやすく死んだりはしない、そして竜との戦いに倒れても、この世界から引き上げることはないからな！」

アルフォンソはもう立ち上がっている。それだけではなく、彼のクンダリーニの棒も屹立していて、焼け焦げたボクサーブリーフをテントに変えていた。

院長は黙って胸に手を置き、次の成り行きを待っている。

「ドゥルチャ、きみがなぜ私を拒絶したのかもう分かったよ。私が竜を倒さなかったからだ、私の姫よ！」

言うやいなや、鞘から抜いた剣のように枝ぼうきを握って、過ちを正すべく寺院の竜に向かって走り出した。いや、走ろうと試みたと言うべきかもしれない。というのも、足首まで下りたズボンのせいで、彼の一歩一歩は足かせをはめた囚人の足をひきずるような歩み、もしくは日本の伝統装束であるキモノにヒントを得た、ポワレの非常にタイトなスカートを穿いた女性の歩幅の狭い歩き方になっていたからである。

突然、ポワレがそのファッションで、長いタイトスカートで女性の脚を縛るのと引き換えに、女性のウエストを解放した、という一文が鮮やかに蘇った。

赤旗と五芒星のプリントが胸にあるＴシャツの、何事にも動じない石工すら、作業の手を止めて、下唇にタバコがぶら下がったまま口をぽかんと開け、神聖な竜が不条理にも叩かれる様子をうかがっている。この竜は、寺院を守る占星術のラーフ神であるという。

「一体、何をしているんです？」アルフォンソが次に何をするだろうかと考えながら、信じられないという口調で院長が聞いた。私が頭の横に指でクルクルと円を描いてみせると、院長はすぐにそのジェスチャーを理解して、心底ほっとした声で言った。

「ああ、ちょっとおかしくなってしまったのですね。それならそここで…よく…ほとんどいつでもあることです。」

私たちが凝視する間、アルフォンソはどうやら騎士ドン・キホーテの偽の人格のまま、木彫の金の竜の前でほうきを振り回し、喧嘩でも

しているかのようにがなっている。

「私は巨人の女ジラルダを倒した、それも彼女が風の中で舞い続けている時に。ギサンドの怪物、石の牡牛たちも破壊した、牡牛の怪物たちに魔法をかけられている町民たちに止められても。そして今、竜よ、私の次の戦利品はお前だ！」

ヴァレンティナは、どうしたらこんな××と恋に落ちることができたのだろう？「愛は目ではなく、心で見る」私はシェークスピアの言葉でその問いに答え、戦いの場に向かった。院長もそろそろ我慢の限界のような気がしたのだ。院長は二人の石工を脇に呼び、何か一緒に計画している。ヴァレンティナのブルーのドレスのせいで私が陥ったこの窮地、私ならおそらく彼らよりも早く解決できるだろう。

「ウサギちゃん、馬鹿なまねはおよしなさい。」

アルフォンソはほうきで叩くのをやめて振り向いた。そして私を頭の先から足の先までジロジロと見回すと、大声で言った。

「そこの女、何を申すか！　我は騎士ランスロット、そなたのように醜い者は、我が馬の世話をするがよい！」

「シータさん、彼はあなたをひどく侮辱していると思います。」院長が状況を評価し、仏像を作っている男たちが「この旦那」を精神科に連れて行く、と付け加えた。

「いや僧侶よ、私は彼女とは結婚しない、たとえ王国を丸ごともらえるとしても。言ってみたまえ、僧侶よ、宇宙の大海の真ん中で米粒を支配して、何の意味があるのか。その米粒に暮らす人々を支配していると感じるためだけに、この醜い姫を妻にめとるべきというのか？」アルフォンソがくどくどと言う。

「もちろんです、ありがとうございます、然るべき処置をとってください、ここはあなたの寺院ですから。」私は院長に答え、院長が冷静であることに感謝した。

「おまけに私は別の女性を愛している。たとえ世界最大の王国を手にすることができるとしても、ドゥルチャを裏切ることはしない。なぜなら、彼女への愛は、あなたがたが王国と呼ぶ米粒を何百倍にしたよりも大きな、空のかけらを私に授けてくれるからだ…」

「ええ、ここは私の寺院です、でも彼はあなたのフィアンセでしょう。」

「彼は私のフィアンセなんかじゃありません！　…」

「あなたがたの馬鹿さ加減には、私の魂も涙するほどです。あなたが

たは幸福のラビリンスをまったく理解していない、愚か者どもよ。米粒を支配する権力を施す王冠は呪いであり、愛の貧しさは天の王国である、そのことが分かっていないのに、人生において戦う騎士の競技会にどうやって勝つことができようか！　私は醜い姫とは結婚しない、僧侶よ、そしてもう邪魔してくれるな、竜を退治しなくてはならないのだから…」

「ではあなたは彼を知らないのですか、シータさん？」

「この男を見たのは今日が初めてです、私のクライアントの彼氏なんです。」

「了解、それでは」と仏像の方へ振り向いて、「二人とも、始めよう。」

　石工たちは竜を叩いているアルフォンソの背後から両脇を、がっちりと有無を言わさずつかんだ。

　アルフォンソの手から、枝ぼうきが落ちた。石工たちは寺院の門まで彼を引きずっていくが、すんなりとはいかなかった。アルフォンソはイモムシのように引きずられながら、とっかえひっかえつばを吐いたり、噛みついたり、怒鳴ったりしていた。

「私を力ずくでねじ伏せたとしても、何も変わらないぞ、私の恋人を奪うことなどできないぞ。私すら、もう二度とドゥルチャには会えないのだ、奴が殺した、殺した、殺した…」

「殺した」と言うたびにアルフォンソの声は弱々しくなっていき、その身体は連行者の手にゆだねられていった。

「誰が殺したの、ウサギちゃん？」私はすでにほとんど無抵抗になっているドン・キホーテに尋ねた。私の声は震えていた。人間の苦しみが私の心を揺さぶったのだ。

「あの酔っ払いの運転手が…私たちが闘牛を観に出かけた時に、優先の標識を守らなかったんだ…私はドゥルチャにプロポーズするつもりだった…」それから今度は別の人格、おそらくランスロットに乗り移って、寺院の門をくぐる時に危うく石工たちの手から逃れるところだった。失敗したので、せめて怒鳴った。「私の恋人は絶対に奪えないぞ！」

「ウサギちゃん、馬鹿なこと言わないで…」私は言いながら、自分がますます動揺しているのを感じていた。

「ドゥルチャ、ドゥルチャ、私たちは永遠に一緒だよ。愛してる。ドゥルチャ、愛しい人。私と一緒にいてくれ、行かないでくれ、きみのために素晴らしいダイヤモンドの指輪を持ってきたんだ。『知ってるわ』と彼女は言った…そして息絶えた…」

「待って、待ってください！」私はアルフォンソを乗せて車にエンジンをかけた男たちに呼びかけ、騎士のあふれ出る嘆きを聞かんとした。「…ウサギたちとだけ過ごした。」それが、私が車のウィンドウから聞き取れた最後の言葉だった。

　男たちは私の言っていることが分からなかったか、それとも相手にしなかったか、車を急発進させたので、私はウィンドウから頭を引き抜くのがやっとだった。去っていくドン・キホーテを見送る私の同情と感慨を、院長が破ろうと努めた。

「そうそう、どんな人間の人生も、遅かれ早かれ苦しみに変わるのです。ブッダの教えにもあります。」

　そして寺院の門を閉め、私はカウンセリングが終わったことを悟った。

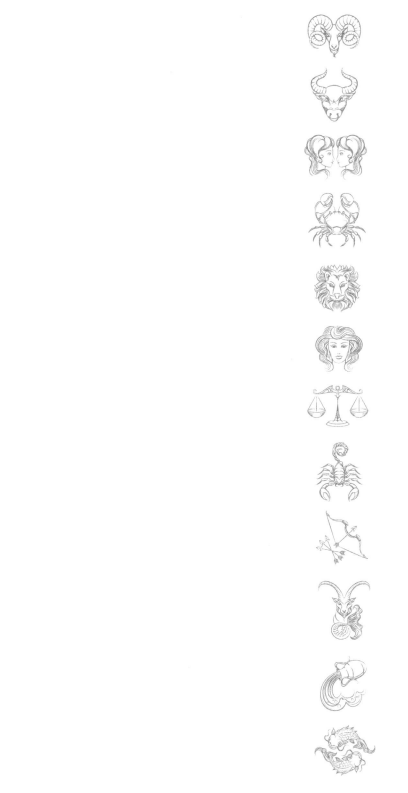

第12章
手と太ももの鏡

　ヴァレンティナのことを考えなくて済むように、私はすべてを断ち切って、アストロモーダのスクリプトに没頭しようとした。ヴァレンティナは怒っていて、顔を合わせていなくても、彼女が考えていることが棘のように私に刺さってくる。そしてアセンダントが水の星座*65 にある人々に特有の能力で、うわべは巧妙に隠すことができていても、私は彼女に憎まれていると思い、そう感じ、何となく直感的に感知している。

　アルフォンソが連れて行かれた精神病院から、スペイン大使館に連絡が行ったそうだ。大使館は、アルフォンソがええと、その、何と言うか精神に問題のある人が入る療養所のようなところから逃げだしたことを突き止めた。とにかくある夜、シーツをつないだものを使って3階の窓から下り、療養所と外界とを隔てる壁のそばに立つ木をつたって外に出たのだ。そして向かったのがタイだった。で、今はまた帰ったというわけ。精神病院に。ヴァレンティナによれば、私のせいで。でも私に何ができたというのだろう？　アルフォンソが暴れている、と電話をかけた時、駆けつけて私とアルフォンソを助ける代わりに、状況を軽く見るような対応をしたのは、ヴァレンティナ自身ではなかったか…

　またそのことばかり考えている。他人を失恋させてしまったという自責の念に、マヤとクララが去ってからこの町で感じている孤独と悲しみの感情が混ざったものを、頭と身体から追い払うことができない。とりわけ何もしていない時には、逃げまどうノウサギのように、考えばかりが頭のあちこちを走り回り、自分の思考なのにまったく制御できないような状態になる。デブガートで得た私の平静はどこに行ってしまったのか？　ネパールの空気と一緒に消えてしまったに違いない、ここはスモッグだらけだから。暴れまわるノウサギたちも、じきに消えることを願おう…

　私はジャンヌ・ランヴァンのホロスコープの2体のボディを眺めながら、彼女がその生涯でパートナーに選んだ男たちが、彼女のホロスコープ[66]のエネルギーの調和した流れの中で、どんなに幸せだったことかに思いを馳せた。ランヴァン自身は、その恋愛関係において幸せだったのだろうか？

📷 ジャンヌ・ランヴァンのホロスコープの六つの軸

軸	範囲	内なる感覚①	内なる感覚② (バランス・ハーモニー)
1.	アセンダント〜 ディセンダント	私はあなた	装飾×シンプル
2.	第2ハウス〜 第8ハウス	私は感じる	裸体×衣服
3.	第3ハウス〜 第9ハウス	私は知る	フェミニン× マスキュリン
4.	IC 〜 MC	旅の途中	過去×未来
5.	第5ハウス〜 第11ハウス	私は創造している	部分×全体
6.	第6ハウス〜 第12ハウス	日々繰り返す ルーティン	若さ×成熟

　ランヴァンの下腹部にあったアセンダントからは、親密な関係から生じる緊張と、「私はあなた」の鏡の中で溺れてしまいたいという願望が、頭に位置するディセンダントへとそのまま流れ込んでいた。
　裸のクライアントが引き起こした窮地の光景が頭の中で万華鏡のように回って、ランヴァンの調和に満ちたホロスコープに集中できない。アストロモーダのスクリプトにある、星座の色から見たアセンダントとディセンダントについての記述を、あのほうきを振り回す大バカ者が頭から追い出してしまうのだ。
　第1軸を、土台となる「私はあなた」のパワーが流れているのだと

＊66　ランヴァンの規則的な配置のアストロモーダ・ホロスコープは6章を参照。

original ASTROMODA®

星座の色に応じて2体のアストロモーダ・ホロスコープのボディに配置されたジャンヌ・ランヴァンのホロスコープの六つの軸
ボディ1（左側）はその能動的な「陽」の役割ゆえ男性として表され、ボディ2は受動的な「陰」の役割ゆえ女性として表されている。

235

したら、バカ者をパートナーに持つ女性についてはどうなるのだろう？　ヴァレンティナが心配だ。私は引き出しからアルフォンソのホロスコープを取り出し、その中に私の友達になった、お気に入りのクライアントの姿を探す。彼女の露出狂の彼のディセンダントはいて座にあるから、ヴァレンティナの波動が最も強いのは彼の太ももだ。

「そうか！　だからあなたはズボンを脱いだのね」私はまるで彼が目の前に座ってでもいるように声を上げて、ボールペンをカチカチいわせるのをやめた。ペンが壊れたら困る。スクリプトに何と書いてあるか見てみよう。

「親密な関係によって生まれる緊張は、原子爆弾にたとえることができる。重要なのは、私たちが何を感じているかとか、どんな考えにとらわれているかだけではなくて、深い意識下のプロセスだ。そこでは恋愛による濃密な結びつきが、私たちの自己中心的な人格を、

ジャンヌ・ランヴァン　ホロスコープ

まったく新しい構造へとプログラミングし直してくれるのだ…」

　それって本当なの？　私は目を閉じて、自分が過去に経験したかもしれない何か、プログラミングし直された感覚のようなものを感じようと努めたが…またもや失敗に終わった。

「人は、親密な関係が始まる日の前日には人生の自転車に乗っているが、今日はまだ会ったこともない他者のせいで、明日には宇宙船で飛行することになる、というのもよくあるケースだ。今日はサイクリスト、明日は宇宙飛行士の私たちが、自分のホロスコープを相手につなげること以外、事実上何ら特別なこともせずに起こるこのドラマチックな変身は、私たちの中の『私』が、自分の内面を覗き込みたいと欲するアセンダントの欲求によって起こる。それはナルシシズムだけによるものではなく、私たちの内面にある、あらゆる『私』が融合し一体となるように自分自身を知りたいという欲求の衝動によるものでもある。私たちがそうありたいと願う『私』。職場で演じている『私』。自分でこんな人間だと感じている『私』…こういった『私』たち、そしてその他大勢の『私』たちは、融合し一体となることが可能なのがディセンダントの鏡の中だけであることを知っている。そのディセンダントとはすなわち恋愛のパートナーであり、そこではアリスの『不思議の国』が私たちを待ち受けている…」

「ハ、キホーテ！　あなたの正体が分かったわ」私は叫んで、手に持ったボールペンを空いたイスの方へ振りかざした。「ヴァレンティナとの親密な関係の投影から生じる緊張が、あなたを当惑させるあまり、あなたはヴァレンティナの腕の中で完全に溶けてしまうのを防ごうと、太ももにある自分のディセンダントを公衆の面前で露出したのよ！　それによってあなたは自分のファム・ファタールを破壊し、彼女の腕の中に沈む代わりに、自分の内面へと沈んでいった…そして狂気の発作で愛を封じ込めたのよ」私は嬉々として、気の狂ったクライアントと私たちのカウンセリングの特殊な背景を解き明かしていった。あの事件がなぜ起こったのかが分かって、私はほっとしていた。そして何より、アルフォンソにもう二度と会わずに済むようにと願った。

「今度は精神病院でちゃんと見張ってもらうことね」私は声に出してそう言い、2体のホロスコープの解析で興奮冷めやらぬまま水を飲みに立った。私だって誰かと一緒にいたい。孤独は私にはどうも合わないようだ。適度に喉の渇きを癒した私は、恋愛関係にあるこの二者の

ホロスコープの本質は何なのかを探り始めた。そこに、魂の伴侶を見つけるための秘密のカギのようなものがないだろうか。二人が私を独りぼっちにする時期のために、クララがアストロモーダのスクリプトに秘密のレシピのようなものを入れてくれただろうか。

　孤独の無為なひとときが、尻に醜いイボのある気狂いとのややこしいコンサルティングでいつもに増して平静を失った、私のデリケート

> 「あなたは太ももにある自分のディセンダントを公
> 衆の面前で露出している！　それによってあなたは、
> 自分のファム・ファタールの鏡を破壊する…」

アセンダントが ♊

ディセンダントが ♐

ユベール・ド・ジヴァンシー　ホロスコープ

な心を静かに蝕みながら、もう一つの典型的ホロスコープを目の当たりにして、人生の皮肉が見せつけられるかのようだった。

　ユベール・ド・ジヴァンシー、クララがその2体のアストロモーダ・ホロスコープをスクリプトのすぐ次のページに配置した、あのハンサムなデザイナーは、狂ったアルフォンソと同じく、アセンダントがふたご座に、ディセンダントがいて座にあるではないか！　ファム・ファタールのヴァレンティナが、ホロスコープのきわめて重要な軸を流れる、親密な関係の投影からくる緊張のせいで、アルフォンソの太ももを寺院の神聖な敷地内で露わにしたのに対して、ジヴァンシーの恋人は彼を世界的著名人へと変えた。手にある「『私』のアセンダント」が、太ももにあるディセンダントの鏡、ファム・ファタールをナルキッソスのように覗き込んでいるこの二人の男が、なぜ恋愛関係の影響を異なる結果に結びつけたのか、それはそれぞれのパートナーだった女性の異なる性格によるものか、それとも、ジヴァンシーの恋愛がプラトニックな関係だったのに対し、ヴァレンティナとアルフォンソの間には常に快楽への執着があったからだろうか？

　答えを見つける前に、まずは「私はあなた」の解説の初めのところをよく噛み砕いておかなくてはならない。クララはこれに関連して、表面的な側面すなわち私たちが身に着けているものにおいて、過度な装飾性とミニマリズム的に質素なシンプルさの間で理想の状態を探すことが大事であると主張している。

　「恋愛関係で心得ているように…」私はアストロモーダのスクリプトに太字で書かれた部分を声に出して読んだ。**「私たちはすべてがシンプルに、容易に、ドラマ抜きで進行することを望みながらも、同時に心のどこかでは、トラブルや衝突という装飾を奪われた関係は退屈のあまり消滅するか、または夫婦間のステレオタイプのせん妄という形で終わるか、どちらかだということを知っている。」**

　1952年に発表されるやいなや、世界のファッション界エリートの座へと急上昇するきっかけとなった、ジヴァンシーの14着からなる最初のコレクション "Les Séparables" *67 には、装飾が惜しむことなくふんだんに施されている。当時の有名なファッションモデル、

---

*67　このコレクションが画期的だったのは「セパレート可能」だったこと、すなわちそれぞれのパーツを自在に組み合わせることができるところだった。軽いスカートと装飾的なブラウスからなるこのコレクションでは、女性が自分で独自のスタイルを考案することができるようになっていた。

ベッティーナ[68]が披露したブラウスの袖にある、ひじの周りにランタンが付いているように見えるフリルは、似たようなものといえばフランス王朝の服飾くらいしか思いつかない。ふたご座にあるジヴァンシーのアセンダントは、名のあるデザイナーとしての門出を飾ったこの1着の作品で、まさに王のような風格を表している。

　これは若く才能ある男の創造性の表明だったのか、それとも「シモーヌ」のおかげだったのか？　彼女は史上初のスーパーモデルの一人で、かつての雇い主だった高名なジャック・ファットが「きみ、シモーヌはうちにもう一人いるんだよ、僕はベッティーナの方が合うと思うなあ」と言ったのだった。

　ブラウスだけでなく、初回コレクション全体が、そして実際それ以降のコレクションも、このジヴァンシーのミューズ、シモーヌことベッティーナが主な担い手となった[69]。

　ふたご座にある彼女の火星が、そのエネルギッシュさでもって、同じ星座にあるジヴァンシーのアセンダントの創造の高まりを支えたと思われる。その波に乗って、シンプルさと装飾性をつなぐ軸でバロック風の装飾性を最大限に強調した、あのブラウスの袖が生まれたのだった。しかし生涯のパートナーがベッティーナに、ファッション界でのキャリアをきっぱりと断ち切ることを強いて間もなく、ジヴァンシーはアセンダントとディセンダントを結ぶ軸の対外表現の反対極へと移った。

「KGBの仕業だ！」
「ファッション史で初めて、エレガントな誘惑が、男性除けスプレー

---

[68]　「ベッティーナ・ブラウス」として知られる、袖に装飾を施したこのブラウスは、今日に至るまでファッションの古典とされている。

[69]　ベッティーナ・グラツィアーニは1925年5月8日の満月の日に生まれた。彼女のホロスコープでは、さそり座にある月が天王星とトラインの関係にあるが、これは新しい職業を表すアスペクトである。また月と木星は、人気を表すアスペクトであるセクスタイルの関係にある。太陽は金星とコンジャンクションの関係に、また木星とトラインの関係にある。モデル業の先駆者で、ディオールの誘いを断り、死に至る病のためその才能を十分に生かすことがなかったファットのオファーを優先したベッティーナの正確な出生時間は、突き止めることができなかった。彼女はノルマンディーの貧しい家庭に生まれ、そのことが自分を形づくったと語っている。生涯のパートナーである裕福な王子に、スーパーモデルとしての生活を捨てエプロンをかけた主婦になることを説得された5年後に、妊娠していたベッティーナは自動車事故でお腹の子も、パートナーも失う。

にとって代わられた！」ジヴァンシーが1957年に"Sack"[70]ライン
を発表すると、批評家たちは叫んだ。

「彼に何が起こったのだろうか？　ジャック・ファットとエルザ・ス
キャパレリのメゾンで研鑽を積んだ者が、どうしたらあんな、身体の
ラインを奪うような布袋を発表できるのか！」比較的寛容な人々もそ
う言って驚いたが、理想の90-60-90のスタイルを追い求めることに
疲れていた女性たちは、その呪いから解き放たれたと歓声を上げ、初
めて公の場で、自分の人生とキャリア、意見と個性を持つ独立した唯
一無二の個人として、息を吸い込んだのだった…名声の頂点にあった
ベッティーナが男のためにあきらめたものをすべて持つ、一人の個人
として。ジヴァンシーの"Sack"コレクションで最も有名な布袋の
ような作品は、太ももの形状も隠す。まるでデザイナーが、自分の
ディセンダントが永遠に消えることを切望したとでもいうように…

　私は水を飲んでから、ジヴァンシーが彼のブランドのアンバサダー
だったミューズを失って嘆く中で、アルフォンソとは逆の反応を
「サック・ドレス」に込めたことについて考えた。一人は太ももを隠
し、もう一人はあらわにした。ジヴァンシーが隠したのがパートナー
になりうる可能性のあるすべての女性の太ももで、一方でアルフォン
ソが露出したのは自分の太ももだったから？　つまり、寺院で服を脱
ぐことで、ヴァレンティナがその太もも形を隠すような布袋を買う
ことの代わりとしたのかもしれない、ということか？　面白い…私は
うつらうつらとした。ぐったりするような暑さだ。冷たい水にコー
ヒーを少し溶かして飲みながら、ジヴァンシーのホロスコープの六つ
の軸を集中的に解析した[71]。

　本当はそれよりひと眠りしたいのだが、そうすると暴れる裸男――
気狂いのドン・キホーテが頭の中をぐるぐると回り始めそうで怖い。
それで、先を読み進めることにする。

　"Sack"コレクションの後すぐに、ジヴァンシーの次のファム・
ファタールとの関係が親密になったことは大きな幸運だった。そうで
なければ今頃私たち女性は、丸めたカーペットか、ひざから下だけが
のぞくプラスチックの大きな球ばかり着て歩いていたことだろう。し

　＊70　布袋、ずだ袋。

＊71

Givenchy

1927年2月20日に生まれたユベール・ド・ジヴァンシー（Count Hubert James Marcel Taffin de Givenchy）は、17歳の時から数軒の由緒あるメゾンで研鑽を積み、25歳で早くも独自のブランドを設立した。1960年代に自社ブランドをコンツェルンLVMH—Luis Vuitton Moët Hennessyに売却したが、契約条項の一つに、この会社以外でジヴァンシーがデザイナーとして活動することは今後一切ない、という内容が含まれていた。ジヴァンシーはこの条件に同意した。しかしながら当然彼は、デザインの仕事をしながら死にたいと願うファッションの芸術家だったため、自分のメゾンの新しいオーナーが彼の代わりにジョン・ガリアーノを指名したことに苦悩した。

Galliano

当時最も卓越した才能と言われたガリアーノは、そのキャリアの節目となる1994年秋のコレクション "The Japonisme" で成功を収めた後、ジヴァンシーブランドのデザイナーに任命された。

ユベールのいないジヴァンシーの初のコレクション、1996年秋／冬の "Winter Wonderland" は壮大なもので、LVMHコンツェルンがジャンフランコ・フェレ（第28章でより詳しく触れるデザイナー、同コンツェルンのもう一つの宝、ディオールブランドのトップディレクター）を交代させることに決めた時、ジヴァンシーのデザイナーを務めておよそ1年のジョン・ガリアーノに白羽の矢が立ったのだった。

「私の腕を信用しない人がたくさんいた」ガリアーノはディオールに移ったばかりの時期をそう振り返る。それを一変させたのが、ライムグリーンの、ヒップとバストを強調させた花の刺繍のキャミソールドレスだった。1997年にニコール・キッドマンがこれを着て、パートナーのトム・クルーズのエスコートでアカデミー賞授賞式に現れたのだ。「彼女が、私を信じていることを世界に示してくれた。」

その後15年間、ガリアーノはディオールのトップデザイナーとして、人々の記憶に残るファッションの記念碑的作品を生み出した。例えば2004年春の古代エジプト風コレクションでは、モデルたちが冥界の神アヌビスと女神バステト、ファラオのツタンカーメンをかたどった木の面を着け、ルクソールの「王家の谷」にある壁画にインスピレーションを得たファッションを披露している。

1997年1月21日付のThe Independent紙の記事『ジヴァンシー、再び未来へと飛躍』は、まだ三十にもならないデザイナーがメゾンのトップに就任したことを伝え、年老いたジヴァンシーが、45年前に自ら創設し、生涯のほとんどを過ごしたメゾンで起きていることに仰天しているに違いない、といったような意味のことを綴っている。

McQueen

ガリアーノと同様、新たにトップに就任した若いアレキサンダー・マックイーンは、エキセントリックなクリエーターを輩出している芸術学校『セントラル・セント・マーチンズ』の出身だった。同校を卒業しているフレデリック・ティアランセンも、最近のバルーンドレスのコレクションでその奇抜なセンスを披露している。これはジヴァンシーの「サック・ドレス」を完全な形態に昇華させたものだが、アストロモーダ的にはバルーンドレスは頭（おひつじ座）と、いて座までのすべての部分を覆うもので、太ももの下側は露出されている。

ジョジョにはぜひこのドレスをコレクションに収めることを勧めたい。

Marguela

1996年にガリアーノの後を継いでジヴァンシーブランドを率いることになった若きキャプテン、アレキサンダー・マックイーンは、この上ない成功を手にしていた。ガリアーノに続いて彼も、ジヴァンシーのミニマリズム的にシンプルなデザインとすっきりしたラインよりも、奇抜な装飾性へと傾倒していった。本書『オリジナル・アストロモーダ』の刊行準備当時、ガリアーノは第18章でジョジョ氏が再構築の試みに関連して言及している『メゾン・マルジェラ』のクリエイティブ・ディレクターを務めていた。
マルタン・マルジェラは2009年12月に自らのブランドを手離している。この2か月後、2010年2月にアレキサンダー・マックイーンは突如この世を去った。40歳だった。

アセンダント―ディセンダントの軸における、派手な装飾性から反対極にあるミニマリズム的シンプルさへの回帰を、もちろんきわめて近代的な形態で、ジヴァンシーのメゾンにもたらしたのが、その次にディレクターの座に就任したリカルド・ティッシだった。自ら好んだゴシック調の黒に加えて赤も使用した革命的な2017・2018年秋／冬コレクションは、その簡素さにおいて視覚的にきわめて印象的であり、「私はあなた」の軸における親密性の緊張を表現している。
12年ののち、ジヴァンシーブランドのトップの座はクレア・ワイト・ケラーにとって代わられた。そう、フランスの城に暮らしていた90歳のジヴァンシーは、若い頃に自ら築いたメゾンを、最初の女性が率いる日をついに迎えたのである。彼女がデザインしたウェディングドレスを着て、宮殿の真ん中でハリー王子のキスを受けたメーガン・マークルがプリンセス、いや公爵夫人になったのは、ジヴァンシーが死去してわずか数週間後のことだった。
PS：最近、創設者が去った後のファッションブランドがどうなるかについて考えていたのだけれど、ジヴァンシーが去ったあとのこの長い物語が、一つの例として答えを与えてくれた。つまり、ジヴァンシーやディオール、バレンシアガ、シャネルといったブランドが、その名称の元となった創業者の特徴的なコンステレーションを、これほどにも占星術的、アストロモーダ的に保持し続けるということ…

「アストロモーダ的にはバルーンドレスは頭（おひ
つじ座）と、いて座までのすべての部分を覆うもの
で、太ももの下側は露出されている。」

フレデリック・ティアランセン　"Balloon Dress"（2019 年）

かし、ジヴァンシーがオマージュ "To Audrey with Love" で一種の結婚のようだったと語ったこの関係は、一歩間違えばまったく生まれなかったかも知れなかった。今日に至るまで、その容姿と性格において、オードリーは彼女以前にジヴァンシーの隣にいたファム・ファタールたち、爆発して人生を破壊していく運命の女たちとは真逆であった、と言われている。

　ジヴァンシーは、オードリーと同姓のハリウッド黄金時代の最も有名な女優[72]が来たものと思い込んで、ドアを開けた。彼女の代わりにパリのメゾンにやって来たのが、ほとんど名もない銀幕の小スターで、映画の新作で着る服のデザインを依頼しに来たことを知ると、彼は思った。「Tシャツに細いズボンを穿いてカンカン帽をかぶり、バレエシューズを履いた、この痩せて小柄な短髪の小娘が、ここに何をしに来たというのか？」そこであっさりとこう言った。「**ノン、マドモアゼル、あなたの服は作れません。**」

　今日の私たちは、彼女がこのジヴァンシーとの出会いの少し前に撮り終わったばかりの映画で、ローマの『真実の口』に手を入れるのを怖がる王女の役[73]を演じてアカデミー賞を受賞したことを知っている。しかしこの時は、二人のうちどちらもそれを知る由もなかった。

　その後出演した『麗しのサブリナ』や『マイ・フェア・レディ』な

＊72　キャサリン・ヘップバーン

＊73　映画『ローマの休日（Roman Holiday）』（1953）監督：ウィリアム・ワイラー

「ノン、マドモアゼル、あなたの服は作れません。」

オードリー・ヘップバーンのアストロモーダ・ホロスコープのボディ
▲規則的な配置

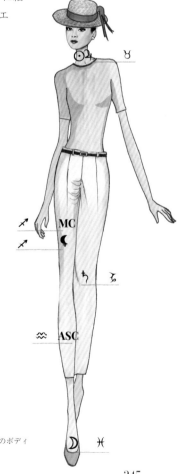

245

「夕食の席で、私にはオード
リーが天使だということが分
かった。」
ユベール・ド・ジヴァンシー

ユベール・ド・ジヴァンシーと彼の「二人の
ミューズ」、ベッティーナ・グラツィアーニと
オードリー・ヘップバーン

「彼の服を着ている時だけ、私は私自身でいられるのです。」
オードリー・ヘップバーン

どの映画で、ハリウッド黄金時代の三大女優の一人として君臨することになることも、予想だにしていなかった。今、背の高いハンサムな男の前に立っているのは、小柄であかぬけない服装の、芝居で身を立てている女性だった。彼女が立ち去って、彼はほっとしたようだった。

　ユベール・ド・ジヴァンシーのアストロモーダ・ホロスコープの2体のボディに書き写された、ハウスを決定する六つの軸を、オードリー・ヘップバーンの南中点すなわちMCが、ジヴァンシーの太ももに位置する日々の仕事とケアをつかさどるハウスと結びついていることを考慮して見てみると、オードリーがいかに、今の私たちが「働く奥さん」と呼ぶような女性であったかがすぐに分かる。

　アセンダント─ディセンダントの軸の終端があるボディ2は、受容的な役割を持つため、原因であるよりはむしろ結果を表す。これを考えると、ジヴァンシーの青で示した太ももにある、そのMCすなわち第10ハウスの頂点だけを理由にすると、断られたオードリーが再びジヴァンシーに連絡することはないはずだ。

　でも彼女はまた連絡してきた。一度断られてもめげずに、彼を夕食に誘ったのだ。なぜだろう？　この軸において、原因誘発の役割を持つ、ジヴァンシーの2体のホロスコープ・ボディのうちのボディ1を調べてみる。

　ジヴァンシーの「明紫色」のひざには、オードリーの土星がある。生まれ変わりを信じる占星術師の間では、土星は私たちの前世の出来事やカルマと結びついているとされる。それ以外の占星術師たちは、土星を現世の運命と運命的な出来事と結びつける。ジヴァンシーの2体式ホロスコープの赤紫で示された靴には、オードリーのネイタルの月があり、ジヴァンシーの「暗紫色」のふくらはぎには、オードリーのアセンダントがある。つまり、オードリー・ヘップバーンの2体式ホロスコープにおいては、「暗紫色のふくらはぎ」は能動的なボディ1にあり、黄色で示されたしし座の部位、すなわちディセンダントがある腹部の上側は受動的なボディ2にある、ということになる。これを見ると、この二人の間ではエネルギーやアイディア、感情が水の流れのように調和的に循環しており、彼が水を蒸発させる太陽と、空から降ってくる雨なら、彼女は地上の水面のような存在だったことが明らかだ。

　ハ！　でもこれでは、彼の拒絶に簡単には屈しなかった理由にはな

ユベール・ド・ジヴァンシーのホロスコープにおける各ハウスを決定する六つの軸を、2
体式アストロモーダ・ホロスコープのボディに置き換え、オードリー・ヘップバーンの惑
星の一部を書き加えたもの

第1軸	アセンダント〜ディセンダント	Ⅱ から	♐ まで
第2軸	第2ハウス〜第8ハウス	♋ から	♑ まで
第3軸	第3ハウス〜第9ハウス	♌ から	♒ まで
第4軸	IC 〜 MC	♌ から	♒ まで
第5軸	第5ハウス〜第11ハウス	♍ から	♓ まで
第6軸	第6ハウス〜第12ハウス	♏ から	♉ まで

らない！

　ジヴァンシーの太ももにある、オードリーのブラックムーン[74]！
これが理由だわ！　カルマを重んじる占星術では、ブラックムーンは
前世の性的関係を意味することがある。情熱的な。身を焦がすような。
あるいはもっと違うドラマチックな。このケースでは、前世の二人の
関係では彼女の方が、支配的な恋人だったと言えるだろう。ここでは
一つまたは唯一の個人の人生を扱う占星術の立場に留まるが、それで
もブラックムーンはほとんどのケースで、フロイト的にあるいはその
他の観点から複雑な、濃密な性的要素と関連しているのが常だ。

　でも今の私は、生まれ変わりの筋書きの方が気に入っている。情熱
的な恋人同士だった二人のうち、オードリーの方が支配的な位置を占
めていて、二人は前世にプラチナ婚を祝い、それから数十年の間別れ
ることになった…そしてある日、カンカン帽をかぶった彼女が彼を訪
ねることで、その別れの期間が終わりを告げたのだ。彼は彼女の正体
が分からず、彼女の鼻先でドアをバタンと閉める。でも彼女は彼をよ
く知っている。彼女は落ち着いて夕食の約束を取りつけ、その席で自
分の正体を明かそうとする。

「夕食の席で、私にはオードリーが天使だということが分かった。」
ジヴァンシーは二人が2度目に会った時のことをそう回想している。

　こうして生涯にわたる友情が生まれ、ある人はそれをプラトニック
な恋だと言い、またある人は仕事上の夫婦関係だと言う。確かに、
キャリアの上では互いに大きく貢献した。世界的著名人が、彼の作る
服をこんなふうに評価したのだから、当然だろう。
「彼の服を着ている時だけ、私は私自身でいられるのです…」あるい
は **「ジヴァンシーはデザイナーというよりは、本物を創る創造者で
す」** など。

　彼はそのお返しに、彼女の映画と私生活のために、素晴らしいワー
ドローブをあつらえた。『おしゃれ泥棒』[75]で着た、フランスレー
ス[76]を使った黒いカクテルドレスは、オードリーの一番のお気に入

---

　[74]　リリス

　[75]　How to Steal a Million（1966）監督：ウィリアム・ワイラー

　[76]　2009年にロンドンで6万ポンドで落札された。

りだった。この名高い女優の、おひつじ座の部位に着けたレースの
ベールの下に、金星と天王星が位置していたのだから、納得がい
く＊77。

　もっとも全体的に見ると、二人のキャリアにおける互恵関係は、彼
らが前世で共に過ごした何十年もの月日がもたらした多くの結果のう
ちの一つだったのだろう。その前世では二人はチームであり、タンデ
ムであり、二つの肉体に存在する一つのオルガニズムのように、共生
のうちに機能していた。彼らがプラトニックな愛情を伴う友情を40
年間も続けることで満足していたのかについても、同様に説明がつく。
より親密な関係は過去に堪能しつくしており、何が彼らの関係を害し、
損なったかを知り尽くしていたので、今度の人生では別の道を選んだ
のだった。

　まあ、オードリーもジヴァンシーも、こういったことを意図して考
えたことは恐らくないだろうと思われ、私の生み出した筋書きでも生
まれ変わりはただの手段であって、確固たる事実ではない。それでも
彼らが何を感じ、何がその特殊で濃密で、分かつことのできない関係

＊77　ジヴァンシーの2体式ホロスコープのボディ2では、朱色の首について
は言及していない。この部位はオードリーの太陽と木星、ドラゴンヘッド
（ラーフ）があるところだ。また、ジヴァンシーのどのハウスの頂点（始点）もない星
座に関しても言及していない（強調していない）。てんびん座とおひつじ座がこれに当
てはまる。このいわゆるインターセプトは、2体式ホロスコープにおいては活動度がは
るかに低く、ゆえに黒、グレー、白といったニュートラルな色で表される。当然、二
つの星座にハウスの始点がないということは、他の星座に二つのハウスの始点がある
ということを意味する。このケースではやぎ座とかに座がそれに該当し、ジヴァン
シーの個性と人生に2倍の影響を与えることになる。
やぎ座についてはすでに言及した。ジヴァンシーのかに座、すなわち胴の上部、琥珀
色の部位にはオードリーの冥王星と火星がある。この二つはエネルギッシュな惑星で、
二極間の対流において以下のジヴァンシーの軸を活性化する働きを持っていた。
　a) 第2ハウスと第8ハウスを結ぶ「私は感じる」の軸 ── 裸体と衣服の間の
　　バランスの探求
　b) 第3ハウスと第9ハウスを結ぶ「私は理解した」の軸 ── 男性と女性の性
　　的緊張の理想の均衡の探求。従来のとらえ方だけに限らず、ジェンダーの
　　テーマを通じた試みも行い、「男性除けスプレー」と言われた彼の「サック
　　（布袋）」コレクションでは、社会学的な美の基準90-60-90に入れないスト
　　レスから女性を解放することで、ジェンダー問題の取り組みにも貢献した
　　ことは確かだ。

ⅡASC

第2ハウス ♋ 　　　　1

第4ハウス ♌ ♌第3ハウス 　2

第5ハウス ♍ 　　　　3

♏第6ハウス 　　　4

　　　　　5

第12ハウス ☉♀

♂

第7ハウス 6

第8ハウス ♃

♒第9ハウス

第10ハウス ♒

第11ハウス ✶

📷 ユベール・ド・ジヴァンシーの2体式ホロスコープと各ハウス、および対応する
ベッティーナ・グラツィアーニの惑星の一部

📷 ユベール・ド・ジヴァンシーのホロスコープにおける惑星の配置表

太陽	うお座	第10ハウス
木星	うお座	第10ハウス
水星	うお座	第10ハウス
金星	うお座	第11ハウス
土星	いて座	第6ハウス
月	てんびん座	第5ハウス
火星	おうし座	第12ハウス
アセンダント		ふたご座

足の裏

ユベール・ド・ジヴァンシー
2体式アストロモーダ・ホロスコープ
まとめ

軸		ベッティーナ	オードリー
1. アセンダント ～ ディセンダント	♊ふたご座 ～ ♐いて座 まで	ふたご座にある火星が、アセンダントがある星座にあるジヴァンシーの創造的衝動をそのエネルギッシュさで支えた。	キャリアをつかさどる南中点すなわちMCが、ジヴァンシーの太ももにある（ディセンダントに近い第6ハウス）。また彼女のブラックムーンは彼の恋愛関係をつかさどる第7ハウス、事実上はディセンダントにある。
2. 第2ハウス ～ 第8ハウス	♋かに座 ～ ♑やぎ座 まで	彼女のポジティブなアスペクトを持つ木星が、ジヴァンシーの第8ハウスに当てはまる（他人のお金を意味するハウス、よって資金援助やスポンサー、裕福な顧客を集める手伝いができた）。	彼女の土星（運命の惑星）はやぎ座にあるが、彼の第7ハウスの領域に当てはまる。
3. 第3ハウス ～ 第9ハウス	♌しし座 ～ ♒みずがめ座 まで		
4. 第4ハウス ～ 第10ハウス	♌しし座 ～ ♒みずがめ座 まで		彼女のアセンダントは第10ハウスのみずがめ座にあり、彼のMCの近くに位置する。
5. 第5ハウス ～ 第11ハウス	♍おとめ座 ～ ♓うお座 まで		うお座にある彼女の月が、彼の太陽と木星とコンジャンクションの関係にあるが、かろうじて第10ハウスの領域に位置する。
6. 第6ハウス ～ 第12ハウス	♏さそり座 ～ ♉おうし座 まで	彼女の金星と太陽は第12ハウスに属し、うお座にある彼の金星および水星とセクスタイルの関係となり、それによってインスピレーションの流れが強まっている。	

を結ばせたのかが、この仮定によって見事に説明できる。似たようなことを感じている人々が、きっとどこにでもいるのだ…＊78

　私もきっと経験したに違いない…

　自分の眠る身体がイスの上で、地球の重力に服従する角度に曲がった瞬間、私は目を覚ました。床に座ることにしよう、念には念を入れて。ハハ、裸のアルフォンソのせいで私とヴァレンティナとの間に生じた不一致を思って、眠れないのではないかと心配していたのに。

　さて、続きはどうなっているかしら。この部分は面白いところだ。

　私の目線はベッティーナの名のところで留まり、石工たちが昼夜を問わず、石から瞑想するブッダを切り出している金づちとノミの音を聴きながら、ぐっすりと寝入ってしまった。

　やがてぼんやりと目を覚ますと、頑固に閉じたままのまぶたからジヴァンシーのホロスコープの色が見えた。私は人差し指と親指を使って、機械的に目をこじ開けた。これは強力な目覚ましが必要だ。また空になっているカップを取ると、透き通った水を注いでそこに真っ黒になるまでコーヒーを入れ、それから念のためにもう少し足した。豆乳を少し加えて、12時間格闘した私の脳みそのための、強力な「おめざ」がようやくできた。

＊78　もしかしたらあなたも、誰かと付き合った時に同じようなことを経験したことがあるかもしれない。あるいは、これから経験するかもしれない。そういうことが起きたら、オードリー＝ジヴァンシーの例を元に、自分の結んだ関係を解き明かしてみてほしい。そのために生まれ変わりを信じる必要はない。ここでは生まれ変わりが問題なのではないからだ。問題なのはここで、今起きているということ、そして無限の可能性を持つ明日という言葉どおりの明日が来るということなのだ…

「ファッション史で初めて、エレ
ガントな誘惑が、男性除けスプ
レーにとって代わられた！」

ユベール・ド・ジヴァンシー
"Sack Dress"（1957年）

ユベール・ド・ジヴァンシー
"Bettina Blouse"（1952年）

「ジヴァンシーはデザイナー
というよりは、本物を創る創
造者です」
オードリー・ヘップバーン

第13章
色彩の愛

　色の組み合わせの可能性が無限であることを最も的確に教えてくれるのは画家だ。最初の人工衛星とロケットが飛んだ時代、『宇宙へ行く人』[79] のタイトルで新聞に掲載された、窓から落ちる人の写真で有名なイヴ・クラインは、既存の青色に満足していなかった。伝統的占星術では木星といて座の色とされる青色は、はるか昔から画家たちの悩みの種だった。きわめて希少な色だったために、ルネサンス期の芸術では長い間、青色の服は聖母マリアの服と決められていた。それを初めて破ったのがティツィアーノで、ベネチアの商人たちが今日のアフガニスタンからはるばる運んでくる、金の混ざったラピスラズリを砕いて、キャンバスやフレスコ画に描く聖母以外の人物の衣服にも用いた。しかしティツィアーノには十分だった青も、奇抜な嗜好のフランス人アーティスト、イヴ・クラインには物足りなかった。

　「絵画の青色は、自然界の青色の美しさには至らない。」 1959年に彼は知り合いの化学者にそのような愚痴をこぼし、やがて人類が作ったものの中で最も美しい青色を調合してくれるよう、彼に依頼した[80]。

　アストロモーダのマスターに提示された、各星座への色の割り当て方法[81] の中から、クララは視覚的に強い補色の体系を採用した。

＊79　"A man in space! The painter of space leaps into the void!" 1960年

＊80　『セリーヌ』ブランドの2017年春／夏コレクションのショーは、このインターナショナル・クライン・ブルー（IKB）という名の新しい青色に染めつくされた。『セリーヌ』はバッグを専門とするブランドだが、モデルのドレスも含めてあらゆる物が青色に覆われた。アストロモーダ®におけるバッグのテーマは、とりわけバッグと接点のある星座にとって重要である。アストロモーダのデザインにおいてはこの要素を、ネイタルホロスコープのネガティブなアスペクトを調和させ、バッグのふさわしい形、大きさ、素材によってポジティブな星座配置の作用を強めるために、巧みに活用することを心がけるべきである。また歩行中にバッグがどの星座と結びつくかが決まるため、肩にかけるストラップの正しい長さを見つけることも重要である。

＊81　惑星と星座への色彩の割り当てには多くの体系が存在する。西洋の占星術よりも伝統的な古代占星術の方にはるかに深く根ざしたインドの占星術の、宝石を用いて惑星の色を決める体系についてはすでに紹介済みだ。6世紀にヨーロッパで占星術が禁止されると、占星術の権威たちがヨーロッパの外、すなわちアジアへと

「アストロモーダにおけるバッグのテーマは、
とりわけバッグと接点のある星座にとって重
要である。」

インターナショナルクラインブルー

「アストロモーダのデザインにおいてはこの要素を、ネイタルホロス
コープのネガティブなアスペクトを調和させ、バッグのふさわしい形、
大きさ、素材によってポジティブな星座配置の作用を強めるために、
巧みに活用することを心がけるべきである。また歩行中にバッグがど
の星座と結びつくかが決まるため、肩にかけるストラップの正しい長
さを見つけることも重要である。」

流れたが、そのことは例えば「錬金術師のニルヴァーナ」である賢者の石の輝きと同じ色を持つルビーが、太陽の宝石とされていることにも見てとれる。

次に、惑星と星座への色彩の割り当て体系をもう二つ見てみよう。一つはこちらも錬金術に結びついた、何千年もの歴史を持つ伝統に根ざしている。

7世紀に哲学者で占星術師、錬金術を題材にした詩 "De Chrysopoeia"（『いかにして錬金術で金を製造するか』）の作者であるアレキサンドリアのステファヌスは、東ローマ帝国の皇帝ヘラクレイオスの宮廷で、次のような金属と惑星のペアについて説いた。

☉太陽	金	黄	
☽月	銀	白	
☿水星	水銀	灰	
♀金星	銅	緑	
♂火星	鉄	赤	
♃木星	スズ	青	
♄土星	鉛	黒	

ここで唯一の二次色として金星の緑色があるが、その特殊性は近代の色彩体系であるRGBでも明らかになっている。画家モンドリアンがあれほどまでに愛した、「混ぜ合わせる」ことでどんな色でも作ることのできる原色は、この表にすべて含まれている。これを占星術に置き換えてみると、火星（赤）と太陽（黄色）、木星（青）は、比喩的に言って、混ぜ合わせることで私たちの人生にあるすべての色を作り出すことができる。あなたや、あなたのクライアントのアストロモーダ・ホロスコープのボディで赤（火星）、黄（太陽）、青（木星）になっているところは、日々の生活の中で喜びと幸せ、満足が得られる分野であり、それはすべてのクライアントが望むことでもある。

モノクロの写真は、白（月）と黒（土星）、そしてグレー（水星）の無限のスペクトラムの魔法を組み合わせて作られる。ファッションにおいてはきわめて重要なこの3色は、太陽と金星、火星、木星の色と異なり、色彩の星座への割り当て体系で繰り返されることがないため、白（月）、グレー（水星）、黒（土星）の位置をよく観察し、クライアントのホロスコープに他の色を入れることが本当に必要かどうかを判断すること。クリスチャン・ディオールを始めとするデザイナーたちは、いつでもどこでもどの程度でも、絶対的に黒がよいと主張したし、ワードローブに白とグレーしかなくても十分足りることは確かだ。

占星術に詳しい画家であれば、この体系によって各アスペクトの色が分かることを評価するに違いない。

アスペクトによって火星（赤）と月（白）が混ぜ合わさると、デザイナーのランヴァンの基本色の一つだったポリニャック・ピンク（ポリニャック伯爵に嫁いだ娘のためにデザインした）になることがある。

ネイタルホロスコープで青（木星）と黄（太陽）を結ぶアスペクトによってこの2色が正確な比率で混ぜ合わさると、ジャンヌ・ランヴァンの創作におけるもう一つのセンセーショナルな色が生まれることがある。ランヴァンのデザインにはこの色が非常に多用されたため、今日では「ランヴァン・ブルー」と呼ばれるほどだ。しかし彼女自身はこの美しい色を、自分にインスピレーションを与えた中世のフレスコ画の作者にちなんで、「フラ・アンジェリコの青」と名づけていた。ランヴァンが好んだ三番目

　この体系を発明したのは19世紀のシュヴルール[82]で、タピスリーに合わない色の組み合わせが使われ見た目が悪いことに対する当時の不満を受けて考案された。この時生まれた体系が、占星術さらに絵画の世界にも、強い影響を与えることになった。補色体系に基づく創作を行っていたモネやゴッホ、ゴーギャン、セザンヌといった高名な画家たちの中から、アストロモーダのスクリプトに用いるためにクララが最終的に選んだのは、ロベールとソニアのドローネー夫妻だった。私は初め、彼らを選んだのはソニアが絵を描くほかにも、服のデザインを手がけていたからだと思っていた。彼女の1923年作のドレス"Dress – Poem no. 1329"には、頭から足の先まで縫い目と縁飾り、ヘムを使って大きな文字でアヴァンギャルド詩人[83]の詩が書かれている。

ポリニャック・
ピンク

　詩の言葉だけでなく、服のラインや色の配合、幾何学的な図形によって、ソニアはその詩的なドレスに、芸術作品への理解とそこから得た経験を織り込み、ドレスを身に着けると詩が動き出し、女性の身体の動きと一体になるようにしたのだ。それは表面的なものではなく、すべてが深い内面から湧き出ている。ちょうど私がジョジョのところで、モンドリアンの絵画をあしらったイヴ・サンローランのドレスのコレクションで見たように。モンドリアンを敬愛していたソニア・ドローネーは、イヴ・サンローランのこのコレクションについてこう語っている。

ランヴァン・
ブルー

「これはサーカスです。私は絵や詩を女性の身体に移し変えてコピー

ヴェラスケス・
グリーン

ブルゴーニュ・
ワインレッド

の色は、同じ理由から（スペインのバロック時代の画家ディエゴ・ヴェラスケスにちなんで）「ヴェラスケスの緑」と名づけられたが、クライアントのアストロモーダ・ホロスコープでは木星の青と、太陽の黄色を結ぶアスペクトにおいて、この2色が正しい比率で混ぜ合わさることで生まれる。

すべては配合の比率にかかっている。色を混ぜ合わせることで、様々な色彩とトーンを無限に作り出すことができるが、これはまさにホロスコープのアスペクトの読み方が可変的であることと同じである。混ぜ合わさった二つの色、すなわち惑星のうち、どちらがより支配的か？　このような問いによって、対象となるアスペクトの正確な色彩トーンを見つけることが可能になる。もしかしたら、映画『理由なき反抗』で、近代のメンズファッションの生みの親ジェームズ・ディーンが着て人気を博した、ブルゴーニュ・ワインレッドにたどり着くことがあるかもしれない。この色は、特に男性にとってはデリケートなアスペクトによって、赤（火星）と黒（土星）が混ぜ合わさることで生まれる色だ。

💍 ＊83　ダダイズムの詩人トリスタン・ツァラ。詩をあしらったソニア・ドローネーの他のドレスには、ジョゼフ・デルデイユやヴィセンテ・ウイドブロなどの詩が用いられている。

＊82　ミシェル・ウジェーヌ・シュヴルール（1786年8月31日生、1889年4月9日没）　―― フランスの生化学者、脂肪酸の合成と産業におけるその活用に関する研究に従事。ゴブラン織りの染色工場の工場長でもあり、実証に基づく色彩の同時対比の法則を始めとする独自の色彩理論でその名を広め、新印象派の画家たちに影響を与えた。

補色体系、M. E. シュヴルール

**を行ったことは一度もありません。決して。決して。私の作品はどれ
も、女性の身体との関係において作り上げたものばかりです。」** ＊84

　そう、もう分かった。クララがソニア・ドローネーを選んだのは、
彼女が色の補色対比を誰よりも重視していたからだ。いや、おそらく
キュビズム画家で知られる夫のロベールを除いては。彼は結婚してす
ぐに描いた絵画の連作において、隣り合うとそうでない時よりはるか
に強く主張する色のカップルをエッフェル塔で「結婚させる」ことに
よって、エッフェル塔を視覚的に「別々の色に分けた」。つまるとこ
ろ、理想のパートナーのそばにいる時には誰もが、色あざやかな二つ
の色のようになるものだ。

**「私は自分の絵画において、互いに運命づけられた色たちの婚姻の儀
を、それらの補色の同時対比の関係が、見る者の目に見事に映るよう
なやり方で、執り行うのだ。」** 妻をめとったばかりのロベール・ド
ローネーは、絵画の新しいアプローチの原理について、そのように主
張した。

　まさに的を射た言葉だ。カウンセラーがクライアントに、これを着
ればホロスコープの悪いところが直る、という約束のもと、不均一な
色彩パターンをあてがうことほど、見苦しいことはない。デザイナー
の作品を見ると、黒や白、グレーの他に、3色以上使っているものは
ほとんどない。ソニア・ドローネーは才能あるデザイナーだっただけ
でなく、天才的な画家でもあったので、色彩感覚は骨の髄まで染み込
んでいた。にもかかわらず、彼女の作品で黒、白、グレーの他に5色

＊84　早くも1927年にパリのソルボンヌ大学で、絵画が服飾芸術に与える影
響について（"The influence of Painting on the Art of Clothes"）講義を行
い、存命する画家として初めてその作品がルーブルに展示されたソニア・ドローネー
は、モンドリアンと同じ運命をたどり、彼女の絵画は21世紀になって様々なデザイ
ナーの服飾コレクションに登場することになった。例えばツモリ・チサトの2010年春
のコレクションすべてと、Dsquared2とジュンヤ・ワタナベの2015年春コレクショ
ンの一部は、ソニアの絵画とデザインの作品を題材にしたものだったが、この類まれ
なる女性が生きてこれらのコレクションを目にすることは叶わなかった。ユベール・
ド・ジヴァンシーのドレスを着て埋葬されたいという彼女の最後の願いは、1979年に
叶えられた。ファッション界では、このような願いは珍しいことではない。アレキサ
ンダー・マックイーンの類まれな才能を見いだしたイザベラ・ブロウは、死んだらお
気に入りの帽子をかぶって葬儀を執り行うことを強く希望したが、彼女の死後にマッ
クイーンが、共通の友人たちや有名なオカルト信仰者を通じて交信を試みると、イザ
ベラの霊は、物質世界で彼女の形見として残った帽子が、彼女の母親の手に渡ること
のないようにと命じた。

以上使われているものはほとんどないに等しい。

「黒、白、グレー、プラス3色から5色までしか使ってはいけない
わ」バルセロナに発つ前に、クララは私にドグマとタブーを定めた。

「ホロスコープの残りの問題点は、アストロモーダ的に服の形やライ
ン、素材や何かで解決しなくちゃだめ。」

「いや、色の扱いは簡単よ、色相環を見れば、どの2色を使えばいい
か分かるもの。でも人間の世界では、どうやったら理想のパートナー

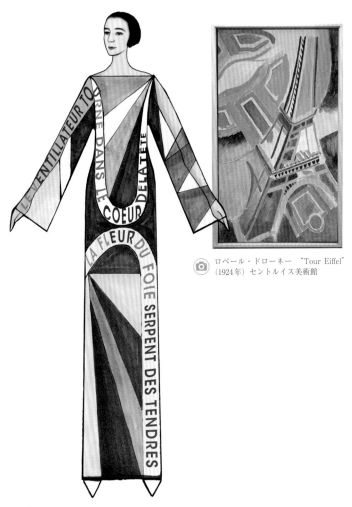

ロベール・ドローネー "Tour Eiffel"
(1924年) セントルイス美術館

ソニア・ドローネー ドレス "Poem no. 1329" (1923年)

向かい合ったペアは理想のパートナーである：

♈~♎　♉~♏　♊~♐　♋~♑　♌~♒　♍~♓

「私は自分の絵画において、互いに運命づけられた色た
ちの婚姻の儀を、それらの補色の同時対比の関係が、見
る者の目に見事に映るようなやり方で、執り行うのだ。」

ロベール・ドローネー

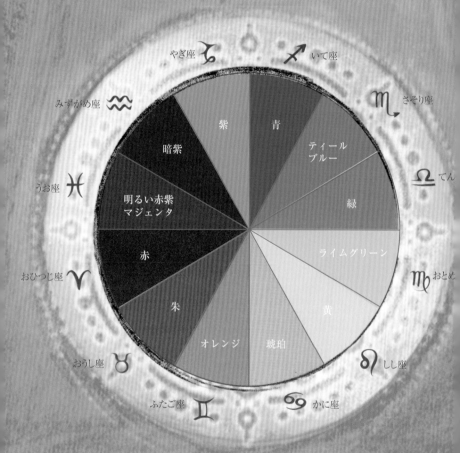

補色と星座の組み合わせ＊85

が分かるのかしら？」私はバルセロナに向かう荷造りをしていたクラ
ラに尋ねた。「すごくいい質問ね」クララは開いたスーツケースから
顔を上げて背を伸ばし、コーヒーを飲んだ。

「カルマを重んじる占星術師たちは、二つのネイタルホロスコープを
重ねることで、その二人が前世でどんな関係だったかを調べるそうよ。
二人の惑星が、主にトラインとセクスタイルの関係にあれば、二人は
パートナーとして続く。スクエアとオポジションが多ければ、二人は
別れたり、離婚したりすると分かるんですって。」

「そう、でも…」

「待って。彼らが言うには、男性の天王星と女性の海王星がコンジャ
ンクションかセクスタイル、トラインの関係にあると、二人の理想の
カルマが確実なものになる。男性の土星と女性の海王星がオポジショ
ンかセクスタイル、トライン、コンジャンクションの関係にある時、

＊85　補色を星座に当てはめるこの体系は、マンリー・パーマー・ホールが
1928年の著書 "The Secret Teachings of All Ages"（『象徴哲学大系』）で説
いているものである。この体系では、強く結びついた2色のペアが軸をはさんだ両側
に配置され、3原色が火の星座と結びつけられ、三つの二次色は三つの風の星座に割り
当てられている一方で、第三色は水と地の星座と結びつくとされる。アグリッパやパ
ラケルススらの伝統的な理論にのっとった体系であるが、その実用可能性はセザンヌ
やゴーギャンの時代以降、やや使い尽くされた感がある。とりわけ、RGBやCMYK
といったカラーモデルが支配するコンピューターグラフィックの時代にあっては、理
想の色彩体系という考え方がもはや旧式であるという感は否めない。クララはこの体
系を、星座の三角形の中に多彩なカラートーンを配置する方法で刷新している。例え
ば、おひつじ座の「扇」の真ん中、15度の位置が赤で、1度ずつ、1トーンずつおうし
座の方に寄るにしたがってオレンジ色がかった赤に（朱色など）、反対にうお座の方
に行くにしたがって紫がかった赤に（赤紫色、コンピューターグラフィックの用語で
はマジェンタなど）変わる仕組みになっている。赤のバリエーションカラーの明度は、
扇形の上面から中心に向かって、「茶色っぽい赤色」から「ピンクがかった赤色」に変
化する。クララが考案したこの体系は、旧式の補色の色相環を復古しようとする健気
な試みだが、総体的に見て複雑で、使用に時間もかかる。ファッションにおける色彩
という複雑な専門分野をもっと急いで覗いてみたければ、Pantone社が "New York
Fashion Week" のショーに関連してインターネットに公開している、10のトレン
ディカラーのカタログを見てみるといい。あなたが今、アストロモーダの観点から取
り組んでいるホロスコープにふさわしい色の、占星学的なヒントこそ得られないが、
人々がどんな色を着たいと思っているのか、またPantone社のカタログにトレンディ
な10色を載せているデザイナーたちが、来シーズンに向けたデザインをどんなに軽々
とスケッチしているかが分かる。その軽さを見習って、ホロスコープに基づく色の組
み合わせと選択を行えばいい。
アストロモーダのスクリプトで推奨される色の範囲内で、その色のもっと新しいバー
ジョン、もっとふさわしいトーンを恐れずに探すこと、そして色を使いすぎないよう
に注意することを、忘れないでほしい。色彩は服飾創作の、ゆえにアストロモーダ®
の、数ある要素の中の一つに過ぎないのだから。

それから男性の火星か木星が、女性の海王星に対してコンジャンクションかスクエアの関係にある時も同じ。場合によっては逆に、女性の火星あるいは金星と、男性の海王星が強力なアスペクトを持つ場合も当てはまるそうよ。」

「それじゃ、運命のパートナーは海王星で探すということね…」

「いや、それはカルマ重視の占星術の教えだから。私は、自分の魂の片割れが、完璧なパートナーがどこかにいるなんて、もう信じなくなった。理想の関係なんてものは存在しないと思うわ。」

「本当に？　じゃあ、なんでバルセロナに急ぐの？」

「そのことに確信を持つためよ。私と彼の関係はたとえようもないほど素晴らしくて、最上のひとときと最高のフィーリングに満ちていた。何にも勝る美しい夢を見ているようだった。でもそれが、終わってしまった。まず信仰が、彼を私から奪い、それからどこぞの胸の大きいカナダ娘が、彼を修道院から連れ去った。修道院の扉を開けた知らないインド人に、『私の彼』が『ア・キュート・カナディアン・ガール』に出会って、修道院を去り、カナダに行った、と無表情に告げられた時のことは忘れられないわ…オーマイガー、もうこんな時間、行かなくちゃ！　タクシー、もう来てる？」

　クララはエレガントな仕草でスーツケースとハンドバッグをつかむと、私に力強くキスをして、励ましの言葉を連呼しながら去って行った。私は鏡の前ではほに付いた口紅をぬぐいながら、考えた。そのカナダ娘に自分が出会って、彼女の理想の関係をまるでテニスのリターンのようにクララに打ち返し、クララが彼が最後にいたと思われる場所にあっという間に出発してしまうことになるなんて、想像したこともなかった…人間の運命は無限の組み合わせをもたらすが、その中にある特定のバリエーションがあらかじめ定められたものであることが明らかにされていく。ドローネー夫妻の色彩に関する教えにもあったように。

「これらの色彩の無限の組み合わせは、人間の内面とその気分、感情、思考を、言葉や数式、詩や、その他の従来の意思伝達形態よりもずっと明確に表現します。」

　1913年にソニアは、自らの色彩哲学を初めて衣服を通して表現した。"Simultaneous Dress"と名づけられたその作品は、未だに着ることを目的としたものではなく、今日まで美術館に展示されている。

周囲は夫妻の思想を「オルフィスム」＊86と呼んだが、同時対比にこだわったロベールはこの呼び方に反発した。

「色彩は世界の皮膚である」ドローネー夫妻はそう説いている。衣服は平凡な日常の一瞬一瞬に、人間が身にまとう実際の皮膚であり、色彩はフィチーノの言うマクロコスモスの動物の皮膚であり、その世界の「魂」でもって見る者の意識に言葉よりも、公式よりも、詩よりも雄弁に語りかける…＊87

　この存在概念を念頭に、私はソニア・ドローネーのアストロモーダ・ホロスコープのボディを見ている。アセンダントとハウスがなく、代わりに星座の色をまとった惑星を配したバージョンだ。

　それからこのボディを、ソニア・ドローネーの人生と思考におけるアスペクトの緊張が表れている、惑星を不規則に配置したアストロモーダ・ホロスコープのボディと比較する。このホロスコープの人物が、ソニアが絵画に描いた町の建物を服のように着た三人の女性＊88の真ん中の一人のメタファーであることに、私が早く気づくように、ホロスコープの横に二つの感嘆符にはさむ形で、クララのメモがあった。

『後にこれほど冒瀆されることになる、ファッションデザインと建築の結合を最初に試みたデザイナーだったらしい！』

＊86　オルフィスム ── 色彩と光にあふれるパリのキュビズムの新しいトレンドを指すこの名称は、ちょうどロベール・ドローネーの絵画に関連して、フランスの詩人ギヨーム・アポリネールが初めて用いたものである。竪琴の腕があまりにも素晴らしかったので、魂が囚われてしまうほどだったと言われるギリシャ神話の英雄に由来している。この潮流に乗った画家たちも、ハーモニーによって波動し、魂に訴えかける音楽が感じられるような作品を生み出したとされる。

＊87　「オルフィスム」の信奉者の一人に、パリに住むチェコ出身の神秘の謎に満ちた画家、クプカがいた。当時、とあるありふれた晩に、一人のオルフィストに起きたこととして、次のように語っている。
「私の意識は肉体を離れ、遠くまで飛んでいき、私は地球を外から見た。彼方まで広がる空っぽの宇宙を浮遊しながら、私は地球とその他の惑星が静かに回転する様を眺め、宇宙が一体でありつつ多様でありながらリズミカルに遊ぶ様子を感じていた。マルシリオ・フィチーノが言うような動物としての宇宙、そう、人間を含むその他の動物よりも大きく完全な動物である。そして今、惑星間の空間で、この動物としての宇宙の意識がすべてのものに形と色、構造、そして認識能力を与えるために用いる反復のリズムを感じた。『宇宙霊魂 ── アニマ・ムンディ』の脈動から得たこの人類の経験を、自らの絵画を通して人々に媒介することを望んでいる。この使命がなければ、私の意識が宇宙をさまよう旅から、ありふれた日常に帰ることは恐らくないだろう。」
フランチシェク・クプカとマルシリオ・フィチーノの言葉のパラフレーズ

＊88　"Simultaneously Dresses (The three women)" 1925年、マドリード市ティッセン＝ボルネミッサ美術館

ORIGINAL
Astromoda Salon
DESIGN ©

ORIGINAL
Astromoda

アストロモーダ・ホロスコープのボ
ディにおける惑星の配置に基づいて
アストロモーダ・サロン©がソニ
ア・ドローネーのためにデザインし
た服

アストロモーダ・ホロスコープのボディにおける惑星の配置
に基づいてアストロモーダ・サロン©がソニア・ドローネー
のためにデザインした服

ロベール・ドローネー　『リズム、生きる喜び』
（1930年）Galerie d'art moderne 、パリ

ソニア・ドローネー　ドレス "Poem no. 1329"（1923年）

271

「私は、自然の自然らしさはリズムにあると確信している。初めにいつも太陽があり、その輝きで私は自分と他人を識別する。私たちは誰もが輝きであり、その動きが色彩である。衣服の色彩は私たちの肉体のように動き、私たちに、宇宙とのつながりにおける自己をより深く認識させるのだ。」 [89]

建物でできた服をもっとよく見ると、そこには小さな驚きがあった。アストロモーダ・ホロスコープのボディの最終形では、不調和なアスペクトの重圧を緩和するため、ほとんどの惑星が反対にある不規則な側に移っているのだが、クララはそこで、最初のアストロモーダ・ホロスコープのボディにあるような、全星座と全惑星の色を再度反映させることはせず、はるかに限られた色を使ってソニア・ドローネーのアストロモーダ・デザインを作成していたのだ。どんな体系を使って作ったのか、調べなくてはならない。でもその前にコーヒーを淹れて、空気を入れ替えることにする。

石工たちの仏像造りは順調らしいし、コーヒーは美味だ。さあ、クララ、これはどういうことなの？

私はまず、クララが星座の色相環から類似色[90]を取ったのではないかと考えた。クララはこの選び方が好きだ。第一に、クライアントがセクスタイルとセミセクスタイルを活発にする助けとなるから。これらはホロスコープのポジティブなアスペクトではあるが、クライアントの人生にもたらされる機会を活用する努力なくしては、無駄になってしまうこともある。第二に、星座の色相環で隣り合う三つの色は、絶妙なやり方で目を楽しませる。ソニアはやぎ座にある金星と、いて座にある水星がセミセクスタイル[91]の関係にあり、いて座の青色はアストロモーダ・ホロスコープのボディにあるが、やぎ座の紫色はない。「そうか、分かった！」クララは補色配色のバリエーション

 ＊89　ロベールとソニアのドローネー夫妻の思想のパラフレーズ。

 ＊90　隣り合う2色の組み合わせ。

 ＊91　ホロスコープの天体が30°プラスマイナス1〜2°の距離にあるアスペクト。

「色彩は世界の皮膚である」
ソニアとロベール・ドローネー

γ 赤色

ö 朱色

Ⅱ オレンジ色

♋ 琥珀色

♌ 黄色

♍ ライムグリーン

♎ 緑色

♏ ティールブルー

♐ 青色

♑ すみれ色

♒ 紫色

♓ マジェンタ

海王星がおうし座
♆ キャッツアイのストラップ

♄ 土星がかに座 ◎

♂ 火星がおとめ座 ♦

♃ 木星がおとめ座 ❯❯

☉ 太陽がさそり座 ▽

☿ 水星がいて座 ⪢

♀ 金星がやぎ座 ◆

☽ 月がみずがめ座 ⋙

ソニア・ドローネーのアストロモーダ・ホロスコープのボディ▲規則的な配置
ソニア・ドローネーのためにアストロモーダ・サロン©がデザインした服

の一つである分裂補色配色に基づいて色を選ぶことで、土星と水星の
クインカンクスを強化したかったのだ。しかし、基本色の補完には補
色を使用せず、補色に隣り合う2色（左右両隣）を使っている。この
配色には、補色配色と同じくらい強い視覚コントラストがあるが、テ
ンションは小さくなる[92]。

 ＊92　アストロモーダのデザインにあたって、星座の色相環から色彩を選択す
る際、いくつかの基本バリエーションが可能である。

1. 画家や設計者、デザイナーが向かい合う2色を選ぶことができるよう、補色の色相
環が考案されるきっかけとなったオポジションは、アセンダント（私）とディセン
ダント（鏡、すなわちパートナー）との関係で説明したように、ホロスコープのハ
ウスを決定する六つの軸の「エネルギーの処理」に最適である。オポジションの色
を選ぶことには様々なメリットがあるが、これが私たちの生活にトラブルや苦労、
挑戦をもたらし、私たちの内面に緊張と不満を呼び起こす、不調和で困難かつ複雑
なアスペクトであるオポジションに対応する関係であることを忘れないようにした
い。ゆえに、以下に示す色彩の選択について、十分に吟味してほしい。

2. ユベール・ド・ジヴァンシーの2体式ホロスコープにおいては、分裂補色配色に基
づく色彩の選択は以下のようになる：
ふたご座にあるアセンダントのオレンジ色はそのままにするが、反対にあるいて座
のディセンダントの青の代わりに、すぐ隣のティールブルー（青緑）と紫をデザイ
ンに使いたい。この2色は一緒に見ると青のように見え、かつディセンダント
（パートナー）がオポジションの強化によって刺激されることもない。ジヴァンシー
がオレンジと青のアストロモーダの服を着て家に帰ってきたら、パートナーの神経
を逆なでするに違いない。
分裂補色配色を使うことで、クライアントの隠れた可能性や機会、才能といった宝
を秘める150°のアスペクト（クインカンクス）が滞りなく流れるようになる。大多
数の人々は、このクインカンクスの隠された宝を見いだすことなく一生を終えるが、
今ジヴァンシーにオレンジとティールブルーと紫の服を着せたように、アストロ
モーダのデザインによってそれを変えることができる。この方法は、秘宝探しの地
図という名前にした方がいいのかもしれない。
そう、それからもう一つ、私がこの順番を選んだのはジヴァンシーのいて座にある
土星のせいだ。土星をはじき出してやりたかったのだ。ジヴァンシーの土星がふた
ご座、つまりアセンダントのある星座にあったなら、彼は恐らく恋愛関係において
はいばりくさった退屈な男になっていたと思うけれど、分裂補色配色に基づいてふ
たご座のオレンジ色をさけて、それに隣接する星座の色を使えたはず。その場合、
ジヴァンシーはディセンダントのあるいて座の青に、おうし座の朱色とかに座の琥
珀色を合わせた服を着て家に帰ることになる。

3. 星座の色相環から類似色を選ぶやり方（隣り合う色、または近い色を組み合わせる
方法）は、ジヴァンシーの場合は必要ないように思われる。例外は黄色（しし座）
とライムグリーン（黄緑、おとめ座）、緑色（てんびん座）の組み合わせで、これに
よってアストロモーダのデザインが海王星とIC、月と第5ハウス（子供）を結び
つけることになる。これに対してジャンヌ・ランヴァンの場合は、やぎ座の紫色、
いて座の青色、さそり座のティールブルーという選択はアストロモーダ的に大当た
りだ。ホロスコープを見ればその理由が分かるだろう。

4. 黒と白とグレーを除く、単一色の様々なトーン、ニュアンス、濃さや明度の異なる
バリエーションの使用は、うお座に五つの星座が集まっているジヴァンシーには適
していたはずだ。彼にとって赤紫色はどんな色だったのだろうか。

「後にこれほど冒瀆されることになる、ファッションデザインと建築の結合を最初に試みたデザイナーだったらしい！」

♄ 土星がかに座
黒

赤色は良いアスペクト、悪いアスペクト双方のために中央にあり、同時に火星がおとめ座にある

♂ 火星がおとめ座

♃ 木星がおとめ座
青

☉ 太陽がさそり座
黄色

☿ 水星がいて座
グレー

♀ 金星がやぎ座
ライムグリーン

☽ 月がみずがめ座
白

ソニア・ドローネーのアストロモーダ・ホロスコープのボディ　■不規則な配置
P270-271で述べた、ソニア・ドローネーの絵にインスピレーションを得たドレス
"Simultaneous Dresses (Three Women, Forms, Colours)" とその背景

クララはクインカンクスが、『アルケミスト』[*93]の行商人のように、私たちがそこにあるとは知らずに、一生涯その上に座っている隠された宝物のアスペクトだと考えている。その宝物とは、成功、富、愛、内面の幸福、満足、ニルヴァーナなど様々だろう。ソニア・ドローネーのホロスコープには、この隠された宝物に到達するための道筋として、かに座（琥珀色）にある土星と、いて座（青色）にある水星とのクインカンクスのアスペクトが示されている。この2色をアストロモーダのデザインでしっかりと機能させるために、クララはもう1色を選ぶ必要があった。分裂補色配色で考えると、おうし座の朱色か、みずがめ座の暗紫色になるはずだ。

おうし座の朱色を選ぶと、隠された宝物を探す旅に、ソニアのおうし座にある海王星を積極的に巻き込むことになり、またふたご座にある冥王星も間接的に関与させることになる。でも経験豊富なクララが選んだのはみずがめ座の暗紫色だ。それによって月とブラックムーン、それから間接的に金星も、宝探しの旅に加えたのだ。

ヴァレンティナとアルフォンソの関係も、ちょうどこんなふうに解決できたかもしれない、アルフォンソが寺院の庭でズボンを下ろして、巨人相手に剣を振り回すなんてことさえなければ。彼のナルシシズム的な自己が表れているふたご座のオレンジ色を、やぎ座の紫色とさそ

いや、あなたたちは仕事で忙しいのだから、この辺でやめにして、星座の色相環からの他の選択方法をざっとおさらいしておくわ。

5. セクスタイルの色は、星座の二つに一つが該当するから全部で6色になるが、通常は隣り合う3色だけを扱うことが多い。ソニア・ドローネーのケースでは、この方法でやぎ座（紫色）にある金星と、さそり座（ティールブルー）にある太陽、おとめ座（ライムグリーン）にある火星を結ぶことができる。

6. デザイナーや設計者たちは、似たような方法で互いにスクエアの関係にある色を選ぶが、こちらも同様に四つある色のうち、隣り合う3色のみ扱うことが多い。
この方法を用いて、みずがめ座（暗紫色）にある木星と、さそり座（ティールブルー）にある金星、しし座（黄色）にある月を結ぶエルザ・スキャパレリの三つのスクエアを、服に写し替えることができる。ただし、スクエアを色々といじることは、その破壊的なエネルギーを変質させるか、クライアントに利益をもたらすように、目一杯働かせることができるような服のデザインができるようになってからにすることをお勧めする。そこまでできる人は「運命の爆弾処理」ができるということだ。

7. 反対に、容易で非常にポジティブなのは、トラインの関係にある色の選択で、これはモンドリアンが用いた方法である。彼の絵には黒、白、グレーを除く原色のみ、すなわち赤（おひつじ座）、黄（しし座）、青（いて座）のみが使われている。

*93　著者はブラジルの作家パウロ・コエーリョ。

り座のティールブルー*94で補い、ヴァレンティナがいて座にある
ディセンダントで生じさせた内面の緊張を緩和し、なおかつ二人の愛
が豊かに流れるようにする。いや、流れるといえば、今アルフォンソ
の身体を流れているのは脳の電子療法の電子、ヴァレンティナの方は
失恋の痛みと、私への憎しみの心か…

　畜生、私ったらまたあのことを考えている。散歩でもしてこよう。
私はアストロモーダのスクリプトをハンドバッグにしまい、『J.J.ビス
トロ』の赤いイスを目指して急いだ。

---

*94　この色の名称は、「ティールダック（マガモ）」と呼ばれるカモの雄の、
輝くような青緑色の羽からとられた。

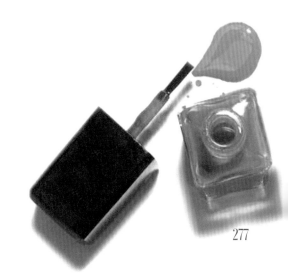

ティールブルー

「クインカンクスは隠された宝物の
アスペクトだと考えられている。」
アストロモーダ・スクリプト

ħ がかに座

☿ がいて座

☽ ⚸ がみずがめ座

隠された宝物の地図
ソニア・ドローネーのためにデザインされた服の修正案。彼女のホロスコープにおける土
星と水星のクインカンクスの力を生かすように考案された。

279

第14章
白と青のベルナデッタ

「遅い！　全然連絡くれないじゃない！　チベットのどこぞの山をぐるぐる回ってるうちに、凍死しちゃったんじゃないかと心配したわ。」
「何を馬鹿なこと言ってるのよ、私のこと知ってるでしょ、自分の面倒くらい見られるわよ。次は全然心配しないでね。」
「そうねえ、でもずいぶん長いこと音沙汰なかったから。」
「分かってる、でもどうして連絡できなかったかは言えないわ、言ったら切られちゃうから。」
「何？　何が言えないって？」
「ラサでデモがあって、それで国外との通信が遮断されちゃったのよ。」
「何のデモ？」
「それは今言えないの、言ったら2、3分で警官が来て、連れて行かれちゃうわ。もしくはまたインターネットを切られちゃう。」
「それ…何だか信じられない。」
「あ、ほら、もう来た。メールするわ…」
　画面に制服を着た手が一瞬映って、スカイプの通信が切れた。マヤのことが心配で、私はリロード…リロード…リロード…と何度もクリックし、何かよい知らせが出てこないかと願う。
　どんなにクリックしても、どんなに画面を凝視しても、マヤからの知らせは来なかった。その代わりにヨーロッパからニュースが届いて、私はリロード…待つ…リロード…待つ…リロード…の繰り返しからようやく解放された。

　シータ、私の愛しい人！
　奇跡が起きて、結局例のわからずやの彼を連れて帰ることができたの。でも代償を払ったわ。一緒にルルドへ行くと約束しなければならなかったの。まあルルドならフランスだけど、バルセロナから遠くはないし。ああ、遠いとか近いとかは相対的概念だってことは、彼と私との間で毎日気づかされる。あなたに占星術の話を約束したことを思

い出すわ。占星術では、短い旅はホロスコープの第3ハウスに関連して
いるけれど、長い旅は第9ハウスがつかさどる。でもスチュワーデ
スや、世界のトーナメントを渡り歩くテニス選手にとっての短い旅は、
どこかの田舎の老婆にとっては別の惑星に行くように感じられるかも
しれない。

　昔の占星術師たちは、短い旅と長い旅を国境で分けていたから、バル
セロナからルルドはセヴィリアなんかより近いけれど、それは長い
旅で、距離にしたらもっと遠いけれど同じ国のセヴィリアに行くのは
短い旅、ということになる。

　実際、私たちの旅は本当に短かった。経由したトゥールーズで、所
持品を全部盗られてしまったの。駅でちょっと抱き合っていた間に、
荷物がそっくり消えていた…

「身分証明書とクレジットカードとお金だけでも身につけていてよ
かったよ！」トマーシュは笑ったが、ポケットを触るとその笑いは消
えた。あの子供の集団に、何から何まで盗まれたのだ！　分からない、
どうやられたのか本当に分からない、私は何も感じなかった。その先
はヒッチハイクで行くしかなかった。

　真夜中を過ぎて、旅の最後の区間で拾ってくれたのは、見るからに
ほろ酔いの運転手だった。ルルドから来たというので乗ったのだ。でも
信心深いわけでも、その他の美徳にあふれているわけでもないこと
は確かだった、ハハ。幸運なことに長時間ではなかったけれど、道中
ずっとハンドルを握りながらタバコを吸っているか、バーボンウイス
キーのようなものをビン飲みしているかどちらかなんだもの！！！
おまけにひどいフランス訛りの英語で、三人以上でするセックスが違
法ではなくなったなんて、人類が豊かになり進歩した証拠だ、なんて
話すのよ…

「本当にうちに泊まらなくていいんですか？」私たちが車を降りよう
としているので、運転手は自分と、自分のパートナーとのセックスを
最後にもう一度持ちかけた。

「結構です。乗せていただいてありがとうございました。」

「あなたがたの決断は間違っていますよ、どんなめくるめく体験をふ
いにしているか分かってらっしゃらない。メラニーの舌技といったら
…まあ、お好きなように。せめて私のために祈ってください。Vive
la France（フランス万歳）。」そうわめくとビンから酒を飲み、アク

セルを踏んだ。私たちは湿った山の空気に満ちた闇の中に、二人きり
で残された。

「なんて親切な人だろう。」トマーシュはあの腐った運転手に奇妙な
評価を下した。「知らない僕たちをこんな風に助けるなんて。素晴ら
しいね。ルルドには神に祝福された人々が住んでいることが分かった
よ。」彼はそう言ったが、私はもう我慢ができなかった。

「神に祝福されたですって！　あれはブタ野郎よ、地獄が本当にある
なら、真っ先に落ちるでしょうよ。」

「クララ、そんなこと言うなよ。あの人がいなかったら今頃僕たちは
どこにいただろう？　ブドウ畑の真ん中で迷子になっているのがオチ
さ。あの運転手が隣人を助けたから、僕たちは目的地ルルドにいるん
じゃないか。」

「そうだけど。」無駄ないさかいを避けるために私はそう答えた。ト
マーシュはもちろん私の声に、私の本当の思いを聞き取って、続けた。

「神はすべての生きとし生けるものを平等に守ってくださる、ヒルも、
蚊も、毛虫も、神に見放されるのではと恐れる必要がない。神はその
共感の愛で、太陽には善き者も悪しき者も平等に暖めるように、雨に
は役に立つ者の渇きも、役立たずな者の渇きも平等に癒すように命じ
たのさ…」

　私は歩く。闇の中を進み、彼の話を聞くまいとする。

「ここ、ここだ。ここで起きたんだ！」トマーシュが闇に向かって大
声を上げた。ブクブクと音がするので、どうやらここは川辺らしい。

「木々は川に向かってひれ伏し、川は今よりも近くに迫っていて、崖
のすぐ下を流れていた。まるで突如としてハリケーンが襲ってきたよ
うな有様だった。14歳の少女が辺りを駆け回っていた。」トマーシュ
は興奮して語り、自分もその場を駆け回って、舞台にいる役者のよう
に状況を再現した。

「少女は裸足だった。川を渡ってきたので靴もタイツも脱いで、すっ
かり凍えていた。寒い2月の山から流れてくる川の水は冷たかった。
少女は荒れ狂う大風と雷鳴におののいた。どうしたらよいかとうろた
えて、この洞窟に逃げ込んだ。」

　トマーシュが私の手を引いて、ベンチの間を通って崖のところまで
行くと、そこには美しい大きな洞窟があった。

「雷鳴がまたとどろくと、少女は恐怖のあまり血の気が引いた。大風
にしなるピンク色の灌木を、突然金色がかった雲が照らし出し、その

向こうに青い帯のある白いマントを着た若く美しい女性が現れた。」

　ああ、それならアストロモーダでは月と木星の組み合わせだわ、そう脳裏にひらめいたが、トマーシュは自分の芝居がかったモノローグに夢中になっている。この出来事のホロスコープで、木星と月が何らかの特別な配置関係にあったかどうか調べたら面白いだろう…私はトマーシュが話し終わるのを待つことにした。

「そしてその女性はベルナデッタに――それが少女の名前だった――ベルナデッタにほほ笑んだが、彼女は自分の目が信じられなくて、目を開けたり閉じたりしていた。それでも幻が消えないと見ると、顔をそむけたが、それが間違いだった。突然手も足も言うことをきかなくなり、ベルナデッタは気を失った。地面に倒れているところを妹とその友人たちに発見されたが、ベルナデッタが彼らに女性の出現を見たかと尋ねると、彼らはあざ笑って、そのことを母親に話した。母親はほうきを持ってくると、それでベルナデッタを何度も打ちすえて、『馬鹿な子、お前の頭から嘘っぱちを叩き出してやる！　川辺で薪を拾うな、墓地で拾えって言っただろう！

この大嵐の中、あんなところで何をしていたんだい！』と叫んだ。」

　だめ、待っても意味がない、トマーシュはどうやら夜が明けるまで、興奮した声で語り続けるつもりらしい。そこで話に割り込んだ。

「ねえ、トマーシュ、そのベルナデッタがいつどこで生まれたのか知っている？」

「どこで生まれたかって、ここルルドに決まってるじゃないか、破産した粉ひきの娘だったんだ。八人のきょうだいたちと、昔牢獄だった町の貧民向け家屋の一室に住んでいた。朝になったらすぐ、その建物に連れて行ってあげるよ。インターネットで調べたんだけど、ここから遠くはないから。」

「じゃあルルドね、で、いつ生まれたの？」

「1844年1月7日だよ。」男が女に褒められたいと思う、うぬぼれた願望をにおわせるプライドを声ににじませて、トマーシュが言った。ということは、少女はやぎ座だ。

「何時？」

「もうすぐ2時だよ。」

「違う違う、今何時って聞いたんじゃなくて。彼女は何時に生まれたの？」

「ああ、それは知らないや。」さっきほどの誇らしさがなくなった声で答えてから言った。「そんなことは誰も知らないと思うよ。家庭は貧しくて、子供が九人もいたし、ベルナデッタが読み書きを覚えたのは聖母の出現後、つまり14歳以降のことだった。出生時間を気にするような家だったとは思えないよ。最初の出現のホロスコープを作ったらどうだい、それなら正確な時間が分かるよ。聖母マリアが初めてベルナデッタのもとに現れたのは、1858年2月11日の11時から13時の間だった。」

「出現は1回じゃなかったの？」

「まさか、18回もあったんだよ。ファティマの出現よりも多い。でもファティマと比べてずっと短期間に続けて起こった。最初の出現から3日して、ベルナデッタがここに戻ってくると、聖母マリアが2度目に姿を現した。3度目に出現したのが1858年2月18日で、それ以降ベルナデッタは聖母マリアと毎日会うようになった。ただファティマと同じように問題なのは、ベルナデッタについてきた人々には何も見えず、いるのは空に向かって夢中で語りかける少女だけだったということだ。聖母マリアは2月25日に崖に泉を湧き出させるという奇跡を

行って、それが今日まで、世界中の人々を治癒させる奇跡の泉となっているんだ。朝になれば分かるよ。3月には長年患っていた女性が突如回復するという最初の奇跡が起こったんだ…」

　私は眠くてあくびをしたかったが、トマーシュの気を損ねたくはなかった。彼が嬉々として語る様子は愛らしかった。

「私たち、どこで寝るの？」それでもついに私は尋ねた。

「寝る？」トマーシュは闇の中で私を見つめた。その頭の中では、「今寝たい奴なんているわけがないだろ」とか何とか考えているに違いない。「じゃあベンチに横になればいい、僕は見張りながら、ロザリオの祈りを唱えることにするよ。」

「ロザリオも盗まれたのに、どうやってロザリオの祈りを唱えるのよ？」そう尋ねた私の口は、彼が何を始めたかを見ると、あくびで半開きになったまま長いこと閉じかねていた。トマーシュはおろしたてのワイシャツの端を破り取ったのだ！　今度はそれに結び目を作り始めた。いくつかははっきりと分からないが、10以上あったことは確かだ。最後の一つは3回結んだ。おそらく他の結び目より大きくするためだろう。そして早速崖の前にひざまずくと、声を出してワイシャツで作ったロザリオの祈りを唱え始めた。私はベンチに横たわって、川のうなりとトマーシュが繰り返し唱える祈りの声を聴きながら眠りについた。「めでたし聖寵充ち満てるマリア、主御身とともにまします。御身は女のうちにて祝せられ、ご胎内の御子イエズスも祝せられたもう。天主の御母聖マリア、罪人なるわれらのために、今も臨終のときも祈り給え。アーメン…」

　トマーシュは岩がむき出しになった崖の下で夜明けまでひざまずいたままで、私が目を覚ますと、別の女性の腕の中で泣いていた。嫉妬は感じなかった。男同士でも挨拶の代わりに何度も頬にキスしあう国では、ちょっと抱き合ったからといって別にどうということもない。おまけに女性は年配で、シスターだった。私はゆっくりと二人のそばに寄っていった。

　シスターの服に顔をうずめて泣きじゃくるトマーシュには私の姿が見えない。シスターは祖母のような労りで彼を慰めることにかかりきりになっていて、彼女の目の前に立っている私が、まるで目に見えない幽霊であるかのように振る舞った。

「僕はクララをとても傷つけた、神のもとへ行きその光を広めようとしたのに、その代わりに世界でいちばん好きな人たちの心を切りつけ

苦しめる、ガラスの破片をばらまいてしまった。」
トマーシュはシスターのスカートに顔をうずめて
しゃくりあげ、やがて鼻をすするだけになって、
シスターは彼をくぐもった声で慰めていた。
　私たちは苦しみ、愛と健康の痛み、人生の痛
みを経験しなければなりません、なぜならこの
地上では、本当の愛は苦しみなしには存在しえ
ないからです。」 [95]

　*95　ベルナデッタ・スビルーの言葉を言い換
えたもの。ベルナデッタはルルドで美しく小柄な
女性の出現を18回目にした少女で、1858年2月11日
から同年3月25日の16回目の出現までは、その女性
のことを "Aquerò"(ルルド地方の方言で「あれ」
の意味)と呼んでいた。洞窟までベルナデッタにつ
いてくる何千もの人々は、奇跡と、ベルナデッタだ
けに見える美しい「あれ」の名前という二つのこと
を要求した。女性は二度、答える代わりにほほ笑
んでみせたが、次にまたベルナデッタが答えを乞
うとようやく自分が何者であるかについてこう
言った。「私は無原罪の御宿りです。」これによっ
て、ペトルス・ロンバルドゥスやヨハネス・ドゥ
ンス・スコトゥスといった偉大な思想家たちの、
処女マリアの無原罪の受胎についての長年にわた
る哲学的熟考に終止符が打たれた。処女マリアも
その息子と同様、「遺伝的悪行」による負荷なし
に、肉体の精子を用いない受胎によって生まれ
た。
その後、ベルナデッタはさらに4月の復活祭の日
曜日と、1858年7月16日の二度、聖母マリアに
会うが、その時出現した聖母マリアは最も美しく
見えた。そして、人口4000人のちっぽけな山あ
いの町にその後150年間にわたって2百万を超え
る巡礼者を引き寄せることになる二人の奇跡の立
役者は、別れたのである。しかしそれも長くは続
かなかった。1879年4月6日、長く苦しい病の
末に、35歳のベルナデッタはこの世を去った。
その最後の言葉は次のとおりであった。
「この痛みはすべて、天国に行くためのものです、
聖なるマリア様、神の聖母よ、あわれな罪びとの
私のために祈ってください、あわれな罪びとの私
のために…」
ルルドの出現が起こって、14歳で世界の有名人
になってから、遠く離れたヌヴェールの修道院で
死去するまでの間、彼女の人生はあまり幸せなも
のではなかった。「出現の時に着ていた服の布地

「分かっています、シスター・ランジー、でもだからといって、この
痛みをもたらすのが僕と…僕と…僕と…」文末のピリオドの代わりに、
遠吠えする子犬のような泣き声が響いた。トマーシュは本当に変わっ
てしまった。昔はあんなに男の見本のような人だったのに。

「大丈夫ですよ、本当の愛は…」

「でも僕は自分の信仰で、彼女をこんなに傷つけてしまった。」

　もう見ていられない。小さな女の子のようにウーウーと泣いて、お
まけに言っていることもずれている。彼が結婚式の直前に修道院に逃
げてしまったことはショックだったけれど、私の心を打ちのめしたの
は、その修道院から彼を引っ張り出したのが、彼の婚約者であり長年
のパートナーである私ではなく、ユーコンから来たとかいうおさげの
小娘だったことだった。

「泣くのはおやめなさい、トマーシュ、時が洗い流すことのない思い
出などありません、心にさなぎを作ったどんな痛みも、愛が蝶に変え
てくれるのですよ。」

　シスターは「愛」という言葉を口にしたあと、私に向かって意味あ
りげにほほ笑んだ。

「大事なことは、あなたがたがお互いを好きだということですよ、子
供たち。自分の人生を大事にしなさい。愛する相手がいない人は、自

を少しもらえないだろうか」と請われることはざらだったし、地元の司教からですら
そのような申し出があった。「どうして誰も分かってくれないのか、土産物とか、私個
人がどうとかいう話ではないのに」、人気に押しつぶされそうなベルナデッタはそう
言って立腹した。さらに「聖母マリアは私を、ちりを掃くほうきとして使い、掃除が
終わるとほうきをまた置いたのだ」と言った。彼女の出現の経験によって、ルルドは
世界で最も訪れる人の多い場所の一つになっていった。ベルナデッタは静けさを求め、
フランスの反対側にあるヌヴェールに移住した。「ルルドでの私の使命は終わり、今は
ヌヴェールで、出現を見た変わり者と見られることもなく暮らしています。ただの女
として暮らすことができて、幸せです。」

出現を経験した三人の子供のうち二人が病気で早世したファティマと同様、ベルナ
デッタも、出現があった場所で多くの人々が治癒したにもかかわらず、自身は病で命
を落とすという矛盾した結末を迎えている。「怖い！　生からこんなにも多くのものを
得たのに、こんなにも少しのことしか成し遂げられなかった」、臨終が近づいたある
日、ベルナデッタはそう嘆いたが、地上におけるその使命が死によって終わらないこ
とは予期していなかった。死後30年経って、その遺体が墓から引き上げられてみる
と、臨終の時手に握られていたロザリオは消えてなくなっていたが、遺体は自然の摂
理に逆らってきれいに残っていた。1919年に教会によって列福された時、埋葬された
遺体が再び掘り起こされて、ベルナデッタの奇跡が証明された。その後、彼女は列聖
されることになる。その腐敗しない遺体は、顔と手に「ロウ」による処理を施された
状態で、ヌヴェールの修道院の教会にあるガラスケースに安置されており、世界中の
巡礼者の参拝を受けている。一方ルルドの人々は、ベルナデッタの遺骸をその生地に
取り戻す努力を続けている。

分の人生の外にいて、そこから進むことができないのですから。生き
ているのではなく、生にしがみついているだけです。幸い私には神が、
あなたがたにはお互いがいます。」

　トマーシュは身体をビクッと震わせ、飛び起きて、私に背を向けた
まますばやく鼻をぬぐい、何事も、本当に何事もなかったのだという
ふりをした…

　でも何事かが起きていた。シスターに心を解きほぐされたあまり、
その1時間後に私たちは、結婚がとりやめになってから初めて、愛し
合ったの。シスターにどうしてそんなことができたのか分からない。
ファティマでも、それからバルセロナでも、どんな手を尽くしてもキ
スと愛撫より先には進めなかったのに。

　その代わり、男が男のしるしをズボンの右足側に寄せている時はエネ
ルギッシュで、いつもより動物的だと言えるが、ペニスが左足側に
寄っている日はそれほど興奮しやすくない代わりに、利口ぶってお
しゃべりになることが分かった。ズボンにおけるペニスの寄り方の現
象をアストロモーダに組み込むことができるように、あなたとマヤが、
この件をさらに深く調査するのを手伝ってくれることを願っているわ。

　あなたは今笑っているでしょうけど、男性用パンツは「容器」のせ
いで、女性用よりも縫うのがずっと難しいの。アレキサンダー・マッ
クイーンがジヴァンシー・ブランド向けに製作した初めてのコレク
ションで高い評価を得ると、フランスの男たちから「ガリアの雄鶏」
とペニスとタマを奪いに来たのだ、と非難する人もいたほどだった。

「どんな仕立屋も、生地をカットし縫製する時には、男性のシンボル
を小さく見せるようにではなく、大きく見せるように心がけるもの
だ。」「ガリアの雄鶏」の国の新聞記者たちは、落胆してそう主張した。

　するとこのイギリス人デザイナーは、インスピレーションの元は、
従来の売春婦の「ファッション」だったと公言した。「ジヴァンシー
にセクシャルなエネルギーを与えたいんだ。」さそり座のマックイー
ンはそう説明した。

　でもこのメールの主題から逸れるのはこのくらいにして、あなたの
クライアントの話に移りましょう。伝統的占星術を信奉していて、星
座の支配体系に基づく色について知りたいということだったわね。最
近はもうあまり使われないから、アストロモーダのスクリプトには入

れなかったの。

　この体系はものすごく古くて、カルデアの占星術師たちが使っていたもので、彼らは「東方の三博士」を遣わしたことでも知られる。いや正確に訳せば「三魔術師」になるわね、生まれたばかりのキリストをベツレヘムに訪ねて、その母マリアに珍しい贈り物を届け、生まれた子の意味についての偉大な予言を伝えに来たあの人たちよ。

　以下に、天体と色の関係について表を載せておくわ。

📷「惑星」がホロスコープと人生に与える影響を強める色の表

惑星とその色	惑星がつかさどる星座 （ドミサイル）の色	惑星が高められる （高揚する）星座の色
⚪ 太陽〜黄	⚪ しし座〜黄	● おひつじ座〜赤
○ 月〜白	● かに座〜琥珀	● おうし座〜朱
● 水星〜灰	● ふたご座〜オレンジ ● おとめ座 　　〜ライムグリーン	● みずがめ座〜暗紫
● 金星〜緑	● おうし座〜朱 ● てんびん座〜緑	うお座〜明るい赤紫
● 火星〜赤	● おひつじ座〜赤 ● さそり座 　　〜ティールブルー	● やぎ座〜紫
● 木星〜青	● いて座〜青 ● うお座〜明るい赤紫	● かに座〜琥珀
● 土星〜黒	● やぎ座〜紫 ● みずがめ座〜暗紫	● てんびん座〜緑

　ここに書いた色を使うと、惑星が位置するハウスを強めることができるし、この表で惑星と同じ行に書かれた星座で始まる人生の分野に関連するハウスを強めることもできる。それから、惑星が直接結びついているホロスコープの要素に対応するアスペクトにおいて、惑星の影響を強めることもできる。

　ルルドのベルナデッタのホロスコープを例にとるわ。ベルナデッタの前に現れた聖母マリアが着ていた服の色との関連性を調べるために、彼女のホロスコープを探したの。ついでに言うと、トマーシュはベル

ナデッタの出生時間など誰も覚えていないと言っていたけれど、それ
は間違いよ。生まれたのは午後2時で、彼女のアセンダントはファッ
ション史における最高のデザイナー、ユベール・ド・ジヴァンシーと
同じ、ふたご座にある。そしてこれもジヴァンシーと同じく、ホロス
コープの上部で金星と水星がコンジャンクションの関係にあるわ。一
つ違うのは、ジヴァンシーの金星と水星が第11ハウス──「社会」
の頂点の手前で手をとりあっているのに対して、ベルナデッタの金星
と水星は第9ハウス──「高次の見識」で抱き合っているという点。

　実際に二人の語録を見てみると、それがありありと分かる。

1. ユベール・ド・ジヴァンシー

「バレンシアガは私の宗教だった。神が見えたと思ったら、それはバ
レンシアガだった。」

2. ルルドのベルナデッタ

「おおイエス様、イエス様。あなたの十字架を思うと、私はもはや自
分の十字架の重さなど感じません。」

　ベルナデッタの金星と水星はみずがめ座にあって、MCとコンジャ
ンクションの関係にあった。似たような出現を経験した人々のホロス
コープを統計学的に研究した専門家たちによれば、この配置は非常に
重要な意味をもつらしいわ。最初の出現の時、ベルナデッタのネイタ
ルホロスコープでは、月とコンジャンクションの関係にある水星が第
9ハウスの頂点付近を通過していて、太陽とコンジャンクションの関
係にある金星は第10ハウス──MCの頂点付近を通過していた。この
ことから、金星と水星がベルナデッタに恵みをもたらしたことが分か
るので、支配する星座の体系に基づくと、これらの惑星は何色を着せ
れば強めることができるでしょう──さあ、表で金星を探して、一緒
に見ていきましょう。

　♀金星は典型的な緑のほかにも朱色と赤紫色でアクセントをつけて、
☿水星は灰色、オレンジ色、ライムグリーン、暗紫色で強めるのがい
いと思うわ。

　もちろん、今言った色を一度に全部身に着けたらピエロみたいに
なってしまうけれど、金星も水星もみずがめ座にあるから暗紫色は基
本ね、そこに金星の色を一つと、水星の色を一つ、差し色にしたらい
いと思う。不幸にもベルナデッタはほとんどいつも頭から足の先まで
黒を着ていたけど、これは当時の貧しい人々にとってそれがファッ

「バレンシアガは私の宗教だった。
神が見えたと思ったら、それはバレ
ンシアガだった。」

ユベール・ド・ジヴァンシー

バレンシアガ　1967年秋／冬コレクションより
「シュー」ラップ

火星が ♉

アセンダントが Ⅱ　ASC

月が ♎

土星が ♐

木星、太陽が ♓

金星、水星が ♓

ユベール・ド・ジヴァンシーのアストロモーダ・ホロスコープのボディ ■不規則な配置

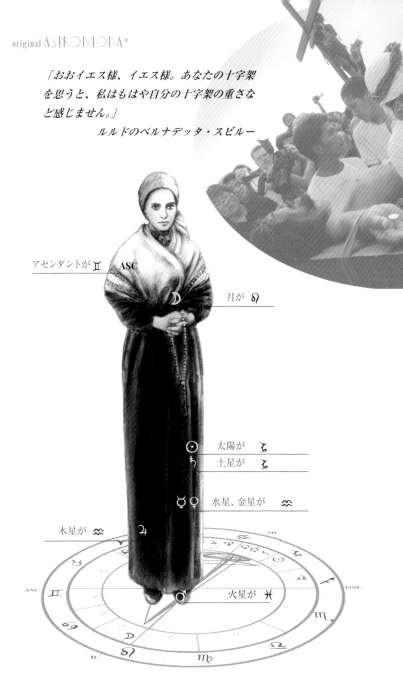

「おおイエス様、イエス様。あなたの十字架を思うと、私はもはや自分の十字架の重さなど感じません。」

ルルドのベルナデッタ・スビルー

アセンダントが ♊ ASC

月が ♌

太陽が ♑
土星が ♑
水星、金星が ♒
木星が ♒ ♃
火星が ♓

ルルドのベルナデッタのアストロモーダ・ホロスコープのボディ
■ 不規則な配置

「おお、聖なる母よ、私が力と勇気を授かるように、
私の心のすべての恐れをあなたの心に移します。」
ベルナデッタが日記に記した祈り

ルルドのベルナデッタ・スビルーの2体式アストロモーダ・ホロスコープ
ベルナデッタのさそり座とおうし座は閉じているため、色も控えめである。反対にかに座
とおひつじ座は二つのハウスの始点になっている。

ションであり、必要でもあったからなの。黒い服ばかり着たことは、
アストロモーダ的には苦難の運命、彼女の言う十字架をますます重く
しただけだった。ホロスコープでは、どんな人生の苦しみも多かれ少
なかれ土星と関連しているのだけど、土星のカラーは黒だから。ベル
ナデッタの土星はやぎ座にあって、それはつまり土星が支配する星座
にあって強められ、第9ハウスにおけるその位置づけが求めるように、
彼女をふるさとから「未知の場所」へと追放する力を持ったというこ
となの。ベルナデッタは当初、数日間の予定でヌヴェールに向かった
のだけど、結局そこに「永遠に」留まることになった。

　彼女が生きている間に知り合っていたら、土星の力を強める色を身
に着けないように忠告すると思うわ。表の土星の行を見ると、つい
さっきまで私が推奨していた暗紫色と、「金星の」緑色もダメという
ことになるわね。

　ということは、金星と水星を強めるとして推奨される色の中で残る
のは♀金星―朱色・明るい赤紫色、☿水星―灰色・オレンジ色・ライ
ムグリーンだけ、これなら何か考え出せそうだわ。灰色はニュートラ
ルな色だから何にでも合うし、赤紫色とライムグリーンは理想の関係、
ドローネー夫妻なら同期コントラストの2色だと言うでしょうね、そ
れから朱色とオレンジ色は互いに隣り合っているから、色相環から類
似色を選ぶ要領で用いることができる。そこに第三の色として、隣り
合う赤を加えることもできる。赤はおひつじ座の色で、おひつじ座を
つかさどるのは火星、火星は土星に対して力を持っていて、ベルナ
デッタの火星はうお座にあることで「ソフト」になっている。あるい
はもっとふさわしいのは琥珀色ね。次の表を見ると、かに座の色は金
星とも水星ともぶつからないから。

　ベルナデッタから黒、暗紫、緑、すなわち前出の支配星座表による
土星を強める色を脱がせたので、ベルナデッタの人生とホロスコープ
における土星の重篤な影響をさらに抑え込むために、その力を排除す
る色を用いることにしましょう。もちろん次の表を見れば、土星の作
用を抑える色が分かるけれど、そもそも働かざる者――つまり土星な
くして――食うべからずだから、別の例を挙げると、例えば怒りんぼ
なら火星を排除し、ギャンブラーや贅沢を好む者なら木星を、買い物
中毒なら金星を、どうしようもないおしゃべりなら水星を、ドラマの
女王なら月を、「偉ぶりすぎている」人なら太陽を排除すればよいと
いうことになるわね。

星座を支配する天体の伝統的体系に基づく、「惑星」がホロスコープと人生に与える影響を弱める色の表

惑星とその色	惑星が後退、弱体化、荒廃する星座の色	惑星が破壊される（排除される）星座の色
● 太陽〜（黄）	● てんびん座〜緑	● みずがめ座〜暗紫
○ 月〜（白）	● さそり座 〜ティールブルー	● やぎ座〜紫
● 水星〜(灰)	○ しし座〜黄	● いて座〜青 ● うお座〜明るい赤紫
● 金星〜(緑)	● おとめ座 〜ライムグリーン	● おひつじ座〜赤 ● さそり座 〜ティールブルー
● 火星〜(赤)	○ かに座〜琥珀	● おうし座〜朱 ● てんびん座〜緑
● 木星〜(青)	● やぎ座〜紫	● ふたご座〜オレンジ ○ おとめ座 〜ライムグリーン
● 土星〜(黒)	● おひつじ座〜赤	● かに座〜琥珀 ○ しし座〜黄

　惑星の色が括弧内に書かれているのは、本来ならこの表には書かれるべきではないからなんだけど、実際は書かれている。なぜか、と思うでしょう？

　モナドの点のように、また船から落ちた遭難者が、四方八方から襲いかかってくる水にのまれようとしているさまを象徴するように、あるいは敵対する色の要塞に閉じ込められた囚人のメタファーのように、惑星の色も、ホロスコープと人生における惑星の影響を抑制するために考案されたアストロモーダのデザインに、時折顔を出すことがあるの。それ以外の場合には、括弧内の色は使用しないこと。

　両方の表を合わせると、♄土星の十字架を軽くするための色としては、最終的に以下のような結果になる。

- 朱色（♀金星がつかさどる♉おうし座）
- オレンジ色（☿水星がつかさどる♊ふたご座）
- 琥珀色（そこにあると土星が破壊される——排除される星座である♋かに座）。その上、色相環を用いた選択でも、これらの色は

互いに視覚的になじむ色だ。

そこにボタン程度の大きさの黒い点を入れて、土星に少し泳がせておけば、完成よ。事前にふさわしい色として選んだ色のうち他の2色、すなわち明るい赤紫色とその理想のパートナーであるライムグリーンは、片方が水星を破壊し、もう一方は金星を衰退させるという理由から選んだわ。

でもこのアストロモーダ的デザインを実現化するには、実用面で二つの懸念が依然として残っている。

a) 朱色＝オレンジ色＝琥珀色の組み合わせは、ベルナデッタの時代には上流社会であっても実現可能ではなく、ルルドの聖母出現から数年経ってミシンが発明されても状況は変わらなかった。マリー・ウォルトが世界初のファッションモデルになり、夫に仕立屋の経験を生かして商売を始めるよう説得し、自ら夫が縫ったドレスを着て顧客に見せたのもこの時代だった。しかし、近代のファッションブランド思想の生みの親であるウォルト氏さえも、彼やベルナデッタが生きた時代にはこのような色の組み合わせを普段着に用いることはできなかっただろう。ウジェニー皇后は彼の重要な顧客であり、そのスカートの丈を初めて足首の上まで短くしたことで、アストロモーダの観点から見ればみずがめ座の時代が始まったの

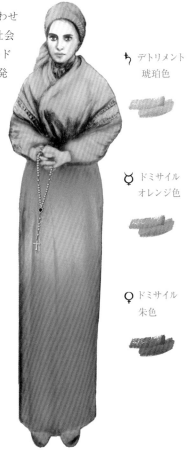

♄ デトリメント
琥珀色

☿ ドミサイル
オレンジ色

♀ ドミサイル
朱色

📷 ルルドのベルナデッタの土星の十字架を軽くするための色彩配置

だが、その皇后に「ファッションの暴君」と評されたウォルトであっても、このような色の組み合わせは難しかったのだ。顧客のセンスにかかわらず、自分がふさわしいと思うものを着せたので「暴君」の名がついた。ウォルトがリヨンの金襴から作った重いドレスを持ってきた時、皇后は目をむいて、断固としてこう言ったという。「ウォルトさん、これは駄目です。このドレスは着られません、こんなものを着たら、まるで歩くカーテンみたいではないですか。」「いいえ、着るのです、敬愛するウジェニー、着ればきっと称賛の的になること請け合いです。」

「何というファッションの暴君でしょう。ドレスをよこしなさい！」

　b) それから二つ目の問題は、ベルナデッタ自身が、この地球上の誰かあるいは何かが、彼女の運命や痛み、十字架を軽くしてくれることを望んでいなかったことだ。だって、彼女のモットーは、

「痛みと苦しみは、天国への道である」だったのだから。

少なくとも人生の最後の3年間は、死に至る病の耐えがたい痛みに苦しんだのに、それでも聖母が9回目の出現の時に「開いた」ルルドの治癒の泉には行かなかった。それも、ルルドで毎年起きて

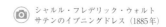

シャルル・フレデリック・ウォルト
サテンのイブニングドレス（1885年）

いた、何十もの奇跡の治癒のことを知っていたのにだ*96。最初の方
の奇跡はベルナデッタの存命中に起きており、それは「白衣を着て明
るい青の帯をかけ、白い珠が連なる金色がかった黄色のロザリオを手
にし、金色がかった黄色の輝くバラの花に足を包んだ」美しくはかな
げな少女の最後の数回の出現の時期と重なる。

　そもそも、出現した聖母マリアが身に着けていた色が、私がベルナ
デッタと、聖母の最初の出現のホロスコープを突き止めた理由だった
の*97。

　分からないわ。あなたたちが何かアイディアを出してくれるかもし
れないけれど、二人ともすごく忙しいのは知っているし。シータ、あ
なたは仕事で忙しいし、マヤは失われた恋を探すのに忙しいでしょう、
だからこの件は無視して構わないわ。どうせもう私は、ここルルドで
はあらゆるものが神秘的で、普通の考え方を超える存在だという事実
に慣れてきたんだから。例えば、トマーシュが出現の洞窟の前で、到
着した次の朝にスカートに顔をうずめて泣いていたあのシスターは、
手首に貫通する大きな傷があって、もし柔らかい新しい皮膚で覆われ
ていなかったら、その穴に指を突っ込めそうなくらいだった。

「シスター・ランジー！　この傷はどうしたのですか？」と私は尋ね
た。

「ここから出血したのです。いいですか、クララ、ここはイエス・キ
リストが十字架に釘で打ちつけられた場所なのですよ。」

　それから立ち止まってから、私たちを『シテ・サンピエール』に連
れて行った。ここは出現の洞窟から徒歩20分のところにあり、所持
品を盗られた私とトマーシュのような、困っている人々の救済にあ

---

*96　ルルド教区の医療事務局には7200を超える治癒の記録があるが、カト
リック教会はいわゆるランベルティー二基準（有機的かつ重い病であること、
予後の見通しが悪いこと、明確な診断が下されていること、治癒までのプロセスにほ
かの治療法が用いられていないこと、回復が突然起こり、完全かつ不可逆的なもので
あること）を満たすものでなければならないとして、今日までに奇跡の治癒と認めた
のはそのうち70件「のみ」である。

*97　最も大きな面積を占める白は月の色で、ベルナデッタの月は第3ハウス
にあり、第3ハウスはかに座に始まっているが、月はしし座にある。ベルナデッ
タの月が通過しているのは第9ハウスの頂点である。最初の出現のホロスコープでは、
月は第8ハウスにあるが、水星および第9ハウスの頂点とコンジャンクションの関係に
ある。このことから、出現のホロスコープはベルナデッタのネイタルホロスコープと
同様、アセンダントがふたご座にあること、すなわちどちらのホロスコープも、聖母
の衣服で2番目に支配的な色である青が星座の色であるいて座がディセンダントにあ
ることが、あなたにも理解できたはずだ。

たっている。シスターはそこで私に手を差し出した。本当に、巨大な
釘で打ち抜かれたような穴なのだ。初めは自分でやったのかと聞きた
かったけれど、まるで古くからの友人のように私たちの面倒を見てく
れる女性に対して失礼だと思ったので、結局こう尋ねた。

「誰かにやられたのですか？」

「まさかそんな、愛しいお嬢さん。」とシスターはほほ笑んだ。「これ
は聖痕です、あまりにも深い信仰活動に身を捧げる者に、心と身体の
緊張から自然と現れるものですよ。」

「あいたた。さぞかし痛かったでしょうね…」

「全然痛くありませんでしたよ、クララ、これは慈悲、素晴らしい恵
みでしたから…少し急いだ方がよさそうですよ、トマーシュをご覧な
さい、空腹で走っているでしょう。男は食べさせなくちゃだめ、さも
ないと怪物か、ひ弱な生き物になってしまいます。」

「どうしてそれが分かるんですか、シスター・ランジー？」私はゴ
シップ紙の記者の声で、好奇心にかられて聞いた。

「私のことはもういいから、それよりあなたがたを連れて行く所を
創った男の人のことを教えてあげましょう。それは心の広い人でし
た。」過去の恋愛について詳細を聞き出そうとする私の問いを、シス
ターがはぐらかした。「彼を知っているんですか？　人生の危機に瀕
した巡礼者のための救済所は1955年の創設だとおっしゃっていまし
たよね、そうすると今はもう『物知り爺さん』みたいなお年寄りに
なっている計算ですよね。」

「とんでもない、お嬢さん、メトシェラのように年取っているのは私
ですよ、偉大なジャン・ロダン神父は1977年に亡くなりましたが、
私は神父を覚えていますよ、アハハ。」シスターは私に向かって笑い
かけ、その年齢を考えると称賛に値する早足で歩きながら、親友のロ
ダン神父について語った。彼は生涯を三つのものに捧げたという。

- まず「出現の洞窟」。その近くに、私たちが今向かう、貧しい
  人々、困窮した人々、絶望した人々のための救済所を建てたが、
  この救済所も多くの人々にとってはルルドの奇跡の一つである。

- 「イエス、それは我々がわかち合うパンである」*98 の信条の下
  に開始した慈善活動。神父は「正しい度合いというものが公正の

📖 ＊98　マタイによる福音書25章にあるイエスの言葉「貧しい者の腹を満たす者
は、私に食べさせるのと同じである」のパラフレーズ。

シンボルであるのに対して、慈善あるいは必要とする人々への援助には度合いも重みもなく、慈善行為の重みは誰も測らないゆえ、我々はみな、愛と慈善精神に根ざす行為によって評価されるのである」という信念に従って、慈善活動を広めた。世界中で、絶望し助けを必要とするすべての人々に対する積極的な支援を行うことで、政治家や人道的CEOに次のことを説くよう努めた。

「困窮する人々は、議会で述べられる支援についての立派なスピーチではなく、食べ物と暖かい毛布、子供たちに与えるミルクを必要としています。善い行い、すなわち困窮者の慈善援助には、時間的あるいはその他の制限がない、なぜならその功績は永遠に残るからだ、ということを覚えておいてください。」

- そしてジャン・ロダン神父が生涯を捧げた三つ目のものは信仰である。亡くなる1時間前にも、聖母マリアに祈りを捧げていた。

私たちはロダン神父の墓のそばにいて、シスター・ランジーは延々と語り続け、おかげでトマーシュは自分の涙も空腹も、睡眠不足も盗まれた物のことも全部忘れることができた。彼はルルドで心底幸せだった。私にはこの町は人が多すぎた。大部分は死に至る病を抱える人々や、障害を持った人々だった。そして皆が皆、奇跡的に治癒するわけではなかった。私が見たのは50歳くらいの女性で、巨大なバシリカ教会の下にあるベンチに座っていたのが、やがてその場に倒れると、息絶えた。彼女の最後の生の希望、ルルドへの旅の目的は果たされず、命は尽きた。しばらくして救急車が到着し、全身赤い服の男が私がショックを受けているのに気づいて、同僚たちが女性の死体を担架に乗せている間に、私のところへ来た。そして慰めるような声で、1年間に訪れる六百万人の巡礼者が全員治るわけではないけれど、ここで不治の病が治った幸運な人々を何百もこの目で見た、それは神がその人に与えた個人的な恵みなのだ、と言った。それから私に、最も奇跡的に治癒したとされる人々のリストから、数人について語った。「1995年には大きな奇跡が二つ起きて、私もその二人に個人的に会ったことがある。それから1989年のカステリという女性、この人のことは知っておいたほうがいい。」

その時、私はこの救急隊員が誰だか分かったの！　私たちをここまで乗せてきた、あの好色な運転手だった。しらふだったせいで、私のことが分からなかったみたい。その生業を知った今となっては、もう彼に怒る気はしなかった。奇跡が起こらなかった人たちの遺体を片付

ける仕事をしていたら、私だって夜な夜な同じように羽目を外すに違いない。

「…彼女はヴァギナから出血していて、その不治の病から医者には『明後日には命がないだろう』とさじを投げられていた。便所の水洗が壊れて流れっぱなしのような状態でルドに来て、『出現の洞窟』で祈ったんだ。『おお、聖なる母よ、私が力と勇気を授かるように、私の心のすべての恐れをあなたの心に移します。』[*99] それからロウソクに火をつけ、治癒の泉の水で身体を清めると、病はすっかり治っていた…」

"Pierre… merde… allez on y va…!"

　私の話し相手に向かって同僚たちが投げつける言葉の突風の中から数語だけ聞き取れる。少し前までベンチに座って、祈りを捧げながら奇跡を信じていた女性の冷たくなっていく身体は救急車に積まれ、隊員たちがドアを閉めようとしている。

　救急隊員で好色男、アル中、治らなかった人々の片付け屋であるピエールは飛び上がったが、走り出しながら私に名刺を渡した。

「…いつでも電話してください、1987年にベリー氏に起きた奇跡について、まだあなたに話さなくちゃならない…」

「その名刺は帽子の下にはさんでお行き、色男さん、ベリー氏は私の友人ですから、彼女には私が話しておきます。」私の背後から知った声が響いた。

「ああ、シスター・ランジー！　私もお会いできて光栄です。」

「行きなさい、ピエール、皆が待っていますよ。」

「ええ、もう行きます。」

「それから奥さんに、次に泉に来る時には乳首が透けないものを着てくるように伝えてくださいよ。」

　走り出した救急車の窓から声が聞こえた。

「私のせいじゃありませんよ、シスター・ランジー、私たちは付き合っているだけなんですから。」

　シスターが私の横に座って、若いころカトリックの公教要理を教えたピエールのことを話している間に、道の反対側の、さっきまで死にゆく女性が座っていたベンチに、きれいな犬を連れ、施しを受ける帽子を持ち、世界の終末について書かれたとてつもなく大きな札を下げ

 ＊99　ベルナデッタが日記に記した祈りの言葉。

た髭もじゃのホームレス男が座った。大きなボール紙には黙示録的な警告の下に、この良からぬ出来事に関するありとあらゆる忠告と予言が小さな文字で書かれている。

　その札にも、髭もじゃのホームレス男にも目を留める者はない代わりに、犬の前では誰もが足を止め、帽子は瞬く間に金でいっぱいになった。

「フランス人は犬好きです。」まるで自分の子供のように私たちの世話をしてくれているシスターが、ルルドのバシリカ教会の前で今起きている現象についてそうコメントした。トマーシュは午後の病人たちの祝福でガイド兼世話係を務め、私は「出現の洞窟」で日暮れ時にはロウソクを灯して行われる、日に２回の行列でぐったりと疲れ切ってしまうので、今は休みながら、好色なピエールに約束された奇跡の治癒の物語を、彼の宗教の師の口から聞いている。

「ベリー氏はルルドに来た時、多発性硬化症が極めて深刻な状態にあって、動くこともままなりませんでした。彼は私に、五つの光の神秘の祈り＊100を通じて体験した奇跡を強く信じていることを話してくれました。お望みでしたら、この祈りを教えてあげますよ。これは15の神秘に続いて唱えられるもので、ヨルダン川でのイエス・キリストの洗礼の神秘で始まります。

1.　*「あなたは私の愛する子、私の心にかなう者。」*
　　聖母マリアの取り次ぎによって神の子として生きることをお許しください。

　第2の光の神秘はイエス・キリストの最初の奇跡に基づくもので、ガリラヤのカナの婚礼についてのものです。

2.　*マリアは召使いに言った、「何でもこの人の言うとおりにしてください」と。*
　　聖母マリアと同じように、主の言うとおりにすることをお許しください。

　第3の神秘は、イエスの神の国についての福音についてのものです。

3.　*イエスは言った。「悔い改め、福音を信じなさい。」*
　　ルルドでも他の場所でも、聖母マリアは私たちに回心し、信仰をもつよう招いています。この招きに応えましょう。

　第4の神秘は、イエスが山の頂で、信徒たちの日の前で「太陽」す

＊100　光のロザリオ

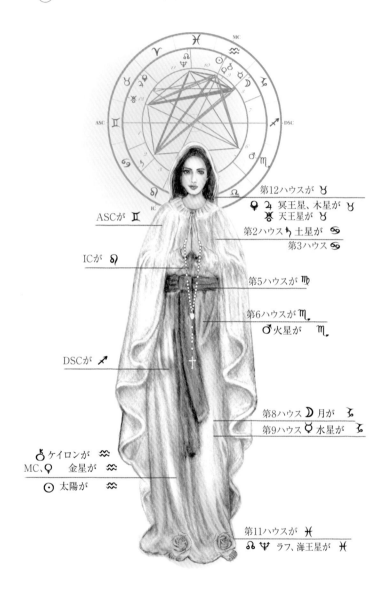

ルルドの1回目の聖母マリア出現時のホロスコープ＊101

第12ハウスが ♉
♀ ♃ 冥王星、木星が ♉
♅ 天王星が ♉
ASCが Ⅱ
第2ハウス♄ 土星が ♋
第3ハウス ♋
ICが ♌
第5ハウスが ♍
第6ハウスが ♏
♂火星が ♏
DSCが ♐
第8ハウス ☽ 月が ♑
第9ハウス ☿ 水星が ♑
♂ケイロンが ♒
MC、♀ 金星が ♒
☉ 太陽が ♒
第11ハウスが ♓
♌ ♆ ラフ、海王星が ♓

ルルドの1回目の聖母マリア出現時のアストロモーダ・ホロスコープのボディ ▲規則的な配置
ルルドの1回目の出現　1858年2月11日12:00

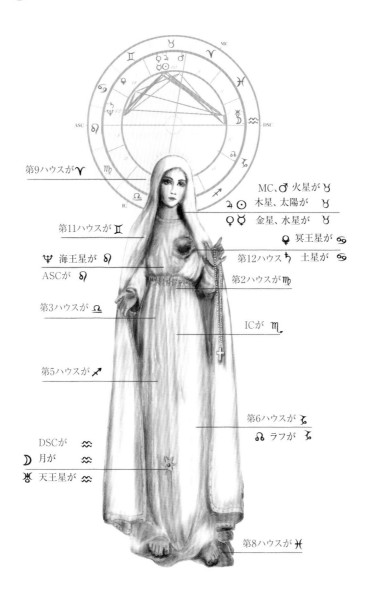

ファティマの1回目の聖母マリア出現時のホロスコープ[*101]

第9ハウスが ♈

MC、♂ 火星が ♉
♃ ⊙ 木星、太陽が ♉
♀ ☿ 金星、水星が ♉
♀ 冥王星が ♋

第11ハウスが ♊

♇ 海王星が ♌
ASCが ♌

第12ハウス ♄ 土星が ♋
第2ハウスが ♍

第3ハウスが ♎

ICが ♏

第5ハウスが ♐

第6ハウスが ♑
☊ ラフが ♑

DSCが ♒
☽ 月が ♒
♅ 天王星が ♒

第8ハウスが ♓

ファティマの1回目の聖母マリア出現時のアストロモーダ・ホロスコープのボディ▲規則的な配置
ファティマの1回目の出現　1917年5月13日12:15

なわち神に変容したことについてのもので、このような内容です。

4.　**「主よ、私たちがここにいることは素晴らしいことです。」**

　　聖母マリアと同じように、私たちが聖霊に変容することをお許し
　　ください。

　　第5の神秘は主イエスの聖体拝領と晩餐についてのものです。

5.　**イエスは私たちに言った。「私の記念としてこのように行いなさ**
　　い。」

＊101　聖母マリア出現に関する占星術的注釈：

聖母マリアが最初にルルドに出現した時のホロスコープを見ると、聖母の姿を包む黄金の輝きに象徴される太陽は第10ハウス（使命、大衆への呼びかけ）にあって、MCとコンジャンクションの関係にある。ベルナデッタが当初の願いに反して、この出来事を秘めておくことができなかったのはこのせいだと思われる。そのMCに位置するが、ほんの数秒だけ第9ハウス（より高次の力）にかかっているのは金星で、空気のようなAqueróとのその後の邂逅において、より多くの人々（みずがめ座）に媒体として使命を伝えていったベルナデッタを表している。一方第9ハウス（宗教、長い旅）には、アスペクトを持たないヒーラーの惑星カイロンがある。これはのちに聖母出現の地から湧き出し、ルルドを世界中の信者を引きつける重要な巡礼地とならしめた、治癒の泉の予兆ととらえることができる…うお座（共感、神）にある第11ハウス（社会）の頂点では、ドラゴンヘッド（ラーフ）と海王星がコンジャンクションの関係にあるが、海王星については昔から聖母マリアと結びつけられてきた月（やぎ座にある）とセクスタイルを形成している。ラーフと海王星のコンジャンクションは、ベルナデッタの口を通して社会に罪を懺悔し（うお座にある海王星とラーフでトラインを形成する、かに座の逆行する土星）、隣人のために祈るよう呼びかけるAqueróの使命を表している。

ファティマで最初に聖母マリアが出現した時のホロスコープでは、重要な惑星が五つも位置する第10ハウス（大衆への呼びかけ）が支配的である。アセンダントはしし座にあり、しし座をつかさどる太陽もまさに第10ハウスにあって、木星とのコンジャンクションの関係がその影響を強めている。二重の稲妻と、聖母の出現を告げるゴングのように鳴り響いた雷鳴に、木星の象徴を見ることができる。

一方でMCは（他の五つの惑星と同様）おうし座にある。おうし座は出来事がゆっくりと、しかし「長期にわたって」進行していくことを予兆する星座である。

最初に出現した時すでに、聖母は次の出現を約束しており、その後も奇跡が起きることを約束し続けた。

太陽が強い支配力を持つことは、ここでも美しい女人を覆う輝きとして表される。その優しい声は、おうし座でドミサイルにある金星の象徴である。ここでも、生涯をかけて聖母の使命を守り通した物語の主人公、ルシアの存在を金星（若い娘）に見ることができる。ルシアのきょうだいを象徴するのは水星（幼年／青年期）である。MCに最も近い火星（攻撃性）が一連の出来事にドラマチックな展開を与え、第12ハウス（信仰、服従）のしし座にある海王星と、第7ハウス（自由への渇望、反抗心）のみずがめ座にある月とのTスクエアの関係によって、聖母マリアの奇跡の出現を見たいと望む者たちと、騙され、操られることを恐れる人々との間の軋轢が生まれている。家族から引き離されて（第12ハウスのかに座にある土星）怯えきった子供たちが、警察の非情な聴取を受けたことにも、これが反映されている。

まさにこのかに座（過去）にある土星（運命の惑星）こそが、内的世界、すなわち原初の人間の価値と謙虚さへの回帰を呼びかけるという点で一致する、二つのホロスコープのもう一つの共通点なのである。

キリストの救いといけにえにおいて、聖母マリアと一体になりましょう。

　そしてそれからベリー氏は、「出現の洞窟」へと向かうロザリオの行列に参加中、自分の身体に奇跡が起きているのを感じました。
「病人の塗油が行われてから、私の体内を冷たい感じが広がってきたことを除いては、心地よい感覚ばかり感じていました。痛みもまったくなかった。分かりますか、シスター・ランジー、もう何年も痛みがないなんてことがなかったのです。やがて、塗油による不思議な冷たさに代わって温かい感じと、それにともなって力と精気がみなぎる感じが、1時間前までは非常に病んでいた私の身体の細胞の一つ一つに広がりました。まだ身体を動かしてみてもいなかったのに、自分がすっかり健康になったことが私には分かりました。それから奇跡は肉体にも表れ、腕も上がるし手も動く、足を動かしてみると一歩前に進んだのです。何と単純なことでしょうか。健康な人には、もう二度と歩けないはずだった人間にとって、その一歩がどれだけ大きいものだったか、想像もつかないと思います…」
「ねえ、世界の終わりについての、このよく分からないお告げは何なんだい？」トマーシュが尋ねて、犬を連れたホームレス男の方へ頭を振るが、私はベリー氏の治癒の奇跡に感動してあふれた涙を拭いているところだった。
「ああ、また世間に認められていない予言じゃないの」、挨拶がわりのキスのあとで私はそう答えた。
「いやいや、ここにも恋に破れた人がいるだけですよ。」シスター・ランジーが私の答えを訂正した。
「恋に破れた？」
「そうです、たった数年前には、この男性も髭を剃り、きちんと散髪してスーツ姿で歩いていたのを覚えています。とても堅い職業に就いていて、彼を愛する妻と、かわいい子供たちがいました。最初は彼らもとても幸せだったのですが、やがてもっと上を望むようになりました。社交界のはしごを上っていけるよう、富裕層が住む地区の一軒家をローンで購入したのですが、そのために残業ばかりするようになり、家にほとんど帰らなくなりました。すると、彼の代わりに別の男がベッドで妻の相手をするようになりました。彼がそれを知った時、アメリカン・ドリームは崩れ落ちて意味を失い、彼は酒を飲み、女を買

うようになり、銀行へのローンの支払いもやめてしまいました。それ
で行きついたのがここ、というわけです。」

「世界の終わりを説くくらいだから、もっと興味深くて、もっとクレ
イジーな経験をしたのかと思っていました。」

「彼の話が強烈だとは思えませんか?」

「強烈でないからこそ悲しく、残酷ではありますけど、世界の終わり
を説くことが許されるほどではないでしょう。奇跡の出現とか、宇宙
人の到来とかを経験したのであれば、話は違いますが。」

「奇跡について聞きたいのなら、もう一つの話があります。主人公は
セルジュ・フランソワ。もしかしたらあなたがたも出会うかもしれま
せんよ、ルルドには定期的に来ていますから。とても感じのいい紳士
です。

　2002年の春にここに来た時、彼は左足が麻痺していて、二度の手
術を経ても良くなるどころか症状は悪化していました。そして4月13
日、聖母マリアがその二度目の出現の時、崖から湧き出させた奇跡の
泉の水を飲み、顔を洗ったところ、足はすっかり治ったのです。その
治りようといったら、感謝のしるしに900キロ離れたサンティアゴ・
デ・コンポステーラの聖ヤコブの墓まで巡礼の旅に出たほどでした。
もちろん、歩いてです。」

　"El Camino," トマーシュが歓喜の声を上げた。「私のために素晴ら
しいお話をありがとうございます、シスター・ランジー」彼はそう
言って立ち上がる。数歩進む。そして私の前にひざまずいた。

　驚いた私が正気に戻るより前に、まるで貴族のように手の甲に接吻
しようとでもするように、あるいはもう何年も前に、リオデジャネイ
ロのコパカバーナの砂浜で私に一度そうしたように、婚約指輪をはめ
ようとでもするかのように、私の手をとった。

「きみに、宇宙のどの旅よりも素晴らしい旅についてきてほしい、と
もに手に手をとりあって進む旅に…そんな奇跡を僕は心から望んでい
る」、ほとんど韻でも踏むように詩情たっぷりに唱えるので、通行人
も足を留め始め、拍手する者もいたし、歌を歌う者もいれば、「はい、
と言いなさいよ」と私に助言してくる者もいた。向かいにいるホーム
レス男だけが、大声でうなった。

「クソったれ、者ども、世界が終わるんだから無駄さ。」

「一緒に旅を終えることができたら、コンポステーラの大聖堂でエ
ル・カミーナの巡礼者のディプロムをもらって、それからすぐにでも

きみと、きみが望むところへどこにでも行くよ、タイに行ってもい
い。」

　ホームレス男は正しかった。私の感情においては、世界は終わった
のだ。人々は当惑したように、ダイヤの指輪はどこだろうかと顔を見
合わせ、洞窟の方からは人の群れが、今さっきそこで起きた奇跡につ
いて触れ回りながらこちらへ走ってきた。

Saint Jacques
de Compostelle
à 1521 km

第15章
完全性へのシルク＆メタル・ロード

「もしもし、ハニー！」

　ついに来た！　マヤのチャットのウィンドウが、不意に画面に現れた。

「聞いてよ、私、カイラス山のふもとを一周する52キロの道のりを踏破したのよ！１日で回ってしまう地元の人たちよりはずっと時間がかかったけど、競走する必要はなかったから。彼らは聖なる山の周りを13周すると、「コラ」という山の中のもっと霊的なコースに入ることができるんだけど、私はそのつもりはないし。ともかく、標高5630メートルの輪廻転生の鞍部を、自分の身体を変質させることなしに踏破したのだから、上出来だと思うわ、ハハ。でも、私の愛しいエンキドゥはここにはいないことが分かった…ファ〇〇・ミー…それで私はすぐにタルチェンまで下りて、そこからさっさと人里に戻ってきたわけ。」

「そうらしいわね。でも最後にスカイプで会った時、何が起きたの？」

「それはオンラインで話せないことなの。だから旅行記を書いて送っているのよ。ちょっと口をすべらせただけで、3分もすれば奴らがネットカフェに現れて、困ったことになるわけ…しまった、まずいこと言っちゃった、もう手遅れだわ、じきに奴らが来る。」

「誰が？」

「政治的な内容じゃないってことがうまく説明できれば、また口頭注意だけで解放してくれるかもしれないし。ラサのデモの写真を数枚送っただけで、チベットから警察の護送つきで送り返されたデンマーク人の友達リヴァみたいにはなりたくないわ…あ、しまった、また言っちゃった…ねえシータ、あなたの話をしましょう。仕事はどう、あなたは元気？　恋愛は？」

「恋愛ですって…マヤ、私とてもそんな余裕がないわ。クララはルルド、あなたはチベットにいるし、私はもうてんてこまいよ。」

「何が大変なの？」

「ひっきりなしに誰かが請求書を持ってくるし、カウンセリングは予約でいっぱい、それは素晴らしいことなんだけど、この間あるクライアントの男性がカウンセリングから逃げ出して、裸で通りと寺院を走り回って、彼の恋人が今それを私の…」

「うそでしょ！　ぶっ飛んでる、ハハ！　最高！」

「分かってる、ハハ、でもこっちは大変だったのよ、想像つくでしょ。リーラはまたヤクをやってるから裁縫しないし、ローズマリーはジアゼパムを飲みながらドストエフスキーを読んでいて、彼を理解するまでは邪魔しないように言われているし。そういうわけで、デザインしたり、縫製を見てくれる人が誰もいないのよ…私はハウスごとの素材の選定で燃え尽きてしまったし。」

「どうして？　またレベルが上がって、面白いし、魅力的でしょ？」

「それはそうだけど、占星術とかとは違って、全然なじみがないのよ。あなたに手伝ってもらうか何かして、もっと自分のものにしなくちゃならないわ。ジョジョも助けてくれているけど、彼の布地を見る目は本当に古くさくて、人は皆オスカーの授賞式に行くような格好をして歩かなきゃならないと思ってるみたいだし…」

「それも確かに一理あるわよ、ココ・シャネルも、人はいつでも最大の敵に会いに行くような格好をしているべきだと言ったくらいだし。」

「そうね、だけど私たちは『オリジナル・アストロモーダ』をやってるんだから、古典的なファッションの宣伝文句どおりの服を勧めるわけにはいかないでしょう…」

「まあ落ち着いて、シータ、まだ警官の制服は見えないわ、カフェは静かだし、始めるとしましょう。

　ホロスコープに12あるハウスはどれも30年の間、特定の素材と結びついているの。最後にそれが切り替わったのは、1996年4月6日から1998年6月8日までの間に、土星がおひつじ座に入って、黄道を回る次の30年間の巡礼が始まった時。そして、この時代が終わるまでは、各ハウスに対応する素材は、クララがスクリプトに書いたとおりになるのよ。」

「ああ、ここに書いてあるわ…」

「よし、じゃあ読んで。」

　私は目の前に広げた表を見てため息をついた。「ごめんなさい、マヤ、読むのは一人でもできる。それより、これをどう使ったらいいのか、知りたがりのクライアントの質問にどう答えたらいいかが知りた

📷 各ハウスに対応する素材

第1ハウス	ベルベット	差異化
第2ハウス	シルク	個人性
第3ハウス	イラクサ繊維などの有機栽培のエコ繊維	可変性
第4ハウス	羊毛	耐久性 (status quo—現状)
第5ハウス	レーヨン（ビスコース）、リヨセル（テンセル）など	創造
第6ハウス	デニムとフランネルを除く木綿	選択
第7ハウス	ネット素材	模倣
第8ハウス	「革」	伝統 (受け継がれるもの)
第9ハウス	ナノフロント®などのスマート化学繊維	具体性
第10ハウス	羊以外の動物の毛からなる「ウール」	変化（進歩）
第11ハウス	反射素材とルレックスを含む金属繊維	破壊
第12ハウス	デニム、フランネル	変異

各ハウスに対応する素材

羊以外の動物の毛からなる
「ウール」 ～ 変化（進歩）

反射素材とルレックスを含む
金属繊維 ～ 破壊

デニム、フランネル ～ 変異

ベルベット ～ 差異化

シルク～ 個人性

イラクサ繊維などの有機栽培の
エコ繊維 ～ 可変性

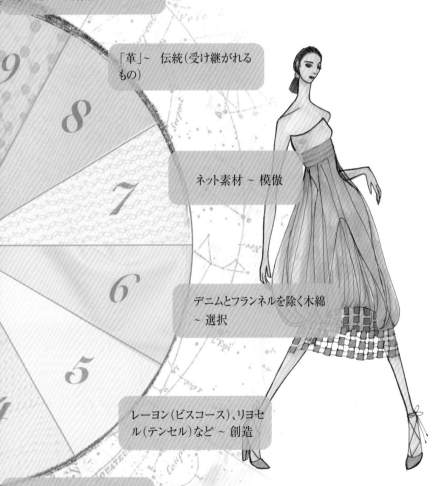

「ハウスは、ファッションそのものと同じで、惑星や星座とは違って、人間と社会、そして私たちが立ったり、落胆してひざをついたりしている地球と密接に結びついているの。」

ナノフロント®などのスマート化学繊維 ~ 具体性

「革」~ 伝統(受け継がれるもの)

ネット素材 ~ 模倣

デニムとフランネルを除く木綿 ~ 選択

レーヨン(ビスコース)、リヨセル(テンセル)など ~ 創造

羊毛 ~ 耐久性(status quo―現状)

「ホロスコープに12あるハウスはどれも30年の間、特定の素材と結びついているの。」

315

いの。たとえばメーガン、ほら、クララの彼氏を横取りして、今クラ
ラがお返しに奪い返しているあの子ね、彼女が、現代の私たちが第9
ハウスに関連があるとしているテクノロジーがなかった時代には、第
9ハウスには何があったのか、って聞くのよ。」

「アハハ、メーガン、ユーコン川の強欲娘ね、ハハ、クララは彼女に
感謝すべきだわね、彼に次から次へとパンチをお見舞いされてるって
メールが来たわ。ハラハラドキドキの連続らしいわよ、最近ちょっと
真面目になりすぎてたから。強欲娘にまんまと押し返されたって感じ
ね。」

「ふん、それは私も昨日味わったわ、それより素材の話を進めましょ
う、ね？」

「了解。いい、ハウスは、ファッションそのものと同じで、惑星や星
座とは違って、人間と社会、そして私たちが立ったり、落胆してひざ
をついたりしている地球と密接に結びついているの。ビスコース*102
が発明されて、その靴下を朝履いた人々が絶賛した時、アメリカ南部
の綿花農園の経営者たちががっくりとひざをついた、その地球ね。木
綿の大危機は、1929年の大恐慌の時にも続いていて、彼らはヘンプ
を禁止することでようやく危機から脱出した。表向きの理由はもちろ
んマリファナだったけれど、同時に19世紀には世界の衣服全体の8割
を占めていた素材を排除することが目的だった。でも彼らの喜びは長
くは続かなかった。軍が、戦争を理由としてナイロンの普及を急いで、
戦後はありとあらゆるところでナイロンの靴下とストッキングが使わ
れたから。木綿のものを履いていると、遅れているとみなされた。
1950年代には誰もがアクリル繊維のものを着るようになった。オル
ロン、ドラロン、アクリランといった素材は、今日ではほとんど身に
着ける人がいないけれど、それは発がん性があることが分かったから。
でも当時はセクシーだ、トレンディだ、かっこいいと思われていた
の。」*103

「やったわ、これで100年前のことが分かった…」

「アハハ、でも待って、今の話を考えると、人類が進歩していること、
そしてそれが偶然であるか、それ以上のものであるかにかかわらず、

---

　*102　レーヨン、人工絹

　*103　これらの人工繊維の優秀な子孫であるレアクリルおよび類似の新繊維
は、今日でも使用可能である。

郵 便 は が き

料金受取人払郵便

新宿局承認

3971

差出有効期間
2022年7月
1日まで
（切手不要）

160-8791

141

東京都新宿区新宿1－10－1

(株)文芸社

　　　愛読者カード係 行

|||�·||ᵗ·||ᵗ·|||||||ᵗᵗ·||ᵗᵗ·||·||·||·|ᵗ·||·|ᵗ||ᵗ|·|||

ふりがな お名前			明治　大正 昭和　平成	年生　　歳
ふりがな ご住所	□□□-□□□□			性別 男・女
電話 番号	（書籍ご注文の際に必要です）	ご職業		
E-mail				
ご購読雑誌（複数可）		ご購読新聞		新聞

お読んでおもしろかった本や今後、とりあげてほしいテーマをお教えください。

最近の研究成果や経験、お考え等を出版してみたいというお気持ちはありますか。

　　　ない　　　内容・テーマ（　　　　　　　　　　　　　　　　　　　）

完成した作品をお持ちですか。

　　　ない　　　ジャンル・原稿量（　　　　　　　　　　　　　　　　）

書　名						
お買上 書　店	都道 府県	市区 郡	書店名 ご購入日		年	月

本書をどこでお知りになりましたか?

1.書店店頭　2.知人にすすめられて　3.インターネット(サイト名

4.DMハガキ　5.広告、記事を見て(新聞、雑誌名

上の質問に関連して、ご購入の決め手となったのは?

1.タイトル　2.著者　3.内容　4.カバーデザイン　5.帯

その他ご自由にお書きください。

本書についてのご意見、ご感想をお聞かせください。
①内容について

②カバー、タイトル、帯について

 弊社Webサイトからもご意見、ご感想をお寄せいただけます。

ご協力ありがとうございました。
※お寄せいただいたご意見、ご感想は新聞広告等で匿名にて使わせていただくことがあります。
※お客様の個人情報は、小社からの連絡のみに使用します。社外に提供することは一切ありません。

■書籍のご注文は、お近くの書店または、ブックサービス(📞0120-29-9
セブンネットショッピング(http://7net.omni7.jp/)にお申し込み下さい。

土星の30年の周期がこの進歩を見事に映し出していることが分かる
わね。土星がおひつじ座に入るたびに、ハウスが一つ空になる、つま
り人々はそのものをもう着なくなったか、必要としなくなったか、使
用を最小限に抑えたということで、そのものには新しい役割と副次的
な位置づけが与えられて、適切なグループへと移されていく。クリノ
リンやヘンプ繊維なんかがそうだったようにね。そして空いた場所に
今度は、人類がそれまでの30年間に獲得した新しいアイテムが来る
というわけ。」

「オーケー、で、何か具体的な例は？」

「たとえば、1938～39年に土星がおひつじ座に入った時には、ヘン
プ繊維が脱落して、ナイロンが到来した。次に土星がおひつじ座に
入った1967～69年には、街の往来からお行儀のいいエレガンスが消
えて、パンツのセンタープレスや手袋、帽子がごっそり姿を消し、代
わりにミニスカートやエラスタンが現れた。エラスタンはライクラや
スパンデックスとも呼ばれるけど、この素材のせいでスポーツ選手は
お金のかかりすぎる偶像と化してしまったわね。着古したショートパ
ンツやTシャツを身に着けていることなんてできない人たちのもの
だから。それで、土星がうお座からおひつじ座に移行した1996～98
年には、サーモTシャツやネオプレンのようなアウトドアやエクス
トリームスポーツの用品が、日常的に着られるようになったし、それ
から…」

「OK、マヤ、でもこれをどうすればいいの。アストロモーダの原則
は、いつも星座と、人体の小宇宙の中の惑星の位置を一番重視して考
えて実現してきたし、ハウスはそこに、日常生活の中の様々な活動分
野でもって、心理的かつ実用的に語りかけてくるだけのものだったか
ら…今になって、ハウスと素材の関連づけだなんて、何をどうしたら
いいの？　クライアントの身体のある部位に、分からないけど、たと
えば第2ハウスがあるとして、そこにシルクを使って、そこから
ちょっと離れた場所に第8ハウスがあったら革を使うっていうわ
け？」

「アハハ、笑っちゃってごめん、全部のハウスの素材を一度に身に着
けたカカシみたいな人を想像しちゃった。ぜひ一度やってみなくちゃ
ね。」

「あなたもジョジョみたいね、ジョジョにいつも道化師みたいな格好
をさせられるわ。」

「ぼやくんじゃないの、彼に値引きさせるなんて奇跡なんだから。彼、あなたに気があると思うわ。」

「やめてよ。ここはタイよ。三十過ぎた女に誰が興味あるっていうの。」

「馬鹿言わないでよ、電池の代わりにディナーで充電するダッチワイフよりも深みのある何かを求めている男はたくさんいるのよ。」

「よしてよ、それより素材とハウスの件でどうすればいいのか教えてよ。とりあえず無視しておくことにする。」

「それ、クララには絶対言わないで。少しずつトライしていけばいいのよ、そんなに難解なことじゃないの、今できることができているんだから、ね。大部分の人は、一時期に一つか、多くても二つの生活の中の活動分野に集中しているものよ。楽しめる分野、つまりうまくいっている分野か、逆に…こてんぱんにされる分野かどちらかね。そうすると、一つか多くても二つのハウスだから、素材も二つよ。*この一つもしくは多くて二種類の素材を、デザインの時に部分的に使えばいいの。つまり、服の特定の部位だけに使うか、もしくは他の繊維で薄めて使う、あるいはメインの素材として使えばいいというわけ。*

で、あなたがハウスをもとに選んだ素材をクライアントが拒否した場合は、その素材はごく最小限にして、カエサル帝時代の古代ローマの議員たちが、遠い中国の漢王朝からもたらされた、金よりも高価だった絹の帯で身を飾ったように、デザインの補完的要素として使えばいいのよ。

ちょっと待って、飲み物を注文したいから。それからこの若い二人のラマたちが私のパソコンが空くのを待っているのかどうか聞いてみる。多分大丈夫だと思うけど…それからハウスごとに一つ一つ見ていきましょうね。」

マヤが飲み物と言ったので私もアイスコーヒーを頼むことにした。私はコーヒーを、マヤはバターと茶が混ざった奇妙なしろものを飲みながら、5分後には私にとってはかなり難解なアストロモーダのパッセージに、一緒にとりかかった。

「軸になる原則は理解できるわ。それが歓喜をともなうものであっても、痛みに満ちたものであっても、クライアントが今集中している生活の中の活動分野、すなわちハウスによって素材が決まり、その素材はアストロモーダのデザインにおいてメインの素材として使われるか、または少なくとも身体──ホロスコープの占星術的にデリケートな部

位、たとえばクライアントのその活動分野と結びついているハウスがある部位を、目立たないように飾るべきだってことね。」

「アイデンティティーの危機に瀕したときには何らかの意味をもつ、そうでしょ？」

「そう、そのとおりよ」マヤはそう私をほめてから言った。「でももっと楽にとらえてみましょうよ…」

1 ～ 7

ベルベット

メッシュ

アセンダントと第1ハウスは、個人的感覚や気分、自己認識と結びつけられることが多く、対応する素材はイギリスのリチャード2世が包まれて埋葬されることを望んだベルベットよ。ハウスに対応する素材の中ではベルベットはやや珍しい存在なの。というのも、固有の繊維ではなく織り方の種類であるため、その素材は様々だから。シルクのベルベットは最高級だけれど高価で、シルクとビスコース（レーヨン）の混合にライクラをひとつまみ足したものの方が実用的だわ。木綿、麻などのその他の種類のベルベットもOK、どうしてもという場合はポリエステルやポリアクリル、アセテートなどの化繊ベルベットが使える。

これで基本の素材、あるいは他に選んだ素材の補完要素が決まったから、次にそのハウスの軸の反対側にある、同時対比の補完的ハウスの状態を考慮しなくちゃならない。この場合はアセンダントと第1ハウスだから、ディセンダントと第7ハウスが該当するわね。

ハウス、すなわち生活の中の活動分野は、私たちが意識しようとしまいと、常にこの同時対比の中で脈打っている。そして第1－第7ハウスを結ぶ軸の対比は、「私は存在する」ということを認識する助けとなる。これは個人のアイデンティティー

の危機においては何らかの意味を持つわね、そうでしょう。」

「まったく…あなたって最高。こうやって落ち着いておさらいできるし、あなたの記憶力ってすごい、私幸せだわ！」

「ありがとう、あなたも最高よ。今日やれるところまでやってしまいましょう。

　第1－第7ハウスを結ぶ軸の同時対比のキーワード「差異化－他者の模倣」は、ファッション理論家の第一人者だったゲオルク・ジンメルが雑誌"Fashion"向けに書いた1904年の古い記事から、クララがアストロモーダのスクリプトのために選んだものなの。ジンメルはこの二つのキーワードの組み合わせを、ファッションの発展の動力だとみなしていて、この二つが互いに緊張を高めることによって生まれるとしていた。たとえば、他者と差をつけたい、最高のオリジナルな服を着たい、でも一方で差をつけ過ぎたくない、つまり模倣したい。社会にアウトサイダーとして排除されたくない、あるいはダンスパーティの翌日に、他の参加者にひどいドレスを着ていたと町じゅうに言いふらされたくない。

　ココ・シャネルも、素晴らしいドレスを着れば、皆があなたを覚えているが、ひどいドレスを着ると、皆があなたのドレスを覚えている、と言っていたでしょう、ハハ。

　ディセンダントと第7ハウスの組み合わせは、1996年〜2025年の土星の周期においては、一言で言えば『裸でも、服を着てもいない格好でお城に来なさい』というおとぎ話の中の言いつけに集約される。シフォンや透けるレースの繊細で透きとおったモスリン、オーガンジーなどの透ける生地、網タイツ、襟ぐりや腰、脚の露出、腹部のセクシーな部位の露出、ネット素材の服から透けて見えるタトゥーなど…ついてきてる？」

「ええ、いいテンポよ。」

2 〜 8

「第2ハウスは今日では金銭や生活の物質的土台と結びつけられることが多い。本来は私たちが自己をどのように認識しているかという自己評価に関連しているのだけど、人類学者のレヴィ＝ストロースが言うように、近代では金銭が伝統的な家族の絆にとって代わったので、私たちの自己に対する関係性も破壊されてしまったみたい。とにかく、

どちらのケースでも、今の土星の周期では漢王朝の伝統的生地であるシルクとラミー[104]が当てはまる。古代中国では、今日の木綿のような役割を果たしていたラミーの30倍の値段がついたシルクが、第1ハウスでベルベットと戯れているのに対し[105]、ラミーは第3ハウスでオーガニック布とじゃれあっている[106]。どちらの素材も、時間の経過、バクテリア、分解に耐える能力を兼ね備えている。こういった布地に書かれたホロスコープと文章は、何千年もの時を経て保存されている。同時対比において第8ハウスと結びつく軸は「私は持っている」の軸と呼ばれていて、クララはそこに、私たちが欲することと、家族や社会が私たちから予期することとの拮抗から生まれるファッションの緊張を当てはめたの…

シルク

革

　第8ハウスは、多くのデザイナーが衣服の比喩として用いる「第二の皮膚」に関連している。
　革と毛皮は人類の最初の衣服だったらしい。アダムとイブが、天国から下る道中に恥部を隠した大きな葉っぱや、沼地に落ちた人たちが頭から足の先まで被った泥や灰なんかを数に入れなければ、の話だけど。

＊104　中国のイラクサのセルロースから作られる素材で、速乾性に優れ、木綿より強度があり、摩擦にきわめて強い。

＊105　シルクのベルベットの場合。

＊106　天然植物繊維であるため。

　今日では第二の皮膚は必ずしも天然素材ではないわ。フェティシズム雑誌"AtomAge"の愛読者がそれを堂々と証明しているし、またスパイダーマンやスーパーマン、キャットウーマンなどありとあらゆるスーパーヒーローや悪役のファンたちも間接的に証明している。こういったヒーローたちは映画の中で、皮膚と同じように解剖学的に身体のすべての曲線をなぞる、ぴったりとした服を着て現れる。伸縮性のあるライクラ、スパンデックス、エラスタン、彼らが身に着ける素材は様々よ。

　最近はここまでぴっちりした服は、サイクリングやトライアスロンの選手か、サーカスの役者、屋外で踊るバレエダンサーでもない限り外では見かけないけれど、1980年代のヨーロッパでは、男性もぴったりしたストレッチ素材のレギンスを穿いていて、それがかっこいいと思われていたの！　誰の目にも全部見えちゃっていた…アハハ、信じられる？　まあ、少なくともその男の「容器」を見れば、一度デートしてみる価値があるかどうかが一目瞭然だったでしょうね。

　心配しないで、相続の問題や、直接所有していないけれど関係のある、資金提供のようなお金のトラブルといった、第8ハウスの問題と戦っている人に、皆すぐさまストレッチ素材の服やスーパーヒーローのマスク、あるいはPVCやビニール、ラテックスの光沢のある服を着せなくちゃならないわけじゃないから。こういった素材は1970年代に流行ったけど、今でもフェティシズムの愛好者に好まれているわね。

　同じような素材でできたレインコートや釣り人用の防水コート、ゴム長靴、水泳帽やなにかに興奮する人もいるし。「奥さん、アダルトショップで売っているラテックスのコスチュームを着て、寒くなったらゴム長靴と釣り人用防水コート、水泳帽をどうぞ、そうすればあなたの相続争いはこの服装がもたらすホロスコープの調和によって解決されますよ」なんて、もちろん言えないけど。アハハ、なんて貴重なアドバイスかしらね！　理論上は効果的かもしれないけど、実際にはその奥さんも、奥さんが住む通りの住人も、とても克服できそうもないファッションよね。サンフランシスコやニューヨーク、ベルリン、アムステルダム、モントリオールのような町ならともかく…

　幸いにもテクノロジーが進化して、ネオプレンやそのエコ・バージョンで、同様に第8ハウスの素材グループに属するアリアプレン®も、大海の底からバレンシアガ、シャネル、ルイ・ヴィトン、ト

ミー・ヒルフィガーといったブランドのランウェイまで登りつめてき
た。ありとあらゆるものがこの素材から作られているけど、すごく素
敵な出来栄えなのよ！」

3 〜 9

　第3ハウスは木綿にとって代わるオーガニック繊維で調和される。
木綿は天然繊維の中では圧倒的首位を占めているけれど、環境への負
荷はかなり高い。環境に最もやさしいのはたとえばヘンプ繊維で、か
つて違法だったのが徐々に衣服に使われるようになってきたけれど、
昔はそもそも今日の木綿のような役割を果たしていた。他にも素晴ら
しいのは竹布で、化学薬品なしに生産されるLitrax-1®を始めとする
竹の繊維がある。産業革命前に普及していたイラクサ繊維も、とても
環境にやさしい。それからあまりセクシーとはいえない見た目のケナ
フ＊107とジュート（コウマ）がある。ジュートの栽培はかつてバング
ラデシュの生命線で、1970年代に全世界で布袋がポリエステル製に
変わると、国家全体が大変な危機に陥って、有名なアーティストたち
が1971年8月1日にニューヨークで、バングラデシュを助けるための
コンサートを開くほどだった＊108。それから花の繊維の愛好家向けに、
ミャンマーでは "Loro Piana" という会社がハスの花から「ロータス
シルク」と呼ばれる繊維を作っていて、製造コストは高いんだけど、
とても贅沢な素材よ。
　コンゴには魔術と結びついたラフィアヤシの繊維でできた、「カサ
イ・ベルベット」の別名をもつ布があるし、フィリピンではパイナッ
プルの葉から「民族衣装」が作られる。その繊維は果実としてのパイ
ナップルと同じ、「ラ・ピニャ」＊109と呼ばれているわ。フィリピン
には「アバカ」＊110という似たような素材もある。それから今期1996年
〜2025年までの土星の周期では、第3ハウスには他にも麻と、リネ

＊107　ケナフ（Hibiscus cannabinus）の茎から作られる植物性繊維、別名
ボンベイ麻。

＊108　公式名はThe Concert for Bangla Deshで、マディソン・スクエア・
ガーデンで14:30と20:00の2回のチャリティ　コンサートとして催された。主
催者はジョージ・ハリソンとラヴィ・シャンカル。

＊109　パイナップルシルク

＊110　バショウ科バショウ属のマニラアサ（Musa textilis）の葉からとった
繊維。

ンキャンバス、それからバナナ繊維から作られた「バナナシルク」があって、特にネパール製のものは最高品質よ。でもそろそろ、同時対比の軸の反対側に移ることにしましょう。第3ハウスは私たちのコミュニケーション——外的世界との接触をつかさどるところで、服は意思伝達する、すなわち服によってその人の人となりが決まるという法則が通用するところでもあるけれど、対する第9ハウスは「私は認識する」の軸を伝っていくとぶつかるところで、第3ハウスの柔軟な「可変性」から一転して「具体的に」選択すること、すなわち知ること、あるいは体験することを強いられるところなの。

オーガニックの繊維

合成繊維

第9ハウス——Cordura®*111やCordura®デニムのような近代のナイロン素材でできたスキー用つなぎやライダースーツが、バイクやスキーなしでそれを着て町を歩く場合、ぎりぎり第8ハウスに属することが可能なのに対して、実用的な化繊のポーラーフリースのジャケットなどは、スキーのあるなしにかかわらず、確実に第9ハウスに属する。非常に実用的なオレフィン繊維のTyvek®とThinsulate®も同様。これらの素材は本当に軽くて、身に着けると無重力状態のような感覚になって、まるで重さなど存在しないように思えるの…

今の土星の周期では、第9ハウスは性能と身体能力を高めるすべてのものに関連していて、現代ではとりわけミクロ繊維とナノ繊維の先進的なスマートマテリアルがそれに当たる。こういった素材には体温調整機能と、皮膚と衣

　*111　非常に丈夫な繊維で、第二次世界大戦では軍隊の車両のタイヤの寿命を延ばすために使用された。

服にはさまれた空間の理想的な湿度（乾燥度）を保つ機能があって、最新のものでは皮膚呼吸を促進し、脈拍の変化に反応することもできるのよ。技術がこれからも進歩を続ければ、じきに渋滞にはまって悪態をつく短気なドライバーを、着ているTシャツが落ち着かせるってことにもなりかねないわね、アハハ。

Nanofront®、Ultrasuede® * 112、Alcantara® * 113や、競泳選手のパフォーマンスを10パーセントも向上させる奇跡のLZR Racer®は、こういったスマートマテリアルの一種よ。

あなたはコーヒー好きでしょ、私はお茶派だけど、チベットのバターと塩のお茶のせいであなた側に転じるかもしれないわ。とりあえずこれからトルココーヒーを頼んで、飲み終わったらカップの底に残ったコーヒーかすでTシャツを作らせるわ、ダブルショットを頼めば足りるはずだから…」

「マヤ…？」

「アハハ、なあに、私がこの変てこなお茶にラム酒でも混ぜられたんじゃないかって思ってるでしょ。ううん、S.CaféTMとIce-Café® * 114っていう繊維はコーヒーを淹れたあとのかすから作られるの、それをあなたに面白く紹介したくって。

コーヒーのTシャツに合わせて、コーラのペットボトル2本からミニスカートを作ることもできるのよ。さっき言ったUltrasuede®っていう繊維は、ペットボトルを処理して作られるの。すごいでしょ？

うえぇ、このコーヒー、ぬるいわ…嫌になっちゃう、チベットは標高が高いから、あなたのところでは普通に100度でお湯が沸騰するけど、ここではもっと低い温度で沸いちゃうし、どこも寒いから何でもすぐ冷めちゃう。さっきどこまで言ったかしら？」

「コーヒーかすのTシャツと、ペットボトルのスカートの話だったわ。」

「ああそう。思いついたんだけど、リサイクル素材からできた服を着

*112 Ultrasuede・・・天然のスエードを想起させる布。

*113 Alcantara® ・・・ベロアの人工皮革。

*114 S.CaféTMは台湾のSingtex®社が独自に開発した繊維で、優れた性質（速乾性、除臭性、耐UV性など）を備えている。現在、Timberland 、American Eagle 、North Face 、Victoria's Secret 、Puma 、Nike 、Adidas などの世界的ブランドがこの繊維を採用している。最新の繊維Ice-Café®は加えて皮膚の温度を1～2℃下げる機能を兼ね備えている。

るのは、古着屋の進んだバリエーションよね。私のスカートとTシャツを飲んだ人って、どんな人だったのかしら？」

「そう、忘れないように言っておくけど、女性はすでにヒトラーの戦争の時代からナイロンのストッキングを、1980年代からはTactel®の下着を使っていたけれど、いつの時も化繊を肌に直接着ることを不快に感じる人がいる。そういう時にはとてもきめ細かいインビスタ*115社のナイロンを試してみて、触った感じは木綿みたいだから。」

「ねえ、ちょっと待って…録音じゃなくて、メモしてるんだから…」

「ハハ、今のところ邪魔も入らずに次々進められるものだから、私ったらどんどん先へ行っちゃってるわけ！　ハウスは全部終わらせたいわ。

4〜10

　ICと第4ハウスについてはざっとまとめることにする、ホロスコープのハウスを網羅できるように、スピードを上げるわ。

　私たちが二人とも持っていない、家庭生活と家に関連するハウスだからっていうのもあるし、ハハ。でも、土星のこの周期にホロスコープの深いところと結びついているウールは、伝統があってよく知られた素材だから、その可能性はジョジョ氏のような、生地の専門家があなたに詳しく教えてくれるわ。標高6714メートルのカイラス山の斜面に身を置いた経験から、私が言っておきたいのは、8千メートル級のヒマラヤの巨山に挑んだ最初の登山家たちは、第9ハウスで触れたような『スマート』マテリアルがなかったから、第4ハウスと第10ハウスとつなぐ、『私は創造する』の同時対比の軸にある、ウールのツイードのブレザーを着て、氷瀑を渡って行かなくてはならなかったということ。この軸は、現状と変化との間の緊張によって生まれる、私たちの内的緊張に関連する軸なの。

　スカートの丈と市場株価の関係についての理論*116で有名なイギリスの精神分析学者ジョン・フリューゲルは、第4ハウスと第10ハウス

---

*115　インビスタは現時点で最大の人工繊維生産者の一つである。前述のCordura®、Lycra®、Tactel®などもインビスタのブランドである。

*116　この理論によれば、スカートの丈が短くなるのはBull marketすなわち「牡牛の市場」によるもので株価は上昇し、反対に街中で女性のスカートの丈が長くなってくると、株価が「クマのように」下落する、すなわちBear marketの予兆だとされる。

との間のこの緊張を見事に言い表したわ。

　『**誰もが願い求める進歩は、慣れ親しんだもの、普及していた伝統的なものの破壊を意味する変化を含む。**』

　第10ハウスにはやぎ座のやぎの毛、もっと正確にはチベットのアンテロープ、チルー*117あるいはヤクの毛が当てはまる。ヤクは毛むくじゃらの牛で、ここでは、いやこのネットカフェという意味じゃなく、ネットカフェの前の通りという意味でもないけれど、一般的にここチベットではそこらじゅうを走っている…」

「知ってる…もちろん、ネパールの山にいるあれよね、ああ、ネパール…」

「ほら、郷愁にひたってないで、今は現在と未来のことを考えなさい、ね？　何はさておき、アストロモーダ的に考えるのよ！

　やぎ座のたとえは冗談じゃなくて本当のことだけど、それを今言ったのは、各ハウスと特定の星座との遠い親戚関係みたいなものを示唆したかったから。たとえばおひつじ座は第1ハウス、かに座は第4ハウス、やぎ座は第10ハウスというように…だから、第10ハウスには『やぎ座のやぎ』とヤクの毛からとった繊維の他にも、アンデスのアルパカ*118の毛も使うことができるわ。小さなラマのワカイヤの毛はウールに似ているし、スーリという種の毛はシルクのよう、ウァリゾ*119の毛は最も廉価で、ビクーニャという種のラマの毛からとれる『黄金のハチミツ』と呼ばれる繊維はいちばん高価なの…」

「全部覚えてるだなんて嘘みたい、ビクーニャが黄金のハチミツだなんてことまで…」

「ハハ、オンライン上に保存した内容もあるから、時々それも見てるけど。でもあとは全部暗記してるのよ、ハニー。ええと、何だっけ…ああ、ビクーニャの金色がかった繊維はとても柔らかくて、天然繊維の中では最高級とされていて、その生地はメートルあたり何千ドルにもなるのよ。その品質は、ペルーのピラミッドと日常使いの土器にエロティックな像を配したことで有名なモチェ文化によって評価され、

 ＊117　Pantholops hodgsonii

 ＊118　ラマの亜種、ラクダ科

 ＊119　ウァリゾはラマの雄とアルパカの雌の交配種を一般的に指す名称。

この小さなラマたちはずーっと昔に家畜化されていたというわけ…モチェ文化のあとにインカ帝国が興ると、彼らは太陽を仰いで、『ビクーニャを殺せば死刑、その毛からできた布はインカの王とその王宮に住む特権階級の者たちだけが身に着けることを許される』と定めた。

1899年にラマ（チベット仏教の僧侶）のふりをして、密かにロシアからラサに入ったブリヤート人の本を読んだわ。これはまさに第4ハウスと第10ハウスの対立だわね——大きな使命、人生をかけたミッション、冒険によって保証される華々しいキャリア。一方で、こうも書いていた…待って、ここにあったわ…

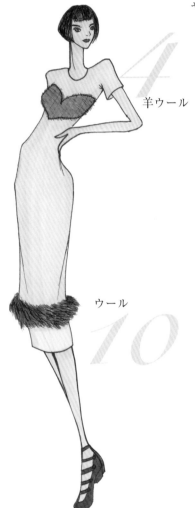

羊ウール

ウール

> 「寂しい。チベットの首都に住んでもう1年以上が経つが、合わせて2年も家族や友人、故郷を見ていない。懐かしくてたまらない…4頭のラクダにモンゴル人の道連れたちと共に乗り、誰のものでもない国に向けて旅立った。その道のりはゴビ砂漠を早く抜けるための最短経路ではなく、ゲルからゲルへとジグザグに進む道だった。」＊120

モンゴルのラクダの毛も、まさに第10ハウスのための『素材』で、ブレザーでもパンツでも、『ラクダ材』のものなら何でも、クライアントが身に着ければ、ゲルの住人たちの説ではリウマチと関節炎が治るということよ。それも第10ハウスと関連しているわね。

 ＊120　G.C.ツィビコフの『チベットの聖地への旅』のパラフレーズ

第10ハウスにはアンゴラウサギの毛からとった繊維もある。アンゴラの毛はなめらかなことで知られていて、人間の身体が宙に浮遊するような感覚を与えてくれる。なぜ『アンゴラウール』と呼ばれるのかしら、羊毛とミックスされることが多いからかもしれないけど、それはこの毛足の長いウサギと同じ地域に棲むアンゴラヤギのモヘアも同じ、だけどこっちは『ウール』とは言わないから、やっぱり分からない。ちなみに、アンゴラヤギの『ダイヤモンド繊維』モヘアは、同じく第10ハウスに関連づけられる素材だけど、現状を示す第4ハウスと、進歩を示す第10ハウスとの同時対比の対立から生まれるものを見事に表す例だわ。ドーメル社は、高級で伸縮性があり寒い時には暖かく、暑い時には湿気を逃がして熱をためこまないモヘア、すなわち第10ハウスを、より安価な素材である羊毛、すなわち第4ハウスと結びつけた。そしてエレガントな2色の"Tonik®"という名の製品が生まれた。いちばん初期のジェームズ・ボンドは、これのジャケットを着ていたはずよ。やがて、もっと光沢があって廉価なコピー品である"Tonic"が、変化や伝統を求める願望の視覚表現のために、モッズ*121、ルードボーイ*122といったサブカルチャーの信奉者やスキンヘッド*123、スカパンクの愛好者たち、音楽グループ"The Specials"*124といった面々に『ツートントニック』として使用されるようになってくると、たちまち第4ハウスと第10ハウスの緊張関係が表れた。彼らは、まるで羊毛とモヘアのミックスが、世の中の現状に不満を持つ社会運動のたいまつであるかのように、それを着たの。

第10ハウスに当てはまるもう一つの素材として、ヤギからとれるカシミアがある。このヤギは、まあ、想像がつくでしょうけど『カシミアヤギ』で、その品種改良された種であることもあるわ*125。

---

*121　より洗練されたスタイル（スーツ）や音楽（モダンジャズ、ソウル）を好む労働階級の若者のサブカルチャーで、1950年代から1960年代にかけてイギリスで生まれた。その名称は英語のmodernistから来ている。

*122　1960年代にとりわけ音楽（スカとレゲエ）でモッズに影響を与えた、ジャマイカからの移民たち。

*123　元来政治色を伴わない労働階級の若者たちの運動で、1960年代のイギリスで一部のモッズたちの間で生まれた。当初はジャマイカからの黒人移民たち、すなわちルードボーイたちと同化していた。

*124　1977年に誕生したイギリスの音楽グループで、ジャマイカの伝統的スカとパンクロック、ニューウェーブの要素を組み合わせたスタイルは「ツートン」と呼ばれる。

*125　アンゴラヤギとカシミアヤギの交配によって、ピゴラ、ニゴラなどのヤギの種が生まれた…

5〜11

　第5ハウスは占星術のカウンセリングでは、子供と関連づけて扱われることが多い。人生をもっと楽しみたいという理由でカウンセリングに来る人はほとんどいない、いやまったくいないと言ってもいい。そしてそれは間違ったことなの。植物から作った人工繊維の服を着ることができないから、という理由だけでも十分だけど、人生は短く、厳しくはかないものだから、楽しくなくちゃ、というのが理由よ。

　そこでもっと楽しくするためにクララが、第5ハウスと第8ハウス、第9ハウスの素材の違いとして説明しているのは、ナイロンやポリエステルが石油や石炭、ガス、つまり化石燃料から作られているのに対して、第5ハウスの素材は植物の帝国から生まれたものだ、ということなの。でもそれらの素材が天然のものではなくて人工だということは、最初に挙げられた素材の項を読めば明らかだわ…シータ、ハニー、アストロモーダのスクリプトでそこを読んでおいて、その間にちょっとお手洗いに行ってくるから。」

　私はコーヒーをすすりながら、自分のオレンジ色のkangkeng sa do*126 を眺めてその素材、布地を指で揉み、この木綿がこんなに心地よいなら、竹の繊維で

レーヨン

金属繊維

---

*126　フィッシャーマン・パンツ＝軽い地のユニセックスのパンツで、幅広のウエストに布を巻きつけて紐で結び、余った布を結び目の上から折り込む。タイの漁師が古くから穿いているこのパンツは、ミャンマーのインレー湖一帯の男性の装束と非常に似ており、次第に世界各地で人気を獲得していった。このスタイルのパンツは木綿、絹、大麻、竹、麻など様々な素材から作られる。

作ったパンツを触ったらどんなに気分がいいことだろうと思った…

「お待たせ、さあ続けましょう、ゴールが見えてきたわよ！」マヤが私を励ます。

「第3ハウスには有機的に処理された竹の繊維があるのに対して、この第5ハウスには『薬品で』処理された竹がある。市場では天然の竹繊維と区別するために『バンブーレーヨン』、すなわち竹のビスコース＊127という名がついているの。

　Tencel®Lyocellも第5ハウスに属する繊維だけれど、これは竹のビスコースと同様、薬品処理でユーカリの木から作られるわ。Tencel®Modalは同様にブナの木を原料としている。

　でもこのハウスの超画期的な素材として、カニとロブスターの殻から作られた繊維であるキトサン＊128、それからこれも海から生まれたSeaCellTMがあるけれど、後者は海藻を原料としていて、着ることでミネラルその他の恵みの要素が人体に好影響をもたらすの。

　ビスコースは第5ハウスの最初に挙げられる繊維で、デザイナーのポワレがそのキャリアの頂点でパリにセンセーションを巻き起こし、ファッションのピカソという「称号」を手にした時代から、すでにファッションの重要な要素だったの。リヨセル＊129は1972年になって「ようやく」発見されたけれど、女性用下着から水着、プリントTシャツに至るまで、瞬く間に様々な衣服に使われるようになったわ。前身のビスコースと比べて触り心地がいいし、より丈夫で縮まないから。

　第5ハウスの少し趣の異なる繊維グループは、食物を原料としている…

　ああ、お腹がすいた、でもここの奥さんはもうカフェを閉めるところだから、何も持ってきてくれないでしょうね、せいぜいお勘定だけ。

　…大豆繊維＊130を大豆の豆から作ることに初めて成功したのはヘンリー・フォードで、トウモロコシもIngeoTMやEcodear®、木綿のような風合いのSorona®の原料となっている。

＊127　竹由来の天然と人工の素材の組み合わせの試みとして、リヨセル・バンブーファイバーがある。

＊128　体内に吸収される外科縫合糸もキトサンから作られる。

＊129　カシまたはブナのセルロースから作られる繊維。

＊130　当初は「ソイ・ウール」すなわち大豆ウールという名称だった。

リシンの種からはフランスのSofila社がGreenfil®というバイオ繊維を、またイタリアのFulgar[131]社は100パーセントバイオ素材の繊維EVO®[132]を考案している。牛乳からは[133]素晴らしいQMilch[134]のような繊維や、エコ繊維のMilkofil®[135]が生まれていて、"Milkotton"[136]と"Milkwood"[137]という二つのバリエーションで入手可能よ…

第5ハウスと第11ハウスとの間の緊張の軸は『私は作用する』と呼ばれて、楽しみを通じた他者との相互作用による社会的自己の『創造』が、第11ハウスでは理想と願望を掲げて自分が生きる環境と社会集団の『破壊』に変わるの。

第11ハウスを固めているのは金属で、伝統的な金糸、銀糸や、インドのモグル[138]たちのザリ刺繍、もっと新しいルレックス、それも細かいディテールへの使用や、昔のベネチアで作られたサマイト[139]と呼ばれる豪華な重いシルクの布など色々あるわ。あるいはピアスや、おうし座の部位である首を10センチ以上も伸ばすミャンマーの『キリン女』の銅製の輪っか、それより痛みの少なそうな、アフリカのヌデベレ族の女性の首輪なんかもある。

金属の『首輪』をした女性の集団は、どちらも時おり世界的デザイナーにインスピレーションを与えてきた。アレキサンダー・マックイーンもその一人で、モデルの首に輪っかをはめ、鼻に長い『針』を

---

*131　他にもリシンの種にコーヒーの沈殿物を混ぜて作られるバイオ・ナイロンのBiotecTMがある。

*132　超軽量で速乾性があり、主にスポーツ衣料に使用される。

*133　主原料は乳カゼイン。

*134　シルクに似た性質をもつが、木綿と同じように洗うことができる。飲めなくなった牛乳から作られる。その名称はドイツ語のQualität（品質）とMilch（ミルク）から成るが、ドイツ語のkumilchは「牛乳」という意味である。

*135　オーガニックの牛乳糸。

*136　牛乳繊維と木綿の混合。

*137　牛乳繊維とカナダ松の木から作られた繊維（Lenpur®）の混合。

*138　16世紀から19世紀までのインドのイスラム教統治者の称号。

*139　金糸や銀糸の刺繍をほどこしたシルクの錦の一種。

刺したり、ショーン・リーンと共に、モデルの腰から
顎までが針金で固められているように見えるアル
ミコイルの形をしたコルセットを考案したりし
たけれど、あなたがこの第11ハウスのブー
スターを使うとはあまり思えないわね。

　騎士の甲冑も、すごく素敵だとは
思うんだけど、今の時代には受け
入れられないわね。そこで、腕
時計やイヤリング、ブレス
レット、ブローチ、金属の
ボタン、チャック、金属糸、
スナップボタン、ベルト
といった金属アクセサ
リーをさりげなく使う
しかないというわけ。

　服に金属を使うな
ら、ラメや小さなガ
ラス、スパンコール、
細い針金、メタ
リックのネット素
材、魚のうろこの
ようなスパンコー
ル素材、パイエッ
トのような金属
片も使えるわ…

　第11ハウス
では、反射す

アレキサンダー・マックイーン
アルミニウムのコルセット（1999年秋）

333

るもの、映し出すものは金属の代わりとして用いることができるから、大きなガラスビーズや、スワロフスキー、ストラウスの接着式またはアイロン式ビーズもOKよ…」

6 〜 12

　クララの『セレクション』によれば仕事と健康、日々のステレオタイプが当てはまる第6ハウスは、比喩的にではあるけれど進化へと向かっている。それは生き残る能力のある者だけが生き残ることのできる進化で、『私は理解した』と呼ばれる軸を通って、環境の圧力に対するダーウィン理論のもう一つの反応である突然変異へと向かう。この妙ちきりんな緊張は、アストロモーダ・デザインのこの二つのハウスに、どのように表されるかしら？

　　"Miss, please…"

　　"Just five minutes, please…"

「もうこんな時間！　第6ハウスの素材は、デニム以外の木綿よ。

　第12ハウスはジーンズ生地、これまでに出現したありとあらゆるデニムが該当する。

　a）きれいなブルージーンズ

　b）ブリーチ加工のジーンズ

　c）ダメージ加工のジーンズ

　d）ジョニー・ダーのコレクション "For Refugees" にあるようなペイントされたジーンズ…

　こういった変異は…」

　"Sorry, closing time…" それが、今日のチベットからの講義で、私に最後に聞こえた言葉だった。

デニム

コットン

第16章
ズボンとスカートを穿いた
ゴルフとテニスのエチュード

　アルフォンソが精神病院に入れられたことによる核分裂反応の余韻は消えたようだった。ヴァレンティナは自分のブルーのドレスの過ちをアストロモーダ的に正す術について相談し、また裸のアルフォンソが寺院で暴走した後、私に向けて発した自分の感情の同位体分解について詫びるために、私をゴルフに誘った。あの一件で、彼女の恋は終わりを告げ、同時に私たちの友情も一時的に終わったのだ。本物のゴルファーだったら、これを「彼女は私をゴルフに誘った」とは言わないだろう。私たちは小さな緑の絨毯を前に、だだっぴろい打席に立っていて、そこに向かって機械からボールが吐き出され、それをヴァレンティナがドライバー*140 と呼ばれる長いウッドで、打席の前に広がるグラウンドの端まで打ち飛ばす。私はといえば、ヴァレンティナが選んでくれた、もっとずっと軽い「7番」アイアンでも、ボールを外してばかりいる。あるいはうまくいけば命中するが、ボールは右へ左へ後ろへと滅茶苦茶に飛び、クラブもろとも飛んでいって周りのゴルフ愛好家をぎょっとさせたり、そのクラブを当てたりしていた。私のせいで、大都市の真ん中にあるこのゴルフ天国の別の階に移っていった人たちもいた。実際は、それほどチェンマイの中心というわけでもないのだが、私たちのブルーのドレスの悲劇が始まった巨大ショッピングモール『エアポート・プラザ』のすぐ隣にあるので、今回の出来事の推移の中心にあると言える。
　「やったー！　ほらね、できたでしょ。」ヴァレンティナにもう一度、クラブにどうやって指を巻きつけるのかを教わったあと、私が打ったボールが初めて緑の芝生まで飛んだのを見てヴァレンティナがはしゃいだ。ヴァレンティナの開けっぴろげな表現に、隣の練習場にいた男が行動に出た。さっきからずっと、一緒に話す男たちの顔を見る代わ

---

*140　最も長いクラブで、主に第1打に使用される。1番ウッドとも呼ばれる。

りに、ヴァレンティナの胸ばかり凝視していたのだ。

　手ぶらでは来なかった。彼がヴァレンティナを口説いている間、私はそのシャンパンをすすっていた。やれやれ、これはまた外れくじをひいたようだ。見た目が悪いわけではないし、どうやら金持ちで成功者で学もあるらしい。実際、ものすごく魅力的な男になりえたかもしれない。「豊かさと成功の程度は、適度な傲慢さによって表現されるべきである」のモットーに従って、愚かな振る舞いをすることさえなかったなら。

「何千万という金がかかっているビジネスがあるので、失礼しますよ。」後ずさりしながら大声で言い放ったのだが、その言葉は先立つ会話の内容とは何の関係もないのだった。友達だか何だか、一緒にゴルフに来ている人たちに、ヴァレンティナの「あれ」はおろか、電話番号すら手に入れられなかったのを見られて、敗者だと思われたくなかっただけなのだ。

　そしてその「友達だか何だかよく分からない人たち」の前で、自分の屈辱をさらに徹底的に隠そうと、私たちを意地悪く嘲笑し、性差別的な最低なやり方で、私たちの両太ももの間にあんなにすき間があるなんて、「やりまくった」に違いない、と冗談を言ってゲラゲラと笑ったのだ。

　ヴァレンティナは怒りで赤くなったが、その時見事なショットが決まって、左隣のプレーヤーが静かな拍手でそれを称えた。そこでヴァレンティナを口説こうとしたあの傲慢な大バカ者は、次の勝利宣言をふっかけてきた。「おい、あのネエチャンたちは、馬とヤってるに違いないぜ。そうじゃなきゃ、あそこまで太ももが曲がってるはずはないだろ？」

　バカの王様の発言は受けて、一同は私たちの太ももを指さしながら、そろって自分たちのそれを叩いた。ヴァレンティナは稲妻の速さで、笑い転げる男たちの真ん中に割って入った。そして手にドライバーを固く握りしめ、羽をふくらませた雄鶏のように、その大バカ者を胸で突き飛ばした。打席にいた者は皆、まるで何かの高次元の存在が「一時停止」のボタンを押したかのように、一斉に動きを止めた。奴の闘志で血走った目が、強い女性ヴァレンティナの傷ついた感情をのぞき込んでいる。

　この階で世話係をしている初老の紳士が、すばやく私の方を振り向いた。

「マダム、今すぐお友達を連れて出なさい。ミスター・チュオは…億万長者のギャングのお坊ちゃんです。皆、人殺しを何とも思わない人たちですよ。」

「でも女の子ですよ、彼が口説こうとしたんです…」

「関係ありません、プライドか金がからむことなら、誰であろうが殺すことも厭わないような人たちです。」

　私は心配してヴァレンティナの方に歩き出したが、無駄だった。何かが起こったのだ。お坊ちゃんのチュオだか何だかが、ヴァレンティナをその場で撃ち殺したとしても、打席にいる人々がこれほど驚くことはなかっただろう。彼は逃げたのだ。

　彼のオトモダチも含めた全員が、チュオがそそくさとゴルフ場から消えていく様子をあっけに取られて見ていた。ヴァレンティナが誇らしげな歩みで戻ってきた。

「あなたったら、彼に何て言ったの？」

「何って、ペニス野郎には筋肉があるけど、命を生み出す私たちには魔法が使えるってことよ。」

「魔法にかけられてよかったわ、ちょうど管理人に、ギャングの殺し屋だから気をつけろって言われたところなの。」

「そうだと思ったわ、顔に息をかけられた時にね。」ヴァレンティナはうなずいて、汗ばんだ額を丁寧にハンカチでぬぐった。それから手鏡をのぞき、口紅を塗り直すと、ほほ笑んで言った。「だから私、戦略を変えて、鈍器で頭にお見舞いしてやる代わりに、彼の手をつかんで耳にささやいたの。『ごめんなさい、さっきは私どうかしていたわ、あなたにゾクゾクしてしまって。夕食のお誘いはもちろんOKよ、お望みならここのトイレで手でしてあげるわ。でもその前に、あなたに秘密を打ち明けなくちゃならないの…私にはペニスがあるってこと…アハーン…』」

　私は吹き出した。そしてヴァレンティナと二人で、十三の小娘のようにゲラゲラ笑い転げ、ハイタッチをした。友達の前で女装趣味の男

を口説いたなんて知れたら、このええかっこしいにはさぞかし屈辱だろう。ヴァレンティナはチュオが置いていったシャンパンを私たちのグラスに注ぎ、まだ固まったままの逃亡者の友人の一団に向かって、愛らしいほほ笑みを浮かべながらグラスを掲げた。私たちは予期せぬ体験に乾杯し、シャンパンを飲んだあとの私はこの暑さの中、その日最後まで一発もボールに命中しなかった。

　ヴァレンティナとは仲直りしたが、『アストロモーダ・サロン』の方はまったく手に負えない状態になってきた。もう金を払ってデザイン一式を待っているクライアントが二人いるのに、うちのデザイナーときたら二人とも「故障中」なのだ。

　リーラはデトックスのために寺院に行ってしまい、ローズマリーはどこぞの若者たちと世界革命についての本を読んでいる。仕事をするように強く言ってみたところ、大人でいることを拒否するように金色の長い髪に隠された、形のいい上向きの鼻と青いサファイアの瞳に彩られたローズマリーの柔和な顔に、チェ・ゲバラが現れて、私が搾取者だ、歴史が進化すればその迅速な裁きを受けるだろう、と叫んだ。

　彼女があまりにも激しかったので、私は思わず息をのみ、呼吸ができないままローズマリーの頭にチェ・ゲバラのベレー帽が載っているような幻覚を見た。ただし帽子の色は明るい色だった。私はほっとした。ストレスで抑圧されている状態にあっても、私の意識下がファッションと様式の原則を順守していることが分かって嬉しかったのだ。肌も目も髪も明るい色の女性には、濃い色のベレー帽は似合わない。そういう女性には明るい色の服が必要で、パステルカラーがどうしてもいやだったら、せめて青や緑、明るい茶色、ベージュといった色に留めるべきだ。革命家の軍服にある黒や

暗い色、マットな色彩はだめ。ホロスコープを整えるためならまだよいにしても。

「でもあなたが前払い金をもらったお客さんよ。」優しい少女の、いつもの日常の分別をなくした良心を革命の力で鼓舞しようと試みる。

「シータ、私が憎たらしいってことは分かってるわ。我慢ならない、邪悪な私。私を憎むのも無理はないわ、だって階級闘争ではそうでなきゃならないんですもの。あなたは私を憎んでいる、私もあなたを憎む。」

「でも私はあなたが好きよ、ローズマリー、あなたは優しい女の子だもの。」

「違う！　私はあなたが大嫌い！」自分が今そうありたい姿で私の目に映っていないことに腹を立てて、彼女は投げつけるように言った。

「お客さんには何て言えばいいの？」

「ヘーゲルによれば、ファッションは人が創るものであるから、芸術である、って言っておいて。それから私たちの社会が完全なものになるやいなや、その社会は滅亡し、それと共にファッションも滅亡する、って。だから私は、仕事しないことによって、お客さんたちが時代を先取りするのを助けているだけなの。」じゃあ私たちは裸で歩くことになるのか、と言いたくなったが、ローズマリーと永遠に決別してしまいたくなかったので、黙って立ち去ることにした。

　そういうわけで、ドレスのデザインは私がやる破目になった。本当に難しい。いつもは私がホロスコープを元に、どこにどんなヘムを、模様を、絵を、縫い目を、ポケットを、フリルを、ひだを付けようかとあれこれ考え出して、リーラとローズマリーがそれに「分かった」とだけ答え、2、3日でそれを全部スケッチと型紙に落とし、それを縫い子たちが縫う。私はいつも、アストロモーダ・デザインの実現にあたって主な仕事をしているのはこの縫い子たちだと思っていたが、今となってはもう、それが言うことを聞かない二人のデザイナーだったということが分かる。

　どこから始めればよいのか分からない。何度も何度もアストロモーダ・ホロスコープのボディを眺めるうちに、チリ人のクライアントが上半身、すなわちてんびん座とおひつじ座の間に惑星と星座が集中しているのに対して、南アフリカ共和国のダーバン出身のクライアントはその逆で、下半身すなわちいて座からうお座にかけて偏っているこ

水星がおひつじ座

金星、木星、太陽がおうし座

月がかに座

火星がさそり座

土星がうお座

ALV 1
リリ・デ・アルバレスのアストロモーダ・ホロスコープのボディ　▲規則的な配置
リリ・デ・アルバレス　1905年5月9日ローマ生まれ
（チリ人女性の代わり）

342

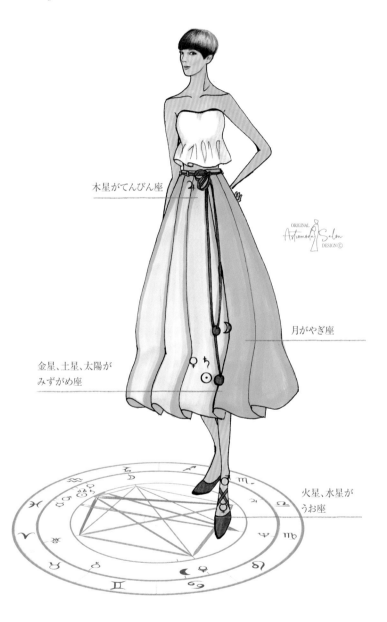

木星がてんびん座

月がやぎ座

金星、土星、太陽が
みずがめ座

火星、水星が
うお座

ORIGINAL
Astromoda Salon
DESIGN©

QUA 1
マリー・クワントのアストロモーダ・ホロスコープのボディ　▲規則的な配置
マリー・クワント　1934年2月11日ロンドン生まれ
（ダーバン出身の女性の代わり）

とに気づいた[141]。

　いつもだったら今、私がアストロモーダのスクリプトを元にホロスコープのボディにおける惑星の非対称な配置に取り組んでいる間に、リーラかローズマリーが、惑星の配置が身体全体のシルエットにどう影響するかを調べているところだ。私が、クライアントが関心を持つハウスがある一つか二つの身体の部位のツリーと格闘している間に、デザイナーの二人は私から得た指示と、クライアントのヌードサイズを合わせて、アストロモーダ・デザインの全体的なプロポーションをどうするか、どうやってアストロモーダの非対称な要素を調整し、全部位の質感と模様、色が調和し、視覚的に強調される部位、または目立たない部位をあるべきところに配置するかを決めていくのである。視覚的に強調するかしないかは、アストロモーダのデザインでは必ず、その部位のホロスコープが過密で緊張しているか、あるいはその逆に空っぽであるかに合わせて決めることになっている。

　チリ人の女性アルバレスは、上半身にすべてが偏っていた。そこで、視覚的に強調する要素を服の上半身にもっていくことにする。クリスチャン・ディオールのコレクション "La Ligne Y" にあるような、下半身は簡素な、アルファベットのYのように細いラインなのに対し、上半身はフワフワした面白いデザインで、幅をゆったりと、視覚的に目立つようにした服である。するとその服はホロスコープを確実なものにし、アルバレスは彼女のネイタルホロスコープに見合ったことを経験していくことになるのだ[142]。

---

　[141]　厳密に言えばおひつじ座からおとめ座までの上半身、すなわち頭から腹までとなり、この例についてはチリ人女性の代わりにテニスのトッププレーヤーだったリリ・デ・アルバレスのアストロモーダ・ホロスコープのボディを用いている。彼女は前述のように、1931年にウィンブルドンのコートにエルザ・スキャパレリのキュロットスカートを穿いて現れ、世界中に衝撃を与えた人物である。チリ人のクライアントの実名は異なるが、ここではアルバレスと呼ぶことにする。同様に、アストロモーダ・ホロスコープのボディの下半身、すなわちてんびん座（下腹部）からうお座（足裏）までに惑星と星座が偏っている例として、「クワント」と呼ぶことにするダーバンから来た女性のホロスコープの代わりに、ミニスカートを日常のファッションとして定着させることでいて座の時代の幕を開けた、ロンドンの伝説のデザイナーのホロスコープを用いることにした。

1955年に "Bazaar" という名で自分の店を開いたマリー・クワントは、当時クリスチャン・ディオールやココ・シャネルと比べられることが多かった。バレンシアガ、ジョン・ベイツと共に、当時の社会への反抗として、カラフルで模様の鮮やかなタイツを普及させた。マリー・クワントは2000年にファッション界の一線を退いたが、その名を冠したブランドは伝説として今も生き続けている。

　[142]　エルザ・スキャパレリがやったのはその真逆で、テニスチャンピオン

の全世界の目に対する視覚的強調点をスカートまで下げた。それによって視覚的には、
この女性がコートでハーフパンツを穿いているという印象を呼び起こした。「最初の」
バミューダパンツの時代には、ハーフパンツはペニスを持った人々の特権であった。
そこまでは単純なことであった。アストロモーダの専門家あるいはスキャパレリは、
ホロスコープの特定の部位に混乱やカオス、緊張が見られると、直感的に（また
は意識的に —— スキャパレリはデザイナーになる前に、夫の助手として占い
や占星術、その他のニューエイジ・カウンセリングで「生計を立ててい
た」のだから）対応する身体の部位が視覚的に軽くなり、服すなわち
ホロスコープの重みが、対応する星座がホロスコープのがらんとし
た場所であくびしているような部位に移されるように、服をデ
ザインするのである。

問題は、動きや変化、成長、進歩は緊張から生まれるとい
うことである。私は若いがために考えの違うリーラと
ローズマリーに、未だにこれをうまく説明できずにい
る。生きる姿勢などという無駄なテーマで彼女たちと

ALV 2
アストロモーダ・サロン ⓒ のデザインによる、
Yラインを考慮した上半身と、
下半身のマークした部分の寸法を強調した服

エルザ・スキャパレリのデザインに身を包んだリリ・デ・アルバレス

345

　それとも反対に、アルバレスのホロスコープが持つ圧力を、上半身を軽くすることで開放し、クリスチャン・ディオールのAラインのドレスのように、視覚的強調を下半身に持ってきた方がいいだろうか？

　2枚のスケッチ。それが、ローズマリーがニーチェを読み、ジアゼパムを飲み、自然の消費者主義的搾取だとしてファッションを軽蔑するボーイフレンドの思想を鵜呑みにして、何もしない革命家に変貌する前に完成させた、最後の仕事だった。困ったことに、どちらがチリのアルバレス用で、どちらが南アフリカのクワント用だか書かれていない。1枚目はてんびん座からみずがめ座までが視覚的に強調され、クワントのホロスコープをなぞったものらしく、2枚目は下半身がまっさらで、胸と頭に奇妙なフワフワした飾りがあるので、アルバレスのホロスコープによるものらしい。

　でも、二人の惑星がぎゅうぎゅうに詰まったホロスコープの、すなわち身体の部位を軽くしようという意図なのかもしれず、もしそうなら誰に向けたスケッチなのかが入れ替わることになる。はて…

　ローズマリーが恋に落ちる前に、アルバレスとクワントの服のために測った18の寸法から分からないかと見てみる。ローズマリーを魅了したのは、オリエンタルなヒッピー風の格好をした若者で、様々な制約のある大人の生活の重力から逃れてアジアにやって来て、責任からの逃亡生活でローズマリーを始めとする新しい同盟者を見つけ、世界を変えるための共同体を造っているのだった…書かれた寸法の意味が分かる人がそばにいない状態で、寸法を解読するのも生やさしいことではない。ローズマリーはいちばん上に、7、6と番号をふった寸

言い争いたくはないが、緊張なくして進歩なし、"No pain, no gain" の法則は人生においても、またスポーツにおいても有効であることは議論の余地がない。リリ・デ・アルバレスは、世界中がそのスカート＝ハーフパンツに注目した年のウィンブルドン選手権で、前年までの決勝戦進出を再び決めることはなかった。私だったら、スポーツとその周辺のPRに関連するあらゆる衣服で、彼女の視覚的強調点を確実に上半身に持ってくるだろう。逆に私生活では、過密さすなわち強調点を下半身に持ってきて、彼女自身もそのホロスコープも、ありとあらゆる内的緊張や外的懸念からプロポーション的に逃れることができるようにするだろう。
エルザ・スキャパレリが1931年に、リリ・デ・アルバレスのためにキュロットスカートではなく普通のスカートをデザインしていたら、今私が書いている文章もまったく違ってきただろう。要するに、ファッションとフェミニズムの大胆な逸脱によって彼女の名を知る人のほうが、1931年にウィンブルドンで優勝した女性として知る人よりも、ずっと多いのである。

法を書いている。

　7—首回りは全体がおうし座の部位だが、首の付け根から肩の関節
までの6—肩幅は、おうし座とふたご座をつなぐ部位である。ふたご
座の範囲である腕にも、ローズマリーの測った寸法が二つあり、男
の子が力こぶの大きさを測るあたりの16—腕回りと、17—軽く
ひじを曲げた状態での肩から手首までの長さがそれだった。
それから寸法18—頭囲は、帽子のためだろう。

　頭—おひつじ座と首—おうし座、腕—ふたご座
の寸法を書き入れたあと、ローズマリーはその
下に次のような引用文を加えている。

『いつも着物に身を包んでいた母は、そ
の顔と、手首から指先までだけを覚え
ている。それ以外の部分は知らない
のだ…当時の女性は、きれいな顔
をしているだけでよく、身体は必
要なかった。文楽の女人形は、
手首から指先と頭だけが見えて
いて、あとは足の裏まで着物
に隠れているのに、私にとっ
ては歌舞伎の女形よりも現実
味を帯びて見えるのは、その
せいかもしれない。』＊143

「アルバレスには頭と首だけ
でいいのだろうか？　そもそ
も、ボディは必要なのだろう
か？　必要ないと思う。左乳首
—月の穴と、火星がある左下腹
部を除いては。そこでアルバレス
には、個人としての彼女がこれま

＊143　1933年に谷崎潤一郎が書いた
随筆のパラフレーズ。

ALV 3
アストロモーダ・サロン©のデザインによる、Aラインを考慮した下半身と、
上半身のマークした部分の寸法を強調した服

クリストバル・バレンシアガ
1968年のコレクションより "Big Sleeves"

ORIGINAL
Astromoda Salon
DESIGN©

ALV 4
アストロモーダ・サロン©がマダム・アルバレス
（チリ人女性）のためにデザインした服

348

でどのような人生を送ってきたかを表現するために、伝統的なキモノ
か、フードのない僧侶のマントで身体を覆うことを提案したいと思
う。」

　ローズマリーの興味深い引用文の横には、キモノとラマ（チベット
仏教の僧侶）のマントを組み合わせたものに身を包んだ女性の絵があ
る。粗く切り取っただけの穴からは左の乳房が見え、下にあるもう一
つの穴の奥からは陰部が顔を出している。ローズマリーはどうも計画
を変更したらしく、火星を若干中心に寄せたようだ。もう一つ驚いた
のはマントの袖で、先が袋状になっており、手が出せない構造だ。こ
れはアルバレスのふたご座の部位である手に、惑星が一つもないこと
を反映している[*144]。
「無駄な存在である手を隠す方法は、巨匠の中の巨匠バレンシアガの
最後のコレクションからインスピレーションを得ることにする。彼は
その才能を邪悪な富に売り渡すことなく、またそうしないために、こ
のコレクションの発表後に仕事場に鍵をかけて、二度と誰も戻って
こられないようにした。」

　ローズマリーが仕事中も政治的扇動をやめていなかった様子が分か
る。彼女が記した世界革命と溶けていく氷山を救う活動、オーツ麦の
焼き菓子の作り方に関する数ページを飛ばして、かに座の部位である
肩の中心から胸の頂点、胸囲を測るところ、つまり乳房までの範囲を
測定した8番[*145]の寸法のところを読み込む。ローズマリーはこの部
位をいつも、クライアントの女性の胸が小さくなるようにデザインす
る。女性に、雄に消費されるために提供される性的対象のような服を
着せたくないからだ、と断言するが、本当の理由は彼女のコンプレッ
クスだった。「女性は存在であって、美の評価対象や、他者を満足さ
せるための対象ではない」という彼女の叫びに、私はごもっともとう
なずいて見せ、それからリーラに胸の部分をデザインし直させること
が多かった。リーラは大体いつも無償で、喜んで手伝ってくれる。こ
の女友達が、まるでハメルンの笛吹きのように、夢中で後をつけてく
る町の男たちの一団を引き寄せる力のある巨乳に、いかに悩まされて
いるかを知っているからである。そしてローズマリーがブラジャーを

　＊144　冥王星があるが、当サロンのデザイナーたちは「冥王星も考慮するこ
と」という直接の指示がない限り無視している。
　＊145　胸の深さ。

クリストバル・バレンシアガ　"Baby Doll Dress"（1957年
アレキサンダー・マックイーン　"Bumsters"（1996年）
クリストバル・バレンシアガ　"Empire Line Dress"（1959

Ω ♏

A）アレキサンダー・マックイーン　"Bumsters"（1996年）
ローライズパンツ　さそり座とてんびん座の境界にある
「ウエスト」
このデザインでは元来のウエストがTシャツで隠れている
が，ウエストから下は裸体である。

♌

C) クリストバル・バレンシアガ
"Empire Line Dress"（1959年）
これもラインの美しさと、
超ハイウエストが強調された美しくセクシーなデザイン。

♎

B) クリストバル・バレンシアガ
"Baby Doll Dress"（1957年）
胴部分のラインと、下にずらしたウエストが
強調されたデザイン。

外し、その盛り上がった柔らかい乳房が胸板いっぱいに流れて広がるやいなや、男たちは銃声が響いた瞬間のハトの群れのように、飛び去って行くのだった。ローズマリーはこれに懲りて、ブラジャーを外さないことにしたのだが、心の中では乳房をめぐるこの駆け引きにとても苦しんでいた。本当はとても繊細な娘で、胸にある表面的なふくらみよりもずっと深い何かに根ざした一体感、融合といったものを欲しているのだ。胸とかに座の部位[146]は、両肩を結んだ線の中心（かに座）から、ウエストを測る点まで伸びるライン4番にも該当する。裸体では、ウエストの位置はへその2、3センチ上、すなわちしし座とおとめ座の境目の上であることが多いのだが、服のデザインではそれが上にも下にも動かすことが可能である。ローズマリーの次の文章に添えられたスケッチを見ても、それが明らかだ。

A）アレキサンダー・マックイーン　"Bumsters"（1996年）

　　ローライズパンツ　さそり座とてんびん座の境界にある「ウエスト」

　　このデザインでは元来のウエストがTシャツで隠れているが、ウエストから下は裸体である

B）クリストバル・バレンシアガ　"Baby Doll Dress"（1957年）

　　胴部分のラインと、下にずらしたウエストが強調されたデザイン

C）クリストバル・バレンシアガ　"Empire

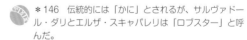

　　　＊146　伝統的には「かに」とされるが、サルヴァドール・ダリとエルザ・スキャパレリは「ロブスター」と呼んだ。

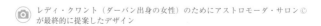

レディ・クワント（ダーバン出身の女性）のためにアストロモーダ・サロン©が最終的に提案したデザイン

Line Dress" （1959年）

　これもラインの美しさと、超ハイウエストが強調された美しくセクシーな服

「…占星術にかまけている暴君が何と言うかしら。」私は読み進めていく。どうやら私のことらしい。「第2ハウスとおうし座が過密であることを考慮して、バレンシアガの『ベビードール』にインスピレーションを得たデザインで、ウエストだけを本来のラインまで下げることを提案する。上半身のすっきりしたラインがこの部位の惑星過多な状態を軽減し、一方で下半身ではダイナミックな形状のスカートの視覚的強調が、ホロスコープの空虚を埋める。しかし服がネイタルホロスコープからかけ離れたものになるのを防ぐため、バレンシアガのお気に入りだったシルクとタフト織り、サテン*147といった材質を用いた。これらの材質によって、服の形状をほとんど彫刻のように様々に変えることができる。スカートは人形のように広がったシルエットを保つことができるし、私が選んだシルクが、ホロスコープの第2ハウスに対応していることも重要だ！

　それから、クライアントの希望として、恋愛関係をつかさどる第7ハウスを整えるために、レース生地またはネット素材の後ろ身頃には…」

　私は読むのをやめた。どのアストロモーダのデザインが誰のためのものか、もう分かった。マダム・アルバレスは広がったシルクのスカート、レディ・クワントはシンプルなタイトスカートに、ボリュームのある上半身を合わせる。さあ、あとはリーラを探し出

ORIGINAL
Astromoda Salon
DESIGN ©

---

*147　シルクは前章のレッスンによれば、第2ハウスに
該当する

マダム・アルバレス（チリ出身の女性）のためにアストロモーダ・サロン©
が最終的に提案したデザイン

して、スケッチを元に縫い子用の型紙を作ってもらうだけだ。いざ寺院へ＊148！

 ＊148　ローズマリーがアストロモーダ・デザインのために採寸したその他の寸法は以下のとおり。

5―着丈―肩のいちばん高い位置（首元）から胸の頂点を通ってウエストまでの長さ

2―ウエスト

3―ヒップ―いちばん出っ張った位置

2番と3番に1番を合わせて、理想のサイズ90-60-90が出来上がる。

11―ヒップの深さ―4番の終端から測る。身体のいちばん細いところ（ウエスト）と、いちばん太いところ（ヒップ）との距離が分かる。

アストロモーダ的に見ると、測定点11番はしし座／おとめ座の境界線と、さそり座／いて座の境界線をつなぐことが多い。

13―ひざの深さ―ひざを90°曲げた状態で、ウエストから（ヒップを通って）ひざの中心（やぎ座）までを測る。

12―ウエストから地面（足裏／うお座）までの距離、「ズボン丈」

15―身体の後ろ側もウエストから地面までを採寸しており、ヒップの隆起の分だけ長かった。「ズボンの後ろ丈」

その逆に、身体の前側を測る5番と同様の距離を背中側で測る10番は、バストの曲線がない分だけ短かった。

次の2点は、ローズマリーはチリ人女性の背中側では測ったが、前側では採寸していない。

9―背丈―首の「いちばん出っ張っている骨」から背中の中心を通ってウエストラインまで

14―胸囲のラインからウエストラインまで（背中で測定）

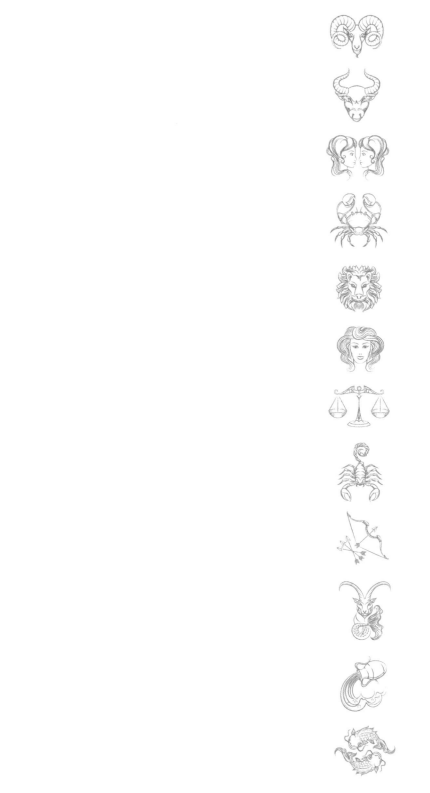

第17章
尋ねよ、さらば見いださん…それを

「いざ寺院へ」なんて、言うのはたやすい。でも、リーラがチェンマイ周辺に山ほどある仏教リトリートのどこに入って、ドラッグに染まった身体と脳みそを清めているかなんて、どうやって突き止めたらいいのか。私は以前リーラと一緒にいたのを見たことがある男たちがいないかと、いかがわしいバーやトレーラーを覗いて回った。ナイト・バザールの近くの道に停まっているトレーラーで、一人見つけた。そうだ、最近の若者たちは金のかかるバーには行かずに、歩道のポールに腰かけて、トレーラーで買った安酒を飲むのだ。日中は広場で肉の串焼き「ムーピン」(moo ping) を売るトレーラーは、夜は酒を積み込んで、若者たちの生の渇きを癒すため、この通りに停車するのだった。

「アラン！」

「私はアランじゃありませんよ、マダム。」

「リーラを探しているんです。」

「人違いじゃないですか。」青年は自分の素性を否定した。その身体からは、タイで興じているエネルギッシュな生活に、段々とついていけなくなっている様子が感じられた。私が警官か、リーラの母親だと思っているらしい。戦略を変えなくては。私はビールを飲みながら戦略を練った。歩道の一団はといえば、アランではないはずのアランをからかっている。

「新しい彼女かよ？　ハー、やるじゃねえか！　ゴム代が浮くぜ、もう何年も誰ともヤってないだろうし、妊娠もできないだろうからな、ハー！　浮いた金で眼鏡でも買えよ、ハー！！！」

　皆が笑い転げる中、動揺したアランではないアランは自己弁護する。「知らねえ女だよ、何しに来たのか知らねんだよ、ババアめが！」この上等な一団のボスらしい男が、私を博物館の展示品を見るような目でじろじろと眺めまわし、それからアランの背中をポンと叩いた。「よう、ジゴロくん、ゲリーの言うとおりだぜ、この女はビートルズの時代にもう更年期だったよ」そうボスが言って、私はどうやって明

日リーラを探し出し、このトレーラーの一団とのこれ以上の斬新な
会話を避けるかについて、計画を立てた。私は太ったマスターに
ビール代を払って、寝るために家に帰った。

　すべての計画がうまくいくわけではない。町を見下ろす聖地とし
て、素人向けの瞑想コースを開講しているワット・プラタート・ド
イステープに向かう途中、この寺院ではデトックス・リトリートは
行っていないことが分かった。朝から回った他の寺院でも同様だ。
ワット・ウモーンにもリーラはいない。でも、ここは少し見てから
行くことにした。木々に様々な精神的助言が書かれた小さな札が下
がっている、寺院の竹林は素晴らしいところで、そのはずれに立つ
とそこらじゅうに古代の仏像の巨大な頭部
が、まるで熟した果実のように落ちていて、
ますます素晴らしく感じられるのだった
…

ニルヴァーナの「ビッグ・ヘッド」が
居並ぶ息をのむような光景は、日本の
禅庭園風の橋がかかる池のところで終
わっている。オレンジ色の僧衣をま
とった、寺院内で暮らす僧侶たちが、
私のような訪問者たちと一緒に、橋
から肥えて大きなナマズにエサを
やっている。ナマズがあまりにも
たくさんいるので、エサを投げた
瞬間には彼らを足場にして水の
上を歩けそうなほどだった…こ
こですっかり我を忘れてしまっ
た！　ワット・ラム・プーン
までの20分の道のりが待って
いるのに。
　ラム・プーン寺院はごっ
た返していた。オレンジ色
の僧衣を着た子供と大人
の僧侶、それに白い僧衣
姿の外国人が、トレーを
持って食堂のあたりを

うろうろしている。昼食の時間だった。

「サワディー・クラップ」外国人の若いほうが私に挨拶し、シンプソンだと名乗った。リーラという女の子が確かに一人ここにいるが、台所で仕事をしていて、そこに入ることはできないと言う。「会話してもいけないんです…メッセージを書いても、音楽を聴いても、本を読んでもヨガをやってもいけないんです…蚊もハエもアリも、どんな虫でも叩くこともできません…」彼の口から徐々に、ここ数週間のありとあらゆる苦しみがあふれ出てくる。

「ヨガもできないの？」

彼は首を振ったが、私に挨拶した時から胸の前で両手のひらを合わせたままなので、どこかしら滑稽に見える。

「寺院の教えを実践することしか許されていません、瞑想ばーっかりするんです…瞑想が大事だってことは分かってますけどね」苦労でやつれた顔が穏やかになり、微笑んだ。「週に一度瞑想すれば、人は自分の人生を変えたいと切望するようになり、仕事を変えたり、自分のスタイルを変えたりするようになります…『マトリックス』*149という映画をご存じですか？　あれを見ればよく分かります。あなたがオフィスに座っていると、突然変化が訪れて、あなたの人生はもう二度と元に戻ることがない。なぜならあなたは突如、自分の物語を生きるようになり、その物語の中ではあなたはどうでもいい機械の歯車ではなくて、『何者か』になるからです。で、週に二回瞑想すると、これがすごいことになるんですよ、シータ。あなたは突然、自分の行為、自分の決定によって物事を変えたいと切望するようになります。ただどうしたらそれができるのか、それだけが分からないのです。あなたにはたくさんの責任や義務があるので、『ナインスゲート』*150という映画の製本屋のように、何もかもただ放り出して消えてしまうということはできない。そうするためのお金ということだけを考えても、到底無理です…週に三回瞑想すると、あなたはあっという間に繊細な人間になります。それは素晴らしいことなんですが、近しい人たちの批判と無理解にとても敏感になり、家族と友人の愛と支えを強く欲する

---

*149　The Matrix（1999）　監督：L. & A. ウォシャウスキー

*150　The Ninth Gate（1999）　監督：ロマン・ポランスキー

ようになります。『ゴースト』[151]に出てくる幽霊のようにね…」

「ああ、『ゴースト』ね」今度は私が微笑む。シンプソンは映画が好きらしいし、私も自分が映画好きだと思っている。彼と話すのが楽しくて、誘ってみる。「ねえ、シンプソン、昼ご飯に行ったほうがいいんじゃない？」

「僕はもう食べました、昼飯はもう終わりです…今日最後の食事が。」まだ胸の前で手を合わせたまま、私にウィンクした。

「じゃあ瞑想は？」

「今のところ、僕は日に8時間しか瞑想しません。座って20分、ゆっくり歩きながら20分、それからまた座って20分の繰り返し。大丈夫ですよ、シータ、リーラが来るまであなたと一緒に待ちますよ。」

「ありがとう、じゃあ少し散歩してもいいかしら？」私は提案して、寺院の建物のはざまに歩みを進めた。そこは訪問者も立ち入ることができる。「で、続きはどうなるの？」

「どういたしまして…はい、週四回の瞑想では、充足と信頼、宇宙全体との一体感といった深い感覚を、あの『ホーリー・スモーク』[152]の女の子のように、自分の中に永遠に留めておきたいと切望するようになります。」その映画は知らないが、すごく面白そうだ。

「そして週に五回瞑想すると、新しい力とエネルギーが、新しい生きる道を見いだすための耐久力を与えてくれます。その道はいばらの道ですが、『最後の誘惑』[153]にあるような意義深い道であり、あなたはそれを一歩一歩進んでいくのです。そして次の一歩は…」

「そして週に六回の瞑想では、道中の苦しみに、人間の運命と神との、また宇宙の意識、カルマの本質との結びつきの光が差してくるようになります。『Samsara』[154]という映画にあるように。そして、毎日瞑想できるようになると、あなたの新しい道は、あなたの日々の生活へと姿を変えます。あるいは、あなたの日々の生活が、あなたの道を反映して姿を変えるのでしょうか？」シンプソンはいたずらっぽく微笑んで、それから言った。「半分空の——あるいは半分満たされたグラ

 ＊151　Ghost (1990)　監督：ジェリー・ザッカー

 ＊152　Holy Smoke (1999)　監督：ジェーン・カンピオン

 ＊153　The Last Temptation of Christ (1988)　監督：マーティン・スコセッシ、脚本：ポール・シュレーダー

 ＊154　Samsara (2001)　監督：パン・ナリン

スをあなたがどう見ているにしても、あなたは『セブン・イヤーズ・イン・チベット』*155 の主人公たちのようになるのです。」映画作品と瞑想の両方をこれほどまでに愛する人なんて、そういるものではない。

「毎日瞑想するのに加えて、週に一度、日に二回瞑想できれば、自分の心のバリケード、わだかまり、偏見、型にはめた考えをすべて乗り越えることができ、『ライフ・オブ・ブライアン』*156 に出てくる英知を理解できるようになります。」

「週に九回瞑想すると、『春夏秋冬そして春』*157 の映画が試みたような方法で、時間と運命の流れを読むことができるようになります。そして…あ、あそこにいますよ。」

「誰が？」

「誰って、リーラですよ。」

　これでもうシンプソンが、瞑想を怠っている私の良心の呵責を刺激することもないと喜ぶべきか、それとも彼のいうリーラが私のリーラでないことにがっかりするべきなのか、分からなかった。半分満たされた——あるいは半分空のグラスをどう見るかにかかっている、ワット・ラム・プーン寺院の私の案内役ならそう言っただろう。その案内役は今、自分のリーラと一緒に去って行ってしまった。

　私はポールに腰を下ろし、とてもゆっくりとこちらに近づいてくる白い僧衣の女性を静かに眺めながら、人間の美しさは身体や顔、果ては衣服が完璧に対称であるかどうかで測られるのが常だが、人間そのものはアシンメトリーである、ということに思い至っていた。女性が片足を前に出すと、その左右の半身はそれぞれ異なる、すなわちアシンメトリーだが、彼女が足を止めると、左右の半身は互いを映し出すように対称になる。感じのいい女性だ。たかが10メートルに永遠とも思われる時間をかけて、ようやく私のところまで来ると、私に挨拶し、一緒に歩きながら瞑想しないかと誘ってきた。私は人を探しているので時間がないと、丁重に断った。

「知っています。事務所にいる僧侶からあなたのことは聞いています。親しい人がドラッグ中毒になってしまうのは辛いことですよね、私も

---

*155　Seven Years in Tibet（1997）　監督：ジャン＝ジャック・アノー

*156　Monty Python's Life of Brian（1979）　監督：テリー・ジョーンズ

*157　Bom yeoreum gaeul gyeoul geurigo bom（2003）、監督：キム・ギドク

経験があります。約束、過ち、痛み、希望、約束、過ち、もっと大きな痛み、落胆、そしてもっと絶望に満ちた希望、それが誰かが死ぬまで延々と続くのです。私の夫を救ってくれたのはワット・タムクラボークの僧侶たちでした。祈禱を捧げ、何十種類もの薬草からなる奇跡の茶色い薬を飲ませ、定期的に指を4本喉に突っ込んで…吐かせるのです。その寺院では、巨大な黒い仏像の下で、秘密のマントラも授けてくれたそうです。あなたのお嬢さんもそこにいると思いますよ。」

　そう、何か手がかりを得られるようにと、昨日アランに烙印を押されてからというもの、リーラの母だと名乗ることにしているのだ。

「それじゃ、すぐそこに行ってみます。」

　ローズマリーの未完成のアストロモーダ・デザインを早く縫い子たちが形にできるように、型紙を作ってくれるはずのデザイナーを探し始めて初めての成功に、私は有頂天になって飛び上がった。

「急ぐことはありません、今日着くのは無理ですよ」女性は気持ちは分かる、という表情で私の決意を聞いて微笑んだ。「ワット・タムクラボークはバンコクから100キロのところにありますから、行って帰るのには数日かかります。それに、訪問もここよりずっと厳しく制限されているんです。」

　幸福感はあっという間に吹き飛んだ。私は寺院のあるチェンマイのはずれから、まっすぐジョジョのところへ向かった。ジョジョは、支払い済みのアストロモーダ・デザインを期限までに完成させるための、最後の頼みの綱だった。

　ジョジョは助けてくれた。いつものように。縫い子のための型紙を手配してくれている間、私は生地の棚の間をキャットウォーク[*158]する、歩くランタンを見ながら、その作者について耳を傾けた。「1993年にイッセイ・ミヤケは、服にあらゆるタイプのひだを作ることのできる、革新的なプリーツ技術を開発しました。そしてその革新的な作品を、すぐに有名なコレクション『プリーツ・プリーズ』[*159]として発表したのです。『フライング・ソーサー』[*160]と名づけられたこの美

 ＊158　ファッションショーのランウェイ

 ＊159　Pleats please（プリーツください）。2012年には同名のフローラルな香りの香水が発売された。製作は調香師のオーレリアン・ギシャール。

 ＊160　飛ぶ円盤

しいドレスは、その直後にギリシャの美術館のために創作されたも
のです…」

　私は半分上の空で聞いていた。というのも、私の思考が今ジョ
ジョが私のために型紙に作らせているアストロモーダ・デザインと
共に浮遊している一方で、私の感覚はジョジョ氏がドレスだと言う
ランタンを着た、美しい黒人の娘を見ているからだ。チェンマイに
は南アフリカ共和国出身の若い女性のコミュニティーがあっ
て、英語を教えて生活していることが多く、『アストロ
モーダ・サロン』の最も感じのよいクライアントに
属していた。でもこの娘はまったく違っていた。
ジョジョは彼女の名がジゼルだと紹介し、
大きなインド人コミュニティーがあ
る南アフリカとモーリシャスで
のビジネスを手伝ってくれ
ている、と言った。そ
れから、私を助け
る代償について
交渉を始めた。
「喜んでお役に
立ちますよ、敬愛
するシータ、私と…
マレーシアに出張に
行ってくださるなら！」
「でも私、ここを離れられ
ません。」
「たった2、3日ですよ、経費は
すべてこちら持ちです。行くつい
でに、タイのビザの延長もできます
よ。」

　これは効いた。いつものように、ラオ
スでビザを更新したいと思っていたのであ
る。ラオスならチェンマイから比較的近く、小

イッセイ・ミヤケ "Flying Saucer Dress"（1994年）

363

旅行としても魅力的だ。北にバスで数時間走り、それからメコン川を渡ると、そこはタイと中国のはざまに眠るロマンチックな国だ。でもそれで終わりではない、目的地はまだだ。ビザはもっと先、まずモーター高速カヤックで数時間、ルアンパバーンの町へと向かう。ジャングルを流れる巨大な川をものすごい速さで飛ぶように走るので、バイクに乗る時のようなヘルメットを着用しなければならないほどだ。ここに私はいつも数日滞在し、古い仏教寺院と、植民地時代から残るフランスの優美さが組み合わさった建築の魔法を満喫する。それから何時間もバスに乗ってラオスの首都ヴィエンチャンに向かい、のんびりとした共産主義的お役所仕事のテンポでビザの更新を行い、フランス料理店の珍味を研究し、Wat Nakunoy（ワット・ナクノイ）寺院

イッセイ・ミヤケ　"A-POC" コレクション（1998年）

の仏教タトゥーに行くのが習わしだ。もちろん、見るだけ。

　当然、マレーシアまでただで行ければ、ビザ更新の旅は時間的にも効率がよいし、そうでなくても逼迫しているうちのサロンの予算にこれ以上負担をかけずに済む。あらゆるメリットとデメリットを計算した挙げ句、私はマレーシア行きに同意した。

「…その新技術を1998年にコレクション"A-POC"に集約したミヤケは、ファッション以外の分野でも世界的な名声を得ました。一巻の布が扇に変わり、そこから顧客が様々な形の服を切り出すことのできる興味深いプロセスは、『ナショナル・ジオグラフィック』でも記事になったほどでした！」プリーツ服を愛好するジョジョは熱狂的に語り続けるが、私はもう何も聞こえない。陶酔で麻痺したような私の感覚は、アストロモーダのデザインだのビザだの、マレーシアへの旅だのという束の間の物事に一切煩わされるのをやめてしまったのだ。

　私の感覚は、ちょうど倉庫に入ってきた新しいモデルにくぎ付けだった。信じられないほど密集した、それでいて繊細なプリーツの、床まで届くドレスを着た彼女は、キリンの首を持った人魚に姿を変えられた、赤いお姫様のように見えた。そう、あなたの聞き間違いではない。キリン人魚は、首が私の3倍か、もしかしたら4倍も長かったのだ！

「この傑作、いかがですか、シータ？　アンリエットとマリアノのフォルチュニィ夫妻は、変化を渇望していました。まっすぐで平たい布地にはいい加減飽き飽きしていたので、1907年にプリーツを施した『デルフォス』のドレス、"Delphos gown"で新しい技術を発表しました。この技術によって彼らは、ドレスにエレガントで流れるようなひだや重なり、ギャザーを、当時としては画期的な規模で施すことができたのです。でもここで、ミヤケとフォルチュニィの特許技術の根本的な違いに注目してください…」

　私は世界でいちばん長い首にすっかり虜になって、微動だにせず立っていた。

「恥ずかしがらないで、シータ、近くに寄って、ドレスに触れてみてください。この赤いドレスは、当時最も奔放な女性と言われたルイザ・カザーティ侯爵夫人のために、フォルチュニィが仕立てたものです。この夫人は『私は生きた芸術作品になりたい』というモットーに従って生きた驚くべき人で、その破天荒な生き様は、今日でも人々の記憶に残るほどです。ディオールブランドのデザインを担ったジョ

アンリエット＆マリアノ・フォルチュニィ　ルイザ・カザーティのための金色の
"Delphos gown"（1920年）
アンリエット＆マリアノ・フォルチュニィ　ルイザ・カザーティのための赤色の
"Delphos gown"（1909年）

ン・ガリアーノは、この侯爵夫人にコレクションを一つ丸ごと捧げて
います。」＊161

　首長の人魚のすぐ目の前に立って、金属の輪がはめられた首を凝視
していると、たくさんある輪っかが一つの輪に変わって見えた。私の
視線は時おり、プリーツが密集した赤いドレスにも飛ぶが、それは微
笑みを浮かべている若い女性を不躾にじろじろ見たくないからに過ぎ
なかった。でも彼女の落ち着いた表情を見ると、不躾な視線には慣れ
ているようだった。

「ああそうか」少し離れたところから、ジョジョの心得というよう
な声が聞こえた。「カヤンおばさんがおうし座の部位を少し大きくし
てしまったので、集中できないのですね。」

「アッハッハ」三人が一斉に笑った。ジョジョと、プラスチックのラ
ンタンに身を包んだジゼル、そして首の長い人魚。

「合っていますよね？　あなたのその星占いのファッションでは、お
うし座は首にあるのでしたよね？　あなたのおうし座のクライアント
たちに、こんなふうに首を長くするように勧めたらどうでしょう。さ
ぞびっくりするでしょうね。」

「あなたは嫌じゃないの？」私は人魚に尋ねた。「私たちがあなたの
首を笑い者にしているのに？」

「いいえ。嫌なはずがありません、私の故郷では、女性は首が長けれ
ば長いほど、社会的地位が高いんです。」

「そうなの！　それは素晴らしいわね！」

「いや、彼女は嫌がっているんですよ。だからミャンマーとタイの国
境地帯に住む部族のところから逃げてきて、今私の店で、ミャンマー
の宝であるロータスシルク＊162の輸入を手伝っているんです。あなた
はヨガに関心がありましたよね？」私はうなずく。

＊161　1998年春・夏コレクション。ジョン・ガリアーノは他にもディオール
のために、ディオールが女性の『ニュールック』時代の幕を切ったコレクショ
ン"Corolla"の発表60周年を記念して、2007年にコレクション"Samourai
1947"を世に出した。ルイザ・カザーティ侯爵夫人に自らのコレクションを捧げたデ
ザイナーはガリアーノの他にもいて、2007年のアレキサンダー・マックイーン、
2009年のカール・ラガーフェルドなどがそれにあたる…伝説にもなった奔放な女性
は、20世紀前半には逆に多くのデザイナーのパトロンとなり、1937年にはスペイン
市民戦争の悲惨な状況から国外に亡命したバレンシアガが、パリにメゾンを開くにあ
たって援助を行っている。

＊162　世界で最も高価な布地の一つ。柔らかく通気性に富み、シワになりに
くく、染みもできにくい。

「それなら、神聖なハスの花から作られた生地の、瞑想ウェア一式を揃えるべきですよ。2、3千ドルはしますが、これを着て蓮華座を組めば、何から何までハスの花になれます。」

　私は微笑みながら、マヤの素材についての講義を思い出した。ロータスシルクはマヤも高く評価していた。

「私は自分の部族の伝統を誇りに思っています、ジョジョさん」人魚が激しく反論した。「唯一嫌だったのは、観光客とメディアが私たちを指して『キリン女』と言うことでした！　伝統そのものが嫌だなんてことはありません、美しく深みのある慣習だと思います。私が部族を出てきたのは、娘のことがあったからです。」と、急に悲しげな目で私を見つめたので、続く話が心の痛むものだということが分かった。「娘が5歳の時の儀式で、シャーマンが一つ目の輪を首にはめると、彼女はひどく痛がりました。あばら骨が輪で圧迫されて息ができず、頭がガンガン痛むと言います。このような反応は尋常ではありません。私の時はこういうトラブルがなかったので、娘が心配でした。ある時、観光客として来た医師に、娘は何か変わった気管支炎にかかっていて、よくなることはないだろうと言われました。シャーマンは2年ごとに、新しい輪をはめて首をまた数センチ長くしていくのですが、次の儀式の直前に、私は娘を連れて逃げました。そうするしかなかったのです。私の村では、輪をはずした女は非難され、一族の恥と言われます。」人魚はそう言って黙り込み、私たちはきまりが悪くなった。

　ジョジョは詫びるように数回咳払いをし、カヤンの腕をこれも詫びるような身振りで握って、「それじゃ、なかったことにしよう」という目つきで彼女を見ると、続けた。

「ご覧のように、デザイナーのフォルチュニィはセラミックの型に押し付けてプリーツを作る技術に、シルクを使用しました。イッセイ・ミヤケは、型を熱してプリーツをプレスする技術に、ポリエステルのジャージーを使い、さらにプレスを行う時にひだとひだの間に、日本の伝統建築に多用されてきた和紙をはさみました。ポリエステルはシルクに比べて、ずっとダイナミックな形を作ることができます。その人工繊維が、圧力と熱で折れて、目指す形を維持するからです。天然繊維を使用すると、折った形が長く持たず、洗濯すると効果が消えてしまいます。ですからフォルチュニィのほうが苦労したのです…」

「私は娘の健康状態のために、自分が誇りとする伝統を持つ民族の元を去ったのです。」赤いドレスの人魚が、またデリケートなテーマに

話を戻した。

「ええ、そうでしたね、もう分かりました、敬愛するアウン、心からお詫びします。」

「あなたを何とお呼びしたらよいかしら？」私は二人の間に口をはさんだ。「アウン、それともカヤンおばさん？」

「アウンが私の名前ですけれど、タイでは皆にカヤンおばさんと呼ばれています。Kayan Lahwi（カヤン族）＊163族の生まれだからです。」

「ご婦人方、フォルチュニィとミヤケの技術の最大の違いは、実は材質や製造手順ではないのです。製造手順に関しては、布を切り、縫い合わせ、プリーツを作る、またはプリーツを作り、切り、縫い合わせる、その違いだけです。根本的な違いは、その考え方にありました。フォルチュニィが、第二の皮膚である衣服が、どうしようもなく滑らかで退屈なものになるのを避けるためにプリーツを作ったのに対して、ミヤケは身体の皮膚と、第二の皮膚である衣服との間の空間に触発されていたのです。この空間を探求する動機となったのは、伝統的なキモノに触れた経験でした。ご婦人方、バスローブを着ると、スパッツを穿いたり、

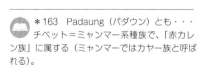

＊163　Padaung（パダウン）とも・・・チベット＝ミャンマー系種族で、「赤カレン族」に属する（ミャンマーではカヤー族と呼ばれる）。

アンリエット＆マリアノ・フォルチュニィ　"Delphos gown"（1909年）

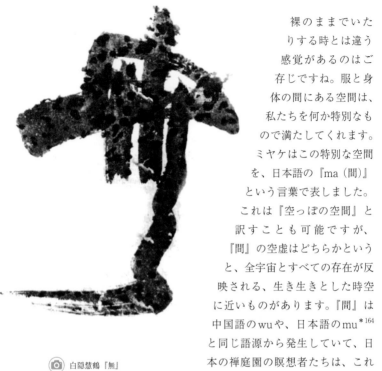

白隠慧鶴『無』

裸のままでいたりする時とは違う感覚があるのはご存じですね。服と身体の間にある空間は、私たちを何か特別なもので満たしてくれます。ミヤケはこの特別な空間を、日本語の『ma（間）』という言葉で表しました。これは『空っぽの空間』と訳すことも可能ですが、『間』の空虚はどちらかというと、全宇宙とすべての存在が反映される、生き生きとした時空に近いものがあります。『間』は中国語のwuや、日本語のmu[*164]と同じ語源から発生していて、日本の禅庭園の瞑想者たちは、これを最も高次の生きた空虚であるとしています…」

「すみません、ジョジョさん、とても面白いお話なんですけど、私、お手洗いに行かなくちゃ」ランタン姿のジゼルが突然声を上げた。

「私も」カヤンが急いで加わる。

「分かりました、ご婦人方、解散にしましょう！　今日はまたあとで、敬愛するマダム・シータのためのファッションショーを続けますから、第2ラウンドでシャルロットと一緒に出てくださいね。」ジョジョが言って私に微笑んだ。

「それからどうなったんですか？」『間』のテーマにとても興味を引かれたので、私は尋ねた。

　ジョジョはもっと微笑んで、哲学者のようにタバコに火をつけ、続けた。

「彼らが瞑想を通じて悟ろうとした絶対無の教えは、『色即是空、空

　＊164　「無」

即是色…』という記述に即したものです。」

　やっぱり！　ジョジョが『般若心経』を引用するなんて、何と素晴らしい…誰かの心が語りかけてくるとは、まさにこのことだ！ジョジョはタバコをふかしながら、熱心に話を続けた。

　「…肉体が『物質』であろうと『空』であろうと、残ったほうがその人に最も近い空間になります。**『間』すなわち服と皮膚の間のゾーンは、『物質』または神聖なる『空』ということになり**、ミヤケは『間』の本質の探究を始めた頃、その『間』を排除しようと、身体にぴったりと張り付いて、入れ墨を入れたばかりの皮膚のように見える"Tattoo Jumpsuit"を創作しています。しかし後になって、これが自分の道ではないことに気づき、身体と服の間に特徴的な『間』のあるデザインを生み出すようになったのです。今日ご覧になった"Flying Saucer"がそうですね。」

　「とても興味深いお話です…」彼の話がとても面白いということをアピールしようと努める。

　「よかった、それは嬉しいことです！　ご婦人方、こちらは準備OKですよ」ジョジョが呼び、2回手を叩いた。

　最初に入ってきたのはシャルロット

『『間』すなわち服と皮膚の間のゾーンは、物質または神聖なる『空』である。』

📷 イッセイ・ミヤケ　1971年春／夏コレクションより　"Jump suit with a tattoo"

だ。上司が誰も店にいない時、つまりほとんどいつも、私の電話に出る愛想のいいタイの娘だ。赤いプラスチックでできた奇妙なしろものを身に着けている。スカートは巨大な球形で、肩と胸は奇妙な箱で覆われている。

「人間の美しさは、プロポーションと対称性にかかっています。この二つのうち、デザイナーのヒロアキ・オーヤがコレクション "The Wizard of Jeanz" [165] で維持したのはどちらでしょうか、また無視したのはどちらでしょうか？」

「この飾りがなかったら、プロポーションは守らず、対称性を守ったと言えるのではないでしょうか。鼻とへそ、股、脚の間を結ぶ中央軸をはさんだ左右の半身は、まったく対称ですから。」

「お見事です、シータ！　お見事です。この図形は、デザイナーの折り紙のような作品に私が付け加えたものです。回転軸を使って、配置が鏡像的、つまり双方向的に対称でない衣服でも、いわゆる回転対称性が機能するかどうかも試してみました。それから矢印のような模様を用いて、球対称 [166] ができるかどうかも試しています。自然界には四つの種類の対称があるのに、ファッションでは左右の半身が鏡像的に対称であることだけが問題にされてきたというのは興味深いことです。デザイナーたちも、一定のアシンメトリーに関してはもう長いこと様々に扱ってきましたが、身体の中心線という限界を超える者はいませんでした。1997年になってようやく、レイ・カワクボと『コムデギャルソン』[167] のチームが、身体にこぶやアシンメトリーの奇妙な形をたくさん配したコレクション "Body Meets Dress, Dress Meets Body" [168] で、それを破ったのです。」

「親愛なるカヤン」ジョジョが呼ぶと、首の長い人魚が倉庫に入ってきた。今度はもう閉じ込められたお姫様ではなく、ぺちゃんこになったUFOに長い首が付いているように見える。

---

[165] "The Wizard of Jeanz" 1999は、『オズの魔法使い』の本にインスピレーションを得た作品で、それぞれの服がジーンズのカバーを付けた閉じた本と、開いた本の形をしている。

[166] 中心対称とも言う。それぞれの部分が中心に対して対称である状態。自然界ではヤブイチゲやイヌバラの花に見られる。

[167] 1969年にカワクボが創設したブランドの名称。

[168] 「身体が服に出会い、服が身体に出会う」

「人間の美しさは，プロポーションと
対称性にかかっている。」

ヒロアキ・オーヤ "The Wizard of Jeanz" コレクション（1999年）
の二つのデザインを組み合わせたもの

「分かりますか、シータ？　この大胆な手法で、カワクボは皮膚と衣服の間の謎めいた空間である『間』を違ったやり方で満たしただけでなく、大きなショーで初めて世界の中心、すなわち身体の中心軸を動かしたのです。私の国インドでは多くの人が、身体の中心軸は体内にあるカイラス山だと考えています。カイラス山は、宇宙の中心とされるメール山にたとえられる山です。誰もが、レイ・カワクボのデザインを称賛したわけではありませんでした。『歴史の終わりだ、女性の美しいシルエットの終わりだ』と叫ぶ者もいれば、『原子爆弾の復習だ』と主張するパリのファッション専門家もいました。『第三の人々』とりわけ若いデザイナーたちはカワクボのデザインに強く感化され、ヴィクター＆ロルフの二人組は早くも1998年に、今ご覧いただいているのと似たような服が収められたコレクション“Atomic Bomb”を発表しました。でも私は、彼らのコレクションからもう一つ…とてもオリジナルなものをお見せしたいのです。ジゼル！」ジョジョが声を上げると、アフリカの少女が、スカートでもパンツでもなく、同時にその両方を兼ねているものを着て、すぐさま入ってきた。

「ルック6、私のお気に入りの一着です」ジョジョ氏が私に耳打ちし、私はこの

レイ・カワクボ　“Body Meets Dress, Dress Meets Body”コレクション（1997年）

変てこな服を着て──辱めの罰を受けてでもいるように──ナイト・バザールを歩くことを想像して冷や汗をかいた。

　ジゼルが私のそばを通り過ぎると、その尻に、カヤンの服にあったようなこぶが付いているのに気づいた。

「これは詰め物でもバッスルでもない、私のお尻です」ジゼルが優しくささやいた。「臀部脂肪蓄積症*169といって、うんと若い時に、産後すぐ私の尻に脂肪が丸く集まり始めて、こんな形になったのです。私たちコイコイ人*170の間では、尻に蓄積した脂肪は美と高尚の象徴だとされています。私の大叔母はこれを見せるためにヨーロッパ中を巡業して回り、今日でも『ホッテントット・ヴィーナス』として世界中で知られています。本当の名前はサラ・バートマン*171と言いましたが。」

サラ・バートマン　"Hottentot Venus"

ヴィクター＆ロルフ　"Atomic Bomb" コレクション（1998年）より "Look 6"

---

*169　Steatopygia（ギリシャ語のστεατοπυγια「脂肪のある臀部」から）

*170　Khoikhoiとも。

*171　南アフリカのシンボルとなった歴史的人物。

　📷　イッセイ・ミヤケ　"Flying Saucer Dress"（1994年）

　📷　ヴィクター＆ロルフ　"Atomic Bomb" コレクション
（1998年）より "Look 6"

レイ・カワクボ "Body Meets Dress, Dress Meets Body"
コレクション（1997年）の二つのデザインを組み合わせたもの

ヒロアキ・オーヤ "The Wizard of Jeanz"
コレクション（1999年）のいくつかのデザインを
組み合わせたもの

　私は何を言う力もなく、考えている。

　ジゼルの臀部を形づくる、巨大な丸い突起の何が美しいのだろうと考え、それからオランダのデザイナー二人組の作品を着た彼女が、何と非現実的に見えることかと考えた。身体の右側はパンツルックで、反対側はプリーツのミニドレスという格好なのだ。

　私は黙って、三人の女性のなんとも奇妙な光景を見守った。三人のうち一人も、何と言うか、よくある普通の格好をしている人がいないのだ。ジゼルの、ドレスでもパンツでもない、身体の中心軸は維持されたアシンメトリーな服。シャルロットのスカートの球とランタンのブラウスも、中心軸を守っているし、おまけに左右対称だ。もっともプロポーションはあまりにも破壊されていて、もし選べるのなら、ナイト・バザールを着て歩くのはジゼルのアシンメトリー服にしたい。それから、レイ・カワクボのアシンメトリーかつプロポーションも守られていない伝説の作品 "Body Meets Dress, Dress Meets Body" が、カヤンおばさんの長く伸びた首でいっそう強調されている。

　この光景を眺めれば眺めるほど、おかしな服たちが私に向かって語りかけてくるようだった。

　アストロモーダ・ホロスコープのボディだって、惑星が身体の左右どちらにあるかによって、非対称になるではないか。それからアルバレスとクワントのホロスコープで経験したように、プロポーションが不揃いであることもよくある。今目の前にしているような視覚的逸脱を避けるために、私はアストロモーダ・ホロスコープのボディを、三つの基本形[172]から二つの基本形へと平均化することにした。一つ目は広がったスカートに、細身のシンプルなトップスを合わせるタイプで、惑星のほとんどがやぎ座とみずがめ座、うお座すなわち「足」にあるクワント女史のアストロモーダ・ホロスコープのボディ[173]、「A形」がそれに当てはまる。

　それから「Y形」、これには上半身に惑星が集中しているアルバレ

---

[172]　AラインとYラインと並んで第3のHラインがあり、これは惑星が身体の中心にある、すなわちおとめ座とてんびん座に主に位置している状態である。場合によってはしし座とさそり座にある可能性もあるが、その場合、Hラインにおける惑星の強力な配置と緊張が胴の下側に集中することになり、衣服においては視覚的強調／重さが上下でバランスがとれ、かつアルファベットのHの水平ラインがあるあたり、すなわち身体の中心に視覚的強調と装飾がやや多めに集まっている状態となる。

[173]　星座配置のバランスをとるために、逆のY形となるアストロモーダ・デザインと混同しないこと。

スのアストロモーダ・ホロスコープのボディが当てはまる。＊174

　しかし、詳細かつ正確に、身体の典型的なプロポーションを考慮せずにホロスコープを服に書き写すと、アルバレスの身体は見栄えするY形にはならず、ここにいるカヤンおばさんのようになるはずだ。というのも、木星♃、太陽☉、金星♀と大部分の惑星が、首に位置するおうし座にあるからだ。そして水星はおうし座とおひつじ座の境界、すなわちカヤンおばさんの長い首飾りの輪が、生涯にわたって顎と首筋を圧迫し、食い込むあたりにある。アルバレス女史が、「キリン女」に変身する代わりに、惑星が密集する首を何か別の方法で、たとえば映画『エリザベス：ゴールデン・エイジ』＊175で女優のケイト・ブランシェットが首に着けていたような幅広の首飾り、イギリスの名高い女王の時代にヨーロッパの特権階級に属する者が皆していたような首飾りで強調するのなら、話は別だ。

　さらにアルバレスには、"Dress Meets Body, Body Meets Dress"を着たカヤンおばさんの身体じゅうにあるのと同じような詰め物を、背中か胸の左側に配して、かに座にある彼女の月のパワーを際立たせるとよいだろう。それからうお座にある彼女の土星が誰の目にも見えるように、左の靴を右よりずっと大きくする。

　「ところで、親愛なるシータ。」ジョジョの声が私をアストロモーダの黙考から引き離した。「建築家たちは『間』の空間を "in-between space"＊176と呼んでいて、今日のデザインでは非常に多彩な『間』のスペースが見られます。私が電気を消したら、その素晴らしさがよく分かるでしょう…」

　それは本当だった。高いところにある小さな窓から差し込む弱々しい光に照らされた、寺院の中のような薄暗い空間で、私の前に立つ三人の女性は、その異様なコスチュームごと、魔法のような魅惑的なシルエットに変わったのだ。私の視線はそのシルエットに、この世界の境界を超えたところにあるより高い次元のようなところに、まるで催眠術にかかったように引き寄せられている。

＊174　反対の形をとったＡ形のアストロモーダ・デザインと取り違えないこと。Ａ形は集中した惑星の「エネルギー」を身体全体に放散させる働きがあるため、アストロモーダ・ホロスコープとはまったく逆の形になる。

＊175　Elizabeth: The Golden Age（2007）　監督：シェーカル・カプール

＊176　The in-betweenは「二つの特定の物の間の空間」（Collins, 2003）と定義することができる。

「前回ここでご紹介した裸体のテーマは覚えていらっしゃいますね。人は裸の姿で、世界と呼ばれる終わりなき混沌の中に生まれてきます。その世界で人は、その体内のみに存在する、あなたがたが小宇宙と呼ぶ別の世界の利益を、生涯にわたって達成しようと努めるのです。この「別の世界」を、建築家たちはインテリアと呼んでいます。このインテリアとエクステリアとを分けているのは皮膚で、皮膚は人体の最大の器官であり、私たちを一つの物体として保持し、保護し、私たちはその触感を通じて快感や痛みを経験します。皮膚の最も重要な機能は、建物と同様、内部の微細気候を維持することです。

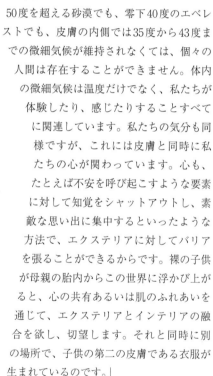

50度を超える砂漠でも、零下40度のエベレストでも、皮膚の内側では35度から43度までの微細気候が維持されなくては、個々の人間は存在することができません。体内の微細気候は温度だけでなく、私たちが体験したり、感じたりすることすべてに関連しています。私たちの気分も同様ですが、これには皮膚と同時に私たちの心が関わっています。心も、たとえば不安を呼び起こすような要素に対して知覚をシャットアウトし、素敵な思い出に集中するといったような方法で、エクステリアに対してバリアを張ることができるからです。裸の子供が母親の胎内からこの世界に浮かび上がると、心の共有あるいは肌のふれあいを通じて、エクステリアとインテリアの融合を欲し、切望します。それと同時に別の場所で、子供の第二の皮膚である衣服が生まれているのです。」

「衣服が生まれる？」薄暗い倉庫の中に生じた、深い魅惑的な雰囲気を壊したくはな

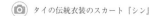

タイの伝統衣装のスカート『シン』

かったが、声を抑えて尋ねた。

「それは比喩でしょうか？」

「いえいえ、多くの民族にとって布を織る仕事は、母親の子宮から子供すなわち衣服が生まれるための、性的な行為としてとらえられているのですよ。たとえば私の故郷、正確に言えばインド北部のラダックでは、昔は仏教僧侶のラマたちが機織り機に触れることは禁じられていました。ヴァギナに触れないという僧侶の掟を破ることになるからです。ですから『生まれる』と言ったのは、言葉どおりの意味です。私の生地倉庫が、将来の職業のために準備をしている子供たちの学校だと思ってください。」ジョジョが微笑みながら、柔らかい声で言った。「タイ北部の伝統衣装のスカート『シン』は、ご存じですね？」

　知っている。特にラオスでは、女性はこのスカートをいつも穿いているが、タイでは特別な機会にしか見られない。そこで答えた。

「イエス。」

「それでは仕立屋がストラップ・カラーやベルトを指して言うHua sinhという言葉が、訳すと『スカートの頭』という意味になることもご存じでしょう。スカートの本体を指すTua sinh*[177]は、まさに『スカートの体』という意味になります。それから、それを着用する女性がどの集団に属するかというメッセージが込められた、非常に装飾性の高いヘムTin sinhは、『スカートの足裏』という意味です…」

　もちろん知っている。クララはアストロモーダ用の服のパーツに一つ一つ、

Hua―頭

Tua―体

Tin―足裏

というタイの用語を添えている。

　クララがワイシャツの襟について説明する時にはワイシャツのHuaと言い、ベルトもベルト通しに通すのではなく、パンツのHuaに通す、と言う。それを理解するために、私はどんな服のパーツにも頭Hua、体Tuaと足裏Tinがあるということを覚えなくてはならなかった。だからジョジョの問いには、一切の良心の咎めなく「イエス」と繰り返すことができるのだ。私がまだすっかり魅了されて、シャルロットとジゼル、カヤンおばさんの三つの異様なシルエットを凝視し

 ＊177　またはPhuen sinh

ている間、ジョジョは演説を続けた。

「子供は自らのインテリアで育つうち、世界のエクステリアの快楽と苦しみをどんどん知るようになります。また服を着ることが、自己顕示的に自分の裸を露出したがる子供の願望と、覆い隠すことを強要する、さらに私が付け加えさせてもらいますと、大勢の色に染まることを強要する、社会的禁忌との間の妥協である、というフリューゲルの理論も身をもって知っていくことになります。前回すでにご覧いただいたように、自己顕示すなわち自分のインテリアの露出というのは、裸体だけでなく、大勢から逸脱する服装でもあるからです。マレーシアへの旅行中に海水浴に行く機会があれば、ビーチでそれをお目にかけますよ。ビーチで身体の大部分を露出している人々は、私が毛皮や、"Vexed Parka"＊178 のパーカを着て現れたら仰天することでしょう。毛皮やパーカで身体も顔も覆った時の効果は、ヌーディストの裸んぼがその場を駆け抜けた時のそれと同等であると思います。」

　面白い。クララがアストロモーダの講義中に、ファッションの4タイプを表す円を描きながら、同じようなことを言っていた。

　クララは、自分の本当のありのままの姿を見つけるためには、アセンダント―ディセンダントの軸が、ハウスを結ぶ六つの軸のうちで最も重要だと言っていた。それはこの軸が裸体で始まり、裸体で終わるからで、私たちは独りの時（アセンダント）か、パートナーといる時（ディセンダント）に裸になるからだ、ということだった。

「光が消え、私たちの肉体も、服も、間の空間である『間』も、すべてが薄暗がりの趣『さび』に包まれた時、個人のインテリアの宇宙と、世界のエクステリアの混沌との神秘的な邂逅の光を放つ、人のシルエットの魂だけが残るのです。」

　そう、シルエットは古典的占星術では土星がつかさどるとされる、小宇宙の最高次元だ――ジョジョが口をつぐんだ間に、私の頭にそのことが浮かんだ。

「このシルエットの神秘を巧みに利用したのが、伝統的な影絵芝居で、

＊178　1990年代のカルト的ブランド "Vexed Generation" の、バリスティックナイロン製の特殊な機能性パーカ。時代の衝動に応じて活動家やアナーキストなどのために衣服を作り始めたブランドである。パーカには町の汚染された空気から呼吸を守るためのフェイスマスクの他にも、警官の警棒から身を守るためにフード、腰その他の部位が綿入れになっている。

文楽もそれに含まれます。もう長いこと西洋で好まれ、現代では世界中で良しとされる、光の美しさでその優美な形をあらわにする、シンメトリーでピカピカした新しいもの、そしてアシンメトリーで崩れ落ちようとしている、骨董品のような、薄暗がりに覆われた東洋の美。谷崎潤一郎は文楽におけるこの二つの極の違いを強調しています。後

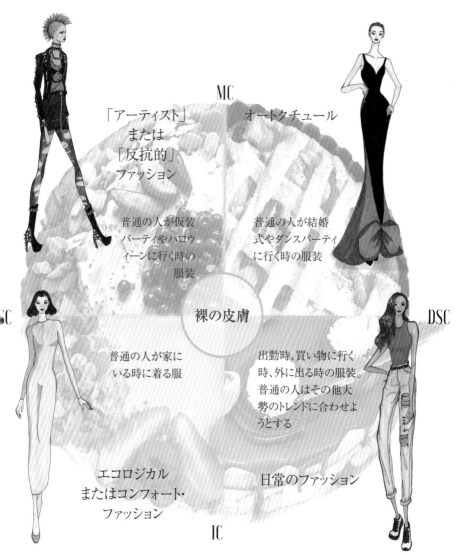

MC

「アーティスト」
または
「反抗的」
ファッション

オートクチュール

普通の人が仮装
パーティやハロウ
ィーンに行く時の
服装

普通の人が結婚
式やダンスパーティ
に行く時の服装

SC

裸の皮膚

DSC

普通の人が家に
いる時に着る服

出勤時、買い物に行く
時、外に出る時の服装。
普通の人はその他大
勢のトレンドに合わせよ
うとする

エコロジカル
またはコンフォート・
ファッション

日常のファッション

IC

ファッションの四つの型

385

者については、今日『わびさび』＊179という用語がよく使われます。でもそれについてはまた後ほど。今はこれらの見事な服のシルエットの形状をたっぷりとご覧ください。プリーツやギャザー、フレア、折りじわ、ひだ、ダーツ、パッド、バッスルなどの、服を形づくる伝統的デザイン技術だけでなく、最先端の技術も利用して生み出された形状です。その間に私は失礼して、あなたの型紙がどうなったか見てくることにしましょう。」

＊179　「わびさび」は、不完全さの中に美を求める日本の美の概念。

第18章
わびの秘密、さびの目覚め

　一緒に倉庫に残された女性たちは、肉体と衣服とが、「私」の小宇宙のインテリアと、「劇場」のエクステリアである世界とを隔てる土星の境界を形づくる、奇妙な形の黒いシルエットの輪郭をもうしばらく眺めさせてくれたが、やがて何かの内輪の話にクスクス笑いながら出て行った。空っぽの倉庫に独りになった私は、頭の中がランタンと人魚、橋が付いた巨大な球、こぶ、衣服と融合した身体の様々な形状、そして何よりカヤンおばさんの長い首と、ジゼルの巨大な臀部の印象ではちきれそうになったまま、奇妙な感傷的な悲しみに襲われた。それを振り切るように、私は電灯をつけ、アストロモーダのスクリプトに集中した。

「土星が問題なのは、誰もが知っている。エルザ・スキャパレリが"Zodiac Jacket"を作った時代までは、土星は人生に痛みと悪、拒絶、苦しみをもたらすと考えられてきた。でもクリスチャン・ディオールが女性の『ニュールック』コレクションを発表するのに適した惑星の位置について、マダム・ドライエに相談した頃には、土星は人生の痛みから『師』へと昇格していた。宇宙の計画の枠内で、私たちが正しい方向に向かって伸びるように、庭師がつる植物を、地を這う代わりに上に向かって伸びるよう、棒に結びつけるように、私たちの心理的な上昇を、痛みを圧縮し、落胆の肥やしを与え、制限の棒を立てることで助ける『師』だ。

　いずれにしても、土星♄のマークからは痛みの黒い雲の黒い影が、常につきまとうダモクレスの剣[*180]のようにホロスコープの中に立ち

＊180　ダモクレスはシラクサのディオニュソス1世（紀元前4世紀）にとりいる臣下だった。ディオニュソス1世は豪奢な暮らしを送っていたが、その残虐な治世のために常に命の危険を感じていた。ある日王が、王の幸福を信じるダモクレスに、互いの役割を入れ替えることを提案した。王はダモクレスの栄誉を称えて宴を開いたが、食事と余興を楽しんでいたダモクレスは、自分の頭上に馬の毛で吊るされた剣の抜き身を見るなり震え上がった。死の恐怖に、甘い葡萄酒は口の中で苦く変わり、ダモクレスは王に、特権を剥奪してくれるよう頼んだ。「ダモクレスの剣」は、幸福と人の運命の変わりやすさを象徴する成語として使われるようになった。

のぼっていることは、どんな占星術師でも知っていることだ。古代ギリシャのダモクレスの話を出したついでに、もう一つ古代に関する矛盾した話にも触れておかなくては。木星が君臨する前の、土星が支配していた時代には、地上の人々は幸せな日々を送っていて、あらゆるところにゆったりと心地よく楽しい空気が流れ、苦しみや痛みはなかったという。なぜ土星がこんなにも変わってしまったのか、分からない。年を取ったからか、あるいは息子の木星の愚行に嫌気がさしたのか。あるいは、八卦の先天図と後天図に見られるような、また道教や易経、鍼の教えにあるような、天と地の順番が逆になったことによるものか。この非常に興味深いテーマを、アストロモーダの必要に合わせて、鍼と道教で用いられる惑星と自然現象の関係を示す小さな表にまとめることにする。ヨーロッパの錬金術では、土星は物質の最高次元とされるのに対して、五行思想[181]においては『土』が、鍼を打った時に皮膚と皮膚のすぐ下、足指からすねを伝って太ももを通り、胴まで『流れる』ものとされる。このことから、服のシルエットに土星の影響が合わさると、『エネルギー』はちょうど、『土』の要素が流れる鍼の経絡、すなわち脾臓の陰経と胃の陽経が二つとも流れている星座で、最も強く表れることが分かる。

　物的世界が土星の次元を通じて精神世界へとつながっているように、宇宙すなわち個人の小宇宙のインテリアは身体のシルエットによって完結している。だからアストロモーダ・デザインのシルエットは、ネイタルホロスコープにおける土星の位置と、現在の土星の位置（いわゆるトランジットホロスコープ）の観点からも見ていく必要がある。

　たとえば1967年から1968年にかけてのクリストバル・バレンシアガの最後のショーで発表されたドレスは、土星がおひつじ座へと渡っていく様子に対応したかのような作品であった。『厳格な師』あるいは『痛みと苦しみ』は、1967年の春に最後の星座——うお座と黄道の最初の星座であるおひつじ座の境界にあって、そこで1967年から1968年にかけて、行ったり来たりの逆行のリズムにのって踊っていた。」

　ファッションのオーケストラの指揮者であり、他の者は皆演奏者にすぎない——そうクリスチャン・ディオールに評されたバレンシアガ

---

*181　Wu Xing—「五行」—規則的に入れ替わる五つの要素の周期についての教え。

は、ファッションの新しい周期には参加せず、おひつじ座で控えめにダンスしていた土星が、1968年12月にきっぱりと前に向かって進み出すより前に、周囲の驚きをよそにメゾンを閉め、二度とそこに戻ることはなかった。

• ネイタルまたはトランジットで土星がおひつじ座にある場合は、頭のシルエットを強調することを求める。あごひげ、髪型、帽子、メガネ、頭の形を変えるものはすべて、「厳格な師」を満足させて、痛みの授業を休講にしてくれる。

• ネイタルまたはトランジットで土星がおうし座にある場合は、首から肩にかけてのシルエットを変えることを求める。ネックレスや『ケープカラー』＊182、『スワンネッ

＊182　Cape collar・・・ワイドカラーの一種。

鍼と道教における要素と惑星の対応表

♀　〜金属
♃　〜木
♂　〜火
☿　〜水
♄　〜土

土の要素の経路が二つとも流れる体内の鍼の経路と星座

ク』＊183、高い襟、立襟、半立襟、あるいはタートルネックや蝶ネクタイなどでそれが可能である。おうし座を表すものとしては、エルザ・スキャパレリがファッションにもたらした肩パッドや、"inverted pleated shoulder" と呼ばれる、肩に逆プリーツを寄せて「ポケット」のような割れ目を作る方法でも、首筋の下の方のシルエットを変えることができる。でもいちばん適していたのは、バロック期の特権階級が首に着けていた飾り襟で、誰もが土星の美しいリングのシルエットになった。今日それを着けて外を歩く

 ＊183　Swan~neck collar・・・立襟の一種。

「バレンシアガはファッションのオーケストラの指揮者であり、他の者は皆演奏者にすぎない。」
クリスチャン・ディオール

バレンシアガ　1967年秋／冬コレクションより
「シュー」ラップ

original ASTROMODA®

頭
顔
赤色

おひつじ座

首
うなじ
朱色

おうし座

肩
手
オレ　色

ふたご座

胸
乳房
琥珀色

かに座

393

ジャック・エステル　"Beach Dress"（1961年）

アレキサンダー・マックイーン　"Plato's Atlantis" コレクション（2010年春／夏）より
『マンタレイコート』の上部

アストロモーダ・サロン©　袖に装飾を施したドレス

ことはできないが、意匠をこらした面白いデザインの、あるいは
飾りを施したクレリックカラーならどうだろうか。

- ネイタルまたはトランジットで土星がふたご座にある場合は、前
述の方法で肩のシルエットを変えることで土星を満足させること
ができる。肩をエイの一種マンタレイの形に整えるポンチョや、
デザイナーのエステルがそのビーチドレスに凝らしたようなデ
ザインでもよい。

それから、シャーリング加工やフリルを施した袖から、幾何学的な
キモノの袖、広がった袖、今日ではもう奇妙だとされるJodhpur
（ジョードプル）に至るまでありとあらゆる種類の袖の形状が可能で
ある。

📷 装飾を施した袖の種類の一部：

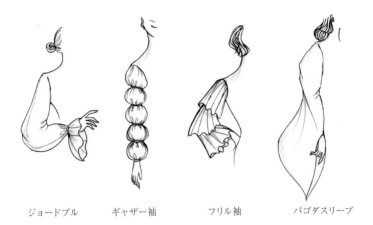

ジョードプル　　　ギャザー袖　　　　フリル袖　　　　パゴダスリーブ

- ネイタルまたはトランジットで土星がかに座にある場合は、胸の
シルエットを整えることを求める。プッシュアップブラジャーや
パッド入りブラジャー、コルセットブラジャー、それからリュッ
クサックを背負うことと、ブローチやラペル、水平のプリーツで
胸の上のシルエットを整えることも忘れずに。胸の上のプリーツ
は、果てしなく続く海面の波のように、絵画的に美しく見せる効
果がある。

　かに座の土星に関連して、話が衣服の形成と形状のことになって
きたが、衣服はその形状によって、月と太陽を含むいかなる惑星と
も関連しうる。そこで、現在の土星の周期においては、衣服の形状
と、薄暗がりの中で人間のシルエットの一部分として浮かび上がる、
衣服の各ゾーンだけが重要であることをここで言っておきたい。裁
断やギャザー、プリーツ、ひだ、フリル、あるいはパッド
やヴィヴィアン・ウェストウッドの『ミニ・クリニ』
風クリノリンの流れをくむものなど、どのような
方法で生まれたシルエットの形状にしろ、その
詳細は「私」のインテリアの世界と外的世界
のエクステリアとの境界を特定するために
は重要ではない。だから、アストロモー
ダの観点から土星による診断を行う時
には、アストロモーダ・ホロスコープ
のボディでクライアントの土星が位
置する場所で、シルエットが「何を
しているか」、それからクライアン
トのその身体の部位にある、生活
における活動分野、すなわちハウ
スに注目することが大事になって
くる。それから今まさに土星
が通過しているシルエットの該
当部分も重要だ。この土星のト
ランジットは万人に共通するこ
となので、全体のファッション
トレンドに影響するからだ。
　「カゲロウのように光を求めて
おいでのようですが、光のきらめ
きの中で輝く美は、はかないもの
です…」ジョジョの声で私は我に
返った。生地倉庫を神秘的な光が包み
込むように電灯を消してから、彼は続け

📷 ヴィヴィアン・ウェストウッド　『ミニ・クリニ』コレクション（1985年春／夏）

みぞおち
胸の下部

黄色

しし座

♌

ウエスト
腹部

おとめ座

♍

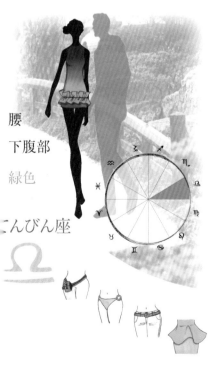

腰
下腹部

緑色

てんびん座

♎

股
臀部

ティール
ブルー

さそり座

♏

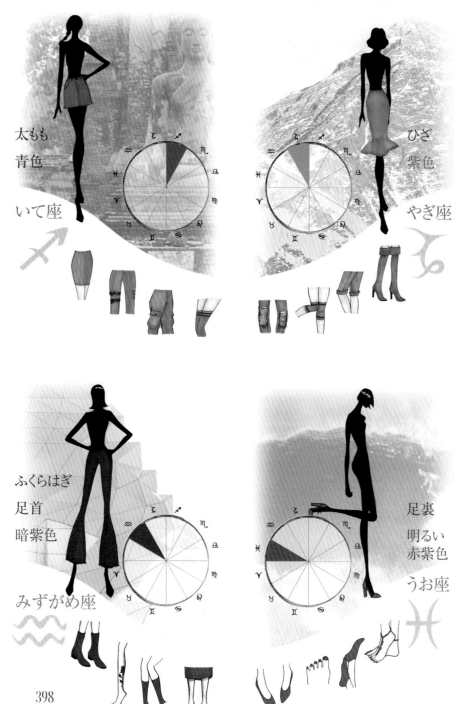

太もも
青色

いて座

ひざ
紫色

やぎ座

ふくらはぎ
足首
暗紫色

みずがめ座

足裏
明るい
赤紫色

うお座

た。

「『カゲロウの一生』と言われるのにも、ちゃんとした理由があるのです。サムライが刀の他にも花を愛でたことはご存じですか、シータさん？　とりわけ桜の花は、驚くべき美しさで目を楽しませてくれますが、あっという間に散って腐敗し消えてしまう。それは、光の中で輝く優美さをもつ物体と現象すべてに待ち受ける運命です…一緒に来てください、私がもっと違う、束の間のものではない美をお見せしますよ。」

　私は倉庫の端から裏の廊下へとトボトボ歩いた。ジョジョが廊下のいちばん先にある扉を開けると、そこは物置と作業所とガレージが一緒になったような部屋だった。この男はまた私の肝を抜く。宇宙服の奥に見えるのはシャルロットの顔、カヤンおばさんは木食い虫とシロアリに食い荒らされた木の細長い薄板でできたエレガントなドレスに身を包んでいる。三人のうちでいちばんの外れくじを引いたのはジゼルで、はるか昔に白い木綿のコスチュームだったかもしれない、カビが生えてイガに食われたらしい布きれをまとわされている。

「さあ、この中から、あなたが町を通って家に帰るのに着る服を選んでください」ジョジョの言葉を聞いても、私は驚かなかった。

　顔が見えなかったら、宇宙服にするんだけど…いや、宇宙服はやめたほうがいい、こんなのを着たら見せ物もいいところだわ、カビで傷んだコスチュームとシロアリに食い荒らされたドレスのどちらかにしよう。私をもてなす主人が明かりを消した。この人ときたら、今日は光と闇のコントラストを切り替えるのに忙しいこと…車のない奇妙なガレージの空間を、数本のロウソクの炎が照らした。三人のシルエットが、明るかった時には嫌なところばかりが見えて気づかなかった、神秘的な美しさをこちらに投げかけてきた。

「分かりますよ、宇宙服でしょう、周囲の冷たい視線にも負けずに、個人が棲むインテリアの中で健全な小宇宙を維持し、衣服の役割をその密閉性によって完璧に満たす宇宙服ですね。今はもう流行りませんが、驚異的な創造力をもつデザイナー、ピエール・カルダンがこれを作った当時は、宇宙飛行士たちは社会のスーパーヒーローであり、彼らが身に着けるものすべてがセクシーでクールでトレンディだと思われていたのです。

　最初にアンドレ・クレージュが1964年のコレクション "Space Age" を世に出しました。それからパコ・ラバンヌが、前回お見せし

た鉄製のドレスを発表し、その後ここにある、ピエール・カルダンの1967年のコレクション "Cosmos" が続きました。カルダンはその1年後にこれをさらに進化させ、新種のプラスチックを利用して驚異的な図形のドレスを創造しました…そして、今度は宇宙飛行士アームストロングが、月面散歩からあのメッセージを送ってきたのです。『ひとりの人間にとっては小さな一歩だが、人類にとっては偉大な一歩だ。』」

　ジョジョはしばし黙ったあと、私の考えを読みとったように続けた。「いいですか、シータさん、1970年にあなたがこの宇宙服を着て街中でオープンカーに乗り込んだとしたら、周りにいるどの男でも恋人にできたでしょう。でも今は時代が違いますから、私はあなたがこの服をお気に入りの散歩のために選ぶとは思いませんでした。あなたのインテリアが、エクステリアの世論と衝突して、ファッションの主流からの逸脱の罪で規律によって罰せられてしまうからです。私がこの宇宙飛行士風の服を、この最高傑作のコレクションに加えたのは、他に二つ理由があったからです。

　第一に、一時的なものではない、頑丈な衣服であり、それが残り二つの服と対照的だからです。第二に、これが私のファッション史の特筆すべき作品のコレクションにおいて、たとえ残り二つのかつて見事だった服からバクテリアや木食い虫が移ることがあったとしても、絶対に傷むことのない唯一の作品だからです。」

　ジョジョ氏はジゼルのドレスを指さしたが、それがあまりにもカビにやられていたので、彼女の肌が心配になってきた。

「マルタン・マルジェラがデザイナーになったのは、テレビで見たパコ・ラバンヌとアンドレ・クレージュの作品に魅了されたからです。彼らのスタイルには、たとえばケンゾー・タカダがファッションに従事するきっかけとなった、父親の茶室にあったキモノの見事な色彩とは若干異なる美しさがありますね。ケンゾーはパリの日本ファッションの先駆者で、今日お見せした美しいプリーツの服を作ったイッセイ・ミヤケも彼の元でキャリアを積んでいます。」あの忘れがたい色鮮やかなランタンが、私の脳裏に浮かんだ。

「マルタン・マルジェラのコレクションは初回にしてすでに、ふてぶてしい退廃のムードを醸し出していました。完成品なのに縫い終えていない服だとか、袖口が小さいのに幅の広すぎる袖が付いている、あ

るいは上着と、袖口から突き出た手との間に袖がぶら下がっている
といった、故意のミスなどにそれが表れています。それはまるで、
レイ・カワクボの『手が二本あるからといって、服に袖が三つ付い
ていてはいけない、ということはない。身体を再定義することが必
要だ。』という言葉を聞いたかのようでした。

　マルジェラはもちろん、自分が何をしているか分かっていた
ので、これらのデザインの多くを "Tailor's Dummy" *184 と
呼んでいました…

　するとどうでしょう！1988年に自らの名を冠した
新しいファッションブランドを立ち上げると、そ
のスタイルで世界の伝説と言われるまでに
なったのです。世界は驚嘆しました。類ま
れなデザイナーであるジャン＝ポール・ゴ
ルチエもその一人です。彼がエステルル
の元でキャリアを開始した頃のことは、
カナリヤイエローのドレスを着た男性
の『ユニセックス』ショーの時にお
話ししましたね。マルジェラは若い
頃、ゴルチエの元で働いていたこ
とがあり、昔の雇い主だったゴル
チエはマルジェラについて、才能
があることは知っていたが、これ
ほどずば抜けた才能だということ
は予期していなかった、と言いま
した。あなたの頭には、こんない
い加減な縫い方で、どうやって成
功できたのかという疑問が浮かんで
いることでしょう。」ジョジョが自分
の考えを押し付けてきたが、私の頭で
はマヤとスカイプで通話する約束のア
ラームが鳴り響いていた。マヤの話に
はちょっと興味がある。チベットで生
涯の恋人をあてもなく探し回るうちに、

"Tailor's Dummy" にインス
ピレーションを得たアストロ
モーダ・サロン©のデザイン

　＊184　洋裁用トルソーのこと。

401

若いラマを探すインドからの旅行者に出会ったというのだ…そのラマは、悲劇的な死を遂げた彼の恋人の化身なのだそうだ。

「僕はロシアに行った。そこには透視能力をもつラマがいて、見つけたい人を探し出してくれるんだ、僕は探し出してもらったよ。最初は不安だった。嘘だ、嘘じゃない、見つかる、見つからない…でも嘘じゃなかった。彼はシッキムで見つかると言ったんだが、僕の恋人は本当にシッキムの、その呪われたラマの身体にいたんだ。」その男はマヤにそう言って、それ以来マヤは、ロシアのどこぞにいるその透視能力のあるラマのことばかり考えている。今日はクララともスカイプでミーティングする予定だった。クララもどこかに行くらしい。でも、どうやらオンラインデートには間に合わなさそうだ。ジョジョは話を終えたいようには全然見えなかった。でもだからどうだっていうの、マヤもクララもどうせ、もうすぐ戻るからそれまで一人で頑張れと言うだけだろう、今日はここにいるこの紳士だけが、私を本当に助けてくれる唯一の人間で、それに加えてとても面白い人物ときている。だからどうせ特別なニュースはないに決まっているミーティングを犠牲にして、話を聞くことで彼を喜ばせて何が悪いものか。

「…彼の滅茶苦茶な服は、二つの重要な思想を表しているのです。一つ目は脱構築で、ジャック・デリダが『いかなる文章も、言語的に固定された意味を持つことはできない』と言ったことでまず文学において嵐を巻き起こし、それがピーター・アイゼンマンとフランク・オーウェン・ゲーリーを通じて建築界やその他の人文学系の専門にも広がり、最終的にファッションの脱構築にもつながりました。

　マルジェラは一つ一つの衣服の機能を再評価し、その既存の形態を何か別のものに作り替えることを行った最初の一人でした。それは古い服を新しいデザインに縫い替えることだけを意味するのではありません。たとえば、古いパンツの脚を袖に脱構築した例を見たことがあります。脱構築は人々を魅了します。なぜなら、私たちは自分の内面でそれを実践しているからです。私たちは常に何らかの記憶を自己の内面で再生していますが、その記憶はもはや元々の現実ではありません。それからこの中まですっかり木食い虫に食い荒らされた、天才デザイナーのヨウジ・ヤマモトの木のドレスもまた、脱構築の一例です。」

「これはわざと虫に食わせたのですか？　この木のドレスは、素晴らしい芸術作品だったと思うんですが？」私は率直な驚きから尋ねた。ジョジョが自分の収集品を、どれほど慎重に扱っているかを知っているからだ。

「そうです、服を着ることの本質に迫りたかったのです。」

「それは…どうやって？」

「僧侶やヨガの実践者たちは、自己の内的存在の奥義を探求していますね。哲学者や物理学者は、それと同じものを自分の周囲に探していますが、私は人間の秘密はその衣服と、建築に隠されていると思います。どちらも、正体の知れない冷淡な宇宙、あるいは自らの肉体という宇宙船に入り込み、そこからまた戻ってくるための『解凍室』だからです。」

「ああ、なるほど。」

「それが、私が画期的な衣服のレプリカを収集している理由なのです…それで、マルタン・マルジェラが1997年にコレクション“Mould”*185で開いた深部へと続く道を見た時、私はいてもたってもいられず、自分もその道に進むことにしたのです。

　私はまず、彼の方法に従って12着の木綿のコスチュームとドレスに、様々な色をしたバクテリアを植え付けました。その中の1着が、今ジゼルが着ているものです。

　私はマルジェラが美術館*186の窓の外に、トルソーに着せて展示した18着の実験を、規模を縮小して行いました。トルソーがウィンドウの向こうから中にいる人々を見つめ、人々は微生物学者が植え付けたバクテリアが、たった数日間でボロボロの服に美しい装飾的な模様を描いた様子を、称賛の眼差しで見つめました。色も様々なバクテリアの能力はそれぞれ異なったため、たとえば黄色いバクテリアは、ドレスが薄汚い飲み屋の古い染みだらけのテーブルクロスのように見えたため除外し、逆に赤いバクテリアは、白い木綿のドレスに茶色から赤紫、すみれ色までのグラデーションを織りなす見事な図形を描くので重宝しました。赤いバクテリアは、私にとって本当に大切な人に贈る面白いプレゼントにするために、3回も使用しました…」ジョジョ

＊185　元の名称は9/4/1615 、“Mould” Collection（カビのコレクション）という愛称で知られる博物館の展示物。

＊186　Museum Boijmans Van Beuningen 、ロッテルダム

「マルジェラについて、才能があること
は知っていたが、これほどずば抜けた才
能だということは予期していなかった。」
ジャン＝ポール・ゴルチエ

マルタン・マルジェラ　"Mould" コレクション（1997年）より、カビのドレス

「脱構築は人々を魅了します。なぜなら、私たちは自分の内面でそれ
を実践しているからです。私たちは常に何らかの記憶を自己の内面で
再生していますが、その記憶はもはや元々の現実ではありません。」

ピエール・カルダン 『コスモス・コレクション』(1967年) より、
宇宙服を着た女性

ヨウジ・ヤマモト 1991年秋／冬コレクションより、
木食い虫に食い荒らされた木のドレス

405

はそこで口をつぐみ、私はこれから彼が香りのよいクローブのタバコを長く吸い込んで、しばらく息を止め、それからまた長く煙を吐き出すことが分かっていた…

　こんな貴重な贈り物をもらった人は何と答えるだろう、ハハ、と私は考える。でも率直に言って、私は魅了されていた！

「ドレスにブルーチーズ[187]に似た模様を描く緑のバクテリアと、たった数日で服にオレンジ色がかった赤い錆をまき散らすピンクのバクテリアのおかげで、パコ・ラバンヌの鉄のドレス、あなたが前回試着したあのドレスと同じものです、それからもちろんヨウジ・ヤマモトの木のドレスも、同様に脱構築することを思いつきました…」

「素晴らしい！」

「これですべてが完璧に理解できたことと思います」ジョジョが満足そうに、どちらかといえば自分に向かって、つぶやいた。

「で、その脱構築された鉄のドレスはどこにあるんです？」そう尋ねると、落胆した答えが返ってきた。

「ここです。私の意図は失敗に終わりました。」

　錆びた小さな鉄のプレートが、あとはちりとりで取るだけというように掃き集められて山になっていた。

「ドレスを一つにつないでいたワイヤーが、錆ですっかりボロボロになってしまったのです。そして今私は、この破壊されたものを、脱構築によって再建することが可能か、という問いに直面しています。何か筋の通ったアイディアが浮かぶのを待っているところです。」ジョジョの声は悲し気に聞こえた。数本のロウソクの光で錯覚したのかもしれないが、その瞳から涙が一粒こぼれた気がした。ジョジョは私の驚いたような視線をとらえた。

「シータさん、私はドレスがばらばらになってしまったことを悲しんでいるのですが、それによって私は今まさに、存在の本質に触れているのです。それは、暗い灰色の空が秋の夕暮れにかすみ、冷たく湿った無為の物悲しさがあたり一面にあふれ、私たちは途方に暮れ、孤独を感じている、そんな時にしか経験できないものです。この深い感情すなわち『わび』の気分は、古代中国では "Li" とか "Tao" とか呼ばれた、私たちの存在の秘密である『幽玄』に入り込むことのできる感情ですが、私は錆びたり、木食い虫に食い荒らされたり、カビでボ

---

[187]　Niva（ニヴァ）チーズ

ロボロになったりしたドレスの『さび』のおかげで、そのような気分になったのです…そしてそのことが、完璧さというものは醜くいもの、傷んだもの、機能しないものの中にあることの証なのです。今は美しく、新しいものも、やがてはそうなります。錆や木食い虫、カビが、どんなものもいつかは食い荒らして、そのものに新しい形態と意義を与え、その姿の意味を永遠の証へと変えていくからです[188]。分かりますか？」

「少しなら…分かります」私はゆっくりと、頭が無重力状態になっていくように、うなずいた。

　そしてそれが起きた。廃品回収所のような雰囲気の中で、深く物悲しい何かが私に乗り移り、私の記憶は、ネパールでマヤに命を助けられてから初めて、私の過去に関する思い出を放出し始めたのだ。いや、私が何者なのかは分からない、家族や昔の友人の顔も分からない、でも初めて、ネパールに行く前の自分の存在についての何かを認識したのだ…

　私は森を駆け抜けている。雨の降る、冷たく湿った秋の夕暮れで、私のお気に入りのマラソンシューズが、地面に落ちて腐敗しかけている色鮮やかな木の葉を柔らかく踏みしめている。頭にちらちらと浮かぶ思い出は、それ以上何も教えてくれなかったが、その代わりすべてが信じられないほど現実味を帯びていた。私の鼻が吸っているのは、タイの山の重たい空気ではない。私の口に感じるのは、辛いスパイスの効いた味ではない。耳に聞こえるのは、ファッション大学へと変わりつつあるジョジョの倉庫の前を走る環状線の、せっかちなクラクションの音ではない…私は冷たく湿った秋の森を、感じ、味わい、見ている、むきだしの肌に落ちる雨粒を感じ、冬の眠りへと落ちていく自然の物悲しい静けさを聴いている。

---

[188]　鴨長明、山本耀司、ハンス・ベルメール、マルタン・マルジェラの記述のパラフレーズ。

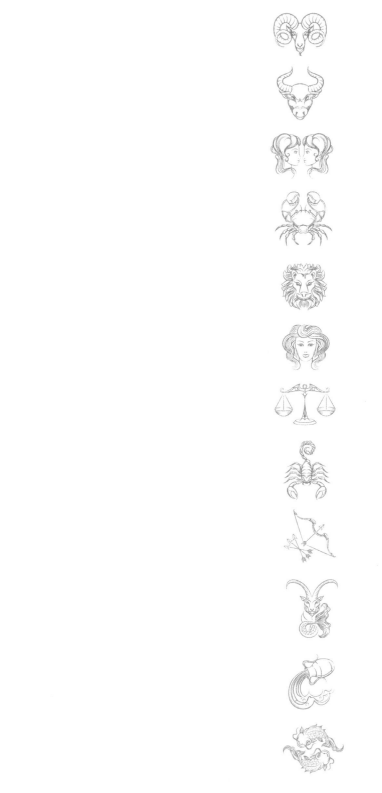

第2部
ドレス・アップ！
──あなたが、運命の暗闇にいる時は

マスターの腕の中と、
　　フェティッシュ・モードの抱擁
乳房と希望のカテドラル
女巡礼者の折れた爪
コリーダ・クンダリーニ
鳩のエクスタシー
チョコレートの惑星
復讐の間奏曲
マレーシアの虎と
　　アンデスのコンドルの茶
仮面の謎 Ⅰ ── マレーシア
仮面の謎 Ⅱ ── ミャンマー
枯れていくハスの花の悩み
幽霊列車

Saint Jacques
de Compostelle
à 1521 km

GR®
65

第19章
マスターの腕の中と、
フェティッシュ・モードの抱擁

　木のドレスを着て歩くのは、思ったほど悲惨なことではなかった。それでも木食い虫に食い荒らされた板が2枚、動きに耐えられず、歩いているうちにドレスから外れて落ちた。1枚は尻にあったのでショーツが丸見えになり、もう1枚が外れたところからは右の乳房の一部があらわになった。これぞ「インサイド・アウト」のファッションだ。尻はほとんど気づく人もいなかったが、肩と腹を結ぶラインに開いた穴からは、私の「エス」に露出行為を働いて風紀警察に連行されたいという隠れた願望があって、そのためにこれ見よがしに突き出しているのだとでもいうように、乳房が頻繁に顔を出していた。しかし私の「超自我」がそれを許さず、乳房をまたすばやく木の囲いの中に引っ込めて、私がサロンに到着してドアに鍵をかけるその瞬間まで、脱構築が破壊へと移行することがないようにと、すがるような祈りを捧げていたのである。

　ナイト・バザールから『J.J.ビストロ』を過ぎて角を曲がるまでの後半に差しかかると、ドレスは奇妙に震えるようになり、足を踏み出すたびますますきしむようになり…私は今にもバラバラになりそうなこの板の集まりが、突然はがれて地面に落ち、腐った木ぎれの山に裸の自分が立っているところを想像していた…だが恐怖というものは往々にして頭でっかちなものである。結局そんなことは起こらず、私は依然としてほぼ服を着た状態で、意気揚々と目的地のドアを開錠したのだった。

　私は鏡の前に立ち、自分の姿を眺めながら微笑んだ。本当にエキサイティングだわ、公衆の面前をこんな…ものを着て歩くなんて…すると私の視線が、向かいの壁に映る自分の影に留まった。この家はほとんどが木でできている。何百もの小さな穴から、ほこりのように細かいおがくずが絶え間なく落ちる様子を見ているうちに、ジョジョの脱構築されたドレスを今すぐ脱ぎ捨てたくなった。どちらが大事かしら、友情、それとも雨風をしのぐ家？

「あ！」私は急に、二人のオンライン・フレンドのことを思い出し、脱構築のドレスを床に脱ぎ捨てたまま、パソコンの前に走った。もちろん、彼女らはもう「そこ」にはいなかったが、二人ともメールを書いてくれていた。まず、早々にタイに戻ってくる可能性がより高いような気がするクララのメールを開いてみる。

　　…でも、ルルドからサンティアゴ・デ・コンポステーラまでは千キロ近くの道のりで、苦しい上り坂を踏破しソンボルト峠を通ってピレネー山脈を越えなければいけないことを知ると、私は躊躇し始めた。私が散歩やスポーツが好きなことはよく知っているでしょう、でもどこぞの古い墓を目指して千キロもとぼとぼ歩くなんて馬鹿げていると思ったの。もちろん、トマーシュと一緒にあなたのところに帰れるという見返りは魅力的だったけれど。でもトマーシュは自分の主張を曲げなかったし、いつもは優しいシスター・ランジーもこの時は私側についてくれなくて、厳格なシスターの声色でトマーシュの味方をしたの…

「ぜひともお行きなさいな、クララ。きっとあなたのためになりますよ。あなたが本当に心の解放を得る資格があるなら、きっと奇跡が起こります」シスターは言って、指南を続けるために息を継いだ。「ある時、三十人の巡礼者がカミーノ・デ・サンティアゴを歩いていました。その中の一人が、ピレネー山脈を越える道中、病に倒れました。仲間たちは彼を背負って旅を続けましたが、そのせいでフランスとスペインにまたがる山道を越えるのに、通常の3倍もの時間がかかりました。2週間のあいだ、そうやってのろのろと歩き続けた挙げ句、彼らは病気の友を見放しました。いちばん心の優しかったナンド*189だけが、彼と一緒に残りました。ナンドは病人を背負うだけの力がなかったので、二人は互いに寄りかかりながら一日中歩き続け、挙げ句

Saint Jacques
de Compostelle
à 1521 km

*189　中世に人気のあった名前フェルナンドの通称。聖ヤコブの22の奇跡が収められた『カリクストゥス写本』（"Codex Calixtus"）第2書にある伝説の元の描写には、巡礼者の名前は出てこない。12世紀半ばに編纂された『カリクストゥス写本』は、全5書と後補からなる。最も有名な第5書『巡礼案内記』（"Liber Peregrinationis"）は、巡礼者のガイドブックとして用いられた。

に病人は力尽きて死んでしまいました。信心深いナンドが絶望のあまり、荒野の真ん中で友のなきがらに突っ伏して泣いていると、黄昏の薄暗がりの中から、馬に乗った男が現れたのです。」

「巡礼の者よ、なぜ泣いているのです？」

「友達が死んだのですが、神父様に弔ってもらえないので、地獄へ落ちてしまいます。」

「私が助けてあげます。馬にお乗りなさい、お友達のなきがらも乗せて。」

　彼らは夜通し全速力で闇を駆け抜け、もう少しで朝日が顔を出すという時に、男は修道院の壁の横で馬を止め、別れを告げました。

「ここの人たちが、弔いの手助けをしてくれますよ、ナンド。あなたがたを苦しい時に見捨てた二十八人の仲間たちに会ったら、彼らの巡礼と祈りが、聖ヤコブに聞き入れられることはないだろうと伝えてください。」

「尊いお方、どうして彼らに会うことなどありましょう、もうずっと先に行ってしまったというのに。」

「ナンド、あなたは帰り道にレオンという町で彼らに会うでしょう、そしてすべてを理解するでしょう！」男はそう予言して、ゆっくりと闇の中に馬を走らせ去って行きました。朝日の最初のひとすじが差してきて初めて、ナンドは男の言葉を理解しました。奇跡が起きて、ナンドと友達は、カミーノの巡礼者たちが最後に夜を明かし、初めて巡礼の目的地を望むことができる場所、モンテ・デ・ゴゾにいたのです。ナンドが今いるところから、サンティアゴ・デ・コンポステーラの大聖堂までは、もう2マイルもありませんでした。

「歩いて40日、馬でも12日かかる道のりを、たった一晩で越えたんだ！　奇跡だ！　奇跡だ！　奇跡だ！」ナンドはひざまずいて両手を合わせ、叫びました。そして、あの男が他でもない聖ヤコブの出現だったことを悟ったのです＊190。

＊190　『カリクストゥス写本』には1080年までに起こった伝説が記載されているが、これはアルフォンソ王が土地の寄進によって、当時有力だったフランスのクリュニー修道会を動かし、フランスからサンティアゴ・デ・コンポステーラまでの巡礼路を建設させた時期にあたる。宿泊客の収容能力等も幸いして、カミーノ巡礼は教皇の居所を目指すローマ巡礼やエルサレム巡礼とともに、最も重要なキリスト教の巡礼路となった。カミーノの道中、人々はすべての悪行から身を清め、それによって死後天国に行くことができるようになるとされる。オ・セブレイオの反乱のように、時おり地元の人々と外国の修道会とが衝突することもあったが、カミーノはスペインのほぼ全土を経済的に豊かなイスラム帝国が支配する時代にあって、スペイン

「クララ、あなたにそれにふさわしいだけの資格があるなら、あの巡礼者たちのように、聖ヤコブの助けで、あなたもたった一晩で目的地に着けるのですよ…」

「さもなきゃ、そのナンドの相棒みたいに、山の中でくたばるかもね」私はそうつぶやいて、長い説得にとりかかった。巡礼として認められるには、最後の100キロを踏破すればよいことは知っている。そこで、トマーシュを追ってバルセロナからバスに乗り、サリアという町まで来たら、トマーシュと一緒にカミーノの締めの3日間を歩く、

北部でキリスト教信仰が維持されるのに重要な役割を果たした。イスラム帝国の中心コルドバは当時、約10万軒もの商店が立ち並ぶ世界最大の都市の一つだったのに対し、伝説に登場するキリスト教の町レオンには、全部で10軒しか店がなかった。政治的緊張や戦争の影響で伝統的キリスト教が近代的形態へと変化を遂げた16世紀になると、巡礼路は忘れ去られていき、18世紀後半にはヨーロッパの多くの国で、宗教的巡礼が法律によって禁止された。1980年代には、カミーノの巡礼者は年間数百人であり、1986年に巡礼路を歩いたブラジルの作家パウロ・コエーリョもその一人である。彼の著作『星の巡礼』でカミーノは一躍有名になり、2000年以降、すなわち『オリジナル・アストロモーダ　理想の感覚』の舞台となる時期には、安宿やホステル（albergues）に泊まりながら聖ヤコブの墓を目指して日々何百人もの人々が旅した。目的地に近づけば近づくほど、多くの巡礼者に出会う。ピレネー山脈周辺では誰にも会わないことが多いが、サリアの町からは混雑を覚悟することだ。時間や体力がないが、「巡礼手帳」にスタンプを集めたい人々は、ここから巡礼を開始するのだ。コンポステーラで聖ヤコブの巡礼証明書を取得するには、少なくとも巡礼路の最後の100キロメートルを歩かなければならないが、聖ヤコブの墓まで残りの100キロを歩くのに、サリアは格好の出発地点なのである。ヤコブは、ペトロとヨハネとともにキリストに伴われて山に登り、キリストが磔刑に処される前に起こった最大の奇跡である、キリストの変容を見た使徒である。その後聖ヤコブは、その信仰のために拷問を受けて命を落とした最初の使徒となった。その遺体は7世紀に、舟と牡牛に引かせた牛車で、今日のコンポステーラ大聖堂が立つ場所に運ばれた。この大聖堂には、奇妙な光や荒れ狂う海といった自然現象に導かれて813年に聖ヤコブの墓を発見した巡礼者ペラーヨ（ラテン名：ペラギウス）も埋葬されている。951年にルー・ピュイからフランス人司教ゴデスカルクがこの場所にやってくると、当時の王を始めとする人々も聖ヤコブの墓を訪れるようになり、外国からも巡礼者が集まるようになった。

キリストにはヤコブという名の使徒が二人いたが、コンポステーラに埋葬されている方のヤコブは「大ヤコブ」「老ヤコブ」「ゼベダイの子」などと区別される。ちなみに彼はキリストの従兄弟でもあり、その頭蓋骨の一片は遺骸として、イタリアのピストイアという町に保存されている。20世紀にこの骨片を、コンポステーラにある聖ヤコブの遺骸と合わせる試みが行われたが、骨片はぴったり合わさったという。近代のカミーノ巡礼においては、古い伝説の信ぴょう性は重要視されない。現代の巡礼者の多くは、古来の宗教的動機とは関係なく、トレッキングに始まり証明書のコレクションに至るまで、以前とはまったく異なる目的で巡礼に参加している。中には心理カウンセラーを伴い、様々な依存症から脱却するためのセラピーを目的に旅するグループも見られる。これは良いことなのか、悪いことなのか？　意見は様々だろうが、中世でもすべての巡礼者が宗教的動機によってカミーノを歩いていたわけではない。夫以外の男の子供を妊娠したことを隠すために来た良い家柄の女性や、裁判で服役する代わりに巡礼を行うよう命じられた犯罪者、あるいはとにかく旅に出ることを望み、カミーノが最も手っとり早い選択肢だった冒険家も少なくなかった。

という提案をした。

　トマーシュは私の提案を聞いて卒倒しかけたわ。そして、ルルドからサン・ジャン[191]まで移動しようと持ちかけてきた。サン・ジャンからならピレネー越えもそうきつくないから、心ある人たちは大体そこから巡礼を始めるの。初日はロンセスバーリェスまでフランスだけれど、あとはカミーノを通じてスペインを徒歩で縦断することになる。それがどうやら男の沽券に関わることらしいの。だってトマーシュときたら私に向かって、まるでフェラーリの新車を買ってくれとか、私の友達をベッドに誘ってくれとでもいうように、目をむくんだもの…

「わかったわ、あなたにとってそれがそんなに大事なことなら、オ・セブレイオで合流することにするわ。」
　元の計画より50キロも長いけれど、私にインターネットでアドバイスをくれた人たちが残らず呪っていた、小さな町ヴィジャフランカ・デル・ビエルソからケルト人の地ガリシアに続く、うんざりするような長い登り道を越えたところから始められる。
「そんな怠けた考えじゃだめだよ、永遠の命がかかっているというのに。」トマーシュは私の意識に働きかけるように長い説得を始め、その締めに私たちのチェンマイの『アストロモーダ・サロン』の慌ただしい毎日の中で、二人でパートナーとして暮らすという私のイメージを叶えるための、長い長い請求書を突き付けた。
　請求金額は67万2千歩、それも、足に水ぶくれができても1メートルの歩幅で歩き続けるという仮定の上で。いや、彼が言ったのは数字ではなくて、プエンテ・ラ・レイナという町の名だった。そこは南ルートのルルド＝ソンポルト峠＝ハカと、北ルートのサン・ジャン＝ロンセスバーリェス＝パンプローナというトマーシュが提案した二つのルートが、一つに合流する地点なの。バックパックを背負って道路沿いにひたすら672キロを歩くなんてごめんだわ、それならいっそのこと、バルセロナに永住したほうがましよ！
　クララは帰ってこないの!?　読んだ内容を理解するやいなや、私は身体をビクッと震わせた。手に持ったコーヒーが弾みでこぼれて服を汚した。急いで次のメールを開く。

 ＊191　St. Jean Pied de Port

　シータ、私の愛しい子、

　少し時間がかかったけれど、ついに私たちは合意した。レオンから
巡礼の最後の300キロを一緒に歩くことにしたの。トマーシュはア
ヴィラまで私を迎えに来て、そこで美しい聖女だか何だかを訪ねたい
らしい。その美女はもう何百年も前に死んでいて、つまりライバルで
も何でもなくて、それから『グランド・ホテル』の部屋を彼がとって、
そこのキングサイズのベッドで私の言うことをきく、と彼が約束した
ので、オーケーしたわ。翌朝早速、トマーシュは私に手を振って、冷
たい雨の靄に消えていった。そして私はその数時間後に出発した。
「マスター」のところへ向かったの。会えるといいけど。私はルル
ドから反対の方角にあるアヴィニョンへ、もちろん徒歩じゃなく、出
発した。

　美しい街並みと素晴らしいお天気、これぞ"magnifique"！　でも
先を急いでいるから、14世紀の教皇たちが、ローマに戻るまでの間
暮らした宮殿へと続く広い大通りに座って、カフェオレを飲みクロ
ワッサンを食べた。クロワッサンはおかわりしたわ。そして必要不可
欠なスカーフを買った。プロヴァンスではいつでもどこでもスカーフ
を着ける習わしで、スカーフをしていない女性よりショーツを穿いて
いない女性の方が多いくらいだから。それからさっさとバスに乗って、
プロヴァンスにあるボニューという古風な町へと向かった。マスター
からの便りでは、アプトという町の方がいいという話だったけれど、
私は有名な画家たちが絵筆にとらえた古い石畳の小道を見てみたかっ
たの。

　ボニューでは"baguette au fromage frais"とハウスワインを味わ
い、これもまた"magnifique"な風景の中で、芸術家たちにインスピ
レーションを与えた深い波動を吸い込んだわ。目と舌からエネルギー
を得た私は、徒歩とヒッチハイクで、マスターが待つほど近い要塞の
廃墟「フォール・ド・ビュークス」を目指した。そう、今私たちが実
践している秘儀をインドで私に授けた、あのマスターよ。そうなの、
「アストロモーダ」の創始者は今、フランスにいるのよ。親切な夫婦
が、Buouxの要塞のふもとにある駐車場で私を降ろしてくれた。4時
間も遅れたから、マスターはどこにもいなかった。彼が勧めたアプト
を経由してきていたら、今この崖地と要塞に挟まれた谷で、Yの字み

たいに突っ立っていることもなかったのに。良心と、それでもボニュー*192は行くだけの価値があったという思いを行ったり来たりしながら、私の目はもう100回ぐらい、立て札に書かれたこの地にヴァルドー*193とかいう男の追随者たちがいたという説明を読んでいる…巡回説教者たちが説教に使ったヴァルドー版の聖書は1532年に徹底的に排除されることを命じられ、この要塞は10年にわたる異教審問に伴う破壊と火刑、ヴァルドー派信徒たちの「正しくない」信仰からの改宗の結果として、崩れ落ちたという…もう頭が痛くなってきた。立て札の向こうで心地よいそよ風に揺れる薄暗い森を、散歩してみることにした。これはいい、太陽に焼かれる駐車場とは大違いだわ、そう悦に入っていると、茂みの中から突如、髪がぼさぼさで半裸の筋骨隆々とした三人の男たちが現れたの。ああ、おバカさん、リュベロン地方の歴史をちゃんと読んでおけばよかったのよ、今ここで"bongo, bongo"の死を遂げるんだわ、私は仰天して思った。そして急に、自分のスカートが短すぎて、襟ぐりが深すぎることに気づいたの。驚いたことに、ターザン男たちは私に飛びかかってくることはせずに、ハーネスをリュックにしまうと、私のアプト行きについて率直な関心を示した。

「じきに暗くなるし、ここからはバスは1台も出ないよ」肩にロープをかけた、筋肉の盛り上がったワイルドな男たちが私に言った。ああそうか、彼らは崖登りのクライマーだ。

「マスターを探しているの」と私は言った。ターザンたちは互いを見合わせて顔をしかめた。私が誰のことを言っているのか分かったようだ。肩にロープをかけて、髪を長いドレッドヘアーにした男は路肩のポールに腰かけていたから、すかさず足を瞑想の形に交差させて、手は人差し指と親指が一緒に空を指すような形に組み、これ見よがしに「オーーーム、オーーーム、オーーーム…」とうなり出した。もう一人のターザンが私を見て、「これかい？」と聞いた。

「そうよ、皆さん、まさにその人を探しているの。」

---

*192　ピエール・カルダンは2016年にボニューで新しいコレクションを発表した。前章でジョジョ氏が紹介した「宇宙服」も彼の作品である。カルダンは2001年にボニューに近いサド侯爵の城を購入しているため、ボニューでコレクションを発表したのも偶然ではない。

*193　ピエール・ヴァルドー（ヴァルデスとも）―リヨンの商人。全財産をなげうって、12世紀にキリスト教の原初の性質としての清貧を提唱し、教養のない人々でも理解できるよう聖書を俗語訳し、カトリック教会の慣習を拒否した。

　三人はふざけるのをやめて、小川の上流の方を指した。ああ、彼らはマスターの庵がどこにあるか知っている。私はほっとした。

「片方に崖、もう一方に『フォール・ド・ビュークス』を指す立て札がある分かれ道まで行って。右に1キロちょっと進むと要塞があるけど、そっちじゃない。まっすぐ、ホテルのある方へ行くと、200メートルぐらいで小川からいちばん高く離れたところに来る。ああ、小川はすぐ見えるから、そこから道を下ってその小川まで下りて。石のベンチがある、ピクニック用の草地みたいなところで小川を渡るんだ…メモしたかい？」私はうなずいて、微笑しながら書き加えた。「…ピクニック用の草地みたいなところ…」

「オーケー、で、渡ると小道があって、小川に沿って続いてる、並行してね」ターザンが空港の誘導係のように腕を振ると、その上腕二頭筋が見事に盛り上がった。

「その小道沿いに、二つの大きな白い岩と、大きく枝を広げた古い木があったら、そこがきみの『オーム』の家だよ」ターザンは大きくニヤリと笑って続けた。

「その岩と木を右側から、そう、小道の方から回るんだ。家はあまり目立たないからよく注意して見て。二つの岩の間にマスターのほら穴が見つからなくても、丘に登っちゃだめだ。その時は小川の方の小道に戻って、もう一度初めから探してみて。そうしないとスフィンクスの崖の下まで来てしまって、暗くなると懐中電灯なしじゃ戻れなくなる。そうしたら野外で夜を明かさなきゃならなくなるぞ」彼は心得顔でそう言い、「そんなこと、きみは絶対にしたくないだろう」と言いたげな顔をしてみせた。

「この辺は夜冷え込むよ。じゃ、分かったかな？」ターザンは車のドアを開けながら、もう一度念を押した。「マスターによろしく。ディディが日曜に米を持ってくるからと伝えておいて。崖登りの準備をしておくようにってね！」ターザンたちが走り出した車から呼びかけ、私は探検に出発した。それは思ったより難なく進んだの！　私も捨てたものじゃないわ、そう思ってうれしかった。もう「…ピクニック用の草地みたいなところ…」まで来ていた。小川という割には大きな川を見て、渡るのにちょうどよい場所を探す。水面から顔を出している石の列が、私に笑いかけている。最初のジャンプは上出来、次のジャンプはまずまず、と思ったらあらら、3回目のジャンプで石の縁に着地、身体がかしいでうわああああ、私は川にあお向けに落ちた。イタ

タ、イタタでずぶ濡れよ。

「マスター？」私はカブリオレの屋根をもつ半洞窟[194] を形づくって
いる、二つの岩の間の割れ目をのぞき込んだ。誰もいないけれど、
物がある。インドで見た、マスターの「オーム」が描かれたオレン
ジ色のスカーフもある。私は安堵と喜びに包まれて、濡れた服を着
替えることにした。

　私はフランスの森の真ん中にある、インドで恋に落ちたマスター
の洞窟の中に真っ裸で立って、そよ風とわずかな太陽の光線で身体
を乾かしていた…目を閉じて、この類まれなひとときを深く吸い込
んだ。もうずい分長い間、こういう経験をしていなかったわ…洞窟
に満ちるエネルギーを浴びていると、その美しく、満ち足りた存在
に頭がくらくらする思いだ…さあ、何か乾いたものを見つけて、そ
の鳥肌を隠すのよ…私は自分にそう言い聞かせ、小川の洗礼を受け
た服の中からいちばんましなものを選ぼうとかがみ込んだ。する
と突然、隠れ家のもう一つの出口から、森で瞑想する人影が見
えた。

　私は急いでショーツとＴシャツを身に着けると、喜び勇
んで声を上げた。

「マスター、ヤッホー、来ましたよ！」人影が動くか
どうか待った。それが腰を上げるのを見て、私は喜
びに飛び上がった。

「月と感情の召使いである水が、あなたを早くも
『白の庵』に迎えたようだね」マスターがやって
きて、私の髪を見た。

「アハハ、そうなんです、小川でバランスを
崩しました」そう言って素早くスカートを穿
いた。

「それでよいのだよ、道は悪く困難で危険
でなくてはならない。そうでなければ、時
空を旅する巡礼者たちのストレスや心配事、
痛み、落胆、自責の念といったものの堆積
を洗い流すことができないからね。そう

　　＊194　「白の庵」Rêve de Papillon, Buoux

いったものは、我々が自分の存在や、絶対的存在に触れるのを妨げるんだ。それを成し遂げたいなら、僕のところに瞑想しにおいで、準備が…できたら」マスターはそう私を迎えると、水を飲んで、瞑想を続けるために元いた場所に戻っていった。

「アストロモーダ」を深めるためにマスターのところに来たのに、彼はインドにいた時とはまるで違ってしまっている。インドではタントラのサドゥーたちの間にいてシャクティ神を崇め、何というか全然違っていた。サドゥーの中には、人類が大きな宇宙のヴァギナの中に生きていると信じている集団もいるし、人体の毛穴の一つ一つには何十億という、私たちのいるところに似た世界があると信じている人たちもいる。要するに彼らは最高にぶっ飛んでいて、たいていニコニコしているし誰とでも会話するのだけれど、ここにいるマスターはただ黙って、座って瞑想している。私が来てから唯一の瞑想以外の行為といえば、朝食のオート麦の粥を鳥に分けてやることだけだ。たくさんの鳥たちに。それは目を楽しませたけれど、私がここに来た理由であり、まだ手にすることができていない答えの代わりにはならない。布地の模様だの形だの色々なことを相談する必要があって、それは鳥たちは絶対に教えてはくれない。

　彼の気を悪くしちゃったのかしら？　それとも、フランスの空気が彼に合わない？

　マスターの前に座って、瞑想に入ろうと努めながら、私は思い煩って彼を見ていた。それとも、また臨死体験をしたのかしら？　ある時マスターがインドで、自分のホロスコープは制御不能なほどダイナミックだが、それが宗教的人間の善良なカルマと結びついている。そのせいで子供の頃から、他人なら死んでしまうような危うい状況をいくつも経験してきた、と話してくれた。彼のホロスコープを見てみたい、彼のアストロモーダ・ボディはどんなかしら…私たちの頭上にある木の葉の影を、朝日がマスターの顔と手に落としている様を見ながら、彼の言葉を思い出していた。溺れたこと、窒息したこと、何度も危険な場所から落ちたことは、まだ自分の身が守れない幼い少年の頃からあり、その後崖登りをするようになってからはもちろん崖からの落下、それから危険な高さの木の枝に座って瞑想している時には、眠りに落ちようとする脳の方がずっとよく覚醒状態を維持することがで

きる、という自説を実践しようとして、木から落ちたことも…

　私はこのタントラ行者のきれいな、日に焼けた、魅力的で、今瞑想でリラックスしている顔つきを見つめながら、彼が突然その吸い込まれるような目を開けて、私にそのままずっとその顔を眺めさせてくれればよいのに、と願った…当たり前のように生死の境に何度も立ったことのある人の顔を眺める機会なんて、どのくらいあるかしら。彼が死に最も近かった、つまり生から最も遠かった時、それは1982年のことで、医師たちは蘇生のために、彼の臓器を人工的に機能させなくてはならなかった…その話は多分、私も一生忘れないだろう。

「その時、僕の生は僕ではなくて、霊的なものに属していると悟ったんだ。僕は毎朝、これが人生の最後の日だと思いながら目を覚まし、その意識をもってその霊的なものに身を捧げている。僕のように、生き残ることが不可能なホロスコープを持った者には、それしかないんだろうね。でもほら、クララ、僕はまだここにいる。恐らく、正しいやり方で身を捧げているんだろう」彼は自分のホロスコープと、スクエアとオポジションで一杯の運命についてそう言って、サロンを脱ぎ捨て、川に身を沈めた。でもそれはインドでのこと。ここでは話さないし、教えないし、いつまでも黙っている。

「マスター、どうして私と話さないのか、聞いてもいいですか？」彼がいつもより深く息を吸い込んだような気がした時、私は自然界の音の中の静けさを、小声で破ってみた。それから彼の肉体も瞑想から抜け出すまでずい分長いことかかって、ようやく私に答えることにしたらしい。

「黙って集中して取り組むことで、精神の力が集積され、人間の魂が強固になって、理性が口出ししてくるような状態をも乗り越えることができるようになるんだよ。」

　彼が私の目をのぞき込んだ。ああこれだ、座っていてよかった、こうやって見つめられるといつも、ひざから崩れ落ちそうになる。彼は続けた。

「黙って瞑想することは不可欠なんだよ、クララ、なぜかって、理性が意味をもつような状態にある時には、僕たちはまだ自分の存在の水面に映る鏡像しか認識できていないんだからね。」

　水の話なんて聞きたくもないわ、小川のブクブクいう音で一晩中目が覚めたんだから。

　あなたが霊的なユートピアを探し求めていることは分かるわ、頑固

なおにいさん、でも私には責任と義務があって、あなたの助言が必要なの！　マスターがまた黙り込んでしまうと、私の心はふてくされた。これが、あなたが18の時に選んだライフスタイルで、社会の消費文化と物質主義にあっさりおさらばしてしまったということは分かる、でもあなたも私のことを分かってよ。私には、ここに座って木の枝をすかし見ているよりもっと違う目的があるの。あなただって、忍耐強く信仰をもてば、障害や周りの人々の抵抗に関係なく、自分の人生を変えられるって、インドで私に言ったじゃない！

　私は心の中で、18歳で自分の存在のより高次の形態を探すために亡命し、すべてを捨てたあと、ローマに落ち着いたこの男に、また会話を挑もうと自分を鼓舞した。ローマで彼は自由の味がするピザをたらふく食い、カプチーノを飲む代わりに、「僧侶と牧師たちの導きで霊的な神秘の中へと耽溺していった」[195]。やがてイタリアの首都から静かな山々へと逃げ、そこから「形而上的なものに満ちたエルサレムに移り、そこで出現した聖人たちに飛ぶことを教わった彼は、イカロスのように地に落ち、世界的に有名なスフィンクスの向こうにあるピラミッドに葬られたのである…」確かに、彼の顔立ちは古代エジプトの神権皇帝ファラオたちの顔を思い起こさせる。そしてその目…この目のせいで、私は彼が言うこと成すこと、すべてに感じ入ってしまうのだ。あの目には、アカシャ年代記がまるごと入っているのかもしれない、いやもちろん「アストロモーダ」のせいでもあるだろう…それからあとは…とにかく、そういったものすべてが彼の内から発せられていて、今もその秘められた世界に触れているような感じがする…

　そう考えて私の心は落ち着いた。私の目が、彼の身体の上をさまよう。その身体はインドの河辺で教えを受けた時からよく知っている。彼の古代エジプトの儀式でできた火傷の場所がまた見える。彼はその火傷を、つまり痛みを、全然感じなかったと言っていた。朝になって鉄格子の鍵を開けたピラミッドの管理人たちに、ユネスコ遺産における違法投宿の罪で逮捕されてから痛んだと。アハハ、その場面を見たかったわ[196]。

---

[195]　本書著者の人生における重大な出来事に満ちた時期や亡命については、彼の自伝的小説 "Stigmata Karmy"（『カルマのスティグマ』）を参照。

[196]　メンカウラー王のピラミッドで過ごした夜に起こった本書著者の神秘体験については、自伝的小説 "Casanova Sútra"（『カサノヴァ・スートラ』）を参照。

彼の人生はまるで冒険もののおとぎ話みたい、いや霊的な冒険もののおとぎ話、いや彼のホロスコープからしておとぎ話とは言えないわね、霊的なおとぎ話というものが、痛みと苦しみとリスクを冒すことと瞑想に満ちたものであるなら別だけれど…

時は過ぎていき、太陽はもうとっくに天頂を離れた低いところで、木々の幹の間からキラキラと輝いている…私の頭は自制心と怒りと闘っている。マスターがまた身を動かすまでとか何とか、いいタイミングを待つのに少しうんざりしてきた。あいた！ 太ももを何かの虫に思いっきり刺されたわ、もうたくさん！ 私は飛び起きて、マスターの肩をつかみ、目いっぱい大きな声で聞いた。

「マスター、寝ちゃったんですか？」

反応しない。寝ていないことは分かっているけれど、またその肩をゆすって耳のそばで繰り返す。「マスター、寝ちゃったんですね！」もう2回繰り返すと、3回目の声かけに魔法の力があったかのように、彼は目も開けないまま、ティーンエイジャーのようにゲラゲラ笑いだした。

「何がそんなに可笑しいんです？」

マスターは目を開けると、いたずらっ子のように大らかな表情で私を見た。

親愛なるクララ、僕が "Rêve du Papillon" [197] の庵に来たのは、そこが『白の庵』の一つだからだ。僕は人々と、彼らの近視眼的な要求から逃れて休みたかったんだ。『白の庵』には静寂と完全な孤独が満ちているのに、カルマの道具としてのきみが、僕のところにも、この森の中にも、人々に教えを授ける時に僕を消耗させるあらゆるものを持ち込んできたんだ。それが僕には可笑しく思えたんだよ。ねえ、きみは僕のアドバイスがほしいとばかり言っているけれど。今のがまさに、いちばん大切なアドバイスだったんだよ。人生に必要なのは笑い

---

[197] 『胡蝶の夢』―ここでは三つの意味がこめられている。
- 有名な小説／映画『パピヨン』―無実の罪で有罪となった男が、不屈の意志で新しい人生を手にする物語。
- 古代中国の思想家、荘子の瞑想にまつわる説話。ある時、荘子の夢に蝶が現れたが、眠りから覚めた荘子は、自分が人間になった夢を見ている蝶なのではないかという疑問を抱いた、という内容。
- 1980年代に、ビュークス（Buoux）の地元のクライマーたちが挑戦し、いわゆるフランス式グレードの魔の8グレードの壁を破った、有名なルート。以降数年間、この岩壁は世界のロッククライミングの中心となった。

だけだからね。とにかく、何事にも思い悩まずに、世界にも自分自身にも満足して、笑えるだけうんと笑えばいいのさ。」

　マスターは私の好きな微笑みを浮かべて、付け加えた。
「そうすれば、あらゆる悪いことも良いことに変え、死を生に変えることができる。」

　そしてまた目をつむって、瞑想の中に沈んでいこうとした。
「マスター、待ってください！　あなたの精神的アドバイスに感謝しています…」
「本当に？」彼が問いをはさむ。
「え、本当に、でも…」
「『でも』の前にある言葉は、みんな空虚な言葉だよ。月曜にスペインの『さまよえる庵』に行く、そこできみの質問にすべて答えるよ。」
「つまり、月曜までただ座って待っていろ、ということですか？」
「そんなことは絶対にないよ。瞑想でオリーブの実のように身を砕いて、自分の身から悟りの光を得るようにするんだ。オリーブの実には油が、人間の身にはニルヴァーナが含まれているけれど、その可能性を実現させるのは生半可なことじゃないからね。」
「でも私の頭はやらなくちゃならないことで一杯なんです。気がかりなことも一杯です。ただ座っていることなんてできません。」
「クララ、クララ、自分の身体を、心を、努力を、時間を、希望を、人生のギャンブルに賭けるのはおやめなさい。僕も同じようなギャンブラーで、勝ちたいという欲望のままに賭けて賭け続けてようやく、ルーレットの数字に、サイコロの目に呪いで閉じ込められたこの世界で、自分が負け通しだということに気づいたんだ。」
「私、瞑想します！　誓います！　でもその前に、自分の人生を解決したいんです。」
「何を解決したいんだい？　恋愛関係の痛みかい？　恋の苦しみ？　安らかな家庭？」
　私は静かにうなずいた。
「安らかな家庭というものを味わうことを決して許さない心の公式の中に生きていて、これからも生きていくのに、家庭なんていうものに何の意味があると言うんだい？　恋愛関係や愛情の痛みを和らげることが、何のためになると言うんだい、そういった小さな愛のトラブルこそが、与えるだけの大きな愛、見返りを求めないから痛みもない大きな愛を経験する能力をきみに授け、その備えをさせるものだという

のに？　違う、違うよ、クララ、きみがしなくちゃならない唯一のこ
とは、きみの意見や考え、感情を、古い真実の教えのハサミで刈り込
むことだ。そうしなければ、きみはいつまでたっても、家庭というも
のの深みや真実の愛を味わうだけの能力をもった、手をかけて育まれ
た盆栽にはならずに、地を這うばかりで何も分からない、自分のこと
すら分からない古い雑草になってしまうよ。」

　これは効いた。まるで彼が蛇口をひねったかのように、私の目から
涙があふれ出した。彼はそれを見ると微笑んで、私の曲がった背を瞑
想の体勢に整えた。彼の手のひらを背中に感じて、私の心は落ち着い
た。

「静かに座ったまま、身体を風に吹かれるままにしてごらん。まるで
世界の現象と形状の空虚さがもう理解できたと言わんばかりに、空っ
ぽの袋になって、そよ風が肌と、肉と、骨を吹き抜けていくままにし
てごらん。そうしていれば、月曜までに突然悟りが得られて、存在の
ない、空っぽの袋が光と結びつき、虹の光に変わるかもしれないよ。」

　そして私はその通りにした。昼夜を問わず座り続けて、私の脚はし
びれた。頭は徐々に働くことをあきらめ、そのせいで心はどんどん落
ち着いてきた。するとそこに、新たな考えが生まれた。時おり感じる
この落ち着きが、彼の言う大事なものだとしたら？　どうしたらよい
のだろう、もし…

　幸い日曜の朝、ターザンたちが言っていたとおり玄米を届けに来た
ディディが、私をこの思考対落ち着きの闘いから解放してくれた。
ディディがマスターとしばし瞑想したあと、早速私たちは森の小道を
丘の上まで登って、岩壁のふもとまで来た。そこには私が会った三人
のターザンの他にも、世界中から集まったらしい人々が勢揃いしてい
て、互いの頭越しにワイワイとまくしたて、おしゃべりのついでにと
でもいうように、頭上にそびえる岩壁を代わるがわる登っていた。

「僕たちと『ビーチ』に行かない？」数日前に私にマスターの庵まで
の道を教えてくれたターザンに誘われた。灌木の茂みの中で瞑想の拷
問を受けた後となってはどこへでも、ビーチなら尚更のこと行きたい。
思わずうなずくが、崖を登っているディディのビレイをしているマス
ターを、つい不安げに見やってしまう。

「あの二人のことは心配しないで、二人でうまくやるんだから。」

「Sí, sí, いつもの日曜日と同じにね、por supuesto＊198」肌の浅黒い娘が、私に向かってウィンクした。「今にわかるわ、もうすぐ二人は"No Man's Land"＊199の方へ行って、"Choucu"＊200を登って、それから…」娘は笑って、芝居がかった話し方で続けた。「それからてっぺんまで登ると、"Taboo Zizi"＊201の上にそびえる岩壁の真ん中にある洞窟に入って、そこで太陽のきらめきを浴びて、夜まで裸で泳いで、それから自分たちの『鷹の巣』で、絶頂に達するまで何度も愛し合うのよ…」

「おい、やつらは愛し合ってるんじゃないんだぜ！『オーム』のタントラをやってるんだ！」ターザンが笑いながら彼女の言葉を直して、うつむき加減で頭を振って、長い長いドレッドヘアーをまっすぐに伸ばし、頭のてっぺんで結んだ。それから私に向かってうなずき、私たちは『ビーチ』へと出発した。

　じきに私は、自分がいかに浅はかだったかを知った。『ビーチ』は、果てしなく続く岩壁の真ん中にある、到達困難なプラットフォームのことだった。私は彼らにそこまで文字通り引っ張り上げてもらわなくてはならなかった。私は死の絶壁を見下ろしながら密かにすすり泣き、登り詰めるまでの間じゅう、なぜ『ビーチ』＊202の代わりに"No Man's Land"にしなかったのかと自分を責めた。

　上に着くと、気分が晴れた。美しい若い肉体に埋め尽くされた、美しい眺め。彼らの盛り上がった筋肉が、ぴっちりした"cut-out bondage"＊203で強調されている。"1 ring leg harness"＊204しか着けていない者がほとんどだけれど、パタゴニアのビッグウォールに挑む訓練をしているという、『フィフス・エレメント』＊205に出てくるミラ・

＊198　スペイン語で「もちろん」の意。

＊199　クライミングルート 7b

＊200　有名なクライミングルート 8a

＊201　クライミングルート 8a

＊202　"La Plage"―クライミングルート 8a

＊203　身体全体を固定するハーネス。

＊204　シットハーネス

＊205　『フィフス・エレメント』1997年、監督：リュック・ベッソン

ジョヴォヴィッチのようにフルボディのボンデージを着けた男たち
もいた。

シータ、『フィフス・エレメント』は知っている？　ジャン＝ポー
ル・ゴルチエが衣装をデザインした映画よ。その頃にはフェティッ
シュ・モードがトップ・モードでも流行っていて、ジャンニ・ヴェ
ルサーチもスキャンダラスなコレクション "Miss S&M" [206] を発表し
たあとだった。このコレクションには、光沢のある黒い革だけを
使ったイブニングドレスやミニスカートで、上半身はブラジャーと
ボンデージだけといった作品があったから、"Inside-Out 2 Way
Dress" [207] のヨシキ・ヒシヌマを始めとする他のデザイナーたちも大
胆になって、それまで「お行儀のいい」社会集団ではタブーで、ア
ダルトショップ専門だったような服も発表するようになってきたの。
ゴルチエはフェティッシュ・モードの推進においては先駆者で、
1982年の初回のコレクションからすでにそれを採り入れていた。当
時は、この分野に野心をもって乗り入れるトップデザイナーなど一
人もいなかった。そんなことをしたら、キャリアが滅茶苦茶になる
からね。でもゴルチエとクロード・モンタナ、ティエリー・ミュグ
レーは、"Phallic Woman" [208] の心理分析的衣服でフロイト
を打ち負かそうとする試みでもってそのリスクを冒
し、デザイン界のスーパースターになったのよ。
「私が小さな男の子だった時、衣装ダンスに
あった祖母のコルセットに激しく興奮し
た」そうゴルチエは言って、胸に魚雷の
付いたドレスを作った。まるで、道路
の穴を直す「舗装屋」が置く三角

*206　1992年秋／冬コレクション

*207　2004年春／夏コレクショ
ン

*208　男根的属性をもつ女性。
通常、男性的特徴を呈する女性の
こと。

ジャン＝ポール・ゴルチエ　映画『フィフス・エレメント』
(1997) のリー・ルーの衣装

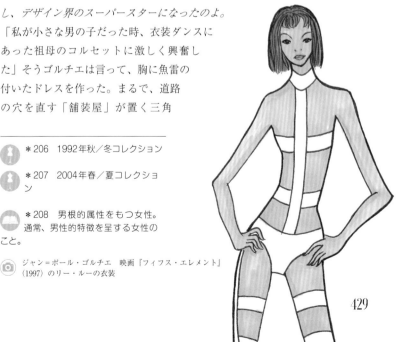

ジャン＝ポール・ゴルチエ　マドンナの
"Blonde Ambition tour 1990" 向け衣装

ヨシキ・ヒシヌマ
2004年春／夏コレクションより
"Inside-Out 2 Way Dress"

ジャン＝ポール・
ゴルチエ　"Cone Bra
Dress"（1984年）

ジャンニ・ヴェルサーチ
1992年秋／冬コレクションより
"Miss S&M"

431

コーンが、布地から表面に突き出ているようなデザイン。ミヤケもコレクション "Body Works" でフェティッシュ・モードの片棒をかつぎ、あとはスーパースター、若い歌手のマドンナの出番だった。ガーターベルト付き「ボディ」コルセットの胸に二つの円錐を着けて、"The Blond Ambition Tour 1990" の時には金色のコルセットに黒いレギンスを合わせて世界のステージを駆け回ったマドンナのおかげで、フェティッシュ・モードの三つのアイテムは街角だけでなく名のあるファッションショーでも見られるようになった。

• 光沢のある、身体にぴったりとまとわりつく革やラテックスの服（第二の皮膚）
• 衣服の外側の層として、服の上に着けた下着
• ボンデージ

　ボンデージはここでは大勢のターザンの身体を際立たせている。彼らは "Agincourt" [209] のように、細かい部分に分けて入念に名づけられた岩壁に挑みかかっている。歓声を上げてぶら下がったり、落ちて悪態をついたりする間じゅう、ボンデージが彼らの性器を締め付け押し出している。*
　アストロモーダの観点から見るとこれはとても興味深いテーマだわ。フェティッシュ・モードの要素がある服を着て通りを歩きたいというクライアントが少ないから、ではなくて、衣服のごく最近までタブーだった分野において、人間性の根源そのものにまで到達する深みのあるテーマだからよ。

　1925年に、ココ・シャネル、スキャップを始めとするデザイナーたちの世代が、スカートの裾をひざまで上げて女性のふくらはぎをあらわにした。男たちは、まるで肉屋をのぞく犬のようによだれを垂らした。1927年にジョン・フリューゲルは、男たちが女性のあらわなふくらはぎを見てももうよだれを垂らしていないこと、代わりに背中

---

*209　1989年にベン・ムーンが数か月にわたる挑戦の末、攻略したクライミングルート8c。いつ終わるとも知れない百年戦争のさなか、兵力の上で圧倒的に勝っていたシャルル1世率いるフランス軍を、イギリス王ヘンリーの軍勢が予期せず破ったアジャンコートの戦い（1415年10月25日）にちなんで、ムーンが命名した。

を露出するファッションに興奮していることに気づき、もし誰もが裸で通りを歩くようになったら、2年以内に裸体はドレスを着た女性やスーツを着た男性と同等になり、それを見て興奮する者は誰もいなくなるだろう、との性感帯の移動に関する理論を発表した。「裸の肉は退屈である、覆い隠されたものの方がより興奮を呼び起こす。」高名なファッション理論家はこのように研究を結論づけ、ヴィヴィアン・ウェストウッドがこの仮定をさらに掘り下げた。

「肉体の最もエロティックな性感帯は、想像力である。」

ジャン゠ポール・ゴルチエがインスピレーションを受けたと公言しているウェストウッドは、1970年代からそのブティック "SEX" でパンクファッションとフェティッシュ・モードを広め、ゴルチエの世代に属するすべての人々にインスピレーションを与えてきたが、彼女の言葉をつなげると、相手の肉体を観察する者にとって、愛情の的となり、同時に最も興奮させるのは、肉体を覆い隠すものに、私たちの想像力が加わったもの、という定理が浮かび上がる。

フェティッシュ・モードとは、肉体を覆い隠す衣服に注ぎ込まれる、このような愛と憧れのことだ。一般的に、女性は男性ほどフェティッシュ・モードに魅力を感じないけれど、それは男の愛というもののとらえ方に関係している。シュールレアリスムの芸術家ハンス・ベルメール[210]が、そのことを見事に言い表している。

「自分のことが好きな男が、女に恋をすると、男性的原理と女性的原理が両性具有的に絡み合ったきわめて特殊な状況に陥る。その際、女性的原理は男性の肉体を通じて経験され、感受されるが、恋に落ちている間は男性の肉体の中で、女性のイメージが支配的になるのである。」

でもそれじゃ、男が女そのものに恋をしているのではなくて、その女がジーンズやレギンスの上から着けているボンデージやショーツに恋をしているのだとしたら、リビドーと人間としての愛を、その変質においてまったくの虚像で編み込んだ物体に昇華させる、両性具有者の錬金術的な理想に到達した、ということになるわ…[211]

---

[210]　ハンス・ベルメール（1902-1975）―ドイツのシュールレアリスム画家、写真家。

[211]　この章には、イェシェ・コギャル、ヘンリー・デイヴィッド・ソロー、抜隊得勝、仏僧布袋、タンデーパ、ミーラー・バーイー、ナーローパ、ティ

「80年代に比べたら、この光景なんて全然大したことないわよ」少し年がいっているけれどかっこいい女性が、ボンデージ姿のターザンたちをスケッチしている私に声をかけた。どうやらだいぶ前から、私のしていることを見ていたらしい。ここを去ったあと、このフェティッシュ・モードのファッションショーが夢ではなかった証拠にするために、ごちゃごちゃした風刺画のスタイルで彼らの様子を日記に描きとめていたの。

「当時はハーネスの下に、カラフルなストレッチ地やライクラのスパッツを穿いていたのよ。男たちの『袋』がそこらじゅうに見えて、よくまるで性器のバレエを見ているような気がしたものだわ」キャサリンはそう回顧して、自分のハーネスをゆっくりと外した。

　私のスケッチのことで声をかけられる前に、彼女の知り合いのアインホア[*212]が、このかっこいい女性が長いルートをまさにバレエを踊るように登っている様子を教えてくれた。私は一目見て、岩壁の上を動き回るその優美な動きに心を奪われた。ターザンたちがその上腕二頭筋、上腕三頭筋、僧帽筋を裂けそうになるまで張り詰めてよじ登るところを、キャサリンはタンゴとフラメンコを組み合わせ、垂直の岩壁を水平のダンスフロアに変えて舞っているの。

「おまけに当時は、今この人たちが着けているシットハーネスを怖がる人たちが多かったの。落ちる時に身体が真っ二つに裂けてしまうんじゃないかと恐れて、あそこにいる人たちのようにシットハーネスとチェストハーネスを両方着けていたから、皆バレエダンサーと『フィフス・エレメント』のリー・ルーが一緒になったように見えたわ。」

「そう見えるわよね？　ちょうどここにスケッチしたのよ！」私は感激してそう答え、ここで大いに尊敬されているらしいキャサリンと意気投合したことに勇気を得て、スケッチしたいのでポーズをとってくれるように、ターザンの誰かと話をつけてくれないかと頼んだ。

「うーん、それは多分だめね。ファッションはクライマーにとってタブーだから。ファッションなんていうくだらないことには構わない、

ローパ、サラハ、ジグメリンパ、ミラレパ、その他の「赤の／緑の／青の／黄色の／白の／さまよえる庵」の宗教的パトロンたちの思想のパラフレーズが引用されている。庵に関するノウハウと、庵の地図については本書著者の"Stigmata Karmy"（『カルマのスティグマ』）に詳しい。

⚲ ＊212　アインホア—フランス・バスク地方の小さな町の名前に由来するスペインの女性名。この町で、処女マリア（"Virgen de Ainhoa"）が出現したとされる。

という態度を表面的には厳格に守っているのよ。」

　キャサリンは私とアインホアを、車で30分ほど行ったところにある自分の家に、夕食に招待してくれた。自然に囲まれた美しい家からは、伝説のサド侯爵が乱痴気騒ぎを起こした城が見える。そのことが私には、フェティッシュ・モードのテーマにこの上なくふさわしいように思えた。

「つい最近、村の大部分も一緒にあの城を、ラコステのデザイナーのピエール・カルダンが買ったのよ」素晴らしい夕食を終えて、「シェフ・キャサリン」が言った。「丘の上の城と、ふもとの村を文化的中心にしたいらしくて、早速演劇フェスティバルを毎年やることにして、世界中のセレブを招待しているって…」

　そこから先は聞こえない。私の視線はテーブルクロスの上の空間で止まって、これは夢ではないかと考えている。テーブルの下で私の太ももを何度か愛撫したアインホアの手のひらが、私のショーツの中に入ってくる。私が保守的に、スカートの上からではなく、下に穿いている、ショーツの中に。

イッセイ・ミヤケ　"Body Works" コレクションより
"Plastic Body"（1982年）

435

第20章
乳房と希望のカテドラル

　マスターは自分が巡礼の旅人であることにこだわっているので、ヒッチハイクか徒歩で行かなければならない。私にはその根気はない。そんな根気があったら、今頃トマーシュと一緒にスペイン北部でカミーノをのろのろと歩いていただろう。そこでシウラーノのとある『さまよえる庵』で落ち合うことにし、私は私の新しい影が本物かどうかを確かめるために、バルセロナに発った。この影は追い払うことができないものである、ということを確かめるために。アインホアは私のことがすっかり気に入って、一緒に行くと言う。ちょうど同じ方向だからだそうだ、やれやれ。

「私、彼氏がいるのよ」と彼女に言う。

「真剣な付き合いだったら、昨日私にイカせてもらうなんてことはなかったはずでしょ」数時間前に相手がオーガズムに達したところを見た者の目つきで、アインホアがコートの私サイドにパスを返した。本当のことを言うと、なぜあんなことを彼女にされるがままにしたのか、どうしてあんなことになったのかすら分からない。初めは無邪気な、友達の太ももを撫でているだけというような仕草だった。その後は、あんな素晴らしい料理をふるまってくれたキャサリンの前で騒ぎ立てたくないと思った。ちょうどあの緊迫した瞬間に、キャサリンはクライミングにおけるボンデージの歴史について語っているところだった。胸に巻き付けたただのロープから、肋骨を締め付けるより快適なロープの「ベルト」を経て、今日の尻と性器のボンデージに至るまでの歴史で、もちろん限りなく私の興味をかきたてる話だった。で、私はすぐに達してしまった。

　ちょうど、写真家のヘルムート・ニュートンが、フェティッシュ・モードの視覚的に見せつける性質を、肉体の物理的パフォーマンスと結びつけることで、間接的にクライミング用ボンデージの発展に貢献した、と自説を展開していたキャサリンは、「そう、そう、そう…素晴らしいわ」と言いながらイスから小さく飛び上がり、テーブルクロスが見るからに私の方に引き寄せられるほど、指をテーブルの天板に

食い込ませた私の反応にとても満足し、誇らしげだった。「私の意見に賛成してくれて嬉しいわ。否定的な反応をされることが多いから」とキャサリンは言って、プロヴァンスのテーブルに指を食い込ませたままの私の手の甲を撫でた。アインホアはキャサリンに憎しみのこもった視線を投げかけ、私は困ったことになったと悟った。そしてその「困ったこと」は今、バルセロナの駅で私に、泊めてくれることになっていた叔母さんがカナリア諸島に旅行に行ってしまった、と言い訳している。そんなの嘘だってお見通しよ、と私は思うが、どうすることもできない。私は彼女にイカせてもらったか？　イカせてもらった。というわけで、乗車券代を払って、彼女を連れて行く。連れて行く先は、私が泊まることになっていて、カナリア諸島に行かなかった「ターザン」のところだ。

　アインホアは「背中を洗ってあげる」から始まって、湯の流れる音のせいで聞き取り不能だったくだらない理由に至るまで、とっかえひっかえ理由を並べたてて5回くらいバスルームに入ってこようとしたけれど、ドアも私もそれに屈せず、私はようやく孤独と平静のひとときを得て、今起こっているすべてのことを反芻することができた。

　バスルームから出ると、アインホアはいなかった。そこでヴィヴィアン・ウェストウッドのアストロモーダ・ホロスコープのボディ研究にとりかかり、扇情的な閨房のアイテムだったフェティッシュな衣服をモードへと変えたのが、なぜよりにもよって彼女だったのかを調べることにした。ホロスコープの要素のボディにおける流れを観察した結果、まず私が着せたいと思ったのはジャンニ・ヴェルサーチの1992年秋／冬コレクション "Miss S&M" にあるジャケットのフェティッシュ・ボンデージだ。でもその後、ホロスコープのボディに冥王星を持ってきてから、しし座が位置する左側は冥王星と月の関係上[213]、まったく覆い隠さないか、ヴェルサーチのフェティッシュ・ジャケットの細い革ベルトだけにすると決めて、ヴィヴィアン・ウェストウッドのホロスコープには彼の称賛者だったゴルチエが作った、セクシーなボンデージ・モデルを採用することにした。

『フィフス・エレメント』で主役のリー・ルーがユニークなスタイル、すなわち自由落下で車のルーフを突き破ってタクシーに乗り込むシーンで着ていたものだ。

---

[213]　冥王星と火星がオポジション、月と天王星、木星がスクエアの関係にある。

「肉体の最もエロティックな性感帯は、想像力である。」
ヴィヴィアン・ウェストウッド

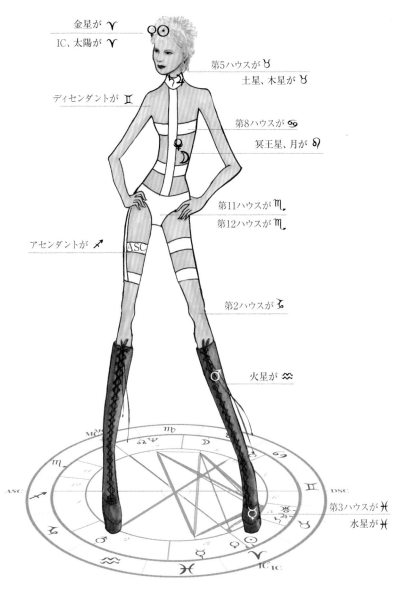

金星が ♈
IC、太陽が ♈

第5ハウスが ♉
土星、木星が ♉

ディセンダントが ♊

第8ハウスが ♋
冥王星、月が ♌

第11ハウスが ♏
第12ハウスが ♏

アセンダントが ♐

ASC

第2ハウスが ♑

火星が ♒

第3ハウスが ♓
水星が ♓

ヴィヴィアン・ウェストウッドのアストロモーダ・ホロスコープのボディ　■不規則な配置
ジャン＝ポール・ゴルチエ　映画『フィフス・エレメント』のリー・ルーの衣装（1997）

439

「あなた、これを着て歩くべきよ！」

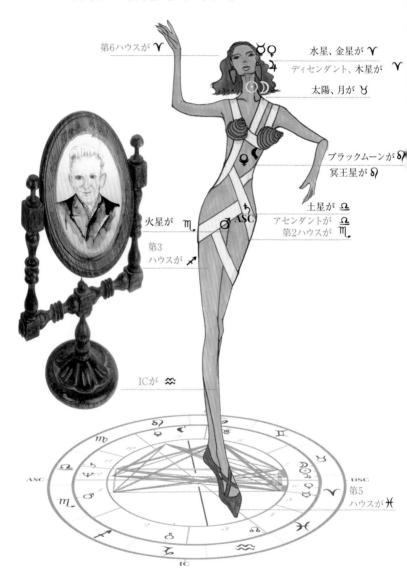

第6ハウスが ♈

水星、金星が ♈
ディセンダント、木星が ♈
太陽、月が ♉

ブラックムーンが ♌
冥王星が ♌

火星が ♏
第3ハウスが ♐

土星が ♎
アセンダントが ♎
第2ハウスが ♏

ICが ♒

ASC ♂

DSC
第5ハウスが ♓

IC

ジャン＝ポール・ゴルチエのアストロモーダ・ホロスコープのボディ　■不規則な配置
インスピレーション：ジャン＝ポール・ゴルチエ "Cone Bra Dress"（1984年）
＆ヨシキ・ヒシヌマ　2004年春／夏コレクションより "Inside-Out 2 Way Dress"

　ゴルチエも紙の上に出現したのだから、ついでに彼のアストロモーダ・ホロスコープのボディも作成して、フェティッシュ・モードをファッション界の混沌の頂点にまで運び上げたこの二人のシェルパの身体に流れるホロスコープの、共通の特徴を探すことにした。スケッチを眺めても、確信の持てる共通項は見つからない。その代わり確信が持てたのは、アインホアが戻ってきたということだ。

　アインホアは私に、何か買わないとトイレを使ってはいけない、と言われたビストロの話をした。それでガムを選ぶと、今度はつり銭にする小銭がないと言われて、結局用を足すためにビストロのロゴが入った帽子とサングラスを買う破目になったという。

「いつもだったら他をあたるんだけど、おしっこがしたくてたまらなくて、ちょっとでも歩いたら漏らしちゃいそうだったのよ。レジに座っていた男に、オッパイを見せろと言われたら見せちゃったかも、それくらい我慢できなかったの！」そうアインホアが笑う間、私はゴルチエのホロスコープに最適なボンデージ服のスケッチを仕上げていた。ゴルチエ自身が編み出した「魚雷」とボンデージに、ヒシヌマの"Inside-Out 2 Way"のドレスを合わせると、うーむ、これはすごい！　私はアストロモーダの新デザインを目の前にかざして、「人物と、ホロスコープに記されたその運命、プラス完璧なアストロモーダ・デザイン」の組み合わせから生じる類まれな波動に感じ入った…ガルルルル、アインホアの説得と私に向けて発してくるプレッシャーを意識しないように努める。彼女には、一緒に大聖堂に行くと約束してしまったのだ。

「…ね、どう、最高でしょ、ワインを買って、大聖堂のそばの足場から日没を眺めるなんて。」

　ウウウウ、これは本当に傑作よ、圧巻だわ。圧巻すぎて、ゴルチエのホロスコープの下に、カリグラフィーのような優雅な字体で占星術師からの一言として書いた。

「あなた、これを着て歩くべきよ！」

「べき」の「べ」と「き」を思いをこめてつないで書いている時に、隣にいる激しやすくしつこく、あまり美人でもないが、性的引力をもったワイルドな娘が言った。

「行く気がしないんだったら、行かなくてもいいわ。ベッドに横になって、私がマッサージしてあげる。」

ブラックムーンが ♈
第9ハウスが ♈

土星が ♉
水星が ♊
太陽が ♋
金星が ♌

冥王星が ♉

ASC ♂
アセンダントが ♍
火星が ♍
月が ♎

木星が ♏
ICが ♏

第5ハウスが ♑

第6ハウスが ♒

ディセンダントが ♓
第8ハウスが ♓

アントニ・ガウディのアストロモーダ・ホロスコープのボディ ■ 不規則な配置
ジャン＝ポール・ゴルチエ　マドンナの "The Blonde Ambition Tour 1990" 向けに作成した衣装

442

「行く気がしないって?! 私を何だと思ってるの。ガウディを案内するって約束したんだから、いざガウディの元へ！よ。」

　なぜそんなに焦って出発しようとしたか、説明しておくと…ガウディ[214]は、カタルーニャ最大の建築の珠玉、バルセロナのサグラダファミリア大聖堂を建てた天才だった。今日では誰もが彼を称賛し、列聖すべきだという声まで聞こえるほどだけれど、1926年、教会に向かう途中に路面電車にはねられて死んだのは、ひとえに彼がホームレスのような格好をしていて、タクシーの運転手たちが病院まで乗せていくことを拒んだからなの。彼は誰からも見放され、一文無しで、健康にも恵まれず、スペイン全土から集まった国民からの募金を、40年以上大聖堂の建設に費やしても完成させることができなかったということで、人々に憎まれていた。この憎しみは、彼の死後もさらに四半世紀続いた。そしてある日、もう一人の高名なカタルーニャ人、サルヴァドール・ダリが、ガウディの創った大聖堂は「恐ろしく、美味な傑作」[215]だと公言した。その瞬間、見放された男は英雄に変わり、今日では世界中の旅行者をバルセロナに引き寄せている。ちなみに、公式には大聖堂（カテドラル）ではなくて、「ただの」サグラダファミリア教会（バシリカ）なのよ…

「この大聖堂って、いくつ塔があるの？」アインホアが尋ねる。私は教会内部で、別次元へと誘う双曲線の天井と、ガウディがアムリタ（甘露）[216]の攪拌に関するインドの伝説からとった亀が支える柱、狂った天才が頭にひらめいたものを三次元のモニュメントに映し出すことに成功したその他の特徴的な要素でお腹がいっぱいになったところだった。今私たちは、外を散歩している。
「それが分かったらねえ…」
　私の答えに、アインホアは見るからに不満そうだった。そして私の尻をパンと叩いた。「嘘ばっかり、ここの石一つ一つのことなら何でも知ってるくせに。」

　　*214　Antoni Gaudí i Cornet (1852.6.25- 1926.6.10)

　　*215　ガウディの大聖堂は "belleza terrorífica y comestible" であるゆえ、ガラスのドームを被せて保存するべきである。

　　*216　Amrit, AmritaあるいはAmrtaはサンスクリット語で「不死」を意味し、不死の霊液を表すこともある。

「いや、本当よ、誰も知らないのよ。理論の上では塔は18あるはずだけど[217]、今は絶対10もないわね」私はそう説明して、居並ぶ丸い塔を見上げ、数えた。すると後ろに反ったせいで頭に血が上って、目の前が一瞬暗くなり、そこにガウディの塔の群れがゴルチエのあの見事なドレスの「魚雷」に姿を変えるイメージが浮かんだ…

「本当に分からない」私はゆっくりと頭を戻し、予期せず降ってわいたこのイメージを味わった。「教会を作ってる左官屋たちに聞いてみたら？」そうアインホアに持ちかけてみる。

「ちぇっ、あなたに教えてもらいたかったのに…どっちにしても、100年以上同じ建物を作ってるなんてすごいわよね」アインホアはそう言って、さっきパンッと叩いた私の身体の部位を優しくなでた。

　アインホアの興味をそらせば、私を心地よく興奮させるのもやめるだろうとの考えから、私は彼女に魔法陣のことを教えた。私たちは正面入り口から左に行ったところ[218]に立って、この巨大な建築物を天国あるいは何か他のパラレルワールドに続く門に変えることのできる鍵を解いている。

　ロナウド[219]の一団とここに来た時に、一人のハンサムな男が私たちを強引にだまそうとしたのと同じ方法で、私も大げさなストーリー仕立てにした。

　そう、忘れないうちに書いておくけれど、ロナウドはもし来シーズンもバルサが彼を使うか、欧州の他の有名クラブに転籍させるかした場合は、『アストロモーダ・サロン』の支店を世界中のファッションの中心地に開けるくらいの規模で出資する、と私に約束したわ。待って、シータ、まだ喜ぶのは早いわ、前に書いた彼のトラブルというのは深刻で、ブラジルに飛ばされるかもしれないの。まあ様子を見ましょう。神の御心次第よ。

---

[217]　塔は十二人の使徒と四人の福音伝道者、聖母マリアとイエス・キリストを表すと言われる。

[218]　La fachada de la Pasión—『苦難のファサード』

[219]　「ロナウド」の名で親しまれているロナウド・ルイス・ナザーリオ・デ・リマ（1976年9月18日生）は、ブラジル出身の元サッカー選手。そのスピードとボール捌きで"O Fenômeno"（フェノメーノ、怪物）とあだ名され、史上最高のサッカー選手の一人とみなされている。

そのモデルみたいなハンサム男は、私を脇に連れて行って、自分の家の天井に鏡のある円形のウォーターベッドに誘ったの。でもまずは約束したとおり、魔法陣の話から始まったわ。大聖堂に魔法陣を敷いたのはガウディではなくて、ガウディの死後60年間かけて「受難のファサード」の彫刻を仕上げた男たちだった可能性が高い、とか説明していた。でもアインホアに、その円形のウォーターベッドのことは？　言わないほうがいい。彼女のマインドが、私たちの肉体の戯れのことを考える暇がないくらいに他の対象を与えなくては。だって、他のそういう経験、例えばそのウォーターベッドと比べても、アインホアとの戯れで自分の頭がいっぱいになってしまっていることに、私は絶望していたから…

それで私は、あのモデル男の人を虜にするスタイルで、魔法陣の謎について話を続けた。ちなみに、それはあなたにトマーシュがファティマにいるというメールをもらう前のことだったけれど、モデル男とは寝なかったわ。身なりの整いすぎた鼻につくイケメンって、タイプじゃないもの。私の話にアインホアは夢中になった。恋に破れた人なら誰でもそうだけれど、善と愛と誠実さが、必ずその対極に打ち勝つような、この世界とは違う、よりよい世界への扉を開けたいと願っている、かわいそうなアインホア。彼女の出身はグラナダとセヴィリアの間にある寂れた村らしい。小学校の時から気立てのいい男の子と付き合っていて、その子は闘牛の大ファンだったお父さんに、闘牛で有名な県の名をとって「カセレス」*220 と名づけられていた。アインホアとカセレスは、村じゅうからもう結婚しているかのような扱いを受けていた。でもカセレスはアインホアだけじゃなく、牡牛たちも愛していたの。「名は体を表す」*221 っていうわね。

カセレスはとても敏捷で、大胆で、牛を自在に操ることができた。

---

*220　例えばエル・エスコリアル修道院の古文書（1221〜1284）には、エルバスの町（エストレマドゥーラ州カセレス県）に伝わる「婚姻の牡牛」という風習についての記載がある。花婿が牡牛を刺激し、すぐに身をかわして、花嫁を魅了するという婚姻の儀礼である。この儀式は、花嫁があらかじめ用意した2本のbanderillas（先端が鉤のような形になった、飾りのついた串）を、花婿が牡牛の首筋と背中の間に刺して終了となる。

*221　Nomen est omen・・・「名前は運命である」を意味するラテン語の言い回しで、どんな名前も特定の運命をあらかじめ定めるものであることを表す。

そしてある時、フィエスタで地元の人々のための余興として、牡牛の背で文字通り宙返りを舞っていたところを、闘牛のスカウトをしていた男に目を付けられた。男は祭りと崖登りを目当てに、この集落に来ていた。そう、クライミングだけがこの辺りの文化で、エル・チョロの村には遠方からもクライマーが集まってきていたの。彼らはまずカセレスだけを連れて行って、カセレスに置いていかれて一人牡牛たちと残ったアインホアも、やがて連れて行かれた。

それは徐々にやってきた。カセレスが、観客たちが興奮し、腹に角が刺さっているのではないかと恐れて絶叫したほどの危険なやり方で、最初の牡牛を殺すと、この才能あるトレアドールはセヴィリアやコルドバ、伝説のロンダなどの名高い闘牛場に出場し、各地で観客と闘牛界の人々を魅了した。じきにビッグスターの座を手にしたカセレスは、スペインで一番の美女たちがベッドを共にしたいと争うまでになり、その中の一人と彼が結婚すると、アインホアの人生は終わった。

アインホアは崖から飛び降りようとした。地上はるか高く、木の梢よりも高いところに立って、頭の中は乾ききり、心も乾ききり、身体の中がすっかり乾ききって、もう涙も出なかった。風が髪を乱し、何も感じずに、目を閉じて前に一歩踏み出した…でも歩幅が小さく、足の下に硬い地面を感じて彼女は驚いた。目を開けたその時、彼女の足の間から、フェティッシュ・モードのボンデージを身に着けたどこかのターザン男のニヤニヤ笑う顔が、にゅっと突き出てきたのだ！
「馬鹿な真似はするなよ、下で俺のビレイをしてる仲間を殺さないでくれ」彼は悟った者の穏やかな声で言った。
「ちょっとどいてくれる？」失恋の瀕死状態からしばらくぶりに何かに目を覚まされたアインホアは、狭い足場の縁に当惑して立っていた。だからターザン男は、崖の頂上に立つために、硬直しているアインホアに身体をぴったりくっつけなければならなかった。アインホアは動かなかった。彼は彼女を抱擁した。彼女は彼の胸に頭をもたせかけた。彼は泥だらけの手で彼女の髪をなで、彼女がやっと「目を覚まして」彼の目を見ると、ターザン男はアインホアに果てしなく長いキスをして、まだ心神喪失している彼女の身体と、夢見心地の彼女の心をロープで結んで、谷じゅうに響く声で怒鳴った。「引っ張れーーー！　コニョ[222]！　落ちるぞ！」

 ＊222　スペイン語の卑俗な表現

そしてアインホアを抱いたまま、死が待っているはずだった奈落の底へと落ちていった。それは永遠に続くかと思われ、これまでの人生が走馬灯のように瞼をよぎったが、トンネルの出口の光か、永遠の闇にぶつかると思った時、落下するアインホアの身体はゆっくり、ふわっと止まった。ターザンの身体と、ロープと、フェティッシュ・モードのボンデージが彼女の命を救ったのだ。ターザンは今、彼女を静かに見つめている。そして弾みで飛び上がった仲間は、驚きのあまり悪態をつくことも忘れて、大声をあげた。

「おまえ、どこでナンパしたんだよ？」

「ねえ、どうだった？」ぶら下がりの先端でターザンが聞いた。

「素晴らしかったわ」アインホアは答えて、恋に破れたハートでもってクライミングの虜になった。そして今彼女は、ガウディの大聖堂を去る前に書き写した魔法陣を前にして座り、この四角形をどうやって通ったら、裏切りのない世界に行けるだろうかと、頭をひねっているのだ。

私は彼女のスケッチに、数字を丸で囲んだ大きさがほぼ同じ二つの正方形を書き加えた。古い方の二つの魔法陣では横に並ぶ数字を全部合計すると34になるが、私が書き加えた方は、ガウディあるいはバルセロナの大聖堂に魔法陣を配置した何者かが1ずつ数を減らして、合計が33になるようにしたものだ。

私はといえば、大聖堂の塔がゴルチエのフェティッシュ・ドレスの「魚雷」になって見えたイメージを具現化する作業にとりかかっていた。ガウディのアストロモーダ・ホロスコープのボディにそれを書き写すと、やはり魔力のある物体が生まれた。ゴルチエの時と同様、伝説の建築家のボディにも冥王星♀とブラックムーン☾を書き入れた。私のフロイト的解釈によれば、どちらの「惑星」も、この二人の創作活動の深い性的動力になっている。フロイトがリビドーと呼び、ヨギーニたちがクンダリーニと呼ぶものがそれに当たる。この二つの天体が、ゴルチエとガウディにとっては非常に重要な役割を果たしている。占星術者たちは昔から、冥王星もブラックムーンも性と結びつけて考えてきた。今私がこれらの天体に見いだそうとしているものは、それより一段深いところにある。私は、なぜゴルチエが、例のドレスを「形づくる」元になったおばあさんのコルセットを見て興奮したのかを知りたいのだ。それから、この「興奮」の感情、根源、エネルギー、力についても解明したい。ガウディの次の言葉にあるような感

447

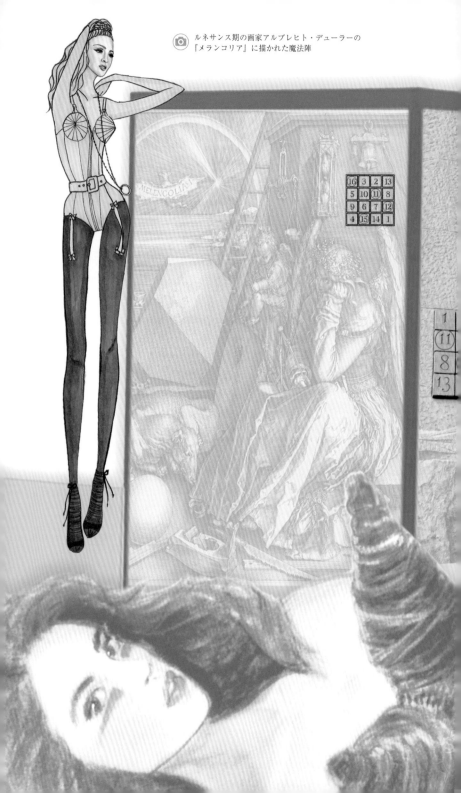

ルネサンス期の画家アルブレヒト・デューラーの
『メランコリア』に描かれた魔法陣

「…私たちは、巨大な建築物を天国あるいは
何か他のパラレルワールドに続く門に
変えることのできる鍵を解いている。」

「…目の前が一瞬暗くなり、
そこにガウディの塔の群れが
ゴルチエのあの見事なドレスの
「魚雷」に姿を変える
イメージが浮かんだ…」

丸で囲んだ数字を
配した三つの魔法陣

情、インスピレーションの波動、衝動についても明らかにしたい。

　「神による世界の創造はまだ終わっていない、それは私たち人間を通じて絶え間なく続いている。しかしだからといって、『偉大なる作品』の幕を取り去るためだけに人は創造する、ということではない。」

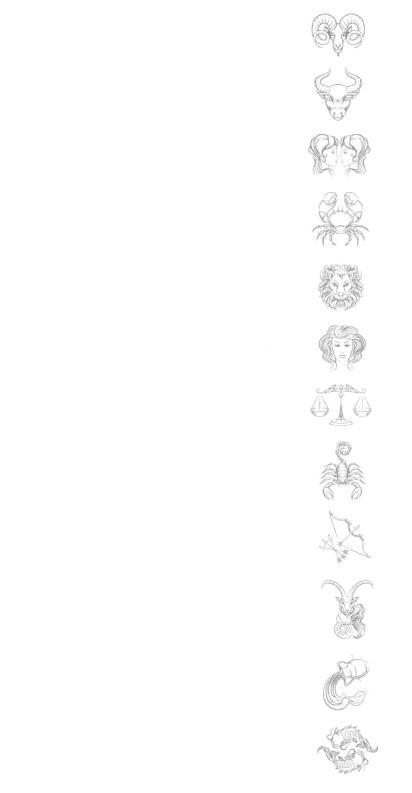

第21章
女巡礼者の折れた爪

　マスターを訪ねて『さまよえる庵』へと向かう。私の影もついてくる。シウラーナに、クライマー向けの山小屋を経営するアントニーという友達がいるという。

「ずっと訪ねて行きたかったの、ワシが羽を広げて旋回する峡谷を見下ろしながら、オレンジ色の岩壁を登る素晴らしいクライミングができるって言ってたから」アインホアはそう言って、早速私と勇み足でタラゴーナに向かい、そこからガウディが生まれたレウスという小さな町へ、さらにコルノデヤ*223を始めとする辺鄙な村々を通り抜けて、あらゆる道が終わる世界の果てまでやって来た。

　マスターが教えてくれた、小さな村とワシが旋回する峡谷に挟まれた丘の上の城址は、すぐに見つかった。城の持ち主はあのビュースの宗派に似た、アルビジョア派*224と呼ばれる人々で、異端審問で有罪とされて、この城と同じ運命をたどった。残ったのは廃墟だけ。

「岩壁のそばの駐車場を出たら、堀を越えるんだ。越えたら廃墟を囲む柵の穴をくぐって、中に入ったら岩の中に掘ってあるような部屋に下りると、そこに僕がいる。恐らくまた瞑想しているから、『マスター、寝ちゃったんですか』って僕を揺すり起こしたりしないで！ただ瞑想に加わればいいんだ」マスターは『さまよえる庵』への道をそう私に説明し、一緒に瞑想した時のことを思い出して微笑んだ。

「柵で囲ってあるわ」私が柵の穴を探していると、アインホアが言った。

「だから入らなくていいのよ。」

「分かってる、入らないわよ」彼女が予期せずそう言ったので、私はほっとした。「クライマー小屋に行って、トニーのところにタダで泊

　＊223　Cornudella de Montsant

　＊224　12世紀ばから13世紀半ばまで盛んだった宗教運動で、キリスト教原初の原則への回帰を唱えたが、中世の教会の慣習とは立場を異にしていた。1187年には正式に異端とみなされ、その後初めは説教を通じて、やがて異端審問の暴力行為によって、次第に迫害されるようになっていった。

めてもらえるように話してくる。いるのはこの辺なの？」

「マスターのこと？　そう、すぐそこだって」私は柵の向こう、廃墟の「入り口」の方を手で示してみせた。

「Suerte, nos vemos」私の影は私に向かって親指を立てるジェスチャーをし、肩にリュックをかけて去って行った。

　やっと独りになれた。私は座って息をのむような谷底を見下ろし、自分と自然だけを感じた。マスターが "Boys don't cry" と名付けた『さまよえる庵』は、まるで例のアルビジョア派の人々がその純粋な信仰で永遠の清めを行ったかのように[225]、素晴らしいところだった。

　この幸福感を完全なものにするには、足りないものが一つだけある。マスターだ。彼がここにいないのだ。2時間待っても来ないので、私はすっかり平静を失っていた。太陽は西に傾き、ここがどんなに見事な場所でも、城の廃墟で夜を明かすことは避けたい。肝試しのためにここに来たのではないのだ。私は伝言か何かがないかと、庵の中を歩き回って探した…あ、Tシャツだ！　庵から上に上がる斜面の、谷底を見下ろす位置にマスターの岩登り用の青いTシャツがぶら下がっている。私はそれを取るために斜面を這い下りた。足を滑らせることがなければ、ここで夜を越さなくても、今日は肝試しの勲章がもらえそうだ。両ひざが、ミシンのようにカタカタ震える。この震えが無駄にならないように、何か意味のあるものが見つかることを願う。私は汗だくになって半狂乱で、Tシャツに手を伸ばした。シャツの中に小さな箱がある。

　文字通り這って庵まで戻った。Oh meu Deus、こんなに爪が折れたことなんて、恐らく…一度もないわ！　私はため息をついて、爪切りバサミでざっと整えた。ため息をついたのは、バルセロナで施したフレンチネイルが台無しになったからだけではなくて、そもそも箱のあるところにマスターはいないのだと悟ったからだった。

　それから、何度も「あーあ」とつぶやきながら、ハサミでその箱を開けた。

---

*225　神は罰せず、褒めることもせず、命令することも、禁止することもない。神は永遠であり、人間を含むすべてのものの内に常にある。ゆえに人は、自己の内面において神を知るための旅にあっては、仲介者も、礼拝堂も、教会も必要としない。

original ASTROMODA®

「何が起ころうとも、親愛なるクララ、
　笑うことを忘れてはだめだよ。
　笑いがあれば、悪を善に、
　死を生に変えることができるのだから。」

親愛なるクララ、

きみが僕の手紙を見つけてくれて、とても嬉しいよ (^^)

ビュースを発ってアプトに着く前に、二人のきょうだいたち─ドイツからここシウラーナにやって来たクライマーたちが車に乗せてくれた。素晴らしい人たちで、道中ずっと野菜に大豆をあえたものを食べさせてくれ、仏僧プッタタートのアーナーパーナ・サティの瞑想について語ってくれた。二人はプッタタートのいるタイの僧院から、ちょうど帰国したばかりだそうだ。車はあっという間にここに着いてしまった。瞬く間に二晩が過ぎて、『さまよえる庵』は『赤の／緑の／青の／黄色の／白の庵』とは違って動きを求める庵だから、僕はまた出発しなければならなかった。だから待てなかったんだ。君が望むなら、10日後の満月の日に、アリカンテの近くの海を見下ろす『さまよえる庵』にいるよ。僕を見つけるのは簡単だ、カルパという町のはずれに岩山があって、その頂までハイキングコースが伸びている。入り口はゲート式で門番がいて、そこから細いトンネルで岩山の中を通って、抜けると番号をふった見晴らしポイントがある。僕は6番と7番の間の岩壁の中に隠れている。「マスター、寝ちゃったんですね」と呼んでくれれば、僕はきみが来たとすぐ分かるよ。

でも率直に言うと、きみは今、僕を必要としていない。ビュースできみに会ったけれど、今のきみには、自分の経験という小石を集めることの方が必要だ。今は「さまよえるオランダ人」の方を探して、これ以上無理という状況になったら、ワイヤーとロウで封をしたもう一つの封筒を開けるんだ。それまでは開けてはだめだよ。

ねえ、クララ、昨日の夜、きみも好きそうなこの美しい景色を眺めながら何となく座っていたら、風が僕の頬に吹いて、その香りと思いがけない冷たさに、この庵で瞑想に集中した冬のことを思い出したよ。あれは1991年5月に、貯水池のほとりでジャボン…と覚醒の輪に到達するよりも前のことだった。

あの時一番大変だったのは、この『さまよえる庵』までの道のりだった。だからこの庵を "Boys don't cry" [226] と名付けたんだよ。

まず、フランス側のカミーノ・デ・サンティアゴの始点ル・ピュイで、事故に遭った。車は動かないし、あたりは山々と、吹雪と、荒野だけ。じきに車はすっかり雪に埋もれてしまって、それに気づかない

---

[226]　当時流行っていたバンド『ザ・キュアー』の歌と、この岩壁にあるボルダリングルートにちなんで。

巨大な除雪車に危うく僕たちもろとも鉄くずにされるところだった。ツイていたようだけど、それほどのツキでもなかった、だってそれから1週間というもの、災難続きだったから。あらゆる困難をようやく乗り越えたと思えた時、有名なポブレー修道院*227のそばを通って近道したんだが、山をシウラーナに向かって下る最後の坂道で、ブレーキが故障した。僕たちには二つの選択肢があった。右側に立っている木々のうちのどれかに正面衝突するか、左側の谷底に落ちるか。じっくり考えている時間などなかった。エアバッグもシートベルトもない車が、毎秒加速して、次のカーブを曲がりきれるかも分からない、という状況だったのだから。

　きみは今まさに、その瞬間にいる。僕たちは木に衝突することを選んだ。きみがどちらを選択するか、僕は楽しみだ。何が起ころうとも、親愛なるクララ、笑うことを忘れてはだめだよ。笑いがあれば、悪を善に、死を生に変えることができるのだから。

きみの宇宙のきょうだい

ナガヤーラ

---

 *227　El Real Monasterio de Santa María de Poblet

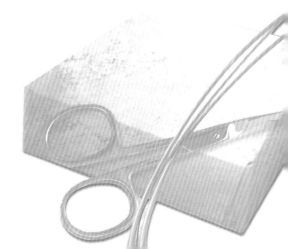

第22章
コリーダ・クンダリーニ

　私は手紙を読み終えた。ショックだった。あんなに楽しみにしていたのに、こんなことになるなんて。

　洞窟の中に座って、庵からワシの巣に当たる西日を眺め、沈んだ気分で今知った情報を反芻した。ここでマスターに会えないとは思っていなかった。2日後にはトマーシュに約束したとおり旅に出なくてはならないから、アリカンテに行く時間はない。手紙を読んだ後となっては、行くだけのモチベーションもなかった。マスター、マスター…「今のきみには、自分の経験という小石を集めることの方が必要だ…」この数週間で、なんと多くのことが私に起きただろう…私には立ち止まって考える気もしなかった。私が探し求めているその「もの」がトマーシュなのか、私の股に差し込まれたアインホアの手のせいで、私が違う人間に変わろうとしているのか、…なのか…なのか…なのか…涙で視界がぼやけて、私はすべての「…なのか」に対峙する力を絞り出そうとでもするように、手紙を握りしめた。目を閉じて、ビュースで瞑想したときの風が身体を吹き抜けていくのを感じようとする。握りしめた手紙から立ちのぼる言葉が、痛み始めた孤独な心をいっぱいに満たすにまかせる。すると突然、私の身体も、読んだ内容のすべてを理解し始めたような気がした…

　夕暮れの冷たい空気に、私は瞑想から覚めた。『さまよえる庵』から、夕の祈りと瞑想と、終わろうとしている一日についての沈思を始めようとする隠者の悲し気な言葉が聞こえる。そこで私はさっと立ち上がって、世界の果ての山の中にある道の終わり、いや始まりで、谷底に落ちるか、木に衝突するか、どちらを選ぶかを決めに行くことにした。

　シウラーナを出て、マドリードから80キロの距離にある、ヨーロッパ史上最も有名な聖女の一人、アヴィラのテレサ[228]の名を冠し

🅣 ＊228　テレサ・サンチェス・デ・セペダ・イ・アウマダ（Teresa Sánchez de Cepeda y Ahumada, 1515.3.28 - 1582.10.4）、サンタ・テレサ・デ・ヘ

た町に向かう。トマーシュはこの聖女を崇拝するあまり、私にルルド
からサンティアゴ・デ・コンポステーラまでの1000キロもある長い
行軍を免除してくれたのだ。

　私はポンポン跳ねるバスの座席に座って、誰ともなくテレサの祈り
と呼ぶようになった彼女の言葉を小声で繰り返していた。トマーシュ
が、ガイドブックに挟むようにとくれたしおりにその言葉が書かれて
いて、そのテレサの「ペップトーク」＊229 に今私は、信じられないほ
ど救われている。

「何事にも心をかき乱されるな、
　何事にも脅かされるな、
　あらゆるものはいつか終わり、ただ神のみが不変である。
　耐えればすべてが可能となる。
　心に神を有する者は、何も欠くことがない。
　神はすべてであり、神のみで足りる…」＊230

「何か言った？」

　いや、私は独りではなかった。私の影、アインホアも一緒だ。ト
ニーは今、9b クラスのクライミングの極限に挑む練習にかかりきり
で、精神の痙攣状態にあるとかで、とても一緒にいられない、それに
ここシウラーナに久しぶりに来てみたら、人でごった返していて耐え
られない、などなど、それから偶然アヴィラの近くに行く用事がある
と言う。

　トニーは、ビュースで会ったターザンたちを物差しにすれば、結構
マシな部類のように思えた。岩壁の真ん中で、くわえたマリファナか
ら煙を立ち昇らせて、空の上からゲラゲラ笑っているようなヒッピー
ではない。トニーもかつてはそうだったという。シウラーナにいつも

スス（Santa Teresa de Jesús）としても知られる。1614年に列福され、1622年に
はローマ法王によって列聖された。1970年には女性として初めて、「教会博士
（doctor ecclesiae）」の称号が与えられた。この称号は「列聖されており、正統な信
仰を持ち、優れた教義を有し、存命中にもまた著作を通じて後世においても、信者の
精神によい影響を与えている」という四つの条件を満たす著名な神学者および神秘主
義者に、ローマカトリック教会から授与されるものである。

＊229　激励の言葉

＊230　Nada te turbe, Nada te espante, Todo se pasa, Dios no se
muda, La paciencia Todo lo alcanza; Quien a Dios tiene Nada le falta:
Sólo Dios basta.

に比べて人が多いかどうかは、私には判断しかねる。でもポンポン跳
ねるバスに2時間揺られるうちに、初めはまず嘘だろうと思っていた
のだが、アインホアが本当にアヴィラの近くに用事があることが分
かった。
　ゴシップ紙に、アインホアの愛するトレアドールが妻と大ゲンカを
して、彼女と幼い娘を残して家を出た、という記事が載ったのだ。ア
インホアはこれを何かのしるしだと思った。私にちょっかいを出すの
もやめたほどだった。そして、カセレスがサラマンカの闘牛場"La
Glorieta"で、数万人の観客を前に彼の78頭目になる牛をしとめる機
会を得ると知ると、彼女は運命が二人を再び巡り合わせようとしてい
ると確信するようになった。
「78というのはタロットカードの1組の枚数で、そのあとはまた新し
いサイクルが始まるの。ちょうど78頭目の『トロ・ブラヴォ』＊231 の
あとで、私たちの関係の新しいサイクルが始まるようにね」アインホ
アはタロットカードを握りしめて何時間もそう主張し、私にも同意の
表明を迫った。
「あなたもわかるでしょ、クララ、ね？」

　何と答えればよかったのかしら？　私だって、あなたからトマー
シュがあのカナダ娘を捨ててファティマへ行ったと聞いた時、同じよ
うに運命の弦にしがみつこうと躍起になっていた。そうならなきゃい
けないんだ、と思っていたから、理性もかなぐり捨てて行ったわ…そ
れがどんな感覚なのかは言葉で言い表せないし、分析できるようなも
のだったらファティマなんかには行かなかった。そうしたらご覧のと
おり、私はナンセンスだけどとても強い「女心の魔法」を信じて進ん
でいって、トマーシュをまた手に入れたわ。奇跡なのかしら？　出来
事の偶然の一致？　それとも人間の運命を奏でる宇宙の楽器の弦のし
わざ？　そんなの、どっちでもいいことじゃない？

「もちろんよ、アイ、これは運命よ。彼が78頭目の牛をしとめたら、
あなたと彼はまたよりを戻して、死ぬまで幸せに暮らすのよ」私が心
優しい占い師の声色でそう言うと、アインホアは感謝の眼差しで私を
見つめた。結局私はこの犬のような瞳のせいで、サラマンカを経由す

＊231　"toro de lidia" とも。闘牛用に飼育される野生牛の種。

ることになったという次第だ。

　鞭打苦行をする僧侶のような心持ちで進むトマーシュは、1日でカミーノの区間を二つか三つも制覇していて、もうブルゴスあたりにいる。ということは明日レオンに着くということだ。旅の計画が微妙に変わったことに、彼は大喜びした。

「本当に嬉しい驚きだよ！　アヴィラのテレサの心臓が見たかったんだ。アルバ・デ・トルメスの修道院に展示されていて、サラマンカからはたった30分のところだよ！　そこから一緒にアヴィラに行こう。」

　それって本当なの？　ただの例えなの、それとも500年前に死んだ人の心臓が、本当にどこかに展示してあるの？　でも今は希望にあふれ、愛に焦がれるアインホアのことで手いっぱいで、史実やテクニカルな雑学を調べている暇はない。ともかく、トマーシュが元気そうでよかった。

　サラマンカは歴史の香り漂う小道が織りなす、素晴らしい町だった。ポケットに闘牛のチケットを入れたアインホアが、闘牛の博物館である"Museo Taurino"で必要知識の講義を授けてくれた。自然の力と人間の業との緊張関係の中に度胸が溶け込んでいるこの伝統芸術を、私が相応の深みまで味わうことができるように、だそうだ。

　今のところ、私が感銘を受けるようなものはあまりないようだった。全速力で駆けてきて頭突きする2頭の牡牛、その頭蓋骨が鈍い音をたてた次の瞬間、アリーナの真ん中に倒れて死ぬ牛たちに、魅力は感じない。むしろその逆に…野蛮で恐ろしい、不快なものに思えた。

　アインホアはあきらめず私に、そんなに堅苦しく考えることはない、クレタ島にも昔、牛の背中で宙返りをしたりする「牡牛の踊り」[*232]という宗教的かつ社会的な儀式があって、競技場で行われていたが、この踊りが理解できなかった近隣の民族がこれをもとにミノタウロスの伝説を作り上げたのだ、とまくしたてた。

「昔クレタ島では、女性も闘牛に出ていたって知ってた？　私だって、できるなら今すぐマタドール[*233]になりたい、カセレスみたいに！」

[*232]　スペインには"recortes"と呼ばれる、この「ダンス」に似た踊りがある。Los recortadoresたちは、走ってくる牛を後ろに反り返ってかわすか、または牛を飛び越える。

[*233]　かつて、とりわけ19世紀末から20世紀初頭にかけてのスペインでは、女性の闘牛は法律で繰り返し禁止されてきたが、1974年8月10日以降、女性もマタドールになることができるようになった。現在メディアでも有名な、1991年3月

アインホアはまるでもう闘牛場にいるかのように、頭をグイと突き上げ、片足を踏み鳴らした。

　そうね、そして二人で世界じゅうの牛をめった打ちにするの、これこそ揺るぎない愛ね、そう頭によぎるが、黙っている。だって、彼女のためにここにいるのだもの。

　独りでポツンと座っている姿を元彼に見せたくないがためだけに、アインホアは私を闘牛に引っ張り出した。確かに、第一印象としては良くない。それに "Museo Taurino" では、ついに "indulto" という好感のもてる作法にも巡り合えたのだ。トレアドールに心臓を一突きされる直前に、観客全員がハンカチを振って牛のこれまでの闘いを称えるなら、その牛は殺されずに済むことができる [234]。*この "indulto" の恩赦を受けた牛は、古代ローマの最も勇気ある剣闘士と同じ特権を得る—すなわちもう二度と闘牛場に帰ってこなくてよく、英雄の名誉ある隠居生活を満喫することができるのだ。*

「クライミングと同じよ」とアインホアが説明する。「岩登りは最初がいちばん難しい。同じところを二度目に登る時は、ずっと上手になっている。闘牛に出たことのある牛はどんなトレアドールも嫌がるわ、当然でしょ。何が起こるか知っている動物と対戦するなんて、命が危ないわ…」

「じゃあ今のこれは安全なの？」

「もちろん安全じゃないわよ！　闘牛は人間が置かれうる最も緊迫した状況において、いかに勇気があり、神経と肉体の動きを制御できるかを測る試練なんだから。命の危険がなかったら、たとえばトレアドールたちが角が貫通しないベストを着ていたりしたら、"toro bravo" との接近戦の最大の魅力が台無しよ！　でも総じて闘牛で命を落とすことはあまりないわ。人間側の話だけど」アインホアはそう言って、眉をつり上げた。「1984年と1985年だけは別で、二人のトレアドールが続いて死んだの。一人はコルドバで、もう一人はマドリードで。パパは今でも近所の人たちとその話をしているわ。どこで間違いを犯したのか、もしああしていればこうなっただろうとか。トレア

11日ムルシア生まれのConchi Reyes Ríosや、1994年2月9日生まれのコロンビア人Rocio Morelliなどがその例である。しかしながら、伝統を重んじる観客や、一部の保守的な同業者からは、女トレアドールはほとんど受け入れられていないのが現状である。

🔮　＊234　勇気ある剣闘士と同様、観客が親指を立てるしぐさをすれば、負けても死を免れることがある。

ドールの死はそれほど特別な出来事なのよ。」

　闘牛のレクチャーを、やかましい音楽が遮った。

「これはpaseilloといって闘牛の幕開けよ、トレアドールが観客に挨拶するの、それで、」アインホアは飛び上がって、アリーナに向かって声を上げた。「これが私の愛する人よ。」観客席の喝采に合わせてぴょんぴょん跳ねながら、ものすごく奇抜な衣装を着た、エレガントな伊達男を指さした。どんな素材を使った衣装なのか、見てみたい。うん、アインホアがホテルで彼の服を脱がせたら、すぐに研究することにしよう。

　不意に、アストロモーダのスクリプトにあった奇抜な短い「ジャケット」の絵を思い出した。作者はバレンシアガで、彼はフランスで創作したデザインのそこここに、祖国の残影を焼き付けている。彼にとってのミューズはスペインの有名画家たちの絵画で、マドリードの『プラド美術館』で研究したそれらの絵の芸術的影響の下、視覚的に重い、過剰に装飾を施した作品を生み出した。トレアドールの衣装[235]とゴヤの絵画にインスピレーションを得た1946年の"Bolero Jacket"[236]がその一例だ。あるいは、大成功を収めたライン"Infanta"を発表したコレクションの、巨匠ヴェラスケスが描いたスペイン王女マルガリータのドレスに似た作品も同様である。

　そしてそれは始まった。

　トレアドールが助手の一団とともに、円の中で牛の興奮をあおっているが、牛を痛めつけるようなことはしていない。VIP席のエレガントなマダムが、牡牛を見る代わりに私たちを凝視していて、すでに危険な空気を感じる。

「あの人、知ってるの？」

「あれが例のメスブタよ」アインホアが、心酔する彼を見つめたまま、嫌悪のにじむ声で絞り出すように言った。メスブタというのはカセレ

---

*235　金糸・銀糸で織られ、光を反射するスパンコールが縫い込まれたトレアドールの伝統の「ユニフォーム」は"traje de luces"（光のスーツ）と呼ばれる。ホセリート・エル・ガジョの愛称で知られたスペインで最も名高いマタドールの一人、ホセ・ゴメス・オルテガの闘牛服は、2006年に8万5千ポンド（1093万8222円）で売り出された。

*236　1946年秋／冬コレクション。同年、刺繍入りボレロのほかにも"tonneau"（樽）ラインを発表し、初の香水"Le Dix"を発売した。

スの妻を指す言葉らしかった。これはまずい。私はそう考えて、その
美しいご婦人の憎しみのこもった視線に向かって手を振った。彼女は
微動だにしない。まるで催眠術師のように凝視している。これは本当
にまずいことになった、と私は確信した。このご婦人がいなかったと
しても、私たちの78番目のタロットカードのミッションは成功する
望みが薄かった。そこに夫婦の三角関係が加わっては、望みはまった
くないに等しい。

　私が悲観的予測を下したその時、馬に乗った男たちがアリーナにな
だれ込み、長い槍で牛の背を突き始めた。そこで直ちに私は飛び上が
り、2枚のハンカチを振って、腹の底から怒鳴り声を上げた。
「Indulto! Indulto! Indulto!」

　アインホアはひっつかむようにして私を座席に引き戻し、やや楽し
気に、でも少しうんざりしたように、私をなだめた。
「バカなまねはよしてよ、クララ、まだtercio de varas＊237なのよ、
今牛を放免するわけにはいかないわ。」

　隣の観客たちははっきりと分かるように額を叩いてみせた。「また
どこかのイカれたドイツ女だよ」初老の男の声が聞こえる。いつもの
常套句で、私の常軌を外れた行為で気を悪くした人々をなだめている
ようだった。

　tercio de banderillas＊238になって、三人の男たちが牛の肩に銛を刺
している。牛は明らかに怒り、痛がっている。私は心の抑えがきかな
くなり、また飛び上がってハンカチを振り…今度は私が立ったせいで、
牛がハリネズミに変身するところが見えなくなった男に、あっという
間に座らされた。

「Nos permita, por favor?＊239家族で文化を味わいに来たんですよ、
あなたの背中を眺めるためじゃなく！」いかにも「お父さん」といっ
た風情の男が、妻の分まで私に文句を言った。アインホアも彼の味方
をする。

「お願いだから、座っててよ！　牛を放免できるのはtercio de
muerte、『死の第3幕』の終盤だけよ。まずはトレアドールがムレー

＊237　闘牛の第1幕で、トレアドールが牛の習性を見極める。反応をつかむ助
けをするのはlos picadores（ピカドール）たちで、牛をそそのかしつつ、ア
リーナから逃げてしまうのを防ぐ。

＊238　3幕それぞれの始まりを告げるのは闘牛の主催者で、ボックス席から白
いハンカチを振って合図する。

＊239　ちょっとすみません。

火星が ♉

木星が ♊　♃

アセンダントが ♌　ASC

土星が ♏

月が ♐

太陽、水星、金星が ♒　☉　☿

クリストバル・バレンシアガのアストロモーダ・
ホロスコープのボディ ▲規則的な配置
インスピレーション：クリストバル・バレンシアガ
"Bolero Jacket"（1946年）

466

MCが ♈

火星が ♉

第11ハウスが ♉

木星が Ⅱ ♃

第12ハウスが ♋

第2ハウスが ♌

アセンダントが ♌

ASC

第3ハウスが ♍

ICが ♎

土星が ♏

第5ハウスが ♏

月が ♐ ☽

ディセンダントが ♒

第6ハウスが ♑

太陽が ♒

水星、金星が ♒

DSC

第9ハウスが ♓

クリストバル・バレンシアガのアストロモーダ・
ホロスコープのボディ■不規則な配置
クリストバル・バレンシアガ
"Infanta" のドレス（1939年）

467

タ*240 を持って、牛と伝統の tandas*241 を舞うんだから、落ち着いて。ああ、tandas の時は黙っててよ、さもないと退場させられるわ。それから、トレアドールが動きを速めてどんどん牛の方へ迫っていって、心臓に剣を突き刺すことができる位置に追い詰めるの。そこまできたらハンカチを振り始めてもいいけど、大声を上げるのはやめて。トレアドールにとっては命を危険にさらす正念場だし、観客は完全な恍惚状態にあるんだから、そこで邪魔するのはよくないわ」牛の生涯のフィナーレが訪れる前と、訪れた時の振る舞いについて、私は説教を受けた。

　そしてその時が来た！　トレアドールが動きを速め、その奇抜な衣装が、その長く鋭い角でトレアドールを突き刺そうとしている、怒り狂った400キロの怪物の皮膚を文字どおりなでていく。

　どうにかしなければ、牛は今にも心臓を剣に貫かれる、もしトレアドールの剣が外れたら、別の剣を首筋に受けるだろう、そしてもし地面に倒れてもがいたら、短剣でとどめをさされるのだ。

「Indulto!」私は招く結果のことは考えず、この哀れな動物のことを思ってまた飛び上がった。「Indul...」後ろの席の例の「お父さん」が私を押し戻そうとする…「Indulto! Indulto!」私は身体全体をよじらせて、肩に置かれた彼の手の力に抵抗する。「Indulto! Indul...」トレアドールが牛の前で尻もちをついた。

「Cáceres!」と、今度はアインホアが飛び上がったが、観客は急に押し黙った。大きな赤紫のケープ「カポーテ」を手に牛の尻の横に立っている二人の助手と同様、トレアドールが足を滑らせた一瞬のすきを巧みに利用して、座ったトレアドールの尻を角ですくい上げる様を、茫然と見守っている。

「Cáceres! Cáceres!」アインホアは何度も叫び、無我夢中になってアリーナの方へ駆け下りていった。彼女の愛する男からは、血が間欠泉のように噴き出している。牡牛に動脈をやられたらしい。すべては一瞬のうちに起こった。アインホアとカセレスの妻、そしてアリーナに担架を持って駆け込んできた救助係が、78頭目の牛を殺せなかった、死にゆくトレアドールの身体を奪い合うようにしている。

「彼の最後の言葉は、"Te quiero, amor" だったの。」それが、何時

 ＊240　有名な「赤い布」

 ＊241　独特のステップパターン

間ものショック状態を経て、アインホアが最初に発した言葉だった。その間、地面に崩れ落ちて嘆き悲しむ彼女を、少なくとも10回は抱き起こした。それから二人の若者の手を借りて、アインホアをホテルの部屋まで連れて帰った。彼らもアインホアのトレアドールの最期と、誰も彼女を彼の元から引き離すことができなかった様子を見ていたのだ。部屋で私は、血まみれの服を見るたびにさっき経験したことを思い出さないように、アインホアの服を脱がせた。でもあまり意味がなかった。服を脱ぐと、手と顔についた血が汚れていない部分と対照をなして、くっきりと浮かび上がったのだ…アインホアはベッドの端に、危なっかしげに腰かけていた。あああああ、もう、こんな時にはどうしたらいいの？　こんなにもすさまじい痛みを前にして、何をしても無駄だと分かっている時には…私はタオルを濡らして、ぬるま湯で慰めるように彼女の汗と血をぬぐってやった。それから彼女は私に裸の身体を押しつけてきた。部屋は暑かったけれど、その身体は寒さに震えていた。私は二人の上にシーツをかけ、今なら彼女も眠るかもしれない、と思ったちょうどその時、アインホアが情熱的に私を愛撫し、キスしてきた。

　私たちは長いこと愛し合った。一言もかわさずに。静寂と、二つの身体と、吐息と喘ぎ声だけの空間。死の根底から生のエクスタシーが湧き出て、ベッドを揺らした。

　静まり、慰めを得た二つの身体が並んで横たわる中、私の腕の中でアインホアがまた言った。

「彼の最期の言葉は、『ハニー、愛してるよ』だったの。」

　一連のホラーのように混乱した光景をもう一度思い返してみると、それは妻に向けて発せられた言葉だと思われた。でも真実はどうだったのか議論することは、今は絶対にやめておこう。

「そう、あなたをとても愛していたのね」私は彼女の腕をなでて、その後長いこと小さな部屋の天井に映る外の通りの影を見つめ、アイが寝るのを待った。

　朝は早く目が覚めた。外はまだ暗い。私の良心と同じだ。昨日は死を目の当たりにした。恐ろしい出来事で、ショックを受けた。それから、あのことが起こった。でも「夜より賢い」はずの朝になってみたら、良心の呵責で目の前が真っ暗になった。トマーシュに何と言おう？　そもそも、言うべきなのか？　いや、何も言うのはやめよう！

この子は牛に恋人を殺されたんだ、仕方がないじゃないか！　いやで
もマスターは、人間の内面のシルエットの土台は真実だと言っていた
…[242]

Porrrrrra! 獅子のように吠えながら、魚のように黙っていたい。私
はできるだけ音を立てずに荷物をまとめて、そっと部屋を出た。靴は
ホテルの階段の薄暗がりで履いた。置き去りにしてきた私の影を、起
こさないように。今消えてしまえば、あれは別の人生で起きた何かの、
もしかしたら起きなかったかもしれない何かの、靄に包まれた、いや
忘れられた思い出として二人だけの間に残るのだ。

　始発のバスに乗ると、すぐにアルバ・デ・トルメスに着いた。ここ
ならほっとできるはずだ。有名なアヴィラのテレサの心臓はこの町の
修道院にある。修道院は宗教裁判の手が及び始める直前に、テレサが
創設した。ああ、スペインの宗教裁判ね、あの悪名高い。昨日の夜の
私とアイを見たら、待ってましたとばかりに弾劾することだろう…

　装飾を施したフレームの中の、ガラスケースに収められた心臓を、
ほとんど何も考えずに凝視する。この静寂はどこからきたのか？　信
じられない、私の心は完全に静まっているみたい…Merda! 誰かが鍵
を落とした音が石の壁に反響して、私は飛び上がった。静寂よさよう
なら、私はため息をついて、説明書きを見た。度重なる迫害の果てに
投獄されて、信奉者たちとともにもう少しでビュースのヴァルドー派
やシウラーナのアルビジョア派と同じような運命をたどるところだっ
たアヴィラのテレサは、1582年10月4日、ここで死んだらしい。
　テレサがもしその翌朝まで生きていたら、その日は5日ではなくて
15日だった。というのも、テレサの死の翌日に世界は今使われてい
る近代の暦に移行し、それにともなって歴史から10日間を消去した
からだ。アヴィラのテレサは、古い時代とともにこの世界から姿を消
したのだ、という考えが浮かんだ。でも彼女の心臓は、新しい時代に

---

[242] 「真実は人間の家の土台である」という、伝説のナーローパの言葉を言
い換えたもの。アストロモーダ®においてはそれが人間の体形のシルエットを
指すとも解釈できる。「空間に住むということは、その空間を自分の身体の一部とみな
すことである」のモットーに従って、テントに袖を付け、頭と足を通す穴を開けて服
にした、ルーシー・オルタのコレクション "Refuge Wear 1992" がその一例であ
る。

あっても生き続けた。セラフィムの槍[*243]に射抜かれて、それは奇跡の心臓になった…牡牛の角に射抜かれたトレアドールの心臓は、まるで人間など取るに足らないものだとでもいうように、命をばらばらに破壊して何千滴もの血をまき散らしたというのに。テレサが18の女子修道院を創立したのに加えて、14の男子修道院の設立を支援した十字架のヨハネ[*244]が言ったように。

「すべての存在は無であり、その憂い事も行為も、神の目には無よりも小さく映る。」

　トマーシュはまだ来ない。そこで買った2冊の本の中から、昨日の悲劇に押しつぶされそうな私の目が釘づけになっているこの心臓が、修道院の一室の薄暗がりで、どのようにして不変のものになったのかについて読んだ。

「ああ何ということでしょう、私は天使を見ました。これまでに何度も、深い瞑想状態[*245]の時に幻影を見ることはありましたが、今度は肉体をもって現れたのです。」

「私の左側に、肉体をもった天使が見えます」テレサが"transverberation"とも呼ばれる心臓の突き刺しを回想している。テレサの心臓に、槍が貫通した跡が見えるような気がする[*246]。私はしばらくそれを凝視した。私の目は、私が今見たいのはこれである、心臓のトラタック[*247]を続けて涙がこぼれてきたら、また読書に戻ろう、と決めたようだ。

「天使は一言も発さず、その頬は燃えるように輝き、やがて先端から炎の出ている長い黄金の槍を、私の胸深くに突き刺して、私の心臓を串刺しにしました。私は痛みにうめきましたが、天使にやめないでほ

[*243]　キリスト教の観点からは、セラフィムは天使の位階の最高位とされている。神の王国の音楽を絶えず歌い、天の動きをつかさどっている。清く透き通った光と、清めと愛の原始の波動を象徴する燃える炎とをまとい、その波動でもって低次の存在を神の元へと高めている。

[*244]　San Juan de la Cruz（十字架のヨハネ）の名で知られるフアン・デ・イェペス・アルヴァレス（Juan de Yepes Álvarez, 1542.24.6 - 1591.12.14）はカルメル会の司祭で教会博士。その詩作はスペインキリスト教神秘主義の珠玉といわれる。1726年に列聖された。

[*245]　Oratio mentalis（心情話法）

[*246]　解剖の結果、心臓に深い刺し傷が認められたという。女子跣足カルメル会は、毎年8月26日を「聖テレサTransverberationの日」として祝っている。

[*247]　トラタック・・・心を清めるための集中法で、まばたきもせず一点を凝視する。

しいと思いました。それは甘美な痛みで、心臓の中で混じりけのない、大きな愛の火が灯るのを感じました。Vivo sin vivir en mí, 私は真に生きることなく生きている、muero no muero, ゆえに死ぬことなく死ぬことを願うのです…」

　その先は読めなかった。誰かに手で目をふさがれたのだ。

「ハニー、愛してるよ」修道院の薄暗がりに、よく知っている声が響いた。

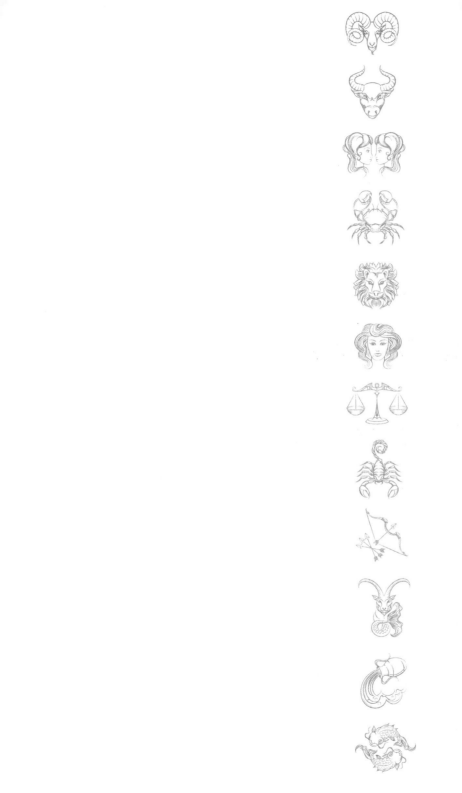

第23章
鳩のエクスタシー

「家は裕福で、たくさんの奴隷がいました。私のクローゼットには流行の服と、香水と、宝石がすべて揃っていて、私はポルトガルのイサベル王女を手本にした髪型をして、何もかもが素敵でした。まだ幼い頃、弟のロドリゴと一緒にイスラム教徒と戦うと言って家を出たことがあります。町はずれにいた警官が、私たちの計画をすぐやめさせ、泥だらけの二人を母親に引き渡していなかったら、イスラム教徒たちに首を切り落とされるか、奴隷として売り飛ばされていたかもしれません。ロドリゴは長じてこの子供の頃の夢を叶え、ペルー*248でコンキスタドール*249になりました。

　私の運命は違っていました。私が13歳の時、愛する母*250が32歳の若さで亡くなり、父が私たちきょうだい*251の面倒をみることになりました。じきに私は父と、母亡き後その座を占めるようになった美しい女奴隷に反抗するようになりました。

　私は美しい娘で、少年たちとお医者さんごっこをして遊んでいました。今なら、人間は放っておけば悪に落ちるのが自然で、善に昇るこ

*248　ペルー——かつてこの名称は今日のアルゼンチンとチリも含めた地域を指した。アヴィラのテレサの男きょうだいたちもこの地域で暮らし亡くなった。1557年に原住民との戦いで死亡したロドリゴと、1591年に老衰で死去したアウグスティンを除いた五人のきょうだいが、スペインのアメリカ大陸征服に関連する戦いに参加している。きょうだいたちは南米からテレサに送金していたが、テレサはこれらの「資金援助」なしには、1562年に自ら創立した最初の修道院 "El monasterio de San José de Ávila" を開院することはできなかっただろうと思われる。この修道院は、テレサの尽力で改革が行われた女子跣足カルメル会の発祥地だった。町じゅうが結束してテレサに対抗し、自分と四人の女性のために修道院を開くと、テレサはただちに捕らえられ、裁判での争いや、修道女たちを狂女呼ばわりする非難が2年間続いた。

*249　Conquistador—軍事的のみならず宗教的意味においても、南米を始めとする新領地の征服者を指して、スペイン語の用語が使われる。

*250　ベアトリス・ダヴィラ・イ・アウマダ、アロンソ・サンチェス・デ・セペダの2番目の妻

*251　テレサには九人の男きょうだいと二人の女きょうだいの合わせて十一人のきょうだいがいた。兄一人と姉一人は、テレサの父の最初の妻だったCatalina del Peso y Henaoの子で、この妻は結婚して2年後に流行したペストで命を落としている。

とは自然ではないことを知っていますが、当時私はもう少しで高潔を失うところでした…」

　私は『グランド・ホテル』の醜い部屋のナイトテーブルに読みかけの本を置き、もう1冊の"The Eagle and The Dove"でテレサの生涯の同じ部分を読み返すことにした。ははあ、ヴィタ・サックヴィル＝ウェスト[252]の本によれば、若いテレサが危うく高潔を失うところだったのは別の娘とのことで、男とではなかった、それはテレサの回想記に女性形が使われていることから分かるそうだ。

　"…y otra que tenía la misma manera de pasatiempos…"[253]
「父にそのことがばれて、16歳だった私はただちに修道院に入れられました。そこで私は孤独と、自分が犯した最悪の罪の呵責にさいなまれました。しかしそれもすべて、じきに収まりました。重要なのは、自分の考えに祈りの邪魔をさせないことだと悟ったのです…」

　私の邪魔をするのが考え事だけだったらどんなにいいことか。アヴィラの町の古い城壁に近い、わびさびの風格に臭うホテルの廊下に鳴りやまない騒音は、ホテルの高級ぶった名前にまったくそぐわなかった。

　トマーシュは、テレサの生涯にまつわる場所を全部もう一度見て回りたいと言った。たとえば、テレサが隠れ家を作って、それを使用人たちに壊された庭。私は、過去に何か面白いことが起きて、今はもう何もない場所を見ても、興味をひかれない。昨日心から興味深いと思った唯一の物は、テレサが修道院の自室で寝る時に使っていた石の枕だった。彼女の興味深い生涯や思想について読む方がいい。それから彼女のアストロモーダ・ホロスコープのボディも研究している。シスターの修道服が、その前に着ていたポルトガル王女イサベル風スタイルに比べて、彼女のホロスコープにどれほどよい影響を与えたかを知りたい…それからトマーシュが戻ってきたらチェックアウトしてレオンに向かい、そこから一緒にサンティアゴ・デ・コンポステーラまでの300キロの巡礼路に出発するのだ。もう後戻りはできない…

＊252　ヴィタ・サックヴィル・ウェスト（1962.6.2 - 1982.3.9）はイギリスの作家で、スキャンダラスな私生活で知られた。外交官だったハロルド・ニコルソンとの「自由な」結婚生活の間、作家のヴァージニア・ウルフを始めとする数人の女性と愛人関係にあった。彼女の夫も同様に、同性愛関係をもっていた。

＊253　「…などその他の者たち（女性形）で、同じような好みを持っていた…」

アセンダントが♈
水星、太陽が♈

第2
ハウスが
火星が♊

木星が♊
第3ハウスが♊

ICが♋
第5♋
ハウスが

第6ハウスが♌

月が♍

ィセンダントが♎

第8
ハウスが♏

第9ハウスが♐

土星が♐

MCが♑
第11ハウスが♑

第12ハウスが♒

金星が♓

ティツィアーノ・ヴェチェッリオ『ポルトガル皇妃イサベル』（1548年）プラド美術館
アヴィラのテレサのアストロモーダ・ホロスコープのボディ▨不規則な配置

477

　私のあまり知らない速度で、時間が過ぎていく。私も聞いてショックだった、アヴィラのテレサは夜寝る時、頭をのせるへこみのついた大きい平らな石を枕にしていたって。ポンポンと叩いてふくらませることもできないのよ。トマーシュの説明によれば、テレサは自分の肉体に厳しく接することで、その特異な精神状態が性的オーガズム、すなわち悪魔によるものではなく、純粋に霊的な神のエクスタシーであることを確かめたかったのだって。タントラの観点から見ると、これはもっと興味深いテーマだわね。

　1556年には誰もが、しばしば霊的エクスタシーを想起させる肉体のオーガズムに達していた*254 テレサを、「これは神ではなく、悪魔がもたらすものだ」と批判した。当時は人間の、とりわけ女性のセクシャリティーは悪魔のものだと考えられていたのだ。神をあがめるテレサはその後、自分の霊的エクスタシーが肉体の快楽からくるものではなく、最も高次の本源からくるものだという確信を深めるためだけに、自分の肉体を苦行者のように痛めつけ始めた。でもインドでは、タントラ行者なら誰でも、この問題に向き合わなくてはならないわよね…

　3年間、鞭打ちその他の苦行を重ねて、テレサは確信を得た。
「自分の内面に立ち入ろうともせずに、天国に行きたいと願うのはおかしなことです。私にはもう、イエスが私の身体の中に、見えない姿で存在していることが分かりました…」

　テレサ自身はジレンマを解決できたが、そのエクスタシーの神秘は今日まで分析されて、いやむしろ槍玉にあげられている。親しい友人で、テレサのために男子修道院を創設した十字架のヨハネでさえ、彼女が修道院の若いシスターに、身体の震えや極みに達した感覚は、霊的な神秘からではなく、肉体のセクシャリティーからくるものだと叱責した時、こう言ったとされる。「テレサ、今きみが言ったことは、きみ自身にも当てはまるんだよ。」

---

　*254　神秘主義と、このような状態の芸術的描写については、本書著者の自伝的小説『カルマのスティグマ（Stigmata Karmy）』第4章「皇帝」に詳しい。

　肉体のオーガズムと霊的なエクスタシーとの違いがどのくらいあるのか、ましてや性器の刺激なしに達するそういったエクスタシーについてはどうなのか、分からない。男性なら精液が排出されたかどうかで分かるわね、『Samsara』の映画にあったように…ラマが夢精をして、シーツに付いたその証拠が見つかって、周りの人たちは彼が肉体の快楽を求めて寺院から逃げるんじゃないかと考えた。でも女性は？

　答えは簡単ではないわ、女性のオーガズムはもっとずっと自然発生的だもの。テレサが母親の死後、思春期の娘として父親に反抗し始めたのと同じ年頃の時、私は学校の仲間とビーチバレーの試合に行くことになった。女の子たちとバスの後ろの座席に座っていたんだけど、バスが揺れて身体が跳ね上がりっぱなしだった。道路のでこぼこ一つ一つにバスが揺れて身体が空に跳ね上がるのは楽しかったけれど、やがてある瞬間にそれはやってきた。私の人生初のオーガズム。私は顔を真っ赤にして、身体は硬直し、うっとりとした気分だったけれど、同時に恥ずかしく、友達にばれなかっただろうかと焦った…

　ああ、トマーシュが帰ってきた。

「ハニー、待たせてごめん！」そう言ってすばやく私のスーツケースをつかみ、いざレオンへ。

　私はまたあの見事な大聖堂の中に立っている。トマーシュが、最後の晩餐でイエスが信徒たちに「自分の血」を注ぎ、自分の身体だといってパンをちぎって渡したあの聖杯を見せてくれる。

「聖杯は金とオニキスでできている。南スペインのイスラム統治者とレオンの王との和平交渉の一環として、中東からもたらされたんだ。レオン王の娘にちなんで、聖杯には "Cáliz de doña Urraca" という名がつけられた。」トマーシュは、私がちゃんと感じ入っているかを目で探り、かなり感銘を受けていることを見てとると、秘密めいてそそのかすように言い加えた。

「もうすぐヤコブの墓に向けて出発するけれど、そのヤコブもこの聖杯を握っていたんだよ。」

「これが『聖杯』なら、今奇跡が起こるはずだわ。たとえば、コンポステーラにバスで行くとか」私はトマーシュの調子を和らげようとした。トマーシュは、もらえないと分かっているものを欲しがる子供に

笑いかけるように、微笑んだ。古い大聖堂の魅惑的な雰囲気と「聖杯」のせいで奇跡が起きて、トマーシュは賢者になってしまったようだ。

「キリストは今地上に、きみの肉体以外の肉体、きみのもの以外の手と足を持たないんだよ、クララ」アヴィラのテレサの言葉を唱えると、白い貝に十字の形をした赤い剣をあしらったものを厳かに私の首にかけ、私の片手には巡礼者の杖を持たせ、「レオン」の印がすでに押された巡礼手帳をポケットから取り出すと、私のもう一方の手に握らせた。

　トマーシュが私の肩を抱き、私たちは外に出た。大聖堂の前の広場を横切ると、もう24キロあるオスピタル・デ・オルビゴまでの第1区間を進んでいることになる。トマーシュは私の「あーあ」というつぶやきにまったく耳を貸さない。私は心の中で、もう二度と履くことのないマノロ・ブラニクやセルジオ・ロッシ、ジミー・チュウの高級靴に別れを告げていたのだ。だって、カミーノが終わる頃には私の足は巨人女のデカ足になってしまうのだから。

「石を見つけるといいよ。」

「え？」

「ここで石を見つけて、それを持っていくんだ、そういう習わしなんだよ、クララ。

マノロ・ブラニク、セルジオ・ロッシ、ジミー・チュウのハイヒール

コンポステーラ巡礼の初めに拾った石を、きみを苦しめている過去の
何かの象徴として持っていくのさ。そして巡礼路の最高地点にある十
字架のところに、それを石と一緒に置いていくんだ。ほら、僕も一つ
持っていくよ」トマーシュがリュックを開けると、私は目を疑った。
頭よりも大きな石が入っていたのだ！　どうりで、ホテルで片付けて
いた時に彼のリュックを動かせなかったわけだ。アインホアをめぐる
ストレスで、身体が弱ったせいだとばかり思っていた。
「それ、ルルドから持ってきたの？」
　彼はうなずき、私は小さな公園の端にある大きな石のところへ行っ
た。トマーシュは初め、私がその小山を動かそうとする様子をあっけ
にとられて見ていたが、やがて笑いだした。笑うとハンサムだ、それ
で私も笑った。
「トマーシュ、小さい石なんて見当たらないから、これを持っていく
わ」私はこの大きな石にこだわった。
「ハニー、キリストはきみの目をとおして、共感をもってこの世界を
見守っているんだから、もっと慎重に探すべきだよ」軽い皮肉をこめ
て、トマーシュがまたテレサの言葉を引用した。私に彼女の言葉が効
くと分かったからだ。「きみにはもっと小さいので十分だよ。僕は良
心の咎めがあるから、大きいのを選んだんだ。でもきみは良い人間だ
から、小石で十分だよ」そう私を励まして、芝生から卵ぐらいの大き
さの石を見本に取り上げてみせた。
　ああ、トマーシュ、トマーシュ、あなたは知らないのよ、私が探し
ているのはこの世界ぐらいある巨大な石で、それを山の頂の十字架の
もとに、アインホアと、私が自分の影とともに味わったすべてのもの
と一緒に置いてきたいのだということを。

　そう、もちろん彼には言わなかったわよ！　大体、何を言えばよ
かったっていうの？　私があなたを修道院から引っ張り出したのは、
一番初めに出会った人と浮気してあなたを欺くためだったのよ、っ
て？　だめだめ、シータ、そんなのだめよ。確かに無神論者の男なら、
女が女と浮気することには寛容だけれど、信心のある人はそうはいか
ないわ。今知ったんだけど、テンプル騎士団が解散させられたのは、
同性愛がはびこっていたからだって。だめ、だめ、私には岩のように
大きな石が必要なの、それを巡礼の終わりにあのトレアドールのサー
カスもろとも投げ捨てて、すっきりしたいの！

アストルガに立つガウディの邸宅

　そこで、アヴィラのテレサの別の言葉を聞きながら、手斧のような、手のひらにちょうど収まる大きさの石を一つ拾った。
「あなたの足はキリストの足、善を行うためにキリストを運ぶ足、あなたの手は彼の手、今まさに我々を祝福する…」＊255
「トマーシュ、黙っているわけにはいかない？」
　普段の私なら言わない要求に笑って、彼は答えた。
「いいよ」そしてあとは日没まで足音と、速い息遣いしか聞こえなかった。夜は巡礼者用の宿泊所に宿をとり、トマーシュはおやすみの代わりに私をなでて、まだ一言も発さない。そして私は、今日は素晴らしかった、ひたすら歩いて頭がクリアになった、と思った！　最高だわ、明日はもっと楽しめるかもしれない、まるで疲れ切った足の裏のように重たいまぶたを感じながら、私は心の中でつぶやいた。

　2日目ははるかに大変だった。足の靴が触れているところが全部水ぶくれになってしまったようで、昨日の歩行で疲れ切った筋肉がストライキしている。やれやれ、とんだ人生だわ…
　幸い、今日はモチベーションがある。まず今日は昨日の24キロに対して「たったの」19キロを歩くことになっているし、二つ目に、何より今日の目的地はアストルガだった。そこにはガウディが建てた城があって＊256、それはレオンの大聖堂のようなゴシック建築を脱構築するための習作だったそうだ。

＊255　"Tuyos son los pies con los que Él camina para ir haciendo el bien. Tuyas son las manos con las que ahora tiene que bendecirnos."

＊256　"Palacio de Gaudí" または "Palacio Episcopal de Astorga" ― 1886年12月23日に焼失した司教館があった場所に立つ。ガウディに再建を依頼したのは当時の司教ドン・フアン・バウティスタ・グラウ・イ・ヴァリェスピノスで、彼もガウディと同じレウスの出身だった（非公式にはガウディの出身地として二番目に考えられるのはレウスに近い小さな町リウドムスとされる）。ガウディが司教館の再建に取り組んだのは1889〜1893年にかけてだったが、この頃はすでにサグラダファミリア教会を始めとする複数のプロジェクトを抱え多忙であった。ゆえに最初の設計案は焼失した建物と周囲の風景の写真とスケッチをもとに作成され、1888年12月に建物を初めて訪れたのち設計案を修正したが、修正案は完全には受け入れられなかった。1889年6月24日に礎石が置かれた。1893年に司教が死去すると、ガウディと市議会、教区議会との軋轢がエスカレートし、ついには同年のうちにガウディが主任建築家の役職を辞任し、自らの設計案の一部を焼き捨てるほどになった。1905年に再び館の建築続行を依頼されるも、それを断った。ガウディ不在のまま、予算を削減して作業が続行された結果、当初のプロジェクトが変更され、完成までに長い時間を要し、以降ここが司教の邸宅となることは二度となかった。

　ガウディのバルセロナの建築作品は天井を見上げると、高い木々の
こずえと、その向こうに空と天使のシルエットが見えるような気がし
て頭がくらくらするが、成功を収めたその大聖堂の小さなプロトタイ
プ、あるいはココ・シャネルの言う "toile" [257] の姿を見てみたい。

　これにはがっかりした。外観は城で、元は司教の邸宅だったそうだ
が、今はミュージアムになっていて、まるでドラキュラの城のようだ。
ゴス・ファッションでも着てこなければ楽しめないだろう。
　バルセロナの大聖堂については、著名な建築家たちが、ガウディは
ゴシックの要素と当時のアール・ヌーヴォー [258]、そして彼が偏愛し
た丸みを帯びた角と曲がった直線を組み合わせて、中世以降で最も興
味深い「ゴシック建築」を創り上げた、と評価しているけれど、アス
トルガでは『インタビュー・ウィズ・ヴァンパイア』の撮影セットを
建てたみたいだった [259]。
　中はどうなっているだろうか。でも入るのは明日にする。もしかし
たら、今日いっぱいトマーシュをアストルガに引き留めておけるかも
しれない。私はどうしても休息が必要だし、ガウディの城にはミュー
ジアムがある [260]。トマーシュは歴史にとても興味がある。ただ、展
示品がたくさんあればいいけれど。昼ご飯のあとに、朝歩けなかった
20キロを挽回する、ということになったら困る。
　私は『名前を忘れちゃった』ホテルの部屋のベッドに寝そべって、
足を壁にもたせかけた。この先、うんざりするような長い長い上り坂
が待っている。30キロ歩くと、1500メートル以上ある高い丘のてっ
ぺんに着く。そこで、"Cruz de Ferro" [261] の十字架の足元に、アイ

---

　[257]　トワル—安価な布で作った服の試作品

　[258]　アール・ヌーヴォーまたはモダニズム—19世紀末から20世紀初頭にか
けての芸術様式で、自然だけでなく科学技術革命の要素からもインスピレー
ションを得た、まったく新しい生き生きとした芸術を生み出そうとする動き。
　[259]　バルセロナの大聖堂についての建築家ポール・ゴールドバーガーの言
葉「中世以来で最高のゴシックの個人的解釈」と、摩天楼の父ルイス・サリ
ヴァンの言葉「石に変身した魂」のパラフレーズ。
　[260]　"Museo de los Caminos" —1960年代に邸宅が完成したのち開館さ
れ、主にサンティアゴ巡礼をテーマとした内容となっている。聖ヤコブの様々
な肖像（祈る姿、巡礼する姿、戦士としての姿）や芸術作品、典礼用品、また他でも
ないミケランジェロ・ブオナローティが作者ではないかといわれる、行列用十字架の
一つである "La Cruz de Castrotierra" のイエス像の展示を誇る。
　[261]　レオン方言では "Cruz de Fierro" —「鉄の十字架」、モンテ・イラゴ
山の頂上にある。

ンホアと、牡牛の角から噴き出す血と、トマーシュに対して犯した罪
との思い出を、永遠に葬り去れることを願って、リュックと心に重く
のしかかる石を、ようやく下ろすことができるのだ。

第24章
チョコレートの惑星

親愛なるシータ、

今は朝で、私は天使の像の下に座っている。天使は司教のとんがり帽子を持って、ほかの二人の天使と一緒にガウディの城のふもとの庭園に伸びる道を見守っている[262]。*あなたに送ると約束した、衣服に配置される惑星のシンボルの概要をまとめているところ。ちなみに、そう、城の内部は外から見るよりずっと趣があったのは事実で、ガウディの禁欲主義的な崇高さと*[263]、*建築家としての先見性のおかげで、私は素晴らしい雰囲気の中で作業を進めることができる。前にも言ったけれど、アストロモーダの観点から見ると、衣と住は共通するところがとても多い。どちらも皮膚にあるミクロコスモスの空間を、マクロコスモスの空間へと広げるものでしょう。だから私たちは、家では半裸でも平気だし、一人暮らしの人は裸でも平気なの、だって一人きりなら、インテリアと世界とを隔てるものは衣服じゃなく、壁なんだから。*

ガウディの大聖堂にある、古来の木星の魔法陣を元にした謎の図形について書いたのを覚えている？ あれと似た魔法陣が、「光」を発

---

* 262 　ガウディの元の案では、これらの像を城の屋根に配置する予定だったため、像には亜鉛めっきが施されている。この3体の像とは異なり、サグラダファミリア教会のファサードに立つ天使には羽がない。ガウディはその理由を以下のように述べている。「神が人間になるために人の形をとったのであれば、この世界に降り立つ天使も、人間の形をとるのが理にかなっている。」

* 263 　ガウディは厳格なベジタリアンで、塩分を避け、主にオリーブオイルで味付けした野菜を食していた。その生命をも危険に晒すような厳しい断食も数回行っている。幼少時から関節リウマチの痛みに悩まされ（関節は土星と関係がある）、ドイツの自然療法士セバスティアン・クナイプ司祭（1821-1897）の熱狂的な信奉者だった父親は、ガウディにもその療法を受けさせることにした。医師たちに見放されていた父親の静脈瘤も、クナイプ司祭の水療法で治っていたのだった。ガウディの治療内容は、季節を問わず屋外の水風呂に数秒間つかることと、短時間のランニングや四肢の摩擦マッサージを繰り返すこと、あるいは身体の各部位への冷湿布などだった。ガウディはそれらすべてを生涯実践した。彼の父親が、平均寿命が50歳前後だった時代に92歳まで生きたのも納得がいく。その成功により「水の医者」と呼ばれたクナイプ司祭の療法は、水・植物（ハーブ）・運動・食事・バランスの五つの柱に基づく真にホリスティックなシステムであった。

する太陽と月も含む、すべての惑星にあるのよ…

　魔法陣がいちばん小さいのは土星。人の私的空間の境界としての、その人が何を着ているかも含めた身体のシルエットを象徴する惑星ね。オシリスの魔法陣[264]とも呼ばれる土星の魔法陣は、風水師が建築空間を認識するのに用いるもので、1は北を表し、建物の入り口を意味することも多く、このゾーンのインテリアデザインはキャリアに影響を及ぼすと言われる。同様に南西を表す2は、人間関係や家の中での女性のウェルビーイングに作用する、といったように。

　この風水の魔法陣は、その人が属し、少なくとも時々は半裸で過ごすことができるようなインテリア空間の「シルエット」を描き出す。
　つまり、それがティーンエイジャーの部屋でも、あるいは団地の一室でも、何十もの大広間や部屋のある城全体と同じように、一つの全体として見るの。裕福な男爵の館にゾーン1とゾーン2が一つずつあるのと同じに、貧しい学生のインテリアにもゾーン1が一つ、ゾーン2が一つある。でも風水師が、その男爵の館に住む下男に土星の魔法陣を用いようとすれば、土星の魔法陣はたちまち下男の部屋だけに合わせて縮んでしまう。なぜなら、下男が「裸で」歩き回れるのはこの部屋だけだから。
　土星はつい最近まで、人々が知りうる最も遠い惑星だったので、世界の境界を表すという役割を負うことになった。同じ理由から、土星は外の、未知の空間や時間からやってくることの多い、運命の試練や不幸、衝撃と関連づけられている。

　土星に関連する典型的な部位を衣服の上で見ていく前に、あなたがこの間、ジョジョのスタジオの薄暗がりでシルエットを観察したあの体験を思い出してみて。あの時、服のディテールは見えなくて、きわめて私的な空間の境界と形が分かるかどうか、という状態だったでしょう。今回は、私たちは完全に明るい場所にいて、土星を強調し、表現する衣服のディテールを観察するの。

　それは服の素材がシンプルで、模様のないものならどこでも当ては

---

[264]　オシリス―古代エジプトの神ウシルのラテン名で、土星と結びついている。

まる。インサーションや絵柄、ギャザー、プリーツなどが施されていない部分もそうだ。キャンバスやデニム[*265]のような生地がそのよい例だ。装飾や穴あき、色の切り替えがない単色のジーンズは土星の特徴を際立たせる。頭をモヒカンヘアーにしたり、ズボンの上からボクサーブリーフを穿いたりした老人に出会うことはまずないと言ってよいけれど、この単色ジーンズに関しては「反抗する若者」のファッションから、大人のありきたりなファッションの一般的標準として採り入れられた非常に珍しい例で、それはまさにこの土星の影響だと思われる。

土星の対極にあるのが月だが、これは太古の昔から宇宙で最も人類に近しい天体であり、人間と、海洋を始めとする地球上の現象に重要な影響を与えてきた。世界中の何百万という漁師にとって、その経済を動かす鍵であるのは言うまでもない。

古代の占星術師もこのように言っている。

「太陽と月は光を発するが、土星は『闇の支配者』である。光は常に闇に立ち向かい、闇は光に反抗するものからして、土星がつかさどるやぎ座とみずがめ座は、光の天体がつかさどるかに座としし座に対し、対の関係にある。」[*266]

土星は最も遠く、月は最も近い。この違いは、服がシルエットの空間を大きくする部位が土星の喜ぶところなら、月はシルエットが小さくなる部位を好むという違いとなって表れる。

土星から見ると、パッドはシルエットを膨らませるが、ウエストを細く締め上げることは月の視点から見てシルエットを「大きくする」ことになる[*267]。これは土星の禁欲的な自制と、人生におけるあらゆる美しい事物を縮小させてしまう特性に矛盾しているように思われる。空間に開いた空っぽの穴を見るように、闇の中のシルエットを見つめ

---

*265　木綿のズボン生地、ジーンズ地

*266　太陽としし座、月とかに座の関係。古代の占星術師たちは七つの惑星しか知らなかったため、土星はやぎ座とみずがめ座両方をつかさどるとされていた（木星はいて座とうお座、火星はおひつじ座とさそり座）。遠い惑星が発見されてからの近代占星術では、みずがめ座をつかさどるのは天王星、さそり座は冥王星、うお座は海王星とされる。この段落はアテネのアンティオコスの言葉のパラフレーズ。

*267　シルエットが小さくなる（狭くなる）ことによって、シルエットの周りの空間が大きくなる。

れば、このコントラストは消えるはずだ。

　この空虚＝シルエット＝土星が大きければ大きいほど、この世界の
充足＝形態＝月から多くを奪い、また逆も真なりである。
　この哲学的なテーマで頭が混乱しているなら、闇の中のシルエット
はとりあえず置いといて、服のディテールを光の中で見た時の、月の
要素だけに集中してね。

　タータン*268 やバスケット*269 といった模様の古くからある生地や、
Ｔシャツのマリンテイストの要素、パンツのジッパーなどのあらゆる
水平と垂直の直線は、それが施された衣服の部位において月の影響を
際立たせる。

　ガウディはこれらの直線を嫌った。「自然界に直線は存在せず、あ
るのは曲線とアーチと、川の蛇行する形だけだ。自然界にないものを、
人間は創るべきではない、なぜならそれは神から与えられたものでは
ないからである」彼はそう主張して、それを自らの建築において実践
した。
　アストロモーダの観点から見ると、禁欲*270 と断食、フランシスコ
会の僧のような生き方を好んだ男ガウディが、アストロモーダ・ホロ
スコープのボディで首の右半分*271 に位置する土星をより重んじたの
は納得がいく。一方で下腹部の左側*272 にある月については、彼はそ
の人生と作品において可能な限り抑制していた。しかし月は感情であ

───────────────

＊268　タータン―異なる色の水平と垂直の規則的な縞を組み合わせた模様。
元はスコットランドの民族衣装のみに用いられ、それぞれの色の組み合わせが
家柄の伝統を表すものだったため、「スコティッシュ・チェック」と呼ばれることもあ
る。

＊269　バスケット模様―いくつかの水平と垂直の繊維の束が規則的に編み合
わさることで、編んだかご（英語でバスケット）のように見える四角模様を作
る、織りまたは編みの模様。パナマ織りと呼ばれる織物も、同じ原理で作られる。

＊270　アントニ・ガウディはその一生を仕事に捧げ、生涯独身だった。関わ
りのあった女性はホセタ（愛称ペペタ）・モレウただ一人で、1884年に求婚し
ている。彼女がそれを断ると、ガウディはそれまでになく仕事と信仰に身を捧げるよ
うになった。歴史家の中には、この苦い落胆こそが、ガウディをサグラダファミリア
教会における宗教的な深みの体現へと突き動かした原動力だったとする者もいる。

＊271　おうし座にある。20章のガウディのアストロモーダ・ホロスコープを
参照。

＊272　てんびん座にある。

り、経験、エクスタシーであり、私たちが全身全霊で生きていることの証とみなすものすべてなのだ。

　でも過度に気分屋だったり、感情過多だったりするために、「全身全霊」の影響を和らげ、小さくし、スピードを落とすことを望む人はガウディだけではないだろう。それはホロスコープをアストロモーダの観点から治療し、衣服にある直線を、とりわけ月の影響が大きくなるとホロスコープのその分野に害を与えるような部位から排除することで可能になる。

　たとえばポケットの形状を▢の代わりに⬦にすれば、その下側に火星の影響[273]を与えることができる。あるいはまっすぐなジッパーの代わりに、ドレスを始めとするワードローブの天才的創造者だったチャールズ・ジェームズ[274]が好んだような、スパイラル状のジッパーを用いれば、普通のジッパーにある月の影響が、アストロモーダ的に金星の影響に取って代わられることになる[275]。

　「自然界から生まれないものは、芸術ではありえない。直線（月）は人間のもの、曲線（金星）は神のものである。なぜなら、自然界に直線や尖った角は存在しないからである。建物のデザインに、直線や尖った角はあってはならない。この原則を守って初めて、神が自然に刻み込んだものを露わにすることができ、世界の創造を人間を通して絶えず続けることができるのである。」

　アントニ・ガウディはこのように金星のアストロモーダ的原則を礼賛した。彼自身の金星は、みぞおち

 ＊273　火星・・・斜めの線

 ＊274　第9章を参照。

 ＊275　金星・・・曲線

の右側、しし座の部位にあった。しかし金星は波のような丸みを帯びた形状だけではなく、錦柄やダマスク柄や花柄、つまり丸みを帯びた形状の模様なら、木の葉その他の自然界のモチーフも含めてすべてがそれに該当する。

　ヒマワリの花のように、円の視覚効果を生み出す花被は例外だ。円と円形の曼荼羅、スパイラルは、衣服においては太陽に属する。円形模様やドット＝水玉模様[*276]、スカーフ柄やスザンニ柄[*277]、それに前述のスパイラルを想起させるものすべてが、同様に太陽のアイテムとされる。フラクタル[*278]と3Dデザインの時代にあっては、このスパイラルは服飾デザインにおける太陽の存在を大きく際立たせている。しかしボタンのような小さな要素であっても、それが円形ならば、クライアントが必要とする衣服の部位に太陽を持ってくることができる。

　土星が月と永遠に関係性を持つのと同様に[*279]、金星は火星と運命の結びつきを持っている。この関係性を、ホロスコープに基づいて衣服の上で理想的なバランスがとれるようにすると、金星は火星のエネルギッシュな性格を和らげ、火星はお返しに金星を倦怠から覚醒させる。アストロモーダにおいては、これは丸いラインとジグザグのライン、身体の優美な曲線と斜めの直線との関係性を探ることを意味する。そう、斜めの直線は衣服に火星のエネルギーを与える。襟やラペルの頂点、ネクタイの先、あるいはシェブロン柄[*280]、ヘリンボーン柄[*281]、

＊276　水玉模様は点が規則的に配置された模様で、点は単色であることが多い。

＊277　スザンニ柄は、タジキスタン、ウズベキスタン、カザフスタンを始めとする中央アジア諸国の遊牧民族の伝統的布地から生まれた模様である。円形に、繊細な花のモチーフが組み合わさっている。「スザンニ」の名は針を表すペルシャ語の"suzan"から来ているが、これは元々、この模様が布地に針で刺繍されていたことによる。

＊278　フラクタル─深さと広がりの両方の次元において無限であるような、一見して複雑で、果てしなく繰り返される図形。一つ一つの部分は、その全体を縮小したコピーである。自然界では雪の結晶やシダの葉の構造に見られる。

＊279　月の光の源である太陽とも関係性を持つ。

＊280　シェブロン柄─アルファベットの"V"の形を等倍にしたモチーフが、縦横にいくつも連なる模様。通常ははっきりと異なる二つの色を交互に配置した、ジグザグの模様である。

＊281　英語で"herringbone"─シェブロン柄と混同されることが多い。シェブロン柄と異なり、ヘリンボーン柄のジグザグ模様は線ではなく、チェス盤のように配置された長方形を形成する。ツイードの織物に最もよく見られる。

フレームステッチ*282 チェッカートレリス*283 や、1962年にクリスト
バル・バレンシアガが用いて、多色・柄入りのストッキングをファッ
ション界にもたらすきっかけとなったハーレクイン柄*284 などの模様
も同様だ。

　水星を服の上で表すのは六芒星で、ハチの巣を広げた模様*285 や雪
の結晶形、星形もそれに含まれる。二つ以上の惑星が、どちらが明ら
かに支配的であるかが分からないような配分で混ざり合っているとこ
ろに見られる。未来派アーティストの手によるパターンやスケッチ、
服飾デザインにも多用される。三角形（火星）と円形（太陽）、その
他の形を支離滅裂に、つまり水星的に組み合わせたジャコモ・バッ
ラ*286 がその例である。水星の領域としてもう一つ多用されるのがア
ラベスク文様だが、これは花柄（金星）とスパイラル（太陽）あるい
は三角形（火星）が組み合わさったもので、これを用いることで衣服
の上で水星が支配的となる。

　水星の永遠の伴侶である木星を衣服の上で表すのはアシンメトリー
と、「無機的な」形だ。
　コム・デ・ギャルソンが1997年春に発表した "Body Meets Dress,
Dress Meet Body" のような奇抜なアシンメトリーだけでなく、エル
ザ・スキャパレリやチャールズ・ジェームズなど、シンメトリーを退
屈だと考えたデザイナーたちがきわめてエレガントな方法で用いた、
視覚的に印象の強いアシンメトリーがこれに当たる。
　ジェームズはまたその作品で、直線（月）の代わりに曲線を用いて
いる。それによって金星と、今述べた木星のアシンメトリーの要素を
調合させ、非の打ちどころのないデザインが誕生している。

---

*282　Flame stitch—鋭い頂点を持つジグザグ模様で、多くの場合多色で、
それぞれの色のグラデーションが用いられる。

*283　Chequer trellis—規則的に交差する対角線からなる市松模様。結果と
して生まれる正方形は、必ずしもチェス盤のように2色である必要はなく、単色
の正方形と対角線そのものがコントラストをなし、斜め格子のように見えることもあ
る。

*284　ハーレクイン柄—ひし形の規則的な配列からなる模様で、白黒の組み
合わせが最も有名である。

*285　ハチの巣—ハニカム

*286　Giacomo Balla（1871.7.18 - 1958.3.1）イタリアの画家・彫刻家

太陽を強調するデザイン
円形模様、水玉模様、スカーフ模様、
スザンニ柄

金星を強調するデザイ
錦柄、ダマスク柄、花

月を強調するデザイン
タータンとバスケット模様

水星を強調するデザイン
ハチの巣模様、アラベスク文様、
雪の結晶と星

火星を強調するデザイン
シェブロン柄、ヘリンボーン柄、フレームステッチ、
チェッカートレリス、ハーレクイン柄

木星を強調するデザイン
カモ柄

ORIGINAL
Astromoda Salon
DESIGN ©

土星を強調するデザイン
無地の素材

土星の魔法陣

チャールズ・ジェームズ
イブニングドレス＆金星の影響を強めるスパイラル状のジッパー

往来で日常的に見られる服装では、「カモ柄[287]」（迷彩柄など）の不規則でアシンメトリーな形が、ホロスコープにおける木星の影響を強めることが多い。

そろそろおしまいにするわ。トマーシュが来たから。アストルガに古代ローマ時代から残る古い遺跡[288]に早朝から出かけていて、ひどく感動してそれを分かち合いたいという顔をしている。

いや、私はあまりその類には興味がないの、昔のことはもう終わったことで、今は今と思うんだけど、男はこういうのが好きよね。それより私がアストルガでずっと興味をひかれたのは、謎の民族だか何だかに属している地元の人たちで、今でも伝統料理を受け継いでいるのだそう。絶品の串焼きや、民族の名「マラガト」[289]を冠した独特の煮込み料理「コシード」、あなたは知ってる？　それからチョコレートもすごくおいしいわ。"La Casa del Buen Chocolate"[290]という店の主人によれば、コンキスタドールたちがアメリカ大陸からこの町に持ち帰ったカカオ[291]を色々といじっているうちに、チョコ

　*287　camouflage—カモフラージュ柄とも。

　*288　有名なアウグストゥス皇帝が建てさせた五つの門のうちの一つがある。英語とドイツ語でAugust、スペイン語とイタリア語でAgostoというように、多くの言語で1年の8番目の月にアウグストゥス皇帝にちなんだ名が付けられている。

　*289　Los Maragatos—出自不明の遊牧民族で、今日マラガテリーア地方として知られるレオン県の南西部に定住している。ユダヤ人と同様、閉鎖的社会で暮らし、伝統を守るため他の種族との婚姻を禁じてきた。16〜19世紀にはガリシアの漁港からマドリードへ商品を運び、マドリードからソーセージなどの燻製肉をガリシアに持ち帰る運送業者として重要な役割を果たした。彼らに富をもたらしたこの商売も、鉄道の建設で終わりを告げた。伝統料理「コシード・マラガト」は、まず7種類入れるのが習わしの肉を食べ、それからひよこ豆と野菜、最後に残ったスープを飲むという、食べる順番が「逆」であるという点が主な特徴である。

　*290　「美味しいチョコレートの家」

　*291　マラガト人は、18世紀に開拓されたアルゼンチンのパタゴニア地方の

レートが生まれたんだそう。

　変わり者らしい爺さんの話は信ぴょう性に欠けるけれど、チョコレートを味見すると、ビュースでアインホアに出会ってからというものご無沙汰だった素晴らしい感覚にとろけそうになった。この年老いたチョコレート屋の言うことにも、一理あるのかもしれない。
「お嬢さん、本物のチョコレートというものは、大量生産のまがい物とは違って、精神と心とに愛の強い幸福感をもたらしてくれるのです。もうすぐあなたも、恋に落ちたような気持ちになりますよ」彼は断言し、そしてその通りになった。私たちは巡礼の次の区間へと出発し、アストルガの大聖堂[292]とガウディの城に挟まれた絵のような広場で、私はトマーシュの手を取り、それを燃えるような愛で握りしめ、まるでティーンエイジャーになったような最高の気分だった。

「ここに道徳的に倒錯した女性を閉じ込めたんだよ。」
　トマーシュが不意に、二つの小さな教会[293]の横で足を止め、その間にある石の牢屋のちっぽけな窓を指さした。倒錯した…倒錯した…倒錯した女。腹と心臓を貫く締め付けるような感覚が頭によみがえった。チョコレートの幸福感はどこかへ行ってしまった。
「閉じ込められた牢獄には小さな穴が二つ開いているばかりで、一つはミサの様子が覗けるように教会側に、もう一つはこの通り側に開いていて、コンポステーラに向かう巡礼者の様子が見えるようになっていたんだ。」
　わずかな時間でアストルガの石の一つ一つまで見て回ってきたトマーシュが、見聞きしたことを詳しく私に語る間、私は気が遠くなりそうな感覚に襲われていた。アヴィラのテレサが16歳で「高潔を失った」として修道院に入れられた時に感じたであろう、死にそうに重い罪の感覚を覚えながら、私は牢屋の小さな窓のあちら側にいるような気がしていた。牢屋から、恋焦がれたこの若い男を注視する私には、彼を想うことはできない、なぜなら自らの過ちの中に閉じ込めら

植民地の、最初の入植者だった。
 ＊292　La Catedral de Santa María de Astorga

 ＊293　Iglesia de Santa Marta a Iglesia San Esteban, La Celda de las Emparedadas—「壁に閉じ込められた者たちの牢獄」

れているから。

「じゃあ行こうか？」トマーシュが私を妄想から呼び戻し、私の手を取った。「明るいうちに十字架まで行きたいからね。もしかしたら、夜を明かすのにトマーシュのところまで行けるかもしれない。」

　トマーシュがトマーシュのところへ行きたいと言う。絶対無理だわ。廃墟を見て回っている時どこかの誰かに、人里離れた山あいの村に12世紀に建てられた「息をのむほど素晴らしい」"Albergue de Santo Tomás"＊294 を勧められたらしい。もちろん私は急がない。だってそこに行くことは、過酷な30キロの上り坂が待っているということで、もちろん私には無理だし挑戦したいとも思わない。この中世のトマーシュの宿泊所は、高い山の向こうにある…そう、人々が置き去る罪の石が積まれた十字架の立つ山の向こうにある。去り際にトマーシュがもう一度、道徳的に落ちた女性のための牢屋の小窓を指して、尋ねた。「窓の上に何て書いてあるか、分かる？」

　私は首を横に振った。

「中に閉じ込められた女の言葉なんだろうね。『あなたは昨日の私、私は明日のあなた』だって。」

　今日のうちにトマーシュの宿にも、山の頂にも着かないように、あくまでも速いペースで歩かないように注意して進み、漆喰のはげ落ちた家があれば一々難しそうな顔をして調べる。トマーシュにはこれが効くのだ。何という矛盾だろう、もし「足が痛いから少しやすむわ」とか「素敵な原っぱがあるわ、ほら、座りましょうよ」などと言えば、トマーシュは「頑張って、そんな時間はないよ」と私を鼓舞するが、古い家を見ようと私が足を止めると、その家で何世紀に誰がおならをしたか調べるためだけに、長々とガイドブックをめくってくれるのだ。「使徒ヤコブの墓目指してカミーノ巡礼を歩いていた母親と息子がここで休憩中、遊んでいた息子が深い井戸の中に落ちてしまった…不思議だなあ」"Ermita del Ecce Homo＊295"の礼拝堂の前でトマーシュが考え込んでいる。私は心の中でその話に出てくる母親に、自分の皮肉

＊294　Albergue または Refugio―巡礼者向けの宿泊所で、任意の献金で泊まることができる（6ユーロ程度がふさわしい）。

＊295　Ecce Homo―鞭打たれ荊の冠を被せられたイエス・キリストを、絵画または彫像によって表現したもの。「この人を見よ」を意味するラテン語のEcce Homo は、ヨハネによる福音書によれば拷問されたイエスを指してポンテオ・ピラトが群衆に向かって発した言葉だとされる。

な態度を詫びた。

「きみがフランスにいる間に、カミーノを歩いていた僕はサント・ド
ミンゴ・デ・ラ・カルサダという町に来た。そこにある時、コンポス
テーラ巡礼中のある家族が宿をとっていた。夜になって、一人の地元
の娘がその家族の若くてハンサムな息子のベッドに忍び込んだんだが、
彼が一緒に寝てくれなかったことに腹を立てて、銀の食器を彼の荷物
に紛れ込ませておいた。朝になって娘は盗難を通報し、町の巡査たち
は巡礼中の一家を探し当てて息子の持ち物を検査し、銀の食器が見つ
かると、息子を首つりにした…無慈悲なやり方で、絶望した両親が嘆
き悲しむ横で。ねえ、クララ、カミーノを歩きながら僕が聞き集めた
物語にはみんな、共通の特徴があるんだよ——旅においてはあらゆる
所に危険が潜んでいる、というね。」

「危険は家にも潜んでいるわ」そうトマーシュをなだめる。私は満足
だ。今日はもう十字架のところにも、ましてや中世のトマーシュのと
ころにもたどり着けないことがはっきりした。

「で、井戸に落ちたその男の子はどうなったの？」

「途方に暮れた母親はどうすることもできずに、溺れている息子の名
を呼び続けて、やがて奇跡が起こるようにと祈り始めた。そして奇跡
が起こったんだ。井戸の水面が上がり始め、息子を母親の腕の中まで
持ち上げたんだよ」トマーシュが本の中から読み上げた。

「だからこう書いてあるのね…」

「え？」トマーシュが振り返って、私の指が差す文言を読んだ。「信
仰は健康の泉である。」

「もう一つの話も、やっぱり奇跡のハッピーエンドなの？」

「いや、そっちの方はもっと複雑なんだ。息子の死に絶望し途方に暮
れた両親は、何週間もかけて使徒ヤコブの墓まで巡礼を続け、家に帰
るという時になってアストルガで、父親が来た時と同じ道を通ること
を拒んだ。息子が首つりにされた場所を通りたくなかったんだ。父親
は別の道へ回ろうと言ったが、母親は息子のそばに行きたいと言い
張った。二人はその場所に着くと、祈り、泣いた。」トマーシュはド
ラマの内容に反して満足気に微笑んでいる。私が話の虜になっている
ことが嬉しいらしい。

「『おかあさん、おとうさん、泣かないで』二人の前に息子が現れて
言った。『僕は死んではいません、聖ヤコブが僕を空中に引き留めて
くださっています。裁判官のところへ行って、僕が無実で、まだ生き

ていると伝えてください。』

『この気狂い女め。』昼食の邪魔をされたことにいらいらした裁判官が、母親に向かって怒鳴った。『生きているとはどういうことだ？ お前らの息子が生きているなんて、この皿の上の焼いた鶏肉が生きているというのと同じことだ！』

そう言うや否や、焼いた鶏肉が飛び上がって、生きてぴんぴんした鶏になってテーブルの上を走り回った。裁判官の懺悔と息子の帰還、奇跡の一部始終を語り継ぐために、今でも教会の中にガラス張りの鶏小屋があって、雄鶏と雌鶏が飼われているんだ。」

私たちも教会の中で夜を過ごした。今いるのはラバナル＊296という所だ。生きた鶏はいないけれど、僧侶たちがグレゴリオ聖歌を見事に歌い上げていて、今日「たった」20キロしか進めなかったせいで硬かったトマーシュの表情も和らいできたほどだった。一人で歩いていた時には1日で60キロか、それ以上も進んでいたそうだから、ぐずぐずしている気がするのだろう。私の足は、決してそうは思っていないけれど。

朝になって絵のように美しい三つの建物、すなわちテンプル騎士団の教会＊297と私たちが泊まった"Albergue Gaucelmo"＊298、そして数日間の宗教リトリートを勧められた修道院＊299を後にすると、上り坂の傾斜も、私の痛む足の抵抗も、同じように高まった。

周りの美しい自然も目に入らない。自分の足を上へ上へと無理やり進め、背負った石はますます重く、8キロもある道のりを十字架の立つ山頂まで登っていく。私の最大の問題はジンジン痛む足の指でも水ぶくれでもなく、モチベーションだ。

そもそもなぜそこに行くのか？ ここで何をしているの、クララ？

 ＊296　Rabanal del Camino

＊297　"Iglesia parroquial de Nuestra Señora de la Asunción"―聖母被昇天教区教会。12世紀に建てられたロマネスク様式の教会で、ポンフェラーダのテンプル騎士団が管理し、レオンの山々を越えてエル・ビエルソに向かう巡礼者たちを守ることをその使命としていた。

＊298　"Refugio Gaucelmo"とも―英国の協会"Confraternity of Saint James"の管理下にある。この協会はサンティアゴ巡礼の普及とボランティアとの提携、英語を話す巡礼者向けのカンファレンスや印刷物等の情報の確保を行っている。

＊299　El Monasterio Benedictino de San Salvador del Monte Irago―2001年創立のベネディクト会修道院。

バルセロナでは商談がわんさか待ち構えているし、タイでは星座に配置されたハウスの64の組み合わせに対応する、アストロモーダのコレクションを完成させなくちゃならないのに、あなたときたら行く必要もないし、行きたいとも思っていない所に行こうとしている。そう考えると、上りの苦しさは和らぐどころか、むしろ増した。

「ほら、これが"Cruz de Ferro"、コンポステーラまでの巡礼路でいちばん高い地点だよ」少し疲労しているが、喜びにあふれるトマーシュが言った。

　ガウディの城で見た元の柱の代わりに立てられた、5メートルの醜い木の棒を見上げる。てっぺんには小さな金属の十字架が付いているだけ。リオデジャネイロの巨大なキリスト像を知っている私は、「こんなものを見るためにここまで来たの」といった意味合いのことを言おうと口を開けたが、思いとどまった。隣に立つこの巡礼者が私にとってどれほど大事かを思い出したのだ。これが、共に年老いていくことができる代償であるなら、仕方ない。

　そこで落胆の言葉の代わりに、ほとんど称賛ともとれるような口調で言った。「あらまあ。」

　トマーシュは、彼も私も真のperegrinos[*300]であることがとても誇らしいようで、私の軽い落胆にもまったく気づかず、興奮したように遠くに見える山々を指して言った。

「あの山は2183メートルあって…」それからその次の山の名前を言い、彼方に見える山を全部紹介し終わると、リュックから厳かに巨大な石を取り出して、十字架のふもとの、他のperegrinosたちが置いていった何千という石のところに持っていった。すっかり忘れていた。私はリュックを開けて、アイとの出会いで残った良心の呵責をようやく捨て去ることができるように、自分の石を取り出し、トマーシュの横にひざまずいた。祈りながら厳かに石を置いたとたん、私の後ろで声がした。

「クララ！　やっと会えた！2日もここで待っていたのよ！」私の影の声と、同じくらいよく知っている彼女の唇の喜び。アインホアは私に駆け寄って抱きしめ、ひざまずいたまま凝視しているトマーシュの目の前で、私に情熱的なキスをした。

「これが例の彼？」

 ＊300　巡礼者

「誰なの？」私がスペイン的情熱をともなうきわめてフランス的な接吻を振り払った時、トマーシュとアインホアが同時に尋ねた。

　こうなったら仕方がない。私は深く息を吸って、吐きながら言った。「こちらは私のフィアンセのトマーシュで、こちらは私の愛人のアインホア。私のフィアンセが、私と一緒にいる代わりに他人の墓を回っていて寂しかったので、彼女と関係を持ったの。」

　そして私は、アインホアと別れること、トマーシュを愛していることを宣言して「鉄の十字架」スピーチを締めくくった。人々が石すなわち罪を置いていく十字架の元では、奇跡が起こるに違いない。二人とも私を見つめている。

　アインホアはぐったりと身を起こした。顔色は青かった。私は彼女が立ち去ると思った。でも彼女はまた身をかがめると、トマーシュのあの巨大な石を手に持って、「あんた、クララに何をしたのよ?!」と怒鳴りながら、ひざまずいているトマーシュに石を投げつけた。もう少しで危ないところだった。トマーシュはさっと身をかわした。石はトマーシュのすねに当たって、ズボンが破けた場所がすぐに赤茶色に変わった。トマーシュは飛びのいて、別の石を取ろうと身をかがめたアイを突き飛ばした。

「気でも違ったのか？」それから自分のリュックの方へ急いで足を引きずっていった。「この淫乱！」と私に向かって怒鳴る。「お二人さん、最高にお似合いだよ」リュックを背負ったトマーシュは吐き捨てるようにそう言って、素早くびっこを引いてカミーノの巡礼路へと去っていった。

　トマーシュが、足にケガをした人にしては速いスピードで谷の奥へと消えていき、アインホアは勝ち誇った表情を浮かべて、私にロマンチックめいたことを何か語りかけている。私はその話が耳に入らない。トマーシュが十分遠くまで行ったら、後を追おうと待っている。しばらく独りになれば、怒りも収まるだろう。

「アイ、お願い、もうやめましょう。あなたが元気そうで嬉しいけれど、私はあの人が好きなの、あの人をまた手に入れるためだけに、すべてを捨てて地球の反対側から追いかけてきたのよ、ね、分かってね…」

「あなたって男みたい！　誘惑しておいて、すべてを捧げたらまた捨てるのね！　あなたにとって私は一体何なの?!　オトモダチ？　一夜限りの関係!?　それとも何？」彼女は非難し、まくしたて、マンハリ

ンという寂しい村にあるもう一人のトマーシュの宿泊所に着くまで、ずっと私を問い詰めていた。

　アイは勝手にしゃべらせておくことにして、急いで宿泊所の人間を探す。その人に、私のおバカさんを見たか尋ねた。

「ああ、彼なら泊まるのはいいと言って、水を受け取ってさっさと行っちゃったよ、嵐が来る前に逃げなくちゃとでもいうようにね」男は私に向かって、意味ありげに眉をつり上げてみせた。私はうなずき、彼も「分かっていたよ」と言わんばかりにうなずいて、私は早速山あいの村アセボ目指して谷を下って行った。アイは宿泊所のどこかに見えなくなっていて、私は急いでその場を離れながらほっとしていた。でも時期尚早だった。じきに彼女が、リュックを背負って追いついてきた。どうやらこの「トマーシュの」宿泊所に、もう泊まっていたらしい。

　私が明らかにスピードを落としてからというもの、関係のもつれについてのややこしい議論が始まった。足を引きずって歩く巡礼者が見えたのだ。追いつきたくない。独りにしておかなくてはならない。でも絶対に視界から失ってはいけない。

　トマーシュは私に気づくと急に速度を上げたけれど、フン、アインホアの石が当たった足では逃げられるまい。私はスピードを落として、もう100回目くらいになるだろうか、アイがしたことを非難して、また別れると言った。すると彼女はまた私たちのロマンチックな夜のことを持ち出して抵抗し、私たちは激しく互いに罵り合って、アセボを文字通り口論のうちに通過した。

「Porras[*301]、アイ！　あなたが好きで、あなたがかわいそうだったからそうしただけよ！　彼氏が牛に突き刺されていなかったら、あなたと寝ることなんて絶対になかったわ！」モリーナセカに向かう道で、彼女に叫んだ。

　そうしたらこれが効いたのだ！　アインホアは私を見やりもせず、その鍛えられた身体で駆け去った。じきに私は、ジョギングするアイと、遠くにトマーシュのシルエットを眺めながら、独りで歩いていた。今日の太陽は慈悲深く、ゆっくりと沈むのに合わせて気温も下がってきた。あの二人をどうすればよいのだろう…トマーシュは私の愛する人、夢にまで見た私の男、それは絶対に変わらない真実だ、でもアイ

[*301] 畜生

は私の目を覚ましてくれた、美しく、強い何かが私の中で、忘却の堀
から立ち上がってきて、私は自分が今までになく強い人間だと感じら
れる…

白い車が停まった。ドライバーがウィンドウを下げて、私を呼ぶ。
お兄さん、私に聞いても分かりませんよ、私もここは知らないんです
から、そう思ったが、親切な娘らしく、できる限りお手伝いしますよ、
という態度で車に歩み寄った…

Oh Deus、助手席に、銀行強盗に行くような覆面を着けた男が座っ
ている。ドライバーが私に見られたことに気づいて、ウィンドウ越し
に私の手をつかんだ。私はその手を力いっぱい振り払って逃げた。彼
が追ってくる。暗くなってきた茂みの中に飛び込んで、息を止めた。
しばらく辺りを探していたが、やがて走り去る車の音が聞こえた。心
臓がこんなにドキドキしたことはない。毛穴という毛穴から、アドレ
ナリンが湧き出してくるようだ。それからまだ長いこと、音を立てず
動かず待って、彼らがどこかに潜んでいないことを確認してから、片
足を茂みに突っ込んだまま駆け出して、アイとトマーシュの所へ向
かった。

モリーナセカでようやくトマーシュに追いついた。店の前に座って
足の手当てをしている。初めは私を信じようとしなかった。私が彼を
コントロールしようとしていると思い込んでいる。でも私が泣き出す
と、心配そうに私を抱きしめた。アインホアはトマーシュを追い越し
ていなかった。トマーシュは彼女を見ていない。どうしよう、彼女が
心配でたまらない。私たちは警察に行った。そこで、何か起こったと
しても初めてではない、アストルガとポンフェラーダを結ぶ区間は女
性だけで巡礼するのは危ない、と言われた。ここで行方不明になった
ある女性巡礼者は、今も見つかっていない。どうしよう、ああ、どう
しよう…アイ、かわいそうなアイ、どこにいるの…

二人とも気分は最低だった。私はアイが心配だったし、トマーシュ
は私を「安全な所」に連れ出してから、浮気の話を始めた。テンプル
騎士団の町ポンフェラーダに泊まっているのに、最も有名な騎士修道
会が建てた城を見ても、トマーシュの機嫌は直らなかった。つまり、
私たちは別れようとしているということだ。当地の家々の歴史を私に
語ることもせず、2語以上の文といえば、私がもう知っていることだ

け。「教皇がこの重要な修道会を解体したのは、彼らが同性愛行為に及んだからだ！」そう言いながら、まるで私がテンプル騎士団の最後の指導者[302]ででもあるかのように、火のような眼差しで炙った。トマーシュが今一緒にいるのは、また私が誰かに襲われないためだけで、本当は独りで町を歩きたいのだと分かっている。そこで嘘をついた。「ちょっと参っちゃったわ。早めに寝ることにする。」

　トマーシュが出て行くと私はベッドから飛び起きて、アストルガのあの爺さんの店のようなチョコレートの天国に遭遇できたらと願いながら、テンプル騎士団の町を散歩した。もちろん、アイか、アイの痕跡が見つかればいいと願いながら。小さな教会[303]に入ると、イエス・キリストが迎えてくれた。大きな木の十字架に磔になって…スカートを穿いている！　そう、他は裸だけれど、腰からひざまでが遠目には花のように見える星が散りばめられたスカートで覆われている。祭壇のロウソクに火を付けている僧侶が、これは "Cristo de las Maravillas" という像で、ポンフェラーダがテンプル騎士団の町だった時代のものだと教えてくれた。

　長イスにひざまずき、木の台に額を付けて、私は祈り、請い、泣いた…でもどんな祈りもいつかは終わる。ここのイエス・キリストが、印象的なアストロモーダのデザインを身につけていてよかった、私の額にくっきりと跡がついてしまったから。スカートを穿いたイエスには、その "Fortaleza" [304]という別名にふさわしい力がある。私はしばし自分の苦しみも忘れた。帰る道すがら、女は好みによってどちらを着るか選ぶ権利を勝ち取ったのに、男はなぜ気分によってズボンを穿くか、スカートを穿くか決める権利を勝ち取らなかったのだろうと考えた。私は、女性はファッションにおいて男性より大きな自由を手に入れたという結論で哲学的考察を締めくくり、あとはまたトマーシュの叱責を受けることになった。あんな経験をした後で、夜の町を独り歩きするなんて、無責任も甚だしいと言う。いや、彼はこんな風

　*302　ジャック・ベルナール・ド・モレー、1314年にパリで火刑に処された。

　*303　Basílica de la Virgen de la Encina

　*304　"Cristo de la Fortaleza" 一要塞のキリスト

に叱ることで、私の浮気への怒りを鎮めているような気がする。

　次の2日間も同じくらい最悪だった。歩く。黙っている。黙っていない時は、とげとげしく不快な態度をとる。二人の関係と愛の割れた花瓶をどうやってくっつければいいか、まったく分からない。ましてや置き去りにしたアイの元へと呼び戻し続ける、喉の詰まったような感覚をどうすればいいかなど、さっぱり分からない。ヴィジャフランカ・デル・ビエルソで長い上り坂になったのは好都合だった。二人とも息切れして、トマーシュも考える暇がないように見えた。ケルト人の祖先を持つガリシアに向けて登っていく。丸いケルト風の家が立ち並ぶ山あいの村は、聞くとおり本当に絵のように美しく、絵に描いたようだ。ここオ・セブレイオ*305からは下り道になって、4日間でカミーノの目的地、サンティアゴ・デ・コンポステーラに到着する。

　コンポステーラから一緒にタイへ飛ぶという約束がまだ有効かどうか分からないながら、私はトマーシュの後ろについて惰性でトボトボと歩き続け、絵のような町オ・セブレイオを横切って、巡礼手帖に印を押してもらいに、小さな美しい教会へと向かった。教会の婦人が杯と、聖餅——キリストの肉体の象徴を載せる六つのくぼみがついた丸い盆を見せてくれた。

「六つの花弁をもつ花を思い起こさせるこの盆は、1300年に起こった奇跡に一役かっています」盆に添えられた杯が、伝説の聖杯だと主張する婦人が言った。レオンの大聖堂にあった聖杯から、トマーシュとのカミーノが始まったのだった、あの時はまだ二人とも幸せだった…そして今、二人が不幸になって、また聖杯を見ている、そう私の脳裏によぎった。婦人は、ミサで農民フアン・サンティーノの口に聖餅を与えながら、それが本当にキリストの肉体だと信じていなかった僧侶の話をしている。フアンが聖杯から飲んでいる葡萄酒が、本当に神の血であることも信じていなかった。そこで奇跡が起こり、聖餅は神の肉に、杯の葡萄酒はキリストの血に変わって、僧侶は改心したという。

「そして聖母マリアの木像は、その奇跡を前に、なんとこうべを垂れたのです！　素晴らしいと思いませんか！」私たちは二人とも、より高次の力に触れたことで安堵の微笑みを浮かべてうなずいた。「あなたたち二人はとてもお似合いですよ。Adiós」まだふさがっていない

⊛　*305　標高1300メートルからの下り坂。

傷口にレモン汁を垂らす言葉で婦人は別れを告げ、去っていった。

　トマーシュは木像に向かって祈っている。私も聖なる奇跡のマドンナ[306]に祈りを捧げる。聖母マリアにゆかりのある場所を巡礼して回っていた時には、トマーシュと私は幸せだった。ファティマとルルドを思い出しているうちに、木のマドンナ像が動いたような気がした！　お辞儀を…しているような…おお…そして杯から血が流れ出し、盆が空に浮き上がった。嘘でしょう！　目を閉じて、開けて、まばたきしてみるが、見えるものは変わらない！　盆が飛んでいる！　そして浮遊する盆が礼拝堂の天井に達した瞬間、盆はアインホアになった。彼女は裸で、あらわになった肌がその姿をひどくはかなげに、傷つきやすく見せている。

「アイ、*dónde estás!? Madre de Dios!*」

「愛しい人…私は地獄にいたの…恐ろしい所だったわ、暗い洞窟の中の通路で、地面には泥と階段があって、私は後ろの壁のくぼみに縛り付けられているの。その壁がどんどん狭くなってきて、私は息ができなくなってきた。恐ろしかったわ、一筋の光もない闇と、突き刺すような不安にさいなまれる魂、痛みから逃れられない肉体…でもやがて僧侶たちが聖歌を歌う声が聞こえてきて、私は魂のエクスタシーに達した。天使たちが、私を包囲する悪魔たちと戦うのが見えたけれど、悪魔たちには私を打ち倒すことができなかった、なぜなら私は神の光で、その光が私を守り、悪魔を遠ざけてくれたから。」[307]

　ひざまずいていてよかった…自分の身体が感じられない。感じるのは涙が流れていることだけで、それが見ているビジョンをより生き生きと、真実味あるものにしていた。

「クララ、私は死んではいない、神の光が私を生命の中に引き留めてくださっているの。モリーナセカの警察に、私がどこにいるか伝えて。」そして彼女は消え、盆は血が流れなくなった杯の中に落ちた。

「トマーシュ、今の見た!?」私は飛び上がって、まだ幻想に浮かされたままよろめいた。

「え？」

「何も見なかったの!?」

「変わった礼拝堂だね。」

 ＊306　"Virgen del Santo Milagro"

 ＊307　アヴィラのテレサの体験のパラフレーズ。

「そうじゃないの。アインホアが現れたのよ！　あなたも見えた？」

「神経が弱っているせいだよ。きみは無駄に思い悩んでいるって言っただろう。彼女はもうとっくにマドリードのどこかで、別の誰かの恋愛関係を破壊しているところさ。そういうタイプだよ。」

「違う違う違う…違うわ。」

「もう出発したほうがいい、今日中にサモスの修道院[308]に着きたかったらね。」

「トマーシュ、私は行けないわ。ポンフェラーダに戻って、アイの捜索を始めさせなくちゃ。」

「どうして？　もう全部警察には話したじゃないか、あとは彼らに仕事させようよ、ね？　彼女を愛しているとでもいうの？」

「かもしれない。」

「それなら分かった」トマーシュは言って、辛辣に続けた。「そのほうがいいだろう。どうせ僕も、コンポステーラからイリア・フラヴィアを通って、ポルトガルのカミーノ巡礼路をファティマまで行きたいと思っていたし。」

　ついに答えが出された。

「コンポステーラからタイに行くって、約束したじゃない。」

「きみは、僕しかいないって約束したよ。」

「でも…」

「頭と心で、色々なことを整理したいんだ。分かってほしい、クララ。」

　どうすることもできない。

　トマーシュが暗い祈禱用の長イスから立ち上がり、私は牛の角に貫かれた心臓からベッドを通って天使に突き刺された心臓まで、オニキスの聖杯から許しの石の上に立つ十字架を通って聖杯と花模様の盆までの、私だけの巡礼の終わりに、独り取り残された。早く戻らなくては…

　でもまずはまた長イスに座り直して、『さまよえる庵』から持ってきたマスターの封筒を開ける。もう2日も、ポケットの中でこれを握りしめていた。今は本当にどん底だ。

＊308　El monasterio de San Julián de Samos—6世紀に建てられたベネディクト会修道院。

クララ、クララ、

感情の乏しい人たちは心に従うことを身につけなくちゃならないけど、きみみたいな情熱的な人たちは慎重になることを身につけなくちゃならない。そこできみにアドバイスしたいと思う。きみがいちばん欲しているものは今脇に置いて、普通だったら絶対にやらないようなことをやってみるんだ。

僕が言ったことをきみはどうやら守らなかったようだから、もう一度昔の師の知恵をここに書いておくよ。

「覚えておけ、これもいつかは終わる。」僕たちが積極的に体験していることは、僕たちには重要に思える。なぜならそれに感情や思考、注意を注いでいるからだ。でも人生は映画のようなもの、どんなフィルムもやがては終わって、時が経てば取るに足らないものになる。

きみがしくじったのが何にせよ——そうでなければ今、きみがどん底にいるはずがないから、きっとしくじったんだろう——きみは良い人間、心優しい、素晴らしい人間だということ、きみは特別な人間で、特別なハートを持っていることを忘れないで。それはきみも知っているはず、それでもまだちょっと間違いを犯してしまったのなら、それはきみのせいではなくて、人生が複雑なもので、この地球上の誰も、僕も、きみも、完璧な人間ではないからだよ。そこに、この世界における人生の痛みに満ちた美しさがあるんだ。

最も深い愛をこめて
ナガヤーラ

"Cristo de las Maravillas" の像、ポンフェラダ

第25章
復讐の間奏曲

「まずはクライアントの連絡先とノウハウを持って行けよ。」

「分かってるわ、アルフォンソ。全部持って行くから。持って行けないものは消すわ。あの女はバカだから、頭では何にも覚えていないわよ。」

「バカで性悪のあまさ！　あんな女と関わりあえたなんて、ヴァレンティナ、理解に苦しむよ、俺らの人生を台無しにされるところだったじゃないか。」

ヴァレンティナはアルフォンソの尻をつかみ、その背中に自分の豊かな胸を押し付けた。アルフォンソは物欲しそうに振り向いた。

「でもあなたがそれを阻んでくれたのね、私の英雄…して、ここで…」ヴァレンティナが言って、シータの作業机に寝そべり、アルフォンソのベルトを緩めた。

アルフォンソの尿が乾きつつある花の一つに、ショーツが飛んでかかった。そう、シータはマレーシアに発つ前に、『アストロモーダ・サロン』の植木鉢の水やりをヴァレンティナに頼んでいたのだった。

裸の臀部がぶつかり合い、中身を空けられた机を揺らす。ペテン師たちが不要とみなしたペンや紙切れが、机の上から落ちる。

アルフォンソはヴァレンティナの股間を堪能してもしきれないようだ。これこそがまさに、運命的な魅力と執拗さでスペインの「精神病院」からの再脱走という困難を乗り越える動機をアルフォンソに与えた魔法なのである。錆びた鉄格子を削るという古い手法は功を奏した。ヴァレンティナの香りの催眠術にかかったアルフォンソは、込み入った建物の数階分を躊躇なく這い下り、彼が下に下りるところをじっと見つめる患者たちも催眠術にかけられたようになって、拘束衣を持った職員に一言も告げ口しなかった。その前に二度脱出に失敗した時は、彼らに待ってましたとばかりに拘束されたのだった。そう、あの時、1週間ずっとベッドにくくりつけられて、アルフォンソはモチベーションの原動力をまた一つ獲得したのだ。このひどい体験以来、彼はシータを心の底から憎むようになり、ヴァレンティナへの渇望に支え

られた脱出への渇望は、復讐への身を焼くような憧憬によって何倍にも膨れ上がった。カウンセリング中に、シータに精神病院に通報されたことに対する復讐だ。

「いい、いいわ、もっと。ああ、ああ、ああ、もっと速く…」

　まるで木馬に座っているように机と一緒に跳ねるヴァレンティナがまた絶頂に近づくにつれて、アルフォンソは恋人と復讐を求めて旅した、こちらもなかなかエキサイティングな体験を思い出した。どれもみんな、それだけの価値があった。その存在全体で、この女の中に100回目の発射を行うことに集中しているはちきれそうなペニスのアルフォンソはそう思った。

　旅券もなしに違法移民たちと同じ道を通ってバルカン半島からトルコに向かった。集団で旅する移民たちとすれ違うたび、国境警備隊が立つ場所や歩きやすい道などを聞き出し、彼らが逃げてきた故郷までたどり着いた。イスタンブールで兄貴に金を借りて、ヨーロッパを目指す人々に安価で売られている偽の身分証明書を入手し、準備は整った。それから友達に航空券を手配してもらって…

「いい、いい、いい、すごいわ、あああ…」

「あなたがここにいて、すごく嬉しい」満足したヴァレンティナが、湿った机から飛び降りた。辺りの散らかった様子を見て微笑む。

「あの女は私たちを引き裂いたから、大嫌い。友達だったことなんてないわ。一回も。占星術師としても、教師としてもダメだし、何より友達としていちばんダメ。いつもあの女が憎かったわ」ヴァレンティナが植木鉢を蹴る。

「おしっこしたい。あいつのコーヒーカップ、ある？」アルフォンソは喜んでヴァレンティナにスターバックスの大きなカップを渡し、彼女がその中に排尿する様子をそばで観察している。

「今日は例のゴルファーとデートかい？」

「そうよ。ここが終わったら、彼のところへ行くわ。シャワーを浴びてからね。この間はちょっと疑ってるような顔だったわ、自分のペニスに…」

「余計な情報だ。」

「まさか、妬いてるんじゃないでしょ。」

「妬いてるとか、妬いてないとか、そんなことはどうでもいい、とにかくあんたらがやってることを全部聞く必要はない。いい加減やつに出させろよ、ほら、例の衣装部屋のことだよ。」

「それが今日のサプライズよ。『ナイト・バザール』のすぐそばの、きれいなガラス張りの建物を知っている？」

「ああ、お高くとまったカフェのある。」

「あった、よ。今日、あのカフェは店じまいさせられたの。明日そこに引っ越すわ。明後日はシータのクライアントに片っ端から電話をかけて、サロンが引っ越したと伝える、それからこのクソみたいな紙切れを全部読むの」ヴァレンティナはアストロモーダの書類ではちきれそうな袋の方に手を振って、「で、月曜日にオープンよ！」と片手で頭上にタイトルを描いてみせ、満足気にもったいぶって宣言した。

「スターファッション・サロン！」

「つまり、有無を言わさずカフェを閉めさせ、追い出したってことか？」

「ハニー、この町では誰も、プラィヨ・アゴとその一族にノーと言える人はいないの。言えるとしたら『ノー、ノー、もうダメ、堪忍してええぇ』くらいかしら、アハハ。」

「あんたがあのマフィア野郎のタマが目当てで相手してやってるんじゃないことは分かるよ。じゃ行くぞ、デートに遅れないようにな。これはどうする、火でも付けておくか？」ドアのところでアルフォンソが、滅茶苦茶に壊され尿で汚された『アストロモーダ・サロン』を頭で示して聞いた。

「このままにしておきなさいよ、あのあまが思う存分嘆く場所がないとね」ヴァレンティナはドアから去り際にニヤリと笑って、空っぽになった『アストロモーダ・サロン』に中指を立てるジェスチャーで別れを告げた。

第26章
マレーシアの虎と
アンデスのコンドルの茶

　マレーシアの旅は好調な出だしだった。イギリス人が造った美しいジョージタウンで、ジョジョは取引先を回り、私は古い中国の魅惑的な雰囲気があふれる通りを散歩しながら、規則的なリズムで色々なロクロク＊309を次々に味わった。

　隣のタイからすぐの、バスでたった数時間の所なのに、マレーシアでは何もかもが違う。国境と呼ばれる人工の線を越えただけなのに、すべてが変わってしまう。ファッションも同じだ。デザイナーはそれぞれ全然違う…そもそも何が、彼らの創作を異なるものにしているのだろう？　彼らのセンスはどうやって作られるのだろう、どこでインスピレーションを得るのだろう、他のデザイナーとの境界線はどうやって引くのだろう？　どの星座とハウスに月があるかが重要であるらしい。感情的な想像力の光線が鍵だ。それから水星も、独創的なインスピレーションの源として重要だ。そしてもちろん海王星も、創造力が湧き出る源泉として影響力をもつ。

　空いているベンチに座り、さっきのジューシーなロクロクで汚れた手を拭いて、スクリプトを取り出した。では調べてみることにしよう。たとえば海王星が第4ハウスにあったココ・シャネルは、常にインスピレーションを自分の住みかに求めた。ほとんど旅行もしなかった。インテリアには南国調の家具や本を採り入れたが、それはいて座にあるアセンダントを満足させるためだったようだ。海王星が第11ハウスにあったエルザ・スキャパレリは、インスピレーションの金塊を、ダリのような芸術家からダンスホールで出会う人々に至るまで、自分を取り巻く交友関係から手に入れていた。この二人の金星も調べてみる。この惑星も、服飾デザインという芸術において非常に重要であることがはっきり分かる——センス、芸術、美、ランウェイを歩くモデルたち…

＊309　Lok Lok—魚や肉の団子、うずらの卵、油で揚げた豆などを串刺しにし、熱いサテ・ソースに浸けた料理。

　さて、どれなのかしら…結局、他者との差異化に最も重要な意味を
持つのはホロスコープの第1軸「私はあなた」であるように思える。
にぎやかな通りの小さな茶屋でジャスミンティーを飲みながら私はそ
う結論づけ、アストロモーダのスクリプトに出てくるデザイナーを一
人ひとり、アセンダント＝ディセンダントの軸がどの星座にあるかに
よって整理することにした。

　すべての星座が網羅されていることを願ってページをひたすらめく
るが、アセンダントがさそり座にあるデザイナーは山ほどいるのに、
地の星座、とりわけおとめ座にあるデザイナーは今このスクリプトで
は見つからないようだ…あるいはアセンダントがうお座にあるデザイ
ナーも。

　もしかしたら、教材をほとんど家に、いやサロンに置いてきてし
まったからかもしれないが、もしかしたらそのことが何かを意味する
のかもしれない。

　アセンダントが地の星座にあるケースについてすぐ思いついたのは、
実用的すぎる地に足の付いたデザインが、アセンダントが他の要素の
星座にあるデザイナーたちの、奇抜で視覚的に印象深い作品と競合し
て生き残ることは難しいだろう、ということだ。例外も原則を裏付け
ている。ドルチェ＆ガッバーナの一人はアセンダントがやぎ座に、
もう一人はおとめ座にあり＊310、それがドグマではないことを証明し
ているが、いずれにしても彼らはこの「アセンダントの」原則を裏付
ける例外であることは確かだ。そしてアセンダントがうお座にある
ケースについては、自分が元々持っていた理想を押し通すには意志が
弱すぎる、という性質が思い当たる。最先端ファッションの厳しい世
界で、妥協の真ん中に落ち着くことを余儀なくされるのだ。だからこ
のパターンのデザイナーはあまりいないのかもしれない。いずれにし
ても、アセンダントが水の星座にあるケースすべてにそれが当てはま
るわけではない。さそり座にあるデザイナーは本当に多いのだから。

　では一つ一つ見ていこう、フフ、これは好きな作業だわ。
　アセンダントがおひつじ座＝ディセンダントがてんびん座の組み合
わせ＊311は、アストロモーダのスクリプトでは、スキャップとココ・

　＊310　ドメニコ・ドルチェがおとめ座、ステファノ・ガッバーナがやぎ座。

　＊311　アヴィラのテレサもこの組み合わせ。

シャネルのライバルだったマドレーヌ・ヴィオネが当てはまる。服に
ふわっとした印象を与えるために、肩と腰からのラインに好んで用い
た斜めの「バイアスカット」＊312で、ファッション界に大きな影響を
与えたデザイナーだ。

　アセンダントが頭（おひつじ座）に、ディセンダントが下腹部（て
んびん座）にあるパターンは、アクティブで真っすぐな性格が特徴で、
攻撃的に行動を起こし、スポーティーなアウトドアスタイルもその特
徴に当てはまる。マドレーヌ・ヴィオネはその作品において、サテン
やクレープなどの高価な、あるいはエレガントな素材を用いたにもか
かわらず、チャールズ・ジェームズのような過剰な装飾を施すことは
決してなかった。スキャップ風の奇抜な要素も採り入れず、ソニア・
ドローネーとも異なり抑えた色調を好んだ。

「マドレーヌ・ヴィオネによるドレスは、今日では美術館に展示され
ている。時を止めることはできないが、彼女の作品の特徴は、アセン
ダント＝ディセンダントの軸が頭から下腹部、すなわちおひつじ座か
らてんびん座にあり、その軸を癒す必要があれば、いつでも今日のア
ストロモーダに適用することが可能だ。」

　クララはそうアストロモーダのスクリプトに書いていて、すぐそれ
に続けてジャンヌ・ランヴァンを、同じ軸でも「エネルギー」が逆の
方向、すなわち下腹部から頭に向かって流れている場合に、この軸を
癒したり、強めたりする際にその作品の特徴を使うことができるデザ
イナーの代表例として挙げている。ジャンヌ・ランヴァン＊313 はアセ
ンダントがてんびん座に、ディセンダントがおひつじ座にあった。

「アセンダントがてんびん座にあるパターンは、家すなわちプライ
ベートと公の場で、それぞれ異なる役割を持っている。でも同時に
ファッショントレンドや興味を引く要素を採り入れることを忘れない。
まるで衣服が、最大のライバルに予期せず出くわしても動じない能力

＊312　Bias cut―この裁断方法では服に伸縮性が生まれるため、頭（おひつ
じ座）から被るようにして容易に脱ぎ着ができる。これは当時にしては画期的
なアイディアだった。コルセットドレスに比べて着心地がよく、同時に身体の自然な
曲線が強調された。

＊313　第6章のアストロモーダ・ホロスコープのボディを参照。

アセンダントが ♈

第2ハウスが ♉

第3ハウスが ♊
水星が ♊

IC が ♋
太陽、月、火星が ♋
第5ハウスが ♋

金星が ♌
第6ハウスが ♌

ディセンダントが ♎

第8ハウスが ♏
木星が ♏

第12ハウスが ♒

土星が ♓

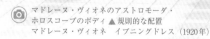

マドレーヌ・ヴィオネのアストロモーダ・
ホロスコープのボディ ▲ 規則的な配置
マドレーヌ・ヴィオネ　イブニングドレス（1920年）

アセンダントが ♈ ASC

水星が ♊ ☿

金星が ♌ ♀

ディセンダントが ♎ DSC

第9ハウスが ♐

太陽、月、火星が ♋

木星が ♏ ♃

MCが ♑

第11ハウスが ♑

土星が ♓

マドレーヌ・ヴィオネのアストロモーダ・
ホロスコープのボディ ▓ 不規則な配置
マドレーヌ・ヴィオネ　イブニングドレス（1933年）

521

を授けてくれる衣装であるかのように＊314。

　おひつじ座のディセンダントにその姿を映す、社交的なてんびん座のアセンダントは、奇抜なデザインに走ることなく、むしろ流行ファッションを、かつて流行し今ではただの見た目のいい要素になった、伝統的アイテムと巧みに組み合わせ和らげる…」

　腕時計を見て、急いで出発した。ジョジョはもう待っていた。

「親愛なるシータ、来てくださって嬉しいですよ。こちらは私の友人テオン、昼食に招待してくれるそうです。お腹はすきましたか？」

　ジョジョとテオンが通りの小さなカフェのテーブルから立ち上がり、私たちは中国伝統料理の店にランチに向かった。私の胃袋は五つのバリエーションで食べたロクロクでほぼ一杯になっていたが、最高に美味な自家製揚げ豆腐とエビ、ジャスミン米の餅には抗えない。そして締めに、美味しいお茶を一服。

　そのあとテオンは私たちを車に乗せて、彼の秘密の場所や、ファッションにまつわる町の片隅に案内してくれた。

「ここはジミー・チュウ＊315が父親に靴の作り方を習った場所です。ジミー・チュウはご存じですか？」テオンが私に尋ねた。レストランで彼は、誰もが「何者か」になりたいと思っていて、「何者でもない者」になりたいと思っている者など一人もいない、そしてそれは間違ったことだ、なぜなら「何者でもない者」になりたいと思う者は、真に「何者か」になれるのだから、と私たちに説いていた。

「『何者でもない者』だけが、あなたの願望や嘆き、プライド、怒り、妬み、嫉妬、それにあなた自身の存在を消す手助けをしてくれるのです。そしてあなた自身が消えれば、他の皆も消えて、『何者か』である『何者でもない者』も消え、そこで初めてあなたは『何者でもない者』になることができるのです。」

　テオンが席をはずすとジョジョが、この友人はこれまで多くの時間を霊的な活動につぎ込んできていて、インドのサイババやマレーシアの風水師リリアン・トゥーのもとで研鑽を積み、"Hermitage

---

＊314　"Habille-toi comme si tu allais rencontrer ta pire ennemie aujourd'hui." 「最大のライバルに会いに行くつもりで装いなさい」ココ・シャネル

＊315　Jimmy Choo—世界的に有名なマレーシア人ファッションデザイナー。ロンドン在住。手縫いの女性靴で名声を博した。

Lunas" *316 という寺院で瞑想を重ねてきたのだ、と優しく説明してくれた。

「もちろんジミー・チュウは知っています！　女性の足のための素晴らしい傑作を生みだした、最高のデザイナーの一人です」テオンをファッションの話題につなぎとめて、「何者でもない者、何者かである者」の超音速の柔道がまた始まらないことを祈った。「でも、イギリスの人だと思っていました。」

「学校を出たのはイギリスで、1986年に最初の店を開けるとすぐに名声を博し、ダイアナ妃も靴を求めに来るほどになりました。レディ・ダイは知っていますか？」

　私は首を振った。テオンは信じられないという風に私を見て、それから笑って言った。

「ああ、彼女はイギリスの聖女です。でも…」テオンは最初のテーマに戻って続けた。「ジミー・チュウが父親にいちばん大事な基礎を教わったのはここです。『息子よ、何も触らないで、おとうさんがどうやって靴を作っているか、ただよく見ておいで』父親はそう言って、幼いジミーは何か月も何年も、ただ見ていました。何かを何か月も何年も見ていると、何が起こるか知っていますか？」テオンが私に聞いた。

「自分もそれを始めたくなる？」

「ああ、なかなかいい答えですね、自分も始める、それも正しい。でも何より、見ているものの本質の魂にたどり着けるのですよ。」

　それからテオンは私たちを車に乗せ、山に連れていった。キャメロンハイランド*317 は絵のように美しい。空気も最高にすがすがしい。私は胸いっぱい息を吸って、ネパールの山々を思い出していた…それとも、インドの山々だったかしら？　長く伸びる曲がり道まで登るとそこは見晴らし台で、どちらを見ても茶畑が広がっていた。まるで緑の海が波立つように、斜面に連なっている。ペナンには昔の中国の雰囲気があったが、ここでは本当にインドにいるような気分だ。"BOH Sungei Palas Tea Estate" という名の茶農園に、茶栽培の見学に行く途中に見かけた作業者も、インド出身の人々がほとんどだった。小さ

---

*316　Hermitage Lunas—ペナンとタイの町ハジャイを結んだ真ん中に位置する。スーン女史と仏僧スヴァンノによって1990年に創立された。この章ではスヴァンノの言葉をパラフレーズしている。

*317　Cameron Highlands

なヒンズー教の寺もある。私はコーヒー党だけれど、茶畑は素晴らしい。いや、そこで働かなくていいのならの話だが。

　お茶の木は本当に特別な木だ…私は「瞑想飲料」の元になる光沢のある葉をなでた。葉を1枚むしって口に入れてみる。うわ、これは私の知っているお茶じゃないわ、危うく「ペエ」と言うところだった。

　摘み取った茶葉を処理する小さな「工場」の「ビジターセンター」で、収穫後の茶葉がどうなるのかをグループで見学するために、人数が集まるのを待った。私は興味津々だ。

　「葉が『お茶らしい』味になるためには、当然酸化させる必要があります…*318」説明を聞きながら、私は茶を愛する大事な親友のマヤに思いを馳せた。

　ああ、マヤ、どこにいるの。ペナンで受け取った最後のメールは、こんなシンプルな出だしだった。

　ペルーにいるの。ここまでの旅は最悪だった、8時間座りっぱなしで身体が痛くなって、スチュワーデスにあとどのくらいで着くかと子供みたいに聞いたの。そうしたら彼女は子供に言い聞かせるみたいに微笑みながら、もう少しでフライトの半分まで来ますよ、と良い知らせを教えてくれた。でも何とか乗り切って着いたら、ここは最高に素晴らしいところだった！　信じられないくらい親切で優しい人ばかりなの。シータ、私のハニー、ぜひいつかここに来てみて、ここの人たちは本当に全然違うのよ。どこを向いても違うことばかり、違う顔、違う習慣、違う空気、違う歌、違う色、違う雲、違う「インディオ風の」色鮮やかな服、何枚も重なったスカート、いかしてる帽子、何もかも違う…

　なぜ私が地球の反対側にいるか知りたいでしょう。答えは簡単よ…例の男にチベットで教えてもらった、チェサン寺院*319に行くの。そ

📖　*318　酸化―酸素の作用によって、茶葉が茶色に変色し、その味と香りも変化する。白茶、紅茶、青茶、黒茶の加工で行われる「萎凋」と呼ばれるプロセスでは、どんな茶葉でも自然に酸化させ、茶葉に含まれる水分を茶の種類ごとに必要な量まで減らす。緑茶と黄茶では酸化は不要だが、茶葉の摘採から熱処理（蒸す、炒る）または乾燥までの間に、ある程度の酸化が起こる。紅茶、青茶および一部の黒茶では、自発的な酸化に続いて意図的な酸化が行われ、それによって茶葉の加工プロセスがさらに加速される。茶の種類によっては（プーアル茶など）酸化の後に（こちらも自発的または意図的な）発酵が行われ、丸餅やレンガの形に圧縮成形された茶葉が長期間にわたって熟成するプロセスで、微生物とバクテリアの代謝が行われ、独特の土のような味が生まれる。熟成期間は数十年にわたることもある。

✳　*319　チェサン寺院―ブリヤート共和国にあるゲルク派（「黄帽派」）の仏教寺院。

う、奥さんが僧侶の身体に棲みついたっていうあの人よ。

　門を入ってすぐに、いちばん年長らしいラマのところに向かった。「あなたがエルデニ・ラムハイ院長ですね」チベットで例の男が紙切れに書いてくれた名前を尋ねる。エルデニは長年にわたってタイガの庵で魔術のタントラ＊320の修練に勤しみ、超自然的能力を獲得したという。

　緋色の僧衣に身を包んだ男は、私を頭のてっぺんから足の先まで眺めまわして、調査の締めくくりに私を茶に誘った。

　「ティ　ホツェシュ　チャイ　ピット？」

　ロシアでは茶のことをインドと同じように「チャイ」と言う。私はすぐに気が晴れ、故郷にいるような気分になった。これは誘いではなくむしろ指示だということが分かったので、うなずいた。あとで寺院の壁に向かって、罰でも受けているように「おしっこ」するのは嫌だから、本当は飲みたくなかったのだけれど。あるチベットの寺院でそうせざるを得なかったことがある。女だからと便所に行かせてもらえなかったのだ。若い僧侶を誘惑しないように、だろうか。

　ラマが小さな急須から、淹れてから数日経っているらしい黒くて濃い液体を、一滴ずつ茶碗の底についでいる間、私は窓の外を見ていた。辺りはステップの草原だ。はるか向こうに、今朝発ってきた村が見える。手を伸ばせば届きそうな所にマニ車と、200年前に建てられた古い寺院の黄色い屋根がある。素敵な眺めだけれど、チベットのロマンチックな雰囲気にはかなわない。レーニン＝スターリン時代に、この一帯がトラクターその他の農業機械の倉庫に変えられてしまったせいもあるだろう。あと100年経っても、恐らくそれがこの地の空気から消えることはない…

　「サハル？　イリ モロコ？」茶碗の底の黒い液体にサモワールの熱い湯を注いでから、ハムレットを演じる俳優が「生きるべきか、死ぬべきか」と問う時の声の調子で、ラマが私に尋ねた。ロシアでは砂糖とミルクを混ぜることはしないのだろう、というわけでミルクを選んだ。自分が飲んでいるものが濁って見えなくなるように。それから彼は、茶のラマである自分がエルデニ・ラムハイ、あの素晴らしい英雄、聖なるお方であるはずがない、なぜならエルデニはもう死んだから、

＊320　ティローパの教え

と言った。しかし彼もエルデニの後継者の一人で、そのエルデニが開いた道を進もうと精進しているらしい。私がなぜここに来たのかを打ち明ける前に、ラマと普通の会話で親しくなろうとしたが、その試みは何度か挫折した。とりわけこの地*321の人々が、仏教徒なのになぜ動物のいけにえを捧げるのかと聞いた時には嬉しそうな顔をしなかったが、質問には何でも答えてくれた。

「ここの人々は、仏教を受け入れた後でも古来のシャーマニズム*322を完全に捨て去ることはできなかった。そこで5色のカタ*323の他にも、パンや菓子、肉などを火の中に捧げるのです…そして上からバターを注ぎ、自分の願い事を書いた紙を投げ入れます…」

「その儀式はウラン・ウデ*324から来る時に見ましたけれど、壮観でした。最後にラマが小麦の粒を撒いて、頭に被り物をした信者たちが『アフレ、アフレ、アフレ』と繰り返し唱えていました…」

「それは自分たちの先祖や仏様への祈りです、イエス・キリストに祈る人も多いですね」緋色の僧衣を着た私の茶飲み仲間がそう言った。

「イエスに？」

「構わないでしょう？」

「でも仏教徒なのに。」

「またそんなことを言って。イエスだって、あらゆる人に手を差し伸べる菩薩*325だったではないですか。」

　強い茶に酔ったようになって、私はついに旅の目的を打ち明けた。長い沈黙のあいだ、ラマに私を助ける力があるのか、進んで助けてくれるだろうか、その答えを待った。

---

*321　ブリヤート共和国はロシア連邦を構成する共和国の一つ。東シベリア、バイカル湖地方、モンゴルとの国境地帯にまたがる。現在、ロシア語とブリヤート語を話す約100万人の人々が住んでいる。ロシア正教の修道院と、仏教の寺院が混在している。この地の人々は常に自然に密着した生活を送ってきており、最古の信仰であるシャーマニズムが受け継がれているのもそのためである。

*322　ボン教─チベットの民族宗教で、アニミズムとシャーマニズムの要素、魔術的儀礼と神々や霊に捧げるいけにえを特徴とする。

*323　シェルパ、カターシルク製の幅の広い帯、チベット仏教の伝統的な儀礼用スカーフ

*324　ウラン・ウデ─ブリヤート共和国の首都で、シベリア東部で3番目に大きな町。その名は「紅い門」を意味し、メイン広場に立つ巨大なレーニンの頭に代表されるように、町全体にかつてのソビエト体制の名残が感じられる。

*325　菩薩（ボーディ・サットヴァ）─「その生あるいは根源（サットヴァ）が悟り（ボーディ）である者」。ニルヴァーナ（涅槃）に入る可能性、すなわち来世で仏になる可能性を自ら進んで手放し、人生という名の巡礼の旅路にある人類を助ける、完全なる存在。

「夜のあいだ、部屋の鍵をかけないでください。私の夜の訪問の成り行き次第で、あなたを助けるか、助けないかを決めます。」

こんな指示を年老いた男の口から受けたあとに眠りにつくのはたやすいことではなかったけれど、私は決心した。今までもっとずっと馬鹿馬鹿しい理由で男たちと戯れてきたのだから、人生最大の恋人を見つけるためと思えば、これくらいの犠牲を払うことなど何でもない。私は鍵をかけなかった。

もう眠りかけている私のところに、まぶしい光を放つランプを持ってラマが入ってきた。ドン。机の上にたくさんの物が落ちた音で、完全に目が覚めた。

ラマは私の手に、絹のスカーフに包まれた重たい物を渡した。
「包みを開けて。」

私の手に載せられたのは、ヴァジュラヨギーニ*326のチベットの儀礼用短剣だった。三つの剣先が、魔力をもつ頂点に集まる槍のような形だ。柄の部分には悪魔と悪の力を追い払う保護神の頭が描かれている。チベットですでに見て魅了されたこの短剣を握りしめ、ラマが机の上に曼荼羅を作る様子を注視した。

私が宇宙を表す魔法の形が大好きなことは知っているでしょ、だから私がどれくらい夢中でそれを見ていたか想像してみて。ちなみについ最近、曼荼羅ドレスも作ったのよ。

丸く切り取った布の真ん中に、頭を入れる円を切り取るの。曼荼羅ではこの中心が、つまり布の真ん中の穴に入った頭も、地や水、火といったやがて消えていく要素の次元の外になるのよ。それから、その曼荼羅を使ってどんなドレスを作るかを決めるの。基本のバリエーションを二つ、スケッチしておくわね。

*斜線を引いたところはカットして、あとは縫い合わせて。最初のバリエーションではユベール・ド・ジヴァンシーの1957年のコレクションにある「サックドレス」風のドレスができるし、二つ目の曼荼羅からはバレンシアガが1968年の最後のコレクション*327で発表した、ボディに1枚、両腕に2枚の「3枚のスカート」のあるドレスに似た*

---

*326　タントラ仏教の象徴

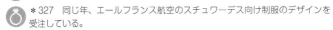

*327　同じ年、エールフランス航空のスチュワーデス向け制服のデザインを受注している。

ものができるわ。

　曼荼羅には、チベット伝統の曼荼羅に合わせたゾーンの境界と、ホロスコープとは違う東西南北の配置を書き入れておいた。東西南北は曼荼羅を実際に着た時とも違うわ。身体の正面は、ミクロコスモスの東側とされるのが普通だから。

　ドレスは、模様を使って曼荼羅と結びつけることもできる。布地に人や、人の身体が描かれているところでは、肉体の曼荼羅を強めることができる。文字があるところは言葉の曼荼羅を、鍵や車輪といったシンボルのあるところは精神の曼荼羅を強める。

　ソニア・ドローネーは両方とも強めることを好んだわね、覚えてる？　幾何学模様を配したドレスは精神の曼荼羅のためだったし、『ポエム』シリーズのドレス[328]には自分で文字を書いたわ。彼女のドレスはカラフルで、それも曼荼羅を想起させる。たとえばカーラチャクラ[329]の曼荼羅では、東（下）が黒、西（上）が黄色（オレンジ色がかっていることが多い）、南が赤、北が白、真ん中が緑と青になっている。もっと古い曼荼羅では東が青、西が赤、南が黄色、北が緑、中心が白になっている…ドレスの曼荼羅の神秘を用いれば、魔法のアレンジが際限なく可能だわ。まず布地を曼荼羅の円に見立てて、それを目に見えない部分――切り取った布地、これはまた別の曼荼羅の儀式に使える――と、身に着けるための目に見える部分とに分けるの。ホロスコープの観点から見ると、曼荼羅のどの部分を目に見えない部分にして、どの部分を身に着けることにするかは興味深いポイントよ。だから曼荼羅の下の「丸いケーキ」に描かれた、アストロモーダの四つの分類を思い出して。

　　注：曼荼羅をドレスにするために裁断する前に、曼荼羅の円の全
　　　　周に花瓶を置いて[330]。そうすることで曼荼羅に動きが生ま
　　　　れるわ。そして曼荼羅の中か、花瓶の前で瞑想して、それか
　　　　ら裁断してね。

---

*328　"Dress – Poem no. 1329" など、第13章を参照。

*329　カーラチャクラ―「時輪」と訳される。このチベットの曼荼羅は、カーラチャクラの神々の神殿を象徴し、同時に肉体、言葉、精神と、その中央にある喜びと智慧の四つの曼荼羅が一つになったものである。

*330　もしくは花瓶の代わりになるもの（ボウル、杯 ―― 香を入れてもよい、捧げもの、香油）を、儀礼的に時計回りに置く。東西南北の方角に合わせて四つ置き、残りの四つは北東、南東、南西、北西の方角に置くこと。南には火を象徴するロウソクなどを入れた「花瓶」を置くなど、色々と工夫してもよい…

北

東

南

肉体
言葉
精神

より高い
意識

肉体
言葉
精神

カーラチャ
クラ曼荼羅

反抗者／
アーティスト

オートクチュール

エコ／リラックス

型にはまった
ファッション

肉体、言葉、精神の曼荼羅＆
ユベール・ド・ジヴァンシー
1957年のコレクションより「サックドレス」

アストロモーダ © の四つの分類の曼荼羅＆
クリストバル・バレンシアガ
1968年のコレクションより「3枚のスカート」ドレス

　私の部屋で曼荼羅を作っているブリヤートのラマは、祈りながら方角の軸に向かって米粒を置いた。宇宙の曼荼羅の決まった場所にいる、特定の存在に向けておくのだ。1段完成すると、次の輪っか——銀の車輪の土台——をはめて、曼荼羅の2段目を作りにかかる。それからその「スピリチュアルケーキ」の3段目を作った。完成すると、この完全な宇宙のモデルの頂点に、ダルマの車輪[331]と数珠、硬貨を置いた。

　それから宇宙のマクロコスモスのモデルである、曼荼羅のミクロコスモスに向かって両腕を儀式めいて動かし、指で様々な印相を次々に組んで、最後に曼荼羅に向かってお辞儀をし、その直後にそれを数回の動きで壊した。

「あなたのエンキドゥは、世界最大の鳥がいるピラミッドのそばにいる。」

「え？」

「ペルーにいる。ピラミッドがあり、コンドルもいるところだ。さあ、もう寝なさい。」

　ラマはそう言って去った。私はまだ長いこと眠れずに、今のは全部夢ではなかったかと思い返していた。

　目が覚めると、歌が聞こえた。本当に美しい歌、喜びにあふれ、なおかつ穏やかなメロディが、南米のリズムに乗っている。私は目を開けた。頭上には星が、南十字星が見える。漆黒の闇が、夜明けが近づいていることをほのめかす紺色に変わりつつある。私はアンデスにいる。ペルーの。歌声は夢ではない。数頭のラマの群れを日の出前に草地へ連れて行くインディオが歌っているのだ。こちらに近づくにつれて、古ぼけた、日光で焼けた服と、ボロボロになった古いサンダルが見える。太陽のせいでひび割れた顔が、ゆったりと風景の中を歩いていき、歌で新しい一日を迎えている。今まで生きてきて、こんなに美しい声を、こんなに魂を優しくなでる歌を聞いたことがない。その歌は辺りの山々を、とてつもなく大きな羽を持つ天使たちが空に浮かぶ天国に変えた。

　そう、私がペルーでまず恋人を探しに向かった場所は、コンドルが教えてくれた。アンデスのコンドルは、人間と同じくらい長生きする

---

[331]　ダルマチャクラ=ブッダの教えと、その悟りへの道を表すシンボル。

ことから「永遠の鳥」と呼ばれている。3メートルもあるその翼で、
まるで俗界を超えた存在ででもあるように滑空する。ここにはたくさ
んの群れがいて、深いコルカ峡谷＊332の頭上4キロメートル、あるい
はもっと高いところを、私の意識を別次元へと運んでいきたいとでも
いうように飛んでいる。そして私はまだ地に足を付けて立っている。
私が望む唯一のものを、ここでは見つけることができなかったから。

　ラマが曼荼羅の儀式でミスをしたのかしら？　メインの展望スポッ
ト "Cruz del Cóndor" と、この地表の割れ目の谷底を見下ろす人目
につかない片隅とを行ったり来たりして、心が渇望するものを当ても
なく探す私の脳裏には、来る日も来る日もその考えが浮かんだ。フラ
ミンゴやばかに大きいハチドリ、アヒル、ラマの群れ、藁ぶき屋根の
掘立小屋で、両親に生きることの喜びと痛みを教わりながら暮らす子
供たちが大勢遊んでいる畑はあった。物悲しい宵、冷たい夜もある。
夜明け前は寒さで目が覚めるの、ほら、外で寝ているから。標高3千
メートル以上あるここは震えるほど寒くて、毎朝近くのアンパト
山＊333が、雪のように白い帽子で谷に挨拶しているのが見える。
　でもエンキドゥはどこにもいない。明日になっても現れなかったら
アレキパに発つ、それからピラミッド目指して北に向かうわ。
　ラマは、世界最大の鳥とピラミッドが見えると言っていた。この峡
谷に並ぶようなコンドルの天国はどこにもないけれど、トルヒーヨの
太陽と月のピラミッドの上を、大きくなりすぎたコンドルが飛んでい
るのかもしれない。幸運を祈っててね。

　　　　　　　　　　　　　　　　　　　　　　　あなたのマヤ

＊332　Cañón del Colca—世界で最も深い峡谷の一つで、有名なコロラドの
グランドキャニオンの2倍、4160メートルの深さを誇る。
＊333　アンパト山は実際は休火山で、標高は6千メートルを超える。

第27章
仮面の謎　I──マレーシア

　今日は一日中時間がある。ジョジョとテオンは商談のためにキャメロンハイランドのあちこちのリゾート地を回っている。そこでお茶の博物館から少し下ったところにあるチャノキの下に座って、デザインのオーソドックスな要素が、おうし座（首）からさそり座（股）にかけてのアセンダント＝ディセンダントの軸を癒しえたであろうデザイナーの、アストロモーダのスクリプトを読み込むことにした。

　おうし座にアセンダントがあったのはジャック・エステルで、ブリジット・バルドーのロマンチックなウェディングドレスから、ユニセックスの両性具有的コレクションまで、幅広く手がけたデザイナーだった[334]。

　このアセンダント＝ディセンダントの軸の流れにおいては、適切な裁断と材質が重要とされることが多く、自然素材のみを使うこと、場合によってはエコ素材またはオーガニック素材のみを使うべきと解釈されることも多い。おうし座にあるアセンダントは、ファッションのシーズンが変わるごとにお気に入りの服を変えることを望まないため、頑丈でもちの良い物、何より長期的に見て流行に左右されにくいものを選ぶ。アセンダントがおうし座にある女性は、周りの人々を尊重し支持するので、周りが認めない服を着て外に出ることはない。そう、同じ軸でも流れが逆のパターン、つまりさそり座からおうし座へ、股から首へ流れている場合にはその反対になる。

　アセンダントがさそり座にある人は、赤っ恥をかくことを恐れない。身に着けているものが、身体の内面からその人の激しさと熱狂を表すセクシャリティーやクンダリーニ、リビドーその他の形態を、挑発的に放つものである場合には。だから、さそり座にあるアセンダントのセクシーな女王様のような衣装が、頭のてっぺんから足の先まで覆い隠すシスター服のようになることもあり得る。それによって、従来のすべての無神論者たちに、この「モデル」の内面の宗教的な情熱を表

＊334　第7章を参照。

現するという形で、挑発的に新しい形態を提示しているのである。スポーツの情熱（ユニフォーム）、釣り人の情熱（ゴム製のカッパ）でもよい…どんなものを着ても、それはセンスの喪失ではなく、意図的に選ばれたトレンドなのだ。なぜならアセンダントがさそり座にある人々は、衣服をきわめて批判的に分析する才能を備えた、生まれながらのデザイナーだからだ。困難な戦争の時代を経て、女性に「ニュールック」をもたらしたのがさそり座にアセンダントを持つデザイナーだったのも、偶然ではない。ゆえに、クリスチャン・ディオール*335の作品に見られるファッションの要素は、アセンダントをさそり座に、ディセンダントをおうし座に持つすべての人々に、心の解放あるいはエネルギーをもたらすのである。

　同様にアストロモーダの観点からは、アセンダントがふたご座にあるすべてのクライアント、従来のモデルたちには性別にかかわらず、ユベール・ド・ジヴァンシー*336の作品に典型的な要素が推奨される。手に位置するアセンダントは、いわゆるアクセサリーによって表現されることが多いが、これはハンドバッグや腕時計などが、肩と手に最も多く接触していることを考えれば納得がいく。アセンダント＝ディセンダントの軸がふたご座からいて座（太もも）に走っている場合は、衣服は個人とその周囲とのコミュニケーションの一部であるため、服のデザインは、その人が世界に伝えたいメッセージを表現するようなものでなければならない。

　この軸のエネルギーの流れが逆で、太もも（いて座）から手（ふたご座）に向かっている場合は、双方向のコミュニケーションではなく、その人が内面においてどのような人物であるかを一方的に周囲に伝えることを意味する。その自己決定意識は、このパターンのクライアントの独立した個性と、その人が好む社会的風潮との組み合わせによって洗練された率直な形で表現されるのが原則だ。アストロモーダのスクリプトに登場するデザイナーの中で、いて座にアセンダントを持つヴィヴィアン・ウェストウッドより適確に、そのデザインに特徴的な

---

*335　クリスチャン・ディオール、第6章のアストロモーダ・ホロスコープのボディを参照。

*336　ユベール・ド・ジヴァンシー、第12章のアストロモーダ・ホロスコープのボディを参照。

要素をもって、この原則を満たす者はいない[*337]。

　私は読むのをやめて、浮世離れした美しさの茶畑の緑に見入った…デザイナーの特徴的要素という表現を、クララはどういう意味で使っているのだろう？　素材か？　ラインか？　最も盛んに自己表現を行った服の部分か？　彼あるいは彼女の最も有名なショーで発表されたコレクションの作品という意味か？　フォルチュニ[*338]のプリーツ技術、ヴィオネのバイアスカットのように、そのデザイナーと切り離すことのできない独自の技術的なファッショントリックのことか…？

　クララは実用志向が強くて、クララのマスターは非凡な人だから、アストロモーダの基本スクリプトの教えに、深く考えずに単純な例を羅列した章を入れるはずがない。ヨウジ・ヤマモトは月がさそり座にあるから、さそり座にある人は皆、木でできた服を着なければならない、とか、マルタン・マルジェラは月がしし座にあるから、しし座にある人は皆、カビで脱構築された服を着るべきだ、とか、レイ・カワクボは月がてんびん座にあるから、てんびん座にある人は皆、"Body Meets Dress, Dress Meets Body" のショーのように、身体じゅうにコブのような詰め物をした服を着なければならない、とか、ソニア・ドローネーは月がみずがめ座にあるから、みずがめ座の人は皆、ダダイズムの詩が縫い目に書き込まれた超モダンでカラフルなドレスを着るように運命づけられている、とか、イッセイ・ミヤケは月がやぎ座にあるから、やぎ座の人々はプリーツをふんだんに施した服しか着るべきではない、とか。いや、そんなふうにとらえることは決してないだろう、クララが提示する、デザイナーの仮面すなわちアセンダントの星座ごとの事例は、もっとずっとはっきりと具体的なものであるに違いない…

　私はチャノキの先端をちぎり取った。木がまるで「痛っ！」と言ったように思えた。私は心の中で謝って、ちぎった新芽（Tips）[*339]を口に入れ、仰向けに寝そべってチャノキの緑の葉の間から、明るく澄

[*337]　ヴィヴィアン・ウェストウッド、第20章のアストロモーダ・ホロスコープのボディを参照。

[*338]　第17章を参照。

[*339]　Tips—「フラワリー・オレンジ・ペコー」とも呼ばれる。白い繊毛がびっしりと生えた、まだ発育途中の茶葉の新芽。それに「オレンジ・ペコー」と呼ばれる最初の茶葉が寄り添うように付いている。

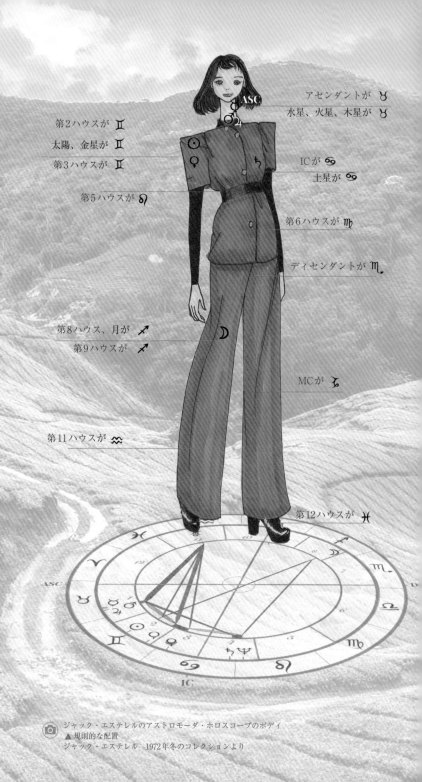

アセンダントが ♉

水星、火星、木星が ♉

第2ハウスが Ⅱ

太陽、金星が Ⅱ

第3ハウスが Ⅱ

IC が ♋

土星が ♋

第5ハウスが ♌

第6ハウスが ♍

ディセンダントが ♏

第8ハウス、月が ♐

第9ハウスが ♐

MC が ♑

第11ハウスが ♒

第12ハウスが ♓

ジャック・エステレルのアストロモーダ・ホロスコープのボディ
▲規則的な配置
ジャック・エステレル 1972年冬のコレクションより

ASC

太陽が ♊

月が ♐

Flowery Orange Pekoe
（フラワリー・オレンジ・
ペコー）

Orange Pekoe
（オレン
ジ・ペ
コー）

Pekoe Souchong
（ペコー・
スーション）

Souchong
（スーション）

Pekoe（ペコー）

Bohea（ボヘア）

Congou
（カングー）

チャノキの先端

み渡った青空の光を仰いだ。

　見学で説明していた男の人は、テインやお茶の質を左右するその他の物質をいちばん多く含むのは、チャノキのてっぺんの葉だと言っていた。大手の茶製造会社は3種類の葉[340]しか買わない。正確に言えば新芽と2枚の葉、てっぺんに生える "Tips" あるいはFlowery Orange Pekoe – Orange Pekoe – Pekoeで、中には "Tips" の茶しか飲まない舌の肥えた人々もいる。確かにただ摘み取っただけの葉でも、最初の日に吐き出した葉とは味が違う。これが茶葉の「ザ・ベスト・オブ・ザ・ベスト」であることを思いながら、噛み砕いた苦い塊を舌の上で転がした。茶を栽培する地域の一般の人々は、チャノキのいちばん低い枝から採れる "Bohea" を飲む。運よく "Congou" の葉が売れ残れば、2番目に地面に近く、茶の品質ランクでも下から2番目のこの葉も味わうことができる。どこかのご婦人が、なぜ彼女が住むオーストラリアでは "Tips" が手に入るのに、マレーシアのかわいそうな人々はティーダスト[341]しか飲めないのだろうとつぶやくと、説明の男性は肩をすくめて、ネパールやスリランカでも同じだ、茶の生産国の人々は、彼らにとっては全財産とも言える金を高価なお茶につぎ込むよりも、もっと生活にかかわる大事な支出先があるのだ、と答えた。こういった国が、茶の輸出先であるイギリスやドイツなどの豊かな国々と購買力で競うのには無理がある。その婦人はまだ何か知ったかぶったことを言いたそうにしていたが、その声は私たちに次の生産プロセスを紹介するために動き出したコンベアの騒音にかき消されてしまった。茶葉処理に使われる設備、緑の茶葉を最高品質の紅茶に変えるありとあらゆるメカニズムは、私たちの見学グループの男性陣を釘付けにしてしまったようだ…

　私はといえば、茶葉の選別作業に釘付けになっていた。私も同じようにしよう。クララがアセンダントの章でその要素に言及しているデザイナーを一人ずつ勉強しよう、まるでチャノキを見るように、そのデザイナーを見ていこう！　繰り返し現れるディテールを一つ一つ注意深く観察し、そこから最も興味深いものを七つ選んで、茶葉の七つ

---

　　[340]　チャノキのいちばんてっぺん、「フラッシュ」と呼ばれるいちばん若い部分から獲れる葉。

　　[341]　Tea dust─折れて砕けた茶葉から副産物として生まれ、ティーバッグ用の最低級の茶として使用されることが多い。

の分類[342]と同じように分類してみよう。

　エルザ・「スキャップ」・スキャパレリの作品では、チャノキのてっぺんから採る最高級の茶葉 "Tippy Flowery Orange Pekoe" と同じ座に就く要素はどれだろうか。肩パッドか？　動物の模様を真似た柄か？ 1938年の "Skeleton" ドレスのような、シュールレアリスム的なデザインか？　もしかしたら、彼女が好んで用いたスパイラル状のジッパーや、アシンメトリーデザインかもしれない…

　これはとても興味がある。というのも、この高名なデザイナーと同じく[343]、アセンダントがかに座にあるクライアントたちは、非常に難しいケースだからだ。ホロスコープと身体に合わせてオーダーメイドで作るアストロモーダ・デザインの観点からも、あるいはアストロモーダのカウンセリングや、ショッピングの同行においても同様だ。一方ではその人生を違う次元に持っていくような、ファッションとして完璧なデザインの壮大なイメージを抱いているのに、他方ではあらゆることを、家族が何と言うだろうかという基準で判断する。それで結局、オートクチュールを夢見ながら、家族が慣れ親しんでいるものを着て歩く羽目になってしまうのだ。

　胸（かに座）にあるアセンダントは、ホロスコープの最も個性的な軸を通ってひざ（やぎ座）にあるディセンダントへと向かう。

　胸（かに座）とひざ（やぎ座）をきわめて衝撃的なやり方で結びつけたのがティエリー・ミュグレー[344]で、彼の不規則な配置のアストロモーダ・ホロスコープのボディにそれが表れている。そうそう、クララはフ

*342　1.フラワリー・オレンジ・ペコー、2.オレンジ・ペコー、3.ペコー、4.ペコー・スーション、5. スーション、6. カングー、7. ボヘア

*343　第10章のエルザ「スキャップ」スキャパレリのアストロモーダ・ホロスコープのボディを参照。

*344　第19章に言及がある。

エルザ・スキャパレリ "Skeleton Dress"（1938年）

539

第3ハウスが ♈

ICが ♉

第6ハウスが ♋
ディセンダントが ♋

第5ハウスが ♊

月が ♍
土星が ♍

金星が ♐
太陽が ♐

水星、木星、火星が ♑
アセンダントが ♑

第2ハウスが ♓

ティエリー・ミュグレーのアストロモーダ・ホロスコープのボディ
▲規則的な配置 ティエリー・ミュグレー 1988年秋／冬コレクションより

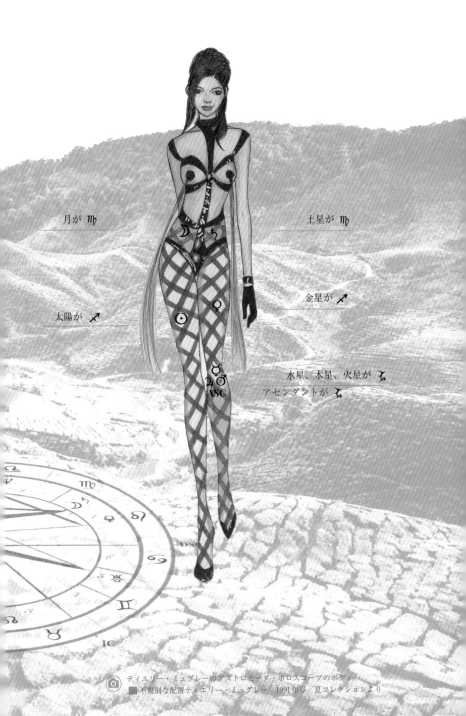

月が ♍

土星が ♍

太陽が ♐

金星が ♐

水星、木星、火星が ♑
アセンダントが ♑

ティエリー・ミュグレーのアストロモーダ・ホロスコープのボディ
■不規則な配慮ティエリー・ミュグレー 1991年春／夏コレクションより

ランスの岩山で過ごした「フェティッシュ・ファッション」の日々に、アセンダントをやぎ座に持つこのデザイナーについて触れていたけれど、この作品にはまた驚かされた。こんな形で裸の乳房がファッションショーに現れたら、観客がどんな反応をするか見てみたい。アハハ、拍手する人たちと、拍手するべきか戸惑う人たちに分かれるだろう。いずれにしてもアストロモーダ的には、乳首からまっすぐひざに向かう軸は、ホロスコープの神秘が実体化されたものだ。

　やぎ座にアセンダントがある人は、衣服が実用的な価値を示すことを必要とする、とクララは書いているが、それなら20世紀の最後の25年間に生み出されたミュグレーの服は、どんな価値をもたらしたのだろうか。早速調べてみよう。クララがスクリプトの中で研究することを勧めているティエリー・ミュグレーのコレクションから、最後のものを取り上げる。

　1988年春──アフリカにインスピレーションを得たコレクション、1992年春──車＊345にインスピレーションを得たコレクション、1995年秋──ロボット、1997年春──カフカの『変身』…つまり、これらのデザインの実用的価値は、女性の神秘的変身にある、ということになる。

　辺り一面の丸みを帯びた丘の斜面に広がる、チャノキの果てしない緑の波を通じて自分自身を変身させようとでもするように、私はさわやかな空気と茶葉の香りを胸いっぱいに吸い込んだ。

「あなたの身体は城で、そこに入ってくる息は、あなたの注意という衛兵によって警備されなければなりません」テオンの、いかにして何者でもない者になるかについての話に出てきた呼吸法を、繰り返してみる。

　あなたの中に入ってくる息を、鼻の穴の入り口で数えて。1、2、3と数えていって、注意を途切れさせることなく。そして、あなたの城に入ってくる息の一つ一つを容易にコントロールできるようになったら、今度は吐く息も、あなたの身体から鼻の門を通って出ていく瞬間に数えてみよう。1吸う、2吸う、3吸う、4吐くといったように、やがて呼吸が一つの流れに合わさって、息が城の中に入ってくるより前に、また城から出ていくより前にそれを感じ取って数えることができ

＊345　このコレクションの最高傑作の一つに "Harley Davidson" ビスチェ＝コルセット があるが、これは女性をバックミラー付きのバイクに変身させてしまう作品である。

るようになり、あなたが過去に吸った息が、あなたが未来に吐く息を作り、それが延々と繰り返されていくサイクルが見えるようになるまで、それを続けていくのだ…

「この『メビウスの輪』[346] のドレスのようにです、ご覧なさい。布の帯を手に取って、そう、これです、それを輪っかにして待ち針で留めます」[347] テオンが私を促した。「それから、外周に沿ってぐるっと線を引きます。そしてその線のところに『息を吸う』あるいは『過去』と書いてください。」

私はチャコを手に取って、布で作った輪の外周をなぞった。

「今度は待ち針を抜いて、輪っかを帯にしてください。」

私が言われたとおりにすると、

---

 *346 "Möbius dress" は2004年、韓国系アメリカ人建築家のJ. Meejin Yoonによって考案された、完全なinside-out かつoutside-inの服で、製作時にまったくゴミを出さない、「ゼロ・ウェイスト・パターン」の裁断が特徴である。他の分野ではメビウスの輪はすでに数世紀もの間、無限や意識・意識下の相互作用、霊的世界と物質世界の混合のシンボルとして人々を魅了してきた。メビウスの輪を作る最も簡単な方法は、長く細い紙の帯の両端を、片方の端を180度ひねって貼り合わせるやり方である。出来上がった「ブレスレット」は、1回ひねった形状になる。

アストロモーダの観点からは、布地を使ってメビウスの輪を作り、それをスカーフやカタ、瞑想用の道具、ベルトなどに使うのが望ましい…

メビウス・ドレスを「変なファッション」と指差される覚悟なしに着ることはほぼ考えられないが、もし着ることになった場合は、布地の両端は貼り合わせたり縫い合わせたりせずにジッパーでつなぎ、メビウスの輪の長さも幅も、身体に数回巻き付けられるよう十分にとっておくこと…

 *347 白い絹布の帯は、チベット王がパドマサンバヴァを迎えた時に用い、花の代わりに白い布帯（カタ）を贈るヒマラヤの伝統を採り入れようとしたもので、メビウスの輪を作るにはサイズの面だけでなく、霊的な意味合いからも非常に適している。

テオンは布の帯を取って、私に見せた。

「分かりますか？　片面には長い線と、『息を吸う』あるいは『過去』という文字がありますが、輪っかの内側だった方の面はまっさらで、何も書かれていません。まさにそうなのです。『何者か』になろうと躍起になっている人々は皆、二つの側面の二重性の中に生きています。片面には私の利害、もう片面にはこの世の他の人々。片面には古い過去、もう片面には新しい未来。片面には吸った息、もう片面には、それが吸った息とはまるで関係がないもののように、吐いた息がある。ではもう一度この帯を、輪っかにして待ち針で留めてください。でも今度はまず、こんな風に布を180度ひねってください」テオンは微笑んで、チャコの印がついた布の帯を私に渡した。

「ほら、これがメビウスの帯です。」

　できあがった形には、終わりも始まりも、裏も表もないことにすぐに気づいた。

「もう一度円周に沿って線を引いてください」テオンにチャコを渡され、私が言われたとおりにすると、彼はまた待ち針を抜いて布を帯にした。今度は布の両面に線がある。

「分かりますか、シータ？　すべてがつながっています、吐いた息は吸った息から、未来は過去から、意識は意識下から、私の利害は宇宙から生まれ、同時にすべてが一つの全体を形成していて、そこでは外―内―始まり―終わりは単なるうさんくさいペテン師の言うことでしかありません。このことを、あなたの身体という城に入ってくる息を見張るうちに理解できれば、自分のカルマを突き刺すことができます。そうなればもう、何者でもない者になるまでほんの一歩です。」

　私はまだ、何者でもない者になれていない。今よりもう少し若くなれるだけで満足なのに。旅をすることがしんどい。ああ、せめて若い頃の失われた10年が戻ってきたらいいのに。クアラルンプールでは辟易した。ビザの申請に、北のペナンに帰ってしまったテオンの代わりにジョジョに同行している商談。ちょっと自由時間ができたと思ったら、ベッドに倒れこむ代わりに観光名所をあちこち見て回る。マレーシアの首都には見るべき場所が本当に多いのだ。長年にわたって世界で最も高い建物だった、確かに息をのむほど見た目も形も豪華な

2棟のタワー*348にかかる橋に立つと、眼下に壮大なKLが広がる。"I LOVE KL"のTシャツを買ったほうがいいかしら、だってI love KLだもの…この大都市の素晴らしいgenius loci*349は、歴史と、歴史から立ち昇るインドの、中国の、中東の、マレーシアの、インドネシアの、そして他にもどこかの香りが残る雰囲気から生じていて、その空気を今私も吸っている。ジョジョは私を夕食に誘ってくれた。今は朝の3時だが、ここ中華街では正午よりも賑わっている。通りに出ているレストランに座って、ジョジョは満足気にジャスミンティーを飲み、私は素晴らしく美味しいスープを味わいながら、今日見たサメの水族館と鳥の楽園のことを反芻していた。鳥の楽園では、数羽の見事なオカメインコが私の髪にとまって、髪型を直し始めたのだ！　でも何より目を見張るほど美しい、スピリチュアルな"Batu Caves"は圧巻だった。岩壁に開いた巨大な洞窟で、ヒンズー教の祭壇や神々の像、それに巻き付く蛇で飾り立てられていた。

　若い旅人たちが、私があらゆる力を振り絞って重い足取りで進まないとならない道中の小さな障害を、一つ一つ熱心に味わっているのを見ると、若返りの薬が欲しいと心から思う。そして生まれて初めて、自分がこんなに早く年を取ってしまったことが不公平に思える。私の考えを読み取ったとでもいうように、ジョジョが私に茶碗を渡しながら言った。

「シータ、あなたにはマレーシアがとても合っているようですね。その可憐なセーター、とてもお似合いですよ、それを着ているとあなたはまるでハスの花のようです。」

　うむ、どうやら私たちは、互いにいつ何を言えばよいか心得た、良い友達になりつつあるようだ。

　クアラルンプールでの最終日、ジョジョは急にそわそわし出した。電話ばかりかけている。大体はパンジャーブ語*350で、普段の彼と比べるとものすごく大声で、怒鳴っているように聞こえる声で話してい

---

*348　ペトロナス・ツインタワー――マレーシアの首都クアラルンプールに立つ2棟の高層ビル。452メートルとツインビルとしては世界一の高さをもつ。2004年までは建物としても世界最高だったが、同年に509メートルある台湾の高層ビル"Taipei 101"にその座を奪われた。

*349　「地霊」一転じて雰囲気の意味。

*350　パンジャーブ語―インド・アーリア系の言語。

る。

「すみません、シータ、モーリシャスにいる私のきょうだいが、南ア
フリカでのビジネスでトラブルを抱えてしまって」町の中心にあるモ
ダンなレストランで、ジョジョが私に詫びた。「もちろん明日は埋め
合わせをします、美しい『マラッカ』[351]の町へ行きましょう、素敵
な見どころもたくさんあって、雰囲気も素晴らしいですから、きっと
気に入りますよ。それに大声でわめく男をなだめる義務からも解放さ
れます、ジゼルが来ますから」と私に嬉しい知らせを告げた。ジゼル
は好きだし、ここに来てくれたら、もうあの退屈な、生地がないのに
生地について話す商談について行かなくて済む。大体は値段や関税、
誰が送料を払うかの話ばかりで、生地そのものはまったく重要ではな
いかのように話が進められるのだった。

　おお、ジョジョは正しかった。マラッカは海辺の素晴らしい町だっ
た。ペナンと同じく、ユネスコ世界遺産に登録されている。ここにも
イギリス人が長いこと暮らしていたが、彼らが来る前にオランダ人と
ポルトガル人が当地の建築に影響を与え、インドと中国、すなわちヒ
ンズー教と仏教の影響と混ざり合って、町の通りには独特の様式が見
られ、町の雰囲気に魅了される。ジョジョがマレーシアに連れてきて
くれて、本当によかった…

　旧市街を散歩していたある時、レストランに座ってメニューをみな
がら、ジョジョが私に尋ねた。

「ジゼルとアフリカに行かなくてはならないので、あなたの助けが必
要なのですが。」

　私は即答した。「ええ、もちろんです。」

「カヤンおばさんがミャンマーで私を待っています。私の代わりに、
彼女のところへ行ってくれませんか？」

　ハ、これは驚いた！

「ミャンマーへ？」

「そうです。ミャンマーは素晴らしい国ですが、妙ちきりんな体制の
せいで、基本的には観光客はいません。どこへ行ってもロマンチック
な体験ができます。どうでしょう、シータ？」

「私にできるかしら？」

「カヤンおばさんが面倒を見てくれます。あなたはただ商談の時に、

 ＊351　ムラカとも。

クアラルンプールで私に同行したように、彼女に同行して、私の代理
を務めればよいだけです。今回はエキスパートとしてね。ここではあ
なたは立派に役目を務めておいででしたよ」何時間も何もせず、ただ
愛想よく微笑んで出された食事を称賛するだけだった私を、ジョジョ
が褒めた。

　ヴァレンティナに電話をかけて、もう1週間植木鉢の世話を頼んで
もよいかと聞いた。

「喜んでお世話するわ、シータ。何でも言ってね」ヴァレンティナが
快く答えた。彼女は本当に頼りになる。それからクララに、アストロ
モーダのカウンセリングをあと1週間延期する、とメールした。義務
感から連絡したまでだ、だってクララはクライマーの女友達を探しに
出てからというもの、音信不通だったから。一度だけ、その友達が消
えた地域の捜索を手伝ってくれた、警察も巡礼者たちも地元の人々も、
初めは熱心に探してくれたが、今は皆去って、クララ一人で探し続け
ているので、夜になるとメールを書いたり電話したりする時間もエネ
ルギーもない、という短いメールが来た。

*「朝から晩まで茂みを探し、地面を掘り、地下室を覗き、疲れ切って
ベッドに倒れ込んで、泥のように眠るの。ごめんなさい、アインホア
を見つけるまでは、あまり連絡がつかないと思うわ…」*

　計画変更についてマヤにも連絡したけれど、彼女もコンドルやピラ
ミッド、古い墓の方が『アストロモーダ・サロン』よりも関心がある
みたいだ。あるいは私よりも。

　*ペルーはとてつもなく広い！　でももう北のトルヒーヨまで来たわ、
ここはかなり暖かいから、やっとセーターが脱げる。このセーターも、
もう少しで着古してボロボロになるところだった。元々は目が覚める
ように色鮮やかで、驚くほど美しい模様のアルパカの毛のセーター
だったんだけど、何千キロも旅したおかげで「ヴィンテージ」みたい
になっちゃったわ、アハハ。*

　*ハニー、例の二つのピラミッドのところへ行ってきたの。いや、話
を大げさにしないために言っておくと、"Huaca del Sol" つまり太陽
のピラミッドと、"Huaca de la Luna" つまり月のピラミッドは、モ*

チェ文化*352の支配者たちが人間の首をいけにえに捧げていた時代でも50メートルを超えることはなかったし、エジプトのピラミッドと比べてもはるかに新しい。でも問題はそこではないの。あのならず者のコンキスタドールたちが「金だ、金だ」とわめいて、その金をスペインに持ち帰ろうとしたり、ここの教会を金で塗ろうと考えて、川底の形を変え、水がピラミッドを削り取るようにして、泥の中から金製品をすくい上げたのよ!!　それで今残っているのは、ピラミッドというより盛り土、土塁、小山ね。

それにここも多分、コンドルに乗って魔法のように飛ぶ、私の愛する男、エンキドゥがいる場所ではない気がする。それでも魂の平安のために、トルヒーヨから何日かけてやってきたの。

結局ここに来たのは大正解だったんだけど、全然違う理由でね。ある時いつものように「待ちぼうけ仕事」に向かう途中、"La Bruja"*353と呼ばれる女の人と知り合って、彼女は私を自分の村に招待してくれたの。そこで、私が何をしているかなど色々と話すうちに、彼女が"Curandero"*354という薬を作ってくれると言った。それを飲み干せば、なくした過去の宝物が見つかって、そこから私の未来が見えてくるのだ、と言うの…

ロシアのラマが淹れてくれた茶の素よりも、もっと見た目の悪い妙薬を、私は疑わしい思いで見ていた。長いこと、カップの中身を凝視してトラタク瞑想をしていたようだ。彼女は妙薬を持った私の手を私の口に近づけて言った。「飲みなさい、ドン・『エル・トゥーノ』*355のレシピですよ。」

その男のことは知らないけれど、それが聞く必要のあった最後の説得だとでもいうように、私はCuranderoを喉に流し込んだ。するとバ

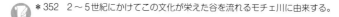

*352　2〜5世紀にかけてこの文化が栄えた谷を流れるモチェ川に由来する。

*353　魔女。「ブルハ」と読む。

*354　治療師を意味する。

*355　El Tuno—自然療法士として敬意を集めるペルー北部出身のエドアルド・カルデロン・パロミノ（1930-1966）の愛称。オブンティア（Opuntia ficus-indica）をペルーでは「ラ・トゥーナ」、その肉づきがよく棘の生えた実を「エル・トゥーノ」と呼ぶことから来ていると思われる。このサボテン状の植物は実もろともペルーのシャーマニズムで多用され、それが「エル・トゥーノ」の名を世界に広める元となった。

ン！　突然私は、悪魔と怪物、幽霊たちに取り囲まれた。いや恐ろしい！

「未来が見える？」

「いいえ、いいえ。恐ろしい幻覚が見えます。」

「それは、あなたの近しい人が最近死んで、ウフ・パチャ*356の蛇のところへ行くことを拒んでいるということよ。尋ねなさい、『ピューマの地上世界、カイ・パチャを離れることを拒む者は誰だ？』」

　私はその通り尋ねた。怖い。もう一度尋ね、もっと怖くなった。恐ろしい幻覚がどんどん迫ってきて、痛みを感じるほどだ…

「未来が見える？」

「いいえ、見えません、見えません！　ドニャ*357・ブルハ、もう我慢できません、身体が中から千のかけらに砕け散ってしまいそうです！」私はうめいた。

「ではこう尋ねなさい。『天空世界ハナ・パチャに行きたいが、飛ぶためのコンドルの翼がないのは誰か？』」

　私はまた尋ねた…すると痛みが止んだ。悪魔たちも消えた。癒しの手のひらが、私に触れたかのようだ。閉じた目の奥に、新しいビジョンが浮かんだ…クララ‼　え？？　危うく彼女だと気づかないところだった。唇にタバコをくわえ、ひとつかみのコカの葉をひざに置いて、洞穴の奥のくぼみに座っているので、その狭さから閉所恐怖症のような感覚が湧き上がってくるほどだった。するとクララが両腕を上げ、翼があると信じてでもいるように、その腕を振り、いつまでも振り続けた…

「私の友達、私の近しい魂が見えます…」

　ドニャ・ブルハに何が見えるかを説明すると、彼女はすぐに、それはあなたの未来が見えているのだ、未来の未知のイメージを、私の精神が知っている人や物に変えているのだ、それが何なのか彼女には分かる、と言った。焼けつくような2時間が過ぎると、私の身体は元に戻り始めたけれど、シータ、ハニー、それはまるであらゆる方向に引き裂かれるような痛みだったわ。彼女は私に水の入ったグラス（水だ

　＊356　地下世界

　＊357　ドン／ドニャ―敬意を表すスペイン語の敬称で、ファーストネームに付けて使われる。

と思うけど）を渡して、あなたが見たのはシパン博物館にあるナイランプ*358の神話の絵だ、そこにもピラミッドが二つと、モチェ人が畏敬するコンドルがある、と言った。

「ワカ・ラハダ*359の神殿ピラミッド群は、今ではほとんど原型を留めていないけれど、Curanderoの妙薬はいつも正しい。そこに必ず、世界最大のコンドルを抱擁するあなたの恋人がいるはずよ。」

　信じがたいような気がしたけれど、それよりいい計画もなかったから、ズキズキ痛む頭を抱えてシパンに来たわ。ここはまずまず神秘的なところで、墓の遺跡がある。死んだ人たちは奇妙な仮面と衣装を携えて、それから天空世界ハナ・パチャ、あるいは地下世界ウフ・パチャへの道連れに、生きた人々も一緒に葬られたのですって。
　エンキドゥはまだどこにも現れないけれど、希望を捨てずに、トゥーノ氏のレシピによる魔法の薬のビジョンが現実になるまで、待つことにするわ。

愛をこめて、マヤ

　PS. シータ、クララに私が見たビジョンのことをメールしておいてね。世界じゅうでこれだけが意味のあることだとでもいうように、タバコを吸っていたって、アハハ。きっと感激するでしょう。私は今クララにメールする時間がないから。

＊358　Naylamp—モチェ文化の言葉で「水鳥または鶏」を意味し、神話の上ではモチェ文化の創始者と言われる。アーモンド形の目と翼を持ち、大海の向こうからやってきたとされる。
＊359　シパンの名でも知られる。

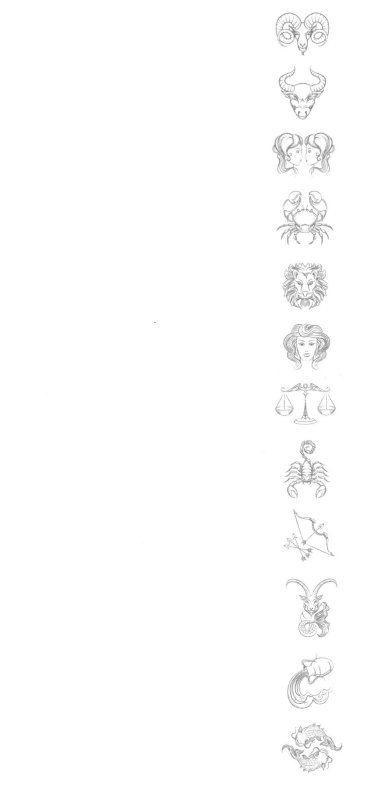

第28章
仮面の謎　Ⅱ——ミャンマー

　という訳で、ミャンマーに行くことになった[*360]。カヤンおばさん
は、ヤンゴン[*361]の空港ですでに私を待っていた。心温まる抱擁で私
はすぐくつろいだ気分になり、それから私たちはタクシーに乗ってひ
としきり語りつくしたのだが、その前にカヤンおばさんが国の誇り、
高さ100メートルの黄金のパゴダ「シュエダゴン」[*362]に得意げに案内
してくれた。なんて美しい！　タイ仏教建築の傑作はもういくつも見
たことがあるけれど、これは全然桁が違う。黄金が真昼の太陽のよう
に輝き、何百もの人々が祈りを捧げる姿が、まるで鏡の間のようにあ
らゆる方向に映し出されている。

　「さあ行きましょう」カヤンが私の肩を抱いた。「夜までにマンダ
レー[*363]に着けるように。」それからひたすら北に向かい、私はこの
美しい国から立ちのぼる静けさを感じていた…暗くなって、マンダ
レーに着いてから目が覚めた。

　カヤンはアマラプラ[*364]に住んでいる。朝になって、私は初めてサ
フラン色や茶色がかった紫色の僧衣を着た数百の僧たちが、裸足で手
に椀を持ち、長い列をなして食べ物を「恵んでもらっている」のを見
た[*365]。

[*360]　ビルマは1989年に、イギリスの植民地になるずっと前から当地の人々
が使っていたミャンマーという名称に戻ったが、一般には両方の国名が使われ
ている。

[*361]　旧ラングーン。

[*362]　"Great Dagon Pagoda" または "Golden Pagoda" としても知ら
れる。

[*363]　ミャンマー（ビルマ）で2番目に大きい町ヤンゴンと並んで、かつては
王朝の町であった。

[*364]　Amarapura—マンダレーの南11 kmに位置し、タングターマン湖に
かかる全長1.2kmのウーベイン橋の写真でも知られる。チーク材でできたこの橋
は歩行者専用で、19世紀半ばに建設された。近隣には仏教の重要な中心地である僧院
"Maha Ganayon Kyaung" がある。

[*365]　ミャンマーの男女の仏僧が着る僧衣は、2500年前の最も原始的な仏教で
あるテーラワーダ仏教の伝統に端を発したもので、その製作方法と着方、手入
れの方法はブッダ自身が決めたと言われる。ブッダによれば、僧衣は苦行生活の表れ

「この町の近くにサガインの丘*366があって、600を超える僧院と国際仏教アカデミー*367があるわ。見たいなら、行ってみてもいいわよ。」

「ありがとう、カヤン、でも出発前にのんびりしておきたいの」テオンが言っていた「何者でもない──何者か」の精神的逆説でまだ飽和状態のまま、私は礼儀正しく申し出を断った。そう、マンダレーから8時間バスに乗れば目的地には着くのだが*368、私たちは飛行機に乗った。ビジネスの旅ではエネルギーを消耗しないよう努めるべきだ、というのがジョジョの持論だ。それにミャンマーの道路事情はとても悪いのだった。

　ヘーホー空港に降り立ったあと、小1時間かけて長さが20キロメートルもあるインレー湖のほとり、Paw Khonという部落に向かった。息をのむほど美しい巨大な湖は、浮き島とハスの花──茎と言ったほうがより正確だろう──から採れる「シルク」、そしてカヤン（ここではアウンという名で通している）と同じように、仕事と稼ぎを求めて「数百」キロも離れた自宅から通ってくる首の長い女性たちとで、世界中の旅行者を惹きつけている。

　私たちは船に乗って織物工房へと向かった。そこでは首の長い二人の女性が、ハスから布地を作っている。その温かい歓迎ぶりを見る限

でなくてはならず、ゆえに「清い」布地、すなわち他の目的にはもはや使用不可能な布地から作られるものでなくてはならない。ネズミに食い荒らされ、牛に嚙まれ、火で焼け、出産や経血で汚れた布、あるいは火葬される前の死者を包んだ布などが最もふさわしいとされる。ブッダの弟子アーナンダはブッダの求めに応じて、不揃いな形の布を縫い合わせて、田んぼと畝を連想させる長方形が規則的に並んだ形にする、僧衣の縫製法を考案した。

国によってその色調が異なるのは、染色に木の皮や実、根、葉、香辛料など様々な種類の天然素材が用いられるからである。ミャンマーでは伝統的にパラミツ（Artocarpus heterophyllus）の木の皮が用いられ、布が明るい黄色に染められてきたが、オレンジがかった色合いを出すためにサフランやウコンも使用された。今日では僧衣の生地の染色には人工染料も使用されており、よりくっきりとした色調が出るようになったが、未だにカレーやクミンシード、パプリカなどの香辛料による染色も行われている。

独立した僧院で生活するミャンマーの女僧たちはピンク色に染められた僧衣を身に着け、森の僧院に暮らす女僧たちは茶色の僧衣を着ている。

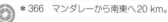 ＊366　マンダレーから南東へ20 km。

＊367　"The Sitagu International Buddhist Academy"

＊368　最短でわずか30分のフライト。

り、アウンの親戚か、ごく親しい友人であるらしい。三人がおしゃべりに興じているあいだ、もう一人の首の長さが普通の女性が私に話しかけてきた。

「ミャンマーではどちらをご覧になりましたか？」

「首都では金のストゥーパ、それからアマラプラの巨大なマハガンダヨン僧院も見てきました」私は礼儀正しく答えた。

「ああ、仏教徒でいらっしゃるんですね、ハスの花からできた僧衣も販売していますよ…」

「ふむふむ、素敵ですね、でも僧衣は結構です。」

「ではこの美しいスカーフはいかがでしょう？　千本以上のハスを使って、1週間以上かけて織ったものです。素晴らしいでしょう？」

「ええ」私は率直にそう答えて、最高に心地よい肌触りの布地でできた、見事なスカーフを手に取った。

「でしょう？　ハスの花は神聖なもので、百年ものあいだ私たちは湖に浮かぶその花に向かってお辞儀をし、摘み取り、生地にしてスカーフにすることで、日々その神聖な存在を身近に感じることができるようにしてきたのです…」熱心な機織り女のハスの花の話を聞いていると、アウンがいきなり私の手からスカーフを取って、その女性に返した。そして彼らの言葉で女性に何か言うと、彼女は微笑んで、ドアから出ていった。

「彼女に何て言ったの？」

「あなたが観光客じゃなくて、私の家のお客さんだって。」

「ああそう」私が答えると、アウンは友達のところへ戻っていった。独りぼっちになった私は、手動機織り機のある部屋を出て、水上庭園のそばに腰を下ろした。スカーフを勧めてきた女性が言っていた、湖の深い底から伸びてくるハスの花の話、深いところから出てくる長い茎をもった植物こそが、布地を作るには最適なのだという話を反芻しつつ、木の小舟からハスを収穫している二人の娘のロマンチックな光景に見入っているうちに、私の「上司たち」は二人とも、恋人を探す旅で気がおかしくなってしまったのだ、という考えに至った。そしてマレーシアで若さとあふれるばかりの生に憧れた時以来初めて、私は自分が年をとっていて、私たちのハスの花に長い茎をあてがう男の抱擁でしかなだめることのできない、荒れ狂うホルモンに翻弄されることもなくてよかった、と思った…

　早くその考えを振り払おうと、私は頭を振った。考えは消えなかっ

たが、幸いにも占星術の方へと向いてきた。これで、いつものように気分が晴れるだろう。

　その茎は、私たちの金星が位置するハウスと星座を通して、私たちの中に入ってくる。もちろん、金星がある身体の部位も通じてだ。

　それなのに、非の打ち所のない理想の男性[369]はあなたのすぐ「鼻の先」に、アセンダントの向かい側にいるのだ！　マヤとクララが、夢のように素晴らしい男を追いかける代わりに、自分の月が位置する部位を高価な衣服で丁寧に包んでやれば、感情とエスがくすぶる潜在意識の緊張を和らげ、白い馬に乗った理想の王子を呼び求める金星の悲しげな声を、制御可能なレベルに抑えることができるのに。それから？　それから彼女たちの仮面が映るディセンダントに基づいて男を選べばいい。そうすれば二人は今頃私と一緒に、オープン当初計画していたように『アストロモーダ・サロン』を展開できていたのに。いやいや、あの二人は、自分たちがアストロモーダのスクリプトに入れた簡単な表を覚えることもできないのだ！

　おひつじ座にあるアセンダントを的確に映し出すのは平衡感覚のある外交家だ、なぜならディセンダントがてんびん座にあるから[370]。

　アセンダントがおうし座にあると、さそり座にあるディセンダントは性愛に取り憑かれたパートナーを意味する。四六時中エロティックなことしか頭になく、その情熱でもって女性を誘惑し、生のエネルギーで突き動かす[371]。

　ふたご座にアセンダントがある人を的確に映し出すのは、常識にとらわれない賢者あるいはずる賢いパートナーで、その自由な思想である一定の時期に、一つの事（あるいはライフスタイル、信仰）に対する自らの自信や情熱を周囲に広めるような人だ。それによっていて座にあるディセンダントを通じて、ふたご座のアセンダントの統率のない（あるいは饒舌な、詮索好きな）表現を整え、一つに揃える助けとなる[372]。

 ＊369　または女性。

 ＊370　マドレーヌ・ヴィオネ、てんびん座のディセンダント。

 ＊371　ジャック・エステレル、さそり座のディセンダント。

 ＊372　ユベール・ド・ジヴァンシー、いて座のディセンダント。

アセンダントがかに座にある人は、やぎ座にあるディセンダントが映し出す、責任感があり経済的に保証された、世話好きのパートナーがふさわしい＊373。

アセンダントがしし座にある人に、みずがめ座のディセンダントの鏡が映し出すのは、魅力的で自由な思想をもった奔放なパートナーだ＊374。

アセンダントがおとめ座にある女性＊375は、うお座にあるディセンダントが映し出す、敏感で適応力があり、従属することをいとわないパートナーを必要とする＊376。

てんびん座にあるアセンダントは、おひつじ座にあるディセンダントを通じて、バイタリティーと活動量、エネルギーが涸れることを知らない、アクティブで情熱ほとばしるパートナーを映し出す＊377。

さそり座にアセンダントがある女性には、おうし座にあるディセンダントが、信用に値する、その鷹揚さを何事にもかき乱されることのないパートナーを映し出す＊378。

いて座にあるアセンダントがふたご座にあるディセンダントに映し出すのは、常に驚かせてくれるような、饒舌で周囲を楽しませるコメディアンだ＊379。

やぎ座にあるアセンダントは、かに座にあるディセンダントの鏡にはね返る自分の光線によって、よい奥さんや日曜大工好きの夫、家を守るタイプのパートナーを欲する＊380。

わくわくするような感じがないのは分かるけれど、クララがこれに従っていれば、今頃スペインで手足が不自由になったか、死んだか生きているか知れない友達を探して茂みをかきわけることもなかっただ

＊373　エルザ・スキャパレリ、やぎ座のディセンダント。

＊374　クリストバル・バレンシアガ、みずがめ座のディセンダント。

＊375　または男性。

＊376　ジャンフランコ・フェレ、うお座のディセンダント。

＊377　ジャンヌ・ランヴァン、おひつじ座のディセンダント。

＊378　クリスチャン・ディオール、おうし座のディセンダント。

＊379　ヴィヴィアン・ウェストウッド、ふたご座のディセンダント。

＊380　ティエリー・ミュグレー、かに座のディセンダント。

ろう。映画のシナリオのようなロマンチックな関係は、アセンダント
がみずがめ座にある女性の運命で、しし座にあるディセンダントが魅
力的でエレガントなパートナー、あるいはおとぎ話に出てくるような、
フェラーリや筋肉や脳みそをもった王子様を映し出す。こういった性
質を一人の男が備えていることはきわめて稀だ。アストロモーダのカ
ウンセリングでクライアントの女性たちが教えてくれたところによれ
ば、このタイプの男性は絶滅危惧種のリストに挙げられている[*381]。

　うお座にアセンダントがある人には、幸いなことに金持ちで賢い、
ユーモアのセンスとキャリアの成功を兼ね備えたハンサムな王子様は
必要ない。おとめ座にあるディセンダント[*382]が、あなたの分まで日
常の細かい雑事に気を配ってくれる現実主義のパートナーを映し出す
からだ。しかもそういったありふれた日常の退屈を、賢明な分析と面
倒見の良さでもって追い払ってくれるようなパートナーだ。

　ディセンダントに関する記述を読むうち、二つのことに気づいた。
クララとマヤはこれを全部分かっていて、ディセンダントが正しい選
択に導き、あらゆる情報を与えているにもかかわらず、自分の金星と
月、海王星に経験を積ませるために、それを無視しているのだ。それ
からデザイナーの一部については、彼らが特徴とするデザインの要素
が互いに映し出される、アセンダント＝ディセンダントの軸を結ぶ星
座のペアとして調べる時間がなかったことにも思い当たった。

♈ – ♎	ヴィオネ	～ ランヴァン
♉ – ♏	エステレル	～ ディオール
♊ – ♐	ジヴァンシー	～ ウェストウッド
♋ – ♑	スキャパレリ	～ ティエリー・ミュグレー
♌ – ♒	バレンシアガ	～ イヴ・サンローラン
♍ – ♓	ジャンフランコ・フェレ	～ マンボシェ

　頭の中で、マレーシアのチャノキの下に帰ってみる。あの時、
ファッションの瞑想に沈み込んで、メビウスの輪のように息を吸って
吐いていると、私の背後のチャノキの下にイポーの町から来た感じの

 ＊381　イヴ・サンローラン、しし座のディセンダント。

 ＊382　マンボシェ、おとめ座のディセンダント。

いい家族連れが座って、私を質問攻めにしたのだった。構わない、この水上庭園に浮かぶたくさんのハスや色々な花を眺めながら、デザイナーのあれこれをじっくり味わうことにしよう。まず建物に入って、アウンが私を探していないか確かめることにしたが、首の長い美しい饒舌な三人の女性のおしゃべりがまだまだ止まないことを見てとると、アウンにコーヒーを頼んだ。アウンは飛び上がって、おしゃべりを続けながら、少し欠けたカップに黒い飲み物をたっぷり注いで、ハスの花のように微笑んで私に渡した。私は見事な花々と湖が見渡せるテラスにまた出て、不思議なハスの花の空気を吸い込み、コーヒーにもハスの味がする、と思った。あああ、なんて素晴らしいのだろう…私は木の階段に座って、かすかにそよぐ風を感じながらアストロモーダのスクリプト、正確にはアセンダント＝ディセンダントの軸の位置として可能な五つ目のパターン、しし座とみずがめ座を、胸の下からふくらはぎまで、またはその逆に流れるパターンの研究に没頭した。

「アセンダントがしし座にあったのはクリストバル・バレンシアガだ[383]。彼のデザインの筆致には、しし座にあるアセンダントと、しし座が位置する胸の下側全体を癒し、強める力がある。彼のディセンダント――すなわち鏡、パートナーを見ていくと、みずがめ座のあるふくらはぎとすねにたどり着く」クララはアストロモーダのスクリプトにそう書いている。私は水面に浮かぶ花々を見ながら、右足のふくらはぎをもんでいる。

　しばらく経ってようやく、両ふくらはぎとみぞおちの間を通って、胴が自然にくびれたところからブラジャーの下端まで、エネルギーが逆方向に流れ出した。

「アセンダントがみずがめ座にあるのはイヴ・サンローラン。アストロモーダのスクリプトに登場する天才的デザイナーの1番手である彼は[384]、クリスチャン・ディオールが予期せぬ死を遂げると、若きアシスタントとしてディオールブランドのためにコレクション"La Ligne Trapéze"（1958）を創作した。その後じきに軍隊に召集され、帰還後は自身の『イヴ・サンローラン』ブランドの構築に尽力した。初期に成功を収めたコレクションの一つに、画家モンドリアンの幾何

---

[383]　第22章のアストロモーダ・ホロスコープのボディを参照（第14章に登場するルルドのベルナデッタもしし座にアセンダントがあった）。

[384]　第7章

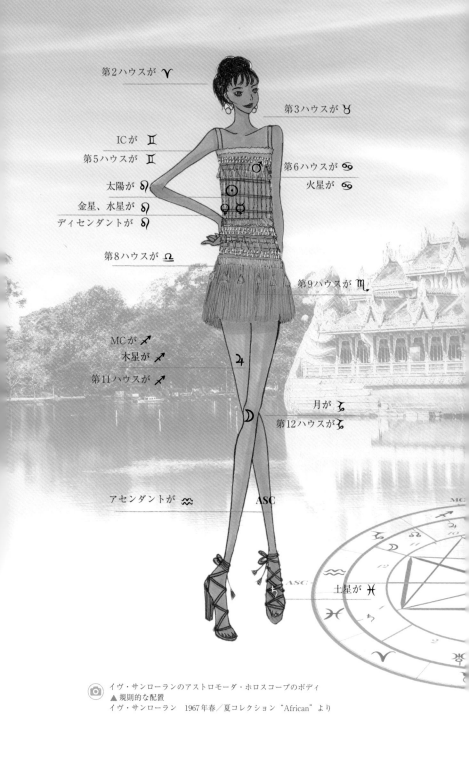

第2ハウスが ♈

第3ハウスが ♉

ICが ♊
第5ハウスが ♊

第6ハウスが ♋
火星が ♋

太陽が ♌
金星、水星が ♌
ディセンダントが ♌

第8ハウスが ♎

第9ハウスが ♏

MCが ♐
木星が ♐
第11ハウスが ♐

月が ♑
第12ハウスが ♑

アセンダントが ♒

ASC

土星が ♓

📷 イヴ・サンローランのアストロモーダ・ホロスコープのボディ
▲ 規則的な配置
イヴ・サンローラン　1967年春／夏コレクション"African"より

火星が ♋

太陽が ♌

金星、水星が ♌

木星が ♐ ♃

月が ♑ ☽

アセンダントが ♒ ASC

土星が ♓

イヴ・サンローランのアストロモーダ・ホロスコープのボディ
■不規則な配置
イヴ・サンローラン　1966年秋／冬コレクション
"Pop Art" より "Le Smoking"

学的絵画を配したドレスがある[*385]。

　その1年後、"African"[*386]の名で知られるコレクションで、ファッションショーは服飾のコレクションを通じて、一つの物語を語るものであるべきだ、とするかつてのスキャップの理想を発展させ、一人のデザイナーがサファリとアフリカから得た経験と視覚的認識を表現してみせた。今日では普通に行われていることだが、当時としては画期的だった。

　イヴ・サンローランの惑星を規則的に配置したアストロモーダ・ホロスコープのボディのモデルとなったのが、まさにこのアフリカのコレクションだった。惑星の不規則な配置に関しては、アスペクトの分析に基づいて、イヴ・サンローランがその半年前に"Pop Art"コレクション[*387]の一環として発表した"Le Smoking"[*388]を選んだ。イヴ・サンローランが創造した数百の画期的なデザインの中でも、この"Le Smoking"は最も革命的な作品である。スモーキングを着た女性はホテルやレストランに入館を断られることがあった。それほどまでにこの衣装は、強い性的支配力を表すものとして人々に印象を与えたのだ。

　しし座のアセンダントを象徴する美しい人々についての勉強もそろそろおしまいだ。着ることに関しては豪華なものや、自分が別格であるという意識や自信、ひいてはしし座にアセンダントをもつ人の仮面の『傲慢さ』をも強調するブランドものを好むが、この軸の反対側にあるみずがめ座では独特のビジョンやメッセージ、あるいはその新しさゆえに一般世間のトレンドになりきれていない最新のニューアイテ

---

*385　第7章

*386　1967年春／夏コレクション。正式名をイヴ・アンリ・ドナ・マチュー＝サン＝ローランというこのデザイナーは、北アフリカのアルジェリアに生まれたが、アフリカとのつながりはそれだけではなかった。事業パートナーのピエール・ベルジェと共に1966年2月にモロッコを訪れると、二人はこの国をいたく気に入り、マラケシュに家を買うことを決心するほどの入れ込みようであった。この家は2017年にミュージアムとして公開され、偶像的ファッションデザイナーの創作の軌跡を、1962～2002年にかけての代表的作品を通じて見ることができる。

*387　1966年秋／冬コレクション。女性のタキシードが本格的に評価されたのは、1975年に写真家のヘルムート・ニュートンの作品で被写体となってからだった。この写真はのちに歴史に残る芸術作品といわれた。

*388　"Le Smoking"──オーダーメイドの黒いジャケットで、サテンの側章が付いており、白いフリルシャツと合わせて着用する。

ムが光る、奇抜なほどに他との違いが際立つ衣服が特徴的である。

　立ち上がって、カヤン＝アウンとおしゃべりな女友達の様子を見に行った。家に入ると、誰もいない。あるのは空っぽの機織り機と、布地になるのを待っているハスの茎と、私だけ。皆どこへ行ってしまったのか知らないが、勝手知ったる他人の家、アセンダント＝ディセンダントの軸の位置として可能な最後のパターン、第1―第7ハウスを研究すべく、自分でコーヒーを淹れて、庭園の水面と家との間に腰を下ろした。ここは本当に別世界のような、おとぎ話に出てくるような場所、波うつ斜面に伸びる緑の海のような茶畑とも違う。自分がごくゆっくりと、少しずつ静かな深みに沈んでいき、そこで溶けて、何者でもない者になっていくのを感じる。

　おとめ座にあるアセンダントは、細部において入念である。衣服は、その女性がこれから行おうとしている行為に合わせて選ばれる。ダンスパーティではエレガントな服を、職場では控えめな服を、スポーツではパフォーマンスを上げる服を着る。目的に合わせた衣服の特化を突き詰めるあまり、着たくない服があればその行為も避けるほどである。言い換えると、おとめ座にあるアセンダントが釣り人のファッションを悪趣味だと思えば、魚釣りもしないのに対して、アセンダントが他の星座にある女性は同じ状況でもセクシーなドレスで魚釣りに行って、他の釣り人たちは仰天するあまり目からカワカマスが飛び出し、別の所からは太ったウナギが頭をもたげる、といった事態になる。この軸の反対側にあるうお座では、共感と直感力に心理学者としての才能が合わさり、それが自己犠牲の傾向と結びついている。他者の希望を重視するあまり、その女性自身ではなく、周囲を満足させる服を着ることが往々にしてある。しかしうお座にあるアセンダントが、ひとたび自分のセンスを満たそうと決心すると、それは芸術作品となり、ドレスやレース、色、大海のように波打つ髪に刻まれた超現実的な夢となって表れる。

　ジャンフランコ・フェレの言葉を見ると、彼のアセンダントがおとめ座にあったことが明らかである。

『*最新流行のファッションを追いかけるのではなく、あなたの身体が心地よいと感じるものを着よう。人は幸せであるべきで、その人を幸せにするものを着るべきである。ファッションの観点からは、あなたの服のシルエットが与える印象に常に注意すること、それが基本だ。*』

ジャンフランコ・フェレのアストロモーダ・ホロスコープのボディ
▲ 規則的な配置
ジャンフランコ・フェレ　2000年春／夏コレクションより

第8ハウスが ♈

第9ハウスが ♉

MCが ♊

土星、月が ♋
第11ハウスが ♋

第12ハウスが ♌
太陽が ♌

木星、金星が ♍
アセンダントが ♍
水星、火星が ♍

第2ハウスが ♎

第3ハウスが ♏

ASC

ICが ♐

第5ハウスが ♑

第6ハウスが ♒

ディセン
ダントが ♓

マンボシェのアストロモーダ・ホロスコープのボディ
▲ 規則的な配置
マンボシェ　ウォリス・シンプソンのためのウェディングドレス（1937年）

■ 不規則な配置
マンボシェ　ミセス・ジョン・C・ウィルソンのためのドレス（1947年）

第2ハウスが ♉
第3ハウスが ♉

IC が ♊
第6
ハウスが ♌

水星が ♎

金星が ♐
MC が ♐

第5ハウスが ♋

土星が ♍
ディセンダントが ♍

第8ハウス、太陽が ♏
第9ハウスが ♏

第11ハウスが ♑
火星が ♑

木星が ♒

ハウスが ♒

ASC ☽

土星が ♍

水星が ♎

太陽が ♏

金星が

火星が

木星が

☽ ASC

イヴ・サンローランが軍隊に召集されていくと、マーク・ボハンがディオールブランドでその代わりを務め、大きな成功を収めた。1989年、ジャンフランコ・フェレが就任すると、フランスのメディアの多くは、外国人がディオールのトップを務めるなど言語道断だ！と騒ぎ立てた。しかしこのイタリア人デザイナーは、最初のコレクションで早くも周囲を魅了した[389]。白を好んで多用したジャンフランコ・フェレは、建築からファッションに移ってきたデザイナーの一人だった。初めはアクセサリーを専門としていたが、伝統装束のサリーにすっかり魅せられてインドから帰還すると、自分のファッションブランドを創設し[390]、ディオールのための創作を始めた頃にはすでにイタリアファッション界のレジェンドと言われるようになっていた。」

ふむ、これは素晴らしい、レジェンドという言葉…レジェンド…レジェンド…レジェンド…まるで花々が浮かぶ水面に共鳴して、高く高く昇っていくようだ。

彼のアストロモーダ・ホロスコープのボディのインスピレーションとしてクララが選んだのは、2000年春／夏のコレクションにある赤いドレスだ。つまり、ディオールと契約を結んだ後の作品になるが、1987年春／夏と1988年秋／冬の彼独自のコレクションにある作品も捨てがたく、長いこと迷ったらしい。

ジャンフランコ・フェレはいるだけで周りも気分が良くなる、根っから大らかな人間だったに違いない。ジャンヌ・ランヴァンと同様、不規則な配置のアストロモーダ・ホロスコープのボディがないからだ。これはつまり自己の内面と、ホロスコープのネガティブなアスペクトにおける不調和な緊張がないことを意味する。

戦前のパリで名声を博し、1929年に『マンボシェ』の名でメゾンを開いたマン・ルソー・ボシェ[391]については、アセンダントがうお座にあったことが次の言葉に表れている。

＊389　才能あるイギリス人デザイナーのジョン・ガリアーノが後継者となった。

＊390　1978年のこと。

＊391　1890.10.24 – 1976.12.27

「魅力的な女性で、その魅惑的な外見の大部分が、内面の表れでない人には会ったことがない。」

マンボシェはアヴァンギャルドなスキャップを尊敬していたが、自らの創作のインスピレーションとしては当時のもっと保守的な巨匠だったルイ・ブーランジェやオーガスタ・バーナード、マドレーヌ・ヴィオネ[*392]らを手本とした。自分のメゾンを開く前に『ハーパース・バザー』や『ヴォーグ』誌[*393]で勤務していたファッションの専門家としては、これらの女性デザイナーたちを創作の糧とすることは、彼女たちに対する敬意——エキスパートとしての敬意の表明であった。

マンボシェのパリ滞在中、イギリスで全国民が騒然となるスキャンダルが起こった。新国王エドワード8世が、妃として選んだ女性の名を発表したのだ。国王自身が首長を務める国教会も、政府も発表を聞いて震撼した。その女性は人妻で、以前にも離婚歴があったのだ。そこで教会と政府が知恵を出し合い、法律に基づき英国王は二度の離婚歴がある女性を妃にすることはできない、と決定した。

「なるほど、では分かった」エドワード8世はその知らせを胸に刻み、即位の数か月後には退位の意を表明した。彼は「ただの」ウィンザー公になり、愛する人が二度目の離婚の手続きを終えるとすぐに結婚式を挙げた。その時、花嫁のウォリス・シンプソンのドレスを手がけたのが、マンボシェだった。

このドレスは、他のどんなドレスも及ばないほど有名になった。私も規則的な配置のアストロモーダ・ホロスコープのボディのモデルに、このドレスを選んだ。ウィンザー公夫人とマンボシェの共同作業からは他にも多くの作品が生まれ、マンボシェが「ウォリス・ブルー」と呼んだ水色も生まれた。ランヴァンのポリニャック・ピンク、ヴェラスケスの緑、フラ・アンジェリコの青とクラインの青に並んで、この水色もアストロモーダ・デザインの典型的な色である。ヒトラーの戦争の暗雲が迫りつつあるパリを離れる前、マンボシェはコレクション"Mainbocher Corset"[*394]で周囲に衝撃を与える。それから50年経っ

 ＊392　第26章のおひつじ座のアセンダントを参照。

 ＊393　フランス版の編集長。

 ＊394　マンボシェ・コルセット・・・1939年秋／冬コレクション。同年、ピンクのサテンでできた「マンボシェ」の紐コルセットに包まれた女性の背中の

て、この時の作品を歌手のマドンナが着ることになる＊395。以降数十年にわたって、マンボシェはニューヨークのティファニーのすぐ隣に店を構え創作を続けた。ちなみに米国海軍の女性部隊の制服も手がけている。彼の不規則な配置のアストロモーダ・ホロスコープのボディを表すために、おとめ座とてんびん座の部位に美しいドレープ＊396が施された、1947年作のドレスと、彼の言葉をここに示す。

「素晴らしい外見は、自己の内省から生まれる。」

メランコリックで魅惑的なシルエットをとらえた、ホルスト・P・ホルストの白黒写真の傑作も、コレクションと同名で発表されている。ホルスト・パウル・アルベルト・ボーマンとしてドイツに生まれたホルストは、ファッション写真家の先駆けとなった一人で、1930年代には『ヴォーグ』誌の専属カメラマンとして勤務し、戦時中は米軍のカメラマンを務めた。前述の写真について彼はこう語っている。
「これは私がパリで戦争の直前に撮った最後の写真だ。朝の4時にスタジオを出て家に帰り、荷物をまとめて、7時には列車でル・アーブルに向かい、そこからアメリカ行きの船ノルマンディー号に乗った。当時誰もが、戦争が近づいていることを感じていた。」

＊395　マドンナの歌『Vogue』（1990）のビデオクリップでは、そのポージングでホルストの「マンボシェ・コルセット」の写真だけでなく、『ヴォーグ』誌フランス版のカメラマンだったホルストのその他の代表的作品も再現されている。このビデオクリップは、当時すでに83歳だったホルストへの敬意の表明と受け取ることができるが、ホルスト自身は彼の許可なしに作品を使ったとしてマドンナを訴えようとしたといわれる。

＊396　ドレープ─布地をひだにしたり、ギャザーを寄せたりする技術で、古代ローマのトガなどが有名である。

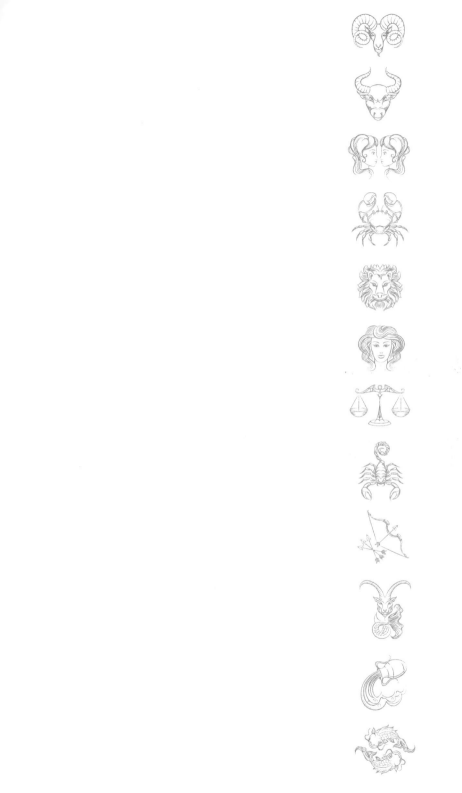

第29章
枯れていくハスの花の悩み

「マンダレー。マンダレー。マンダレー」一つの言葉しか覚えていない古いヒット曲を口ずさむ。町の名前だ。素晴らしく美しい名前だと思う。歌詞の続きがもう喉まで出かかっている。マンダレーへの長い道、だったかしら。いや、違う、そう思ったら消えてしまった。知っているものを忘れてしまうなんて、どういうことなの？　喉まで出かかっている、頭の中の何かが盆にのせて差し出しているのに、あやふやな推測しかできない。

　いつか同じように、インレー湖のクリスタルガラスのような水面を、ゆらゆら揺れる小舟に乗って、ハスの花のシルクの元へと向かったことも忘れてしまうのだろうか？　ジョジョの気狂いじみたファッションショーのことも、いつか忘れてしまうのか？　いつの日か、自分自身のことを思いだせるだろうか？　友人のことも？

　混乱した感情の中で、確実なのは二つだけだ。まず、チェンマイ行きの飛行機を待つ同乗者たちが、私の歌に刺激されているということ。いや、むしろいらいらして頭に血が上っていると言う方が正しいだろう。これ見よがしに、いかにも気分を害したというようなジェスチャーや視線、ため息や咳払いをしている。何よ、大したことじゃないでしょ。いい加減にしてよ。そんなにひどい歌じゃないはずよ。心の中で反論してみるが、実際はおくびにも出さずに、ポーカーフェイスで彼らが見えないふりをする。ジョジョの取引先へ向かうために一緒に船で湖を渡っていた時、アウンが教えてくれたやり方で。

「あからさまに不機嫌な顔をしていなくちゃだめ。そして最後まで、軽蔑するような、不満そうな態度のエキスパートの役を演じ切らなくちゃだめよ。」
「彼らの生地が気に入っても？」怒った顔を練習しながら私は尋ねた。
「生地が気に入れば気に入るほど、もっとふくされた顔をするの。どうしても役から外れてしまったら、絶対買わないだろうという物の方へ顔を向けて、目の輝きが消えるまでそれを褒めるのよ。輝きが消

えてからじゃないと、本当に関心のある商品のところへは戻れないわ。ほら、しかめっ面はやめてよ、怒った不機嫌な顔って言ったのよ、しかめっ面で降参しろ、金を出せ、じゃないのよ。」

　カヤンおばさんと、一緒に経験したことは、まさに生涯忘れることはないと賭けてもよいことの一つだ。それを言葉で説明しろと言われても、どう言ったらよいか分からない。特に重要なことでも、忘れがたい経験でもなかった。それは幸福という料理の中の、心を温める言い表しがたい何千ものスパイスを混ぜ合わせたものだった。彼女の笑顔、そのタフな人格でもって周囲に振りまく、繊細だが強い優しさ。まるで舐めてきた辛酸にもかかわらず、人は皆善良な天使で、世界は天国だと信じているかのように。そして世界は本当に天国だった。古代文明＊397によれば、この世が生まれた時、地の深みから生まれ、美しいその姿から生命を生み出した花、その花からできたシルクを求めて、宇宙で最も美しい湖を風のように渡っていく時、「パラダイス」とは何かが理解できたような気がするのだ。

　やがて小舟が岸に着いた。私は素早くビジネスの顔に切り替えなくてはならなかった。きまりの悪い感じがした。初めの頃のある時、アウンが生地を測りながら、相手にまけさせる戦略として子供のことや古き良き時代の話や天気について議論している間、私は指示どおり、ポーカーフェイスで生地をチェックしていた。不満げに頭を振りながら、独り言を言うように、かつ相手にもよく聞こえるような声で「木綿が多すぎる」「B級品だわ」「ただのシルクね、ロータスじゃなく」などとつぶやいていたが、きまりの悪さが溜まりに溜まった挙句、吹き出してしまった。

「いい、あなたが笑ったせいで、何百ドルも余計にかかる破目になったのよ。あなたの不注意で値が上がったと聞いたら、ジョジョはさぞ喜ぶでしょうよ。」

「ほんのちょっと吹き出しただけじゃない。」

「あらお嬢さん、私はあなたを世界の一流の生地専門家に、パリの上流階級出身のエキスパートに仕立ててあげたのよ。あなたのおかげで、彼らのビジネスも高級ファッションのエリートの仲間入りができると思わせるような。今じゃ、あなたが道中拾ったラリってるヒッチハイ

＊397　例えば古代エジプトでは―ハスは混沌の水から生まれ出たとされ、その花から空に飛び出したのが太陽神ラーであると言われた。
インドでは―ハスから創造主である神ブラフマンが生まれ出たとされる。

カーじゃないって言っても、多分信じてくれないでしょうよ。」

「でもハスの繊維に普通のシルクや木綿が混ざっていないかなんて、本当に分からないんですもの。分かるふりをしていると、すごく居心地が悪いし。」

「じゃあ早くできるようにならなくちゃ、シータ。女が一生不幸でいたくなければ、演技ができなくちゃだめよ。子供たちの前で、あなたたちが世界でいちばん大事というふりをする。夫が、他の男たちは皆小人で、自分は巨人である、その自分といることより素晴らしいことはない、と思えるようにする。職場やビジネスの場では巧みにそのふりをすることで、世界最高のエキスパートだという印象を与える。私たちがどこまで本当に分かっているかなんて、誰も興味がないわ。人はブランドや、称号や、印象に惹かれるものよ。それだけでいいのよ。有名なスペシャリストが、昨今は線が3本入った粗悪品をスポーツ界のあのセレブとあのセレブが履いている、と言えば、人々はその靴を履いて、皆にそれが見えるように鼻高々で広場を闊歩しに行くわ。で、そういう人たちに普通の人間が、あなたが履いているのは粗悪品ですよと言うと、彼らは『きみには理解できないのさ』と一蹴する。もう分かった？」

　ビルチャウン川を南の岬からインレー湖目指して下る頃には、私も素晴らしい生地を見ながら怒ったような不機嫌を醸し出すプロになっていた。すると本当に、相手はほぼ全員、怯えたように私を見た。そして私の不機嫌な顔が、自分たちの製品のせいだと分かると、あちらから値引きを提案してくるのだ。

　私は彼らが気の毒だった。みじめな自営業者たちをだましている気がして良心が痛み、ついに耐えられなくなって、カヤンおばさんにそれを打ち明けた。サガールにいる時だった。この村は長年にわたって、外国人旅行者の終着駅だった。念のため、カヤー州まで船で行けるかどうか確認した。カヤー州の州都ロイコーを見下ろす場所にタウン・グエーという魅惑的なパゴダがあって、ぜひとも見たいのだ。巨大な岩壁に造り込まれた建築には、一目見て圧倒された。ただのポスターの写真なのに、私は自分がパゴダと岩壁の一部になったような感じがした。私の中の、自然のひとかけら。身体の欲求。興奮。怒り。恐れ。悲しみ。それが私の岩壁。そして岩壁を超えるもの、高尚な思想やアストロモーダ、二人の友達が書き送ってくる霊的な体験、それらはすべて、私の中に刻まれたパゴダなのだ。

「大丈夫、船で行けるわよ」アウンが教えてくれた。でもよい知らせに歓声を上げる間もなく、アウンが続ける。「でもここから先は、もうあなたを連れて行かない。あなたのミッションは、ここサガールでおしまいよ。」

「でも…」私は反論しようとした。

「そんな感覚を持ちながらでは、一人一人が演技をして最終的に全員が満足する、健全なビジネスはできないわ。良心の呵責がすべてをダメにする。ビジネスパートナーも、ロータスシルクも、果てには虫歯のように、あなたの性格もダメにするわ。お嬢さん、お別れしましょう。」

　私の反論ははなから断ち切られた。私たちは食事をしに行った。私はまるで雷に打たれたように黙っていた。旅の間じゅうずっと、カヤンおばさんが自分の出身地に連れて行ってくれると思い込んでいたのに。

　一緒に、彼女の家の諍いを収めるのだと思っていたのに。ここミャンマーでも、時は移るのだから。そして彼女は私にアニミズムの霊の魔法をかけ、魔力をもつトーテムに村のシャーマンが命を吹き込む…

「連れて行ってくれないなら、私は別の船に乗るわ。パンペット村と、Hta Nee La Lehに行きたいから。」

　カヤンおばさんは容易なことでは動じないが、今回は動じさせることに成功した。辛いスープをテーブルに吹き出して、ピリピリする滴のシャワーが私の目にも入った。しみる涙で目は見えないが、耳は厳しい非難の嵐をとらえた。

「えっ、両親に醜く首を歪められた女たちの苦しみ[398]を見て楽しみたいって言うの？　ええ、旅行者が『キリン女』と写真を撮りたいって？　…」

「チェンマイ行きに搭乗するお客様は、ターミナル2へお越しください。」

---

　[398]　Padaung族（Kayan Lahwi）の少女は早くも5歳で、初めて首に真鍮の輪をはめられる。年を取るにつれて首の周りには、コイルのような密集したスパイラルが形成される。一つ一つが独立したリングではないのだ。ゆえに、新しい「リング」を足す際には、元のスパイラルをそっくり新しいものと交換する必要があり、その時が唯一この装飾を首から外す時である。実際は首が伸びているのではなく、金属の重みが肩と鎖骨を押し下げているだけで、視覚的な効果でしかない。リングの数は20にも達することがあり、その場合重さは10キログラムにもなる。

　やれやれ。もう欠航になるかと思った。本心を言うと、早く『アストロモーダ・サロン』に帰りたい、メーガンやスパフィット、カルメンのような人たちに会いたい。誰よりも早く会いたいのはヴァレンティナだ、彼女とは本当に気が合う。

　飛行機には最後に乗ることにした。誰にも後ろから押されなくて済むから。腎臓を突かれたり、荷物をいじるふりをして身体をなすりつけたりされなくて済む。そこで、だんだん空になっていくロビーで、ハスの花を訪ねる私の旅のフィナーレを、ゆっくりと思い出していた。

　アウンは四人のアシスタントと高価な商品とを携えて、南へ旅を続けていったが、私が反対方向へ出発する頃には、もう私に腹を立ててはいなかった。
「芸術家の魂をもった人がいれば、ビジネスマンの魂をもった人もいる。あなたがそのどちらかなら、もう一方になろうとはしない方がいい。あなたは芸術家だから、帰れと言っているのよ。もし連れて行ったら、あなたのここにあるハスの花は」そう言って私の手をとり、自分の左胸に当てた。「枯れ始めて、あなたの人生は終わりのない悩みの連鎖になってしまうでしょう」アウンは、最後の一瞬に船に飛び乗ろうとする私の試みを拒否した。

　機内ですっかりお腹がすいた。乱気流のせいらしい。まるで雲が砂丘ででもあるように、飛行機が揺れた。一瞬、別次元へと落ちていくような興奮を感じた。自分が時空の旅人になったような、帰還に酔ったような感覚にとらわれて、私はネパールのヨギーニたちが言っていたように、パラレルワールドや様々な天界を歩き回れるようになりたいと強く願った。あの時はシヴァの天界、ヴィシュヌの天界、インドラの天界だった…じゃあ今、ロータスシルクの湖にあるカヤンおばさんの天界から飛び去っているのだとしたら…
「着陸したら、そこはどこかしら？　地獄？」
「え、何ですって？」
　窓際に座っている、片時も口をつぐむことのない最高におしゃべりな隣人から顔をそむける。もう我慢がならなかった。中年の危機にある「最高に有能な」男たち、自分が無意味な存在であることを認めることのできない男たちの知ったかぶりには辟易する。私は寝たふりをした。が、パラレルワールドをさまよったせいで興奮状態にあった私

のまぶたは、役を演じきれなかった。

「地獄ってことはないでしょう。」

「絶対そうだと思うわ。」

「そうですか。あなたは教養あるご婦人でしょう。こいつら金持ちは、今でもまだ地獄があると信じていますよ」どこかの教会の記事が載った雑誌を、私に向かって振ってみせる。

「お願い、黙ってよ…」頭の中で静かに答える。

「地獄なんて、もちろん馬鹿げています！『ビッグバン』や生命の進化について、知らないわけがないでしょう？」彼はしゃべり続けるが、私は私の心の中で物を読んだり、話したりする声がどこから来るのかを考えていた。

「もちろん、おっしゃる通りです、地獄なんてまったくの馬鹿げた話です。それじゃあ、今晩神に祈る時、地獄の炎をなくしてくれるように頼んでみます」私が大きな声でそう言うと、しつこい男は動きを止めて黙った。これは好都合とばかりに目を窓の外のパラレルワールドに戻したが、私たちが乗った鉄の鳥はもう地に降り立とうとしている。美しいチェンマイが、スモッグの雲と湿った靄に包まれている。隣人は別れの挨拶代わりに罵り言葉を二、三つぶやいた。私に後味を悪くさせるためらしい。あるいは私の理想と、そこから来る素晴らしい感覚を奪うためか。知ったこっちゃないわ、私は不幸な訳知り男のペーソスを置き去りにして、トゥクトゥクで近くの『エアポート・プラザ』へ向かった。揺さぶられてキリキリする、空腹で怒り狂う胃袋を、大盛りのトムヤムクン*399でなだめるためだ。

　途中、ヴァレンティナとブルーのドレスをめぐって争った店のウィンドウを通り過ぎた。その少し先で、イカれた男にぶつかった。男は攻撃的に、うつろな目をして罵り言葉を吐いたが、驚いたことにその言葉は侮蔑的ではなかった。「人生は地獄だよ」2回そう言うと、あとは自分は食べ物に取り憑かれている、一秒もあけずに食べ物のことを考えているのだと話した…半分は相手のせいでも私はぶつかったことを詫びたが、彼は私がまるで窓ででもあるかのように、私の向こう側を見ている。私はその場を離れた。ガラスとステンドグラスと、芸術家が地獄のイメージを色でもって表現した聖堂の感覚が、私の身体にしみついて離れない。自分が別次元との間を自由に旅したいと願い、

*399　Tom Yam Kung—伝統的なタイのスープで、主な材料はエビ、ココナッツミルク、レッドカレー。

その挙句に「地獄」という言葉が浮かんだことを思い出して、下腹が恐怖で締め付けられた。下腹は、何か恐ろしいことが起きたと知っているのだ。私は広い階段を駆け下り、トゥクトゥクのシートに座るまでひたすら走った。

　いつまで経っても『アストロモーダ・サロン』に着かない。確かに、渋滞のせいもある。でも友達を心配するあまり、気が急くのだ。何が起きたの？　恐ろしいことだよ、締め付けられた下腹が答えるが、それが何なのかは教えてくれない。クララがどうかなったのか？　マヤに何かが起きたのか？　ヴァレンティナが交通事故に遭った？　静かな通りの仏教寺院と『アストロモーダ・サロン』の間でトゥクトゥクが停まるまで、痛いくらいに締め付けられた下腹への尋問をやめなかった。私は飛び降りて、サロンの中に突進した。破壊された部屋の恐ろしい光景が、私を打ちのめす。何もかも滅茶苦茶だわ！　それにこのヘドが出そうな臭い。床に倒れてしまいたかったが、できない。身体が何かに触れることを嫌悪している。

「何が起きたというの？　通りでラリってる奴らに荒らされたのかしら？」それが二つ目に、ショック状態の私に浮かんだまともな考えだった。最初に浮かんだのは、願い事をする時には気を付けなければいけない、ということだった。「天界から地獄に落ちたいと願っただろう？　これがそうだよ」頭の中で、ネパールで出会った一人のヨギーニの声が語りかける。私は滅茶苦茶に手を振り回した。そして泣いた。それから枯れた植木鉢の花の一つを抱きしめようと、注意深く足を踏み出した。もっとずっと値打ちのある物を失ったのは分かっていたが、無残な姿になった植木鉢を見て、私はその場に崩れ落ちた。荒れ果てた部屋に植木鉢を抱いてひざまずいた私の心は、この世のあらゆる花々と動物、人々の苦難に痛み、砕けた。「なぜ？　この悪はなんのため？」絶望にすすり泣き、この世に地獄がある訳を突き止めたいと切望する。それから、泣きながら電話をかけた。ファラン＊400への嫌悪を隠そうともしない警官は、盗まれた物のリストを持って警察に来るように、と繰り返すばかりだ。電話が切られると、孤独の恐怖が私を襲った。この状況に独りでいたくない。気の合う隣人のところへ走る。何も言わずに鼻先でドアを閉められた。二人目は私がドアに顔を突っ込んだので閉めるのが間に合わず、焦ったように、自分に

＊400　Farang—タイで白人系の外国人を指す言葉で、侮蔑的なニュアンスを含むことがある。

は家族がいるので、地元のマフィアとのトラブルから私を救うことは
できない、と弁解した。

「マフィア？」訳が分からず何度か繰り返すと、彼女はそのたびに答
えた。

「子供の安全が大事だから。」

　私は結局独りのままだ。でもマフィアと聞いて、好奇心が湧き上
がってきた。恐怖より大きな好奇心が。『アストロモーダ・サロン』
に戻って、監視カメラの録画を見た。見るべきではなかった。

「ヴァレンティナ、どうしてこんなことを？　ヴァレンティナ、私の
ソウルメイト、なぜ？　ヴァレンティナ、私たち親友だったのに、あ
なた私を滅茶苦茶にしたの？　ヴァレンティナ、私があなたに何をし
たっていうの？」私はカメラのディスプレイに向かって叫んだ。この
むごいことは全部、ヴァレンティナとアルフォンソの仕業だった…私
は茫然とした。またひざまずいて泣き、人の心にこんな悪がどうやっ
て湧いてくるのか、理解できないと思った。これほどまでの憎しみが。
血を見て、発作のような慟哭から我に返った。床に散らばっている無
数の破片の一つで、手を切ったのだ。マヤからもらったカップの破片。
ああ、マヤ。彼女にこれを知らせたい、打ち明けたい。私は飛び上
がって、薬屋に絆創膏を買いに走った。帰り道、インターネット
ショップでコーヒーを注文し、自分たちの夢を私の首にくくり付けた、
地球の反対側にいる二人の女性に宛てて、震える手でメールを書き始
めた。二人のためだけに、私は『アストロモーダ・サロン』で仕事を
していたのだ、二人だけのために…

「他のご注文はいかがですか？」晴れ着のように清潔な制服を着た若
者が、私が泣いているのに気づいて声をかけてきた。

「トマトジュースをください。ありがとう。」

　どうやって書き出そうかと考える。何を書いたらいいか分からない。
「何もかもおじゃんになったわ。助けに来て」そう書いてまた消した。
こんなことを書いたら彼女たちは卒倒するだろう、自分たちの問題で
いっぱいいっぱいなのに…ここにジョジョがいたらどんなにいいか、
そう懐かしんで、ジョジョと彼のファッションショーを思い出しなが
ら、マックイーンがその記念すべき第1回のメンズコレクション
"Dante" [401] に添えた言葉をタイプした。

 ＊401　1996年秋／冬

「愛するマヤと親愛なるクララ。私は生と死、幸福と悲しみ、善と悪との間で揺れています。」

「アレキサンダー、ありがとう」私はため息をついて、まず黒い液体、次に赤い液体をすすった。うん、満足だわ。手はまだ怒りに震えているが、書いた文を6回読み返すと、続きが出てきた。「私たちのサロンは今、戦争から戻ったポール・ポワレのメゾンと同じ状況にあります。」

トマトジュースをすすって、これを読んだ二人が、破産してオートクチュールの世界から街の通りで食べ物を探すところまで落ちぶれたデザイナーのことだと分かるだろうかと考えた。パリの女たちのコルセットを脱がせて、信じられないほどの名声を得たポワレではなく。違う、違う、違う。もっと分かりやすいものでなければ。そこでポワレを消して、マックイーンを残し、そこに書き添えた。「『アストロモーダ・サロン』は今、アメリカで夫に捨てられ、娘が死の病にかかった時のエルザ・スキャパレリのような状態です。早く来て、さもないとサロンはおしまいよ。」

ジョジョに頭に載せられた靴を作った女性の生涯になぞらえることで、私は満足した。

さあ、急いで片付けて、寝る場所を確保しなくては。私は自分を励まし、会計を頼んでいるあいだ、ストゥーパの三角帽子をのせて断崖絶壁の上に浮遊している8メートルの黄金の球を見ていた。壁に貼られた「チャイティーヨー」＊402のポスターを眺めながら、今日という一日の時の流れで起こった信じがたい変化を思った。ミャンマーの天国からこの地獄に落ちて、まだ数時間しか経っていないのだ。

そしてダンテの地獄の最も深いところにある、第9の層だったか＊403、それは『アスト

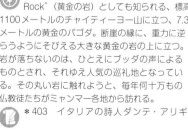

＊402　Kyaiktiyo pagoda— "Golden Rock"（黄金の岩）としても知られる、標高1100メートルのチャイティーヨー山に立つ、7.3メートルの黄金のパゴダ。断崖の縁に、重力に逆らうようにそびえる大きな黄金の岩の上に立つ。岩が落ちないのは、ひとえにブッダの声によるものとされ、それゆえ人気の巡礼地となっている。その丸い岩に触れようと、毎年何十万もの仏教徒たちがミャンマー各地から訪れる。

＊403　イタリアの詩人ダンテ・アリギ

ロモーダ・サロン』の扉とともに開かれた。

　彼女は全身黒ずくめだった。恋人が死んだ時のココ・シャネルのように。素敵な、値が張るに違いないタートルネックだったが、彼女にはまったく似合っていなかった。

　私たちはしばし互いに見つめ合った。彼女は軽蔑するように黙り、私は彼女がこれを着るべきだとか、着ないべきだとか、意味のないことをまくしたてた。

「黒は周りを遮断するから、あなたのぽっちゃりした顔がすごく強調されるってことは分かっているでしょう。黒でなくてはダメと言うのなら、襟ぐりが大きく開いたものにしなくちゃ、そうすれば顔が細く見えるわ。あなた、胸を見せるのが好きだったじゃない…」ロボットのようにまくしたてているうちに、驚きのあまり硬直していた感覚が消えて、私は黒い服のことを話していた間じゅうつかんでいたドアを力任せに閉めると、彼女の目玉をえぐり出してやろうと駆け出した。髪の毛を一本残らず抜いてやる。爪で血が出るまでその顔を引っかいて、傷にしてやる…してやりたいことは山ほどあったのに、私は弱々しくその肩を叩くだけだった。

「ヴァレンティナ、なんてことをしてくれたの？　なぜ私にこんな仕打ちを？　私があなたに何をしたっていうの？」

「やめてよ。」

　こぶしで叩くのをやめ、私はあきらめたように頭を彼女の胸にもたせかけた。彼女は私を突き放さなかった。私の髪をなでて、ほとんど優しいとも言える声で言ったのだ。

「あなたたちのうまいアイディアを、才能ある人が伸ばしていくんだから、ありがたく思いなさいよ。あなたはアストロモーダをダメにしてしまうわ。あなたってすごい田舎者だもの。全然センスがないし。市場の安物と、ブランドの高級品の違いが分かっていない。このビジネスにはまったく向いていないのよ。それに引き替え、私にはダイナミックな美、前史時代の自然の力が形になった、真実のありのままの

エーリ（1265-1321）は、『地獄』『煉獄』『天国』の三篇からなる壮大な宗教的叙事詩『神曲』の中で、寓意詩の形態を用いて魂が神の元へと向かう険しい道のりを描いている。主人公はダンテ自身で、案内役を務めるローマの詩人ウェルギリウスと共に、九つの圏からなる地獄を通っていく。悪人たちはその罪状に応じて適切な圏に送られ、罰せられる。それぞれの圏では、有名な歴史上の人物と出会う。ウェルギリウスは煉獄にもダンテを案内するが、天国で案内役となるのは作者の生涯の想い人だったベアトリーチェ・ポルティナーリである。

美を見いだす、生まれ持ったセンスがある。私が『アストロモー
ダ』を、ファッション界のエリートに引き上げてみせる
わ。」＊404

「何をバカなことを言ってるの？」私は驚いて尋
ね、ヴァレンティナから素早く身を離した。鼻
を拭きながら、今聞いたことが信じられない思
いだ。
「いいえ、なぜ私たちがここを頂くことに
したかを説明しているだけよ。あなたみた
いなおバカさんは、ファッションなんかに
首を突っ込まないで、ずだ袋かシーツで
も被っていればいいのよ」かつて私の一
番の支えだった人が、私を侮辱している。
私を凝視する四人の男に気づいて、私は
鼻を拭くのをやめた。気狂いのアルフォ
ンソはいない、いるのはタイ人ばかりだ。
筋骨隆々の面々で、見たことがあるのは、
まさか…、ゴルフ場でヴァレンティナに
ちょっかいを出していた、あの高慢なマ
フィアの男だ。
　私はおののき、泣いているのを見られ
たことでバツが悪かった。泣くのを見られ
たのはまあよしとしても、鼻を拭くのはと
てもプライベートな行為だと思っている。
不安になるとしゃべる癖があるので、すぐさ
まヴァレンティナの非難に反論するより適切な
行動は思いつかなかった。

ヴィクター＆ロルフ　2005年秋／冬コレクションより

＊404　オランダのファッションデザイナー、イリス・ヴァン・ヘ
ルペンの2015年夏コレクション "Magnetic Motion" のショーに寄せ
た文章のパラフレーズ。

「言っておくけど、ヴィクター＆ロルフはシーツから作ったイブニングドレス*405で、世界的に名声を博したわ。」

「くだらないことを抜かすんじゃないわよ」ヴァレンティナは一蹴し、それから『アストロモーダ・サロン』にまだ残っていたひとかけの命に斬りつけた。

「じゃあ言うわよ。今晩、あなたは夜行列車でチェンマイを出て、もう二度と私の前に現れないこと、さもないとここにいる彼らがあなたを輪廻転生させちゃうわよ。分かった？　カビート？」

　言葉を発するのも怖いくらいだったが、ヴァレンティナの裏切りへの怒り、彼女の汚い行いと辱められたことへの身を焼くような怒りが恐怖を吹き飛ばし、私は黒ずくめの元親友をドアから追い出そうとつかみかかった。

「出てってよ！　ここは私の家よ！　すぐに出ていかないと、警察を呼ぶわよ」私は怒鳴った。2対の手が後ろから私をつかんだ。私の足が空を蹴るだけで、動くこともできない。ゴルフ場のならず者がこちらに来て、そばから言った。

「警察？　俺の叔父さんに、未解決の殺人事件にしてもらおうか、それとも行方不明の方がいいかな？」

　皆笑っている。ヴァレンティナも。私は怒りで頭が真っ白になった。ヴァレンティナの顔目がけて唾を吐いた。残念なことに、それはゴルフ場の大バカ野郎の右目に飛んだ。気持ち悪そうにまぶたを拭くと、ずっと受け身だった四人目のギャングスターに怒ったように何か指示した。すると男が途端に生き返った。二人が何を言ったのか分からなかった。ひどい訛りのある言葉で話していて、タイ語だったかどうかも怪しいくらいだ。

「この黒いタートルネックの意味が、もう分かるでしょう。私たちの商談はこじれるんじゃないかと思っていたし、あなたの血で汚されたくなかったから…待って！」ゴリラ男たちに呼びかける。

　一番目立たない四人目の男が、手にナイフを持って私の横に立っている。

「旧友のよしみで忠告するけど、今晩町を出て、二度とチェンマイに戻らない方がいいわ、さもないともっと痛い目に遭うわよ」ヴァレン

　＊405　2005年秋／冬。モデルの頭の後ろに枕を配した作品もある。

ティナは言って、素早くドアの向こうに消えた。

「ヴァレンティナ！　待って！　ヴァレンティナ！　助けて！　たすけてえええ痛っ！　イヤアアアア…」

どのくらい叫んでいたか分からない。血が頬を伝うのを感じる。痛みは感じない。ただ頬の中の鈍い感覚と、「肉屋」に髪をつかまれているために頭頂部にひどく焼けるような感じがある。その代わり、想像を絶するパニックが私を襲った。

「記念に付けてやったぞ」クソ野郎が私に言った。私は何も考えずに、焼けつくようなヒステリー状態のまま、その顔にまた唾を吐いてやった。奴はそれを拭こうともしない。ただ嘲るように微笑んで、私のあごをつかんだ。

「じゃあシンメトリーにしてやるよ、メス豚め。」

ゴルフ場の怪物が私の顔の左側を指すと、ナイフを持った男がゆっくりと、とても重い足取りで、怪力で私を押さえつけ動けなくしている二人のならず者の後ろを回ってやって来た。その間、私はもがいて、まるで身体から蒸気が出ているように荒い息を吐いていた。何をしても無駄だった。ナイフの刃が、私の皮膚に近づいてくる。皮膚が切れた時に自分の血を見なくていいように、私は目を閉じ、乱気流の中で別次元を自在に行き来したいと願ったことを心の中で呪った。この天国から最悪の地獄への転落を、生き延びることなんて無理だ。

「さっさと殺しなさいよ、このクソったれどもが」私が叫ぶと同時に、ドアがきしみながら開く音がした。

「今すぐ放しなさい！」『アストロモーダ・サロン』の入り口の方から、女の声が響いた。切られる恐怖で固く閉じたまぶたをゆるめると、メーガンが見えた。独りではなく、最高に造りのいいハンサム男が一緒だ。顔がいいだけでなく、手にはピストルを握っている。

「ついに本当のお楽しみが始まったな」私の身体の右側を締め上げていたならず者がそう言うと、ズボンの腰のどこかに隠し持っていたピストルを素早く引き抜いた。奴らの手から逃れようと荒い息を吐いていた私は、ようやく隙を突くことができた。左から私をつかんでいたクソ野郎のタマを、ひざで蹴り上げる。どうやって蹴ったかは知らない。でも奴は急旋回しながらそれをしこたま食らって、床に崩れ落ちた。私は夢の中にいるような気分がした。奴は床に伏している。自分のタマを押さえて。何が起きたのかを悟るより前に、胸に固い手の圧力を感じ、一瞬にして私はナイフを持った男に完全に抱きすくめられ、

その刃が私の首の皮膚に食い込んでいた。

「さあどうする、殴り合いでもするか？」途方に暮れて見回しているハンサム男に、ゴルフ場の怪物が嘲るように尋ねた。「そう、俺たちのうちの一人を撃ってもいいが、そうなったらお前ら三人を皆殺しにしなくちゃならない。それが血の掟だ。その前に、お前の連れのご婦人に、馬と千一回愛し合うとどうなるかをお目にかけよう」極悪人は、自信に満ちてこの窮地を楽しんでいる。「今日俺は機嫌がいいんだ。朝飯の時にイタリアのミシンが届いたもんでね。だから和平案を提示しよう。今すぐ出ていけば、お前がここには来なかったということにしてやる。どうだ？」

　ハンサム男は困惑したようにメーガンに向かってうなずいた。彼女も同意しているようだ。

「いやいや。ご婦人はここに置いていってもらうよ。まずノックするのが礼儀だってことを忘れないように、俺たちがきれいにしてやるさ」ゴルフ場のクソ野郎の異常者じみた声が、恐ろしい色を帯びてきた。私は息もできない。息を吸うとその動きで喉が切れるのではないかと怖かった。生きたい。何としても生きたい。教師に自分の知識をアピールしたいと願う勤勉な生徒のように、手を振った。私が言いたかったのは、バンコク行きの夜行列車に乗って、もう二度とここへは戻らないことに同意する、ということだった。それを言葉にするためには、首の皮膚に食い込むナイフを離してもらう必要がある。

「どうだ、彼女のお顔に芸術的彫刻を施すことに賛成か？」肉屋がそそのかし、私がタマを蹴り上げた男がメーガンに近寄った。ハンサム男が彼にピストルの狙いを定めると、私の右にいるならず者は落ち着いて言った。「バン。俺はお前が気づくよりも前に、お前を撃ち殺せるんだぜ。」

「おい、聞こえるか、こちらクラエワ。決着はついたぜ。心配するな、彼女の若い肌なら、こっちの中古品よりずっと見栄えもいいさ。中古品じゃ、彫刻したかどうか見ても分からないし…」

「失礼ね」思わずつぶやくと、ギャングスターたちが一斉に笑いだした。

「女ってものは、人生の最後の1時間になっても、男にどう見られてるかとか、棺桶の中でどんな風に見えるかとか気にするんだからな」今まで黙っていた、ナイフを持ったろくでなしが知ったようなことを言い、笑いこけたはずみで私の皮膚を切った。自分では見えないが、

血がゆっくりとダラダラ垂れていくのを感じる。

"Oh biveel oh thah," メーガンが叫びながら、魔法をかけようとでもするように手を振った。カヤンおばさんの民族の、人を魅了する魔法のフレーズだ。

"Oh biveel oh thah," メーガンは繰り返し、ギャングスターたちの顔を見ると、彼らもこの言葉を知っていることが明らかだった。

「楽しませてもらったぜ。なあ、楽しかったよな。悪気はなかったんだぜ。ふざけただけさ」ナイフを持った男が舌をもつれさせて言い、私の首からナイフを離した。

「じゃあ皆さん、お元気で」男は私を完全に放してから礼儀正しく挨拶し、私が首を触ってどのくらい切れているか確かめた時にはもう消えていた。ゴルファーと残りのチンピラたちも、無言でその後を追った。まるで私たちなど見えないとでもいうように。ピストルを持った男だけが、最後までハンサム男に狙いを定めたままで、ハンサム男も彼に照準を合わせていた。信じられない。奴らはいなくなった。一人残らず。サロンが滅茶苦茶になったことが、不意にどうでもよくなった。生きていてよかった。

「痛っ」メーガンが傷ついた頬に触り、私は訴えるように悲鳴をあげた。首はカミソリで剃った後のような引っかき傷だが、頬の傷口は深かった。

「手当てして、早く病院へ行かなくちゃ。トマーシュは夜行の切符を買ってきて」メーガンが指図した。「早く、行って。売り切れてたら、1等車を買って。命が惜しかったら、チェンマイから逃げなくちゃ。奴らは戻ってくるわ。ああいうマフィアは名誉を重んじるから…」

「奴らに何て言ったの？」二人とも——私もハンサム男もそれを知りたいことが明確なので、メーガンの話に口をはさむ。

「とっとと失せろ、って。」

「違うでしょ、ね、何て言ったのよ？」

「私にも分からない。一息入れなさい、っていうような意味だったと思うけど、カレン族の言葉なのよ。あいつら犯罪者は、この部族の魔術をピストルの弾よりも恐れているの。」

「見事だったわ。あの腐った奴ら、操り人形みたいにあなたに従ってた」病院への道すがら、またそのテーマを持ち出した。

「私もびっくりしたわ、でも山岳部族はここでは一目置かれているんですって。呪いをかけられると、かけられた人だけじゃなく、その人

にとって大切な人々皆の人生が台無しになるらしいわ。カレン族によれば、人の身体には33の魂があるそうよ、知ってた？　…」メーガンはドラマチックに語り続けたが、待合室に着くとこれまで会った中で一番おしゃべりな看護婦が話を引き継いだ。どうやら美容整形の熱狂的な信奉者らしい。帰る時には、傷跡を分からなくしてくれるクリニックのパンフレットを、縫った針の目数よりもたくさん持たされていた。

「どう？　どう思う？」メーガンが迎えてくれた。

「まずまずよ。ずい分つぎはぎだらけだけど、すべての経験は人を強くするって言うし。」

「そんなにひどいかしら、シータ？　私は幸せで、頭がくらくらしたのよ。」

　何を訳の分からないことを言っているのだ？

「そんなに救いようがないかしら？　非の打ちどころがないと思うけど。私がアストロモーダのカウンセリングに最初に来たのも、彼のためだったのよ。」

「一体、何の話？」

「何って、トマーシュよ。」

「ああ。それじゃ、あのおしゃべりな看護婦に一発お見舞いしてやらなくちゃ。麻酔を打つ前に『副作用はありません』って誓ってたのに。終わってみたら早速、男と傷跡を取り違える始末じゃないの。」

「ね、そうでしょ。非の打ちどころがないの。問題だったのは元彼女だけ。クララとか言ってた。『カラミティ・ジェーン』[406]ばりの女よ。私と付き合っている間じゅう、トマーシュは彼女のことを話してた。時が経てば彼のペーソスも消えるだろうと思っていたら、私と婚約した後に、彼女とヨーロッパに行ってしまうんだもの！　…」メーガンの顔には苦しんでいる者の微笑が浮かんだが、私の顔はと言えば、ピクピクと痙攣を始めていた。何ですって？　クララ？　私のクララ？待って、何かがおかしい、何かが間違っているわ…

「面白い話ね」私は興奮して右の口角をひくつかせる。恋に浮かされた者の「あれやこれや」と、共鳴しあう二つのハートが宇宙の荒野の混沌の中で出会い、また互いを失って、アストロモーダのおかげで再

---

*406　Calamity Jane—マーサ・ジェーン・カナリー＝バーク（1852-1903）インディアンとの領地をめぐる争いで名を馳せた冒険家でありガンマン。「西部開拓時代」の伝説的人物とされる。

び出会う…というストーリーに耳を傾ける。…私は何気ないふうを
装って、クララのことを尋ねた。

「彼女がどうしたかなんて、知らないわ。誰も興味ないだろうし。と
にかくトマーシュと一緒じゃなくてよかった。彼の近くにもいないし。
彼女がいる男を誘惑する女って、大嫌いよ。」

「トマーシュと最初に付き合っていたのは彼女じゃなかった？」

「そうなのよ、シータ。そうなの、彼女はチャンスがあったのに、活
かさなかったのよ。ありがとう。さて、と、どこまで話したかしら
…」

　あなたをひっぱたくところまでよ！　怒りに満ちた答えを噛みしめ
すぎて痛くなった唇に封じ込めて、急いでバンコク行きの荷物をまと
めるためにタクシーに乗り込むメーガンを殴ってしまわないように、
黙って数を数えた。

「…ああ、分かった。しばらく前にヴァレンティナから電話がかかっ
てきて、元の『アストロモーダ・サロン』が家賃のトラブルで閉店に
なって、もっとずっとレベルアップした形でナイト・バザールのすぐ
そばに開店する、って言ってきたの…」

　開いた口がふさがらない。

「移民局とのトラブルに片をつけてタイに戻れるようにするまでの間、
あなたに『アストロモーダ・サロン』の経営を任された、って彼女は
言い張るけれど、そんなのクレイジーだと思ったわ。なぜよりにも
よってヴァレンティナなの。アストロモーダに関してはまだまだ新人
だし、才能だってないわ。私ならもっとマネージャーに適任だ、そう
思いついて、あなたにすぐ電話したの。でもあなたは出なかったから、
この目で確かめようと思ってサロンに出向いた。そしたら、元の『ア
ストロモーダ・サロン』が同じ場所にあるばかりか、入り口前の階段
に腰かけたら、略奪された私のフィアンセが来たじゃありませんか。
寺院の境内を散歩しながら、出来上がった仏像が本堂の祭壇に運び込
まれる様子を写真に収めていたんですって…」

「仏様、仏様、ついに完成したのですね」自分もトゥクトゥクに乗り
込みながら、ノスタルジックにため息をついた。

　トゥクトゥクのエンジンのヴルヴル…という音が、町の活き活
きしたスモッグに薄められて、そこにありとあらゆるタイ料理の香ば
しい匂いが代わるがわる混ざり込んだ空気が、エキゾチックな「今、
ここにいる」感覚を強める。だからタクシーよりも、三輪バイクが好

587

きだ。しかしその感覚は長くは続かなかった。『ヴァレンティナ・スターファッション・サロン』のネオンの看板が目に入ると、衝撃のあまり私は何もかも忘れてしまった。

「止めて、止めて…」運転手に呼びかけ、スピードを少し落とすやいなや大きなガラス張りのビルの前で飛び降りた。高価なハンドバッグや靴、ドレス、その他の服飾品が、見事な花々と竹をバックに私に向かって誘惑するように目くばせしている。正気に返るよりも前に、センダオが私に声をかけた。タイ航空のスチュワーデスの制服を想起させるエスニック調ドレスに留められた名札には、彼女の名前が英語では「星の輝き」という意味であることが書かれている。

「星の輝き」を見やると、幅広すぎる顔と、サイコロの面のように平らな後頭部、大きいが丈の短いジャガイモのような鼻が目に入った。おまけに目はとても細い。

「マダム、あなたの体形に合わせたボディを当店にもうお持ちですか、それとも『スターファッション・サロン』は初めてでいらっしゃいますか…？」「星の輝き」が私を店内に案内しながらたたみかけた。好奇心には抗えない。催眠術にかかったように、完璧なプロポーションのセンダオの後に続く。そう、「星の輝き」の顔立ちを損ねている小さな欠点は、非の打ちどころのないプロポーションで完全にカバーされていた。背は高く、スリムだがグラマーで、恐らく90-60-90だろう、胸とウエスト、尻が魅力的な曲線を描いている*407。ヴァレンティナがなぜ彼女を選んだのかがよく分かる。

「え？」それが、彼女が蜜のような声で滝のようにまくしたてた内容に対する、私の唯一の答えだった。最高に間抜けな「え？」。

「このドレスは素晴らしいですよ。一見、白いスカートと黒いジャケットのように見えますが、ご覧ください、下側の黒いシムの下でうまくつながっているんです。おとめ座とてんびん座にある惑星がスクエアの関係にある女性にぴったりのドレスです。」

　私は黒い縦縞の入った白いスカートと、黒いジャケットのつなぎ目にそっと触れて、二度目の言葉を発した。

「サテンですか？」

「はい、最高級のサテンです、触ってお分かりになるでしょう？　ド

*407　セルヴァンテスの『ドン・キホーテ』に登場するアストゥリアスの娘の描写のパラフレーズ。

レスによく合う素敵なブーツもございますよ」「星の輝き」が私を誘惑し、同僚のルナことチャンタラが、ジャケットと同じ黒だが靴底がシルバーで、ヒールの幅が広い素敵な靴を持ってきた。これはすぐにでも試着したい。私の催眠状態と好奇心は続いていた。

　一瞬、私は自分がどこにいるのかも忘れて、靴の試着にとりかかった。

「お待ちください、マダム」「星の輝き」がそれを阻む。「まず、あなたの運命に恵みをもたらし、幸福と愛と成功に導くスタイルを見つけなければなりません。チャンタラがアトリエにご案内しますので、そこであなたの生年月日とサイズを伺って、アストロモーダ・ホロスコープのボディで、あなたの幸せのためにはどんな服が必要か、調べることにしましょう。」

「これは驚きました」私は三度目の言葉を発したが、それは本心だった。彼女のプロとしての仕事ぶりには本当に驚いた。

「すぐに終わりますから。次回『ヴァレンティナ・スターファッション・サロン』にいらした時には、あなたのネイタルホロスコープのアスペクトを元に作製したボディをご用意しておきます、マダム。」

「マダムが次に来るまでに、太ってしまったらどうするんですか？あるいは痩せてしまったら？」意味なく意地悪なトーンの声で、異論を唱えてみる。「星の輝き」は優しく答えた。

「そうしたら、ボディにも痩せてもらいます。こちら、いかがですか？」

「素晴らしいですね…」

　彼女が、私の目線が躍っていた先のハンドバッグの方へ移動した。自分がそれを見ていたことも知らなかったのだが、センダオはそれに気づいていたのだ。素早くルナに何か指示すると、ルナが目をくぎ付けにする黒白の、ダイヤを埋め込んだバッグを持ってきた。

「お選びになった靴とサテンのドレスには、こちらの方がお似合いですよ。」

「フフ…」ますます不条理さを帯びてきた状況に、かなり上の空で笑ってしまった。「私が選んだ？　で、ドレスはおいくらなんです？」

「いや、お話しするほどのお値段じゃありませんよ、マダム。」

「いやそんなことはないでしょう、センダオ。で、おいくらですか？」

おとめ座のスクエアのためのデザイン

「たった3万7千バーツ＊408ですよ。」

　卒倒するかと思った。突然、自分が今手に持っているものが何なのかを悟った。

「このダイヤは模造ですか？」

「まさか、マダム」「星の輝き」はほとんど気を悪くしたとでも言うように否定した。「当店のバッグに使われる宝石は、どれも本物です。当サロンの星のセラピーでは重要な要素ですから。ルビーはあなたのホロスコープの太陽を強め、サファイアは木星を、ダイヤは金星を、エメラルドは…」

「一体、いくらするんです？」

「ええと、バッグの基本セットは10万バーツ前後ですけれど、100万以上する名品も置いております。」

　ヴァレンティナのビジネスサポーターであるクライシー——メーガンによればそれが例のゴルフ場の異常者の名前だった——と仲間のギャングスターたちは、お金には困っていないようだ。この宝石や高価な服飾品を、どこで仕入れているのだろうと考え込むあいだに、「星の輝き」が「星」に私を引き渡した。いや少なくとも名札によれば、ダリカという名前は星という意味だそうだ。いかにもヴァレンティナらしい。きっとその辺りに、「マーキュリー」「ヴィーナス」「マース」「ジュピター」「サターン」という名の5匹のチワワと、「ウラヌス」「ネプチューン」「プルート」「ラフー」＊409「ケートゥ」＊410という名の5匹のシーズー＊411が走り回っているに違いない。

「服を脱いで、このソファで私が来るまでお待ちください」外から見えないようになっている竹の庭のプライベートな空間で、「星」が私に指示を下した。

「脱ぐんですか？」

「はい、マダム、あなたが着ていらっしゃるものは、あなたの運命をひどく損なっています。マドモアゼル・ヴァレンティナは、こういう

＊408　タイバーツ（THB）—タイの通貨で、1バーツは100サタン。2021年9月現在のレートは1バーツ＝約3.3円。

＊409　Rahu—北にある月の昇交点で、「ドラゴンヘッド」とも呼ばれる。

＊410　Ketu—南にある月の降交点で、「ドラゴンテール」とも呼ばれる。

＊411　Shih-tzu（獅子犬）—希少種に属する長毛の小型犬。元々チベットの仏教寺院でのみ飼育されており、のちに最高級の個体が選ばれて清朝の宮廷向けの贈り物とされた。

服のことを『ブラックホール』と呼んでいます。」

「ブラックホール？」私はためらいながら、見るからに今日一日の経験でくたびれたブラウスを脱いだ。

「星」は真面目な顔でうなずいた。"Look Om?" テーブルに置かれた籠の中の菓子を勧めてから、お茶か、シャンパンか、コーヒーか、ドライマルティーニかと尋ねた。精神分裂症のアル中患者向けのようなこのドリンクメニューから、シャンパンを選んだ。鎮痛剤と混ざって、今日一日の苦しみから来る耐えがたい痛みを追い払ってくれるのはほぼ確実だ。地獄は続いた。結局ダリカに真っ裸にされた。手で脱がされたのではなく、私の服が太陽系を飲み込む「ブラックホール」と言われた、その言葉で。その太陽系にあるのは、私たちの人格や外見、感覚、力、知能といった個人の惑星だけでなく…

　私のプシュケーに、ズボンは私の大切なものすべてを死に至らしめる恐れのある小惑星と月の衝突だと言われて、一番最後に脱ぐ。私の身体の最も秘すべき部位を覆う小惑星を、落ち着かない思いで「ブラックホール」の山目がけて投げた時、竹の庭の入り口ホールにある鏡に映ったアルフォンソの不穏な姿を、目の端にとらえたのだ！　何という絶妙なタイミングで新たな衝撃が訪れたことか。竹とバッグの陳列棚の間にあるガラスの向こうに、またその影が横切った。私はグラスのシャンパンを飲み干して、目を閉じた。ハ、もしかしたら、この異常に自己中心的な狂人が、乗っ取られた店に自分の実寸大の人形を置いただけかもしれない。一杯やっておいてよかった。私にはまだユーモアが残っている。

「ああ、ご心配なさらず。あれはアルフォンソさんです。私の上司ですよ。素敵な人でしょう？　ディディエ・リュド＊412そっくりで」ダリカの恋するようなため息が、私の疑念をすっかり晴らした。急いでショーツに手を伸ばす。同時にアルフォンソも、飛びかかるように何かをつかんだ。私が焦ってショーツを穿き、腰を伸ばすと、巨大なサムライの刀を恐ろし気に振り回しているアルフォンソが見えた。

「いやあ。まただわ」私は思い出して、ユーモアを呼び寄せるために

＊412　Didier Ludot—ヴィンテージ・ファッションの専門家で、著名なファッションデザイナー（ジヴァンシー、ディオールなど）の1920～1980年にかけての作品を収集している。パリにあるリュドのブティックは、最高級のセカンドハンドショップであると言える。

また気泡入りの液体を一気飲みした。これは生きるか死ぬかの戦いになるわ、アルフォンソはまた自分の頭の中で風車小屋と格闘している。「Ó, corazón. 私の心の女、ヴァレンティナよ。この世で一番美しい花、私は真の騎士として、あなたの宮殿を守ります…」アルフォンソは怒り狂って叫び、竹をめった斬りにしている。だんだん私の方へ近づいてきた。

私は服の山をひっつかんで、両腕に抱えたまま出口の方へ走った。"Phaan la'aeo. Yút Ná…"「星の輝き」が、勇敢にも上司を止めようとしている。ダリカはと言えば硬直して見ているばかり、チャンタラはヒステリックに金切り声をあげ、店の外に逃げていった。

"Húp bpáak."

「サンチョ、この巨人らの頭も、私がいとも簡単に殺してみせますよ」アルフォンソが「星の輝き」にそう説明し、斬ることはやめなかったが、私の方に近づいてきた歩みは止まった。私は今がチャンスと、どこから安全に逃げ出せるかを探った。不幸にも、刀でまっぷたつになった、腕のように太い竹が二本、アルフォンソの頭に倒れてきた。それがきっかけでアルフォンソは自暴自棄の発作状態に陥り、竹も家具もドレスもバッグも、あらゆるものを斬りつけ、叫んだ。

「あなたの美しさのためだけに、ヴァレンティナ、怪物ブリアレーオよりもたくさんの手を持つ巨人の頭との、勝ち目のない戦いで、私は自分の命を危険にさらすのです…」

私は急いでブラウスを着た。

このバカは、まっぷたつになって自分の方に落ちてくる竹やボディやドレスが、私の手だと思っているのだ。つまり、巨人の手だと。そう思うと笑えてきた。巨人の笑いに、アルフォンソの怒りは頂点に達した。刀が向かってくる。タイミングよく飛びのいていなかったら、今頃首がなかっただろう。幸い、顔と首、目の中まで汗をしたたらせ、重い刀を振り回して疲れ切ったアルフォンソは的を外し、私の首の代わりに落ちてきたのはサロンの室内と庭とを隔てるガラス張りのショーケースだった。庭に動かない像のように立って、崇拝する上司の狂気を見つめている「星」ダリカの周りには、大きなガラスの破片がいくつか落ちてきて芝生に刺さり、通路として使われている敷石に当たって散乱したものもあった。

ダリカは本当にラッキーだった。彼女が着ているアストロモーダの服をコピーしなくちゃ、この奇跡は服のアストロマジカルな力による

としか考えられない。

「ガラスが割れたわ」ダリカがびくともせずに、夢遊病者のように言った。ショーケースが割れて粉々になるひどい音に、アルフォンソも固まった。

「今しかないわ」私は声に出して自分を鼓舞し、ショーツとボタンをかけ終えていないブラウスという裸同然の姿で、慎重かつ素早く、身を折って刀にもたれ、息をきらしている狂人の横をすり抜けた。

　と、彼は手のひらと胸をもたせかけている刀の柄から身を起こすこともせずに、頭を上げて私を見つめた。何か言わなくてはならない。「素晴らしいメークアップね、ピンクのルージュさえあれば」彼の顔にできたカラフルな滴をコメントせずにはいられなかった。するとその顔はたちまち生気を取り戻し、発作が収まったのではないかと思うほどだった。

　不幸にも、何秒ものあいだグラグラとバランスをとっていた、まっぷたつになったスタンドから、イブニングドレスがアルフォンソ目がけて落ちてきた。

「目が見えない。サンチョ。聞こえるか！　見えない。巨人に目をつぶされた」アルフォンソが騒ぐ。私はアルフォンソが2分のあいだにあらゆる物をまっぷたつに斬り、滅茶苦茶に破壊したヴァレンティナのサロンを見回して、どちらが安全かと考えた。いや、硬直したダリカの方へはもう戻らない。アルフォンソがパールのようにきらめく黒いドレスを頭に被ったまま、再び刀を振り上げた瞬間、私の心は決まった。

　"Yút dīiao nii… glua laan… nii man nâa ngút-ngit…"「星の輝き」が勇敢にも、私たちが仰天しているからやめてくれないか、と上司を説得にかかる。が、無駄だった。アルフォンソは視界を奪われたまま、刀をでたらめに振り回しながら、息を切らしてがなっている。

「美しいヴァレンティナ、あなたの美しさのために、たくさんの手をもつ巨人との勝ち目のない戦いに、私は斃れます。神よ、我を守りたまえ。」

「目を覚ましなさい！　それは巨人ではなくて、か弱い女性ですよ！」センダオが叫ぶ。一瞬、外に駆け出すべきかどうか迷った。彼女が心配だ。私と一緒に逃げた方がいい。心配して振り返った。狂人は鉄のトップスを着たボディから刀を抜くことができずに、疲れ切ってつぶやいている。

「畜生、サンチョ。これは魔術師フリストンに風車小屋に変えられち
まった、巨人の頭なのさ…」すると「星の輝き」が、手を何度も振り
回して私に「逃げて！」と指示した。私は半裸で裸足のまま、ごった
返す通りに飛び出し、足元に走ってきたトゥクトゥクに飛び乗った。
幸いにもスピードが遅かったので、轢かれずに済んだ。運転手はまつ
毛も動かさずに、すぐ発車させた。こんな仕事をしていると、これく
らいのことでは驚かないのだろう。その代わり、私に後ろから滑り込
まれた同乗の女性は、眉を上げて私の露わな身体を眺めた。典型的な
タイ人のお婆さんで、小さな孫たちを連れている。私がズボンを穿く
と、老婆は口を結び、それから非難するような声色で「男ってのはひ
どいもんだよ」と言った[*413]。

[*413] このパッセージでは、「風車小屋と戦う」という慣用句をパラフレーズ
している。風車小屋はここでは私たちの基本的な性質や性格のことで、私たち
はそれを通して周囲の世界を見ており、振る舞いによってその世界を自分のビジョン
に合うものに修正している。アルフォンソがいつも自分の周囲を有名な小説『ドン・
キホーテ』の世界に変えてしまう一方で、外的現実において自分が寺院にいるのか、
ファッションサロンにいるのかはまったく意に介さなかったのと同じである。それほ
ど劇的にではなくても、同じ方法で外的環境を変容させることは誰もがやっているこ
とである。アルフォンソの風車小屋と巨人のビジョンと、それが落ちてくる、刀で
まっぷたつにされた竹であろうと、仰天した売り子たちを始めとする人々であろうと、
これらのビジョンが形成されることへの周囲の反応との境界にあるのが衣服であるゆ
え、アルフォンソのような人々の大部分は「服は人を作る」ということわざを「服は
人の周囲の世界を、その人の頭の中にあるイメージに変える」というモットーに変え
てしまう。頭というのは脳みそのことではない。それはイデアであり、自分について
思うこと、思い出、イメージ、人生というパフォーマンスアートのエキシビションの
シーンXYZ「今、ここで」のコンセプトなのだ。

第30章
幽霊列車

　ガタン…ゴトン…ガタン…　前進するモノトーンなリズムに耳を傾ける。今夜私は、ランプの点滅する光を見ながら、故郷を離れる。妬みと強欲のために、私は一瞬にしてすべてを失った。「一体どこから、あれほどの悪が生まれるの？」空っぽのコンパートメントに向かって、声に出して問う。ガタン…ゴトン…というただ一つの答えが、この世の混沌にさまよう私の意識を、単調に繰り返される線路の音に沈めた。いや、列車の丸い指が、果てしなく続く鍵盤に奏でるエチュードを聞きながら、私はまだ失われた楽園を懐かしむことをやめない。決してやめない。ガタン…ゴトン…ガタン…線路の音に身を沈めたおかげで、自分が残酷な裏切り女に踏みつぶされたトマトだ、という思いが消えた。物悲しい気分の中にも、自分が枯れていく花で、その内側のどこか、一番奥にある腐敗の芯で、果実が生まれようとしているのだ、と感じることができる。そしてその果実の中で私は、内的と外的双方の人生の意義の根源を見いだすことに成功した、完全な人間になるのだ。鉄のピアニストのエチュードがガ…タン…ゴ…トン…ガ…タン…と減速していき、私はうっとりするような空想から我に返った。ゆっくりした悲しい曲は嫌だ。でも演奏が終わろうとしている駅にはどうやら停まるようなので、せめて耳をふさいで、ピアニストのブルース風のキーキーいう音を聞かなくて済むようにする。でも全然ダメだった。泣くな。人生は恐ろしく困難なものだ。自分を憐れむな、闘え。そうだ、「人生」という名の困難で止むことのない闘いには、大きな勇気とパワー、何よりも決して折れない我慢強さが必要だ。聞いてるの、シータ。ヴァレンティナにお見舞いされたノックアウトから立ち上がって、いつもと変わらない姿を完璧に演じるのよ。周りの人たちが、あなたは特別な人間で、常に変化する世界の移り変わる流れの中で、自信に満ちた安定性と不変のライフスタイルを保っている、と錯覚するように。それができないなら、あなたはゆりかごの中の大きくなり

すぎた赤ん坊に過ぎないわ…＊414

「いい？」半開きの扉から、ハンサム男トマーシュが聞いた。

「うん」私はうなずきながら、ピアニストがまたフルスピードで颯爽とガタン…ゴトン…ガタン…を奏でていることに気づいた。

　私の同室者はチェンマイの町はずれにあるこの小さな駅でも乗ってこなかったので、私たちはコンパートメントに二人きりだった。状況を説明しよう。メーガンの予想通り、エアコンのきいた2等車の寝台は完全に売り切れで、結局一つのコンパートメントに寝台が二つある1等車に乗る破目になった。初めは三人一緒に座っていたが、列車の揺れでトマーシュとメーガンはムラムラきたらしい。キスとペッティングはまだ私も我慢できた。日が落ちて、私はコンパートメントに独りになりたくなかったのだ。率直に言うと、2等車の方がずっと快適だ。何よりもっと安全だ。ここにもし連続殺人犯か吸血鬼が来たら、誰にも気づかれずに好きなだけ殺せるだろう。が、その後トマーシュの手がメーガンの股奥深くどんどん進んでいって、彼女はアヴィラのテレサが神と神秘的に結合した瞬間としか例えようもない、エクスタシーの快楽をともなった吐息を漏らし始めた。それで私はキレ。うんざりして扉を力いっぱい閉めると、自分の暗い寝台で独りきりになって、潜在的な殺人の犠牲者になる方が、この盛りのついた二人を「ヤる時に照らしてあげる」よりマシだ、と自分に言い聞かせた。二人はまるでネアンデルタール人だ。メーガンは「壁」の向こうからも、耳障りな声を聞かせてきた。

「次のアストロモーダのカウンセリングでは、彼女に猿ぐつわを勧めてやろう」私はそう自分を慰め、やがて私の意識はガタン…ゴトン…ガタン…というメロディに運ばれていった…

　今は、トマーシュが来てくれて嬉しい。安全でほっとするし、何より病院に行った時から、クララのことが聞きたかった。ずっと二人きりになる時を狙っていたのだ。メーガン抜きで。

「言っておきたいんだけど、これには…」アドーニス＊415がはっとするほど美しく身をくねらせながら、ついさっきまで獣が交尾する時の

＊414　神秘主義者イブン・アラビーとヴァージニア・ウルフの『自分だけの部屋』（1929年）のパラフレーズ。

＊415　Adonis―神話によれば、そのあまりの美しさに愛の女神アフロディーテも激しい恋に落ちたとされる青年。

あえぎが聞こえていたコンパートメントに続く壁の方に手を振って
言った。「…深い意味はないんだ。」

「今のあれを聞いたあとで、あなたがクララとの関係を台無しにした
ことを責めてもどうしようもないわ、それより…」

「メーガンのためだけにやったんだ、彼女を傷つけないために。どん
なに傷つきやすいか知っているだろう。」

「もちろん。あなたも人類のために身を捧げて女と戯れる輩だったっ
てことね。黙ってよ、いい加減に…」

「そうじゃないんだ。僕の心はクララだけのものだ。いつも彼女のこ
とを想っている…」

　長ったらしい「ああだこうだ」の言い訳にはだまされない。この浮
気男が弁明し終わるまで、私はその丸い指がアジタート＊416で奏でる
鉄のピアニストのガタン…ゴトン…の演奏に心を奪われていた。

「…分かってくれたかい？」女ったらしが、センチメンタルな戯言を
そう締めくくった。

「ええ。分かったわ。あなたが救いようのない大バカ者だってことが。
あなたの口から良心の呵責まがいの『ああだこうだ』が出てくる前か
ら分かってた。恥だわ。もう変えようのない最低の行いよ。私にはど
うでもいい。私が知りたいのは、クララのことだけ。」

　トマーシュはあっけにとられて私を見つめ、黙っていた。それから
ようやく沈黙を破った。

「僕が来たのが遅かったんだ。」

「畜生、目を覚ましてよ！　クララがどこにいるのか白状しなさい
よ！」私が怒鳴りつけると、アドーニスはおどおどと目に涙を浮かべ
て、長い物語を始めたが、聞き終わっても結局大したことは分からな
かった。クララがどこにいるのか、結局分からないままだ。男の変な
プライドが、恋人同士の争いを克服するまで時間がかかり過ぎて、ア
インホアの捜索を手伝おうとトマーシュがクララのところへ戻ったの
が遅すぎたのだ。恋人はそこにはいなかった。バッグだけが残ってい
た。泊まっていた巡礼者向けの宿泊所に、彼のために置いていったの
だと思った。バッグの中に私たちの『アストロモーダ・サロン』の名
刺を見つけると、トマーシュはすぐにクララを追ってチェンマイへ飛
んだ。グスン。彼を引きずり下ろして蹴とばしてやりたい。もし本当

＊416　Agitato—興奮して、激しく、急き込んで。

にバッグが彼のために残されていたのなら、伝言があるはずだ。クラ
ラを昼となく夜となく探すべきだったのだ。休むことなく。数歩離れ
た地下室かどこかに、閉じ込められていたかもしれないのに。私は彼
を、平手打ちするような視線で見つめ、何も言わなかった。この男は
水星か、他の重要な惑星が、第12ハウスにあるに違いない。だから
こんなにたやすく、こんな馬鹿げたことを思いついて、真実を締め出
してしまったのだ。トマーシュは不幸の塊のように見える。自分が間
違いを犯したことをもう知っている。絶望のあまり、クララがチェン
マイで待っていると夢見ていたのに、彼女の代わりに出逢ったのは元
彼女のメーガンだった。運命というものは本当にこんがらがったもの
だ。だってこんなこと、あり得ない。こんな偶然が起きるなんて。自
責の念にあふれた彼の詫びるような目線が、地に落ちている。今が
チャンスとばかりに、私はクララがすべてを捧げた最高の男の外見を
詳細に解析した。そうね、顔と髪がきれいで知的な声をした遊び人な
ら、きっと身を任せる価値があるわね。

「コンポステーラへは年に何万人もの巡礼者が安全にたどり着いてい
るんだから、たまたまクララが殺人犯に遭遇したとしたら、天文学的
な偶然だわ。激しい恋に落ちて、今頃モンテビデオ*417かグラナ
ダ*418あたりでハネムーンを楽しんでいるのかもしれない」私はそう
声に出して考えた。トマーシュは大儀そうに鉛のような目で見上げ、
鼻声で言った。

「そうだったらどんなにいいか…」

　急に、彼が最低の男ではないような気がしてきた。

「でも、クララは殺人犯に遭遇したんじゃなくて、殺人犯を探してい
たんだ。僕のせいだ」とすすり泣きを始めた。「僕が彼女を殺した。
なぜ彼女の代わりに僕が死ななかったんだ…」

「トマーシュ！」

　隣のコンパートメントからのその一叫びで、私の元から苦悩する男
の残骸を追い出してくれたことを、私がどれほどメーガンに感謝した
かは、言葉で言い表すことができない。今日はもうたくさんだ。ミャ
ンマーの乱気流。『アストロモーダ・サロン』の破壊者たち、ギャン
グスター、顔の傷跡と縫った跡。でも最後のこれにはもううんざり

　＊417　Montevideo—ウルグアイの首都

　＊418　Granada—スペイン南部（アンダルシア）の絵のように美しい町。

だった。「メソメソする男は嫌いよ」私の心の中で、その考えが激しく燃えていた。

　同室者が乗り込んでくるまでは。しまった、なんてこった。トマーシュ、どこにいるの。心の中で、修道士のふりをしているアドーニスを呼ぶ。急に、この浮気者の聖人が私の親しい女友達二人とヤったことがどうでもよくなった。私は長いコートを着た人形のようなこの男を見やりながら、「トマーシュ、助けて！」と叫びたい衝動にかられた。

「ええっ」変質者が私の寝台に腰を下ろした時、私はそんな言葉を発するので精一杯だった。チェンマイでは誰もコートなど着ない。

「トマーシュ！」ようやくまともな言葉が出せた。

「ええ、ハニー、ここにいますよ」気色の悪い男がいやらしい声で答え、獲物をうかがう肉食獣の目つきで私の方へ尻をずらした。「ボディー・トゥ・ボディー」の状態から身を離す。トマーシュとメーガンは食堂車に夕食をとりに行ったのだ、そう私の脳裏によぎる。この状況に自分が独りだと分かると、窓から外を見た。明かりの少ないホームの闇の中に、駅員の姿があった。私は飛び上がって、助けを求めようとした。窓を開けるより前に駅員が、今日の午後私がタマを蹴り上げた男と同じ容貌をしていることに気づく。私はドンと腰を下ろした。

「どうしちゃったのかしら。私、おかしいみたい」自分が妄想症にかかったのではないかとおののいてつぶやき、痛み始めた頭を抱える。

「あなたは最高に美しいダイヤですよ」人形男がお世辞を言う。ああ、ということは残念ながら幻覚ではないのだ。「私は成熟した女性が大好きです、あなたはまるで…」クライシーのギャングにいたゴリラ男に似ている駅員が、私を見つけた。まるで蛇に噛まれたように駆け出す。あの男に違いない。列車がガタッと揺れた。出発だ。私はギャングスターを困惑させようと、突然変態の首にしがみついた。もしかしたら、人違いだと思うかもしれない。コートを着た人形男にしがみつきながらそう考えた。男はまったくこの状況を利用しようとしない。私が彼のことを勘違いしていたのかもしれない。だって、コートは人を作らないもの。どこかで倫理の先生でもしている優しいお父さんかもしれないのに、私ったら第一印象がちょっと悪かったぐらいで変態の露出狂に仕立て上げたりして。私はそう考えて、窓の外で起きているドラマのことを考えまいとし、コートから身を離した。

「あなたが40歳、50歳、60歳を過ぎて、若さの最後の花が朽ちて初めて、あなたはもぎ取ることのできる熟した実になるのですよ。果実は年を取っていればいるほど、甘いのです」好色の倫理の教師が、落ち着いているが気色の悪い声で、美について自説を展開する。ガタン…ゴトン…ガタン…ピアニストのリズムが加速し、私の耳が男の言葉をとらえる。

「さあどうですか、柔らかい、甘いマンゴーさん？　始めましょうか？」

　私は勢いよく飛びのいたあまり、寝台に倒れ込んだ。

「どんなのがお好きですか？　まず後ろからいきましょうよ、どうです？」頭上から、コートの前を広げた変態が尋ねる。もちろん、下には何も着ていない。私は凍り付いたように座って、彼の股間からせり立つ柱を見つめる。

「何もしません！　さよなら！」

「なぜそんなじれったいことを？　ほら、最後に思いきり楽しんだのはいつでしたか？」

「その道化師をしまいなさい、さもないと…」彼の人格の内面の底知れない洞察を終了させようと試みる。男は亀頭のすぐ下を手のひらで握ると、私を責め始めた。

「ほら、私のタマははち切れそうです。白い溶岩の噴出が迫っています。」

　私は叫んだ。「助けてー！」

「黙れよ、誰か来たらお楽しみが台無しだぞ」変態が気遣うような声で言うが、私は叫び続けた。4回目か5回目の「助けてー」のあと、列車が急ブレーキをかけた。ガタッと止まった弾みで、道化師が私の両乳房の間に飛んできた。覆いかぶさってきたコートの中の身体の下から這い出すと、田んぼの真ん中に停車していた。私のトップスにはベタベタする物が付いている。寝台でオーガズムの痙攣に身をよじらせている人形男の2球の生殖器から出たものらしい。まるで串刺しにでもされたように呻いている。

　扉が勢いよく開き、私はクライシーのサディスティックな目を見ていた。

「列車の旅を飽きなくしたようだな」クライシーが挨拶代わりにそう言った。「さあ、お楽しみは終わりだ、降りるぞ。」

「どうして？　この列車で出ていけば、もう何も問題はないって言っ

てたじゃない。」

「ああ、おばちゃんよ、あんたがマドモアゼル・ヴァレンティナのサロンを滅茶苦茶にする前はな。」

「私じゃないわ、アルフォンソよ。ヴァレンティナの彼…」

「黙りやがれ！　ドン・アルフォンソはすべて見ていたし、売り子たちもあんたが誰か分かったと言ってる。分かるよ…」クライシーが意地悪そうに微笑む。「復讐より甘いものはないよな、あんたを尊敬したいくらいだよ。困ったのは、あのバッグに付いてるルビーは俺のものだってことだ。あれをミャンマーから運ぶのに＊419、どれだけの金と汗と血がかかっているか、知ってるか？　あんたはリベンジで俺の投資を脅かした、今度はあんたが、仲間も一緒に代償を払う番だ。」

「でも…」

「うるさい。ほら、行け。早く。ほら、行くぞ。」クライシーは私の手首をつかんで、コンパートメントから引きずり出そうとする。

「そんなのフェアじゃないわ…」今日私の首を切った男がメーガンを連れてきたのを見て、私は泣き出した。もう二人の男は、顔が血だらけになったトマーシュを引っ立てている。

「ああ、ナイスなコートだな。マジでイカすよ。俺らのことをちょっとでもしゃべったら、お前も田んぼでくたばるぞ」クライシーがそう言って、オーガズムの恍惚状態から起き上がるところだった変態男を脅した。それからコンパートメントの扉を閉め、車両出口の方へ、通路を通って私を追い立てていった。タイの田舎の夜の湿気と息の詰まるような暑さが押し寄せてきた。私は身体に力をこめた。降車用の階段を下りるまいとする。

「私のご婦人をどこに連れて行くんです？　今すぐ放しなさい！」ねっとりした声が、芝居がかって命令する。

　見回すと、鉄のピアニストと外の自然との境界にある階段から、人形男が、私がチェンマイを出たところで飲み干したミネラルウォーターの空き瓶で、クライシー一味の一番近くにいたならず者の頭をたたき割り、残りの者たち目がけて敵にタックルするラグビーの選手のように両手を広げて襲いかかろうとしているのが見えた。すべてはあっという間に、狭くて人でごった返した通路で起こった。ギャングスターたちはどうすることもできなかった。互いの身体を踏み越える

＊419　ミャンマーの「モゴック」という産地（マンダレーから200km）で採れる見事な深紅のルビーは、「鳩の血」と呼ばれている。

ようにして、皆階段から落ちて山になった。うめき声と、身体がぶつ
かる鈍い音に代わって、殴り合いが始まった。私はメーガンの手を
とって、列車の下に引きずり込んだ。トマーシュは何者かを殴ってか
ら、私たちの元へ急いだ。閃光とともに、破裂音が響いた。ねっとり
とした吐息から、弾が人形男に命中したことを悟る。あと2発は鉄の
ピアニストに当たった。私たちにも狙いを定めたが、手遅れだった。
列車の下をくぐると、私たちは田んぼの中に駆け下りた。拳銃の音に
すぐ続いて、鉄のピアニストがガタッと動いた。誰かが恐ろしい叫び
声を上げた。怖くて振り返れない。無我夢中で走った。それでも何が
起きたか分かっている。あのクソ野郎どもの一人が、列車の下をくぐ
ろうとして、走り出したピアニストの丸い指に巻き込まれたのだ。ク
ライシーだったらどんなにいいか。でも奴はもっと低い声だ。ピアニ
ストがまっぷたつにしたのは、ナイフを持った男のようだ。他の奴ら
は列車が通り過ぎるまで待っている。それで私たちは少し時間稼ぎが
でき、トマーシュが私たちを素早く田んぼの中に「隠した。」私たち
はその泥沼をほとんどしゃがむような格好で渡っていき、水と糞尿の
堆肥だけで稲がなく、大便よりひどい悪臭がする泥の池まで来ると、
アドーニスがそこを指して命令した。

「早く、あそこへ！」

「いや！　そんなのいやよ！　コイ・スワナゲート＊420のカシミアの
ドレスよ、分かる？　私は…」

　私のブラウスも、今日はずい分お疲れだ。まず人形男の「洗礼」、
それから堆肥、想像できる最悪の浴槽に浸かりながらそう思いつくと、
思わず吹き出しそうになったが、そんなことをすれば私たちの死につ
ながる。そこで黙って、前を行く二つの頭のシルエットと、自分のみ
じめで怯え切った、それでいて楽しげな心とを交互に見つめた。

　そこには2時間は確実にいただろう。そう、それほど長く奴らは私
たちを探していたのだ。あちこち走り回っていたが、私たちが時には
頭まですっぽり浸かっていた臭い糞尿には、町の色男たちは近寄ろう

＊420　Nunthirat Koi Suwannagate—バンコク出身のタイ人女性デザイナー
で、現在はニューヨークに生活と創作の拠点を置いている。オプラ・ウィンフ
リー、グウィネス・パルトローといった有名人が好んで彼女の作品を着ている。駆け
出しの頃、自宅で作ったコレクションをサンフランシスコのブティック "Taxi" で
売っていた。

コイ・スワナゲートの" Resort 2009"
コレクションにインスピレーションを得たデザイン

としなかった。ドラマチックに息を吸うたびに私の鼻の穴と唇の間に
流れ込んでくる、糞にまみれた悪臭のする泥に触るくらいなら死んだ
ほうがましだとでも思っているらしい。そもそも、こんな糞尿の中に
誰かが入っているということ自体、思いつきもしなかったのだ。

　ついに！　あきらめたようだ。ライターの光とイライラしたような
声が遠ざかっていき、やがて完全に消えた。私はホッとして頭をのぞ
かせた。
「トロイの木馬かもしれないよ」トマーシュがささやいて、手のひら
で私の頭をまた糞尿に沈めた。
「え？　何の馬？」私は驚いて小声で尋ねた。
「罠のようなものだよ。あきらめたように見せかけて、騙されて飛び
出すと、きみの崇拝者のように僕らも殺されてしまう。あれは誰だっ
たんだい？　彼のおかげで僕らは助かった。」
「知らないわ。全然知らない人。死んじゃったかしら？」
「今頃土に埋められてるよ。」
「ひどいわ。」
「ああ、ひどいね。だから僕らは彼と同じ目に遭わないように、見つ
からないように這っていかなくちゃならない。這って進んだことはあ
る？」
「ない？　大丈夫。僕を見て、同じようにすればいい。とにかく、泥
から頭を出したり、這い出したりしちゃ絶対にダメだ…」
　トマーシュはゆっくりと堆肥の表面を滑っていき、稲が生えている
所まで来ると、その中を泳ぎだした。本当に泳いだわけではないが、
その動きはまるで蛇に姿を変えたかのようだった。私が真似をしよう
とした時、メーガンの抗う声が響いた。
「私は這うのなんていやよ！」
「シーッ」トマーシュが身軽に堆肥の方へ這い戻りながら、メーガン
をなだめにかかった。「分かった、分かった。じゃあきみはネコみた
いに四つん這いで行くんだ。いい？　とにかく大声を出すのはやめる
んだ、ここが分かってしまう。」
「あなたが弱虫なせいだけで、カシミアのドレスを台無しにするなん
ていやよ。」
「シーッ。ハニー。静かに。お願いだから…」トマーシュは懇願しな
がら、誰か近づいてきたとでも言うように、堆肥に身体をすっかり沈

めた。そう、私も誰かが来るのが聞こえるような気がする。ヒステリックなメーガンのせいでばれたのだ。クライシーと彼の喉斬り男たちにどんな目に遭わせられるか、ビクビクしながら想像していると、突然少し離れた所に巨大な水牛が出現した。私たちに気づきもせず通り過ぎて行った。普段だったら巨大な獣のシルエットに仰天するところだが、今はそれを見て安堵した。ひどい死に方をしなくて済むと分かったことで湧きあがった大きな喜びを感じながら、私はトマーシュと一緒になって、せめて田んぼの間の木のところまで四つん這いで行ってくれるように、メーガンを説得にかかった。

　結局、そんな所に木などないことが分かったが、その頃にはもう身の危険が去ったという確信が持てたし、這いつくばるのにうんざりもしていたので、私たちは立って、線路と道路から離れた方へと走り出した。町のギャングスターたちは徒歩では遠くまで来られないだろうと信じて、私たちも長くは走らなかった。トマーシュはつまずいて、怯えたサギのように驚くほど長い間空を飛んでから、泥に埋まった石の上に落ちてしこたま足を打ち、今はびっこをひいている。私とメーガンは、闇の中を静かにのろのろとただ歩きながら時折つまずき、田んぼの泥の中を一歩一歩進んで、田舎の安全な腕に抱かれるのを待った。

「いたっ、蛇！」何かが私の足をしこたま噛んだ！

「静かに。見せて」トマーシュが見てくれた。

「死にたくないわ」自分の血液に毒が乗って回るイメージで頭が麻痺したようになって、私は嘆いた。

「バカ言うなよ、ただの棘か何かだ。大丈夫だよ。」

「嘘言わないで、本当のことが知りたいわ。もう痛くなってきた。」

「そんな気がするだけさ。そこにおしっこをかけて、先へ進もう。」

「おしっこをかけろって、どうやって？」

「傷口におしっこをかければ、消毒になるよ。自分でやるのが嫌だったら、手伝うよ。」

「それって、あなたが私に…おしっこするってこと？」私の声は驚きで明らかに上ずっている。

「シータ、1時間前に僕らが浸かっていた所に比べれば、尿の少しくらい清めの水と同じだよ。」

「それはそうだけど、テストするのは嫌よ」私は言って、アクロバティックなヨガのようにしゃがんだ姿勢で、自分で消毒した。

「おお、私は何と堕ちたことか」群生する稲の間を縫って私たちがつけた、長い目立たない線の終わりに待っていた地獄に向かって、私は非難がましく独り言をつぶやいた。

「人生の迷路の底から、私をどこへ連れて行くのか、私の不確実な未来よ？」自分の魂と対話したかったのだが、トマーシュに邪魔された。「ほらほら、シータ、夜が明ける前に、奴らから見えない場所まで行かなくちゃ。」それからメーガンを振り返った。「きみはどう、ハニー、行けそうかい？」

堆肥の中を這いつくばってからというもの、メーガンからは「これはコイ・スワナゲートのカシミアのドレスなのよ」というお決まりの答えしか聞けていなかった。彼女がこのタイの女性デザイナーをどれほど気に入っているか、知っている。でも、台無しになったカシミアのドレスや、ギャングスターたちとのトラウマになりそうなドラマよりも、メーガンを今苦しめているのは彼女の外見だと思う。私たちは沼地から出てきた怪物のような姿だったが、彼女は自分が気分よく過ごすには、見た目がシックでなければならないと考えるタイプの人間だった。靴に関してなどもってのほかだ。ある時から、我がチームの4本の婦人の足は裸足のままだった。トマーシュは私たちに、自分の靴を分けてくれた。私は左の靴を、メーガンは右の靴をもらった。大きすぎて、じきに泥にはまって抜けなくなった。そこで皆、裸足で歩くことになった。

疲れ切った足がもつれて、私はもうすでに傷だらけの足首をひねり、泥の中に顔もろとも全身でバシャンと倒れた。モグラになった気分で立ち上がり、目も見えずによろよろとまた歩みを続けようとしながら、これは全部夢なのだ、と自分に言い聞かせた。言い聞かせながら、完全な闇を払いのけようと目に入った泥をぬぐう。私はまた眠っているのだ。素晴らしく魅力的な大都会へと向かう列車の1等車の寝台で悪夢から覚めたいと、舌を噛んでみる。泥にまみれた田舎は、残念ながら現実で、私は残念ながら、怪物に変身したシータだ。なぜいつも、醜いものだけが残るのか？　なぜいつも最悪の状況になると、独りで現実に残されるのか？　なぜ夢や希望、あらゆる素敵なことはこんなにたやすく消えてしまうのに、苦しみと痛みはまるでキダニのように、

私たちから離れようとしないのか＊421？

　トマーシュは疲れ切ったメーガンを支え、私は彼の後について、トタン板でできた小屋のところまで行った。

「シーッ」トマーシュが言って、背の高い草むらの中に私たちを座らせてから、偵察に出かけた。メーガンはうとうとしている。私は故郷の喪失を思って瞑想した。裏切りを思って。親友の裏切り。私の命を救ってくれた人形男が殺されたこと。それから、何匹の毒蛇がここに潜んでいるかについて。足に刺さった棘と腫れた足首の痛みが、結局すべての考えを追い払った。でも今、何より気になるのは縫ったばかりの頬の傷跡だ。膿んできている気がする。傷口にばい菌が入ったらしい…

「大丈夫、誰もいなかった」トマーシュが私たちを迎えに戻り、少しして私たちは田んぼの真ん中に立つ小屋の、土の床で休んでいた。

　アドーニスは臭い泥だらけの服を急いで脱ぎ捨て、それから古い米袋に穴を開け始めた。私たちに比べれば、いい匂いの袋だった。だから頭と腕を通す穴を開けた麻袋を勧められて、私はすぐに着替えた。

「気でもおかしくなったの？　どういうこと？　私は敏感肌なのよ。どのくらいカビてるのか、知ってるの？」メーガンがトマーシュを責めた。暗くてトマーシュの表情は見えないが、私と同様、彼もホッとしたに違いない。メーガンが初めて、「カシミアのドレス」の半分狂ったようなリフレイン以外のことを言ったのだ。

「どのくらいチクチクして肌を傷つけるか分かってるの？　あなたが着なさいよ。」

「シーッ、こっちの方がよければ、僕が着ているポリ袋をあげるよ、少し穴が開いてるけど、チクチクはしないはずだ。」

　そうか。だからアドーニスがメーガンよりはっきり見えるような気がしたのだ。彼の鍛えられた裸体は、白い樹脂の袋で覆われていた。

「私に獣みたいに汗みどろになれって言うの？　あなたなんて大嫌い！」メーガンは怒ってその勧めを拒否し、機嫌を損ねて小屋から出ていこうとした。

＊421　ホルヘ・ルイス・ボルヘスのエッセイ "Nueva refutación del tiempo" にある「この世は残念ながら現実のもので、私は残念ながらボルヘスだ」と、天才的思想家フィリップ・キンドレッド・ディック（1928-1981）の小説『ヴァリス』（1981）にある「それがあることを信じることをやめた時に消えないもの、それが現実である」のパラフレーズ。ディックの1962年の小説『高い城の男』は、近年になってAmazon Studiosによってテレビドラマ化された。

「シーッ。」

「大嫌い。私が敏感肌だってこと、知ってるはずでしょ！」

　ゴワゴワする麻の古い米袋に閉じ込められた私の身体も悲鳴を上げている。まるで自分がカンナで削られているような感じだ。

「少し切り込みを入れた方がいいみたい、締め付けられてミイラみたいな気分だわ。裾の両脇を少しちぎってくれたら、動きやすくなると思うんだけど？」

「ポンチョにしてあげるよ」アドーニスが微笑んだ。

「ねえ、メーガンと話してくれないかな？　きみとはファッションや何かの色々な話をしているって聞いたから。きみの話なら聞くかもしれないし。」

「考えを整理するまで時間をやった方がいいわ」私は優しい声でトマーシュに言い、朝日の最初の一筋の中に、古い麦わら帽子を見つけた。トマーシュの泥だらけの髪にそれを被せてやると、おかしくて吹き出してしまった。

「さあ、これが『アストロモーダ』の最期よ」私はゲラゲラと笑いこけ、トマーシュもゲラゲラと笑った。笑いが止まらない。笑いすぎてお腹が痛いのに、まだ笑い続けている。

「Ch'wy! 悪魔だ！　助けてー！　ガスーだ！」

「ママ！」「ピーだ！」「怖いよう」怯え切った子供の叫び声と、懇願するような女の声が外から聞こえた。

「ピー・ガスー、お願いです、私たちの子供に悪さをしないで。」

　トマーシュは早速トタン板の穴から状況を把握し始め、私に外に出ないように合図した。でも好奇心には勝てない。ホラー映画だけでなく、お化け屋敷や何より人々の体験談にも山ほど出てくるタイの幽霊の中で、いつもガスーを見てみたいと思っていた。沼地や田んぼの上を縁日の風船のようにフワフワと飛び回る、見事な髪をした美しい女。私はトタン板の扉を開けて、首から内臓がぶら下がった、胴体のない美女が浮遊しているのを見ようとしたが、見えたのはメーガンと三人の年配の女たちだけ、その後ろには子供の一団が隠れている。トタン板の扉が閉まる音で、全員の視線が私の穴だらけの帽子と腐りかけた麻袋のポンチョ、泥だらけの裸足に集まった。朝焼けの薄暗がりの中でも、もし町の人々がテレビを見ているところに突然殺人犯が現れて、電動のこぎりを手にソファの周りを追いかけられたとしたら浮かべたであろう恐怖の色が、彼らの目の中に見えた。子供たちは金切り声を

上げ、怯え切った女たちが私に向かって繰り返し叫ぶ。「メー・ナーク、お慈悲を、お慈悲を…」

トタン板の小屋も恐怖に共鳴しているが、私は友好的に「サワディー」と挨拶し、手を振ることでそれを断ち切ろうとした。

皆一瞬で沈黙し、呆気にとられたように視線を交わしている。そして互いに何かヒソヒソ話している。何を言っているのか聞こえない。その代わり、だんだん明るくなってくる朝日の中に、メーガンのボロボロのこわばった服に付いた、赤い血の斑点が見えた。それは本当に、身体からはみ出た内臓のようにも見えた。

「協力しましょうよ、じゃないと話が通じないわ」私は小声で、かつトタン小屋に隠れているトマーシュにも聞こえるように言いながら、メーガンが恐怖で錯乱状態に陥っているこの善良な人々に、私たちが幽霊ではなくて、緊急事態のためにまるで制服のように見える奇抜なハロウィーンの衣装を着た、生身の人間であるということを、躍起になって説明しようとしている様を見ていた。

「おかしなことを言わないでちょうだい。私はメーガンです。」

「ママ、ガスーに、あの人に、エエエ…僕食べられちゃうよオオオ」八つになったかならないかの男の子が泣き出し、屈辱的な状況に気を悪くしたメーガンは怒ったようにその子に言い聞かせる。

「ガスーじゃありません。もう学校へ行っているんでしょ、じゃあよく見てごらんなさい。私の身体から内臓が出ているのが見える、どう？」

男の子は悲痛な泣き声をあげ、メーガンが手を伸ばして、「ほら、人間の身体かどうか確かめてごらん」と言いながら触ってみるように促すと、お漏らしをしてしまった。

その瞬間、女のうちの一人が子供の身を恐れるあまり、メーガンことガスーに向かって、超自然的存在を追い払う叫びとともに石を投げた。こぶしほどもある石は、わずかに頭を逸れた。その刹那、ぶつけて血にまみれ汚れた顔の男が、恋人を守ろうと小屋から走り出てきた。泥にまみれた背の高い、鍛えた男の身体が、古い破れた袋をまとってまっすぐこちらに駆けてくるのを見て、子供たちは切り裂くような叫び声を上げて逃げ出した。女たちは微動だにせず立ったまま、この新たな幻を凝視し、非業の死を遂げた者の霊に捧げる秘伝の祈りか何かを揃って唱え始めた。「ナイト・バザール」で、チェンマイから100キロメートルほど離れた場所で、女の子を巡って喧嘩の挙句刺し殺さ

れたカナダ人がいて、今その運命を呪って生き残った者たちに復讐している、という話を聞いたことがある。「ピー・タイ・ホン」[*422]という幽霊が最も恐れられている。バンコクでは、重大な自動車事故が起こると、死にゆく者や死んだばかりの者が、「ピー・タイ・ホン」になってしまう前にこの世から去っていけるよう手助けするパトロール隊もできたという。早くなんとかしなければ、きっと大変なことになる。そこで私は手ぶりと非常に限られたタイ語の語彙で、ゆっくりと親しみをこめて、今日は誰も取って食ったりはしない、と説明した。

「私たちは助けが必要なのです、だから私たちを助けてくれれば、私たちがあなたがたに幸せを授けましょう…」

「ええ、あなたの息子のことは知っていますよ、メー・ナーク。お二人ともお産の時に死んでしまって、悲しいことですね…」一番年長の女が勇敢にも応じた。私たちは満腹だから、害のない幽霊だということが言いたくて、腹が膨れているというジェスチャーをしたのだが、それを出産間近の妊婦だと解釈したらしいことに気づいた。

「…私の長男…コップ・スークは大人になりました。バンコクで働いています。あの子は私の生きがいです。あなたのようにあの子を失ったらなんて、想像もできません、メー・ナーク。息子のことはご存じでしょう…」

「ご存じでしょう？」老年期にさしかかったこの心優しい村の女の言葉をまねると、彼女は信心深いおおらかさで、一家に病人が出ると、息子が私に供えるために贈り物を持ってくるのだと語った。

「メー・ナーク、あのきれいな絹のスカーフはお気に召しましたか？私のいちばん下の子チャイサイが病気になった時、あなたにお供えしたスカーフです」子供が病気になった痛みに苛まれる母親が、安全な距離に離れて立つ怯えた子供たちの一団を指した。

「こっちへおいで、チャイサイ。」男の子はびくともしない。「おいで、メー・ナークにおまえが治ったお礼を言わなくちゃ…」すると男の子は泣き出した。私はこの善良な女性に助けを求めた。まず水がほしい。それから食べ物を少し、服を洗うための石鹸を少し…こうして、トタン板の小屋から10軒もない小さな村へと向かう、人間と幽霊たちの最高に奇妙な行列ができた。グローバリゼーションやデジタル化の洗礼もまったく受けていない、携帯電話も固定電話すら持ったことのな

 ＊422　Phi Tai Hong―他殺され、その復讐を行う人間の霊。

い人々のシンプルな暮らしに、私は感銘を受けた。町で会ったどんな
人より、彼らは幸せそうに見えた。

　そう、私たちの超自然的な出現を恐れて未だに震えているにもかか
わらず、女たちは私たちを、私たちの身体と衣服の臭気にムッとする
ような朝のそよ風の中、自分たちの家へと連れて行ってくれたのだ。
一番年長の男の子が二人、途中で大胆になり、トマーシュの米袋を枝
の先で持ち上げていた。トマーシュを「ピー・タイ・ホン」にしてし
まった刺し傷を見たかったに違いない。一番デリケートらしい女は道
中ずっと、幽霊たちの悪臭と、浮遊する超自然的存在というよりむし
ろ酔っ払いがびっこをひいているようなのろい歩みに気分を害したよ
うに、何事かつぶやき、時折大きな声でも何か言っていた。それを除
けば、皆私たちを少々怯えの混ざった親愛の情で包んでくれた。メー
ガンは自分の受けた屈辱を、子供たちを何度か突然ワッと脅かして歯
をむくことで仕返しし、子供たちは恐怖に震えたが、それ以外は黙っ
ていた。トマーシュもあまりしゃべらず、私と、私にきれいなスカー
フをくれた──くれなかった女性との会話には口を挟まなかった。そ
して村に着いてから、ようやく哲学的な話を始めた。
「あれが見える、シータ？」
「え？」私はクライシー一味がどこかに現れたのかと思ってぎょっと
した。
「いや落ち着いて。僕が言っているのは、無分別で原始的な迷信深さ
のことだよ。これのために僕は、修道院を捨てて恋を選んだのさ。」
「え、あなた、幽霊を信じないの？　だから聖母マリアを捨てた
の？」
「信じるか、信じないかはともかく、自分が幽霊じゃないってことは
確実に分かる。聖母は捨てたわけじゃない、ただ修道院で一緒に聖母
に仕えていた人の中に、我慢ならない人たちがいたんだ。」
「あなたたちの修道院で何が起きたのか知らないけど…」
「ひどい有様だったよ。ここと同じ、ありとあらゆるくだらないこと
のオンパレードさ…」
「何を言ってるのよ？　ここじゃ誰も…」
「…いや、本当だ、客体からくる信仰が主体に変わる時、そこから生
まれるのは狂信者のブラックユーモアなんだ…」
「最後まで言わせてくれる？」

「ああ、ごめん。」

「この人たちは、私たちが彼らの内部世界の元々目に見えない現実が物質化したものだからといって、くだらないことのオンパレードだなんて言われる筋合いはないわ。」

「僕はただ、どうやったら僕が殺されたカナダ人の幽霊だなんて言えるのか、分からないんだ。」

「あとで鏡をごらんなさいよ、昨日の夜でどのくらい変身したか分かるから。」

　トマーシュは自分がカカシのような格好をしていることを無視して、この善良で幸福な人々の侮辱を続けた。

「僕は、無学で汗水流して働いている人が、僕を見たことで自分の存在が質素な食事と自分の無意味な暮らしの中の小さな喜びに勝るものだと錯覚するような、超自然的で形而上学的な証拠にはなりたくない。」

「あなたってバカね、もし私のせいであなたが命を危険にさらす状況に陥ったのでなかったら、もっと辛辣な言葉を使うところだけど。」

「いや、いや、僕の言うことを聞くんだ、シータ、そうすれば僕の言っていることが正しいと分かるよ。きみと僕、それからメーガンも、僕らは一族の記憶の転換点になったんだ。幽霊が現れた日という転換点にね。この異様さが分かるだろう。彼らの田んぼで、一夜すら生きて越せないところだった、町から来た三人が、記憶の連鎖の中で、意識的にも無意識にも、あの世からの訪問者として世代から世代へ語り継がれていくんだ。」

「あなたはもっと口をつぐんで、もっと身体を洗うべきだと思うわ」

　私はトマーシュにそう勧め、念のために子供たちのところから戻って、きれいな水を持ってきてくれたマリーの方を振り向いた。私だって、幽霊の役を演じるのにトマーシュより平気だとは言えない。でもトマーシュとは違って、私は自分の幻滅を、伝統が生きる時代を侮辱することで癒そうとは思わない。この時代だって、この子たちの世代が携帯電話やインターネットを使うようになれば消えてしまう。そこで残るのは幽霊を信じていた祖先たちの失われた楽園と、友達や家族との連帯感、そして互いに疎外することのない率直なつきあいが、目に見える理由がなくても人々を幸せにしていた時代の思い出なのだ。

　バンコクのフワランポーン駅の荷物預り所で、1等車のコンパート

メントにあった自分の所持品を見つけるやいなや、私とトマーシュは
スペインに出発するために必要な手続きにとりかかった。ワット・
ポーのタイマッサージのコースを受講したいというメーガンには、そ
のことはまだ伝えていない。

　私は複雑な気分だ。私のアイデンティティーの錨がまた一つ消えて
しまった。私を前へと押し進めるのは、失いたくない人への愛と恐れ
だ…トゥクトゥクに乗って、「スクンビット・ソイ77番地」へ向かう。
出発前に、自分が間違えられた幽霊をまつった祠を訪ねるのだ。
メー・ナークに謝りたかった。大きな布を巻き付けた木と、大きなガ
レージを連想させる建物が立つこの場所で、マリーの代わりにこの幽
霊に祈ることが主な目的だった。マリーは最後に手を振って別れる時
まで、私をメー・ナークだと思っていて、私は彼女に幽霊として、下
の子たちに良い教育を受けさせてやるのに足りる賞金が宝くじで当た
るようにする、と約束したのだ。

「それは確実ですよ、私はメー・ナークのおかげでもう40年間勝ち
続けですからね」祠の案内をしてくれるという、安っぽいひどくくた
びれたスーツを着た年配の男性が、そう励ます。子供の霊のための玩
具や、その母に供えられた何百、いや何千とありそうな服、そして二
人のためのテレビや食器などがある。父親のマークが兵隊にとられて
いる間に二人は死んだ。そこでせめて彼と一緒にいられるように、葬
儀の後も家に住んでいた。帰宅した父親は、一家で生身の人間が自分
だけであることに気づかなかった…私の案内役によれば、複数の本と
映画、果てはオペラにもなっている*423 このホラー物語は、ハッピー
エンドで終わるそうだ。

「メー・ナークの霊は、仏僧ソムデイ・トー*424 の魔法によって彼女
の骨に閉じ込められ、僧はこの小さな骨を自分のオレンジ色の僧衣の
帯に挟みました。メー・ナークは僧に、次に生まれ変わった時には息

＊423　メー・ナークはナン・ナークとも呼ばれる、メー・ナーク・プラ・カ
ノーンの悲劇の物語にインスピレーションを得た人物像で、"Nang Nak"
(1999)、"Ghost of Mae Nak"(2005)、"Mae Nak 3D"(2012)を始めとする多
数の映画の題材となっており、英語の台本を元にタイの作曲家ソムトゥ・パピニアン・
スチャリトカルがオペラ "Mae Naak" も作曲している。

＊424　Somdej Toh(1788.4.17-1872.6.22)はタイの歴史で最も有名な仏
僧の一人。悪魔除けのために魔法の呪文「ジナバンジャラ」を著し、これは今
日のタイでもこの僧が考案した魔除けのお守りと並んで使用され、広く普及している。

子と夫と共に、幸せな人生を送ると約束してくれれば、この悪魔祓いに協力しようと言いました。僧が約束を果たすためには、メー・ナークは数えきれないほどの人々を殺した不吉な霊の怒りで汚されたカルマを、あなたのようにここにやって来る人々を助けることで、清めなければなりません。だから願い事が確実に叶うのです。」

　見学が終わると、くたびれたスーツの男性は、バスに乗るために急ぐので失礼する、と詫びた。遠い田舎に住んでいるそうだ。

「とにかく、賭けた数字を変えてはいけません。くじ引きなら関係ありませんが、宝くじの場合はメー・ナークのご利益が1、2週間遅れて現れることもありますからね…」別れ際にそう助言した。「分かるでしょう。死ぬまで後悔することになりますからね…」彼は人差し指を立てて繰り返した。「とにかく、いつも同じ数字で賭けることが大事ですよ、シータさん、そうすれば確実です。」

　　　確実。ご利益。メー・ナーク。強力な霊の人助けの使命。

　　　次々にやって来る人々が、去っていく人々と流れるように入れ替わっていく様子を長いこと見つめるあいだ、それらの言葉が頭の中をぐるぐる回り、やがてメー・ナークが本当にここにいるという気がしてきた。

　　　「クララは生きているの？」私は声に出して彼女に尋ねた。風が私の頬を撫で、木の葉がひざに落ちた。

　　　私は頭を上げた。

　　　空が開いて、私の頭上の枝々を透かして千の太陽の輝きがきらめいた。それは祠の境内だけでなく、私の身体の中も、あらゆるものを照らした。私の脳は光の炎に燃え上がった。その瞬間、頭上にクララが見えた。木の太い枝に腰かけて、陽気に足をぶらぶらさせている。これまで見た中で一番美しい色の服をまとっていた。見たこともないような色がほとんどだった。クララが着ているもののデザインは、まったく言葉で表現で

きないようなものだった。普通の服より寸法の種類が多いような感じ
で、クララのこの多次元の服に比べたら、普通の服など鉛筆で描いた
スケッチのように見えてしまいそうだ。

「大丈夫なの？」私は光に向かって呼びかけた。

「幸せ。満たされてる。リラックスしてる。」

「スペインに会いにいくわ！」

「今はお客に会えないの。それよりマヤのところへ行って、二人で砂
漠のコンドルに乗って、『アストロモーダ・サロン』を創ってよ。」

「クララ、私たちのサロンは滅茶苦茶よ。本当にごめんなさい…」

「気にしないで。ただ、次はろくでなしにもっと気をつけてね。」

「クララ、あなた生きてるの？」

翻　訳：江角　藍
イラスト：Eva Drietomská
　　　　LE
　　　　Emico Miscella
　　　　都築 絢加
　　　　Jana Kleinová
カバーデザイン：Kristýna Tomanová
写　　真：NagaYahRa
　　　　Pietro N.Ferrari
　　　　Renee Garland
進行管理：Barbora Plášková
編　　集：Eva Sára Eichlerová
　　　　Kateřina Coufalová
本文レイアウト：Dana Příhodová

ASTROMODA®とは

人の運命を司る鍵として占星術を好んでいたナガヤーラが、星の助けと
至福をもっと気軽に多くの人々へという願いのもと創り出したアストロ
モーダ。生まれた瞬間の星の位置は、その人の性格や人生、身体に刻印
されるため、アストロモーダでは身体に刻印された星から、その星が喜
ぶ色、素材、天然石、デザイン、シルエット、ラインなどのファッショ
ンスタイルを読み取ります。仕事、キャリア、人間関係、運勢、ソウル
メイトなど実生活で求める答えへのヒントを授けてくれるだけでなく、
弱点を癒し、人生の悩みや問題を調和させ、運と豊かさを高めてくれる
アストロモーダは、私たちがファッションの錬金術師になるためのツー
ルです。人生に綻びが生じた時、本来の自分を表現したい時、人生を次
のレベルにアップグレードしたい時には、是非アストロモーダを使って
ドレスアップしてみましょう。

ナガヤーラに師事し、フィリピンにあるアシュラム（修行場）に定期的
に滞在し学びを深めている生徒たちがアストロモーダの他にもヨガ、占
星術、瞑想、タントラなどの教えを使ってカウンセリング、ワーク
ショップを行っています。ご興味のある方はこちらのホームページをご
参照ください。

オリジナルアストロモーダ　http://originalastromoda-jp.com

著者プロフィール

NagaYahRa（ナガヤーラ）

1971年チェコスロバキア出身（現：チェコ共和国）
占星術師、神秘家、預言者、作家。
幼い頃から見えない世界の存在とコンタクトを取り、様々な神秘体験を
重ねる。11歳の頃、意識不明の重体になり3日間生死を彷徨う。奇跡的
に意識を取り戻した際に「人生は自分のものではなく、与えられたギフ
トだ」と気づき、この気づきと体験は彼の人生に大きく影響を与える。
その後ロッククライミングと出会い、プロのクライマーとして活動する
中、当時の国の共産主義体制に疑問を抱き18歳でイタリアに亡命。イ
タリアでスピリチュアリズム、占星術、宗教学など様々な形而上学に触
れ、アルコ山での禁欲的な修行を続け21歳で悟りに到達。1995年にエ
ジプトへ渡りメンカウラーのピラミッド内で一晩、瞑想と儀式を行いイ
ニシエーションを受ける。翌年、インドにてタントラ神秘主義のグルの
元で密教的な悟りを得た後、ワークショップ、ティーチング、執筆活動
を行いながら世界中を旅し、シャーマン、ラマ、サドゥー、ヒーラー、
司祭、禅の達人、錬金術師、科学者の元で様々な伝統的叡智を学ぶ。ナ
ガヤーラはその幅広い知識、深い神秘的な経験と気づきに基づき、現代
に生きる私たちが「自分らしさ」と「自分の人生の意味」を発見するた
め様々な教えを創り出し、彼の元を訪れる人々へ伝えている。

オリジナル　アストロモーダ
Original ASTROMODA I. 　理想の感覚

2021年12月7日　初版第1刷発行

著　者　NagaYahRa
発行者　瓜谷　綱延
発行所　株式会社文芸社
　　　　〒160-0022　東京都新宿区新宿1－10－1
　　　　　　　電話　03-5369-3060（代表）
　　　　　　　　　　03-5369-2299（販売）

印刷所　図書印刷株式会社

ISBN978-4-286-23057-3